———— 阅读之前 没有真相

午夜文库

庭外·落水者(上)

指纹 著

施一凡 改编

新星出版社　NEW STAR PRESS

目录

1	第一章　一切开始之前
47	第二章　一切开始
95	第三章　四月八日
137	第四章　四月十五日和十六日
185	第五章　四月十七日和十八日
239	第六章　四月十九日和二十日

第一章　一切开始之前

1. 之前的之前

如今鲜有人知道，津港市律师行业的出现，比中国大部分城市都早。一九七九年，中国律师制度恢复重建。一九八三年，中国第一家律师事务所在深圳蛇口成立，执业律师十五人，其中四个来自津港。二十世纪八十年代末期，这四人回到家乡，成立了津港市第一家律师事务所。

这四人性格迥异：一个开朗，能迅速跟所有人打成一片；一个理性，熟悉所有法律法条；还有一个非常强势，说一不二，是所有人的大哥；第四个则沉默寡言，瘦瘦高高，戴一副厚厚的眼镜，让人琢磨不透。在破旧的集体宿舍里，他们一次又一次地探讨着将要成为什么样的律师，憧憬着津港法律行业的未来。这样的探讨，往往会持续半个通宵。

当时的津港与其叫作城市，不如说是临海的小县城。它最主要的经济支柱是渔业，没有重工业，没有农业，当然，更没有法律行业。所以这家律所最初也不算兴盛，只会偶尔进行诉讼、辩护和法律援助业务。直到二十世纪九十年代中期，对外贸易发展起来，一些制衣和造船行业的公司开始需要进行合同文书方面的法律咨询。再后来，当经济进一步腾飞，银行和税务机构也开始需要外聘常年法务和法律顾问，市场对职业律师的需求逐步增大。

当常住人口从七十万到超过七百万，这座城市就从蹒跚学步的孩童生长为野蛮的巨人，长出庞大的躯干和双手，而法律行业如同血管和经络，在其间蔓延出轨迹。那四人的律所开始拥有越来越多的律师，越来越多的业务，他们也从面容青涩的新人律师，逐渐成为资深律师乃至行业的领头人。"要成为什么样的律师？"这个问题太过幼稚，不会再有人问。他们建立的，是整个法律行业的规则，这套规则与这座城市的扩张相互缠绕，与这座城市相互驯服。

然而，人与人本就是不同的。狼与虎的幼崽可以一同长大，但当它们成熟，就无法一起捕猎，甚至会互相仇视。

新世纪之交，他们的律所接连经历两次分裂。

活泼的那个和理性的那个一起，离开了原律所，创建了一家新律所——从他们的名字里各取一字，名叫德志。德志所在津港站稳脚跟之后，沉默寡言的那个也离开原本的"大哥"，投奔他们。一年之后，他成为德志所的主任，他的两个朋友一个离开了法律行业，一个提前退休，离开津港。同年，他们的"大哥"经人举报入狱。于是，最不起眼的那个摘下眼镜，成为上位者。

在所有人聚焦于他三位朋友的分合时，他蛰伏着，在大学任教，走的是种树的路。法院、检察院、律师，跟法律有关的行业，到处都是他的门生故吏。倘若再多几分留心，则不难发现，"大哥"入狱的案子，主审法官和公诉人都是他的学生。而另外两人的提前退休和转行，亦都是发生在和他的某次争吵之后。

他的学生，他学生的学生，占据越来越多重要的职位。当树木成长为森林，就覆盖整片土地，他于是成为学术泰斗，以及唯一的祖师爷。

从那时开始，人们只见识他的方式。他们看清他做事的手段，看到他盘根错节的势力，服从他建立的规则。从那时开始，大家叫他"主任"或者"老爷子"，不太有人叫他的本名。想起这个，他也偶尔有些失落，好像大家都不会记得，他叫旷北平。

这之后的十年里，德志所是津港市最大的律所，旷北平是津港律师界唯一的元老。然而当雄狮苍老时，年轻力壮的狮子会蠢蠢欲动，发起挑衅。第十年，旷北平在换届选举时，被两个毛头小子赶下主任的位置。

狮子虽已苍老，余威尚在。旷北平并没有就此退休或者销声匿迹。次年，金馥律师事务所成立，旷北平是主任合伙人，其他合伙人都是他多年的门徒、研究生，以及心腹。德志所离开了旷北平的庇荫，却未在那两人的手中式微，同样稳步发展。

年长的狮子等待时机，想将年轻的反叛者赶尽杀绝。年轻的狮子则虎视眈眈，抿起嘴唇，不露利齿，却随时准备撕咬。从表面看，事情不过如此。

可是，事情不止如此。

当年赶走旷北平的两人，其中一个所觊觎的的确是领地、权力和旷北平多年的基业；但另一个人并不是。他所在意的，是旷北平和他的朋友们年轻时那些幼稚的提问。这些提问指向对意义的质询，是一种比野心更大的东西，名为希望。比起他那雄心勃勃的伙伴，旷北平更厌烦这个人。

在意那种东西的人，要的不只是权力与地位，而是另一个系统，另一种方式——天真，幼稚，自不量力。

乔绍廷。

每次咀嚼这个名字，旷北平都会感觉指尖或者是舌头外侧被什么东西硌到。

对于乔绍廷，旷北平的理解非常正确，或者说，直到三月一日之前都非常正确。

2. 三月一日一点之前

下午一点，落地窗好像要把整座城市的阳光都吸收进来，屋里一片刺眼的金色。金馥律师事务所位于津港市中心，占一整层写字楼，前台挂着金丝楠木制的隶书招牌，"国之权衡，时之准绳"的横幅悬于下方。大厅窄长，上百套桌椅摆得横平竖直，一眼望不到头。

萧臻正坐在待客区，等待面试。她二十六岁，穿着中规中矩的黑色套装，戴一副黑框眼镜，没有化妆，低调不惹眼。在上一家律所，她总被人评价聪明伶俐，如今她隐藏起这一面。头顶右侧的一缕头发总是翘着，她也用发胶抹平。

从走进金馥所到现在，她观察了办公室的布局，观察了律师们进出忙碌，也观察了合伙人从有玻璃幕墙的办公室出来，低声打着电话，不时提到旷北平的名字。还有前台旁边的透明玻璃柜。那个柜子一共四层，放的都是旷北平这些年来得到的各种荣誉证书、奖章和奖杯。

金馥所无疑是旷北平一人独大——依赖着他的关系办案，维持着极高的胜率。旷北平的关系不仅覆盖公检法领域，也蔓延到政商界，他所铺陈的关系网络能够操纵司法程序，和他们对庭的律师往往要承担很大的压力。整个金馥所宛如一棵盘根错节的巨树。

德志所的模式就完全不同。比起金馥所，德志所承接更多的非诉讼案件，解决案件的方式也更为多样。金馥所能够操纵司法机关，自然也就将司法程序视作所有问题的唯一解法。德志所则没有这层桎梏，他们找到了另外一种方式去定义这个行业的职业诉求。对他们而言，让他们的当事人达成所愿，才是更为重要的事——司法途径，只是众多途径中的一种。只要能维护当事人的利益诉求，什么办事方式在那里都会有一席之地。正因如此，德志所没那么依赖关系网，而能另辟蹊径，像即将一飞冲天的、轻盈的鸟。

金馥所聘用了近百名执业律师，近年还在扩编，德志所的律师数量只有它的一半，但同样飞速扩张。今年律师协会换届改选，德志所的主任和旷北平都报名竞选主席。当初将旷北平赶出德志所的人，如今又要和他成为对手。

即便不谈旧日恩怨，作为津港市规模最大的两家律所，风格迥然不同，又要竞争主席的位置，它们之间的关系也非常微妙。

对德志所而言，能够再次成为旷北平的对手也许意味着他们风头正劲，而旷北平想要的恐怕就更多一些，可能不只是赢得一次竞选，而是更为彻底和全面的胜利，比如说将德志所一击毙命。

萧臻闭上眼睛，试着想象自己坐在旷北平的位置，寻找德志所的破绽。德志所的律师们，在她眼前变为一颗颗小小的彩色糖豆，那些糖豆跳跃着，在棋盘上四处翻滚。其中一枚的颜色和别的都不一样。

那个人在津港律师界是个非常特殊的存在，就算在德志所内部也是如此。他有"全国十佳律师"的招牌，有从业十七年零败诉的行业记录，还有个流传甚广的原则——不吃当事人的饭，不收当事人的红包。

但说他特殊，不是因为这些名声，也不是因为那些原则。那个人做律师的方式，和别人不太一样。

萧臻的思绪定格于那个名字——乔绍廷。

电梯门开了。

上午九点，乔绍廷正快步走在拆迁公司的走廊。他不到四十岁，看起来三十岁出头，一张娃娃脸，不似传统认知中的律师低调老成，昂首挺胸的样子颇为桀骜不驯，西装恐怕比整家拆迁公司的家当都贵。两排穿着统一的"社会人"能感觉到乔绍廷的气势，围上前又不敢阻拦，犹豫着互相对视。乔绍廷瞟向这帮人，嘴角噙着冷笑。

对此时的他而言，这不过是再普通不过的一天。

径直走到走廊尽头的大办公室，乔绍廷推门而入。四十来岁的拆迁公司经理曹总见乔绍廷进屋，忙站起来。曹总长得蛮横而不好惹，光头配手串，脖子上的肉层层叠叠，一见乔绍廷，满脸堆笑。

乔绍廷手揣裤兜，一脸不吝，和他昂贵的西装形成巨大反差："曹总，我的当事人说，你的手下在他家门口晃来晃去，几个意思？"

曹总表情狰狞起来，皱着眉头，厉声呵斥手下不听指挥。一番训话之后，他又赔着笑脸对乔绍廷说："这点儿小事，您打个电话就完了，何必还亲自来一趟呢……"

乔绍廷在曹总对面坐下，摆手拒绝递来的烟，喝了一口新倒的茶。曹总见乔绍廷脸色缓和，忙倒起苦水：拆迁太不好干，乔绍廷的当事人签下协议又反悔，说什么二百四十万太低，老婆闹离婚，手下也是逼不得已——

乔绍廷一摆手打断他："那你就让他离。把合同签了，再给他找个对象不就完了。"

曹总神情尴尬，困惑于乔绍廷是否说笑。

"你们搞拆迁的是为了解决问题，而解决问题的方法绝不只有'打骂''威胁''泼大粪'，多动动脑子。"乔绍廷没在说笑。剑走偏锋，歪门邪道，只要不犯法的，都是办法。说话间，他抬手看了眼万国表："我马上要去开庭了，你去不去？"

同一时间，经济贸易仲裁庭，乔绍廷的同事洪图正在开庭，陪同者是德志所的主任合伙人章政。

洪图三十来岁，很瘦，短发，浓妆，嘴唇涂成暗红色，穿着一看就价格不菲的精致套装。章政则四十岁出头，深深的法令纹配上凹陷的眼窝，像条思虑过度的深水鱼。

案子不复杂，基金管理人擅自给客户的债券加了七倍杠杆，赔了太多钱，如今客户追责。

管理人声称一切操作都源于客户的指示，然而拿不出证据——聊天记录、邮件、电话录音，什么都没有。操着港台腔的原告律师却证据充足，步步紧逼，依次给出合同、账本和对话截图。基金管理人经理交握双手，蜷缩脊背，努力挤出抱歉的微笑。作为被告律师，洪图和章政胜算不大。

"主任，这案子你为什么不让乔律师来？"洪图压低嗓音，朝左微倾。

面对洪图的明知故问，章政笑笑，没答话。

洪图冷哼："难怪这么大的案子派给我，原来是为了保住乔律的不败金身。"

"他今天有另一个刑庭要开，也是抽不开身。"章政薄薄的嘴唇几乎不动，如同腹语。

"他去开的庭，肯定胜率比较高，主任你怎么不跟他一块儿去风光？来这儿陪我多委屈。"洪图继续阴阳怪气。

章政吞咽口水，朝洪图的方向靠靠："你得理解，咱们所想继续发展，有些表面功夫必不可少。"

"对，所以咱们得精心打造出乔律的不败金身，多方运作成津港的'十佳律所'，再拉拢来韩律这种有行业背景的靠山……"洪图说到后面，不自觉抬高嗓音，仲裁员投来警告的一瞥。

章政拍拍洪图的胳膊，自然地接过话："以及拥有洪律师你这样的核心业务骨干。"

"我是核心业务骨干？那乔律算什么？"

"他是打手。"

九点半，乔绍廷的凯迪拉克驶入法院停车场。

他正瞄着车位转弯，汽车的前机器盖上忽然多了个人。

乔绍廷吓一跳，猛踩刹车，就看到有人顺势半趴在他车上，伸手指着他喊道："你这是要撞死我啊！"

这是马律师，平日温文儒雅，胖乎乎的，见人三分笑，此刻眼镜歪斜，气急败坏，在车头大呼小叫。

他跟乔绍廷分别代理一场性骚扰诉讼的被告和原告，这些天他一直发信息要再谈谈，乔绍廷都没理会。

乔绍廷摇下车窗，探出头来："马律，我这儿有行车记录仪的，碰瓷算敲诈勒索，你知道吧？"

马律师绕到驾驶席一侧，单刀直入说起他们在打的案子。内容是老一套，乔绍廷的当事人没说实话，他的当事人没有性骚扰女孩，后面的诉讼，乔绍廷他们也拿不出物证。

乔绍廷一阵冷笑。短时间，封闭空间，一对一，突发事件，本来就不可能苛求当事人提供有力物证。他和马律师都清楚，物证不是重点。

马律师以夸张的幅度挥舞双臂，语言系统仿佛由手部驱动，翻来覆去说如果闹上法庭，原告根本没有胜算。乔绍廷继续点头。胜算也不是重点。

"你说庭外和解就愿意撤诉，这案子你们铁定会输，我的当事人为什么要和你们和解？"马律师以激昂的质问结束叙述，双手在空中戳出个休止符。面对马律师的瞪视，乔绍廷长出口气："既然你这么确定案子能赢，又何必追着我谈？"

马律师愣住，没料到乔绍廷一下就问到自己的痛处，抓住命门。

这案子的重点，从来都在法庭之外。

"只要诉讼持续下去，你的当事人就会不断出现在舆论热点上，他过往的成就、现在的职称和未来的前途就都会完蛋，几年之内他绝对翻不了身。等诉讼结束，过个三五年，公众也许会逐渐遗忘这件事，他可以小心翼翼，在学术界重新探头——晚了。黄金上升期结束，位置被同龄人占了，奋起直追的后辈还会挤压他最后一点生存空间。所以赔钱和解，让这事尽快平息，是你们唯一的选择。"乔绍廷语速缓慢，边说边停稳车，马律师的脸色越发难看。

乔绍廷下车，走到他近前，低声报出数字。

"你们这是讹诈……"马律师的声音比刚才低个八度。

讹诈？乔绍廷似笑非笑，一言不发。那被告就是个畜生，是个惯犯，受过那人骚扰和侵害的女性不止一个。乔绍廷的当事人在事件描述上也许有偏差或夸张，但骚扰行为——哪怕仅仅是言语骚扰，一定发生过，否则那女孩不会第二天直接报警。

"咱们都是律师，要讲证据。"马律师的语气带点委屈。

"没错，咱们是律师，律师就有责任让当事人接受对他最有利的处理方式和结果。"说着，乔绍廷指指马律师，"更何况，总该有人让他付出代价。"

乔绍廷说罢，走向法院大楼。

马律师咬咬牙，上前一步："两百万。我的当事人也许不够检点，但在这件事上，他多少有点冤。"

"三百万，一分都不能少。"

马律师还想申辩，乔绍廷抢先说道："马律师，赔了这笔钱，以后他再想骚扰年轻弱势的女性，就会想起这七位数。我不信他会在道德上自省，但也许金钱能让他老实些。"

马律师愣愣，叹了口气，后退半步，认命地捋着头发。乔绍廷知道，他接受了这个价格。

"马律师，我代她们谢谢你。"

马律师笑了，充满自嘲："你的当事人不用谢……"

"不，我的当事人觉得你就是个替变态洗地的王八蛋。我说的是那些未来本有可能受他侵害的女性。"

马律师目光闪开，乔绍廷走向法院。

乔绍廷此刻的酣畅源于胜利，也源于赔偿金额。绝大多数律师不会接这起案子，同样，绝大多数律师争取不到这样的庭外和解。胜利的味道当然甘美，那个金额也相当不错，但更为重要的是，这个结果在他看来，相对公平。

"我的当事人通过给低波动性资产加杠杆，来平衡投资组合的风险贡献，使投资组合达到更高的风险调整后收益，即更高的夏普比率……"仲裁庭里，基金管理人代表还在陈述。良好的动机搭配糟糕的结果，毫无说服力可言。

洪图侧头，继续和章政低语："有乔律在一天，我在咱们所就不会有出头的机会。"

章政还是不动嘴唇，语速飞快，给洪图阐明事务所格局。他自己要竞选律协会长，一旦成功，以后肯定没那么多时间管理事务所。乔绍廷不懂管理，心思都在案子。还有个合伙人韩彬，一年都来不了律所两次。律所肯定需要更多的合伙人，未来德志所就是她洪图说了算。

这番前景颇让洪图心动。章政看洪图眯着眼睛，暗暗盘算，乐了："瞧你，哪儿有跟自己师父较劲的？"

洪图脸一红，随后笑得云淡风轻："我俩到底谁较劲？他到现在都不肯让出'王博和雷小坤故意杀人案'的代理权呢。"

章政眼睛一眯，开始出神。

新话题很有效果。章政竞选律协，旷北平也不能因此公开发难，哪怕局势再胶着，战争也需要个导火索。王博和雷小坤那个案子，当导火索，很合适。

那起辩护本是所里例行的法律援助项目，只需要随便派两个律师走个过场，但不知怎么，乔绍廷盯上它不放。于是原本是边角料的案子，现在成为章政的心腹大患。

"那案子证据确凿，肯定没戏。"洪图接着刺激章政，"咱们所上上下下这么多人，给他维护出不败纪录，现在怕是要凉。"

"我会继续想办法说服他……不过绍廷做刑辩确实很有一手，万一他能替俩被告人保住脑袋呢。"章政安慰自己，可他跟洪图都心知肚明，问题并不限于输赢。

"那案子的被害人是严裴旭的女婿。严裴旭背后可是旷北平，是咱们整个津港律师行业的老太爷。当年你和乔律联手把他从德志挤走的旧恨还没了，这次是打算把搞死咱们所的机会往人家手里递吗？"

章政被洪图说中痛处，不由叹气。

跟乔绍廷联手把法学泰斗赶出律所，如果放到现在，章政肯定不会这样冒险。说到底，他是个谨小慎微的人。可他也记得，当初乔绍廷提出这个计划时，他们是如何两眼发亮，喝着啤酒，吃着薯片，聊一整个通宵。人年轻时总认为自己能吞下巨物，然而那个事物可能比他们想象的极限都要庞大，会卡在喉头不上不下——这就形成如今尴尬的局面。何况现在，乔绍廷的行为，无异于在明面上跟旷北平再次单挑。

"乔律对这案子怎么那么大执念？"洪图确实好奇。

"被害人的老婆叫严秋，是绍廷当年没追到的女神。"章政敷衍道，事实上他自己也搞不清，真就这点儿原因？

"哦？这事还有瓜可以吃？"洪图捧场，点头，同样不信这个说法。女神的丈夫死了，抢着替杀人凶手辩护，这应该不是制造浪漫重逢的良好途径。

"基金管理人的超权限操作，以及危机后期风控的失效，这种模型风险、操作风险、内控风险，以及对冲基金高业绩提成比例的特点所形成潜在的'道德风险',均具有个性化与不可测性……"基金管理人代表的陈述到达尾声。洪图瞥了眼身旁的管理人经理,发现他已自我放弃,两手垂在身侧,耷拉个脑袋。在这种气氛中,洪图说着无力的辩护词,不自觉地开始抠起指甲。

庭审继续。

十点半,中级人民法院刑事审判庭,乔绍廷的庭审正进行到控辩双方交锋的阶段。

公诉方坐着一名检察官和一名助检,审判席上是合议庭的审判长和两名审判员,辩护人席上一共有五名律师,乔绍廷在其中。

被告席上的五个男孩,有的满脸青春痘,有的染着黄毛。站在靠边位置的那个,明显比其他四人高大壮实,脸上还有胡楂。这人就是拆迁公司曹总的儿子,曹海。

旁听席上坐着被害人和被告人的家属,曹总也在其中,他正伸长脖子,一会儿望向乔绍廷,一会儿望向曹海。曹总之所以对乔绍廷恭敬有加,除去乔绍廷本人的因素,曹海的案子也占比不小。

"曹海的辩护人,你在辩护意见里说,作为这起抢劫案中被害人与被告人双方唯一的成年人,曹海却不应当承担任何刑事责任?"检察官努力让语调平和,还是透出些嘲讽。

乔绍廷一脸坦然:"我是说,他在这起抢劫犯罪行为中,不具备任何地位。他既不是主犯,也不是从犯,更不是胁从犯。"

此言一出,其他几名辩护人都睁大了眼,齐刷刷看向乔绍廷。

乔绍廷继续他的陈述——曹海不过是住在抢劫地点的楼上，又恰好跟一名被告认识，被喊下楼抽了根烟，聊了会儿天，被害人中有一个还没指认出曹海，那更能证明曹海根本没参与抢劫——

审判长忍不住开口打断："那要按你的说法，出现在抢劫案发现场的曹海，是什么性质？"

乔绍廷耸肩："他……就是路过的。"

此言一出，另外几名辩护人都低头，憋笑，旁听席上甚至有人笑出了声。审判长瞪了乔绍廷一眼，转头看检察官。检察官一脸不耐烦。曹海半张着嘴，他都不知道自己原来这么无辜，这么倒霉。

乔绍廷神色如常，他才不在乎别人怎么看。他只需要效果。

检方的不耐烦延续至庭审结束之后，乔绍廷签完笔录，去和他们握手："我这纯属胡搅蛮缠，得罪得罪。"

助检绷着脸，继续收拢卷宗。检察官倒是大度，握手还附赠一枚微笑："都是工作，能理解。毕竟被告人的家属在场。"

乔绍廷回报以"感谢理解"的眼神，往外走，心知肚明自己就是这样的律师，做出近乎搅诉的辩护，和那个曹总在场没有半毛钱关系。

法庭门口，曹总兴奋地追上他："乔律，牛逼！没错啊，我儿子就是路过的！你说这法院是不是应该当庭放了他？"

乔绍廷的笑容已在这十几米的道路上挥发干净，他站定回身，一脸嘲讽："你手下去威胁我客户的时候，为什么每次都至少去三四个人？"

"啊？"曹总愣了。

"你也知道人多唬人？曹海快二十岁了，身高一米八几，在被抢劫的孩子眼中，他戳着就是站脚助威。还当庭释放？缓刑都不要做梦！"

"啊？可、可您刚才不是……"

"我是努力争取让曹海不要在一起未成年人实施的抢劫犯罪中，作为唯一的成年人被判得最重。仅此而已。"

曹总愣在原地，衬衫从皮带里挣脱出来，露出一小截肚皮。他大概没想到，代理费加上溜须拍马，买不走乔绍廷的判断力。曹海是成年人，而抢劫是暴力犯罪，是重罪，最后要能争取下来一年实刑，曹总都该烧高香。

乔绍廷往外走，不忘扭头叮嘱："别让你的手下再去骚扰我的客户，以后有时间多回家管管儿子。"

乔绍廷说着走出法庭，如果他没记错，那个贸易仲裁案正开庭。这本来也是乔绍廷的案子，所以他也做过些前期调查。撇开他调查的结果不谈，那是个稳输的案子。

他能想到章政的一脸愁容，也能想到洪图每每焦虑时低头抠指甲的样子。毕竟是徒弟、同僚，也别弄得太难看才好。

乔绍廷掏出手机，开始编辑消息。

"……给我方造成巨额损失，本质上是申请人由于过度追求收益而不顾操作权限，向撒旦下注而导致的结果！"原告律师正慷慨陈词。几名基金管理人面如菜色。

洪图深吸口气又缓缓吐出，不是她不给力，没有证据，就算乔绍廷在，也不可能赢这官司。

就在此时，章政轻轻一拍洪图，从会议桌下给她看手机，是乔绍廷发来的信息。洪图飞快浏览，有些疑惑，和章政对视。章政冲她点头。

"被申请人，申请人认为你们是超权限操作。关于这部分，你们有什么解释？"首席仲裁员朝他们发问。

洪图瞥了眼手机，照本宣科："被申请人这一方的操作，并没有越权，而是得到了客户及申请人——基金托管人的临时指示。"

原告律师立刻愤怒反驳，洪图不去理会。虽然也不确定这能有什么效用，她还是继续按乔绍廷发来的信息陈述："在合同上，清楚地注明了客户是两个人——梁忠先生和他的夫人李静女士，杠杆行为源自李静女士的指示。这部分仲裁庭可以调取他们的联系记录，或者被申请人在得到授权的情况下，也可以去调取这部分记录，作为证据出示。"

李静的确不在庭上，但这充其量也就是个缓兵之计。洪图很清楚，李静没提出过加杠杆。

原告律师推了推假发，正忍不住想再次反驳，坐在一旁的基金托管人代表，也就是梁忠，突然伸手拦下律师。律师扭头看他，就见他面带顾虑，微微摇头。

原告律师诧异，洪图同样意外。她斜眼去瞟章政。章政的表情意味深长。

中午十二点，原告律师主动向洪图要求撤诉和解。

仲裁委员会停车场，章政斜倚后车门，站在车旁，拿着手机，一脸兴奋。

"绍廷，你可以啊。对方主动要求和解。你怎么知道李静给过基金托管人加杠杆的指示？"

"我不知道，但我知道她和基金托管人的经理有一腿。如果事情败露，对他们整个家族都是大丑闻，而基金托管人那边也会失去他们最重要的客户。"

至此，乔绍廷一上午处理的四起案子，都赢得了不同程度的胜利，以其他律师不会运用的手段，争取到了其他律师未必能争取到的东西。

可是，当乔绍廷将同样的这套方式运用到王博和雷小坤的案子上，就会激怒不该被激怒的人。

就像洪图跟章政说的，王博和雷小坤的死刑判决，可以称得上证据确凿，在凶手的辩护方面，乔绍廷找不到突破口。这次，他另辟蹊径的方式，是将目光转向被害人朱宏。

乔绍廷有个老同学名叫邹亮，在津港银行做客户经理。乔绍廷就从这人身上入手，让他帮忙调查朱宏一家的财务状况，试图发现朱宏的破绽。

然而，他并没有意识到，或者说他意识到了但并没有在意，津港银行的常年法律顾问是金馥律师事务所。

3．旷北平

下午一点，萧臻看着电梯门打开。

黑色皮质沙发，柔软，将手指压上去，会陷入半个指腹。玻璃茶几上放着一次性纸杯，里面是开水，如果直接拿起来喝，她不会知道自己被烫到了喉咙。先天性无痛症是一种极为罕见的常染色体隐性遗传病，其临床特征为患者自出生以来，任何情况下身体的任何部位均感觉不到疼痛。痛感和触感能帮人确认很多东西。无痛症意味着成为一只没有回音定位系统的蝙蝠，所有的石子都扔进深潭，没有回声，不拍击水面。萧臻时常觉得，就是因为有这样的疾病，她才比别人都更在意"坐标"。

旷北平大步走出电梯，一米九的身高将周遭的物体都衬托得很小。他穿白色休闲装，灰白色头发十分浓密，肩膀很宽。来面试之前，萧臻在网上见过他年轻时的照片，眼前这个人和三十年前那个戴黑框眼镜的瘦高竹竿，区别未免太大。

即便两腮的肉稍稍下垂，显得老态，旷北平也很英俊，举手投足像个加大号的息影电影明星。之前看照片的时候，萧臻没意识到这点。

跟在他身后的矮个子一路疾走，为他推门、提包，因太过周到而显出谄媚。这是旷北平的合伙人薛冬，外界都说，这是个唯利是图的小人。然而，人都是综合体，当一种特质以压倒性的样貌成为某个人的标签，那就免不了有塑造的成分。追名逐利之辈最爱将情怀与梦想贴在脑门。

萧臻看着薛冬，想起为秦王灭赵的大将军王翦。王翦表现得爱财如命，方能手握重兵，在多疑的秦王眼皮底下生存。或许薛冬对旷北平也是一样，谄媚、爱财的真小人，反倒会让旷北平放松警惕，觉得安心。

如果萧臻没记错，这人跟乔绍廷和章政是大学时代的兄弟。六年前，旷北平被迫离开德志，薛冬几乎在同一时间从原本的事务所离职。所有人都以为薛冬要去德志当合伙人，谁都没想到，他选了金馥。

"主任，您多虑了。章政这次去律协参选，无非就是想表个姿态，让大家觉得他德志所有能力跟咱们一较高下。至于什么'十佳律所'或是韩松阁的儿子，在竞选中起不到什么助力。"

薛冬边小声说话，边从待客区走过。旷北平侧头瞟他一眼，没有接话。见旷北平回来，前台秘书和里里外外的律师纷纷起身恭迎。旷北平一副大家长派头，深沉和蔼，朝众人摆手。

刚才训斥实习律师的那个合伙人也从办公室小跑着出来，毕恭毕敬跟旷北平打招呼。

萧臻想起来了，这人是旷北平的研究生付超，从进入法律行业那天开始，他就一直为旷北平鞍前马后。要说办事能力，他可能不如律所的助理，但要说对旷北平的忠诚，那很难有人和他比肩。

"小付啊，什么时候回来的？还顺利吗？"

"一提您的名字，从看守所到刑庭，一路畅通。"

旷北平笑着轻拍他的肩膀："那是因为你办案得力，与我有什么相干？"

观察着这些，萧臻忽然感到无聊。所有事都和她没什么关系。人们行走，说话，打出个大大的哈欠，往垃圾桶投掷瓶子……人世间的一切，好像都和她没什么关系。失去痛感，关联感就也变得奢侈。因为没有坐标。

跟乔绍廷的短暂交集，在萧臻脑海一闪而过。

那次是个例外。

一路播撒圣恩之后，旷北平走进办公室。薛冬跟付超打个招呼，又朝助理递个眼色，独自随旷北平进屋。

关上门，一转身，旷北平的脸立刻沉了下来。六年前，德志所主任换选，章政投自己一票，也号称是"表个姿态"，结果就是现在章政成了德志所的主任，公开和旷北平唱起对台。

见薛冬低头不语，旷北平露出和蔼的笑容："也许你说得对，毕竟你和章政、乔绍廷是一个宿舍出来的，可能你更了解他们。"

"要我说，章政没那个魄力。不管是当初还是现在，真正敢对您亮刀子的，只有乔绍廷。"薛冬还是没抬头，一副全心全意为旷北平着想的样子。

听到乔绍廷的名字，旷北平笑得更显和善："真正有资格上华山论剑的，可不是这种对谁都敢亮刀子的小刀客。"

"所以，主任，德志所有个致命的弱点。"

旷北平坐到办公桌后，一抬眼，向后一靠："乔绍廷？"

"绍廷在行业里确实是顶尖的，就是带刺。虽说这些年已经被磨得差不多了，但比起章政那个滑头，他还是有棱角。章政对他这一点可以说是又爱又恨。他既想利用这一点大杀四方，又非常担心这把双刃剑给自己惹麻烦。"

"那你的意思是说……只要摆平了乔绍廷，就相当于摆平了章政和德志所？"

薛冬微微一惊，他那话怎么听都不是这意思，旷北平想这样解读，只可能因为旷北平是这个意思。

"我只是想说，章政和绍廷，恐怕不完全是一条心。"薛冬说。

旷北平似乎看破他的心思，笑了："你跟他俩也不是一条心吧。"

薛冬略带紧张，也笑，把见风使舵的小弟扮演到底："当然，在学校那会儿，他俩还到处找论文抄呢，我已经拿到双学位了。层次不同，玩不到一起去。"

薛冬感觉自己暂时通过试探，至于乔绍廷，那就不好说了。

* * *

乔绍廷还不知道有什么在迫近,把车停在幼儿园对面,急匆匆往里跑。刚到门口,他就看到一群家长在往外走。他懊恼地叹息一声,又迟到了。

他的妻子唐初高挑挺拔,十分白净,在人群中很是出挑。乔绍廷看着她的侧脸,长叹口气,尽量不去想即将到来的战争。

唐初也看到乔绍廷,几步就迎上前,微微冷笑:"哟,乔律师,您这是百忙之中抽空来的吧?可惜,演出结束了。"

乔绍廷难掩愧色,一向利落的口才也变得不太好用:"我……那我进去跟阿祖……"

唐初用孩子们要睡午觉的借口拦住他,然后绕开乔绍廷,走向自己的车。乔绍廷看看幼儿园的方向,又看向唐初的背影,纠结数秒,追上去解释:"我今天那个刑庭的时间改不了,真是紧赶慢赶……"

"没关系的,理解。离婚协议拟好了吗?"

乔绍廷的理由,唐初太熟悉了。"庭审时间改不了。""时间来不及。"她听得太多,懒得追究,更何况两人关系已经到了这一步,她就当没听到。

提到离婚协议,乔绍廷的肩膀就更耷拉一些,他颓然地回避唐初的眼神:"这事还能不能再谈谈?婚姻又不是过家家,这老结了离,离了结的……"

"婚姻不是过家家这句话,我转送给你。你这一天到晚都见不着人,我本就是丧偶式育儿,离了也没什么区别,没准还多个偶尔能帮上忙的前夫。"唐初说着,找到自己的车,按下钥匙。

乔绍廷急了，又追几步："什么叫丧偶式育儿！我忙归忙，可甭管多晚回来……"

唐初站定转身，看着他，抱起胳膊。乔绍廷说不下去。

不管多晚回来，乔绍廷都会到儿子床边，替他掖掖被子，把玩具或零食放在床头。可孩子那会儿睡着了，感觉不到。而他打发下属买的那些昂贵商品，也不能替代父爱。他做这些，或许能感动自己，或者能自欺欺人说自己还是称职的父亲，但那都是源于他自己的需要罢了，唐初和阿祖需要的是陪伴。类似的对话不是第一次发生，唐初不抱期待的眼神，乔绍廷这几年也越来越经常看见。他深吸口气："也许你说得对，如果是这样的话，我可以……"

"你不可以。乔律师，就像今天，我相信你在百忙之中尽可能抽出时间赶来，我真的相信，但你就是没做到。演出结束了。在咱俩第一次结婚的时候，我们就有过约定，过不下去就分道扬镳，别勉强。"

乔绍廷不知道自己是什么表情，失落，麻木，还是伤心。跟此刻的他自己一样，那些刑事诉讼的被告也经常说"下次一定痛改前非"，但他们一定还会二进宫。手机响了，来电显示"邹亮"，乔绍廷一阵烦躁，直接挂断电话，继续苍白地申辩："我知道这些年你兼顾孩子和工作不容易……"

唐初笑了："兼顾孩子和工作？我从来就做不到。你怎么就天真地相信我能够兼顾，或者我就应当能兼顾呢？乔律师，为了照顾孩子，我得从临床退下来，申请去科室值夜班，我不得不放弃去北京普外进修的机会，即便这样，我还得时常让爸妈放弃出国旅游过来搭把手。你我的一天都只有二十四小时，轻重缓急，不过取舍。我做了取舍，你也做了。"

说着，唐初一声轻叹，上前一步，轻轻抚摸乔绍廷的脸："看你每天风尘仆仆，一脸疲惫，我也心疼。我知道，自从做了德志所的合伙人，你就上了高速轨道，停不下来，甚至是身不由己。你的心意，我懂，你只是做不到。乔绍廷也许可以，但乔律师做不到。"

乔绍廷呆住，法官用最柔美的声调宣布死刑判决，也不能改变判决结果。

他想道歉，但唐初不需要。他也想解释，但没什么可解释，唐初都懂。他还想辩解——孩子的汇报表演当然重要，但官司也重要，这有点儿不一样。可他也不敢这么说，他隐隐知道，正因为他会想用"不一样"来申辩，唐初才会失望。

手机又响了。唐初垂下手臂，后撤一步："快接电话吧。离婚协议记得发我。"

乔绍廷黯然地看着唐初上车，抬手接通电话："你他妈真够烦的，钱不是给你了吗！"

"绍廷，是我。严秋。"

"哦，不好意思，我还以为是……"

"方便的话，能跟你见个面吗？我想和你谈谈。"

萧臻看着薛冬从主任办公室出来，关上门，如释重负，松口气，走回自己的地盘，一进门就陷进座位，焦虑又疲惫，搓着脸。

她看见付超又在训实习律师。

第三间合伙人办公室的门打开，合伙人抱着一摞卷宗匆匆出来，胖乎乎的，一派憨厚，拍着付超的肩膀，指着主任办公室，眼睛却瞟向玻璃幕墙里的薛冬。

迎面，薛冬的助理走过来，对萧臻说："萧律师，薛律师可以见你了。"

薛冬办公室门口，助理敲敲敲开的门："萧律师来了。"

薛冬挂上电话，坐回办公桌后，低头翻看萧臻的简历，眼皮都没抬："不好意思，萧律师，久等。"

萧臻注意到薛冬心不在焉，没吭声。薛冬则完全没意识到萧臻的沉默。

很快，薛冬翻完简历，抬起头来："萧律师的工作经历还挺丰富，不过我看你做专职律师还不到半年。"

"是的。"

"为什么想来我们所？"

"在咱们津港，只有金馥和德志算得上顶尖的律所，我想大部分求职的律师，都会希望来这里。"

"对啊，不还有德志吗，为什么要来这儿？"

"简历我都有投，咱们所先通知的面试。"萧臻笑笑。

薛冬被噎得一愣，随即也笑了："我喜欢你的诚实……可能还有耿直，萧律师。"

说着，他上身前倾，又翻开萧臻的简历："问句题外话，你觉得津港最优秀的律师是谁？"

"乔绍廷。"

不忿的神色一掠而过，薛冬笑着："也对，'全国十佳律师'之一嘛。这样，去掉这个头衔，你觉得津港最好的律师是谁？"

"乔绍廷。"

* * *

旷北平办公室，刘浩天——也就是萧臻看到的憨厚胖子——把卷宗放在桌上，都是乔绍廷正经手的案子。

旷北平瞟了一眼小山样的卷宗，摆出恨铁不成钢的家长模样："看看，同样都是我带出来的，为什么只有他是'十佳律师'？你们但凡有他一半拼命，这'十佳律师'都不会这么轻易地落到他头上。"

付超倒没有不忿，低眉顺眼，刘浩天却恨恨地瞪了卷皮上的名字。

"我看出来了，我就算累死在五丈原，你们也扶不起来。"旷北平将二人的反应看在眼里，兀自拿过卷宗。

那两人低下头不语，等旷北平的下一步指示。

4. 另外半个三月一日

下午两点，乔绍廷坐在车里，看严秋从熟悉的居民楼走出来。

她没怎么变过，穿着白色T恤，长发及腰，瘦瘦小小，弱不禁风，看起来比实际年龄年轻得多。他再看看倒车镜里的自己，神色疲倦。

乔绍廷打开车门，朝严秋挥手。远远地，严秋就看到了他，点点头。

她一言不发，往楼对面的小花园走，乔绍廷立刻理解她的意思，也跟过去。

"好久没见了，你是不是瘦了？"严秋先开口。没等乔绍廷回答,她又补充:"你看起来挺疲劳的,没休息好?还是病了?"

严秋找他来,肯定不是为谈气色好坏。乔绍廷谨慎地盯着她,等她说正题。

"你是不是觉得我会怨你?怨你为什么要去给害死朱宏的人做辩护。"严秋叹气。

"你丈夫的尸体还没找到,他遇害是个合理推断,但我更愿意定义为'下落不明'。至于做辩护,这是我的工作,当然,你为这记恨我,也在情理之中。"乔绍廷的话滴水不漏。

"我不怨你给他们做辩护,但我不明白,你给凶手做辩护,为什么要来查我们家上上下下的银行财务记录呢?"

听严秋说到这个,乔绍廷一惊,随后冷笑:"看来你和邹亮不是好久没见了。也不知道他念的是哪份情,还真什么都告诉你。"

严秋盯着他,强硬起来:"你别管是谁告诉我的,现在我问你,是不是有这回事?"

"我说了,这是我的工作。"

"我知道,为了实现委托目标,你可以不择手段,但你现在连最起码的底线都没有吗?"

严秋怨怼的瞪视让乔绍廷无言以对,垂下目光。

"绍廷,在我记忆里,你不是这样的。"愤怒、厌恶以及不解,朝乔绍廷涌过去。

他直视眼前的人:"那要看你指的是哪段记忆。咱俩的某些回忆,是我曾经碰都不敢碰的。"

呆愣片刻,严秋笑了:"你最后还是放下了。"

"因为我很幸运,有个叫唐初的爱人。"说到唐初的名字,乔绍廷声音里有自己都没察觉的温度,他后退一步,"你多保重。"

乔绍廷刚走出没两步，严秋叫他："乔律师！"

称谓倒是变得很快，乔绍廷咽下苦笑回头。

"你那样做，应该违反了律师职业道德，甚至是法律，我可以投诉或举报你。"严秋见打感情牌没效果，就用起了理智牌。

乔绍廷看着远处，耸肩说："无所谓。虽说在我的记忆里，你不是那种人，但人都会变的，对吧？"

言毕，乔绍廷没再看严秋，转身离开。彼时他仍不知道，当时旷北平正在办公室里，给学生、客户和旧友打着电话。他鲜少提及乔绍廷的名字，却编织起一张针对乔绍廷的，密不透风的网。

"你今后希望往哪种类型的案件方向发展？"同一时间，金馥所合伙人办公室内，面试继续。

"哪种都可以，只要是做诉讼律师就好。"

"非诉业务很赚钱的。"

"诉讼做好了，一样赚钱。"

话也没错，薛冬瞟了萧臻一眼，不明白她这执着从何而来。又问了几个走过场的问题，薛冬基本敲定要录用萧臻，只等晚些跟旷北平汇报。

"萧律师，应聘津港最好的律师事务所，你有什么优势能说服我同意你入职呢？"他放松下来，打着趣准备收尾，"我是说，在你心中，津港最好的律师甚至不是我们所的。"

金馥的人员配置、社会资源、自己的业务水平，萧臻一板一眼答题，最后还不忘强调乔绍廷的确是"津港第一"。

几十分钟前她这么说,薛冬挺不服气,甚至想问问萧臻,她哪儿来的笃定。此刻的薛冬则早已自我安抚完毕——年轻人就喜欢张扬的做事方式,根本不懂闷声发大财的好。这也从侧面说明乔绍廷幼稚。

现在薛冬只觉得逗,继续调侃:"但这里没有乔绍廷。你要不要考虑再去德志所了解一下?"

萧臻略作沉吟,站起身笑笑:"我明白了,谢谢薛律师。"

薛冬一愣,眼前这人跟乔绍廷似乎有什么渊源,说到这个名字,她就一股轴劲,估计是狂热粉丝。"别误会,不是那意思。坐。"薛冬抬手拦下萧臻,缓和氛围,"绍廷跟我是老相识,别说你给德志投了简历,就算在这里工作,你一样有机会在私人场合里见到他。他比我小几届,可当初我们住一个宿舍。"

萧臻似乎很感兴趣:"薛律师和乔律师很熟?"

"什么'很熟'啊,我俩是哥们儿。而且你说得没错,这家伙确实是最厉害的。"

这套说辞跟在旷北平办公室时完全相反,不过薛冬心安理得,反正都是实话,看怎么说而已。他还想在乔绍廷的粉丝面前继续讲述革命情谊,来拔高自己的形象,萧臻却打断他的发挥。

"薛律师,有句话不知当不当讲。"她并不需要薛冬点头,停顿片刻,兀自说下去,"如果你们能拿出一个合伙人的位置作为奖励,五年之内,津港最好的律师一定是咱们金馥所的。"

薛冬一挑眉毛,看来不是狂热粉丝,那难道是俄狄浦斯情结?看年纪乔绍廷也不够当她爹啊。

"你对自己这么有信心?"

"不一定是我,也许会是薛律师您,但总之,不会还是乔绍廷。"

薛冬很怀疑她知不知道自己说的是什么概念，有多么难做到。野心大过能力太多，就会成为笑话，但有这种野心就意味着——可以利用。

薛冬坐直身体，重新打量萧臻，飞快调动脑细胞。

萧臻满不在乎，坐在他的对面。她很清楚，自己在薛冬眼里是贪婪而自不量力的棋子。可是不知道痛的人，同样也不知道怕。

在面试的最后，萧臻跟薛冬达成一项跟乔绍廷有关的交易。

根据那项交易，萧臻要做的是去德志所面试，并且努力成为乔绍廷的搭档。按薛冬的说法，近些年乔绍廷在德志所向来都是单打独斗，没有固定合作的律师。

而薛冬承诺给萧臻的，是在一切尘埃落定之后，金馥所的隐名合伙人身份。

他们两个都向对方隐瞒了一些东西。薛冬没有提醒过萧臻她所面临的风险；萧臻则没有告诉薛冬，她为何对乔绍廷如此在意。

下午三点，接到拆迁客户的电话时，乔绍廷正在贸易出口银行，拿另一个案子的材料。

银行法务是个戴眼镜的小伙子，一脸书呆子样，不停跟乔绍廷道歉，说法务部明天要集体出差，乔绍廷得单独出庭。

合同齐全，抵押物都在，债务人也认账，这案子就走个流程，乔绍廷也不明白他哪儿来这么大歉意。互相说了三次"对不起"和"没关系"之后，乔绍廷猜测这人有点儿社交恐惧，并暗暗感谢他给自己带来一天唯一的放松时刻——除了这个案子，这一整天就没一件轻松的事。

之后不到三十秒钟，客户的嘶吼就通过电话传了过来："乔律师！那伙人来了！"

拆迁公司的砸门和叱骂，隔着电话也能听得清清楚楚，最让乔绍廷吃惊的是，其中还混杂了曹总的声音。他立刻把电话拨给曹总，一大通质问堵在嗓子眼。可让他没想到的是，曹总直接把电话挂了。

乔绍廷往停车场走，又一次拨号。曹总还是直接挂断。还没等他发消息质问，手机就又响了起来。"马律师？"

"乔律，方便说话吗？"

"你和当事人那边谈妥了？"

"不需要谈了，我的当事人解除委托，他换律师了。"

乔绍廷的脑袋短暂嗡鸣了一秒，两个案子竟撞在一起出问题。

据马律师说，他连和解方案都没来得及提，直接被炒，新换的律师还不打算和解，要把官司打到底。

"后面，你们恐怕也会很艰难。多保重，乔律。"

最初的呆愣过去，乔绍廷只感觉很不对劲。此时的他并不知道，马律师打电话时，人就在金馥所的门外。

电话挂断后，马律师走进电梯，上楼。在主任办公室有人等他。

大学城后面的小吃街还是人挤人。在乔绍廷为了案子的变故而发呆时，薛冬与章政私下见面了。

薛冬那辆造型夸张的跑车引人注目。章政端着两杯果汁，从小吃店走到车旁，递给薛冬一杯。薛冬抿了口"果汁"，就这色素、香精加自来水的玩意儿，他们俩加上乔绍廷，愣是喝了好几年。上次章政喝半杯果汁，回去就闹了一宿肚子。也不是钢肠铁胃的岁数了，还搞这种形式主义，真不知该说他什么。

周遭的店铺变了大半，学生也换了不知道几批，唯独这家小吃店还在。随着年岁增长，薛冬和章政的默契也逐渐提升，前些年他们还需要些叙旧的场面话垫场，如今叙旧这部分只需要让熟悉的空间代为完成。没话可聊的同学聚会，才需要手舞足蹈回味当年。

章政吸取上次的教训，果汁一口没碰，买来就放在车前盖上。两人略去寒暄，直接切入正题。旷北平可能要对德志所下手，薛冬劝章政做好准备。

都参选了律协会长，章政当然没指望过消停。又不是小学生，难道还"手拉手，齐加油"吗？旷北平有动作不过是早晚的事，章政眉头都没皱一下，望着身旁往来的人群。

薛冬也把饮料放到机器盖上，说出第二个重点：旷北平动手未必是冲着章政，也可能冲乔绍廷。

章政的神情痛苦起来，目光也变得不太聚焦。

章政自己万分谨慎，旷北平未必能抓到把柄。乔绍廷就不一样了。

谁会害怕没枪的猎人，没牙的老虎？铲除了乔绍廷，那对付起他章政，还不是分分钟的事。

章政从牙缝挤出字词，询问薛冬的建议。

"退选。管好你的狗。"薛冬等的就是这个问题，说着还伸手一指，"不是二选其一。"

章政盯着薛冬："那我两个都不会选。而且绍廷不是狗，他是我兄弟。"

薛冬不屑地笑了，认识这么多年，还要讲这种场面话，伪君子比真小人更讨厌。真要拿乔绍廷当兄弟，他就该自己去咬人。

两人都没再说什么，各自上车离开。临走前，薛冬拿起机器盖上的饮料，丢进垃圾桶。

下午四点半，津港银行门口的停车场里，邹亮穿着制式西服，颇像哪个小偷私用贼赃。他瘦骨嶙峋的身体挂不住衣服，驼背耸肩，脸色灰白，唯独眼睛神经质地发亮，还猛眨个不停。

远远就见乔绍廷的车驶来，他小跑着迎上去，不曾想乔绍廷直冲他开，几乎没怎么减速。邹亮吓得忙闪到一旁。

乔绍廷气冲冲地下车，拽着邹亮的脖领子，一把将他顶在车上："跟你说多少遍了，事办好之前别给我打电话！"

邹亮挣扎着还不忘冲乔绍廷笑，劝他别这么大火气。片汤话气得乔绍廷来回踱步。钱给了，东西一直见不着，要不是念着发小情分，他现在火气还能更大些。

邹亮说东西一半天儿的就能给，此外还有额外惊喜。这邀功的部分乔绍廷只当废话，重点是邹亮要再问他借点儿钱"急用"。

"那二十万呢？这么快就花完了？"

"那个我拿去还债了……"

乔绍廷打断他："你八成是拿去……你没救了你！"

邹亮也有些不高兴了："绍廷，你打小儿就瞧不起我，可毕竟认识几十年了，总不至于这么信不过我吧？"

乔绍廷伸手指着他："做律师以来，我发现有三种人信不过——嗑药的、耍钱的和好色的。你现在是废人三项冠军，信你？我傻啊！还有，我不是打小儿就瞧不起你，事实上，那会儿看到严秋望着你的眼神，我甚至很妒忌你……撒泡尿照照你自己现在什么德行吧！"

见乔绍廷拉开车门要离开，邹亮忙上前拦，想说自己真有额外的"好东西"。而乔绍廷只当他要不到钱就不罢休，之前两个案子攒下的怒火也一块儿倾泻出来。乔绍廷回手一推邹亮，就见邹亮趔趄几下，直接摔了个跟头。邹亮坐在地上，面露愠色。

乔绍廷没想把他推倒，事情竟发展到这步，他不免自责，想伸手搀他，可略一犹豫，他决定还是别给邹亮柔情，免得他得寸进尺："再给你两三个小时，今晚下班的时候把东西拿来！"乔绍廷的语气仍然是冷冷的。

邹亮发现乔绍廷不为所动，只好自己爬起来，恨恨地看着乔绍廷开车离开。他掸着身上的土，一摸兜发现口袋空了。东西呢？他有点儿慌。

邹亮着急地四处寻找，直到发现不远处的地上躺着的那支录音笔，才松了口气。这里面记录着重要的东西——不仅对他重要，对乔绍廷也一样重要，可乔绍廷没给他机会说话。拿着录音笔，邹亮苦笑着摇了摇头。

德志所的停车场里，乔绍廷听着倒车雷达响起，摇下车窗，看到有只狗在他的停车位上趴着。他使劲地按了几下喇叭，直到流浪狗夹着尾巴跑开。

乔绍廷拿着文件袋下车,那只流浪狗在不远处的墙根站着,正望向他。乔绍廷和它对视片刻,走进楼内。

案子出纰漏,邹亮没物证,事情都不顺心。一路上,乔绍廷把文件袋夹在腋下,看着手表,同时用手搭在颈动脉上测着心率。在德志所门前,乔绍廷做了几个深呼吸,管理好表情,不动声色地走进去。

"乔先生,回来啦!"前台的女孩叫顾盼,二十岁出头,笑容阳光,一见乔绍廷进事务所,就冲他打招呼。乔绍廷挤出一个微笑,接过她递来的甜点,据说是公司下午茶,她特地留的。

不开心的时候吃点儿甜食,能分泌多巴胺。乔绍廷不太相信这能对自己起效。无数次单打独斗的经验证明,不开心的事最终还是要靠自己的能力和魄力去解决,不能寄托于别人,更别说寄托于甜食。

洪图一见他进来,就跟进办公室,说明天想替他开庭。她是指贸易出口银行的抵押纠纷,正是在那家银行门口,他接到马律师和老刘的电话,又跟曹总失联。

也许是自己看起来疲惫,昔日徒弟想要分担,也许洪图有自己的打算。

乔绍廷没心思回应,也懒得去想。

见乔绍廷沉默,洪图又告诉他,曹总的人刚刚来了一趟,曹海的案子,曹总决定解除委托。

这下好了,不顺心的事情又多一桩。

那时,距离一天的结束,还有不到六小时的时间。

* * *

下午六点多,章政和乔绍廷围坐在餐桌旁,章政面前摆着韭菜花、酱豆腐、芝麻酱、辣椒油和葱花香菜末。

乔绍廷暂时放下接连的不快,边吃边看章政搭配调料:"每次我看你吃火锅,感觉比出庭还正式。"

章政用筷子搅和着调料:"人嘛,都有点儿执念。我的执念也就是碗调料。"

乔绍廷拿筷子夹东西的动作一顿。邹亮的东西没给,章政的压力倒是先来了。

"你是想说我的执念风险太高?还是代价太大?"

章政开始边涮边吃:"先吃肉。南方啥都好,就是难得有上好的羊肉,也就这家了。听老板说他们家羊肉都是从内蒙古空运的。"

乔绍廷见章政不接茬,也大口吃肉:"这就是你们北方人的执念,但你看代价虽大,效益还是高的。外面全是等位的,生意太火了。"

章政听到"代价大,效益高"这几个字,吃不下了,放下筷子:"绍廷,旷北平针对咱们所不是一天两天了,这次王博和雷小坤的案子,背后一定有他干预。再加上我即将和那老东西竞选律协会长,他心里肯定膈应。你能不能别在这个节骨眼儿火上浇油?"

乔绍廷也放下筷子:"你就没想过,也许这是个好机会?"

"什么好机会?让咱们所散摊子的好机会吗?"

"一个拉仇恨的好机会。"

"这个所就是咱们从旷北平手上抢过来的,仇恨早就拉满了。"

"但如果这次我出头,旷北平有没有可能把所有的仇恨都指向我一个人？"

章政叹了口气。乔绍廷到底觉得自己是什么？大侠吗？津港是他一个人的江湖吗？他觉得自己可以仗剑冲出去，把所有不该惹的大佬全都惹一遍，然后撂下一句"祸不及合伙人"，德志所就安全了？

乔绍廷盯着他："你想让我把案子交出去。"

章政重新拿起筷子："不只是'想'，理论上，作为事务所主任，我有权决定指派哪个律师承办案件。即便从业务的角度考虑，这案子胜率太低，交给洪图去办就好。"

"对，然后我继续拿贸易出口银行那种毫无技术含量的案子刷战绩。"

听出乔绍廷的嘲讽，章政有些不耐烦。他确实需要乔绍廷没输过案子，德志所也需要乔绍廷没输过案子。一个"全国十佳律师"的背后是很多同事的支持。乔绍廷可以对这种荣誉和地位不屑一顾，但他没资格忽视大家的付出。

想到这些，他决定打开天窗说亮话，直接对乔绍廷发问："你觉得曹总为什么突然跟我们解除委托？马律师又为什么突然被当事人炒了？锋芒太过，难免有人针对。"

乔绍廷愣了愣神，迅速反应过来："你是说旷北平？"

"还能有谁？所以说绍廷，再这样执迷不悟下去，你辜负的是所有人。"

大脑短暂的空白之后，乔绍廷感觉肾上腺素上涌。他知道旷北平可能会针对他，但没想到会这么快，更没想到会这么阴险。案件接连失利，他感觉不对劲，却没想到这意味着旷北平已经开始进攻。既然战争打响，之前的无力感和暴躁就都可以迅速转化为斗志。既然这是战争，那就像之前的无数场战争一样,他要赢,还要用他自己的办法赢。

两人对视片刻,乔绍廷的手机响起。他看了眼信息,拿餐巾纸擦嘴,轻轻敲了敲调料碗:"还记得当初咱们在宿舍里涮火锅那次吗?你这家伙,调料不可口,宁可有肉不吃。"

听到这个,紧皱眉头的章政也禁不住笑了。

"那天晚上我没让你失望,我答应你一定能吃上这口儿,我说到做到。"

章政的笑容开始发苦。

"六年前我也没让你失望,我答应你能坐上主任的位子,我说到做到。现在我也答应你,那案子我不会输的!"

乔绍廷起身,离开火锅店。

晚上八点,乔绍廷的车停在江州银行门口的马路旁,他下车,穿过马路,走向邹亮那辆停在路旁的银色本田。

乔绍廷边拉开副驾的车门边说:"你一个津港银行的,约到江州银行门口干什么?是打算跳槽了吗……"

说话间乔绍廷已经坐进副驾驶席,没听到任何回应。他一扭头,震惊地看着邹亮瘫倒在驾驶席上,双目无神,鼻腔流血,口吐白沫,已经死了。

接下来的一个小时,乔绍廷的记忆都不算特别清楚。

他记得自己喊着邹亮的名字,用手去搭他的脉搏,然后索性趴到他胸口去听心跳。

他记得自己掏出手机拨打急救电话,四下观看时,从旁边的小手包里拿起过一根空注射器。

路灯的光照不到邹亮的车,乔绍廷也看不清邹亮的脸,紧闭的窗户让车内无比逼仄闷热，乔绍廷感觉喘不上气，下了车，又觉得周遭空旷得讨厌。闭上眼睛又猛地睁开之后，乔绍廷再次看向车里。他多希望邹亮能醒过来，告诉他这是错位宇宙中的恶作剧。

"嗡嗡"声一直不断，或许是路边的飞虫，或许是他脑内的声音。蹬三轮的老人载着无数个花花绿绿的卡通氢气球经过，气球飘浮着。

等乔绍廷缓过神来，邹亮的车旁已经停了数辆救护车和警车。他颓然地看着急救人员把邹亮的尸体拉走。一位公安拿着笔录对他说："你看下笔录，在这儿签个字。"

乔绍廷一脸茫然地接过纸笔，看都没看内容，就签了字。往日他绝对不会这样，可今天，他魂都快没了。

"你是律师，规矩应该都懂。最近先不要离开津港，可能还要找你问话。"这位公安公事公办的话语传进乔绍廷耳朵。

乔绍廷失神地点头，又去看救护车，急救人员正把邹亮的尸体抬上车。邹亮有自己的生活，他的死不一定和自己有关，更不一定和朱宏家的财务记录有关，也不会和下午见面时他反复提起的"额外惊喜"有关——乔绍廷这样告诉自己，却忍不住一遍遍想起，自己一回身把邹亮推倒在地的那个瞬间，以及那个瞬间之后，他冷冷地看着邹亮自己爬起来。

乔绍廷不记得是多少年前，或许是二十三年前，或许更久，他跟邹亮还有严秋在港口散步。那会儿他天天逃学，却走到哪里都揣着一本《为权利而斗争》。海风微凉的气息中，他给那两人念起摘抄。严秋假装在听，笑着点头，却一直望向抽烟的邹亮。乔绍廷假装不在意，却打定主意以后要在足球场上给邹亮送上几记滑铲。他也不知道，为什么这时候会想起那样无关紧要的事。

5. 指纹咖啡

指纹咖啡像个与世隔绝的地方，灯光昏黄，没有自动贩卖机和无线网络，店里也从来不放音乐。乔绍廷每次去，都能看到韩彬在吧台后面调酒——穿着深色T恤，戴着平光眼镜，没什么表情。韩彬是德志所的合伙人，却一年也去不了几次律所，既不参与德志所与外界的纷争，也不参与德志所内部的纷争。更多时候，他似乎更愿意当个咖啡馆老板和调酒师。对他这样闲云野鹤的态度，章政也不干涉，毕竟章政最早拉他入伙，是看重他父亲韩松阁的关系网络。那是和旷北平同辈的学术泰斗，退休多年，威望仍在。

跟所有人一样，乔绍廷弄不清楚韩彬在想什么，也不明白他想要什么。他时常觉得，韩彬总在刻意降低自己的存在感。或许，就是因为韩彬总是置身事外，乔绍廷才会在这样的晚上想起他的指纹咖啡。"俯瞰众生"，那天，推开指纹咖啡的门，听到迎客铃响，失魂落魄的乔绍廷莫名起了这个念头。

店里，韩彬头也不抬地说："欢迎光临。"

乔绍廷好像在盯着墙上的某个点，又好像哪儿都没看。他走到吧台前坐下，一言不发。韩彬看他反常的状态，微微一怔："稀客啊，乔律，你和夫人都很久没来了。要不要喝一杯？"

乔绍廷低垂目光，点头。

"还是老样子？拉森？"

"随便什么，是酒就行。"

韩彬把调好的酒放上吧台，一拍案钟，服务生过来把鸡尾酒端走。韩彬擦着手，此刻的乔绍廷看着像个死人。

乔绍廷抬眼看着韩彬，又扫视一圈咖啡屋："开咖啡厅是你的执念吗？你很少来事务所，却总站在这张吧台后面。"

"也许我只是不喜欢做律师。"

"那要这么说，我的执念恐怕就是太喜欢做律师了。"

"是吗？我一直以为你并不喜欢做律师呢。十五度以上的啤酒能接受吗？"

乔绍廷点头，反问："你这都看出来了？我什么时候开始不喜欢做律师了？"

韩彬从酒柜下面拿出一个木盒，边打开木盒边说："我不知道。也许从你雇佣调查事务所去寻找基金管理人和他客户老婆出轨的证据开始？"

说着，韩彬打开了那个木盒，里面是六瓶安克雷奇的限定款啤酒"与魔鬼交易"。

乔绍廷有些吃惊，看着韩彬。韩彬在想什么，他从来都没有把握。

韩彬似笑非笑地看着他说："所以我也没太搞懂，你到底是喜欢做律师，还是说只是喜欢赢？"

乔绍廷愣住了。"不败金身"之类的虚名他不在乎，可是的确，今晚之前，他喜欢赢。

人们总说，有时候，可以试着对自己宽容一些，或至少对别人宽容一些，不要因为自己的执念去伤害别人。可是做律师的，既然要替当事人争取，就一定会伤害别人。赢的每件案子，对面都坐着一个输家。没有人能永远赢。

他以为自己没输过,以为自己将要去打响一场战争,然而迎接他的是邹亮鼻腔的血。生平第一次,乔绍廷对"赢"的概念感到恶心——"输赢"概念存在的前提是双方对等,然而这次旷北平让他知道,事实上,还有一种玩法,叫作倾轧。

他和旷北平不再是围棋盘上的黑白子,或者象棋盘上的将和帅。他仍是棋子,而旷北平只要愿意,可以成为下棋的人、制定规则的人,甚至是那张棋盘本身。

理想,信念,或者是胜负欲——叫什么都行,多年来,乔绍廷围绕着它构建自己的人生。他知道自己得交出些东西,才能继续他的游戏。他的时间,家庭的和睦,他的爱情,他一样样地扔了出去。可是,在旷北平的游戏里,乔绍廷不可以选择筹码。一些不属于他的东西,也被迫被扔上牌桌。当那些东西从他手里流逝,他感觉到自己的理想变得难看不堪,急切而孱弱。

此刻的唐初应该刚到家吧。她会轻轻放下包,走到卧室门口,看阿祖躺在床上酣睡。唐初会欣慰地松一口气,随后边脱外套边关卧室门。平常又温馨的场景,他想想都觉得暖心,但他可能再也没机会融入那个家了。

人类本就是个喜欢伤害同类的物种。甚至有时,伤害的恰恰是身边的人。可是,难道应该放下执念,从善如流?或者至少适可而止?做律师是他从小的梦想。或许,他成为津港律师行业的不败传说,已经实现很多人的梦想了。

这个念头让他觉得荒谬。这么多年,旷北平或许从未真正对德志所,对他和章政出手。金馥当然为难过德志的案子,对庭的时候也给他们添过麻烦,可那些如果放到整个局势里,不过是伏击战或者遭遇战的级别,连游击都算不上。然而这次,旷北平真的出手了。

要成为什么样的律师？要选择何种方式？三月一日之前，乔绍廷觉得这些问题无比重要，可是现在，他第一次意识到，自己或许并没有提问的资格。

此时距离这天结束，只有不到一小时。

旷北平正冷笑着挂断手机，站在办公室窗前，俯瞰津港的夜景。当庞大的系统启动，当齿轮开始运行，接下来的事情，连他自己都无法控制。

章政正坐在凯迪拉克的后座。车辆行驶在大街上，路经律师协会，章政摇下车窗，看着律协大门。野心，权力，对一向谨小慎微的他来说，这些词汇如此甘美。

空无一人的德志所里，洪图推开乔绍廷办公室的门，把资料放在桌上，轻轻抚摸桌面，随后坐上那张办公椅。她觊觎这个位置很久了。再往上走一些，一步也好。

豪华的餐厅包间，薛冬则坐在首席，觥筹交错，一群律师行业的男男女女纷纷向他敬酒。付超、刘浩天、助理高唯，都在其中。薛冬露出笑容，拿起酒杯。贪婪小人的面具，他仍然戴着。

萧臻正坐在回家的公交车上，低头看手机里搜索引擎上"乔绍廷"的搜索结果——"全国十佳律师"、一年结案上百件、旷北平的得意弟子、德志所的王牌律师至今未尝一败……萧臻抬眼，斜前方坐着的男人正放低手机，拍身旁女人的裙底。那女人站在一旁，并无觉察。萧臻看看窗外，把手机揣进兜里，站起身，从偷拍男人和被拍女人之间穿过，装作不经意碰掉了男人的手机，再仿佛浑然不觉地走到车门，等候下车。

　　身居高位的人和尚未入局的人才会想着看清整个局面，而不是拘泥自己在其间的得失。此刻，萧臻想着乔绍廷和旷北平的战争，想着旷北平当年的那三位朋友究竟是如何在同一年离开律师界。新的战争开始了。不管谁输谁赢，一切都不会再是原来的样貌。

　　从杯架上拿起啤酒杯，从木箱里拿出啤酒，将冰块放进酒杯，韩彬用开蚝刀刮去瓶口的蜡封，用起子打开瓶盖，把啤酒倒入酒杯中。

　　他把倒好的酒从吧台上推到乔绍廷面前，又拿起酒瓶给自己倒酒。

　　乔绍廷拿起酒杯，刚放到嘴边要喝，又放下杯子，抬头看着韩彬："你说，到底是因为我们是这种人，才从事的这个行业，还是这个行业让我们变成了这种人？"

　　韩彬没有回答，把杯中的酒一饮而尽，冲乔绍廷举了下空杯致意。

　　乔绍廷垂下目光，看着面前那杯酒，举棋不定。

　　时钟指向十二点，终于来到午夜。

第二章 一切开始

1. 落水之前

从指纹咖啡出来,乔绍廷一宿没睡。悲伤、自我厌恶、沮丧、崩溃,这是邹亮死后的六小时里乔绍廷所能感知到的全部情绪。

半睁的眼睛,微张的嘴,嘴角的液体,青灰色的脸。熟悉的面孔变成陌生的样子。曾经交握过无数次的手,再也不会抬起来,再也不会动。十几岁时一起踢足球的人,全身僵硬,躺卧在逼仄的驾驶室,双腿蜷缩。

没有什么比这幅画面更让人愤怒,也没有什么比这幅画面更让人恐惧。拿到朱宏家的财务记录之后,邹亮给他打电话,之后不到一小时,活生生的人就变成冷冰冰的尸体,从时间上来说,已经巧合到了不像是个巧合的程度。乔绍廷感觉很糟。

飞机坠毁前夕往往先是尾翼折断,接着后半截机身的钢板飞向半空。乔绍廷感觉自己的生活秩序就宛如这样一架失事的飞机,正在空中解体,而他坐在前座,被风吹起头发,感觉到刺骨的寒冷却无能为力。机长对广播说出"系好安全带,即将紧急迫降",声音冷静却深知前方不会有什么好结果等待。这就是乔绍廷现在的感受。

在这样的情绪中,三月二日的早晨,乔绍廷去了两个地方。

* * *

第一个地方，是唐初和阿祖的住处。凌晨六点，天空已露熹微。

他把车停在小区楼下，看着手机上唐初的号码，犹豫要不要打给她，最终还是收起手机。整栋楼都黑着灯，人们睡得正香。

微亮的晨光中有遛狗和晨跑的住户，唐初出现在乔绍廷视线中。她刚下夜班，穿了件薄风衣，一脸倦容仍旧很美。看到乔绍廷，她只抬了抬眼皮，算是打过招呼。

"怎么不上去？给阿祖掖个被角什么的……"唐初并不知道乔绍廷的遭遇。

乔绍廷苦笑着摇头："就不吵他了。"

他几次欲言又止，盯着唐初："第一次看你下夜班回来。我好像从来没去接过你。我这人真挺没劲的是不是？总是伤害身边的人还不自知。"

"这是怎么了，这么悲情？我是成年人，有能力保护自己。"唐初不知道乔绍廷受的什么刺激，抱起胳膊，采取防御姿态。

乔绍廷没什么能告诉唐初的。旷北平的行动，自己的困境，这些事如果能和谁分享，当然只有唐初。可这次不一样。唐初头发微乱，风衣上有小小的褶皱，拎的那个大托特包是他们一起挑的。再注意这些时，乔绍廷有些伤感。

他没头没脑地说起关心的话，还伸手拉过唐初，摸摸她的眼睛。再后来，他索性拥住唐初，让她一会儿好好休息。

唐初把头扭向一旁，两人相互依靠着，都久久没动。

"近期，我就不回来了，就住那个加班用的小公寓，有事你可以去那儿找我。"那一刻还是得来，乔绍廷说出言不由衷的话。

几乎是顷刻之间，唐初恢复了之前坚硬的状态，直起身："咱们都要离婚了，你住哪儿不必跟我报备。"

说完，唐初就往楼门走去，步速飞快。乔绍廷和刚才的拥抱被丢在身后。

乔绍廷着急，叫她。唐初站住，回头。

乔绍廷一时语结："……离婚协议，我已经发给你了，等签完字，我再回来搬东西……"他没想过，自己拼命想要避免的东西，此刻却成了保护他们的方式。

"没问题。"

看着唐初决绝的背影，乔绍廷知道自己搞砸了他们的关系，但他只能这么做。如果下坠之后的自己死伤不明，那至少可以不要让在意的人受到伤害。

乔绍廷去的第二个地方是金馥律师事务所。当时是上午八点，天阴着却不落雨，气压低得人心闷。

他看着旷北平的车停在金馥所门口，薛冬心事重重，拉开车门，旷北平面无表情，下车走向大厦。

前一个晚上薛冬没睡好。昨天饭局结束后，他得知邹亮的死讯，之后一直神情恍惚。没人能说这事和旷北平有关，但毫无疑问，这代表着某种趋势。

早上一路，旷北平交代部署的全是其他事宜。直到快走进事务所时，他才漫不经心地开口："咱们的顾问单位津港银行……说是昨晚死了个中管，你知道是怎么回事吗？心脏病？还是脑梗？会不会涉及工伤赔偿或劳动争议？"

"说好像是下班以后，在办公场所之外的地方吸毒过量。"

薛冬斟词酌句，将敏感的部分略去不谈。

旷北平皱着眉头，回身瞟了薛冬一眼，摇头叹气，感慨堂堂银行中管还能吸毒。薛冬苦笑，没再说话。旷北平又问："死的那人，跟乔绍廷有什么关系？"

薛冬吃惊，反问旷北平道："您怎么会觉得他和乔绍廷有关？"

旷北平停下脚步，头也不回："那要不然，他大早上的跑来这里做什么？"

果然，薛冬一抬头，就见乔绍廷站在大厦门口，没换衣服，眼睛发红。

见旷北平站住不动，乔绍廷朝这边走来。薛冬背部紧绷，挤出个笑脸，绕过旷北平，拦在两人之间："好久不见啊，绍廷。来之前跟我打个招呼嘛，怎么还站在楼下等……"

保持笑容给旷北平看，又转头皱起脸，低声劝乔绍廷快走，薛冬脸颊发酸。乔绍廷看都没看薛冬，把头偏到一边，对旷北平说："王博和雷小坤那案子，我不做了，今天就交出去。"

旷北平冷冷看着他，毫无反应。

乔绍廷嗓门不小，说手里别的案子也都会转给别人。旷北平仍旧面无表情，顺着台阶走向大厦门口。

已经有路人朝这边看，电梯口的律师也大多在探头探脑。

旷北平下巴微微颤动，说不上是尴尬还是生气。

薛冬推了乔绍廷一把，示意他快走，又赶紧去追旷北平。

乔绍廷上前两步，提高音量，对旷北平的背影喊说："我可以退伙！明明都是冲我来的，能不能不要再为难那些当事人？"

旷北平的步伐顿了顿。周遭的小律师在窃窃私语，甚至有几名律师已经掏出了手机。

旷北平停住，缓缓转身，看着台阶底部的乔绍廷，居高临下,语气和蔼得异常:"绍廷,你选择做不做什么案子,或是做不做合伙人,都与我无关,但有些话不能乱讲。你我都是法律人,这一点你应该很清楚,法律讲究证据。"

乔绍廷又上前一步,说自己可以离开德志所。旷北平想都没想,右手一摊,表示"请便"。电梯来了,他率先走进去,薛冬只能跟上。

乔绍廷被留在原地。

乔绍廷并不指望旷北平听到单方面休战的请求就能立刻收手,不过他很确定,不出半小时,自己这番话会传遍各个律所,接下来旷北平再想针对德志所或者他乔绍廷的身边人,恐怕都得多些掂量。静默地妥协叫作黯然退场,根本无法阻止旷北平赶尽杀绝。而高高竖起的白旗,就有一定的威慑效果——撇清和唐初的关系,撇清和德志所的关系,接下来独自迎接那次急坠,这就是乔绍廷的计划。

乔绍廷的做法的确能让他身边的人免于旷北平的火力,只是他唯独忘了自保。他也没有想过,以他过往的性格和行事风格,没有人会相信他愿意妥协,这样大张旗鼓地示弱只会被视为策略和挑衅。

2. 拘捕

章政进事务所,一路跟同事打着招呼,心情不错。电话那头,薛冬却过于激动,嗓门前所未有地洪亮:"你的乔绍廷刚才雄赳赳气昂昂地来他妈认怂了!"

章政皱起眉头。他不知道乔绍廷的动向,更不明白薛冬的崩溃。这应该算好事才对,难道不该约着买个香精汽水,感慨乔绍廷的转变?

隔着玻璃幕墙看,薛冬就像在演哑剧,挥着手来回踱步:"好什么好!乔绍廷他脑子进水了,他这是认尿吗?这他妈挑事呢吧!他老先生就差手持逮捕证了!开什么玩笑!惹怒了老头儿我们谁也没好果子吃!"

章政走进自己办公室,关上门。他头一次听薛冬这样大呼小叫,意识到事情不太对劲。带着一丝侥幸,他继续安抚薛冬,说乔绍廷应该就是去认尿,顶多跪姿不对。薛冬立刻反驳——那不是跪姿不对,而是恨不得把膝盖顶旷北平脸上。这个形容,让章政一时也说不出话来。

薛冬深吸一口气,压住内火,坐到桌前,打开个极为时尚的血压器。他量着血压,继续抱怨:"我的小心脏!你们玩死我算了!"

章政还想说些什么,门被助理推开,看神情似乎是有紧要事情。章政挂上电话,走出办公室,看到来人,慢慢变了脸色。

上午十点。

乔绍廷走上德志所的楼梯,同时打着电话。从金馥回德志一路,他已经把手头的案子托付出去大半,认尿要有认尿的样子。

电话还没讲完,章政就拿着手机匆匆而来,双臂张开挡在乔绍廷面前,不让他进德志所。

看章政火急火燎的样子,乔绍廷哭笑不得,脚下不停。他都说了要洗心革面放弃较劲,总得容个交接的时间。章政一路小跑拦他,问他昨晚去向。这问题没头没脑,乔绍廷不打算披露隐私，给出白眼一记。快到二楼，章政还不让他进去，直截了当，问他是不是见过邹亮。

乔绍廷瞟了眼章政，又探身望向律所门内。前台站着两个男人，衣服下摆都露出手铐皮套，看来是便衣警察。

难怪章政知道邹亮，难怪要下楼拦他。

邹亮的事，乔绍廷真的理直气壮，所以，他不顾章政阻拦，快步走进律所。

便衣警察见他进门，立刻围上前来，为首一人看了眼手机上的照片："你是乔绍廷吗？"

乔绍廷点头之后，几名公安互递眼色："邹亮你认识吧？"

提到邹亮，乔绍廷面色黯然，再一点头。

"笔录我们看过了，有些情况需要你进一步配合调查，请跟我们回队里。"公安人员掏出证件，"海港刑侦支队。麻烦你先把手机交出来，或者你自己关机也行。"

说话间办公区又走出两名公安，若只是通知问话，四人未免太多。乔绍廷还注意到这几人腰间别着电台和甩棍，装备齐全。这些观察让乔绍廷起了戒备，他双手一揣裤兜，表情变得强硬："什么意思？我是被拘留了吗？还是什么别的强制措施？请你们出示相关的手续。"

公安人员的语气依然温和，劝他回队里说话。

乔绍廷看了看手表，配合调查没问题，可贸易出口银行的案子受托律师来不及换，马上就要开庭，他得赶紧过去。

他一指顾盼，示意她留下公安的联系方式，转身就往办公室走。一名公安立刻上前，拽住他的胳膊。

乔绍廷恼怒，甩开那只手："你们干什么！"

刚才说话的公安打个手势，让同事后退一步。公安语气依然温和,但又多些威压:"如果您不想把事情闹得太难看,最好现在就跟我们走。"

乔绍廷琢磨着他们的来意,深吸一口气,让自己也尽量理智。都做法律工作,他明白公安在这里什么都不会说。他打算开庭回来跟公安好好聊聊,径直走进办公室拿材料。

公安见他仍不配合,朝同事递个眼色,两人同时行动起来,一个向他出示拘留证,另一个则掏出手铐,直接给他戴上。

乔绍廷看到拘留证,震惊得都没注意到自己被铐上。他抬头问道:"你们是怀疑……邹亮是我杀的?!"

德志所门打开,乔绍廷被铐住的双手裹着一件衣服,几名公安押着他往外走。乔绍廷低头不语,神色颓丧。来来往往的人纷纷侧目。

公安押着乔绍廷一路下楼,带他坐上警车。

正走向写字楼的萧臻一抬头,恰好目睹乔绍廷从德志所出来。按之前和薛冬说好的,她来面试,没想到会看见乔绍廷被抓。

萧臻默默比对他与网上照片的区别,目送着警车离开。随后,她掏出手机,拨着电话,朝德志所的方向走去。

3. 三十七天

下午一点,海港看守所审讯室。审讯开始。

直到那时,乔绍廷仍然以为,自己最多在看守所待个一两天。旷北平一向以合法手段打击对手,可是自己已经表态,应该不能完全算作对手了吧。如果再追击下去，就是痛打落水狗，而不是合法制裁。

盘算着这些，乔绍廷穿着西装，冷静且有条理，从昨晚的约见说起——邹亮主动发信息约他，而不是他约邹亮。这部分公安肯定查过邹亮手机，能够核实。

"你说你们俩是老同学？发小儿？"他对面是审讯的公安。

"对，从小学到高中都在一起。"

"你俩关系怎么样？"

"挺好。"

公安把笔记本电脑转过去给乔绍廷看。乔绍廷和邹亮在停车场发生争执，他将邹亮推倒在地，这部分监控画面在屏幕上播放。乔绍廷不耐烦，这举动是令他愧疚，但跟杀人嫌疑联系起来，就扯得太远。朋友之间也会有争执，何况是邹亮先拽人，自己才下意识推他一把。

"你开进停车场的时候，他要是没躲开，你可能就把他撞死了。"

乔绍廷更哭笑不得，大白天在监控探头底下把自己的发小儿撞死，他这些年的律师算白当了。

公安没理会他的嘲讽，把屏幕转回来："你们因为什么发生争执？"

乔绍廷本就没做亏心事，何况公安的"证据"又显得牵强，他便有些放松，想都没想便一脸坦荡地实话实说，因为邹亮跟他要钱。

"要钱。"公安盯着他，重复最后两字，"什么钱？"

乔绍廷愣住。他好像说了不该说的东西，自己把水给搅浑了。

四五个小时过去，乔绍廷领带松开，头发油腻，一脸疲态："之前那二十万是我借给他的。他说他周转不开，有急用。"

说到借据。乔绍廷没有。短信或电子邮件之类的文字记录——乔绍廷再摇头。

"那就是说，两周之前你找他帮忙，他就恰好又跟你借了二十万。这两件事没有任何关联？"

乔绍廷低头不语。按这套说法来看，怎么他还真显得有些可疑？

到了晚上，西装换成看守所的号坎儿。乔绍廷弓着背，目光已开始茫然，直直盯着审讯室墙壁。

"王博和雷小坤那个案子我们看了，你是给嫌疑人做辩护的，为什么要让邹亮去查被害人家属的银行单据？"

乔绍廷支支吾吾，竟然真有几分犯罪分子的心虚模样。

公安把邹亮车中的文件袋放到桌上："或者应该说，你为什么要让邹亮帮你伪造被害人家属的银行单据？"

乔绍廷刚才注意力涣散，听到这话一下醒了神。他睁大眼睛，一脸震惊。什么叫伪造单据？为什么邹亮会伪造？他让邹亮查的就是真实记录，他是为了查案……

"你俩那晚打算会面的时候，这些单据就在邹亮的车上。我们核实了，全都是伪造的。"

乔绍廷停滞许久的大脑高速运转。伪造单据，杀人灭口，指纹，口角……把所有的线索整合在一起，他看起来是真的可疑。

如果邹亮没死，他就会如期拿到那些单据。他不会验证真假，把假证据拿上法庭，那他就是伪造证物……这些单据的来路……乔绍廷感觉脊背发凉，他不敢再想下去。

* * *

三月十日。

乔绍廷已经不知道时间。他穿着号坎儿，头发十分油腻，脸上也多了胡楂。

所有的对话都已经进行过五十遍以上，他还在竭尽全力地解释。

就算公安猜对了，他给邹亮钱，为了伪造银行单据，甚至想方设法篡改银行网络内的数据。邹亮都把事办了，他为什么要杀人？就因为那天下午在停车场推了那一把？那他俩从小到大已经至少想杀对方八百多次了……乔绍廷口干舌燥，而公安不为所动。

"乔律师，我们对你进行羁押调查，不是凭推测，是依证据。"

"证据？什么证据？监控视频拍到我进了邹亮的车把他杀了？"

"他停车的地方正好是监控盲区。"说着，公安拿出几张指纹比对记录放在桌上，"但车里到处都有你的指纹，包括他注射毒品的针管。你怎么解释？"

乔绍廷愣了，近乎歇斯底里："我看到他瘫在那儿，肯定要看能不能救他呀！"

三小时后。

"我只是觉得他没心跳了。我叫了一二〇的。"

五个小时三十分钟。

"是我报的警，我会傻到先杀了人，然后再自己报警吗?!"

六小时。

"不管你们怎么想，我没杀邹亮。"

七小时。

"我没杀人。"

八小时。

"我没有！"

十二个小时。

乔绍廷歇斯底里地喊道："是我杀的，行了吧！"

宣泄之后是漫长的安静，乔绍廷带着自嘲抬头，想看公安的反应。犯罪分子心理防线崩溃，终于伏法，他们该欢欣鼓舞才对。可两名审讯的公安，一人皱着眉头，从电脑屏幕后面眯眼看他，以眼神警告他不要胡说；另一个正拿个遥控器，对空调按来按去，困惑怎么调不出制冷模式。

"邹亮到底是怎么死的？"被押送回看守所监室的路上，乔绍廷回过头问。

"这个我们会查，你只需要把自己的问题交代清楚。"

随着一声警报响，电子铁门缓缓关上。监室的窗户对着外墙，每天一过正午，屋内就一片昏暗。乔绍廷盯着头顶的白炽灯，宛如置身拙劣的噩梦。那时，他还没想过放弃，只是感觉疲惫。

在乔绍廷盯着看守所的墙面发呆时，萧臻正一身职业装，站在德志所门外，抬头看着律所招牌，眼神闪亮，满怀期盼。在乔绍廷被拘捕的当天，她的面试十分成功，如今是她入职的日子，她和薛冬的计划开始了。

乔绍廷进了看守所，这些天传得沸沸扬扬，众说纷纭。有人说乔绍廷是遭人陷害的，有人说乔绍廷是真的杀人灭口，也有人偷偷议论着被拘捕当天上午乔绍廷在金馥所门口的"认错"。只有很少的人知道此事与旷北平的关联，而知道的人大多替乔绍廷捏一把汗，觉得他即使这次能够出狱，以后也无法在津港的法律行业立足。

不过在萧臻看来，乔绍廷并不是没有赢面。旷北平代表的是一整个系统，那又怎样？在电子游戏里，玩家们也都凭借一己之力，攻克一张又一张繁杂的地图。

回想着听过的传闻，一路走上德志所的楼梯，萧臻感觉到身体发热，自己似乎真的在活着——这种感受，她很久没有过了。谁也说不清楚，她这种感受是源于盼望与乔绍廷再次相遇，还是盼望接下来的冒险。

刚到上班时间，德志所办公区却一片喧闹，人来人往。没几个人在办公，人们大多在搬东西、打扫，到处堆着文件、书籍，角落还放着电脑。萧臻进了事务所，看着眼前乱象怔住。

刚上班的男员工和她一样一头雾水，拉住顾盼打听究竟。顾盼抱摞文件，语气乐呵呵："洪图升级了！她顶替了乔律师当了合伙人，乔律师的办公室归她啦。"

洪图的男助理提着垃圾桶和扫帚路过，突然凑过头来，说这是欺师灭祖，乘人之危，鸠占鹊巢。可他说罢，还是屁颠屁颠地跑去为洪图打扫办公室。

萧臻把这些都看在眼里，从乔绍廷被警车带走，到今天洪图搬办公室，一共不过一周时间。她一路往里走，其他人的议论也都传进耳朵。

有人一脸感慨，说乔律师还被关在看守所里，知道了得多心寒。也有人抱着胳膊冷眼旁观，说乔绍廷这一出事，所有人的努力全白费。但更多的人似乎在看热闹，念叨着什么律政界不败传奇锒铛入狱，德志所要丢客户。幸灾乐祸的语气，就好像他跟德志所无关。

萧臻走到合伙人办公室门口，探头看看，恰好见洪图一脸满足地擦着办公桌上的灰尘。屋里拉着窗帘，光线昏暗，东西堆得到处都是。

洪图一抬头，也看到萧臻："萧律师，你来得正好。你不是刚接手乔律师的案子吗？这些都是乔律师的东西，麻烦你把它们整理好，堆在那个角落。这也算是熟悉业务吧。"

萧臻看着一地的书、用品、奖状证书和卷宗，暗自咂舌。

乔绍廷的东西大致都被移到一块两平方米的角落，散乱堆放，毫无秩序，办公室的其他区域已经摆上洪图的东西。

萧臻坐在地上，饶有兴趣地翻看着乔绍廷的书籍。每本书的扉页，乔绍廷都一板一眼签下名字，标注购买时间。他的字体不算工整，和本人一样棱角分明，点和撇都任性地飞出去一截。

萧臻在混乱中注意到两个相框。一个放着生活照，唐初在海边大笑，长发被风吹拂在脸上。看不清长相却极具魅力。另一个则放着亲子照，蹒跚学步的小婴儿，和唐初牵手走在阳光下，一大一小两个背影。

萧臻打量着照片，因为好奇心而心跳加快。她把照片放在擦好的书上，算是整理完毕。

窗外天色已晚。萧臻站起身，伸展四肢，捶捶酸痛的腰，欣赏自己的杰作。书籍，笔记本，卷宗袋，用品，证书，奖杯，都井井有条地放着，像是某个伟人的纪念角——虽然伟人未必在世。

萧臻十分满意，关灯离开。

次日，灯一打开，洪图就被眼前的"乔绍廷角"惊呆了。她双臂交叉胸前，盯着乔绍廷的种种。视线平齐处，唐初在对她大笑。

乔绍廷出事第二天，洪图就找章政商议合伙人的事情。不到一周，她就搬了办公室。今天之前，她都很为自己的决断自豪，觉得自己不过是善于把握机会。可在唐初的笑容之中，这种自我安慰变得站不住脚。

她有些心虚，走上前，一把扣过照片，坐回转椅，一瞪门边的萧臻。"有这布置样板间的功夫，接手的案件也不知道赶紧看。"

"都看完了。"萧臻不卑不亢，答得淡定自然。

洪图更不高兴，随手从桌上拿起张纸一晃，说有个案子马上就要开庭，让萧臻赶紧准备。

"最近的一个庭是今天上午，对方提了管辖异议。"

"那你快准备答辩。"

"您手上拿的就是我的答辩状，请您过目。"

洪图一愣，低头看纸上的标题，还真是。

她无聊时想象过，如果自己先入行几年，乔绍廷和她师徒关系互换，那乔绍廷会是个什么样的徒弟。不知为什么，此刻她直觉认为，说不定是萧臻这样。

萧臻走出办公室，透过门上的玻璃，见洪图正在推过两片屏风，挡住"乔绍廷角"。

彼时，所有人都不知道乔绍廷在看守所的变化。那是更为彻底的放弃。

在看守所待到后来，审讯越来越少，却不知什么时候能出去。他渐渐地发现自己变钝，变空，时间观念消失。他发现自己越来越少想到旷北平、邹亮和自己的事业，却总在想念唐初和孩子。他一次次想起进看守所前的那个早上，唐初的头发在颈窝处翘着。除此之外，他越来越多看着墙壁发呆。胜利的执念、打败旷北平的欲望，这些之前支撑他战斗的东西，都变得遥远而无趣。

旷北平也该满意了吧。有时候他想，在金馥所门口"认尿"时，他没料到旷北平还有这个后手。失去自由的感觉很糟，像是被很钝的东西一下下地敲掉斗志、元气，还有精神，生平第一次，他真的累了。如果说一天之间搅黄乔绍廷手头的所有案子，再把乔绍廷送进看守所，只是旷北平的起步动作，那之后还有什么等着？乔绍廷无力去想。

这段漫长的"假期"之中，乔绍廷想放弃王博和雷小坤的案子，放弃追查邹亮的死因，打败旷北平的念头更是被扔到了九霄云外。他感觉到前所未有的疲惫。

海港看守所内，穿制服和皮鞋的管教走到监室门外，冲着中控室的方向喊："五筒三，开门！"

随着一声警报响，电子铁门缓缓打开。

"〇九二〇，乔绍廷，脱坎儿！"

看守所外，萧臻拿着文件袋刚下出租，看着挂在门口的牌子。

此时，距离乔绍廷进看守所已经三十七天。

4．出狱

四月七日，上午九点，手机对焦，拍下照片。乔绍廷穿着绒衣绒裤走出看守所大门，满脸胡楂，神情恍惚，头发蓬乱，拎着个大塑料袋。

马路对面，萧臻收起手机，朝乔绍廷用力挥手，叫他名字。乔绍廷从塑料袋掏出手机，径直走到萧臻面前："有充电宝吗？"

萧臻一愣，忙从挎包里拿出充电宝，递给乔绍廷。

乔绍廷接过手机："没见过你，新入职咱们所的吧？怎么称呼？"

萧臻报了名字。一脸困惑的乔绍廷用充电宝轻敲萧臻的文件袋，上面德志所的标识还算显眼。他打量着萧臻，不知道她是什么来头，也不知道章政为什么要派个新律师来接自己。

乔绍廷向萧臻伸出手，萧臻犹豫片刻，摘下手套，和他握手。

萧臻盯着乔绍廷看，还想说些什么。乔绍廷的手机屏幕亮起，短信、微信叮叮当当的声音响个不停，随即就有电话打来。

是薛冬。乔绍廷微微皱眉，不知道是时间凑巧，还是薛冬消息灵通。

"绍廷，你真的出来啦？是取保候审，还是……"

乔绍廷说着电话往路边走："我清白了，解除强制措施。是不是很失望?"

"真不是一般的失望,我还指望着能给你做辩护律师呢。"

"你的价钱我付不起,你的能力我不认可,你的为人我也信不过,免了吧。"

乔绍廷接着电话,另一只拎着塑料袋的手伸出去拦出租车。出租车在载客,没停。萧臻拍他,示意自己叫了车,乔绍廷点点头表示感谢。

车到了,萧臻帮乔绍廷拉开车门。薛冬还说着要请乔绍廷吃饭,说没能来接他简直遗憾万分。乔绍廷和他打趣几句就挂了电话,以他现在这个寒碜样,薛冬无疑是想来刷优越感的。刚出来不到五分钟,又做了那样的决定,任何一件事都比跟薛冬吃饭更重要。

薛冬坐在车里,看着被挂断的电话,脸上轻松的神态消失了,露出苦笑。

乔绍廷排除嫌疑,重获自由,当然是好消息,不过旷北平会怎么想就不好说了。乔绍廷进去不见得和旷北平有关。就算有,乔绍廷在里面足足三十七天,旷北平出了气,乔绍廷得到教训,也应该是皆大欢喜才对。

可他还是不安。

薛冬的手机响了一声,乔绍廷走出看守所的落魄样定格在屏幕。看着照片,薛冬终于明白了自己在担心什么。他担心这不是结束,而是开始。

旷北平不一定会收手,乔绍廷这样的人,也不会得了教训就老老实实。薛冬将目光定格于那张照片的发件人姓名。

＊＊＊

出租车里，乔绍廷打开手机摄像头，看着自己头发蓬乱、胡子拉碴的样子，微微皱眉。

一旁，萧臻忙着汇报从乔绍廷那里接手的案子——今天要开庭的千盛阁酒楼损赔、亿间公司建筑工程纠纷、舒购集团商事仲裁……

乔绍廷关掉摄像头，扭头问起贸易出口银行的贷款纠纷——他被羁押那天，本该去出那个庭。

萧臻低头回避他的目光。她本打算晚点儿再说，或者回所里让其他人汇报。原告没到庭，法院按自动撤诉处理。

"事务所应该做了弥补工作。"她补充道。乔绍廷点头，从塑料袋翻出随身物品揣到身上，拿出那块款式老旧的万国手表，用拇指擦擦表面。

"王博和雷小坤那个案子……"萧臻试探着开口。

"一审判了死刑，两个人还都没上诉。"乔绍廷接过话，把手表戴在手腕，"看守所里的消息也没那么闭塞。那案子后来谁办的，洪图？"

萧臻点头。乔绍廷并不意外，低头嘟囔一句"难怪"，就不再说话，靠在后座，闭目养神。

在沉默中，萧臻看着乔绍廷的侧脸，说明来意。

"您一直是我仰慕的前辈，很多人跟我说，如果有机会跟您学习，是能够成为一个好律师的。"

乔绍廷睁眼，再次打量萧臻。他注意到萧臻不知何时又戴上了手套，她的整身打扮似乎都在努力显得中规中矩——黑色的职业装，齐耳短发，不施粉黛。

"看看我这个'好律师导师'刚从什么地儿出来。跟你说这话的人……你确定不是在嘲讽我?"乔绍廷没问萧臻什么,一声苦笑。

萧臻也笑了。她想乔绍廷至少没彻底拒绝。

一小时后,旷北平走出金馥所写字楼,边朝自己的车去,边听薛冬汇报一起酒驾案的进展。那司机是旷北平朋友的儿子。

"血检超过八十毫克就是醉驾,樊家那少爷一百四十多……有些棘手。我考虑了一下,他既是初犯,又没造成交通事故或逃逸,简单做做工作,估计能判三四个月的拘役,算上羁押期间的折抵,很快就能出来了——"

不等薛冬说完,旷北平就冷冷打断:"我跟樊总说了,孩子这周就会出来。"

薛冬一愣,面露难色:"您要说是想把他捞出来的话,恐怕我就得——"

旷北平再次打断他:"你怎么做与我不相干,这事你能不能办?"

"能。"薛冬暗自咬了咬牙。

旷北平点点头,解开西服扣子,坐进车里。不等车门关上,扭头又问薛冬:"听说乔绍廷放出来了。"

"是,今天上午的事。"薛冬心头一紧。

"他怎么样?"

"我……我不知道。"

旷北平端详着薛冬惶恐的样子,笑了:"既然是老同学,你该关心关心人家。"

车门被关上。

同一时间，乔绍廷刚回德志所。

乔绍廷和章政的见面最初非常温暖人心。主任办公室，西装革履的章政从宽大的办公桌后站起身，伸开双臂，作势要拥抱乔绍廷。他动情地诉说着想念与担忧，以及自己有多为兄弟牵肠挂肚——律协有会，他无法亲自去看守所门口接风，简直痛心疾首。

对他夸张的情感表达，乔绍廷客套笑笑，伸手一拦——他身上太脏，别污染了章政的名牌西服。

章政一愣，随即紧紧握住乔绍廷的手，声音提高八度："咱们兄弟之间还在乎这个？"

乔绍廷都快信了，但章政的确瞟了眼西装。

短暂的寒暄结束，乔绍廷问起王博和雷小坤的案子。章政眉头一跳，警惕起来。"兄弟"间的温情，伴随这个话题的开启而消退些许。

章政什么都不想透露，把萧臻在车上说过的信息重复一遍——案子洪图办得挺尽心，当事人没上诉。

当事人是认了这结果，还是觉得不认也没指望翻案？不知道。

死刑复核？不清楚。

"绍廷啊，不是我说，你非要去惹旷北平，现在搞成这样。那个朱宏的岳父，严裴旭，人家是旷北平当年在兵团的战友。你明明也很清楚，还敢查人家的财务状况，现在莫名其妙地搭进去一个邹亮，自己又被羁押调查。好不容易出来了，你就别再耿耿于怀了,让这事翻篇吧!"

章政没头没脑的一大通劝诫,说得乔绍廷发愣。他根本没深想过接下来要怎么办,只是付出这么大代价,总想知道个来龙去脉。

"能让洪图把案卷给我看看吗？我来的时候看她不在所里,回头让她把卷放我办公室……"乔绍廷懒得解释,想着自己看一眼卷就该彻底死心了,也算是画个句号。

可固有印象很难一夕改变,乔绍廷要看卷,在章政看来就是想查下去,所以他不打算接这茬。他从乔绍廷的话里捕捉到"办公室"三个字,这件事虽然尴尬,但总不至于像王博和雷小坤案那么致命。他拢拢头发,叹出口气,巧妙地转移话题。

"哎……你知道,自从你被羁押,你的律师执业证也被扣了,上个月所里要年检,咱们这是合伙所,没有你就缺合伙人,审不过。我跟韩律师商量了一下,把洪图补充成合伙人了。所以……"

乔绍廷一愣,明白过来。章政不想给他看卷,他的办公室现在也已经是洪图的办公室了。

章政向前倾着身子:"先这样安排着,你的东西都没动,还在那屋,全都收拢好放一起了。等回头我们再找时间重新规划一下事务所的布局……"

乔绍廷摆摆手:"没事,反正我平时也不怎么用那个屋,而且本来我也有从咱们所退伙的打算。"

章政有点儿吃惊:"退伙？你这话什么意思？"

"我被公安带走的那天早上见过旷北平。"

章政装不知道,点点头。

"我跟他说,我会把手上的很多案子都转出去,包括王博和雷小坤那个。我跟他说，我甚至可以退伙离开德志所。"

章政听完，表情也显得有些黯然，他意识到就算服软，旷北平也不会放过他们。

乔绍廷站起身："也许你说得对，该翻篇了。"

乔绍廷说翻篇，章政只当句客气话。他估计乔绍廷会认为，他是怕被牵连才赶忙换了合伙人。当然不仅于此，他是笃信乔绍廷出来还会继续做出格的事。

章政也站起身，绕过写字台："这段时间你不在外面，发生了不少事，搞得我也是手忙脚乱，有些权宜之计你多担待。十几年的兄弟，我肯定不会亏了你。你先回家休息休息，看看小唐和孩子。"

乔绍廷刚要往外走，回头又问道："哎？贸易出口银行那个案子……"

章政本已经打算送客，忙露出大度的笑容："这事我都不好意思跟你提，因为那天你没按时到庭，合议庭那边也是不开面儿，真就按自动撤诉处理了。"

自动撤诉，得扣一半诉讼费，那案子的标的是十八亿，诉讼费交了九百零四万一千八。他那天出的意外，导致客户损失了差不多四百五十万诉讼费。

"咱们的职业责任保险够赔的吗？"

章政似笑非笑，看着他："赔了，赔付上限是两百万。"

"那剩下的……"

章政笑了："肯定是所里先把钱给赔上，还真能让客户来向咱们追讨无限连带责任啊？后来韩律师重新把那个案子给办了，客户挺满意，给咱们打了个折，所里最后只赔了两百万。"

章政这段话里的每个字是什么意思，乔绍廷都很清楚。他咬咬下嘴唇:"给大家添麻烦了。因为接受调查,我的银行卡被临时冻结了,等回头卡解冻了,我立刻把钱还给所里。"

章政拍着乔绍廷的肩膀,场面话依旧一套接一套:"不着急不着急,自家兄弟,老这么见外。"

德志所的公共办公区人来人往,一派忙碌景象。也不知大家是刻意为之,还是真的这么热爱工作,没人看刚回来的乔绍廷一眼。他走到自己昔日的办公室门口,敲了敲门,无人应答。他打开门,焕然一新的办公室,整洁而时尚,俨然成了洪图的风格。再一看,他的东西堆在角落,盖着几个垃圾袋。

乔绍廷不想进去了,他关上办公室门,在大厅一角站了会儿,一时间头脑空白,不知道后面要做什么。

另一名律师打开办公室门,招呼着乔绍廷,让他到自己屋里坐会儿。他人的同情让乔绍廷更不自在,他笑着摇头,大步往外走,路过前台时顾盼问道:"乔律师,这就走了?不多待一会儿?"

乔绍廷假笑着,拉开大门闪身而去。

乔绍廷走下楼梯,准备去停车场时,萧臻追了出来。

"乔律师,我现在要去给千盛阁酒楼开庭。这个案子我接手后,仔细看了案卷,也跟客户沟通过了,应该没有什么太复杂的情况。不知道您还有没有什么需要叮嘱我的?"

乔绍廷又一次打量萧臻。这女孩真的很善于找到完全错误的时机,说完全不恰当的事。此刻的他,怎么看也不像会有心情叮嘱千盛阁案子的样子吧。

"看你还挺年轻，拿红本多久了？"乔绍廷没接她的茬。

"半年多了。"萧臻完全不觉得自己什么有问题，兴冲冲跟上来，走在乔绍廷身旁。

"出过几次庭？"

"七次。五次民庭，一次刑庭，还有一次劳动仲裁。"

"单独出庭几次？"

"两次，都是民庭。"

乔绍廷问着萧臻的情况，和她走出楼门，来到停车场。

乔绍廷走到自己的车旁，从塑料袋里掏出车钥匙。他拉开车门，扭头对萧臻说："那案子确实不算复杂……洪律师办的那个刑案，你参与了吗？"

萧臻摇头："没有，听说那案子已经到死刑复核阶段了。乔律师，我希望今后能有机会跟您一起办案子。"

萧臻看乔绍廷快要离开，找准机会，又说一遍。乔绍廷想，果然是死刑复核。新律师都知道的事，章政还要瞒他。随即他又想，这时候自己问这些，也不知道还有什么意义。

乔绍廷敷衍地点点头，苦笑着上车离去。萧臻有些怅然，看着乔绍廷的车驶离，叹了口气。

萧臻走到停车场出口，见到不远处趴着只流浪狗，盯着它看了会儿。抬眼，她看见出口岗亭旁，乔绍廷下了车，停车场管理员正问他要停车费。

乔绍廷在车里翻了半天，又在随身的塑料袋里找，还是凑不够现金，他的银行卡也因为羁押而被冻结了。管理员收不到钱，也不能放行，很是为难的样子。

萧臻见状忙跑上前："不好意思乔律师！忘了帮您交停车费了。"

说着，不等乔绍廷答话，她掏出手机，打开电子支付。

"一天二十，一共是三十七天，七百四。"

萧臻交了停车费，冲乔绍廷挥挥手就打算离开。乔绍廷盯着她看了一会儿，问道："你开车了吗？"

"我坐公交的。"

"千盛阁的案子是在向阳法院吧？我捎你过去。"

萧臻看着乔绍廷，一瞬间有些心虚。垫付停车费的时候，自己有没有存心给乔绍廷卖个好，她其实根本说不清楚，而乔绍廷似乎把这当成了实打实的善意。

5. 外来者

乔绍廷开车带萧臻去法院的时候，最高人民法医巡回法庭的审判庭内，方媛正穿着便装，坐在旁听席上。

她三十岁出头，一头利落的毛寸短发，肩膀很宽。作为审判员，要经她手的案子不计其数，但碰到有意思的，她还是喜欢过来旁听。

这案子的上诉人和被上诉人股东是父子关系，儿子用几千万买了两块住宅用地，宣称这都是自己的钱。父亲手里有儿子盖章签字的借款协议，却没有出资记录。这事就闹上了合议庭。

上诉人一方的律师正在发言："当时双方以现金形式交接，被上诉人就认为这笔出资并未发生，我们认为，这种说辞无法对抗双方借款协议在本案当中的证据优势地位。"

被上诉人律师忍不住脱口而出:"几千万的资金,怎么可能现金交付!"

审判长忙制止被上诉人律师:"被上诉人律师请遵守法庭纪律,等轮到你发言的时候再陈述意见。"

合议庭的审判员朝上诉人席发问:"我问一下上诉人本人,那份借款协议是你亲自签署的吗?"

方媛看向上诉人席,那儿坐着个七八十岁的老头儿,戴着副眼镜,镜片颜色挺深。他朝审判员点头,胸有成竹:"协议的条款,每一个字我都仔细看了。这几千万的事,肯定不能含糊。"

方媛若有所思,盯着那个老人,兜里的手机一震。她掏出手机,见上面显示"南哥"发来信息:急活儿,回电。

方媛走出审判庭,关上门,穿过闹哄哄的楼道,走到安静的办公区,接通电话:"南哥,我好像不记得有哪个活儿是不急的。"

"南哥"全名鲁南,四十岁出头,一脸精干,跟方媛一样,肩背宽阔。最高院刑庭的办公室内,鲁南手指轻敲卷首的"保密"标签。"王博和雷小坤故意杀人案"的标题,写于首页的正中央。这一案的死刑复核,就将由鲁南和方媛完成。

下午一点,乔绍廷开着车,萧臻坐在副驾:"其实您不用特意送我,三点才开庭,时间还早,我坐地铁过去就好。我的意思是说,您不必这样做。"

"你刚才也不必帮我,谢谢你的好意。"

乔绍廷这么认真道谢，让萧臻更不自在，她看向车外，开起玩笑："都是一个事务所的同事，我就帮您垫一下——您不会不还我了吧？"

因为没看乔绍廷，她没注意到乔绍廷在用蓝牙耳机打电话："欸，唐初，我出来了。你看，我要不要回家一趟？"

萧臻看了一眼乔绍廷，一时间有些为刚才的玩笑尴尬，希望他没听见。

"……行，那你先忙，今天谁去接阿祖？哦，我就是挺想见见他……我明白，我明白……那这样，咱们就老地方吧，晚上见。"

乔绍廷挂断电话："你刚说什么？"

"没什么。"

"怕我不还你钱？"

萧臻真尴尬了："没有没有，开个玩笑。"

乔绍廷认真地算起了账——德志所"工资律师"的待遇，税后到手也就五六千。交通和通讯补助三百，再加两百饭补，就是全部收入。萧臻如果不住父母家，就得租房，就算合租也至少两千。七百多块，说垫就垫，不那么容易。

他这一通账快把萧臻算哭了，垫个钱而已，自己还心思不纯，乔绍廷竟然这么较真。她转念一想，又觉得乔绍廷稀有。之前做实习律师，她也帮前辈垫过饭钱和车费，好像没人这么当回事过。此时萧臻还没发现，只要在乔绍廷身边，她的感受就会变得异常丰富。

她看眼手机上的时间，让乔绍廷送自己去麦当劳买杯咖啡，毕竟到得太早。乔绍廷转头看她："麦当劳的咖啡？"

萧臻点头。

"挺好。"

方媛和鲁南打着电话,继续探讨王博和雷小坤案的死刑复核。证据链完整,然而没有找到被害人尸体,被告人还都没上诉。

"缺少尸体的定罪……我记得之前业务学习,咱们是不是看过一个国外的案例?"

"你说的应该是理查德·克拉夫兹杀妻案。不过国内也有判罚先例。"

鲁南边说边翻阅案卷、笔录,以及各种现场照片。

"对,我大概记得好像是八十年代的案子,也没找着尸体。"

两头一起沉默下来。那个案子不完全一样,最后还是找到了被害人的指甲和牙齿残片,还有一些毛发以及骨头碎片的DNA证据。

"这案子没有任何法医学证据吗?"

"一言难尽。你回来看卷吧。"鲁南说着,继续翻看卷宗。死刑复核的案卷不能进系统查,他也不能把卷带出最高人民法院。方媛还打趣着,说鲁南记性好,让他把整本卷背下来讲给自己。鲁南那头,翻阅案卷的手停了下来。

他身体靠向办公桌,从案卷里拿出两张纸,抬头分别写的是"津港市公安局海港分局刑侦支队办案情况说明",以及"津港市中级人民法院关于审理王博和雷小坤故意杀人案证据规则适用相关法律问题的请示"。

鲁南逐渐皱起眉头,快速向后翻了两页,用手指捋着内容,一行行往下看。他发现"乔绍廷"的名字,表情严肃起来,告诉方媛，自己要去津港找她。

方媛挂断电话，一脸困惑，但不管怎么说，鲁南愿意来是好事。她正往办公区外走，楼道的门开了，刚才的审判长走了进来，叫她"方姐"。

"我刚才从旁听席的角度，能看到上诉人那个老头儿的眼睛。"方媛停住脚步。

审判长一愣："眼睛？"

"他戴了个颜色挺深的近视镜——老花镜一般不是这个色儿，可从我那个角度看，他似乎有白内障。而且你记得吗？开庭的时候，是代理律师搀着他进来的。"

审判长想了想，微微点头。如果他真有白内障，就根本不可能"每一个字都仔细看了"，再加上没有任何银行记录显示他们有资金往来……

方媛点头。儿子串通老子，偷盖公章，倒签协议。他们想一起做套坑人。这是个虚假诉讼。

就这样，鲁南即将奔赴津港与方媛汇合，观察力极强的二人组，即将成为案件中的外来者。

6. 放弃

下午两点。乔绍廷在自己加班用的小公寓门口，用钥匙捅了半天锁，却一直打不开。他拿出手机，给中介打电话。那边传来中介充满歉意的解释，季度房租拖欠，联系不上，只好换锁……东西都在屋里没动，需要尽快补齐房租。

乔绍廷无可奈何，走出楼门，坐进车里，趴在方向盘上呆愣了一会儿，掏出手机，打开计算器开始算账——事务所两百万，个、十、百、千、万、十万、百万。萧律师七百四。房租……三四一十二，一万二……二百零一万两千七百四十。

乔绍廷转头看了眼副驾驶座上的塑料袋，再看看手腕上的万国手表，往后一靠，颓然叹息。之前在看守所积攒的疲惫，如今又朝他袭来。

十分钟后，典当行内，鉴定师仔细看着乔绍廷那块手表。万国的柏涛菲诺，戴了差不多五年，发票，乔绍廷没有。这块表是婚礼上拿钻戒"换"的，唐初当时也没给他发票。

鉴定师笑了："那您肯定还要把它赎回去。"

"临时周转一下，几天就行。"

"这块表的原价是三万五，三折您能接受吗？"

乔绍廷垂下目光，叹出口气。走出典当行后，他立刻拨通萧臻的电话："萧律师，你还在麦当劳吗？到路边等我，我这就到。"

麦当劳门口，乔绍廷的车精准地停在萧臻跟前。萧臻一上车，乔绍廷就数出七百四十块钱，塞给萧臻。

萧臻有些局促，让乔绍廷不必这么着急。

"欠个一天半天的是钱，欠得时间长了，就是人情了。我不喜欢欠人情。"见萧臻还是不太自在，乔绍廷转移话题，"还有时间的话，聊聊千盛阁的案子吧。"

萧臻用手机确认时间，略一思忖，翻开案卷。

德志所的委托人是千盛阁酒楼，原告葛平是酒楼的洗碗工，某天下班后在酒楼门口被自家的采购货车撞成重伤。葛平伤得很重，光肋骨就被撞断了十九根，构成八级伤残。从伤残鉴定来看，这场事故不但给葛平留下了轻度智力缺损和智力障碍，导致他活动能力受限，还有右耳重度听觉障碍，骨盆倾斜，脊柱损伤致颈部活动角度部分丧失。自家货车在自己的经营场所撞伤自己的员工，既是交通事故，又属于工伤，葛平按照损害赔偿，提起诉讼。

说着案子，两人开到向阳法院门口。乔绍廷干脆停好车，跟萧臻一起下了车。

他继续问道："如果对方当庭增加诉讼请求呢？"

"应该不会，如果葛平申请工伤赔偿，会另走仲裁。"

两人走到法院门口。乔绍廷想了想："那如果他真的另行申请仲裁了，千盛阁会不会面临双重赔偿？"

"如果涉及重复赔偿，我们可以向法院申请依据就高原则，对同一赔偿项目以数额较高的计算标准进行认定……乔律师，您这是……"

乔绍廷掏出身份证，冲萧臻晃晃："我可以旁听一下吗？"

萧臻笑了，不管从哪个角度说，她都求之不得。而此时的乔绍廷，是想暂时脱离他自己的一大摊事情。此外，他也想看看萧臻如何开庭。

乔绍廷和萧臻顺着台阶往法院门口走。迎面，薛冬和助理高唯正走出法院。看到乔绍廷，薛冬立刻笑着迎了上去，问他来意。乔绍廷冲他晃了晃旁听证，指了指自己斜后侧的萧臻。

萧臻和薛冬看到对方都是一愣。电光火石间，萧臻想起自己发出去的那张照片，转开眼神。乔绍廷把这两人的反应都看在眼里，意识到他们似乎认识。

不等萧臻解释，薛冬抢先开口，说萧臻来金馥所应聘过。这倒也不算谎话，只是藏了后半截没说。萧臻不自在地左右张望。

乔绍廷故意继续追问："这么优秀的年轻律师，居然没得到你们的留用？"

萧臻和薛冬都说不出话，高唯从后面绕过来，热情地打圆场："乔律师吧？哇，我见到偶像了！我是薛律师的助理，高唯，现在还是实习律师。一直久仰您的大名，没想到能见到您本人，您本人看上去真是更……"

乔绍廷打量一下自己，似笑非笑，看着高唯："更什么？"

高唯看着乔绍廷这一身邋遢样，一时语塞。

薛冬笑得更显僵硬，乔绍廷没再说什么，从薛冬身旁错身而过。

萧臻低下头，跟在乔绍廷身后，只盼他忘记刚才的插曲。刚走没两步，她险些撞上乔绍廷的后背。只见乔绍廷停在台阶的中段，死死盯着法院门口的方向。

旷北平正在下楼梯。他和蔼地笑着，和送他出门的几位法官以及领导握手道别。

旷北平一转身，看到乔绍廷，目光变得冰冷。萧臻看向乔绍廷，发现他全身紧绷，是十足的戒备状态。

旷北平来到乔绍廷面前，语气威严："绍廷，听说你被海港公安拘留调查了很长时间，怎么搞的……我那会儿怎么教你的，做刑事案件代理，务必要小心谨慎……"

说着，他又凑近了半步，语气变得阴沉："你啊，就是学不会守规矩。"

萧臻在乔绍廷身上感觉到一股陌生的情绪——恐惧。他垂着头，不去看旷北平，小声说道："我……我之前说过，不会再做那些案子了，我甚至可以退伙离开德志所……"

旷北平冷笑一声："那你还来法院干什么？看你这一身，应该还没来得及回家吧。年轻人，做人不要太虚伪……"

旷北平走下楼梯，扬长而去。乔绍廷心里极不痛快，气自己没用。薛冬跟过去的时候，回头看了一眼乔绍廷的背影，目光中略带愧怍。

就是在那个瞬间，乔绍廷读懂了自己的心思——从发现邹亮的死，到看守所的三十七天，再到恢复自由之后发现欠下巨款，在事务所失去位置……他知道自己将要坠落，却不知道坠落可以如此彻底、如此狼狈。如果说之前他只是隐约感到恐惧，那么现在他彻底怕了。

旷北平一行人走向停车场。

薛冬对刚才的偶遇感到不安，夸奖起旷北平刚才与法院院长的商谈，希望能转移他的注意力。旷北平笑笑，什么商谈，都还在嘴上说说的阶段，真想有实质性推进，那得等他在律协说了算才行。

要在律协说了算，那就得赢竞选；说到竞选，就会说到章政；从章政开始，就又得说到乔绍廷。人类的交流途径真是条条大路通罗马，薛冬绝望地发现，他怎么都绕不过去。他赔着笑说:"刚才您看到乔绍廷那模样了,您随便一出手,他们这个层次的根本就不够看。"

旷北平斜眼瞟着薛冬:"你是在暗示乔绍廷被公安调查,是我操纵的?"

薛冬忙垂下目光:"当然不是,绍廷办案一向出格,他现在这样都是自找的。"

旷北平走到车门旁停住:"乔绍廷……公安是把他放了,可闹出这么大事,他还能继续做律师?"

"如果不涉及刑事犯罪,应该不影响他执业吧?"薛冬没忍住,替乔绍廷说了句话。

"这就算部里和局里不管,律协也没反应吗?作为律师的自律性组织,应该起到督导作用啊。"

薛冬点头称是,脸上掠过担忧。他看着旷北平坐上后座,掏出手机,拨打电话。

下午四点,津港市向阳区人民法院法庭,庭审进行中。乔绍廷坐在旁听席上,回想刚才的偶遇和自己的胆怯。

原告的起诉请求刚说完,法官正在询问萧臻的意见。

萧臻拿笔在纸上写下几个数字,一一驳斥原告的诉讼请求。后续治疗费用,缺乏必要的说明和依据。营养费,虽然提供了票据,但无从证实支出必要性。而精神损害的抚慰金十万元也过高了,与其伤残状况不匹配,还缺乏依据。

她自认答得不错,算是充分发挥了职业性,抛弃了个人立场。接着,她又把话题引向车辆保险公司。千盛阁酒楼认可的诉讼请求一共是三十二万,这部分能被第三者责任险和交强险的赔偿范围覆盖。

葛平的律师孙志英是个四十来岁的短发女人，胖乎乎的，穿着朴素。她似乎想对萧臻不认可的几项赔偿进行争辩，法官摆手说道："有争议的部分待会儿再说，先把各方都认可的部分确定下来。"

萧臻瞟了眼乔绍廷。很明显，乔绍廷的心思并不在庭审，他正低着头，心事重重。

明明到目前都还顺利，萧臻却隐隐感到不安。

"被告全安保险公司，对刚才千盛阁酒楼认可的赔偿金额有异议吗？"法官问道。

保险公司的律师坐在萧臻身旁，从刚才到现在，一直在把玩自己的手串。听到法官呼唤，他放下手串，清了清嗓子，义正词严道："经公司调查，我们发现本案的事故车辆，也就是车牌为港GN9935的箱型小货车，应于去年八月份验车。换句话说，涉案车辆未经车辆检验已逾半年之久，依据《保险法》《道路交通安全法》的相关规定，以及投保书和双方签订的保险合同，全安公司对千盛阁酒楼应承担的全部赔偿金额不予理赔。"

此言一出，法官和原告律师都没料到。萧臻更是大惊，她飞快地翻阅手中的案卷，找到了行驶本的复印件，看到上面标注的年检时间确实是去年八月份。

萧臻呆呆地看着复印件，再扭头去看乔绍廷，他已经抬起头来，注意到了庭审的变故。

千盛阁酒楼看起来颇为豪华，乔绍廷站在门口。正打电话。手机那头是他父亲。

"我这不出差刚回来嘛……您结实,您健康,全中国就属您最帅……说不准时间,您就在家里待着,等着我,别满世界乱跑。喂?怎么给挂了……"

乔绍廷语调昂扬,不想让家人担心。萧臻则抱着膝盖,坐在台阶上,一脸沮丧。乔绍廷挂上电话,看着萧臻:"你是要开完庭直接向客户汇报案子吗?"

萧臻摇摇头,支支吾吾:"我想请您吃个饭。但您这是不是有事……"

"请我吃饭?"

"就是想借机向您讨教一下的意思。"

"讨教谈不上。好歹是你接了我的烂摊子,我请你吧。"

乔绍廷也不想独处,独处意味着思考自己的烂摊子。在新人律师时代,千盛阁这种级别的案子出了变故,就可以愁眉不展。但到他的资历,就算进完看守所,要赔二百万,再被行业泰斗放狠话威胁,也得打起精神。两人不约而同望向千盛阁酒楼的招牌。

五分钟后,乔绍廷和萧臻两人坐在千盛阁酒楼院内的石台上,每人手里拿个煎饼,边吃边聊。

乔绍廷啃着煎饼,津津有味,萧臻却食难下咽。她这案子办砸了。自以为该说的都说了,能做的也都做了,居然漏看了事故车辆的基本信息……以往办案有疏漏,她不会有什么感觉,但不知为何,在乔绍廷面前,她就是不希望呈现这一面。

"乔律师,您也不提醒我一下。"

"我没想到你会漏看。或者说,我以为在案情上你不会有什么失误。"乔绍廷把剩下的煎饼塞进嘴里，团着手里的塑料袋。

萧臻有点儿委屈，她才刚入行，难免有疏漏。可她很明白，自己没资格道歉。

律师这个行业，要求每个从业人员都必须实现精密、严谨、高效的逻辑闭环。客户付钱购买的，是容错率为零的法律技术支持。律师不可能为自己的失误去事后寻求客户的谅解，没有资格去跟客户说"对不起"或者"不好意思"。

见萧臻叹气，乔绍廷也苦笑一声。如果说到疏漏、错误、付出代价之类的话题，现在的他，算得上最典型的反面参照。不过他觉得，这次客户应该不会察觉萧臻有什么失误。肇事车辆逾期未做年检，这是个客观事实，一旦涉及保险赔付，肯定会被拿出来抗辩。就算他提醒萧臻又能怎样？他们也没有什么理由或证据可以对抗这个事实。

萧臻把煎饼的纸袋拨得哗啦啦响，思考着补救措施："如果肇事车辆未年检，和这个案子的事故发生并不存在因果关系呢？我可以主张保险公司这样的免赔条款是显失公平的。"

"我不认为合议庭会对一个合法民事协议所确立的法律关系拆分并介入到这个程度。跟你赌一块钱，这种抗辩很难成立。"

"那我们还可以起诉保险公司，要求其履行理赔义务。当一案的审理需要以另一案的结果为前提的时候，现在这个案子的程序可以被中止。不管最后诉讼结果如何，至少客户相信我们穷尽手段了。"

乔绍廷盯着萧臻看了会儿，站起身，掸了掸裤子上的食物残渣，点点头，往院外走："话倒是没错……"

萧臻跟在乔绍廷后面，明白他没说出口的话。话是没错，如果真这样做，也算得上是维护委托人权益。可是，就算不在意搅诉、浪费审判资源这部分，他们也很了解受害人的经济状况。

谁都希望葛平能尽快拿到后续的治疗费用，而不是在这种法律和文字的游戏里耽误救治。

然而葛平按时拿钱，就意味着萧臻败诉。每个所对"工资律师"都有业务考核标准，萧臻初来乍到，如果输了案子，也很难看。

"去找一个让我们客户能接受的方式，了结这起诉讼。"乔绍廷明白萧臻的所想，鼓励她道。

可如果他们愿意赔付，也就不会有这起诉讼。萧臻扭头，看着千盛阁的门脸。

就在这时，一辆箱型小货车驶入院内，随后开往酒楼的后门。

乔绍廷盯着那辆小货车，对萧臻说："想想办法……"

他回头，又看了看萧臻："你还年轻，应该不想这么早就放弃。"

萧臻并不知道，乔绍廷说这话时，也想着他自己。她望着乔绍廷，似乎想起了什么，又看向远处正驶向后门的那辆小货车。而乔绍廷，在说出"放弃"二字的瞬间，忽然为自己感到凄凉。

在看守所盯着白墙的时候，拿着钥匙却打不开自己公寓的时候，跟旷北平偶遇的时候，他都知道，自己在放弃。或者说，更早一些，当看到邹亮无神的眼睛时，他已经在放弃了。放弃的声音很小。它并不是轰然倒塌的一堵墙，而是苟延残喘之后，逐渐熄灭的一团火。乔绍廷感觉到，自己的那团火焰，早就烧到连个渣都不剩了。

7. 放弃之后

晚上九点，指纹咖啡卫生间内，乔绍廷理过发，刮净了脸上的胡须，换了身廉价却很干净的休闲装。他看着镜子中的自己，双手扶着洗脸池，努力想挤出个热情灿烂的笑容，却越努力越做不到。他干脆不再尝试，沉着脸看着自己。千盛阁的案子让他短暂地忘记了自己那些烂摊子，然而现在，这些事又都向他涌来。

放弃和妥协的滋味他体会到了，很糟。根据下午旷北平的态度，即便自己愿意退让，旷北平也不会收手。

但现在好像也没有别的路可走。

咖啡厅卡座里，乔绍廷坐在唐初对面，脸上挂着在卫生间里反复演练过的微笑。事实上他不想笑，小朋友摔跤之后，总要到家长面前才知道哭，乔绍廷此刻的感觉一模一样。他想拉着唐初逃跑，逃到二十五岁，到火星，到只有他们两个的地方，哪里都行。可乔绍廷还是笑着。虚假的笑容，是此时他能给出的最好的东西。反正任何事都是一回生二回熟，向唐初隐藏自己的状况，把她推开，这样的事，三十七天前他就做了。现在情势更为糟糕，他当然能再来一次。

唐初翻着手里的酒单，明显对这笑容有些困惑："咱们还是喝……拉森？"

乔绍廷敲敲自己面前的咖啡杯，示意自己喝这个就行。他笑容不变。

唐初微微皱眉，要了杯白啤，问乔绍廷出来为什么不提前打招呼，也不让自己去接。

乔绍廷语气轻松，脸部因维持夸张的表情而僵硬："那会儿的样子比较狼狈，不想让你看见。"

"家里那边……"

"我回去看了一下，都好。老爷子也没起疑心。"他继续对答如流。

"你在里面是不是受了不少罪？那时候说家属也不能去探视。"

乔绍廷笑得更起劲了，端起咖啡，和唐初的酒瓶碰杯："哪有那么夸张。这是分局的看守所，你当是渣滓洞啊。"

唐初喝了口酒，轻轻叹气。他还是这样，报喜不报忧，好面子死扛。那天她还纳闷乔绍廷怎么忽然转变态度，同意离婚，过了没多久，他就进了看守所。

眼看着唐初抿起嘴唇，快要说出关心的话，乔绍廷想起自己的来意，转开眼神，一脸不羁："我洗心革面了，现在是一个全新的我。你看我今天都不陪你喝酒了。"

唐初原本把酒瓶举在嘴边，听到这话，又放下了，脸色有些变化。这是什么意思？

"我并不喜欢喝酒，之前喝酒是为了陪你开心。我现在发现，其实完全没必要这样做。我就是不喜欢喝酒，为什么还要陪着你喝？"乔绍廷说出违心的话，破罐破摔自有其快感。但怎么都好，总之现在的状况，他更不能让唐初靠近自己。

唐初把酒瓶放到桌上："你一直都可以和我明说的。"

乔绍廷继续笑："好面子死扛嘛。我不扛了，真的，我觉得好累。离婚协议你签好了吗？"

唐初垂下目光："我没带。我想着，你刚遇到这种事，我们最好还是……"

"多虑了。离婚是出事前咱俩就商量好的，不算你落井下石。"

唐初这回信了，乔绍廷就是个混蛋。过不去的难处，要面子死扛……那都是自己多想。她深吸口气，拿起酒瓶，一口气喝下半瓶多，对服务员招了招手："结账！"

见服务员没听到，唐初从包里掏出二十块钱，放在桌上。她站起身，又掏出一个厚厚的文件袋，往乔绍廷面前一扔："你在看守所那会儿，这个快递寄到家里了。以后跟你身边的人说一声，东西不要往我那儿寄。等签完字，我会把离婚协议寄到你们事务所。有时间记得看看阿祖。"

说完，唐初离开咖啡厅。

乔绍廷盯着手里的文件袋，发了会儿呆。他把那二十块钱拿过来，在手里展开，反复端详。

晚上十点，狭小杂乱的出租屋内，萧臻两脚搭在沙发背上，身子窝在沙发里，几乎成倒立状躺着，手边摊放着千盛阁酒楼的案卷。她的室友叫李彩霞，看起来比萧臻还年轻几岁，一张娃娃脸，正把拖把戳在桶里，练钢管瑜伽。

"你今天见着乔绍廷了？真人怎么样，帅不帅？"

"我见到的那个版本有点儿落魄，七十分吧，估计梳洗打扮之后能有七十五分。"萧臻说着，举起受害人的骨三维成像片，若有所思，"人挺好的，就是感觉有点儿丧。"

"他对你没兴趣？"

"我觉得他对任何人或事都没什么兴趣。"

李彩霞拽着墩布棍,一边转圈一边看天花板:"性冷淡风,我喜欢……"

话音未落,她就和拖把一起摔倒在地。没几秒钟,她又若无其事地翻身盘腿坐在地上,重新把拖把拿在手中。

萧臻在沙发上翻了个身:"他今天旁听我开了个庭,结果我生生在偶像面前把案子办砸了。"

李彩霞继续坐着,开始拖方圆两米之内的地。

萧臻边想边试探道:"其实我还是有机会扭转局面的。我在想要不要这么做。"

李彩霞盯着她看了一会儿:"违法吗?"

"应该算不上。"

"违反职业道德和执业纪律吗?"

萧臻眨了眨眼,没说话。

"乔大律师没像人生导师那样,指点指点你?"

"他似乎不是那种人。"萧臻想了想,补充道,"但这也意味着我必须自己做这个决定。"

李彩霞冲萧臻伸出拳头:"怕什么,我的小臻臻,你一向如此,不是吗?"

萧臻笑着和她碰了下拳:"没错,一向如此。"

乔绍廷坐到吧台旁,把文件袋扔在桌上。吧台里,韩彬在背对着他收拾杯子,头也不回:"还要咖啡吗?"

"喝点儿别的。"

"拉森?"

乔绍廷没说话。

韩彬从酒架上拿起拉森和酒杯，放在乔绍廷面前，给他倒酒。乔绍廷可真行，老婆在的时候故意不喝，把人家气跑了，又一个人喝上闷酒。

乔绍廷把杯中酒一饮而尽，放下杯子："任何人在看守所住一个多月，都有心情不好的权利。"

韩彬给他倒第二杯："听所里的人说，你今天回去的时候一副落魄相。为了见爱人，你特意去理发、洗漱，还换了衣服。"

乔绍廷酒喝得飞快，又放下空杯子，双手一摊："没准我是怕衣冠不整，会被这家店轰出去。"

韩彬笑笑。唐初来之前，乔绍廷衣服的袖子是挽上去的。在她进门的时候，乔绍廷又把袖子放下来了。他是怕让唐初发现他没戴结婚时的那块表。其实他很在乎她。

"她也在乎我。除了她和我爹，这世界上应该没几个在乎我的人。"乔绍廷侧过头，看着自己在酒杯上的倒影。

韩彬笑着拿起烟，点上："别这么悲观，我也挺在乎你。"

乔绍廷语气敷衍："对对对，还有咱们德志所的全体同人，都挺在乎我的。"

说着说着，乔绍廷一侧头，忽然发现，快递文件的寄件人是邹亮。他微微一惊，停顿了动作。

乔绍廷从文件袋里面拿出一摞资料。看着那沓资料，他的表情越来越惊讶，最后，乔绍廷拿起资料中夹着的小纸条，盯着纸条上的话，呆住了。

韩彬抽着烟，一言不发地看着他。

过了好久，乔绍廷深吸口气，把纸条和材料都收回文件袋里，拿起酒杯，仰头干了。再开口时，他的声音、语气，都和刚才大不相同。

"旷北平不会放过我,他应该也不会放过章政,还有咱们所。当然,也许看在你爹的面子上,他会放过你,韩律师。"

韩彬低头掐着烟:"那我倒挺希望他别放过我……说起来,乔律,你的手表去哪儿了?"

乔绍廷琢磨着他的话,表情显得越来越放松,还带上了许久未见的笃定:"手头有点儿紧,那块表我当了。"

韩彬正转身去拿酒柜那箱安克雷奇,听乔绍廷这么说,又把箱子塞了回去。他转身拿起拉森的酒瓶,给乔绍廷倒酒,和他对视:"那我猜,你无论如何都要把它赎回来。"

官亭湾水库旁的海边晨练步道,天才蒙蒙亮。

乔绍廷站在山崖边,望着远处天边的晨曦,又低头去看山崖下的水库。他仿佛看见朱宏被困在铁笼中苦苦哀求。王博指着朱宏大声威胁,冲旁边的雷小坤一挥手,雷小坤上前一脚踹在铁笼上,铁笼从山崖坠入水中。

手机响了。乔绍廷接通电话。是章政。

"我刚得到消息,大概几小时后就会正式通知你。律协接到投诉,说你通过邹亮违法调取银行单据,侵害他人隐私,你的执业证被暂扣了。律协会对你进行听证。"

"我怎么一点儿都不觉得意外?"乔绍廷毫不在乎。

"你现在彻底没有执业资格了,洗洗睡吧。"

乔绍廷没再说什么,挂断电话。他从快递文件袋里掏出那张纸条,借着天边的晨曦,又读一遍。

"撞了南墙也不回头这德行,从小到大,你就没变过。"

他的"兄弟",他的对手,甚至是他瞧不起的人,都以为他不会放弃。可他自己知道,他放弃过。乔绍廷攥着纸条,坐在悬崖边上,直愣愣地看着官亭湾的水面。掺杂着自我厌恶的悲愤呼之欲出。

那团火又烧了起来。

第三章　四月八日

1. 苏醒

上午八点，德志所会议室内，乔绍廷双手交叉置于胸口，仰面朝天，躺在会议桌上。

从邹亮出事到现在，他第一次睡了个好觉。回不去家，进不去公寓，连个睡觉的地方都没有，说起来真是非常落魄。背负债务，答应离婚，失去合伙人的位置，甚至执业证被扣，这处境也称得上内忧外患。可是一旦做出决定，这些困境就都变得无关紧要，乔绍廷只感觉到内心笃定。

事情回到原本的样子，人无法成为他者，走上别的路，人只能越发成为自己。这个晚上，他记不起自己的梦，但知道自己是一只鸟，正重新长出翅膀，感到自由。

也是这些天的第一次，他回想起王博和雷小坤故意杀人案，那桩彻底改变他命运的案件。

王博和雷小坤是两个混混，干债务催收，朱宏欠了笔钱，所以被他们盯上。去年年底，他们去找朱宏催债，把朱宏绑架到官亭水库的悬崖边上，关进铁笼，进行威吓。

朱宏不肯还钱，跟他们起了争执，于是，他们将铁笼踹下三十多米的悬崖来逼迫朱宏就范。或许是朱宏在铁笼中的挣扎太激烈了，或许那块地面的湿滑程度超出所有人的预料，总之，在一番纷争之后，铁笼真的坠入官亭湾，朱宏从此活不见人，死不见尸。

当警方找上门，王博和雷小坤对他们的所作所为供认不讳，所以，他们被判处故意杀人。

后来，海港公安在离案发地三千米的入海口附近发现了铁笼。笼门是敞开的，里面的衣物碎片严秋辨认过，都属于朱宏。王博的车后备厢里有头发和皮肤组织的DNA，也都属于朱宏。

整个案件的证据链非常完整，市局、分局、中院也开了好些研讨会，故意杀人的罪名按说没什么问题，可乔绍廷就是有一点放不下——没有尸体。

当然，从常理推断，朱宏当然死了。他没有水下呼吸的超能力，当时官亭湾的水深、流速、水温，任何一个条件都不可能让他活过半小时。铁笼上的锁，经过勘验是笼体变形挤断的，不是被砸开的，也不是被撬开的。朱宏不是魔术大师胡迪尼，乔绍廷明白，他的尸体最大的可能性是被卷进海里，也许哪天会随着潮汐漂回岸边，也许不会。

可乔绍廷总觉得哪里不对，尤其是得知旷北平对案件的关注后，这种感觉就又加深一层。被关押的数日间，乔绍廷试过说服自己放下，试过告诉自己这案子没什么特别，现在想来，这种自我安慰简直可笑。

思忖间，乔绍廷在大厦卫生间的洗手台旁洗漱，面前堆着剃须刀、泡沫和牙膏。大厦其他公司的员工一脸嫌恶，说他摊这么一堆影响别人使用。乔绍廷满嘴泡沫，连连点头。

他默默盘算着接下来要做的事，譬如要想办法看到案卷，要让谁协助调查。执业证被扣他不在乎，可是接下来倘若要走访、探视，还是得想些办法。除此之外，他也不知道章政的态度。

* * *

九点，乔绍廷推门走进章政的办公室。章政正和助理商量着什么，站在办公桌后，两人见乔绍廷进来，都是一愣，章政还心虚地转开眼神。

　　乔绍廷看章政的样子，心里有了大致的猜测，但还是眨眨眼，一脸坦然："我是不是应该敲门？"

　　章政立刻换上一副笑脸，连叫两声"兄弟"，招呼乔绍廷坐下。助理打声招呼，走出门去。的确，只要不涉及惹祸那部分，乔绍廷永远是"兄弟"。可惜现在，章政维持和平表象的期盼，很快就要落空。

　　"我已经接到律协勒令我停止执业的通知了，现在执业证被扣，恐怕一时半会儿也转不了所，所里打算对我怎么安排？"乔绍廷单刀直入。

　　果然，章政的态度立刻变了，语气变得支支吾吾，躲避乔绍廷的目光："你这都说什么呢……你受了一个多月的罪，出来先休息休息，出去玩玩，散个心什么的。同时咱们也积极准备一下听证材料，先把这些麻烦都了结了再说。"

　　"因为我个人的失误，给事务所带来了经济损失。我联系过海港支队，我的银行账户这周内就会解封，可账上只有一百六十万，不够赔给所里的……"乔绍廷端详章政不自在的神态，话锋一转。他大致能猜到章政的态度，但还想再确认一次。

　　不等他说完，章政夸张地摆摆手："嗐！你这就真不拿我当兄弟了……这样吧绍廷，差的那四十万，所里给你担了。"

　　说罢，他盯着乔绍廷，似乎在等待某种默契的回应。

　　"而我不要再去惹不该惹的人或事了，是这个意思吗？"乔绍廷一脸玩味，看着章政。

章政客套地笑笑:"就当我买个安生,再说你现在……"

乔绍廷打断章政:"两百万。"

章政一愣。

乔绍廷微微昂起下巴,看着章政:"我的膝盖可能只值四十万,但章主任想要的安生,两百万不多。"

章政的脸上有点儿挂不住,嘴角微微抽搐,随即用大笑来掩饰情绪:"行行行,都依你,算我不懂事,人情只做了一半。就两百万!所里都给你担了。"

乔绍廷一拍巴掌,站起身:"不愧是兄弟,爽快!"

真不知该说章政软弱还是天真。走到门口,乔绍廷又回过身问道:"章政,你真觉得,只要我不强出头,旷北平就不会针对你或者咱们所吗?"

章政盯着他看了会儿,笑了:"谁会怕那老东西。你都说了,我这不是为了兄弟你吗?"

章政想休战,不想和旷北平正面开战。为了让乔绍廷也偃旗息鼓,他甚至愿意付出两百万的代价。对于德志所,对于一向看重金钱的章政,这并不是小数目。

此时是九点半,乔绍廷知道了他想知道的。

出了章政的办公室,关上门,乔绍廷往外没走几步,就听到洪图办公室里传来斥骂。他微微一怔,来到虚掩的门边。

洪图正坐在办公桌后,训斥站在对面的萧臻:"别跟我讲这些,证据你不是第一天才看到。车辆没年检怎么了?去告保险公司啊。把现在交通事故这个案子停下来。"

原来是千盛阁那个案子。

"可一旦我们去拖延这个审判程序,葛平就不知道什么时候才能拿到治疗费。他家的经济状况无法支撑……"萧臻语气斟酌,似乎在寻找措辞,"我是担心,我们这样做,会不会让法院觉得我们是在揽诉、架诉。"

"是又怎样?"从门缝里,乔绍廷看见洪图翻着白眼。

"我是觉得……"

"不管你想跟我暗示什么,我在跟你强调的,是这个职业最起码的操守。搞清楚你屁股坐在哪边!只要不涉及违法犯罪问题,我们应当无条件地穷尽手段来维护客户的权益!"洪图义正词严,驳斥着萧臻。

萧臻没放弃,继续争辩。葛平家属要求的治疗费数额并不过分,也都是有合法依据的。就算是千盛阁酒楼先垫付这笔费用,他们回过头去起诉保险公司,胜诉的话,一样能够达成理赔结果,并没有区别。

"我来告诉你,千盛阁餐饮集团在全国有七十多家连锁店,自我还是实习律师的时候,咱们所就是它的常年法律顾问。这样一个大客户,凭什么近十年如一日地信任这里?不是因为我们宅心仁厚,而是因为能力,因为我们有能力在任何事情上为它提供最强大的法律技术支持。这不是区区几十万的事,甚至不是一个集团客户的事,这是事务所的声誉问题。如果你想当个圣母婊,这案子不用办了,而且我会很愿意看到你坐到葛平家属那头,和我对庭。"说完这一通教训,洪图死死瞪着萧臻。

萧臻垂下脑袋:"知道了,洪律师,我马上去办。"

"别忘了舒购公司那边的事,催了好几天了,马上去处理一下。"

"是。"

* * *

乔绍廷听完全程，觉得颇有意思。洪图的立场符合她的一贯风格，萧臻倒是让人刮目相看。入职一个多月，萧臻想必也了解洪图要什么，却还是选择据理力争。这个新来的小律师在意的东西，似乎跟洪图、章政他们都不太一样。

乔绍廷随即想到，执业证被暂扣的事情有个最稳妥的解决办法——找个有执业证的律师为王博和雷小坤案上诉。他不想将任何人置于险境，也不希望连累谁被旷北平针对，所以他当然会有种种办法让这人不受牵连。

即便如此，在这关头愿意帮他的人，还是得有些勇气，以及多余的正义感。

乔绍廷打定主意，如果萧臻来问自己的看法，他不会给出建议。"做出选择"是每个人自己的功课，而他会依据萧臻的选择，做出自己的选择。

乔绍廷敲敲门，只当没听见这通训话，走进办公室。

洪图瞟了眼乔绍廷，也没站起来，扬了扬下巴。乔绍廷朝萧臻礼节性地笑笑，告诉洪图，自己想看王博和雷小坤案的案卷。

洪图似乎还沉浸在刚才的情绪中，不屑地冷笑一声，起身从后面的柜子里翻出案卷，往写字台上一扔。

乔绍廷谢过洪图，刚要拿卷，洪图却一伸手，摁住卷，抬眼看他。

"乔律，你知道规矩。"见乔绍廷眨眨眼，似乎没明白过来，洪图继续说道，"非合伙人的律师如果要调阅案卷，需要填一下书面申请和保密协议，找主任签个字。"

洪图说着瞟了眼萧臻："还站着干什么？"

萧臻忙向两人鞠躬，转身出办公室。见屋里只剩两人，乔绍廷笑了，以为洪图是要在新律师面前逞威风，又伸手拿卷。

洪图一把将案卷拽回来，摁在桌上："乔律，麻烦你出门右拐，走五米，只要大领导点头，案卷你拿走。"

洪图讨厌自己的专业性被质疑，一直较劲，自己要看她经办的案子，对她而言就是不信任以及挑衅。这些乔绍廷都明白，可他还是没想到洪图能做这么绝。

乔绍廷盯着她看了会儿，咬着牙点点头，转身离开。

中午，萧臻从便利店里出来，啃着汉堡，走过写字楼的停车场出口。墙根角落里，那只流浪狗趴着。它看到萧臻手里的食物，舔舔舌头，站起身，摇着尾巴。萧臻面无表情地歪头看它，一边咀嚼，一边低头打量手里的汉堡。乔绍廷将车驶出停车场，在她身旁停下，摇下车窗。

"洪律师就这样，有时候比较冲。"

萧臻点点头，神情中却并没有职场新人挨训之后常见的忐忑或者沮丧。

"你这是要去舒购公司那边吗？"乔绍廷观察着她。

"对，他们的电商团队有个突发状况，需要去做个观察研讨。"

"舒购公司是咱们所的常年客户，我之前和他们打过很多次交道。我跟你一起去吧。"

犹豫片刻后，萧臻绕过乔绍廷的车，刚想把手里剩下的汉堡扔进垃圾桶，又低头看看流浪狗。那只狗还在不远不近的地方蹲坐着,眼巴巴地望向这边,又不敢上前。

萧臻把汉堡给流浪狗,将包装纸扔进垃圾桶,坐上副驾。

乔绍廷开车离开之后,章政走出写字楼,一路东张西望,拐进楼后嘈杂的小巷。这里没什么人,对着几家饭店后厨,味道也不太好闻。

薛冬的跑车停在路边,左右都是杂物。章政拉开车门:"这光天化日之下,咱们两个大男人,还是同行,怎么搞得跟……"

薛冬点上根烟,把车窗摇下条缝:"旷老爷子的手段,你我都见识过了,谨慎点儿没坏处。你跟绍廷谈过了?"

章政点点头,没说话。

薛冬观察章政的表情:"这是谈妥了,还是没谈妥?"

章政叹气:"老实说,我没太看明白乔绍廷的态度。"

薛冬也叹气:"昨天在老爷子面前,他挺蔫儿的。"

"反正我现在拿他没招。"合伙人不当了,执业证也扣了,现在的乔绍廷要干什么,章政完全干涉不了。

"他之前带的那个徒弟,挺他吗?"薛冬朝车窗外吐着烟。

章政冷笑一声,说洪图连案卷都不给乔绍廷看。

"那他是不是只能去找韩松阁的儿子?还是说……萧臻?"薛冬似乎觉得自己的部署起了作用。他并不知道,乔绍廷的确和萧臻越走越近,但不是他以为的原因。

"一个是大腿,一个是大白腿,换你,你抱哪个?"章政看了眼薛冬的表情,摆摆手,"当我没问。走一步看一步吧。"

章政拉开车门,一条腿刚迈下车,又回过头:"欸?冬子,我跟绍廷是一根线上的蚂蚱，可你非掺和到这里面干什么？"

薛冬微笑："跟你一样，都是为了兄弟。"

两人对视片刻，都干笑起来。

2. 搭档

舒购公司规模很大，两层的办公室，几百名员工进出繁忙。工位排成规整的十几列纵队，一眼望不到头。下午一点，萧臻一路观察着舒购公司的环境，乔绍廷也观察着她。

两人进了小会议室，对面是个文绉绉的男人，戴了副眼镜，四十岁出头，头发一丝不乱。此人是公司的总经理刘睿。

按刘睿介绍，舒购公司的电视购物环节，由终端客户向舒购下单，他们把订单发给商品厂家，厂家直接向终端客户发货，货到付款。而现在出现了新情况，有人先于厂家发货，将假冒伪劣商品寄给客户，并且截收货款。

这种情形很像诈骗犯罪，应该直接向公安机关报案才是。可刘睿又有他的担心——舒购的母公司"Miracle"是全球三大零售企业之一，任何下属分公司或子公司的负面事件，都可能引发股价波动。所以，他们想先进行内部调查，搞清楚订单信息的泄露渠道。

就为这事，他们催促德志所派律师过来。

伴随着刘睿斟词酌句的介绍，萧臻低头看着桌上平铺的三份简历——分别属于刘睿手下三个业务团队的主管。

号称是法律顾问，这回却要干侦探的活儿。萧臻扭头去看乔绍廷，乔绍廷冲她挤挤眼，站起身，示意自己在门口等，让萧臻自己做判断。

* * *

此时的金馥所,旷北平正叫住薛冬问话:"我听说乔绍廷的徒弟顶了他做合伙人?他徒弟……叫什么来着?"

"洪图。"

"对,洪图。我印象中,她还是个成天跟在乔绍廷屁股后面唯唯诺诺的小姑娘。"

"什么小姑娘,您这都是哪年的皇历了?人家早都是独当一面的洪律师了。"

旷北平微微一笑,拍拍薛冬,离开。

下午两点,萧臻在会议室正襟危坐,面前放着那三份资料,对面坐着一名孕妇,也是他们的一号嫌疑人。

孕妇名叫朱琦,三十岁出头,穿着朴素宽松的连衣裙,腹部高高隆起,显然是孕晚期。她是舒购的业务团队主管之一。

萧臻低头看桌上的资料说道:"您上周起就应该开始休产假了吧?"

朱琦苦笑:"我这组有一半业务员都是刚从培训部转过来的,如果我不盯着,错一单,试用期就结束了。"

"但你迟早得去生孩子。"

"能盯一天是一天吧。现在竞争这么激烈,就业形势也不算太好,总还是希望能让他们有机会拿到正式合同。"

朱琦语速缓慢,神态也很温柔,还会替人着想。萧臻对她颇有好感。

按朱琦说,他们三个业务组的订单并不互通,业务员的电脑上只显示自己的单子。为了避免出现订单重复或者漏单，各组主管倒是能在同一个系统里看到所有订单。与此同时，业务员看不到全部订单消息。公司的规定很明确，系统集成单据的界面不能让业务员看到，主管离开工位，就必须把电脑锁屏。

萧臻眨了眨眼："您说的是这样规定，那真的这样执行吗？"

"反正我一直是这样做的，我觉得其他主管应该也是，毕竟设置好了之后，就是敲个回车键的事。"

第二名主管杜腾是个胖乎乎的本地人，讲着一口南方塑料普通话，说法和朱琦一样："锁屏，肯定锁屏。别看我来的时间没有朱姐和小王长，但我这人，最重视的就是规则。我是国企出来的，您要明白，有时候事办不成，不算无能，关键是这个过程你是不是按规矩来的。真要出了问题，一旦查出来你违反规则，你有过什么样的成绩都没用。所以——"

萧臻打断他的滔滔不绝："你知道最近出现多起订单被截的情况吗？"

杜腾当然知道，三个业务组的订单都有，情况就是他们三人商量之后，才向领导反映的。以杜腾的说法，订单泄露，可能不是"人"的问题——明摆着的事情，被截的订单哪个业务组的都有，而能看到全部订单的，就只有三个主管，就算三选一，这个嫌疑范围也很小，暴露的风险却很大。

目前被截的单子有个几十万的毛利，可但凡要被查出来，估计就得进派出所了。不值当，怎么算都不值当。

"但订单还是泄露出去了。"

"我觉得应该查一下公司的网络系统。可能我们的系统被黑了，有那种电脑病毒，什么蠕虫、木马，您知道吧？"

"真要系统被黑了，还挑着单子来啊？"第三名主管则完全不同意杜腾的推断。这是个年轻时尚的女孩，名叫王晨，烫了羊毛卷的长发梳成丸子头，搭配着无框眼镜。"轮流把我们三个叫来问话，就是怀疑我们，我很清楚公司的意思。"

"那如果让你说，你觉得朱琦和杜腾两位主管，谁嫌疑更大？"

王晨一愣："这让我怎么说？没证据，也不能随便咬别人。反正朱姐应该不会，她在公司的时间最长，心眼儿也挺好的。"

萧臻向前微微探了下身子："那你是觉得杜腾更有嫌疑？"

王晨耸肩："不至于吧。我觉得业务部没有哪个主管会这么做。不值当的，为了这点儿钱，连饭碗都丢了，何必呢？再说了，也没您这么问的。我总不能空口白牙就愣指着谁说他有嫌疑吧？"

萧臻发现，王晨跟杜腾一样，都觉得这事不太值当。可如果就这么结束问话，那就什么方向都没有，问了和没问一样。

洪图那番训话还是有些影响，萧臻先是想象一番"结果导向"该有的做法，又回忆起上学时代，那些总聚在一起说悄悄话的女孩。她模棱两可地说："是吗？别人可不一定像你这么想。"

果然，王晨脸色一变，垂下目光，露出冷笑，开始抠指甲油。

"有那缺德人，咱也没招。反正我没法说这事一定是谁干的。"

萧臻笑了："但你刚才说了，肯定不会是朱琦。"

"嗐，朱姐啊，纯粹是冤，她要是早点儿去歇产假，就压根没她事了。欸对，你知不知道，朱姐怀的不见得是她老公的孩子……"

按王晨的意思，公司似乎有那么点儿不欢迎朱琦继续在岗。

送王晨离开会议室后，萧臻站在门口伸了个懒腰，活动活动肩膀，就见乔绍廷抱着胳膊，等在门口。萧臻也不知道为什么，刚才的疲惫好像都一扫而空，她又觉得充满干劲："乔律师，我觉得差不多了。"

接下来，萧臻检查了三名主管的电脑，又询问了电脑的使用情况，乔绍廷则在办公区四处走动，偶尔和一些业务员聊天。看过电脑，萧臻就大概明白了是怎么回事。

舒购公司大厦楼下的咖啡厅，乔绍廷付款后拿着小票，和萧臻来到柜台的另一端等咖啡。他问萧臻："你为什么觉得是她？"

"核对一下被泄露订单的情况，列一个时间表的话，虽然三个业务组的订单都在其中，但这三个主管当中，只有朱琦经常留下来加班。虽然像她说的，这是她自愿多花时间来帮助那些试用期的业务员，但杜腾和王晨两个业务组订单被泄露的时间段，本不该在岗的朱琦也都在。"萧臻的声音没什么温度。

"你真这么认为？"

"我觉得这是我们能给出的最佳答复。"

服务员把咖啡放在柜台，乔绍廷把其中一杯递给萧臻："其实你也看出来了，对吧？"

萧臻低头看着咖啡，没说话。

"要不要再斟酌一下？"

萧臻还是低着头，不去看乔绍廷："我得去向刘总汇报。"

说罢，她接过咖啡，转身推门就往外走。乔绍廷也走出咖啡厅,紧跟在她身后:"朱琦应该是无辜的。"

"我并不能决定谁有罪,谁无辜。现在刘总问的是有什么疑点,我把有疑点的部分告诉他,如果他们觉得有必要,会向公安机关报案的,警察会找出谁是真正的犯罪嫌疑人。"

"可你一旦说朱琦的嫌疑最大,这个公司上上下下都会用看待罪犯的目光去看待她。"乔绍廷很诧异,现在的萧臻跟之前处理千盛阁的案子时相比,改变得也太过彻底。

"她是个孕妇,不会被辞退,我这样做并不会造成任何实质性伤害。"萧臻的声音还是异常冷静,她扭头继续往大厦门口走。乔绍廷犹豫片刻,再一次跟上去:"可你明明知道,真的不是朱琦。"

萧臻回过头。

她当然知道不是朱琦。

朱琦加班的时候,有另外两组团队的订单被泄露,但就像她说过的,她加班都是指导自己的业务员工作,一般根本不会再开电脑,系统内登录和登出的时间都是有记录的。事实上,这三名业务中管的电脑登录和登出时间,都不能涵盖所有的订单泄露时间。

可现在舒购公司要的是结论。她还能怎么说?不说是朱琦有嫌疑,难道应该说是这三名中管在合伙吃里爬外?或者干脆像杜腾说的那样,是有某个超级黑客摆着各种存有巨款的金融账户不去碰,偏偏黑进这么一个电购系统来,精挑细选地截取了价值几十万的订单?

所有对外泄露的订单时间段,都指向朱琦在岗或加班的时间,这当然是那个真正泄露订单的人有意为之。

或者再直接些说,萧臻看出来了,这就是叫他们来调查的那个刘总有意为之。他为什么要这么做？因为他希望萧臻这边给到他的，就是这样一个说法，而他可以拿这个说法去向董事长或董事会呈报。公司本来无法开除孕妇，但如果有这种罪名，那这个人自己就会在岗位上待不下去——背锅的有了，该按劳动法履行的带薪产假和各种补贴，也自然全都无须支付。

一石二鸟。

萧臻看向乔绍廷："乔律师，虽然咱们都是律师，但你比我有资本。你可以自负，你可以任性，你可以承受坚持所谓正义带给你的任何后果，但我不能。舒购公司是德志所的重要客户，而现在刘总就是他们的客户代表，我总不能去质问他'你为什么要贼喊捉贼'吧？"

乔绍廷叹了口气："你别误会，没别的意思，我只是想帮你。"

"我没有求你帮我。"

乔绍廷垂下目光。

萧臻冷笑道："乔律师，你是不是想教导我如何成为一个好律师？"

乔绍廷摇头说："我教不了你，有些方向，是个人选择。"

萧臻没再说什么，转身走进大厦。乔绍廷看着萧臻的背影，感到失望又诧异。几乎是一夕之间，萧臻好像变了个人。

他并不知道，萧臻做出这样的选择，或许有些外部压力的因素，或许能归咎于洪图的训导，但更为重要的原因，是萧臻自己想试试看。

无条件穷尽手段维护客户权益，为此忽略原则和一些基本事实，这是很多律师会做出的选择。洪图的训斥并没有让萧臻感觉到被压迫，却提醒了她还有这样的一条路。她得试试看才知道，自己到底是不是会做出这种选择的人。萧臻感觉自己正站在一米开外的地方，端详着自己。

乔绍廷看着萧臻的背影，发现自己想要的其实不仅仅是个临时的搭档，还是一个同伴。但这个念头太过奢侈，所以直到它破灭，他才意识到存在过。

乔绍廷朝停车场走，摇摇头，把可笑的期盼驱散。

此时的医院挂号处等候区，旷北平也开始了他的行动。

洪图刚接到章政的指示，让她给乔绍廷看王博和雷小坤案的卷宗，可是此刻她顾不上这个。她父母正坐在医院长椅的一端，父亲斜身半靠在母亲身上，扶着腰椎。洪图急匆匆从护士站拿个枕头过来，帮父亲垫在腰后，焦虑地望向挂号处的办公区通道。医院的大部分地方其实没有消毒水的味道，长椅另一端被丢弃的快餐食物冷掉之后散发出油脂的气息，除此之外，洪图什么都闻不到。

穿白大褂的短发女子从办公区出来，跑向另一个科室，洪图忙迎上去。这是她的大学同学，也是她今天带父亲看上病的唯一指望。

"现在还不确定能不能加得上号。我先去处理个事，等一会儿我再求求科室领导。"女子低声说完，就又匆匆地跑远。

走廊的另一端，旷北平陪着严裴旭从药房出来，后面跟着一位医生。那医生正惶恐地跟旷北平握手，让他下次千万别专程跑一趟，再拿药要么家属过来，要么直接给他打电话。旷北平笑着拍拍医生的肩膀，随即注意到洪图和她的父母。他们还是坐在挂号等候区，洪图隔一会儿就按亮手机屏幕，或者站起来走几步又坐下,一脸的焦躁。

他的确是陪严裴旭来拿药,但严格来说,也不算"专程"。

他陪严裴旭到医院的大门口,看着严裴旭布满烧伤疤痕的左手,满脸愧疚。

严裴旭笑了:"早年间也没什么事,估计是岁数大了,天儿一潮就犯毛病。对了,那两个害死我女婿的,什么时候执行死刑?"

旷北平握着严裴旭的左手,另一只手在上面轻轻地拍着,打断他:"老哥,你放踏实,都在我心上。"

送走严裴旭之后,他又回头看向洪图。

十多分钟之后,洪图仍半蹲在父亲身旁,用手一直推着枕头,帮父亲顶着腰。她的大学同学从办公通道小跑着出来,无奈地冲她摇头:"不行,今天实在是加不进去了。我刚才跟领导刚一提这茬,就被一通数落……"

洪图深吸口气,这不是他们一家人第一次白跑一趟,下次,再下次,恐怕情况也不会好哪里去。正在她绝望时,医院的广播里传出叫号:"0146,洪岸旗,请到二号专家门诊室就诊。"

听到广播,洪图一家和短发的女医生都愣了。直到广播又重复两遍,洪图才反应过来,忙搀起父亲,走向专家门诊室。她不明白这是突然加上了号,还是系统有什么错误,总之是天降的好事。

刚到诊室门口,门就开了,旷北平边向坐诊的专家致谢边往外走。专家起身和他握手,送他出去,把两位老人迎进诊室。

见到旷北平,洪图先是一脸震惊,直愣愣地盯着他,随即明白了事情的原委,整个人僵在原地。

旷北平走到洪图身旁,语气温和:"人上岁数了,腰椎难免出问题。待会儿医生会给你留个电话,我打招呼了,再有什么需要,直接找他就好。"

说罢,旷北平径自朝外走,洪图上前几步,拦在他身前:"旷主任,你为什么要帮我?"

旷北平摆出困惑的表情,好像完全不明白洪图的意思。

洪图有些紧张:"我知道,你不会平白无故帮我。你需要我做什么?"

旷北平哑然失笑,想了想,抬头说道:"我需要你什么都不做,可以吗?"

洪图先是皱起眉头,随即似有所悟:"明白了。是不是只要我不帮他,什么都不做,你就能让我随时带父亲来看病?"

旷北平摇摇头:"这是你自己的孝心,与我有什么相干?"

半小时后,萧臻给刘总汇报完毕,路过舒购公司大厦的停车场时,已经找到了自己想要的那个答案。

停车场里,乔绍廷朝萧臻打了个招呼,抱着胳膊站在车边:"以为我一言不合就把你甩在这儿,自己开车走?我没那么幼稚吧。观点不一样很正常,何况你说得也没错。"

萧臻垂下目光:"我刚才的态度不太好。"

乔绍廷摆摆手:"你回所里吗?上车吧。"

乔绍廷开车通过一个又一个红绿灯,有七八分钟的时间,车里都是沉默。萧臻盯着乔绍廷的侧脸。

"您是那种……"

乔绍廷瞟着她:"什么?"

"我不知道该怎么形容……有良心的律师?"

乔绍廷的眉毛耷拉下来，表情有些沮丧："首先，我的本儿被扣了，所以我现在不是律师。至于良心嘛，那玩意儿人人有。我不知道在你目前的语境里，良心算不算是种讽刺。"

"这不是讽刺。只是在这两个案子里，相比较律师的职业性，您似乎更倾向于某种个人价值评判。"

"那要看你怎么理解律师的职业性。"乔绍廷开着车，拐过一道弯，也侧头看萧臻的脸。

"我的认知可能比较浅薄，就是在不违反法律规定的前提下，最大限度维护客户的权益。"

乔绍廷微微摇头："这不浅薄。你说得没错。"

两人沉默了片刻，萧臻忍不住问："但是……？"

"哦，没有'但是'。"

车开到德志所的门口，萧臻谢过乔绍廷，正要推门下车，又回过头问："到底怎么才能做好律师？"

乔绍廷反问道："你是想'做好'律师，还是做'好律师'？前者靠努力，后者靠天性。"

"哪个更重要？"

"都重要。"

"那如果二者发生冲突呢？"

乔绍廷略一沉吟："看取舍。"

萧臻想了想，没再说什么，下车离开。

她不知道自己要依靠努力还是天性。这世上有很多人都知道自己是什么样的，从而做出遵循内心的选择，而她要先做完选择，才能反过来明白自己的内心。

* * *

千盛阁酒楼门口，吴总大腹便便，正走下台阶。司机把车开过来，为他拉开车门。吴总的手机响了，他接通电话。

"谁？葛平的律师？你打给我干什么？我们已经委托了律师，有什么事情你去和他说。"

电话那头不知说了什么，吴总的脸色变了："什么？谁告诉你的？等等等等！你先别挂……"

他放下手机，用手捂住话筒，微微皱眉想了想，继续讲着电话，返回酒楼，语气中多了谨慎和警惕。

"喂？孙律师是吧……"

萧臻走上德志所的台阶，手机响起。她打开短信，李彩霞发来两个字："搞定"。萧臻飞快回复一个"击掌"的表情，推开事务所的大门。

乔绍廷开着车回想萧臻刚才的提问。也许，成为伙伴也不是完全不可能。

3. 伙伴

下午四点的驴子酒吧灯光昏暗，金义却戴着墨镜。他四十岁出头，剃着光头，留着胡子，身材壮硕，一只脚搭在沙发上，坐在角落的卡座，面前放着洋酒杯、烟和烟灰缸。

混混模样的男子一头黄毛，坐在金义对面，一脸谨小慎微，战战兢兢："义哥，这酒要是假的，指不定咋勾兑出来的……可假烟它抽不死人啊！一百多箱，全给我扣了！我们这都是到工地上散的，价格便宜一多半，买的人也都知道是什么货。同样花一块五，盒是芙蓉王，那烟丝儿抽着也比福临门强多了。您看能不能帮递句话儿，哪怕是我出点儿血……"

"谁是你义哥啊？张嘴就瞎叫，我哪儿冒出你这么个弟来？"

穿着暴露的"三陪女"坐在金义对面，娇滴滴地表演着委屈："义哥，我所有的钱都给他了，他说这单生意赚到钱就能买房子结婚。行，做生意赔了，我不怨他，可隔壁瑶瑶过生日，他居然给人买钻石项链——拿我的钱去给别的女人买生日礼物！你说现在男人怎么都这样，钱和感情一起骗！混这片儿的都知道，义哥你最仗义了，能不能……帮我把那钻石项链抢回来？"

说着，她冷不防伸手从金义的手里抢过那半根烟往嘴里递，抛着媚眼说："帮帮我嘛，妹妹也是知恩图报的人……"

烟还没叼进嘴里，就被金义一把抢了回去："义哥长义哥短的，还知恩图报，帮你抢劫珠宝首饰，等你去大牢里报答我吗？"

谢顶的油腻中年人不停地拿纸巾擦汗，满脸堆笑："义哥，您听我解释啊。我岳父最近生病，就快要转院了。转院之后，离我们家不到一站地，我媳妇得天天去陪床。她要去陪床了，接送孩子就得让我来，她肯定得把钥匙给我。得机会我从那包钥匙里配一把，就能把壁橱的门打开了。那样我拿出房本，就可以去做抵押贷款，高哥那边的债，我连本带利都能还得上。您跟高哥那儿说得上话，让他再宽限我几天。我保证所有的钱，包括上礼拜输的那些，我全都结清。"

金义把酒杯往桌上一放："老丈杆子住院，你还耍钱，你知不知道老高那人最讲孝道了？你趁老家儿住院偷房本，贷款还债，你猜高哥会不会阉了你？"

金义的豪横持续至乔绍廷坐进对面的卡座，瞟了眼桌上对面的酒杯:"老金,你还是喝格兰菲迪?就不换个牌子吗?"

金义看到来人,呆愣了两三秒钟,放下沙发上的那只脚,将烟掐灭,乖巧而诌媚地笑了:"味儿正,性价比也好,适合我。"

乔绍廷打量金义,也露出个笑脸。古话总说鱼有鱼路,虾有虾路。如果说旷北平的路是运用资源网络围追堵截、赶尽杀绝,那么乔绍廷同样有他自己的江湖。

乔绍廷朝吧台方向打个响指,要了瓶红标格兰菲迪。金义点起根烟:"乔律,你可是近海远洋捕捞行里的头牌,怎么自己还崴了?"

"大概是惹了不该惹的人。"乔绍廷不想多说,一笔带过。

金义默契地一点头:"需要我做什么?"

服务员拿来酒,乔绍廷数出六百块给他,待服务员离开后,掏出个信封,从桌上推给金义:"我有个同学,在这事里把命搭上了。我需要查点儿东西,都在里面。"

金义没多问,收起信封,开了酒,拿过个新杯子放在乔绍廷面前。乔绍廷一摆手,示意自己不喝:"还有个事,我不太好意思说。"

"'不好意思'四个字都说出来了,就别不好意思了。"金义咧嘴一笑,摸摸自己的光头,端起酒杯。

乔绍廷想借钱。大概四五十万。

金义举杯的手在半空顿住。借钱这种事,大概只能跟信任的人开口,乔绍廷在这种事上想到他,他竟还有点儿自豪。只是这个金额,的确超出他的能力。五万八万,他还拿得出来,四五十万就够呛了。

乔绍廷摇头。他不是跟金义本人借,是说那种"小额借贷"。

金义沉默片刻:"乔律,遇上什么事了你说——不愿说也无所谓,我一个人不够,可以找哥们儿给你凑。四五十万凑不出来,二三十万也总是有的。"

乔绍廷看着眼前这人,忽然觉得很有意思。

外表、谈吐、社交圈子,他跟金义都是天壤之别,章政这样的"精英律师",大概乍一看更像他的伙伴。金义也说不出什么漂亮话,从不像章政那样一口一个"兄弟"。可是现在,乔绍廷不但要让金义替自己想办法还钱给"兄弟"章政,金义还会担心他,想要帮他凑钱。

"帮我问问。我知道那种借贷需要一些抵押物之类的,我名下没有房产,但有辆车,那车开好多年了,拿去典当行,两折都不一定有。"乔绍廷默默谢过金义,但没改变想法。

"十二到十五的利息,这事你可得想好。"

乔绍廷当然知道。

见他打定主意,金义掏出手机,拨通电话。

此时的德志所办公室内,萧臻正向洪图汇报。

"洪律师,舒购公司的事情处理完了。"

洪图满腹心事的样子,心不在焉地应了一声:"刘总说,电购团队有内鬼?"

"是。我和主管都谈过了。"

"谁的嫌疑比较大?"

"刘总的嫌疑比较大。"

洪图一怔,这个结果是需要向刘总直接呈报的。

"我跟刘总汇报说——"萧臻刚开了个头,就被洪图摆手打断。

"你处理好了吗?"

洪图指的"处理好",显然是刘总满意,舒购满意,不包含客观事实和公平。萧臻明白洪图的意思,点点头,她的确"处理"好了。

关于舒购的汇报到此结束。

洪图又问起千盛阁的诉讼材料。萧臻忙把一摞文件递过去,起诉保险公司的起诉状和证据目录,法人代表身份证明和营业执照副本复印件,还有等着千盛阁盖章的授权委托书。

洪图正翻看材料,办公室的门被推开,章政神态微妙,冲洪图一招手。洪图叮嘱萧臻等她回来,就跟章政进了主任办公室。

看着洪图离开的背影,萧臻气定神闲。

回到办公室后,洪图表情困惑,走到桌旁却没有坐下,低头盯着那摞起诉材料,沉吟半晌:"东西先放这儿吧。千盛阁的案子,原告撤诉了。"

萧臻一脸惊讶,仿佛毫不知情。

"千盛阁酒楼的吴总和对方庭外和解了。具体赔偿数额还不清楚,但对方既然撤诉,说明赔款已经落实。至于诉不诉保险公司,吴总那边打算先和保险公司协商一下理赔事宜,不用现在就告。"洪图观察着萧臻的反应。

萧臻还是回不过神的样子,眨了眨眼:"哦,那这案子……"

"结案了,钉卷吧。"

萧臻点头,转身走到门口,又被洪图叫住。

洪图冷冷地抱起胳膊:"萧律师,你刚才显得有些过于惊讶了。"

萧臻一愣，没说什么，朝洪图颔首致意，离开办公室。

此时的乔绍廷和萧臻都不知道，另外一对即将对局面产生重要影响的伙伴，此刻也在津港汇合，即将开始他们的调查。

最高人民法院津港巡回法庭办公室，方媛和另外几名审判员正围着电脑看庭审监控，谈论刚开完庭的案子。鲁南走了进来，把厚厚一摞A4纸放在方媛头顶，正是王博和雷小坤案的案卷。

"南哥你是从任意门过来的吗？"方媛作势向四周张望。好像在找鲁南的穿越通道。

"小学馆的道具没有，院里报销大姐力推的红眼航班了解一下。"

鲁南说着一松手，方媛敏捷地接住头顶那摞案卷："哇，南哥，领导真批啦？"

"没有，我在飞机上凭记忆把案卷内容写了一份。你不是昨天刚捧我来着？我记忆力的确很好。"

他们两人一介入案情，就注意到了案卷末尾处，津港中院和海港刑侦支队单独附卷的那两份说明——乔绍廷涉嫌行贿银行工作人员邹亮制造伪证，并涉嫌故意杀人，被刑事拘留。

被告人的代理律师办案过程中去找人查询被害人及其家属的财务状况，然后他找的这个人就恰巧挂掉了，任谁看都很可疑。何况，鲁南还知道乔绍廷，他听师父提过好几次乔绍廷的名字，原话大概是"代理个死刑复核还这么刚的家伙，挺少见的"。

所以，他们决定先去海港支队拜访。

下午五点，驴子酒吧，"五万"把沉甸甸的纸袋从桌上推给乔绍廷："四十五万，你过过。"

"五万"就是金义找来的放债人。乔绍廷苦笑，往纸袋里一瞥，没有点钱，掏出车钥匙递了过去。

"五万"走后，乔绍廷起身拿着纸袋也要往外走。金义伸手一拦："哎，你就这么抱着钱走？就不怕让人偷了抢了？"

金义说着，从兜里摸出把车钥匙，递给乔绍廷："别嫌次，手动挡还会开吧？"

乔绍廷张嘴想客气一下，略一犹豫，没说什么，接过钥匙。

"凉车启动的时候，油有点儿喷不上来，你让车热热再开，或者有时间去换个滤芯。"

"谢了。"乔绍廷预感不祥。

"如果那小子中间反悔，或者找你麻烦……"

乔绍廷摆摆手："我会想办法，让他感激我今天没举报他酒驾。"

乔绍廷走出没两步，又转身回来看着金义："老金，你平时在城中村里也这幅扮相吗？"

金义端着酒杯，愣住："咋了？"

"没什么，就是觉得很像我小时候看过的一个漫画里有个……就是，光头留着胡子的那种人。"

金义想了想："江田岛平八？"

"你这也挺暴露年龄的，但不是那个人。是个开咖啡店的老板。"

金义一脸莫名其妙。乔绍廷摆摆手，走出酒吧，就见一辆银色的老款富康停在酒吧门口的马路边上。

乔绍廷走到车旁，摁下车钥匙，车没有反应。他四下张望，附近确实没别的车。乔绍廷感觉不祥的预感在成真，上前一拉车门，居然开了。

乔绍廷挑挑眉毛，上车拿钥匙打着了火。车窗外，马路对面有家面包房。乔绍廷想了想，抱起装钱的袋子又下了车。

4. 亲人

大概两三年前，津港的律师们闲极无聊，做过一次关于离婚率的统计。那年津港市的平均结离比是百分之三十九，也就是说差不多每十对夫妻结婚，就会有四对离婚。而这个数字，在津港律师协会登记在册的律师当中则是百分之二百八十。

津港市律师协会的在册律师一共是七千二百人，最年轻的二十三岁，最年长的超过七十岁。在那一年中，有四十名律师选择走入婚姻殿堂，离婚的律师则是一百一十二名。

下午六点，站在小区楼下时，乔绍廷想到的就是那组高出全市平均水平七倍的离婚率数据。

阿祖正在花园里玩遥控车。乔绍廷站在远处，静静地看了会儿。一个多月没见，阿祖好像没怎么长大，还是跟他记忆中一样，小小的鼻子，大大的眼睛，像个漂亮的洋娃娃。

乔绍廷调整着手腕上的表带，走到阿祖身旁。阿祖扭头看到是他，笑了："爸爸！"

"要不要吃点心？"乔绍廷晃晃手里的纸袋。

唐初穿着家居服，正在不远处拿着两袋垃圾要扔。从她站的地方，能看见乔绍廷从纸袋里掏出蛋糕摆上石凳，阿祖正一脸雀跃拉着乔绍廷的手。唐初本想过去，略一犹豫还是转身进了楼。

见阿祖拿起巧克力慕斯蛋糕，满足地咬了一大口，乔绍廷忍不住笑起来，叮嘱着："慢点儿吃。你要是呛着，妈妈非得找我算账不可。"

"爸爸，你为什么老不回家？"

看阿祖鼻尖沾了些巧克力碎屑，乔绍廷抬手帮他擦去："有点儿忙，以后我争取多回来。"

阿祖啃蛋糕的速度慢了下来，看向乔绍廷的眼神中多了些失望："可妈妈说，你还会很少回来。"

阿祖还是长大了，没以前那么好糊弄，记忆力也在变强。乔绍廷有些心虚，还有些落寞。他换了个话题，问起假期结束，幼儿园开学的事，希望转移阿祖的注意力。

"我不想去幼儿园。你能不能跟老师说我病了？"果然，阿祖忘了见面频率的问题，满怀希望地扭头看着乔绍廷。

"为什么不想去？幼儿园不好玩儿吗？"乔绍廷循循善诱。

阿祖咀嚼的动作停了，也爬上石凳坐定，两条腿悬在空中晃来晃去。

班里有个叫九九的男生，老追着他打，而且不打别人，只欺负他一个。他觉得有些丢脸，不好意思跟妈妈讲。阿祖说话间，沮丧地低下头，看着自己小小的鞋子。

九九是那个高高胖胖的孩子。乔绍廷眯着眼想。

几乎是一瞬间，他就能想到七八种办法，让那个九九以后不敢欺负人。可孩子的事情，还是该教孩子自己解决。乔绍廷抬起头，深吸口气，注意到唐初上楼换了身衣服，正从楼里出来。

乔绍廷一把搂过阿祖,加快语速:"爸爸教你一招,下次他欺负你的时候,你就用足全身力气,照着他鼻子打,打到他哭。"

说着,乔绍廷握紧拳头在阿祖的鼻子面前晃晃,夸张的动作逗得阿祖发笑,可随即阿祖又皱起了脸:"爸爸你会帮我打他吗?你站在我身边他就不会打我了。"

"爸爸不会帮你,小朋友的事情自己解决。但如果你把他打坏了,爸爸会出马。"

阿祖笑着点点头:"那我就躲在边上,趁他不注意的时候,一下子跑出来打他。"

乔绍廷伸出一根手指,摇了摇:"不行,不要主动去惹事。只有他欺负你的时候,你才可以揍他,懂了吗?"

阿祖想了想,似乎明白过来,握紧小拳头:"懂了。他欺负我,我就狠狠打他脸。"

乔绍廷伸出拳头,跟他撞了下拳:"没错。"

说完,乔绍廷起身,把阿祖抱下石凳,把赛车遥控器递给他:"我跟妈妈说几句话。"

唐初坐在不远处的凉亭。乔绍廷走到她面前,压低声音:"离婚协议签好了吧?"

唐初瞟了眼乔绍廷的手腕:"找回来了?"

乔绍廷不自觉地有点儿心虚,低头看了眼表盘还想狡辩,就被唐初毫不留情地戳穿——在指纹咖啡的时候,乔绍廷就特意拉下袖子遮遮掩掩,怕她看见。

面对唐初的犀利,乔绍廷勉强笑笑。今天赎回手表,他立刻来见唐初,就是不想让她担心,可还是没能掩盖昨天的狼狈。

"你是不是遇到什么困难了？"唐初观察着乔绍廷的神情。

乔绍廷低下头："困难……谁都有。我能处理。"

"你是不是还想继续查那个案子？导致你被抓进去的那个案子。"唐初盯着他，又抛出一个问题。

前一晚在指纹咖啡，她被乔绍廷气得够呛，可之后想想，除了自己年老色衰，乔绍廷变心劈腿之外，他一出来就急着签离婚协议，可能还有些别的原因。

乔绍廷苦笑，果然，唐初是最了解他的人——但还是高看他了。他要查下去，这是昨晚他们见面之后他才想清楚的。就连最了解他的人也不会知道，他之前想过彻彻底底地妥协。

"你的选择，大多在决定前就有了。"唐初看看凉亭顶，语气笃定。她似乎比乔绍廷自己更知道他是谁，是什么样，会做出什么样的选择。

"什么？"

唐初笑了："你天性如此。"

两人都沉默下来。乔绍廷无法告诉唐初，就算是天性，他也差一点儿没能守住。

"继续查的话，很容易再被抓进去？"

"应该不至于。"但旷北平的手段还多得是。

乔绍廷转身，看着玩遥控汽车的阿祖，背对唐初，傍晚的凉风宜人。

"以后我会尽量多来看他。房贷我会一直还完。如果你这边遇到什么困难……"

"你有什么困难都不和我说，你觉得我有困难会向你开口吗？"唐初语气轻松。

乔绍廷耸肩。唐初大概说对了，他天性如此，做出决定，也不可能不付出代价。他回过身来，努力让自己显得满不在乎："为你自己，应该不会；为了阿祖，记得你还有个能帮上忙的前夫就好。我刚才看你回楼上去了，离婚协议带了吗？"

"在楼上呢，正好晚饭做好了，你上来陪阿祖吃个饭。"

乔绍廷再度回头，看着阿祖的样子，有些动容，却还是摇摇头："不了。你回头寄事务所吧。"

他还是不想立刻拿到那份离婚协议。唐初也没有催他，他们之间好像有一种微妙的默契。之前一次次把唐初推开，乔绍廷感觉到的是不甘心，如今他却轻松许多——大不了再为离婚率贡献一次数据，大不了以后再把唐初追回来，反正又不是没离过。

同一时间的严秋家里则没有这番轻松，严秋正坐在沙发上给严裴旭涂药。严裴旭端详着自己的左手，岁数大了，免疫力差，缺点儿维生素，这副皮囊就挑地方感染。写着"朱佳小朋友九岁生日快乐"的蛋糕做成蒸汽火车的形状，摆在茶几上。严裴旭端详着自己的女儿和外孙。从朱宏出事到现在，严秋瘦了，变得憔悴，而朱佳对发生的事情一无所知，正拿着把玩具枪四处瞄准，憧憬着下次的生日礼物。

严秋低着头，小声问道："今天是旷伯伯陪您去的医院吧？"

"嗯，你是想问那案子的事吧？说是法院还有一道什么复核程序，复核完了就枪毙那两个混蛋！"

严秋无奈地抬眼看着严裴旭："爸，现在都不用枪决了。"

严裴旭更是一肚子气。甭管用什么，那两个混蛋都死有余辜。不光他俩，替他俩说话的那个律师，也该判刑。口口声声说什么律师要做工作，工作就能不要良心吗？那个乔绍廷被抓起来也是活该。说起来，他和严秋还是老相识，也不知道严家哪里得罪了他，津港那么多人，他偏偏去给杀了严秋丈夫的凶手当律师。那个朱宏也不是个东西，打老婆，打孩子，在外面赌钱，背那么多债……严裴旭越想越觉得自己的女儿真是命苦，明明这么善良，这么柔弱，却碰上这样的事。

严秋沉默片刻，问道："绍廷之前被拘留，是不是旷伯伯的意思？"

"我不知道……怎么？你要替他鸣不平？！"

严秋轻拍严裴旭的肩膀："好了爸，如果你再见到旷伯伯，就让他放过绍廷吧……我是说，就算后面绍廷还会继续帮那两个人辩护。不要让旷伯伯再为难他了。杀人抵命，这是天经地义的。可是凶手之外的人，不要再被牵连进来了。"

说着，她看了一眼趴在餐桌旁看着蛋糕的儿子，更为伤感："其实不管谁被判刑，谁去抵命，他爸爸都回不来了。"

严裴旭看着严秋，又看一眼朱佳，叹了口气，低头不语。对他们来说，乔绍廷的名字像一片阴影，笼罩在过去和未来。

5. 选择

晚上九点，德志所的停车场里，乔绍廷打开那辆银色富康的前机器盖，正换着滤芯。他盘算着接下来要做的事，想着要应对的状况，知道这些都不会简单，却感觉无比平静。夜间的停车场很空旷，没什么车也没什么人。

章政的轿车在乔绍廷身旁停下。章政下车，看着那辆富康，一脸不可思议："绍廷，你这什么情况？"

乔绍廷在裤子上擦了擦手，打开车门，拿出装钱的纸袋递给章政："这是四十万现金，剩下一百六十万，卡解封我立刻就转给你。"

章政愣住，盯着纸袋。看来，想花钱买个太平，还挺难。看来，乔绍廷的膝下，真是有金山。

乔绍廷几乎能听见章政憋在胸口的叹息，也能听见他没说出口的一大堆质问，他用力把机器盖扣回原位，走到章政面前，伸手拍了下章政的西服口袋，掏出烟和打火机，自己点上："你回头让洪图把王博和雷小坤案的案卷给我。"

章政记得乔绍廷很久不抽烟了。他有些意外但没说什么，看来乔绍廷是心意已决。他给自己也点了根烟，换了个话题："对了，千盛阁那案子，对方撤诉结案。"

原告律师突然开了窍，声称要向交管部门举报千盛阁堵塞消防通道、湿滑地面没有设置警示牌、私自规划、允许机动车在酒店门口的步行区域行驶。此外，她还要向劳动局举报，原告葛平春节期间被强制要求劳动二十多个小时。吴总为了避免酒楼被封门，只能跟对方私下和解，一共赔了四十多万。

"那个吴总也别肉疼。你问问，给他四十多万，撞个八级伤残，他自己乐不乐意。"乔绍廷吐出口烟，想起萧臻下午问自己的问题。看来她做出了选择。

章政笑了："这个结果倒也谈不上多糟糕，我就是没想到，连庭都开完了，原告律师怎么会突然想到可以从这个角度逼千盛阁和解呢？"

乔绍廷望着别的方向："都是律师，谁也不傻。"

章政心照不宣地苦笑。他一会儿还要去跟千盛阁的吴总吃饭，商量后续保险理赔。千盛阁之前一直是乔绍廷的客户，可乔绍廷肯定没吃过吴总的饭。他总是有很多原则，比如不跟当事人吃饭，比如不会做违背本心的决定。这么多年，章政早就明白了，乔绍廷决定的事情，劝了也不会有用。

"欸，你这刚回来，怎么就跟洪图不对付了？"章政又挑了个相对轻松的话题，绕开那个刚收到的纸袋，还有纸袋背后的含义。

"我没有。我只是想看看王博和雷小坤的案卷。"

"可洪图觉得你很针对她。"

"她案子要是办得没问题，就不怕我针对她。"

"那个案子我全程都盯着，洪图办得没什么问题，再说她是你教出来的，连她你都不放心吗？"章政努力让语调轻松，没拿烟的那只手来回捋着胸前的领带，他自己却浑然不觉。

乔绍廷看着章政捋领带的样子，有些出神。

当年也是如此，德志所的主任办公室还属于旷北平，章政捋着领带，笑得勉强。

他告诉旷北平说，那几个拆迁户就是无理取闹，没有任何证据显示拆迁公司对他们实施过暴力行为。

可他们都很清楚，拆迁公司当然实施过暴力行为。

"他们请的那个律师有点儿死磕劲头，一再要求推迟证据关门时间，应该是还不死心。"乔绍廷还记得章政的小心翼翼。

坐在办公桌后的旷北平胸有成竹："那种小所的底层律师，不用理会，我会让他不要继续闹了。你专心把法庭程序走好。"

那天的后来呢？后来是孙洛故意伤害案的辩护词，那是乔绍廷的案子。

"主任，我还是希望能争取一下无罪辩护。毕竟涉案凶器上采到的指纹不光有孙洛的，而且案发现场双方互殴的时候，都拿了铁锹，并没有直接证据显示是哪把铁锹击打的被害人后脑——"

旷北平抬手打断他："跟你说了多少遍，做案子不能光抠细节，要从最核心的法律关系入手。这明明是个有定论的案子，审判长老姜也是第一批复员转业从事司法工作的，我很了解他。你尽量配合好庭审，给被告人争取个罪轻辩护，就可以了。"

乔绍廷还想再说什么，章政一拦他："主任说得对。咱们尽本分就好。"

如果他没记错，那时候，章政又拧了领带。

此时，章政看着乔绍廷的神情，同样想起那天的事。

可他记得的部分，却是从办公室出来之后。

离开办公室后，章政记得，乔绍廷很不忿，走在前面，步速飞快，愠怒地抱怨着他们是律师，是办案子的，不是靠编排案子来坑当事人或被害人的。章政则望向别处，叹气。旷北平是主任，所里的核心资源都在他手上，他们只能奉命行事。

乔绍廷愤恨地哼了一声，转身要走，似乎想起什么，扭头问道："章政，如果有一天你做了主任，能不能向我保证，你会和他不一样？"

章政记得自己愣了，随即笑了："你说什么呢……"

"我问你能不能保证你不会成为另一个旷北平！"

章政无奈地笑着说："我哪儿可能做得了主任啊。行行行，反正也实现不了，我当然能保证。"

"那好，我保证你会坐上主任的位置！"

章政还记得乔绍廷认真的表情，记得自己变了脸色。看着如今的局面，他也不知道自己和乔绍廷当年的选择是不是正确的。

"绍廷?"停车场里,章政回忆完一通,发现乔绍廷还在发愣。

乔绍廷回过神来:"你改改这个行为特征吧。"

章政一愣,乔绍廷学着他捋领带的样子在胸前比画:"大写的言不由衷。"

说完,乔绍廷转身要上那辆富康。章政总在粉饰太平,总在躲闪。这让他觉得可悲,宛如看见之前胆怯又心存侥幸的自己。

"绍廷,算了吧!咱们扳倒过一次旷北平,以后还会有机会,但不是在这个案子。这案子你陷得太深了。"章政忽然喊住他。

乔绍廷转身,端详着章政,那是一张思虑过度以至于透出精明的脸,也是一张因为权衡过多而显得软弱的脸。

"我被公安羁押的时候,你并没有尝试为我做什么。一方面,是你相信我没杀人;另一方面,是你更加相信我一旦出来,就会继续咬着这个案子不放。"

章政心虚地低下头:"绍廷,我不是——"

乔绍廷打断他:"今天我跟唐初聊过,她跟你一样,也相信我不会低头,不会服软,不会认输,不会放弃。"

章政深吸口气,他不知道该说什么。

"旷北平会搞死我。虽然我已经在他面前认怂了,他还是会搞死我。三十七天,那只是个开始。暂停执业资格,就是道开胃菜。我不知道他要做到什么程度才会罢休。"

章政的声音透着无力:"也许你罢休了,他自然也就罢休了。"

乔绍廷笑了:"他不会。当初我们把他赶下台,他有多恨我就有多恨你,可为什么如今对我格外青睐?因为他也相信。他也相信你和唐初都相信的。即便亲眼看到我跪在地上,他也认为我不会变。所以你明白了吧……爱我的人,恨我的人,跟我共事的人,甚至……"

乔绍廷停顿片刻。他想起官亭水库的晨曦,想起晨曦中看到的纸条:"甚至我最瞧不起的人,所有人都相信,我不会变。只有我知道自己曾经跪下了,不是做做样子,是彻彻底底地跪下过!"

章政听完,试探地问:"你是觉得,你辜负了所有人?"

"去你妈的所有人!"

章政呆住了。

"也去他妈的乔绍廷。"

同一时间的火锅店里,萧臻和李彩霞并肩坐在环形吧台前,拿着饮料碰杯庆祝,异口同声:"过关!"

"葛平那个姓孙的代理律师可谨慎了,就跟我有什么阴谋似的。"李彩霞一脸兴奋,边涮边吃,还挤眉弄眼模仿着孙律师谨慎的神态。她说,自己从头到尾没提萧臻的名字,但孙律师走的时候主动提了。

"她怎么说的?"萧臻停住筷子。

"她说,她替葛平谢谢我……以及,让我替她转达对萧律师的谢意。"李彩霞清了清嗓子,又开始模仿孙律师的声调,"她还说,没人会知道你做过什么,但是她知道,她会记得。"

萧臻放下筷子,若有所思。李彩霞推她一把:"欸!是不是感觉很不错?想笑就别憋着。"

萧臻敷衍地笑笑:"还是有钱拿更开心。现在这种感觉……挺奇怪的。"

"什么感觉?形容一下。"

萧臻重新拿起筷子,把肉夹进火锅:"三年前在法援中心实习的那种感觉。"

萧臻一直觉得,自己缺乏感受,所以像只没有定位系统的蝙蝠。然而,即便是不能视物的蝙蝠也拥有触觉,于是她在外界的回馈中慢慢找到自己的感受,清晰自己的选择。

吃过饭后,萧臻和李彩霞沿着马路有说有笑地走到地铁口附近。李彩霞见萧臻要进地铁,忙拽住她:"哎,去前面坐601更方便,直接到纯K的门口。"

萧臻摇头,她说自己有点儿累了,想直接去坐地铁。

李彩霞一脸失望:"一块儿去喊两嗓子吧,我给你介绍帅哥认识,有两个还是咱们系的师兄呢。"

萧臻笑了:"先帮我存着,下次吧。"

她捏了下李彩霞的胳膊,摆摆手走向地铁站。李彩霞还在后面朝她喊:"帅哥存不住的!你不怕我监守自盗啊!"

"别让帅哥们为了争你打出人命才是真的!"萧臻笑眯眯和李彩霞告别,独自走进地铁站。

地铁站台,萧臻走到一名男子身旁。那人转过头来,原来是薛冬。

他盯着萧臻看了会儿:"舒购集团的高层找到我,说他们下属电购公司有内鬼。经理报上来的调查结果说……"

"那个姓刘的经理,他就是吃里爬外的那个。而且,有可能他还想借这个机会栽赃给一个他想开除的中管。"萧臻面无表情,目视前方,"那个中管是孕妇,按《劳动法》规定不能被开除，但如果以牵扯犯罪行为来要挟她，或者通过流言蜚语给她制造压力，可能会迫使她主动离职。"

薛冬点点头："有证据吗？"

"核查一下泄露订单的出单时间和所有管理人员登录订单库的后台记录，你会归总出证据。"

薛冬满意地笑了："好吧。这事要是能办妥，我可就干脆连那个电购公司的常年法律顾问一起撬走了。"

"随你便。反正也不是我的客户。"

"你找我见面就为这个？我还以为是乔绍廷那边……"

"如果撬走电购公司的法律顾问，你拿到的顾问费，我要一半。"

薛冬一愣，随即笑了，伸出手指在自己和萧臻之间来回比画着："这当然没问题。可我以为，咱俩之前说好了……"

"一事一议。"

地铁进站，萧臻站起身，整理外套："这两天乔律师陪我处理了两件事，让我增加了不少对他的了解。我感觉……"

薛冬半开玩笑，接过话："你感觉他比我善良？"

"不好说，但他绝对比你聪明。乔绍廷确实是津港最好的律师。他值得你我冒险。"

第四章 四月十五日和十六日

1. 他们两人

在认识萧臻之前，乔绍廷没想过自己需要一个搭档。从业多年，他有过领导，有过客户，有过同事，有过徒弟，但没有过伙伴。章政和薛冬一口一个"兄弟"，他却没指望过他们在这时候明确地站在他这边，他对别人的期待没那么高。然而认识萧臻之后，这个想法出现了。

或许是舒购和千盛阁的案子让他看到萧臻的选择，或许是在某些无关紧要的瞬间，他的本能比他自己更早发现他和萧臻是同类。然而在意识能够到达的地方，他想得没那么多，无非是眼下状况——执业证被暂扣，欠下一大笔钱，王博和雷小坤的案子需要有别的律师出面代理。总之，这个想法一出现，他就觉得天衣无缝，几乎能解决当下所有的问题，所以他决定找萧臻谈谈。

当然，世上没有不透风的墙，和他结盟很难不被旷北平知晓，那就意味着萧臻可能受到牵连，甚至被旷北平针对，所以他也做好了被拒绝的准备。就算萧臻答应，他也要提前陈明利害。

可萧臻的反应不在他意料之内。

"合作？"当时是在德志所会议室，萧臻微微皱眉，看着桌对面的乔绍廷。

乔绍廷藏起担忧的那部分，往后一仰，靠在椅背，十足自信:"我现在执业证被暂扣,而你可以出庭。另一方面,我拥有你最需要的东西。"

萧臻眨眼:"办案经验?"

"案源——所有新入行的律师最需要的就是案源。我现在是有活儿干不了,你是有本事没那么多活儿。"

"你是觉得我们可以互补,对吗?"萧臻不动声色,看着乔绍廷。

乔绍廷看不透她的想法,一拍手:"是不是很完美?"

"听起来还是挺诱人的。可乔律师这样的资深前辈,为什么纡尊降贵找我合作?"萧臻也向后一靠,抱起胳膊,摆出谈判的架势。

乔绍廷被萧臻一问,才意识到自己从没考虑过跟其他人合作,这部分乔绍廷没提。他说:"首先,我认为你是一个业务能力很出色的律师;其次,在形式要件上,你是有本儿的律师,我现在不算;再就是,我介绍来的案子,收入扣税之后,我都要分一半。"

萧臻侧着脑袋没有回答。乔绍廷想着她或许是在考量潜在的风险,却听见她问:"乔律师只提供案源,凭什么分一半的收入走?"

乔绍廷愣了片刻。凭什么分一半走?这个问题他之前没想过,似乎也不该是重点。他向前倾,双肘架上会议桌,咽下疑惑,就事论事:"我除了能给你带来案源,还可以帮你分析案件的法律关系,找出争议焦点,组织抗辩证据……"

"不麻烦您,这些我自己都能搞定。"

"那没事,我还可以给你开车。"

萧臻皱眉:"开车?"

"字面意义上的，我有车，能当司机。"

萧臻不由点头："有车确实会方便许多，凯迪拉克也很加分……四六吧。很高兴有机会能跟乔律师共事。"

乔绍廷感觉自己的思路完全被萧臻带跑了，一拳砸在桌上："我不光是司机好吗？我——乔绍廷——当你的全职助理。五五！"

说出"全职助理"这个词，乔绍廷和萧臻都呆愣了几秒，同时笑起来。

"其实还有个条件……"乔绍廷话没说完，就看到萧臻伸出了手。

"我同意。"

直到握手为盟，乔绍廷也没来得及说出他为萧臻担忧的部分，也没来得及说出自己的条件。

之后就是各种各样的案子，财产纠纷、进口车、房地产……乔绍廷案源的确广泛，萧臻也的确如她自己所说，"都能搞定"，还越发沉着老练。乔绍廷确信自己没信错人，却始终弄不明白，萧臻当时为何答应得如此痛快。

他不知道的是，在他提出合作的瞬间，萧臻其实什么都没想。

她没有想到风险，没有想到自己和薛冬的计划，也没有想到自己作为新律师，的确缺些案源。她只想起自己与乔绍廷的第一次见面，那个人站在法律援助中心的窗边，逆光勾勒出的轮廓。

在他们合作达成的大概两周后，一个下午，四点，庭审结束。

萧臻起身收拾材料,并准备在笔录上签字。她瞟向旁听席,乔绍廷正单手托腮,朝她竖起大拇指。两人快步走下台阶,离开法院,讨论着所里派的案子很快要开庭,万一和其他案子撞期的问题。萧臻忽然想起,乔绍廷说过,他还有个条件。

"对了,之前您跟我说,咱俩合作您也有个条件,还没告诉我具体是什么。"

乔绍廷敷衍地摆手:"这个……到时候再说也来得及。"

说罢他看向停车场的围栏,停顿几秒,状似漫不经心,提起那两个名字。

听了乔绍廷说的,萧臻其实并不惊讶,还有些窃喜。她总觉得那是乔绍廷真正在意的事情,他能主动说起,或许代表某种信任。可她故作诧异,停住脚步,重复道:"王博和雷小坤的案子?那案子不是已经审结了吗?"

"现在在死刑复核阶段,我想把这案子跟完。"乔绍廷说着,单手插兜,直视萧臻。

萧臻打量着乔绍廷,还想听他说得更深入些,却没想过自己为什么想要了解他,接近他:"我怎么觉得,恐怕不只是'想跟完'这么简单?再说,连被告人自己都没上诉的案子,死刑复核这部分的代理工作还有什么意义吗?"

"这个程序的设置本身必定有它的意义,何况,辩护嘛,有总比没有强。"

说话间两人来到那辆老旧的银色富康车前。看到乔绍廷的新座驾,萧臻瞬间忘记之前在谈的事,诧异扭头。

她的目光在这辆车和乔绍廷的脸之间逡巡,不知道这些天里乔绍廷身上究竟发生了什么。乔绍廷冲她一笑,拉开车门:

"总比没车强。"

萧臻叹口气，绕过车头，坐进副驾。她费力地拽着因老旧而阻滞的安全带，看着乔绍廷拧了半天钥匙，好几次都打不着火，车子迟迟未能发动。

"那也就是说，条件是要我配合继续跟进王博和雷小坤的案子。"萧臻回到原本的话题。乔绍廷沉默不语，等待她的回复，又一次做好了被拒绝的打算。

凯迪拉克，提成，案源，这些事情是能谈的，然而不能谈的那部分才更关键——立场，选择，潜在的风险，以及始终在暗影中若隐若现的旷北平。在这个案子里露头，不会不引起旷北平的注意。

下午的阳光照进车窗，把萧臻的脸分割为泾渭分明的光亮和阴影。乔绍廷从后视镜中看萧臻，只见她半闭的眼睛。

"也就是说，您在外面做事，我在法院出面，那费用怎么算？"萧臻再开口时，语气已经恢复轻松。

"什么费用？"乔绍廷还在尝试发动汽车，同时理解着萧臻的话。

萧臻的笑容称得上顽劣："被告人没上诉的案子，就算能拿到代理权，家属也不一定会付费。乔律师，我不做义工的。"

乔绍廷问她要不要接过一枚随时可能爆开的炸弹，萧臻则反问乔绍廷，能不能给炸弹系上蝴蝶结包装。乔绍廷手头的动作停了，哑然失笑。

"你开个价。"

"按一般收费标准，死刑复核阶段，两三万吧。"

"那就按三万算。我代理过前一阶段，所以到死刑复核应该减半收费，一万五。"

萧臻打断他:"不,不对,前一阶段不是您代理的,您进去了,所以就是三万。"

"好好好,三万,咱俩五五开,给你一万五,可以了吧。"

"不是一万五,是三万。这不属于咱俩合作的案子,是您在找我帮忙,相当于挂靠费。"

乔绍廷忍不住笑了,盯着萧臻:"萧律师,你这就有点儿乘人之危了。"

"您可以另找律师,我没意见。"

乔绍廷深吸口气,摆出懊恼的样子,答应萧臻的出价。他继续努力地拧钥匙,终于发动了车子。

萧臻的心情更为愉悦,在一旁笑出了声。

"三万块钱,值得这么开心?"

萧臻开心的可不是钱,而是她猜对了——乔绍廷要的,绝不只是"想跟完"而已。

此刻,乔绍廷不会明白萧臻的好心情从何而来,却知道自己多了个拍档,他跟旷北平的战局将由此重新开启。他的身边人有的会默默躲远,有的会暗中帮忙,也有人会试图找出属于自己的真相。他们都将知道,乔绍廷回来了。

所有人中第一个知道乔绍廷与萧臻成为拍档的是洪图。当时是四月十五日的上午,十点,洪图坐在办公桌后,盯着萧臻。

创辉销售公司和鑫全房地产的案子,是哪个合伙人派给萧臻的?她怎么毫不知情?如果是萧臻自己接的案子,行政那儿怎么没有收案记录?萧臻又是怎么拿到的代理协议和函件?她提出一堆质问,说话间不看萧臻,而是盯着办公室门上的"合伙人"标签，似乎想提醒自己，也让萧臻明白，谁才是这里说了算的人。

萧臻有些无措，正不知如何开口，乔绍廷推门进屋："案子是我介绍过来的，行政可能登记到我名下了。"

洪图一愣，神情中的审视和警惕比刚才更多。她面带愠色，正要开口说话，乔绍廷又说自己已经跟章政打过招呼。

他走到洪图的办公桌前，把几张纸放到她面前，是调卷申请和保密协议，同样有章政的签字："麻烦把王博和雷小坤那个案子的卷给我看一下。"

乔绍廷公事公办的语气让洪图脸色更为僵硬。她瞪着乔绍廷，三个人沉默了好一阵子。洪图看看萧臻，又看看乔绍廷，慢慢明白过来。

洪图"扑哧"一声笑了。

"瞧你说的，搞这么见外，我上次就跟你开个玩笑，你还当真了？"说着，她拉开抽屉，拿出案卷，"有任何问题，随时跟我说。等都看完了，你给我点评点评……"

洪图的语速变得很快："对了，正好现在有个刑案得让小萧去办。这孩子毕竟入行时间不长，没怎么出过刑庭，经验上还有点儿欠缺，你帮她参详参详，就当收个关门弟子呗。"

话到最后，她朝萧臻摆手，让她找顾盼取案件材料，尽快安排会见。

萧臻看着洪图瞬间变得热情，瞟了一眼乔绍廷，朝两人颔首致意，走出办公室。乔绍廷愣愣地盯着洪图，拿起案卷，没说话。

洪图笑着扬起脸："怎么了，乔律？"

"你长大了——改改这个一怄气就抠指甲的习惯吧，开庭的时候容易让对方律师看出来。"乔绍廷朝洪图点点头,离开办公室。

洪图低头看自己的左手,发现食指在不自觉地刮擦拇指的指甲,甚至连指甲油都被刮花了。

德志所会议室内,萧臻和乔绍廷迎来他们成为搭档之后共同办理的第一起案子。顾盼把厚厚的案卷推向乔绍廷,乔绍廷一指萧臻,顾盼会意,又把案卷推过去。这是一起贩毒案的二审,他们不用去单独阅卷,所里材料齐全。

萧臻翻开案卷,扫了一眼目录,随即从卷里拿出一审判决书,另一手举个火烧。李可等九人贩毒案,前阵子还上了新闻,萧臻对这个案子有些印象。

他们要代理的被告名叫王明,不算主犯,一审判十四年,整个案情里判得最轻的一个。其他被告有两个死刑,一个死缓,两个无期。王明的家属希望二审能再争取轻判。

看萧臻迅速归拢案件信息,乔绍廷眨眨眼。他发现萧臻跨过"经审理查明"和"本院认为"部分,直接看"判决如下"。萧臻耸肩,她都习惯先看判词再往回翻。

"王明的父亲王铁军跟主任见面委托了案件之后,已经回深圳了,说二审开庭的时候会再来。总之,你们加油吧。这小伙子只有二十三岁,能不能三十五岁前出狱,就看你俩的了。"顾盼笑嘻嘻说完,拍拍乔绍廷的肩膀,朝萧臻做了个"加油"的手势,离开会议室。

萧臻望着顾盼的背影,明明是二十岁出头的女孩,可顾盼这语气就像是首长在嘱托两名后辈。她问乔绍廷道:"八卦一下，咱们的行政是有什么特殊背景吗？"

乔绍廷一愣："不了解，我只知道她的手机背景是极端乐队。"

"真没想到，这么年轻的女孩子喜欢听……我是说，那种好像挺老派的摇滚乐。"萧臻感到意外，她本来已开始继续看判决，又抬起头望向会议室外。顾盼回到前台，又戴上耳机摇头晃脑起来。

"还好吧。我进看守所之前，她的手机背景是黑色安息日。"

萧臻把判决书递给乔绍廷："我大概扫了一眼，在这个团伙里面，被告人王明是最末端的零售商。一百片摇头丸，初犯，悔罪，有一起没被认定的立功表现。"

乔绍廷拿过判决翻阅："二审开庭是哪天？"

萧臻从卷里翻到传票："后天。"

乔绍廷站起身："那咱们得抓紧去看守所了。"

萧臻把没吃完的火烧用塑料袋裹好，放进包里，也站起身："哎？刚才咱俩不是在说所里的行政是不是有什么特殊背景吗？"

乔绍廷边往外走边说："我说了我不了解。"

"是不了解，还是了解但不想说？"

"你也可以理解为，这事你不该问。"

萧臻又一次看向会议室外，顾盼好像在和什么人发消息，手指在屏幕上飞快地戳着，一脸笑容。萧臻想，非要说的话，顾盼应该是第二个发现她和乔绍廷结盟的人，可是在顾盼的世界里，什么乔绍廷和萧臻合作，旷北平和德志所的冲突，大概都无关紧要吧。

* * *

2. 他人

此时他们不会想到，在这一天余下的时间，他们的新动向会以意想不到的方式被更多人知晓。

在萧臻和乔绍廷去往向阳看守所会见王明的同一时间，鲁南正在向阳看守所的篮球场旁，看方媛和预审的公安打三对三篮球。他身旁四十岁出头的警官名叫萧闯，他和萧臻如果知道会在这里遇到对方，恐怕都会皱皱眉头。

萧闯快一米九的个子，身形壮实，衬托得鲁南都秀气起来。他叼着根烟却没点燃，整个人是磨砂纸般的粗糙质地，公务员的沉稳和九十年代港片打手的匪气在他身上各占一半。

"海港支队我去过了。该问的不该问的，我都问了。"鲁南说道。

萧闯望着篮球场笑了："我猜他们只说了该说的。"

"差不多把案卷里的抓捕经过和办案说明给我复述了一遍。这案子很敏感，我能理解，所以我想私下见一见那个承办的侦查员。"鲁南不确定自己的要求是否恰当，但以他跟萧闯的关系，应该没什么问题。

果然，萧闯看着场上，一口应承下来："没问题，赵馨诚我熟——全津港公安口的刺儿头，我全都熟。几年不见，你怎么调最高院去了？"

"我喜欢坐办公室。这样一来，我老婆就能每天都确定我的脑袋是扛在肩膀上，而不是挂在腰带上——当然我还通过了司法考试。"

萧闯上下打量鲁南一番，微微点头："挺适合你。虽说我还是很怀念之前跟你打接力的时候。"

萧闯抓人，鲁南起诉，天衣无缝，但前提是萧闯得选择性忽略掉那十几次鲁南把卷扔回来让他补侦的经历，鲁南也得尽量忘掉自己押运和抓逃的时候还得穿着防弹衣的那段。

想起昔日，两人都笑了。

萧闯瞟了一眼远处会见室门口，一名律师正带着助理有说有笑地朝外走。跟律师那精致的发型比起来，萧闯的脑袋就像刚被迫击炮轰过，鲁南的穿着也稍显寒酸。那是薛冬和助理高唯。

"有没有考虑过出去干？我有几个同学出去做律师，现在活得挺滋润。"萧闯问鲁南，同时发现薛冬把会见室的窗户当镜子照着，整理起发型。

"咱们这个岁数的现在可是机构骨干，一个个儿要都下海了，让老的和小的怎么办？"鲁南想都没想。

方媛一个精彩的盖帽引来一片惊呼。萧闯眯了眯眼："这孩子够虎的。你徒弟？"

"我可没资格做她师父。人家正经有两把刷子。"

说着，他和萧闯往篮球场外走，扯起嗓子叫方媛一起撤。方媛跟一干公安击掌碰拳，拎起外套往这边跑。

"等完了事，别急着走，咱们一块儿吃个饭，好好喝两杯。"萧闯说着，拍拍鲁南的背，手劲对于鲁南来说稍重了些。

"我可能一时半会儿还真走不了。哦对，有个叫乔绍廷的律师，在行业内也算个刺儿头，你听说过吗？"

萧闯皱眉："他?!"

与此同时，让萧闯皱眉的人正和萧臻走进向阳看守所的大门，谈论着介绍信在看守所是不是好用。

乔绍廷信心满满："以前有过类似的情况，比如因为注册，本儿不在手上,就临时开个介绍信。反正现在上律协的官网查询,也能查到我是在册律师,糊弄一下就过去了。"

"那咱们得赶快糊弄,看守所五点钟就不对外接待了。"

萧臻拿出手机看了一眼时间。乔绍廷想着萧臻对向阳看守所的情况还挺了解的,就看见萧闯、鲁南和方媛迎面走了过来。

萧闯和萧臻见到对方都是一愣,萧臻下意识握紧了手套,而萧闯那岩石般的脸上,罕见地显出些尴尬,随即他看到萧臻身旁的乔绍廷,两三秒的工夫,脸就沉了下来。

乔绍廷认得萧闯,抬手刚要打招呼,萧臻和萧闯异口同声问对方道:"你怎么在这儿?"

萧闯瞟了一眼鲁南:"我是警察啊,我在这儿不是很正常吗?"

萧臻面无表情,盯着他:"我是律师,来看守所会见被告人也很正常。"

"你一个人怎么会见?"萧闯说话间故意没看乔绍廷,还把"一个人"咬得很重。

萧臻扭头看乔绍廷,用目光示意萧闯自己不是独自一人,乔绍廷笑得尴尬。

虽然不知道萧臻和萧闯的关系,但他能感觉到气氛微妙。

萧闯好像刚发现乔绍廷的存在,夸张地上下打量他一番:"乔绍廷律师?别人我不清楚,你不是被海港分局给拘了,才放出来的吗?"

萧闯故意叫出他全名,说话间用余光瞥着鲁南。乔绍廷也注意到这点,看向鲁南和方媛的法官制服。

"我又没受到刑事处罚,这不影响我的律师执业资格。"

"对，但我听说，你现在被律协暂停执业，也就是说，你没本儿。怎么，难不成是想弄封介绍信糊弄过去？'海看'没住够，想来我们这儿住段日子了？"

乔绍廷没话说了。他不知道萧闯的敌意从何而来，如果他没记错，以前他俩并没有什么过节。

那一大通质问，虽然是冲着乔绍廷去，可萧闯的目光一直没离开萧臻。

萧臻想了想："会见被告人，一个律师也可以。"

"理论上是这样，但各看守所在实践中执行标准不同，譬如现在，你就需要两个律师。"

听到这儿，萧臻看了眼乔绍廷，发现乔绍廷也正看着她，一脸无奈。

鲁南打量了一下乔绍廷，没说话，微笑着拍了拍萧闯的肩膀，和方媛一同离开。

"萧闯是你哥？亲哥？"向阳看守所的马路对面，乔绍廷瞪大了眼。没人会愿意自己的亲人在这时候和乔绍廷混在一起，那些敌意顿时都有了解释。

"家庭关系上，是，他不是我表哥也不是我堂兄。从血缘上，不是。我是被收养的。"萧臻倒是满不在乎。

乔绍廷摆摆手："我就随口一问，不想打探你的个人隐私。但看来你俩关系不太好，而且是不好到见面就拆台的程度。"

"很抱歉没能给你展现一个兄妹情深的温馨偶遇。马上就五点了，我问问哪位律师有时间，明天能跟我一块儿去会见吧。这向阳看守所也够落后的，不是说现在大部分看守所都已经可以网上预约办理会见手续了吗……"

正说着，乔绍廷看见薛冬和助理高唯从看守所里走了出来。乔绍廷一挑眉毛："我突然有个大胆的想法。"

萧臻见是薛冬，脸色微微一变。只能说老天的安排极其曼妙，把所有人在今天的向阳看守所凑了堆。比起萧闯，薛冬才更让萧臻觉得麻烦。

大概一刻钟后，乔绍廷站在富康车旁，看着薛冬和萧臻从向阳看守所门口的传达室出来，拿着会见手续，走进看守所大门。

他从富康车里拿出王博和雷小坤的案卷，摊在车顶。现场照片当中有从水库打捞出来的铁笼和车辆后备厢的全貌、捆绑用的绳索、封嘴用的胶带等。他又向后翻几页看审讯笔录，就看到现场一份勘验笔录，上面写着邹亮被发现死于其车内。乔绍廷又往后翻一页，看到了邹亮的照片，面露怅然。

乔绍廷愣了一会儿，手机响了，他看了眼来电显示，微微皱眉，接通电话："韩律，什么事？"

韩彬正站在指纹咖啡外的楼梯："今晚有几个朋友会来我这儿坐会儿。"

"怎么了？"

"其中一个朋友是海港支队的，叫赵馨诚。"

乔绍廷一惊，把案卷往回翻几页，讯问笔录的抬头写着"侦查员赵馨诚，曹伐"。赵馨诚，就是之前萧闯提到的那个"刺儿头"，乔绍廷没和他直接打过交道。

乔绍廷合上案卷："你什么意思？"

"没什么，只是通知你一下，今晚店里拉森打折。"

电话挂断了。

＊　＊　＊

向阳看守所门外马路旁，黑色民用牌照轿车里，副驾上的鲁南拿起手机，给马路对面的乔绍廷和那辆富康车拍了几张照片。

方媛两手搭在方向盘上："这么巧。"

鲁南收起手机："如果萧闯的妹妹现在和乔绍廷在一个事务所，这就不光是巧的事了。"

方媛笑了："没本儿了，还想往看守所里混，看来你师父说得没错……南哥，海港支队咱们也去了，你为什么要私下见那个承办警员啊？"

"这案子有不对劲的地方，但是碍于部门职能、程序、保密义务……我相信海港支队的人，对咱们是知无不言的。"

"哦，但你觉得他们不够言无不尽？"

"不管怎么说，私下会会这个赵馨诚。"

方媛松开手刹，挂上挡："走吧，先去吃金拱门。"

鲁南一愣："哎……要不还是我开车吧。"

方媛一边揉着方向盘一边驶离路旁："你开车太肉。"

车开上直道，猛地加速。

向阳看守所会见室内，隔着钢化玻璃，萧臻一手举着通话器和被告人王明通话，另一只手在做记录："那你对一审判决有什么意见？"

玻璃另一侧的王明对着话筒回答，薛冬只能看见他干燥的嘴唇翕动，听不见他的声音，焦虑不安地看着萧臻："你确定乔绍廷不是故意安排这个时间来的？"

萧臻瞥了薛冬一眼，没说话，继续向王明问话："请你将涉案的情况再简单讲述一遍……对，和一审判决事实认定的部分一样吗……好的。那你有前科吗？你被正式逮捕后，有没有协助公安机关侦破案件的行为？"

王明回答。萧臻继续记录。

"乔绍廷是不是察觉到我们之间的关系，或者你有什么举措让他开始怀疑了？"

萧臻没理会薛冬，直到把这段对话也记录完后，才对通话器说："稍等。"

她一手遮住通话器的话筒，扭头对薛冬说："这案子是今天下午所里才派给我的，来看守所也是临时决定的。你要说巧合，刚才还在门口碰见我哥——相比较遇到你，那才是我更不愿遇到的人，所以你不要总是一副做贼心虚的样子。再就是，咱俩没什么关系，我们之间，是交易。"

说完，她继续对着通话器说："不好意思……详细说说你和被举报人马肖骏的关系。"

同一时间的津港市律师协会已经临近下班，一楼大厅不时有人背着公文包或电脑包出门。

五十多岁的男人一路侧着身，一手伸在前面引路，送旷北平往外走。这是律协的秘书长。旷北平一再对他说："留步，留步吧。你怎么说也是律协的秘书长，让别人看到多不好。"

"我送我老师出来，这不天经地义的事吗？当然，很快您可能就是我领导了。"秘书长一脸诚恳。

旷北平笑了:"这些年律协不容易,我本是希望能过来替你们正一正风气,不过乔绍廷那件事,你们反应得很及时,处理得也很果断,应该是用不着我这老头子来多管闲事。"

"瞧这话说得。有您老坐镇,我们出去说话也硬气……"

送到门口,两人分别。"乔绍廷那件事"无疑就是指乔绍廷执业证被暂扣。以律协秘书长对自己老师的拥护程度,乔绍廷想拿回执业证,恐怕困难重重。

旷北平想着自己对事态的掌控,内心感到一阵平静——事情本来就该这样。秘书长那张诚惶诚恐的脸他都看了几十年了,乔绍廷那样敢挑事的才是异类。

他走出律协,就发现章政正站在门口,将刚才的一幕尽收眼底。

旷北平的脸色变得有些阴沉,他目不斜视,径直走过章政身边。

章政不冷不热地笑笑,伸出手来,语气恭敬:"旷主任,好久不见。"

旷北平站定,却没和他握手:"章政,怎么样,主任的位子,坐着可还舒服?"

"主任,当年咱们只是正常改选。再说了,不管谁当家,大家对您的尊崇是不变的。"章政垂眼道。

"也包括你和乔绍廷吗?"旷北平居高临下,盯着章政看了两秒就往外走。

章政忙追上两步:"主任,您看这回,能不能放绍廷一马——"

章政话没说完,就被旷北平打断:"他自作自受,与我有什么相干。"

章政苦笑："主任，您要是能不计前嫌出面帮绍廷说句话，他百分之百能摆脱目前的处境。"

旷北平转过身："高看我了。真有这能耐，我怎么会连自己一手创立的事务所都保不住？"

章政有些语塞。旷北平伸手一指章政身后的律协大楼："你来这儿干什么？给乔绍廷讲人情吗？"

章政尴尬地笑了，看向刚才旷北平和律协秘书长告别时站的旋转门。本来他有这个想法，不过，现在看来是没必要了。

旷北平顺着章政的目光回身看看，也笑："有我在又怎么样，你不一样参选律协会长吗？"

说着，他拍了下章政的肩膀："试试也无妨。"

旷北平转身离开。章政扭头看了看律协大楼，目光变得阴鸷，又回头望着旷北平的背影。

他知道旷北平来律协对乔绍廷不利，却暂时没注意到时间节点的问题——上午，乔绍廷和萧臻一同出现在德志所，一同办王明的案子；现在，旷北平已经来律协了。

时间已接近傍晚，夕阳中，向阳看守所的马路对面，乔绍廷靠在富康车的机器盖子上，翻阅着萧臻的会见笔录："二点七公斤氯胺酮？"

萧臻啃着火烧："王明举报的马肖骏是个制毒的原材料供应商。公安机关通过王明的举报抓到他，这二点七公斤K粉就是抓捕他同时起获的。问题在于——"

"问题在于，马肖骏被捕时，氯胺酮只是属于国家管制类药品,不算毒品,马肖骏也被释放了。两个月后,氯胺酮才被纳入毒品归类。"乔绍廷接过话。

"对,就差五十四天。特别是王明被捕时收缴的摇头丸,经过毒品检测,百分之九十五的成分都是氯胺酮。"

"给他定罪的是另外百分之五的苯丙胺类毒品。你吃的这火烧,是中午剩的吗?"

萧臻低头看着手里的食物:"我中午就啃了一口,扔了太可惜。"

乔绍廷摆摆手:"我的意思是说,咱们可以找个便利店,用微波炉热一下你再吃。火烧嘛,得吃出那种酥脆的感觉来才好。"

萧臻叹口气:"对啊,这检举揭发,也得等到氯胺酮被纳入毒品之后才好。但这个事……你不觉得很荒诞吗?"

"如果今天颁布的刑法说杀人是犯罪,那么你昨天杀人就不算犯法。这是标准。法律不溯及既往。"

萧臻把剩下的火烧塞进嘴里,把塑料袋揉成一团,边嚼边说:"不用跟我普及法理知识了,我们需要辩护的切入点。"

她把塑料袋扔进路旁垃圾桶。

"是你需要辩护的切入点,萧律师。你是回家吗?我可以捎你一段。"乔绍廷说着来到副驾席旁,拉开车门,"对了,薛冬在会见室没帮你参谋参谋?"

萧臻坐上车,看了眼乔绍廷:"我跟薛律师就是一面……应该说叫'一面试之缘',他恐怕是看你的面子才陪我进去会见的,好像没义务提供什么案件上的帮助吧?"

乔绍廷没忽略萧臻刻意撇清和薛冬的关系,但也没追问。他点点头,关上车门,走到驾驶席一侧上车,艰难地发动车子:

"没想到他答应得这么痛快,难道说我俩的关系其实没那么糟?"

两人讨论着案情,开着车,就到了指纹咖啡的门口。乔绍廷来见赵馨诚,萧臻则打算下车回家。

看着萧臻要转身离去,乔绍廷低头略一沉吟,抬头叫住她:"萧律师!"

萧臻回过头。

乔绍廷一指"指纹咖啡"的招牌:"咱们所的三个合伙人,是不是你到现在才见过两个?"

萧臻想了想,扭头看看店门:"第三个……是说韩律师?"

乔绍廷笑着没说话。萧臻叹了口气:"你早说啊,我就不吃那半个火烧了。"

3. 所有人

萧臻坐在吧台旁打量着韩彬。他不在所里露面,可是知名度并不低。国内目前刑法界的三大元老级专家,应该是高辕教授、旷北平教授和韩彬的父亲韩松阁教授。旷北平当初被赶出德志所,却没对章政等人赶尽杀绝,韩松阁教授恐怕也是其中的因素之一。

不过韩彬的名声并不只因为他的父亲。旷北平离开之后,几起重新奠定德志所地位的案子背后,也都少不了韩彬的身影。

萧臻听其他律师聊过,韩彬办案没什么固定的风格。他有时候穷追不舍,赶尽杀绝;有时候又忽然从善如流,网开一面。有时候会动用关系,有时候又完全单打独斗——简而言之就是"看心情"。萧臻没研究过韩彬经手的案子,但直觉韩彬身上有超脱的部分,超脱于德志所合伙人的位置,超脱于律师的身份,有时甚至超脱于常规生活。中等身材,戴着有框眼镜,穿着一身深色的休闲装。从他的外表,萧臻什么都读不出来。

韩彬给她调了杯饮料送到面前:"你和乔律现在是搭档?"

萧臻笑笑:"乔律师跟我谈的时候,说的是'全职助理'。"

韩彬点点头,一拍吧台的案钟,把另一杯调好的酒放在托盘上递给服务员。

"您好像并不惊讶。"

韩彬瞟了眼坐在角落桌旁的乔绍廷:"他现在执业证被暂扣,可能还欠了外债,刚出来那天,把表都当了……"

萧臻也不自觉地看向乔绍廷的方向。乔绍廷对面坐着个板寸头男人,三十岁出头,棕色皮肤,身材很结实,穿着便装也一眼能看出是警察。

"但那块表他很快就赎回来了。"萧臻收回目光。

"他要赎的恐怕不只是块表……"韩彬话里有话。

"那看来他很缺钱。"萧臻没理会韩彬的暗示。

"他当然需要钱,而且导致他出事的那个案子他不会放手,所以,我不知道你是不是需要他,但他肯定需要你。"韩彬露出友善的微笑。

萧臻喝了口饮料:"真好喝。这个酒叫什么?"

"黑色大丽花。"

萧臻眨眨眼:"是不是'伊丽莎白'或者'肖特'都不如这个名字好听?"

"她的中间名叫安。"

萧臻想了一下,点头,又喝一口:"这个也好听。"

韩彬注意到萧臻戴着手套的手。

"但所里还有很多律师的经验、资历和业务水平都比我强得多，我不太明白，乔律师为什么会找我合作。"萧臻明知故问道。

"他这次出事，是因为得罪了谁，你知道吧？"

萧臻点头。

"那你知不知道，虽然他人出来了，恩怨还没了？"

萧臻眨眨眼。她当然知道。

"那位老爷子势力庞大，咱们的律师都不傻，谁会愿意往沉船上跳？"

萧臻笑笑："那看来是我比较傻。"

韩彬听到厨房方向的案钟响了一声，走到出餐口拿过一盘意面放到萧臻面前："没准儿是你更聪明，相信这艘船不会沉。"

萧臻同样略过这句试探，往意面上倒着辣酱。韩彬看着萧臻的动作，愣了一下，顿住了话头。

他看着萧臻把辣酱和意面拌匀，开始吃面。

"咱们主任和乔律师是同学吗？"萧臻问道。

话音刚落，萧臻的手机响了，屏幕上的来电显示是"薛律师"。萧臻忙按下静音，把手机扣在吧台上，抬头去看韩彬。韩彬正背对着她在码放洗干净的杯子，应该没有看到。

放好杯子，韩彬回过身来："对，章主任和乔律师是同学，金馥所的薛冬律师大他们一届，他们仨住过一个宿舍。"

萧臻吃面的动作一顿，没再接话。

"你放了很多辣酱啊。"

萧臻抬头看了韩彬一眼，愣了愣，随即笑了："哦，不是觉得这个面不好吃的意思，我口重，吃什么都喜欢放一点儿酸酸甜甜辣辣的调料。"

韩彬点头，"酸酸甜甜辣辣"的"疯狗357"——世界辣度排名前十的辣酱。韩彬又一次看向萧臻戴手套的手。

角落的桌边,赵馨诚和乔绍廷第一次见面。赵馨诚一手搭在椅背,坐姿舒展,刚开了瓶啤酒,让了一下乔绍廷:"真的不喝一杯?过会儿可以找代驾嘛。"

乔绍廷正襟危坐,摆摆手:"我最近得压缩开支。"

赵馨诚伸出大拇指,朝身后吧台方向的韩彬指了一下:"没关系,让他请。"

乔绍廷笑笑,还是没接过啤酒。

赵馨诚也没再让,自己喝了口酒:"韩彬说,你有事想找我了解一下。只要是我能说的,随便问。"

"什么是你能说的?"

"你在公诉和审判卷里能看到的,就是我能说的。"

乔绍廷一愣。

赵馨诚一脸坏笑:"是不是很想打我?"

"赵警官……"

"不用这么客套,叫我小赵什么的就行。"

"那好吧。馨诚,你做警察很多年了吧?"

"从警校毕业到现在,七年多吧。"

"一直是在刑侦?"

"派出所,一一〇中心,治安,预审,刑侦……我几乎所有警种都干过。"

乔绍廷点头:"那……我想问一下,以你这么多年工作的经验和直觉,你觉得王博和雷小坤,是想杀掉朱宏吗?"

听到这儿,赵馨诚喝啤酒的动作停了下来,他把酒瓶放到桌上，皱眉不语。

过了会儿，他把瓶子里剩下的啤酒一饮而尽，放下酒瓶："判决是法院的事，而且乔律你肯定知道，类似这样情节案件判死刑的，以前不是没有过。"

"此一时彼一时。再说，咱们国家不适用判例法。"

赵馨诚笑着说："最高院的批复算不算？"

乔绍廷摇头："那是司法解释。我感兴趣的是你怎么想。"

"你问我他俩的主观意图，他们心里怎么想的，我哪儿知道去？"

"王博和雷小坤以非法手段替人催讨债务近两年，威胁和非法拘禁各类债务人的行为，恐怕得有个十几次甚至几十次了吧？至少我在讯问笔录里看到过几起。"

赵馨诚点头。

"之前却从没有闹出过人命，对吗？"

"凡事都有第一次，乔律。"

"我觉得更像是第一次过失致人死亡。"

赵馨诚深吸口气，正色道："乔律我问你，如果我拿这个酒瓶子砸你脑袋，算什么意图？"

"故意伤害。"

"如果我把这个酒瓶敲碎半截去扎你脖子，算什么意图？"

"故意杀人。"

"对，我知道你想说王博和雷小坤可能只是打算吓唬吓唬朱宏，没想到'大力出奇迹'了。那我也可以告诉你，如果那个铁笼离悬崖还有十米远，你的说法就成立，但如果它离悬崖只有半米，故意杀人没毛病。"

乔绍廷沉默着不再说话，赵馨诚直直盯着他的眼睛。

萧臻走了过来："乔律师，你们继续聊，我先回去了。"

乔绍廷下意识地看了眼表："哦，我也该走了。我送你。"

赵馨诚回过头看到萧臻，两人非常自然地打了个招呼。

乔绍廷很吃惊，他们竟然认识。

"她哥是我师兄啊，我看着她长大的。我这小妹妹可不含糊，当初给侦查系的一个傻缺都开了瓢了。"

要不是萧臻来打招呼，赵馨诚都不会提起自己认识乔绍廷的搭档——可见今日的见面，他有多少戒备和保留。乔绍廷翻了个白眼，起身和赵馨诚握手："那幸会了，兄弟。"

赵馨诚也站起身，诚恳地点头："别这么客气，以后常联系。"

韩彬走过来，把剩的半瓶多"疯狗"辣酱递给萧臻："萧律师很喜欢吃这个辣酱，剩下的也带走吧。"

萧臻接过辣酱："谢谢韩律师。"

乔绍廷瞟了眼辣酱上的商标，跟刚才的韩彬一样吃惊。

乔绍廷走时天已经全黑，赵馨诚靠在咖啡店门口的墙边点了根烟，就看到两人来到他身前，还冲他打了个招呼。来人是鲁南和方媛。看着他们身上的制服，赵馨诚明白过来，这就是萧闯引荐来的那两位最高院法官。

方媛冲赵馨诚点了下头，随后对鲁南说："薯条太咸了，我要喝点儿水。"

说罢她就推门进了咖啡厅。鲁南在后面还叮嘱了她一句："出差期间，别喝酒。"

方媛头也不回，朝鲁南比画了个"OK"的手势。

赵馨诚指指自己，面带歉意："不好意思，我喝了两杯。"

"下班时间嘛，放松放松，而且我希望你也能尽可能放松地告诉我一些信息。"

"你想知道什么？"

"你的直觉。"

赵馨诚笑了，这和乔绍廷的问题一样："我的直觉告诉我，最好不要在最高院的人面前乱说话。"

鲁南也笑了，他点点头，看看周围，又盯着赵馨诚："那就把刚才你不能跟乔绍廷说的那些跟我讲讲吧。"

赵馨诚脸上的笑容消失了。

咖啡厅里，韩彬把冰镇柠檬水放到方媛面前。

方媛拿起杯子："真的不要钱？"

韩彬笑笑："留个好印象，期待你下次来消费。"

方媛回头环视了一圈咖啡厅，又上下打量了韩彬几眼："我怎么看你眼熟？"

韩彬一愣。

方媛努力回忆了半晌，指着韩彬："哦！我想起来了，你是司机！"

"啊？"

"我当初听过韩松阁教授的课，下课之后，他好像很赶时间，我有问题都没来得及问。我看他急匆匆地上了一辆来接他的车，开车的就是你。你是韩教授的司机！哎，你怎么跑这儿来做酒保了？"

韩彬瞠目结舌，尴尬了片刻，微笑着给方媛的水杯续满：

"嗯……贴补家用。"

二楼外挂楼梯处,赵馨诚把烟头扔到地上,用脚踩灭:"那要听你的意思,是说最高院对这案子有定论了?"

鲁南摇头:"目前我们还在审查程序,先确认从侦办到审判任何一个阶段的程序都没有被影响或操纵。老实说这案子复核起来并不太困难,但正片之外,花絮好像有点儿多。"

赵馨诚笑了:"对。前一段时间乔绍廷就是被我们支队收进去的。"

"那你们公安这边的意思是?"

赵馨诚又点了根烟:"南哥,你混司法圈这么久,肯定也没少见这类人。好好的律师不做,变着法儿在国家机器面前耍花活。"

鲁南笑了:"这种人总是有的……"

赵馨诚盯着他,毫无醉意:"要我说,这种人就别再做律师了。"

此时的萧臻已经到家,正在整体浴室里洗澡。

李彩霞在洗手池前卸妆,眼周一片都黑乎乎的:"那二审就是在高院开庭了。第一次单独开刑庭就这么刺激的吗?"

萧臻关上了花洒,把手从整体浴室的门缝里伸出来:"刺激归刺激,但我估计这案子走走过场就行了,一审判决没什么问题。"

李彩霞递过浴巾:"出庭总得说点儿什么吧?"

"不知道能不能在他那个没被认定的立功表现上做做文章。"

"可氯胺酮当时就是没被纳入毒品,这文章怎么个做法?"

萧臻裹着浴巾走出浴室:"看从哪个角度说。"

她站到李彩霞身边,对着镜子拢了拢头发:"氯胺酮有可能对人体发生作用的最低致死剂量是五百毫克。"

李彩霞扭头看着萧臻:"一克就能杀俩?"

"理论上——那么,尽管王明检举马肖骏的行为并不构成法律意义上的立功,但从客观上,他阻止了有可能使五千四百人致死剂量的国家管制类药品流入市场。这是一种积极正向的协助国家司法机关的行为,也和刑法中鼓励嫌疑人检举立功的精神是一致的。"

李彩霞张大了嘴,一脸吃惊:"你这个春秋笔法……照这么一说,王明可以无罪释放了。"

萧臻瞟了她一眼:"这勉强也就是个文过饰非,而且我不认为合议庭会采信。"

李彩霞一挑眉毛。

萧臻耸耸肩:"你都说了,我开庭总得讲点儿什么吧。"

说着,萧臻拿起电吹风,准备插上电源。

李彩霞一把抢过来,替她插上:"你把手擦干。小心触电。"

随后,李彩霞走出卫生间。萧臻先用电吹风把镜子上的一块雾气吹干,再对着镜子吹头发。她盯着自己裸露的双臂,上面有很多深深浅浅的伤疤。

十二岁到二十二岁,划开手臂,看它流血,直到停止,好像这样就能确认自己存在。她忽然意识到,认识乔绍廷之后,她已经不需要这种方式了。

放在洗手台上的手机响起,是薛冬打来的。萧臻把虚掩的卫生间门关上,又关掉吹风机,接通电话,打开免提。

"薛律师,以后再要给我打电话之前,先发个信息,问一下我是否方便。"

"呃……不好意思,我是想跟你说,舒购的法律顾问我拿下来了,顾问费是上付的。说好的那一半,我是转账给你,还是给你拿现金?"

"转账会有记录,拿现金……我又不想见你,怎么办?"

"你可以让别人来取,或者我派高唯给你送去。"

"我想想吧。"

"真是奇怪……"

"嗯?"

"你不关心这一半是多少钱吗?"

萧臻看着自己手腕上的伤疤:"我要挂电话了。"

"你就那么讨厌我?咱们可是合作伙伴。"

"真不凑巧,我已经有新的合作伙伴了。"萧臻挂断电话。

4. 家属

"不夜"娱乐城坐落在城郊的大型汽配批发市场旁边,那里的空气里弥漫着浓厚的砂土味,可能是路过的卡车和砂土车太多。路两边巨大的杨树在初春季节也没精打采,枝叶稀少,伸出枯瘦的树枝。上午时分卖早点的还没收摊,"灌饼""豆浆"的红底白字招牌立于有污渍的玻璃上,小推车旁边是脏兮兮的流浪狗。

银色的富康车停在路旁,乔绍廷和萧臻走下车。

"你为什么不找洪律师合作?"

萧臻问话的当儿，乔绍廷正打量着娱乐城彩灯熄灭的招牌，他愣了一下："你把我问住了。老实说，我没往这个方向想过。"

"她是你带出来的徒弟，又一起共事了那么多年，比我经验丰富，也比我更了解你的办案思路，而且她现在还是合伙人。"

看着娱乐城门边堆积的垃圾，乔绍廷点头："你基本上把原因都列出来了。"

萧臻皱起眉头："是不是说，比起我来，她更不容易糊弄？"

"应该是说比起你来，她更像个律师。"

萧臻转头看乔绍廷的侧脸，抿起嘴唇不再问话。

乔绍廷看着道路左右："这儿不许停车，要有协管来的话，给我打个电话。"

萧臻也看了眼"不夜"娱乐城的门脸儿："这个时间去歌厅是不是早了点儿？"

"对王博来讲，已经有些晚了。"

萧臻想起来了，王博的爱人沈蓉正是娱乐城的经理。

"可她有给王博继续请律师的意愿吗？"

"我之前打过电话，至少争取到了面谈的机会。"

说着，他走向"不夜"娱乐城，走出几步又回头看着萧臻："那个贩毒案，我建议你再斟酌一下辩护思路，那串数字听起来是挺酷炫的，但我不认为刑事审判庭是一个能用煽情影响认定标准的地方。"

萧臻用手拢音对乔绍廷喊："那我开庭总得说点儿什么吧！"

乔绍廷也双手拢音答道："别一条路走到黑，换个思路！"

娱乐城大门紧闭，乔绍廷又敲门又摁门铃都没人应门。他掏出手机拨打沈蓉的电话，通了但没有人接。乔绍廷边发消息边往回走，没走出两步又突然听到身后有开门声，他一回头，就见两个保洁人员提着垃圾袋从里面出来。

乔绍廷忙上前几步，伸手一拦门，走进了娱乐城。

上午的娱乐城内空无一人，大部分的灯也关了，走廊尽头的灯球还亮着，旋转着照射彩光，有些晃眼。乔绍廷继续打沈蓉的电话，还是无人接听。他穿过金碧辉煌的大堂，上楼来到办公区，就见门上贴着"非工作人员勿入"的牌子，门也是锁的。

一回身，他看到楼道远端一间包房的门开了，从里面走出两个人。

乔绍廷想了想，顺着楼道走向包房。

包房门上是一道窄窄的玻璃，乔绍廷敲了两下门，就看见一个三四十岁的女人扎着高马尾，穿着黑色皮靴配皮裙，戴着手掌大的圆耳环，叼了根烟，跷着二郎腿坐在沙发上，看侧脸正是沈蓉。他也没多想就推门而入，这才看到包间的地上还跪着三个女孩，看穿着都是陪酒女，脸上都有被殴打过的痕迹，又红又肿，其中一个还哭花了妆。沈蓉身后站着三四个打手，旁边有个又高又壮的金链大汉搂着她的肩膀。

乔绍廷一进屋，所有人都齐刷刷地望向他。

"呃……"乔绍廷一时语塞。

沈蓉向前探了探身："乔律师？"

乔绍廷走进屋里，同时悄悄拨通萧臻的电话，把手机揣进兜里。

富康车里，萧臻接通电话，却发现对面没有声音。她又"喂"了两声，就听到那头传出沈蓉的声音，略带嘶哑，透着颐指气使的劲。

"这是工作,你们懂不懂,要讲'敬业'的。你以为客人们来花钱,是为了看你这张脸?是为了听你唱歌?摸你一把怎么了?亲你一下又怎么了?胡总是很大方的熟客,人家在全世界各个国家都有女朋友,玩儿得很开的。昨晚你们给人家气得说要退卡,我为了哄好胡总都喝吐了,你们这不光是砸自己的饭碗,你们这是在砸我的饭碗!"

听到这些,萧臻脸色微微一变。

娱乐城的包间,乔绍廷拿出委托书隔着茶几递了过去:"沈女士,这是我之前跟您联系过的,关于您爱人死刑复核阶段的代理工作,麻烦您签一下委托书。"

沈蓉抽着烟,漫不经心地扫着委托书的内容:"你说这都是男人养家,女人持家,现在倒好,我又得持家,又得出来打拼,赚钱去捞他。这姓王的上辈子真是积了德了,才能找到我这么傻的媳妇。"

乔绍廷瞟了眼跪在地上的三个陪酒女:"您签个字,我就能去看守所会见,尽快展开工作。"

沈蓉把委托书往茶几上一撂,又跷起二郎腿,往沙发背上一靠:"可你说,乔律师,我现在自己一个人过得也挺好。你要真把他救出来,我图什么呢?"

乔绍廷面无表情地看着她:"我没法把他救出来,就算我能在死刑复核阶段争取到什么,他恐怕也要在里面关很久很久……如果非要说对您有什么好处的话,我可以免费给您做辩护。"

沈蓉一愣:"给我辩护?"

乔绍廷摊手,指了一下那三名跪在地上的陪酒女:"非法拘禁加故意伤害，不知道检控机关会不会往涉黑和组织卖淫上靠。像这类刑事案件的辩护，我的收费一般都是六位数起步，现在0折送给你。"

这话听得沈蓉和旁边的金链大汉面面相觑，两人都愣了好一会儿，而后，屋里爆发出一阵大笑。此起彼伏的笑声过后，金链大汉一脸杀气，要站起身，沈蓉拦下他。

沈蓉用烟一指乔绍廷，调笑道："那我要不接受你的免费辩护呢？"

"也行，我给你另指条道。现在就把她们仨放了，委托书你爱签不签。"

沈蓉还是在笑，她掐灭香烟，靠在沙发背上，拍了拍旁边的金链大汉，他站起身走向乔绍廷。

此时的德志所会议室里，章政正问洪图道："舒购公司不再和咱们续签常年法律顾问了。你知道是出了什么情况吗？"

"啊？！不是之前连合同都准备好了吗？"洪图也是一脸诧异。

"合同今天被他们退回来了。小顾打电话和他们联系，那边的财务说暂时不考虑和咱们续签了。"

"之前小萧去处理过他们公司的一个事，我回头问问舒购的刘总。"

"刘睿被抓了。"

"什么？"

"听说舒购集团报案，把电购这边的刘总给抓了，好像是涉嫌职务侵占之类的事。"

洪图愣住了。

章政看向会议室的窗外:"这小萧最近经手的案子……我有点儿看不透啊。"

洪图不轻不重地捶了两下桌子:"你也不想想她身边是谁,有什么可看不透的。"

洪图想起萧臻和乔绍廷一起站在她的办公桌前的瞬间。

半小时后,娱乐城的包间内,已经换了一番景象。

十几名穿制服的公安正进进出出,带头的正是萧闯。沈蓉和金链大汉等人全部被逮捕、控制,有的抱着脑袋靠墙蹲着,有的上了手铐,正跟着公安往外走。乔绍廷坐在沙发上,T恤被扯破了领口,眼圈和嘴角都是乌青,手里正拿一袋冰敷着额头。萧闯站在一旁,似笑非笑,扯起一边嘴角,看着乔绍廷的狼狈模样。

萧臻走进屋里,直接忽略萧闯的存在,站在乔绍廷面前:"公安说先带你去医院,可能还要验一下伤。"

乔绍廷抬头,用尚能睁开的那只眼睛看向萧臻。他刚要说话,就见公安人员正把沈蓉押出房间,他忙一把抄起桌上的委托书,追了出去:"稍等一下,警察同志!"

公安要把他拦开,萧闯冲他们摆了摆手。乔绍廷把委托书和笔递过去:"签了委托书吧,你老公很可能罪不至死。"

沈蓉不可思议地看着乔绍廷,苦笑一声:"看来我还真用得上免费辩护了。"

乔绍廷摇头:"不,那是十五分钟之前的条件。现在你签了委托书,我不单独就自己受的伤向你提附带民事诉讼。"

萧臻接话道:"那你能省下不少钱,没准儿都够请乔律师给你辩护的了。"

沈蓉盯着乔绍廷看了好一会儿,摇摇头:"乔律师,你真是个很奇怪的人。"

她接过笔,在委托书上签了字,被公安人员押走。

乔绍廷低头看委托书,就见一滴血从他鼻子里出来,滴在纸上。他赶忙仰起头,用手背捂着鼻孔,把委托书递给萧臻。萧臻掏出纸巾递给乔绍廷。

萧闯走过来,看看乔绍廷又看看萧臻。

乔绍廷把纸巾垫在鼻孔下面,对萧闯说:"我可以解释……"

"别解释了,赶紧去医院,回头验个伤,记得来队里做笔录。"萧闯说着,又冲萧臻一伸手,"你是说手机里有通话的全部录音,对吧?"

"我发给你。"

"你是做律师的,应该懂——录音证据的原始载体。"

萧臻无奈地瞪了萧闯一眼,直接把手机塞给了他:"密码〇五一五。"

德志所楼下,章政走到之前和薛冬会面的那条小巷。薛冬的车停在那儿,但驾驶席上并没有人。章政感到奇怪,围着车转了转,掏出手机正要拨打电话,后车窗突然摇下条缝,露出薛冬的小半张脸:"哎!快上车!"

章政上了车:"这光天化日之下,两个大男人,还是同行,还在车后座……"

"这样外面的人就不容易看到咱们,咱们就……"

"就显得更奇怪了好吗!"

薛冬摆摆手:"咱俩之间又没什么,你心虚个啥?"

"没什么?舒购公司是怎么回事?"章政看着车玻璃那侧,抱起胳膊,完全没意识到这样一来自己和薛冬更像是一对赌气的情侣。

薛冬装傻:"舒购?哦……是不是我们新接的那个常年法律顾问的客户……"

章政不耐烦,摆手打断他,懒得听他装蒜。

薛冬低头笑笑,看着章政:"这就没意思了,大家的想法不都一样吗……追求利益最大化,同时把风险降到最低。"

"我可……"

薛冬打断他:"你可别忘了,会这么想的不只有咱们。那个萧律师不简单。"

章政一愣:"你跟我说过她是可控的。"

"没有。我只是告诉你,她是可牺牲的。"

可牺牲的。章政一下明白过来。他看向薛冬,薛冬不知从哪儿掏出面小镜子,开始整理自己的发型。

中午,萧臻和乔绍廷到了和光医院的急诊室,两人从一面面帘子中间穿过,乔绍廷坐上一张担架床。

周遭的人看起来都比乔绍廷伤得重,急诊医生对他们说:"稍等一下,护士来给你处理。"

萧臻盯着乔绍廷看:"你除了额头和脸上……还是全身拍个片子吧。"

"不用了,应该没事。"乔绍廷轻轻抚摸脸上的伤口,痛得一龇牙，看着对面床上的男人，一条腿流着血，脚边还摆着个外卖箱。

"那女的就是王博的爱人沈蓉？"萧臻左右看，也没找到什么包扎或者消毒的东西。

乔绍廷点头："也是我唯一能找到的签委托书的直系亲属。"

萧臻从包里掏出那张委托书，上面的血迹已经干了，她拿出笔："那我应该把名字填在这张'血书'的'受托律师'后面吧？"

乔绍廷猛地一抬头："先别填。"

萧臻愣了："在死刑复核程序结束前，你的执业证不一定能恢复，有可能听证程序都没结束呢。"

"我知道。"

萧臻有点儿不悦，感觉自己似乎不受信任，勉强地笑着："昨晚韩律师还跟我说，除了我，你应该没有太多选择。"

"我现在头很疼，以后再慢慢和你解释。"

"这雷小坤的委托还没拿到手，如果次次都这么惊险的话，你可能就没有以后了。"萧臻声音冷下来。她一直不看乔绍廷，打开床头柜的抽屉，找到一卷胶布，撕开一小截，缠在手指上又松开。

乔绍廷耸耸肩，试图缓解气氛："有惊无险。再说，也是因祸得福。这还可以忙里偷闲到医院来，等着漂亮的护士小姐姐给我包扎……"

话没说完，隔离的帘子被拉开了，唐初穿着护士的装束出现在他俩面前。她拉帘子的动作因为乔绍廷的话而停住，乔绍廷愣愣地看着唐初，也说不下去了。

萧臻来回看着两个人的表情，不明所以。

沉默片刻后，唐初问："那……我换别人过来？"

乔绍廷忙从床上下来，一把抓住唐初的衣袖："别别别，我……"

他也不知道该怎么往下说，只好转移话题，指着萧臻说："介绍一下，这是我回所里之后的工作搭档，萧律师。"

他把唐初拉回到担架床旁边，又对萧臻说："这是我爱人，唐初……"

唐初把手里的医用托盘放到担架床上："——准前妻。说清楚一点比较好，你快自由了。"

萧臻来回看着两个人，一脸犹豫："要么，我先出去？"

萧臻想起自己在办公室里看过的那张海边照片，说话间看了看唐初。果然，真人比照片更美。

此时，身着制服的鲁南和方媛走出津港市中级人民法院。

中院法官和鲁南握手："这个案子我们打过报告，看来还是受到了咱们最高院的重视。"

"审是审，核归核，正因为咱们院如此严谨，我们后续工作的展开也能更全面。感谢你们没有大撒把。"鲁南说道。

中院法官笑了："把可以撒，人命不行啊。"

鲁南的手机震动，他掏出来看了眼来电显示，走出几步，接通电话。那头是萧闯："有个消息你可能会感兴趣，乔绍廷已经拿到王博家属的死刑复核委托了。你猜得没错。"

鲁南一挑眉毛："这家伙连本儿都没有，怎么说服王博家属签的委托？"

"嗯……代价惨重。"

* * *

和光医院放射科门外，萧臻和唐初目送乔绍廷拿着单据走进了放射科。唐初扭过头，气出一声冷笑："王博的老婆打他?!她找死啊！我都没打过他！这娘儿们现在在哪儿？"

萧臻忙解释道："警察已经把他们都抓了。而且应该不是她本人打的，是……歌厅看场子的那些马仔。"

唐初运了运气："就为了那破案子。这事说绍廷也没用，他肯定会死咬着不放的……旧情难忘。"

萧臻一愣："啊？"

"被害人朱宏的老婆严秋，是他高中时代的女神。"

萧臻一脸惊讶："乔律师心目中的女神？"

"在我之前的。那会儿大概是他喜欢严秋，严秋喜欢邹亮，邹亮和他还是好哥们儿。"

萧臻一时间也不知道说什么好，估计唐初也明白，乔绍廷执着于一个案子，不像是会因为这种原因的。现在这番话，更像是唐初看乔绍廷被打心疼，宣泄着情绪。她对唐初的直来直去颇有好感，唐初愿意告诉她这些，看来也不太讨厌她。

"这么……狗血的吗？"萧臻嘿嘿笑。

"但最后，朱宏把严秋的肚子搞大了，所以她嫁给朱宏也算是神展开……说起来，我以前没听绍廷提过你。"唐初说着，转脸打量萧臻。

"我转来德志的时候，乔律师还在……"她随便虚指了个方向。

唐初立刻会意："那他怎么现在和你……他办案一向独来独往。"

"他的执业证被暂扣了。"

"是暂扣,不是吊销吧?"

"暂扣。"

"什么时候听证?"

萧臻听唐初如此熟悉流程和专业术语,瞪大了眼:"呃……还没通知。"

唐初摆摆手:"不用奇怪,我虽然是医学院毕业的,但也通过了司法考试——那会儿还没有'三证合一',叫律师资格考试。"

"哇,那您也算是我前辈了。"

"当初我记得法学专业专科就可以报名,非法学专业需要本科以上学历。四张卷子下来,我比绍廷还高十五分。"

"那您为什么没做律师呢?"

"我没这个志愿,当时我是陪着绍廷一块儿复习。这家伙可笨了,看一遍就能记住的东西,他背了半年都背不下来,后来还跟我抬杠。不服气?那就一起考,他输了就向我求婚。"

萧臻眨眨眼:"那,要是他赢了呢?"

唐初看了眼放射科的方向:"我就向他求婚。"

萧臻觉得这两口子很有趣,想了想又问道:"刚才您说什么准前妻……"

唐初满不在乎:"哦,我们正在协议离婚。"

萧臻微微皱眉:"恕我直言,您二位看着不太像是要离婚的状态。"

唐初看着萧臻笑笑:"婚姻保护的又不是爱情。"

萧臻一时间语塞。的确,唐初和乔绍廷之间,有默契,有关心,似乎还有很多美好的过去,然而乔绍廷的状态,的确也不是能兼顾家庭,经营好婚姻的样子。不过能像唐初这样果断洒脱的人，似乎也很少。萧臻侧过头看唐初，看到她，萧臻感觉自己也更了解乔绍廷一些。

两人正说着，放射科的门开了，乔绍廷边穿外套边走了出来，上前对唐初说："片子要等很久吗？我这边今天还有很多事要办。"

"该消毒上药的都给你处理了，我回头去电脑上看一下片子，有问题再叫你回来。条形码给我，等下班我把片子打出来。"

乔绍廷把条形码递给唐初："今天是周二，你不是夜班吗？"

"阿祖放假之后，我都换成白班了。怎么，本想故意躲开我？"

乔绍廷做了个投降求饶的姿势："那拜托你了。如果X光片显示没有性命之忧，就不用叫我回来了。"

说完，乔绍廷往医院门外走，萧臻冲唐初微微点头道别，也跟了过去。

唐初看着乔绍廷的背影，又喊他回来。

乔绍廷转过脸。

"脸消肿之前，不要在阿祖面前出现。"

5. 案情

这是一栋商住两用的公寓楼，有些年头，乔绍廷租的公寓就在这边。萧臻一开始不明白乔绍廷让她跟着回家的用意，直到跟着乔绍廷出电梯，看他打开房门。

她扫视了一圈狭小、脏乱的公寓，又看了眼垃圾桶里方便面的碗，随后就发现单人床上铺满了王博和雷小坤的案件资料。萧臻明白过来。

乔绍廷用脚从地上的垃圾和各类生活用品中间蹚出条路，回身说："孤男寡女的，你就别关门了。我换身衣服，很快就好。"

萧臻笑了："没事，乔律师你现在这样估计也打不过我。"

乔绍廷把沙发上胡乱搁的衣服团起来扔进洗衣筐里："还是开着吧，你先坐。"

说完，乔绍廷拿了几件换的衣服，走进卫生间，关上门。

萧臻走到床边，翻看资料。一审判决书被放在最上面，她拿起判决书，首先看到一审的辩护律师是洪图。她又向后翻，翻到判决主文。目光迅速扫过"本院认为""非法拘禁罪""被告人故意实施""杀害被害人朱宏""应按牵连犯的处罚原则""从一重罪定罪处罚""判决如下""犯故意杀人罪"……判决书的最后一行是"判处死刑"。

厕所的门打开，乔绍廷换好衣服出来，就看到萧臻正拿着判决书。他并不惊讶，整理着袖口。萧臻也是一脸坦荡，盯着乔绍廷："这个案子我不是很了解，但即便是只知道个大概的情况下，这个判决结果并没有什么问题吧。"

乔绍廷在萧臻和床上那堆资料之间来回扫视。这个案子影响了他的命运。曾经有人说，人就该和亲密的人共享命运。

他从头开始讲述。

"王博和雷小坤是个'混子组合'，多年来，经常使用威胁恐吓，甚至暴力殴打的方式替人催收。听海港支队的人说，他们最惯用的手段，就是将债务人挟持至官亭湾旁边的山崖上，并把人锁进他们藏在树丛中的一个铁笼里，进行各种威逼恐吓。"

伴随着乔绍廷的描述，案发那天的景象逐渐呈现在萧臻眼前。官亭湾水库旁，王博和雷小坤把被捆住手脚、堵着嘴的朱宏从后备厢里拖了出来，拉到悬崖旁的一个铁笼子边，松开了朱宏的绑缚,把他推进铁笼子,然后锁上笼门。

"然而这次,也许是因为朱宏不为所动,也许是因为王博和雷小坤想杀人立威,甚至有可能是比较年轻的雷小坤一时冲动……"萧臻听乔绍廷回溯着案情,仿佛看见水库的悬崖边,王博和雷小坤在笼子外对朱宏威逼恐吓,而朱宏的情绪也十分激动,摇着铁栅栏破口大骂。雷小坤气急败坏之下,上前一脚踹在铁笼子上,铁笼子从山崖坠落。

"当时在山脚下,还有一名水库管理员目击到了这一过程。有了人证,王博、雷小坤很快被捕。第二天,这个铁笼在入海口附近被打捞出来,笼体经水流冲击与岩石碰撞已经变形,但在笼子内发现了朱宏的衣物残留,并找到了DNA证据。朱宏的尸体虽然没有立刻被找到,但可以做出死亡的合理推测。王博和雷小坤对杀害朱宏的事实供认不讳,甚至在一审判处死刑后都没有上诉。"

萧臻向后靠了靠:"可是既然上诉不加刑,为什么他俩都没上诉呢?"

"没准儿是两个敢作敢当的讲究人儿,回头咱俩去会见的时候可以问问他们。但最重要的问题还是始终没有找到朱宏的尸体。"公寓里,乔绍廷从萧臻手里接过一审判决书。

"如果铁笼是在入海口被发现的,他的尸体很可能被冲进大海了,被害人已经死亡的推测非常合理。更何况都这么久了,朱宏如果没死,为什么不现身呢?"

乔绍廷没有直接回答萧臻的问题,他想了想,说起更为关键的部分——案情的延伸,也就是导致他被抓进看守所的那部分。这些事情他还没有跟其他人说起过。

"我的小学同学邹亮,在津港银行信贷部工作,办案期间,我托他去调查被害人朱宏及其家属的财产状况。但我们按约定交接调查资料的时候，邹亮被发现死在了自己车里。而我因为涉嫌为他提供毒品或杀人灭口，被拘留。"

萧臻第一次听乔绍廷聊起邹亮，没有忽略乔绍廷神色中的悲伤和黯然。

"他是被谋杀的？"她小心翼翼地问道。

"他死于毒品注射过量，具体情况我也不是很清楚。"乔绍廷发现，向萧臻谈起那件事，并没有他想象中那么艰难。

萧臻想了想："那海港支队为什么会怀疑到你身上？"

"除了现场到处都是我的指纹，海港支队还发现了我和邹亮之间一笔二十万的转账记录。那钱是他朝我借的，但我们一直当面联系，既没打欠条，也没留下关于这件事的任何文字通信记录。"

"好吧，就算是没什么直接证据，但这也不算什么事吧？总不能说你刚借了人钱，就把人家给杀了……"

"海港支队在邹亮的车里发现了他给我准备的银行财务单据——有关朱宏及其家属的。海港支队拿着那些记录去津港银行核实了，所有单据都是伪造的。"

萧臻看着乔绍廷，明白过来："哦……也就是说，公安觉得，你出钱让邹亮制造伪证，而邹亮有可能以此要挟，想再多要钱，是这样的一个逻辑吗？"

见乔绍廷默认，萧臻又继续说道："可是据我所知，这案子德志所一共就收了十万块钱，您花二十万去找人造假……"

乔绍廷没有回答，萧臻也明白，重点不是钱。自从参与到这个案子里，乔绍廷的沉没成本远不止二十万。事实上，她一直觉得，乔绍廷有些执念。

乔绍廷坐到床边,声音很轻:"我觉得王博和雷小坤不是故意杀人……"

萧臻低头,翻到判决主文部分递给乔绍廷:"乔律师你仔细看一下,非法拘禁和故意杀人这两个罪名很容易发生牵连或竞合。但在这起案件中,被害人遇害,显然不是非法拘禁导致的一种严重后果,而是被告人故意实施的行为,应当按故意杀人论处。"

乔绍廷看了一眼就合上判决书:"就算是按故意杀人,也是未遂。"

乔绍廷笃定地说出他的结论。萧臻吃惊地盯着他。

乔绍廷放低声音,一字一句:"我认为,朱宏并没有死。"

窗户虚掩着,萧臻听到隔壁的空调外机嗡鸣,小小的公寓内一片寂静。

此时的他们并不知道,同一时间的津港巡回法庭办公室里,鲁南和方媛也在讨论着同一件事,并且得出了一样的结论——乔绍廷如此执着,是因为他怀疑,朱宏活着。

第五章　四月十七日和十八日

1. 章政和洪图

决定与萧臻合作时，乔绍廷想到过两件事。这两件事分别有关章政和薛冬。

其一就是千盛阁开庭那天，他和萧臻在法院跟薛冬偶遇。他清楚地记得萧臻的不自在，也记得薛冬努力回避跟萧臻对视，强调他们只是"一面之缘"。

其二就是他从看守所出来那天，萧臻独自来接他。如果没有章政的安排，萧臻不可能有机会单独出现。

这两件事让他猜测过，或者说确定了萧臻的来历并不简单。然而，萧臻最初的动机和萧臻究竟是什么样的人，这两件事在乔绍廷看来毫不相干，正因如此，他还是选择了跟萧臻合作。

还有一件事情，乔绍廷想到过，却没想到会来得这么快——当他决定与萧臻合作，也就意味着他决定回到战场，与旷北平开战，那么他和他身边的人，旷北平和旷北平身边的人，就也都会行动起来。

而他没想到的部分则是，在开始了解萧臻之后，他选择和萧臻合作。同样是因为开始了解萧臻，章政会对他们的合作警觉，还会拉洪图一起"对付"他们。

同类之间的互相识别只需要几个眼神；异类之间的互相确认同样简单，只需要看到对方的一两次选择。对章政而言，乔绍廷无疑是异类;而萧臻的几次选择,显然也让"异类"的标签贴得越发牢固。

当时是上午八点四十五分,德志所停车场的树下,萧臻正把火烧在塑料袋里掰碎,喂那只流浪狗吃,另一只手则摆弄着她新买的手机。乔绍廷站在她身后,也啃着火烧。萧臻每按两下屏幕,就回过头看乔绍廷一眼,面无表情。

"你这火烧,不是昨天买的那些了吧?"乔绍廷被盯得不安。

"我今早在地铁站口刚买的。"萧臻又一次回头。

乔绍廷继续啃着火烧,皱起眉头:"你怎么那么爱吃火烧?"

萧臻干脆把火烧都喂给流浪狗,起身站到乔绍廷身旁:"因为……穷?"

乔绍廷看着萧臻新买的手机,反应过来:"是因为公安把你的手机收走……"

萧臻皮笑肉不笑,看着乔绍廷:"乔律师记住,你欠我一部手机。"

"回头从我那份佣金里直接扣,你想换啥手机都行。"

"我听说有个牌子叫 Vertu。"萧臻眨眨眼。

"我向你推荐咱们统治非洲电讯市场的民族品牌,四卡四待,超长通话,而且还自带独特的拍照美颜功能。"乔绍廷的咀嚼停滞半秒。

而后,两人手机同时响起,他们同时打开信息查看。

萧臻挑眉:"洪律师找我。"

乔绍廷笑着把手机揣回身上:"巧了,章政也找我。"

两人对视片刻,朝律所的方向走去,都没再说话。

*　*　*

此时，德志所前台的接待桌后，章政和洪图各端一杯咖啡，看着门口。章政抱着胳膊，洪图靠在墙边抠指甲，又忽然停下动作。

两人不约而同将目光投向顾盼，顾盼正戴着造型夸张的厚重耳机"吃鸡"，对着耳麦大呼小叫："进楼了，进楼了！你从后面堵他，快点儿！小黑待会儿过来收快递。"

话刚说完，她似乎感觉到洪图和章政的视线，扭过头，拉开一侧耳机："有事吗？"

她好像丝毫不觉得自己在上班时间玩游戏有任何不妥，章政哭笑不得，冲她摆手："你……你加油。"

顾盼立刻戴上耳机，继续指挥队友。章政和洪图两人看着她的屏幕，又是好一阵沉默。

章政把洪图往一旁拽了两步："一会儿你对小萧……"

"我知道，煲汤鼓励，拉拢人心。主任，如果咱们所条件能开得好一点儿，把拉拢变成收买，我会更有信心。"

章政尴尬笑笑。

洪图双臂交叉在胸前："乔律那边，你搞得定吧？他可不怎么喝汤。"

"你有什么建议？"

"你是想问我，乔律有什么弱点？他很在乎家人，但可惜你不是黑手党。更何况，主任，我怎么觉得有些事情你自己得先想好。"

"你什么意思？"

"我有点儿搞不清，你到底是要支持他，还是试图约束他。"

"我要的是能保住咱们所。"章政说罢，转身往办公室方向走去。洪图深吸口气，也转身离开。之前他跟洪图说过，他俩要对乔绍廷和萧臻"各个击破"。然而眼看着谈话就要进行，究竟要"击破"什么，他反倒没法说清楚了。

顾盼从桌上的化妆镜里看着两人的背影，拨动耳机上的开关："小黑你们怎么都跑去桥头了？……没事没事，刚才我没听见。"

九点整，乔绍廷走进主任办公室。章政没笑，没倒水，没有叫"兄弟"当开场白，只是捋着领带。

乔绍廷走到沙发边刚要坐下，就看见章政没有朝他走来，而是直接坐在了办公桌后。乔绍廷微微一愣，就也起身来到办公桌对面。

章政开口时，语气颇具主任的威严："绍廷，不管是你进去之前，还是你出来以后，所里一直对你全力支持，甚至百般容忍。但你要总这样，我这个主任可就真没法做了。"

话到最后，章政眉头紧锁，语调顿挫，看来走的是施压路线。

乔绍廷不动声色，语气平静："我怎么了？"

"你和小萧是怎么回事？"章政轻轻一敲桌子，直视乔绍廷。

乔绍廷愣了会儿，明白了这次谈话的重点，但还是继续装傻："你指的是……哪回事？"

章政往老板椅上靠了靠，揉了揉脸，故意做出一脸不耐烦的样子："之前你跟我说的时候，我还以为就是你给小萧发点儿案子，当个甩手掌柜的不就完了吗？现在倒好，一干起你的活儿来，这小萧整天都不见人影不说，等到她办所里的案子，要么是我们的当事人莫名其妙庭外和解，要么是我们的常年客户突然不再续约，你敢说这跟你一点儿关系都没有？"

听到章政的前半截抱怨，乔绍廷还低垂目光，若有所思，等章政说到结尾，乔绍廷有些诧异，抬起了头："常年客户不再续约，是舒购吗？"

章政忽然意识到自己说得有点儿多了，他本想把后果说得严重一些，劝诫乔绍廷收敛，可舒购的合同还有好几个月，续约与否他章政此刻不该知道，再说就该牵出薛冬了。

章政忙岔开话题："我在律协遇到旷北平……你说得对，他不会放过你，也不会放过咱们所。"

章政大概是希望旷北平的名字能让乔绍廷忽略舒购。说话间他观察着乔绍廷的表情，期待乔绍廷说些什么，可乔绍廷只点头笑笑，没有接话。

"我就是希望，能有个办法保住咱们所，让大家全身而退。"章政表现得更为诚恳，语速却过快了一些。

乔绍廷看着章政努力的样子，低下头，干脆笑出声来。

"这有什么可笑的？你要是坐在我这个位置上，恐怕就笑不出来了。"章政顿时一阵心虚，有些不悦。

乔绍廷抬起头："没有。我只是在想，咱们不继续说舒购的事了吗？"

章政一时语塞。

乔绍廷又笑了笑，语气轻松："至于我和旷北平的事，根本不可能善了。我回不了头，旷北平也一样。"

章政愣了几秒，这事大家都心知肚明，但他没想到乔绍廷会开诚布公。他忘了自己原本要说的，站起身，在办公桌后来回踱步:"那估计连带着咱们所都得折进去。好吧,这所当初就是他旷北平的,也算是报应。"

章政一脸认命,话语间的绝望倒不像是假的。乔绍廷笑着叹了口气,章政和洪图同时把他跟萧臻叫回来谈话,洪图肯定想不到,章政在谈的是这些。

"对了,我还没问过你,萧律师是你招来的?"乔绍廷又把话题拉回到萧臻身上。

"她自己投的简历,怎么了?"章政的注意力又被牵扯回来。他不动声色,却有了不祥的预感。今天本该是他跟洪图"各个击破",但几个回合聊下来,他反倒要回答乔绍廷的问题。

乔绍廷继续问道:"所里对她做过背调吗?别跟我说没有,自从赶走了旷北平,我们招任何人都会做详尽背调的。"

"当时你正好出事,确实没来得及做。她有什么问题吗?"章政有些招架不住,又困惑乔绍廷问这事的用意,一直盯着乔绍廷看。

乔绍廷摇了摇头,比起章政,他的状态放松多了。

"那你问这个做什么?"章政立刻追问。

"只是想搞清楚,到底是你聪明,还是我运气好,能在我正好需要的时候找来这样一个好搭档。"

章政暗惊,乔绍廷显然是话里有话。他不知道乔绍廷看到了什么,或者猜到了多少,但对萧臻的来历,乔绍廷绝不是一无所知。他被乔绍廷反将了一军。

章政沉默着,没吭声。乔绍廷站起身:"至于旷北平那边,只要把王博和雷小坤的案子继续做下去,我相信能找到突破口,而且我也掌握了一些证据。"

章政关切地问道:"是吗?那需要我……需要所里帮你做

什么？"

乔绍廷摆摆手："离远点儿，别溅一身血。"

章政看着乔绍廷走出办公室，回想着关于萧臻的对话，他很清楚，他想要的"威慑"效果一点儿都没达到。

相比之下，洪图的办公室里气氛就缓和多了。萧臻谨慎又略带紧张，站在办公桌对面。洪图绕过桌子，走到萧臻身后，拍拍她的背："别站着呀，来，坐。"

洪图语气和蔼，声音轻柔，和之前几次声色俱厉的样子判若两人。萧臻有些意外，小心地坐下来。

洪图坐回自己的位置，向前探了探身，两肘支在写字台上："小萧，你想成为一个什么样的律师？"

洪图的问题让萧臻意外，她想了想："可能我还没到有资格想这个的时候。目前，还是先看看我有能力成为什么样的律师吧。"

说话间，萧臻看到洪图瞥了一眼办公室的角落，那儿堆放着乔绍廷的杂物。

"我刚来的时候，主任还是旷教授。我跟着乔律师实习，和他一起满津港跑，调查、取证、会见、开庭。那会儿复印既不方便，价格又贵，我曾经趴在法院的窗台上抄卷抄了整整一天。晚上家里停电了，为了准备第二天上午开庭，我坐在路灯底下写了半宿的代理词……那时我非常崇拜乔律师，我觉得他不仅是个优秀的律师，而且是个好律师。"洪图努力让语调顿挫，努力显得感性，还一脸感慨地摇了摇头，目视远方。

萧臻明白了，这次谈话的重心是乔绍廷，采取的政策是

"怀柔",她装出肃然起敬的表情,看着洪图,缓缓点头。

"一晃好多年过去了,旷教授离开了德志,章政做了主任,德志所从最开始的路边小门脸儿,变成了拥有半层楼的知名大律所。你知道乔律师有什么变化吗?"

萧臻摇头。

"他一点儿都没变。"

洪图说着,给出友善的微笑,拿着一张湿巾擦拭着手机的触摸屏:"咱们这个行业对年轻人并不算友好,对年轻的女性更甚。现在的你就像当年的我一样,在这种无助的状态下面对诸多挑战,会不自觉地把身边一个崇拜的人作为目标去倚靠和追随。甚至你现在跟着乔律师做事的样子,也和我当初一模一样。"

萧臻点头:"乔律师确实是个业务能力非常优秀的资深从业者。"

"但他过时了……"

说着,洪图把擦干净的手机放到桌子上,向后靠了靠:"愿意向谁学习,是你的自由。我只希望你能明白,女人,一定要开创自己的事业,而前提就是你不能跟在男人后面走。"

萧臻频频点头:"我懂了,洪律师。"

她看着办公桌对面,洪图似乎被自己的话感动了,继续激昂地说着,核心无外乎"独立""未来",再点缀几句乔绍廷的不可靠。萧臻没再继续认真听下去,却仍然不时回应。洪图看起来很满意萧臻的反应,她大概会觉得,自己这次谈话的效果非常不错。

半小时后,萧臻和乔绍廷同时从洪图和章政的办公室里走了出来,两人对视片刻,萧臻冲乔绍廷挤挤眼:"王明那案子的辩护词还没准备。"

乔绍廷领会了萧臻的意思，伸手一指会议室。

会议室里，萧臻和乔绍廷最初没聊章政和洪图，反倒是真把"王明贩毒案"的案卷资料铺满一桌。乔绍廷站在白板前，写下"辩护意见"四个大字。

萧臻坐在会议桌旁，看了看白板上的字，拿起传票看看又放下："我还是认为，王明没被认定的立功表现应当作为一个辩护观点。"

"OK。"乔绍廷回身，在白板上写下"一、王明举报马肖骏并起获氯胺酮二点七公斤的行为，希望被纳入量刑考虑"。

乔绍廷写着板书，萧臻问道："主任把你叫去，是不是因为你带我办案的事？"

"他倒不是担心我带你办案，他担心的是我把你带坏了。"

"洪律师大概也是这个意思。看来在他们心中，我有多纯洁，被你洗脑的风险就有多大。"萧臻没遮掩语气里淡淡的嘲讽。不知为什么，在乔绍廷面前，她不再那么想掩饰自己。

乔绍廷边写边说："洪图怎么跟你说的？'我其实看待你就像自己的妹妹一样'，还是——'你现在就像当年的我'？"

萧臻哑然失笑，乔绍廷太了解洪图了："她大概觉得第一种态度还不适用于我俩的关系。"

乔绍廷写完了第一条辩护意见，双手叉腰看着白板上的字，随后在第一条"辩护意见"平行的位置，又写了个"一"，后面接着写"乔绍廷这样的律师已经过时了"。

萧臻没想到这个他也能猜到，哭笑不得，点点头："这话她倒或许没说错。"

乔绍廷又在这条下面写了个"二、女人一定要开创自己的事业"。

"这话说得也很有道理啊。"萧臻忍不住又点点头。看来，洪图的怀柔政策有一套固定流程，连乔绍廷这样的独行侠都能背诵全文。

乔绍廷又在下面写了"三、不要跟着乔绍廷混"。

萧臻往椅背上靠了靠："她用的是'男人'，不要跟在男人后面。不过这点她恐怕猜错了，乔律师，这两天基本都是你跟在我后面。"

乔绍廷背对着她，冲着白板发了会儿呆，默默地在"辩护意见"那半边写了个"二"。

两人沉默片刻，乔绍廷回头看着萧臻："你不会跟我说，明天开庭，就这么一个辩护论点吧？这鸡汤熬得还不如洪图呢。"

萧臻从桌上拿出几页材料，站起身，也来到白板前："除了动之以情，当然还要晓之以理。"

她拿起马克笔，在白板上边写边说："通过毒品检验报告可以看出来，王明贩卖的摇头丸成分主要有两种，氯胺酮和甲基苯丙胺。"

"就是K粉和冰毒。"

萧臻把写了一半的"氯胺酮"用手抹掉，在白板上写下"K粉、冰毒"，又在后面写上"四十"。

她用笔敲着这个数字说："这是一审判决确认的王明贩毒数量。"

"这有什么问题？"

"问题就在于，别忘了，占大比例成分的K粉，在案发时还没有被纳入毒品。所以，如果重新申请鉴定，检验出这四十克摇头丸里冰毒所占的比例……"萧臻似乎对这个辩护论点充满信心，抱起胳膊，看了乔绍廷一眼。

乔绍廷点头:"常规情况下,摇头丸里冰毒所占的比例大概也就百分之五。"

萧臻笑了:"咱们假设这四十克摇头丸是'超级良心货',冰毒占了百分之五十,那也只有二十克。根据最高院的司法解释,这个数量的起刑点都没十四年这么高,王明怎么也不可能判到十四年。"

萧臻看起来胜券在握,乔绍廷没再说什么,坐回会议桌旁。萧臻拿起笔,在白板上"K粉"和"冰毒"下面各写了一个"二十",还画了两道加重线。随即,她在"一、乔绍廷这样的律师已经过时了"和"二、女人一定要开创自己的事业"后面各打了一个勾。

乔绍廷看着萧臻略带得意的表情,思忖道:"我认为这个方案不一定行得通。做个最简单的假设,如果明天合议庭不接受重新鉴定的申请,你还有其他陈词吗?"

萧臻原本正拿着白板笔欣赏自己的"杰作",还端详着那条"不要跟着乔绍廷混",想要写点儿什么。听闻乔绍廷的假设,她握笔的手一下停住,刚才还高高扬起的两条眉毛慢慢耷拉下来。乔绍廷所说的情况很有可能发生,或者说,有很大概率会发生。这是她之前准备辩护论点时不愿深想的。借洪图的说法嘲讽乔绍廷过时,不过是一时意气的小聪明,乔绍廷的一两句话就能把她打回原形。

萧臻的得意一下子消失。她盯着白板,低声问:"那……乔律师能不能给我点儿提示?"

乔绍廷站起身:"提示?"

萧臻转头:"对,提示,而且最好是明显一些的那种,至少要比在千盛阁酒楼门口吃煎饼那次更明显。"

乔绍廷走到她身后,看着白板上的东西,深吸口气。

萧臻打算在"三、不要跟着乔绍廷混"旁边打个叉。她的叉刚画到一半,乔绍廷从她身后伸过手来,用板擦把那条全部擦去,表情诚恳地摇了摇头:"不用提示,我直接跟你说,我们是合作伙伴。"

乔绍廷说罢放下板擦,走到桌边坐下。"合作伙伴"四个字,对他而言不过是再平常不过的客观事实,可对萧臻,"伙伴"二字石破天惊。她面朝白板又站了几秒,深深地吸了口气,维持住平常神色,走到桌边坐下。

"一审判决你仔细看过了吗?"乔绍廷翻着材料。

"看过了。"萧臻也拿起离自己最近的几页文件。

"全篇都看过了?还是只看了和王明有关的部分?"

"我……"萧臻的注意力被这个问题拉回案情。她看向那沓厚厚的案卷,又心虚地垂下目光。

"我不是在质询你。事实上,这案子的准备时间太短,换谁都有可能先拣和自己当事人有关的内容看。如果把一审判决通篇读下来,会发现这份判决在事实认定和法律适用上相当严谨,而我们可能替王明争取的切入点,在于不同被告人判决结果横向比较后的一个自由裁量空间上。"

萧臻努力回想自己扫过的案卷中关于其他被告的内容,试探着问说:"同案的彭达?"

"对。彭达贩卖毒品的数量高达四百七十余克,其中含苯丙胺类毒品三百五十克,理论上判死刑都够了,但一审法院认定他有减轻处罚的立功情节,所以最终判他有期徒刑十四年。哦对,这个彭达还有前科,属于累犯。"

"彭达的立功情节是什么?"

"他举报了王明。"

"也就是说，在同样罪名甚至同案的情况下，彭达贩毒四百七十克，累犯，有一次被认定的立功表现。而王明贩毒四十克，初犯，立功表现没有被认定，是因为他举报起获的K粉在五十四天后才被纳入毒品归类。两者相比较的话，不是彭达判得太轻，就是王明判得太重。"

"辩护措辞上要讲一点儿策略。首先，彭达和王明的判决，都在一个合理的自由裁量范围内，谈不上有失偏颇；其次，不要去说彭达判得太轻，我们要向合议庭明确表示，对彭达的量刑和判决是公正的——"乔绍廷说着，将案卷中有关彭达的部分指给萧臻看。

萧臻接过案卷，细细看过，眼睛变得闪亮："——只有对彭达的量刑和判决是公正的，然后以此为量刑标准，王明的量刑才可能偏重，对吗？"

乔绍廷点头。

"乔律师，你明天会来旁听吗？"萧臻抬起头，对次日的二审显然有信心多了。

"雷小坤的家正好离中院很近，趁你开庭的时候，我去一趟，看能不能拿到死刑复核的委托代理权。"

"你这脸还没消肿呢，万一再……还是等我开完庭陪你一块儿去吧。"

"没事，总不可能次次都挨揍吧。"乔绍廷摸了摸自己脸上的伤，"明天上庭，你要记住，你不是去对抗公诉机关，你也不是去对抗二审法院，你更不是去对抗其他被告人，你甚至对抗的不是一审法院。"

"那我要对抗的是什么？"

"一审判决。"

2. 鲁南和方媛

一般来说，涉及死刑的案子，一审就在中级人民法院，王明的案子也不例外。可这起案子的二审开庭仍在中院。或许是因为高院的新楼没有盖好，或许是因为案子公开审判，能旁听，九名被告和各自的辩护律师加在一起也算人数众多，就需要借中院的大法庭来用。总之，这个安排让萧臻见到了意想不到的人。

当时是十八日，上午十点，乔绍廷把富康车停在中级人民法院门口，萧臻拎着包和案卷下车，绕到驾驶席跟乔绍廷打了个招呼，就关上车门走进法院。

乔绍廷目送她走上台阶，发现她的步速比以往慢，就觉出点儿有趣。来的这一路，萧臻都语气如常，跟乔绍廷打趣着天气、路上看见的流浪猫狗以及律所趣闻。她没问乔绍廷任何有关开庭的事，也没有临时抱佛脚再翻开案卷，以至于乔绍廷都怀疑起她真的是一点儿都不紧张，尽管这是她独自一人的第一次刑庭。

他看着萧臻在法院门口停下，盯着中院的招牌看了七八秒钟，看着她摘下手套，放进包里。乔绍廷猜，她还是有些紧张的。如果是别的新人律师，他大概会有些不放心，但不知为何，对萧臻，他就觉得没事。

法院楼门口，萧臻向安检通道的法警出示了律师证，然后打开包给法警看，此时的她看起来泰然自若。她一路走到法庭门口，手在包里捏着案卷，其他被告人的律师三三两两站在楼道里,也在等候开庭。这帮人碰巧都是男性,个个西服革履,精英派头。萧臻置身其中,又紧张起来,她伸展手掌,做了个深呼吸。

而后,她看见王铁军坐在走廊的长椅上,干瘦,戴着一副厚厚的眼镜。这是王明的父亲,萧臻没记错的话,王铁军是县城的初中老师。此刻他正盯着自己的膝盖,努力将裤子上的褶皱展平。他大概怎么也想不明白,自己的儿子怎么会走上这么一条路。

距离开庭还有十分钟。萧臻在辩护席落座,合议庭的法官坐在审判席后。萧臻对面是检察机关的公诉人,她身边坐了两排辩护律师,十几个人。

法警把九名被告人带进法庭,让他们坐在旁听席第一排。他们身后的旁听席上也坐满了人。

萧臻一只手放在桌子上,环视一圈后再次深呼吸。她抬起手时,发现桌上有个汗渍的手印。

等到真正开始庭审,萧臻发现自己又不紧张了,轮到她陈述辩护意见时,她低头看了一眼事先准备好的辩护词,又合上。

萧臻表情镇定,语速不快不慢,列举王明举报马肖骏的立功行为、同案彭达的量刑、氯胺酮被纳入毒品的时间……这些论点她都在会议室里和乔绍廷演练过。旁听席上,王铁军不自觉地点头;公诉席上,公诉人低头翻看一审判决;审判席后,审判长似乎也注意到萧臻的辩词,与身旁的合议庭成员低声交换意见。

萧臻感觉到一种奇怪的场域,她觉得自己不像第一次单打独斗出刑庭,她感觉自己属于这里。

在萧臻为王明辩护的同时,几条街开外的胡同口,乔绍廷驱车停下，看了眼路标，又看了眼副驾驶席上摊开的案卷资料，下了车。雷小坤就住在这里。

整条胡同都是老旧的青瓦平房，几乎每家门口都摆着些花草，窄窄的通道间是植物混合泥土的味道，街坊们大多数上了年纪。乔绍廷一路往里走，感受着周遭的安宁祥和，不禁又回忆起在夜总会挨揍的场面。

就像他告诉萧臻的，人不能次次点儿背，走到哪里都挨揍。想到这里，乔绍廷不由抿嘴微笑。可没等他的笑容成型，一个搪瓷脸盆迎面飞来，砸向乔绍廷的脸。

乔绍廷忙伸手一挡，忍着手腕的剧痛瞥向脸盆飞出的方向——一间低矮的平房，铁门敞开，屋内却暗不见光。

平房门口站着个凶神恶煞、身材魁梧的中年男人，一只手还维持着抡盆的姿势。他对面是个身材矮小的女人，五十来岁，一脸憔悴，穿着旧围裙和脏拖鞋，干枯的头发在脑后随意扎起。这正是雷小坤的母亲。

"这都欠俩月了！甭废话，赶紧搬东西滚蛋！"那个魁梧的男人看来是房东，他没看到乔绍廷，正大声呵斥对面的女人。

雷小坤的母亲声音嘶哑，苦苦哀求："您再容我们缓缓吧……这孩子他爹现在都下不了地，身边儿也离不开人，您容我几天，好歹让我去拆借一下。"

"你那死老公这辈子都下不了地了，回回拿这个哭惨！你那个混黑道的儿子是不是也快被枪毙了？今儿个没二话，现在就搬，你不搬我全给你扔街上去……"

乔绍廷看着雷小坤母亲畏惧的样子，又见房东一副跋扈模样，故意戳人痛处，心生厌恶。

他看都不看房东，走上前去："您好，您是雷小坤的母亲对吧？咱们见过面，我姓乔，之前您儿子的案子本该由我做辩护的。"

雷小坤的母亲眼神发直，茫然地点头，心思显然还在房东那边。

"你是干什么的？"房东转头打量眼前的不速之客，语气甚不友善。

"我是他们的律师。"乔绍廷一指雷小坤家，说话间朝旁边走了几步，把房东刚扔出去的脸盆捡了回来，放在门边，拍了拍手上的灰，直视房东。

房东显然是蛮横惯了，冷笑一声，一拽乔绍廷的领口："挺牛啊，律师管不管交房租啊？"

乔绍廷掏出手机，语调仍然没有起伏："不管，但我可以帮她报警。"

"报他妈什么警？！欠租还占着房子不搬，到哪儿我都有理说！"房东说着，竟一把抢过乔绍廷的手机，和刚才的脸盆一样，随手扔了出去。

乔绍廷看了眼手机被扔出去的方向，回过头，盯着房东，皮笑肉不笑："你说得没错，我也从来不认为谁弱谁有理，报警是为了让派出所过来调解一下，避免矛盾升级。不是说他们不该交房租，或你不该让他们搬走的意思……可你知道，我的手机值多少钱吗？"

房东听着前半截话还一脸的不耐烦，等到乔绍廷话锋一转，提起手机，他嚣张的神情顿时凝固，刚才还高高扬起的下巴，不自觉地低了下来。

"造成任何私人财物损失五千元以上的，构成毁财罪，尤其是像我这种不差钱的律师，肯定不会接受赔偿和解，你认识个把片儿警都不好使。"乔绍廷平静而不带起伏的语调，威慑力格外强。

房东看看雷小坤的母亲，又看看乔绍廷，肩膀慢慢耷拉下来，显然有些畏惧："你……甭拿话唬我。我跟你说……"

乔绍廷虚指远处："把我手机捡回来，看看摔坏没有。"

房东如蒙大赦，乖顺地应了一声，一溜小跑去捡手机了，前后的反差看得乔绍廷想笑。可雷小坤的母亲还是一脸木然，好像刚才的争执都和自己无关。

乔绍廷见房东还在草丛里翻翻找找，便转向雷小坤的母亲："关于您儿子那个案子的死刑复核，我想提个请求。"

"法院都判了，这杀人偿命的……我们也真是没能力请律师了。"雷小坤的母亲疲惫地叹出口气。

"我理解，我这次为他做代理是不收费的……"

房东把乔绍廷的手机捡回来了，掀起T恤，擦了擦手机上的土："您看看，它还能亮呢，是不是没摔坏？"

乔绍廷没在意称谓的转变，也没看手机，直接接过手机揣进兜里，指着房东："你站这儿等着。房租的事，我一会儿跟你聊。"

房东忙不迭地点头。乔绍廷和雷小坤的母亲进了屋。

就在乔绍廷找雷小坤家属商谈代理权的时候，津港市中级人民法院档案室内，鲁南和方媛正在调取王博和雷小坤案的电子档案。他们准备去提讯王博和雷小坤，想把功课做得扎实一些。两人身穿秋冬款的长袖制服，刚送走中院的领导，档案室的法官打开内网。

鲁南坐在电脑前，查阅着原审提讯笔录，方媛在一旁打起哈欠，问起鲁南午饭的打算。鲁南哭笑不得，看向电脑右下角的时间。十一点不到，中院的食堂都没开门。

"咱俩跑人家津港中院调卷，还蹭饭，不合适。"方媛像是识破鲁南所想，说话间已经站了起来，准备外出觅食。

"好吧。我要肉末酸豆角和西红柿鸡蛋的双拼。"鲁南深吸口气，"从停车场过来的时候，就看你盯着对面那家红烧肉快餐。"

方媛笑嘻嘻一点头，转身就往门外走："我去去就回。"

在她出门的当儿，萧臻出庭的案子也刚好休庭。

审判庭的楼道里，方媛贴墙站立，习以为常地看着法警押着九名被告离开法庭。等他们通过之后，方媛沿着楼道，大步走向电梯间。

电梯门还没关上，萧臻急匆匆地小跑进电梯间。方媛见有人要赶电梯，也没多想，就摁住了开门键。萧臻上电梯后，冲方媛点头致谢，紧接着，她又抬头看了眼方媛，两人同时认出了对方，又同时一愣。她们前一天刚在向阳看守所门口见过。

萧臻和方媛微笑点头，算是打了招呼。方媛站在萧臻的斜后方，上下打量了她几眼。而萧臻似乎还在舒缓刚开完庭的压力状态，没再回头。

电梯来到一层。方媛看着萧臻急匆匆地跑出电梯打电话，她自己也走向停车场的方向。当时来看，两人都将这次偶遇抛在了脑后。

萧臻走出法院大门，就见乔绍廷站在马路对面。她走到乔绍廷面前，长出口气。

"看样子，庭开得还行？"乔绍廷冲她挥了挥手。

"反正该说的我都说了，跟公诉人还过招了两个回合，主要是没被认定的立功行为那部分，对结果大概也没什么影响。"萧臻说着，揉了揉膝盖，"一开始真的好紧张，一个人单独参加刑庭，还是这么大的案子。不过，慢慢就冷静下来了。"

"你的自控力非常好，有点儿异于常人。等宣判，看看你的努力能不能有成果吧。"乔绍廷说着，隔着萧臻看向法院门口的方向。萧臻顺着他的目光回过头去，是王铁军从法院里走了出来。跟开庭前一样，王铁军表情憔悴，形容疲惫。

"这老爷子也算老来得子。别看王明刚二十三岁，他父亲已经六十多了。家境不宽裕，王明谈了个女朋友，为了办婚礼，跑去卖摇头丸，人财两空不说，害得自己父亲从深圳到津港往返奔波。"乔绍廷说话间一直看着王铁军的方向。

萧臻看着王铁军离开法院门口，回过头："乔律师会同情案件当事人，或当事人家属吗？"

"人活着，各有各的艰难。某种意义上，我们不比他更幸运，他也不比我们更不幸。"

萧臻琢磨着乔绍廷的话，低头想了想："雷小坤那边……"

乔绍廷举起手里的委托书："拿到了。咱们可以吃点儿好的庆祝一下。"

说完，他看了看道路两旁："地铁站在哪边？"

萧臻一愣："你的车呢？"

乔绍廷看到路口的地铁站，一耸肩，迈开脚步："这属于我不幸的那部分。"

另一边，方媛拎着两盒快餐走进档案室。她把快餐盒放在桌上，把发票递给鲁南。鲁南思考着给死刑复核案组合议庭的事情，刚说没几句，方媛就坐在电脑前，拆开了食品袋，轻描淡写道："刚才我在电梯里碰上昨天那个女律师了,怼你哥们儿的那个。"

鲁南扭过头："哦?"

"就是跟乔绍廷在一起的那个,好像是来开庭的。我去买饭的时候,还看见乔绍廷在院门口等她。"方媛边说边瞟着屏幕,手上的动作却没停,三下五除二就开始大口吃饭。

鲁南若有所思："那是萧闯的妹妹,看来她跟乔绍廷现在属于'结伙作案,就地分赃'。"

"老律师给年轻律师发案子做,挺常见的吧。"方媛吃着东西,头都没抬。

鲁南打开餐盒,掰开筷子,来回刮着筷子上的毛刺："一个被暂停执业的老律师。"

方媛停下咀嚼,盯着屏幕想了想,明白过来："你的意思是,如果乔绍廷对王博和雷小坤案子不放手,顶在前面的,很可能会是萧闯的妹妹?"

同一时间,乔绍廷和萧臻乘坐着地铁。

萧臻瞪大眼睛："你把车抵给了雷小坤家属的房东?"

"那怎么办?不然那房东要把他们轰出去。我帮他们个忙,这委托书签得也痛快些。估计雷小坤也知道家里的状况,不想再拖累父母了。"

"可我怎么记得,这车不是你的呀?"

乔绍廷一愣,显然是刚想起来："欸?可说呢……没事,我会赎回来的。"

萧臻白了他一眼："我看不行你还是回家休息休息吧。先当表,再押车,然后把借的车也押了,我估计你这块表赎回来没几天还得当出去。照咱们这么办案子,你很快就会成为真正的穷光蛋，而且中间那个'光'，还会是字面意思。"

乔绍廷摆摆手："穷归穷，咱不耽误吃饭庆祝。"

萧臻叹气："瞅这架势，应该也吃不上什么好的了。"

说着，萧臻看了看周围，地铁车厢里两个有说有笑的年轻女孩都穿着裙子，她似乎想起什么，扭头问道："乔律师，我看院里的法官除了开庭要穿法官袍之外，基本都穿短袖制服。"

"嗯，法院更换春夏和秋冬的制服基本都由地区中院或省高院统一通知。津港比较暖和，院里又有中央空调，所以现在还是穿着春夏制服。"

萧臻思忖道："那这个月份，北方城市的法官还得穿长袖制服呢吧？"

乔绍廷眨眨眼："应该是吧……怎么了？"

萧臻朝前面那两个穿裙子的女孩轻轻一扬下巴："没什么，看见漂亮女孩子了。"

北方法官，漂亮女孩……乔绍廷捕捉着萧臻的关键词，看了一眼裙装女孩，明白过来。

3. 旷北平和薛冬

下午时分的指纹咖啡客人不多，乔绍廷面前放了一份蛋包饭，萧臻面前放了一盘海鲜意面。

韩彬站在桌边："萧律师，要不要我给你拿……"

萧臻从包里拿出那瓶"疯狗357"辣酱，冲韩彬扬了扬。韩彬笑笑，走回吧台。

乔绍廷哭笑不得，看着萧臻："我就不问你为什么出门会在身上揣半瓶辣酱这事了，这东西怎么过的法院安检？"

萧臻拧开瓶盖往意面上倒："我事先存了包。"

说着，她放下瓶子，吃起意面："三个辩护观点我今天都说了。但我其实没太明白，为什么我申请重新鉴定的方案，你认为一定行不通？"

乔绍廷看着意面上足足手掌大小的一摊辣酱，微微皱眉，过了好一会儿才回答："对涉毒类案件的认定，在司法实践中'数量最大说'或'质量最高说'是一贯原则。你在庭上提的那个司法解释，很难作为你申请重新鉴定的依据。"

萧臻想了想："我能理解所有的毒品都是有纯度的，尤其是化学毒品，有 A 级品还有 AA+，但像摇头丸这种以 K 粉作为原料且占了绝大比例的……"

"这是标准。法律就是标准。你能跟我解释一个活了十七年三百六十四天二十三小时五十九分五十九秒的人，过了一秒钟之后有什么大的变化吗？但前者就是未成年人。我们的生活是由无数标准组成的，咱们可以去跟合议庭谈一个标准是否合理，也可以去尝试探讨在同一标准下是否公平。"

"是不是我根本没必要从这个方向进行辩护？"

乔绍廷摇头："每个律师办案的方式和风格都不一样，同一起刑案切入点也不一样。这个方案在我看来是不可行的，但我欣赏你的思考方式。不管做律师还是做其他任何事，或者哪怕你不做任何事，只在生活里，独立思考都是一个再好不过的习惯。"

说着，他把王博、雷小坤的两张委托书拿了出来，放到桌上："没想到这么顺利能拿到代理权，可以向最高院报备了。"

萧臻瞟了眼委托书，又抬头看着乔绍廷："你挨了顿打，抵了辆车，这要算顺利的话，拜托不顺利的案子别介绍给我。"

乔绍廷苦笑，开始填写委托书。

萧臻吃着意面，从桌对面看，每个字倒过来就像含义不明的抽象画。她静静地看着乔绍廷填完所有空白处，却空出了"委托律师"那一行，她等了一会儿，就见乔绍廷把那张纸放在一旁，继续吃饭。

萧臻装作漫不经心："向最高院报备，得有律师在委托书上具名吧？"

乔绍廷"嗯"了一声，没有抬头。

萧臻笑了笑，有点儿尴尬："看来，你现在连三万块钱挂靠费都掏不起了。"

乔绍廷停滞片刻，抬头看着萧臻："钱我会付的，但不一定要把你的名字填在委托书上。萧律师，你很愿意为这个案子出面吗？"

自己的名字出现在委托书上，或许代表乔绍廷信任她，这样的想法萧臻当然说不出来。她垂下目光，吃着意面："我无所谓，有案子就做呗。"

乔绍廷放下勺子，笑了："虽说有时候回避直视对方是种本能，可要做律师的话，这习惯你得改改。"

萧臻抬起头，直视乔绍廷："我无所谓，有案子就做——这样可以了吧？"

乔绍廷没回答萧臻的诘问，沉默了好一会儿。萧臻不是在乎那三万块的挂靠费，那么他想不明白，她为什么这么想冒那个险。

"津港律师行业里，除了德志所和金馥所之外，还有一个大所……"沉吟数秒之后，乔绍廷开口。

"我知道，乐栋所，去年破产解散了。"

"乐栋所的合伙人张乐栋是我一个前辈，也是咱们国家海商领域中屈指可数的专家之一。三年前，他实名举报旷北平学术造假。"

"然后呢？"

"没有然后。很快就风平浪静，不了了之，你甚至在网上都搜不到什么相关信息。去年，乐栋所代理了一起国际贸易纠纷，跟单信用证里的保兑条款把他们搞死了。张乐栋认为遇上了信用证诈骗，我和章政托国外的朋友多方了解，发现是供应商下的套。而那家供应商的法务叫詹英，是旷北平〇七届的硕士。"

听到这里，萧臻明白过来，乔绍廷不是不信任，而是担心她。

萧臻的表情轻松起来："我知道你得罪了行业巨佬，可我就是个跑腿的小律师，人家旷教授不至于跟我计较吧。"

"这事你得反过来想，你一个跑腿的小律师，怎么敢得罪旷北平这种人物。"

萧臻正想继续说什么，韩彬走到他们身旁："要不要餐后咖啡？"

说着，韩彬瞟了眼放在桌上的委托书，看到王博、雷小坤的名字。

"来两杯吧。哦对了，韩律师，今天是咱们萧律师第一次单独出刑庭，开庭效果不错。"

"恭喜。什么案子？"

"贩毒。"

"一审？"

"二审。"

"那就是高院的刑庭了，看来我得请萧律师喝杯酒。"

"为什么?"

乔绍廷笑了:"因为——有这碗老酒垫底,以后你开什么刑庭都不在话下。"

萧臻不好意思地笑了:"乔律师今天连旁听席都没坐,让我一个人去的,我紧张得手心直冒汗。"

"我相信这会是你职业生涯中印象深刻的一个案子——你永远无法忘记自己的第一次。"韩彬说罢,用两根手指轻轻敲了下桌子,"两杯咖啡。"

就在乔绍廷和萧臻讨论着旷北平可能造成的威胁时,金馥所的主任办公室内,旷北平正坐在办公桌后,听薛冬汇报。

"针对纪新律师的投诉,当事人那边我已经摆平了。既然您说律协不会追究,那应该就是没事了。"薛冬翻着手里的记事本,最开始谈起的是桩小事。他说罢就要把这行"待确认事项"划去,可黑色水笔在纸上刚行走到一半,旷北平开口。

"这个律师是跟着哪个合伙人的?"旷北平眉头微蹙,盯着薛冬。

"是付超的人,跟了他五六年了。"薛冬一愣。

旷北平继续冷冷地盯着薛冬,薛冬画线的手停滞片刻,随即,他明白过来:"我让付超立刻开了他。"

旷北平轻轻呼出口气,端起桌上的茶杯喝水:"律协竞选这种事,大家不一定拿脑子投票。只要听说有人投诉,人家可不管纪律师是不是被冤枉的。"

自己人只是造成一点儿不确定因素,都要这么赶尽杀绝,那乔绍廷和章政,旷北平恐怕恨不得挫骨扬灰。薛冬不禁捏了把汗:"明白。不过要这么看的话,这次律协竞选章政可以说是毫无胜算,而且绍廷现在本儿被扣了,想转所都不可能。章政肯定在头疼如何才能甩掉这个累赘。"

他尽可能自然地将话题引向德志,努力将对手说得孱弱,希望旷北平能不屑一顾,而后手下留情。

可旷北平笑笑,又喝了口水:"我看德志所没打算甩掉他,还给他配了能出庭的律师……"

当然,什么都瞒不过他的眼睛。薛冬暗叹口气。

"现在跟他搭档的那个女律师,我怎么觉得有点儿眼熟?"旷北平又抬眼看向薛冬。

萧臻来面试的时候的确跟旷北平打了个照面——绝对不超过十秒,薛冬没想到,旷北平连这个都记得。他想了想,装出随意的样子:"那个萧律师来咱们所面试过。"

"难道说德志所开出的待遇,比我们要好?"

薛冬笑了:"人各有志。何况面试的时候她就说,自己是乔绍廷的铁杆粉丝。"

旷北平若有所思,点点头:"因为有了她,乔绍廷就可以视投诉如无物了?德志所这不是在钻规则的空子吗?"

薛冬敏锐地感觉到旷北平话里有话,试探道:"您要是觉得有必要,我可以去找她谈谈,看能不能让她还是来咱们所……"

旷北平一摆手:"不必,总不能说德志所给乔绍廷招一个有本儿的、能干活的,咱们就去挖一个吧。"

薛冬垂下目光:"是。"

旷北平在老板椅上侧过身,看着窗外:"新入行的律师免不了毛躁,又是跟着乔绍廷这种喜欢胡来的,去查查萧律师有没有什么违规、违纪,甚至是违法的行为。"

薛冬心一沉："您打算要……"

旷北平扭过头，盯着薛冬："我打算？"

薛冬不说话了。

"这个萧律师要是做错了事，受伤害的人自然会投诉，管理部门自然会处置，与我相干吗？"

薛冬赶紧赔着笑脸："当然。"

旷北平垂下目光："尽快办。"

萧臻在光线昏暗的客厅，盯着一面镜子。她不知道旷北平的吩咐，不知道战争会开始得这么快。

上午的开庭，下午在咖啡馆和乔绍廷交谈，都让她感觉自己活着。一直以来，都有一层屏障般的东西隔在她与世界之间，多年前的乔绍廷曾经刺穿过那层东西，而现在它又在变薄。萧臻不知道要如何形容这种感受，周遭在变得清晰，她觉得自己比以前灵敏、有力，能处理和应对一切，包括眼前这桩新的案子。

她所在的屋子面积一百四十五平方米，三室两厅，也是这桩析产继承案的风暴中心。这间主卧布置得古色古香，萧臻的目光扫过墙上的书法横幅、玻璃门书架以及床头柜上的家庭合影。合影正中央的老人年逾古稀，被儿女簇拥，这里之前就是他的卧室。房间的另一头，乔绍廷坐在单人沙发上，斜对面的床沿上坐着他们的三名委托人，两男一女，看起来都是四五十岁。他们是三兄妹，基因在他们身上体现出惊人的影响力，三人有着一模一样的坐姿，穿着质地和款式类似的棕色外套，还都戴着镜片厚重的黑色树脂框眼镜。此刻，他们围着乔绍廷，正七嘴八舌地讲述情况。

萧臻走过去,坐在离他们稍远的另一张单人沙发上。

"我爸和吴老太太早都商量好了,说把房子留给小东。虽然一直是我和志华给二老端饭端水,把屎把尿,可小东的生活境况最不好,也一直都住在这儿,这房子要没了,你让他住哪儿去?!"三人里的大哥庞志远话到激动处,就身体往前探,敲击茶几的玻璃台面。

小弟庞志东呆呆愣愣地低着头:"我爸死了。"

二姐庞志华拍着庞志东的肩膀,动作温和,声音却亢奋激昂:"在那之前,是有说要把房子给老太太的大女儿,可她明明在外面也有房,还非说这儿是学区房,她孩子以后入学用得上。那也行,你拿你的房子来换。这房子大,差多少面积,你得折成钱补给小东……"

说到最后,庞志华也探身敲了敲茶几。一旁的庞志东还是低着头重复:"我爸死了……"

"这老头儿老太太商量得好好的,还把我们都叫一块儿,当面立了遗嘱,那会儿也没想到隔了一个多礼拜人就走了。"

"然后大家忙忙叨叨料理后事,我们以为完事儿了就留小东在这儿住,回头我们带他去办个过户什么的。嘿!谁知道老太太那俩孩子住下就不走了,还单拿出份儿遗嘱来,说我们这是假的。"

庞志远和庞志华你一言我一语,说到后来,同时往后一仰,一拍巴掌,又齐刷刷扭头,先看乔绍廷,再看萧臻,最后两人的目光还同时落于坐在中间的庞志东,又一齐叹出口气。

庞志东抬起头,看着庞志远:"哥,咱爸死了……"

庞志远拍拍庞志东的背:"我爹和老太太怎么可能立两份遗

嘱？他们那遗嘱肯定是伪造的。律师同志，咱们是不是可以向警察报案……"

萧臻认真又耐心，听他们叙述情况，同时零星做一些记录。乔绍廷则显得心事重重，甚至有些心不在焉。他站起身，溜溜达达走出房间，来到过道，想看看房屋格局。他正想往另一个房间走的时候，庞志华叫住了他。

"乔律师！"

乔绍廷一脚悬空，收住步子，回过头。

"您别再过门厅中间那条线了。"

乔绍廷低下头，这才发现地面上用胶条贴了道分隔线。

"姓李的那俩非说那一半是他们的，不许我们过去。您是我们这头儿的，就别往那头儿走了。前几天因为我们迈错一步，差点儿打起来，派出所的都来了。"

乔绍廷听罢忙收回脚，退回这个房间。他走到床头，见床头柜上放着一大摞笔记本，他随手拿起一本翻了翻，上面画着一些速写，有猫有鸟，有花草有街道，有些地方还题着抄录的伟人诗词。

庞志华看到乔绍廷在翻笔记本，说道："我爸在美院干了多半辈子的行政工作，虽然不是专业学美术的，但总喜欢随身揣个本，走哪儿看见什么觉得有意思，就描两笔。"

乔绍廷点头，把笔记本放回床头。

萧臻抬手向下压了压，示意庞家三兄妹听她说。

"我大概听明白了，您几位的父亲庞国老先生在五十多岁的时候，也就是您几位的母亲过世后，和吴秀芝结婚，形成一个重组家庭。吴秀芝有两个孩子，大女儿李琪和小儿子李贺。两人婚后感情稳定，生活得也还挺好。他们两人在临终前写下遗嘱，将属于他们共同财产的这套房子留给了庞志东。现在两位老人先后故去，而李琪、李贺姐弟起诉你们，要求析产，并且拿出另一份号称是两位老人订立的遗嘱，作为证据。是这样吗？"

庞志东低头不语，而庞志远和庞志华频频点头。

"那好，传票既然已经收到了，答辩期也没剩几天了，法院肯定给了你们对方提交的证据复印件，把材料给我看一下吧。"

萧臻的话音刚落，庞志远和庞志华又争前恐后地说："没问题，萧律师，我跟您说，那家人特可气，还说什么……"

萧臻被庞氏兄妹东一嘴西一嘴说得插不上话，她看了眼乔绍廷，只见他竖起拇指，向门外方向指了指，示意她可以准备离开。

已近黄昏，夕阳照在那张家庭合影上，萧臻注视着照片里庞国的脸。一旁相框里还有张黑白照片，那个穿军装的庞国看起来比全家福合影里年轻好几十岁，目视着远方。

豪华饭店的洗手间里，章政在镶了金边的镜子前，焦急地来回踱步。

薛冬走了进来，他先是一言不发，挨个儿检查了厕所隔间，确认都没有人，才向章政打了个招呼。

章政看了眼表，满脸不耐："别疑神疑鬼的了，没人。这么着急，是什么事？我正跟客户吃饭吃一半呢。"

薛冬继续推着卫生间隔间的门："主任要我去找萧臻的把柄。"

章政微微一怔，不以为然："哦？哪方面的？"

"违规违纪，或者违法。"

章政笑了:"还是那套。这合法伤害权,旷老爷子玩儿得太溜了……行,我琢磨琢磨,尽快回复你。"

薛冬有些吃惊,走上前去,看着章政:"这是什么意思?主任这次是玩儿真的,一旦被揪住小辫子,他真会废了萧臻。"

章政一副无所谓的样子:"她不就是做这个用的吗?你从一开始就告诉我说……"

"我说过她是可以牺牲的,但没说她就是用来牺牲的。"薛冬感觉自己的语言系统变得不太灵敏。

章政笑着摆摆手,早先的焦躁不安已经消失殆尽。他走到洗手池旁,边洗手边说:"不用抠这些字眼啦。"

"再说,她真要被废了,后面谁替绍廷出面办事?"薛冬从镜面反射看着一脸轻松的章政,过了好久才挤出句话。

章政望着薛冬:"有韩律师啊。你的顾虑我早想过了,我觉得一旦萧臻出局,绍廷就只能去找韩律师,他俩会是非常完美的组合。更何况,韩松阁的儿子,不是旷北平想动就能动的。"

薛冬的表情近乎瞠目结舌:"可……要是这样的话,萧臻不就……"

章政甩着手上的水,抽出两张纸巾擦手:"当然,绍廷和韩彬联手,会彻底让那老家伙把矛头指向德志所。不过这部分我也想开了,反正他怎么都会针对我们所的。"

他把擦完手的纸巾扔进一旁的纸篓,拍拍薛冬的肩膀,径直走出了洗手间。薛冬完全没想到,章政会是如此反应,有那么一瞬间,他好像不太认识眼前这个二十年的"兄弟"。

4. 金义

夜晚，驴子酒吧卡座，乔绍廷和萧臻围坐桌旁，借着酒吧昏暗的灯光看案卷材料。在章政憧憬着乔绍廷与韩彬联手的美丽前景时，乔绍廷和萧臻也聊到韩彬。

"咱们为什么不回所里整理材料？"话题是从乔绍廷的发问开始。

"因为有一次我加班到晚上，主任吃完饭路过，看到所里还亮着灯，就上楼来，见我还在加班，跟我说这么晚就别弄了，复印机也得歇歇。"

"那咱也可以找个别的亮堂、清静点儿的地方。"乔绍廷环视周遭，半醉的客人觥筹交错，情侣在昏暗处卿卿我我，背景音乐正进行到副歌部分，酒保摇头晃脑地跟着唱——怎么看都不适合工作。

萧臻抬眼看乔绍廷："这地儿不是你选的吗？"

乔绍廷想了想，摊手，实话实说："我这是排除法。我不想一天之内见那个韩律师两次。"

萧臻明白过来，他排除的选项是"指纹咖啡"。她放下笔，来了兴趣："之前你说不清为什么不跟洪律师合作，但你现在怎么连韩律师都抵触呢？"

乔绍廷低下头，努力寻找合适的措辞，概括自己对韩彬的感觉。

对，就是那句。

"你永远无法忘记自己的第一次。"乔绍廷压低声音，模仿韩彬平静的语气。

萧臻有印象，这话的确是韩彬说的，在几小时前，祝贺她第一次开刑庭。

"就因为这句？不至于吧。"

"他是引用了杰夫瑞·莱昂内尔·达莫的话。"

"那是谁？"

"二十世纪九十年代美国密尔沃基的一个连环杀手。"

"那又怎样？"

"一个律师，喜欢引用连环杀手的话……你不觉得这……怪怪的？"

萧臻低下头，没立刻回答。她倒是也觉得韩彬奇怪，可她的感觉更不好概括来由，更没有论据，甚至没有具体的某场对话或某个细节。她感知到的是弥漫在韩彬本人以及整个指纹咖啡的一股空气。她想了半天，也没找到合适的方式描述自己的感受，所以她没法回应乔绍廷的问话。

"他引用了一句鲜为人知的连环杀人犯的话，而你居然也知道这句话的出处，难道就不怪了？"思索了七八秒钟，她干脆没接乔绍廷的茬儿。

与此同时，她有了一个更重要的发现。

"乔律师，你和洪律师的关系不怎么好，她也确实有些针对你，可韩律师待人挺和蔼的，你一样抵触他。那你和章主任的关系很好吗？"

乔绍廷想了想："一般。"

"和薛律师呢？我听韩律师说，你们既是校友，还住过一个宿舍。"

"我不喜欢那家伙。"

"那和你爱人呢？"

乔绍廷被问得发愣。他和唐初当然很亲密，但目前他们的关系也显然谈不上好。更重要的是,他凭什么要回答萧臻这些问题?

"你到底想说什么?"乔绍廷直视萧臻。

萧臻抱起胳膊,饶有兴趣:"乔律师,能告诉我,有谁是和你关系比较好的吗?"

跟萧臻搭档这些天,萧臻几乎见到了他生活里所有重要的人,然而正如萧臻说的,乔绍廷和谁都算不上关系好。他从来不回避这个,但也没这样总结过全貌,萧臻这么一说,他愣住了。是他太多疑,还是这些人的确都非我族类?不管是哪种,都显得他惨兮兮的。

他避开萧臻的眼神,表情有些僵硬。

恰好此时有人进了酒吧,乔绍廷一抬头,如蒙大赦,朝来人一拍巴掌,伸手招呼道:"哎,老金!"

艾灵顿红酒花园电梯内,薛冬正走进电梯,打着电话:"我正上来呢,你们随便点……哦对,我可接受不了新世界的红酒。"

薛冬的语气玩世不恭,和白天判若两人。此时又有电话进来,他看眼屏幕,忙结束通话,接通了另一边:"萧律师,这么有空?正好我在永清这边的一家红酒花园,一起来坐坐?"

"多余。"萧臻的声音和往常一样,冷冰冰的。

"什么?"

"你明知道我不会去的。像这种多余的客套,以后就省了吧。"

薛冬笑得尴尬:"谁说的。我是真心邀请你……"

"真心的话,折现给我也行。"

薛冬被怼得没话说。

"王博和雷小坤的代理权拿到了。"

"哦?进展不错啊。"

"再就是,最高院的人应该来津港了。"

薛冬愣了一下:"你怎么知道……"

"我应该是见到了。"

"可咱们津港是有最高院的巡回法庭的,你见到的不一定是……"

"巡回法庭哪来的刑庭?"

电话挂断,薛冬若有所思地看着手机,走出电梯。

驴子酒吧内,金义坐在吧台旁,没戴墨镜,啜着杯中酒,斜眼看着远处座位里放下手机的萧臻。

"你整天跟个年轻漂亮的女律师到处瞎晃,不怕小唐有意见啊?"

"我现在被暂停执业,身边得有个能出庭的。"乔绍廷坐在他身旁,也看了一眼萧臻。他还在回味萧臻那个不留情面的拷问,自己到底跟谁关系比较好,这问题一点儿都不重要,可他就是忍不住想。

金义并不知道他的所想,摸摸自己的光头:"你的脸怎么搞的?不会是被女律师的男朋友打的吧?"

"是被前当事人的老婆的新相好手下的马仔打的。"乔绍廷喝了口酒。

金义眨眨眼,没太绕明白这里面的关系,索性掏出个信封,从吧台上推给乔绍廷:"这是你托付我的事,看看有用没用。"

乔绍廷眼睛一亮,接过信封,开始翻看里面的资料。

金义在一旁补充说明:"邹亮吸毒不是一天两天了。我问了些人,他原来都是从姓齐的手下买货。后来姓齐的折进去了,他改在飞飞那儿拿货。邹亮生前还买过一份人身意外的商业保险,好像是在宏安保险公司投保的。不过,冲他这死法,估计也没什么理赔的事了。"

乔绍廷头也不抬:"飞飞是谁?"

"宗飞。本地人,混外城的,具体在哪片儿我也不清楚。"

乔绍廷放下资料,叹了口气:"看来邹亮的经济状况真的很不好,也难怪会跟我借钱。"

"吸毒的有几个经济状况好的?而且在他出事之前,津港银行做过内部审计,好像还查出他有点儿事——这部分我是瞎听来的,津港银行一个法务说的,没什么凭据。不过他后来还能跟你联系见面,看来不像真的有事。"

乔绍廷点点头,冲酒保打了个响指:"红标格兰菲迪,整瓶的。"

他从身上掏了几百块钱放在吧台上,把资料装回文件袋,拍拍金义的肩膀:"多谢了兄弟。"

刚站起身,乔绍廷又想起什么,回过头:"你说是津港银行的一个法务跟你说内部审计的事,那法务自己没有参与,对吗?"

"既然是内部审计,肯定要从外面找人,不然自己查自己能查出个啥来?"

"据我所知,津港银行外聘的律所有好几家,包括金馥所,查查是谁。"

乔绍廷说罢，冲金义点点头，拿起资料朝萧臻走去。

卡座里，萧臻正埋头整理案件资料。乔绍廷在她对面坐下："歇会儿吧，要不要吃点儿东西？"

萧臻头也不抬："这么多资料得整理，我的全职助理又不干活儿，我哪儿还有时间吃东西啊？"

乔绍廷有点儿不好意思："呃，那个朋友是帮我打听点儿消息的。"

萧臻抬起头，斜眼看坐在吧台旁的金义，对乔绍廷点点头："看到他，我就明白你为什么不喜欢正常人了。"

乔绍廷也不自觉地回头瞟了一眼："我问你，有没有觉得这家伙长得很像日本漫画里的某个人？"

萧臻盯着金义的光头，想了想："《一拳超人》？"

乔绍廷疲惫地抹了把脸："唉……大概是我真的老了。"

"这个'埼玉老师'是做什么的？"

乔绍廷略一思忖："我以前帮过他点儿小忙，而他又是个很重情义的人——包括我今天抵掉的那辆富康车，这哥们儿就是苦主。"

"哦，那还真是关系不错。你刚才把车的事跟他说了？"

乔绍廷摇头："真要说了，关系就该不好了……他帮我收集了一些跟邹亮有关的信息——就是我那个遇害的同学。"

"跟你做同学，不像是什么好事。"萧臻盯着手里的中性笔，想起邹亮的遭遇。直到现在，也没人能说清楚，邹亮的死和乔绍廷到底有多大关系。

提到那个名字，乔绍廷的神色也黯然了一些："说起邹亮，大概算是这些年我最瞧不起的人。现在想起来，不知道有什么资格瞧不起人家。"

"怎么这么说?"

"因为我远没他想象中那么好。"

此时已是深夜。

同一时间的津港市中级人民法院档案室,鲁南推门进来,把一盒达美乐比萨塞给正在挑灯夜战的方媛。随后,他坐在椅子上,拿起桌上的几页纸,继续来回查看。

方媛打开盒子,吃着比萨:"南哥,我这好歹忙活的是将死之人的事,你盯着那个邹亮的资料都多半天了。"

鲁南看着资料沉吟道:"这个死了的邹亮,总让人觉得有些——"

方媛打断鲁南,用吃了一半的比萨隔空指着他:"我看你这属于当侦查员时间太久的PTSD。"

正说着,方媛似乎想起了什么,停下咀嚼:"欸?"

鲁南一脸期盼,以为她是发现了什么线索。方媛拿起比萨盒:"这个是不是超餐标了?"

鲁南气馁地塌下肩膀:"这是自费项目。你除了吃……"

方媛松了口气,把剩下的比萨叼在嘴里,又拿了一块:"海港支队和赵馨诚都说,邹亮为乔绍廷准备的被害人一家财务明细是伪造的。"

鲁南点头:"对。调查对象包括朱宏,还有他妻子严秋,以及朱宏的父母和严秋的父亲。"

方媛嚼着比萨:"那我就不明白了,这东西给到乔绍廷,乔绍廷出庭辩护的时候如果作为证据使用,中院是一定会核实的呀。"

鲁南思考着:"也就是说……"

"也就是说,如果是乔绍廷让邹亮去制造这份伪证的话,除非他能篡改银行的信息库记录，否则这个伪证毫无意义。随便一核实，就拆穿西洋镜了。"

方媛还是吃得不亦乐乎，看起来大大咧咧的样子，说出的话却正中红心。鲁南笑着点头，这也是他觉得不对劲的地方。不管乔绍廷原本打算拿这份财务单据做什么用，除了告知法庭"瞧，我伪造的单据多么真"之外，没有任何意义。方媛说到了点子上，这份伪造的财务单据，与其说是针对案子的，更像是针对乔绍廷本人的。

"不管真的假的，或有什么用意，乔绍廷根本就没机会拿到这份东西。你刚才说他都调查了哪些人？"方媛继续问道。

"朱宏和他所有的近亲属。"

"我们能查到他们的信息吗？"

"这得上公安部内网，咱们没这个权限，而且我也没法向领导申请，这超出了案件复核审查的范围。"

两人都叹了口气，沉默下来。几秒之后，方媛把比萨饼盒递了过去："你再不吃就没了。"

5. 乔绍廷和萧臻

乔绍廷和萧臻告别，各自回家，已经是深夜时分。他朝自己租的小公寓走去，回想着这两天的种种。章政和洪图的约谈、雷小坤家属的委托、王明的案子，还有金义的调查……齿轮转动起来，所有人都主动或者被动地进入一个庞大的系统中。倘若这些事能了结，或许他能再找唐初谈谈吧。或许不会太久，又或许他不会再有机会了。

想着唐初，他走过保安亭，就见唐初真的从小区里面走了出来，背着上班时背的大托特包，穿着在医院穿的平底鞋。两人见到对方，都是一愣。

乔绍廷看了看周围。保安在座位上打着瞌睡，树丛里有流浪猫跑过。乔绍廷感觉，今天晚上似乎比其他的夜晚都更安静。

唐初上前一步："看什么呢？"

"没事，确认一下这是我住的地儿。我还以为自己一不留神，习惯性地直接回家了。"乔绍廷笑笑。

"我今天加班，回去有点儿晚，正好顺路，就过来看看你脸上的伤怎么样了。"唐初没笑。

"哦，多谢。你打电话跟我说一声啊，我就早点儿回来了。那咱们一块儿……"

话没说完，唐初就从包里掏出个强光手电："闭眼。"

乔绍廷还没来得及反应，手电亮了，他条件反射，闭上双眼。他瞬间感觉周遭的声音都离自己很远，只有唐初的呼吸声很近。唐初拿着手电，在他脸上照了又照。乔绍廷屏气，感觉唐初的袖口拂过自己的鼻尖。

"应该再有两天就能消肿了。拍的片子我看了，没有骨折或骨裂的地方，其他拍不出来的软组织挫伤，你只能慢慢养着。"

她关上手电，从包里翻出一管药，塞给乔绍廷："晚上觉得疼，就抹点儿这个。"

唐初说完就要走，乔绍廷一把拉住她："等等。"

"干什么？"

"你……给我抹点儿……"乔绍廷也不知道自己怎么会有点儿结巴，还有点儿脸红。

唐初白他一眼，拿过药膏给他上药。乔绍廷垂眼看着唐初，唐初却只顾抹药。

"欸，要不要上去……来都来了……"

唐初抹完药，给药膏拧上盖，递给乔绍廷，哭笑不得地看着他，神情像在看一个小孩。

"乔大律师，我孩子还小，我想在他睡觉前回去，就不跟您上楼再续前缘了。而且我今天是因为加班回去晚，临时路过，离婚协议没带在身上。"

"就觉得……挺谢谢你的。你这么关心我，我很承情。"

唐初抬头仰望天空，笑了。她对着一脸莫名其妙的乔绍廷指了指天上："今晚的月色真美。"

乔绍廷完全不明白唐初在说什么，但他知道，自己很久没看见唐初笑了。

他抬头看着天空："今儿……哪儿有月亮啊？"

他再低头时，唐初已经走远了。

十几公里开外，一套高档精致的公寓门口，洪图放下手提包，脱掉外套，摘下手表和首饰，显然是刚回来。萧臻规规矩矩地站在门边。

萧臻正向洪图汇报这一天的行踪："……晚上我跟乔律师去了阜南街的驴子酒吧，在那里整理了庞国析产案的相关材料，然后我们就分开了。"

洪图站在窗前朝外面看，沉声问道："那就是说，雷小坤的死刑复核代理权，他也拿到了？"

"是。"

"但他现在不能把自己的名字写在上面。"

"乔律师似乎向我暗示过……"

洪图不等她说完，立刻回头看着她："你以为他会把这么重要的死刑复核交给你？"

萧臻发现洪图声调变高，面带冷笑，不明白她突然的情绪转变从何而来："我不知道，他还没把我的名字写上去，案件的具体情况也没跟我说。"

"萧律师，你是不是觉得跟乔绍廷合作过两个案子，就已经是他的心腹了？傻孩子，乔律师是老江湖，他现在一时不便，只好利用你。"洪图上前一步，又拿出上午循循善诱的语气。

大概是怕她倒戈，萧臻想着，笑了："当然，我明白。洪律师才是真心为我好。"

洪图冷着脸点点头："你可以走了。明天有什么情况，继续跟我汇报。"

萧臻冲洪图微微颔首，离开。

她走出公寓楼，深深地呼出口气，回想着洪图的话。"你以为他会把这么重要的死刑复核交给你？"她的确是这么以为过，或者说，是这么期待着。洪图或许比她自己以为的要更在意乔绍廷。乔绍廷不信任她，她却很在意他信任谁，会让谁为那起死刑复核出面。

萧臻走到小区花园边，呼吸着新鲜空气，抬头望着空无一物的夜空。

公寓楼顶，乔绍廷也仰望着天空。

他在寻找月亮，可不管哪个角度都望不到。手机响了，乔绍廷接通电话。

"看你这么早就回去，我还以为你睡了。"电话那头是金义。

"没有,我在找月亮。"

"什么?"

"没什么,你说吧。"

"我问了那个法务,她说她们银行参加内部审计的常年法律顾问是金馥律师事务所,开会时到场的是个很有名的专家,叫旷北平。"

乔绍廷一惊,和金义寒暄几句便挂断电话,暗自思忖片刻后,拨通了薛冬的手机。

6. 薛冬

艾灵顿红酒花园内,薛冬正看着面前的酒杯被倒上酒,对面坐着付超和刘浩天。

手机响了,薛冬看到来电显示,一愣,站起身走开一段距离,压低声音,接通电话:"喂,绍廷,怎么今晚有闲心给我打电话?"

"有个事,我可能得找你帮帮忙。"

薛冬抿紧嘴唇,显然在飞速思考着什么,声音却带着笑意:"难得你向我开次口,说吧,只要是我能做到的……哎?你现在在哪儿?一块儿坐坐呗?永清路这边开了个红酒花园,档次不输上海的和平饭店顶层。"

乔绍廷听着电话那边喧嚣的声音:"我还是跟你直接说事吧。"

"你这个家伙呀,就不能活得放松点儿吗?"乔绍廷和萧臻都是一口拒绝他的邀约,薛冬不知道说什么好,打着哈哈。

"对了,我先问你个事。在你那儿,能看见月亮吗?"

薛冬接完电话，回到座位上，显得有些心事。他打开手机网页，搜索着什么，皱起眉头，还不时地抬头去看天空。

付超和刘浩天交换眼神。付超试探着问道："薛律，今天咱们出来坐，也是我们哥儿俩有点事想找你参详。"

薛冬也不抬头："说。"

付超和刘浩天对薛冬的态度都有些不爽，但又无可奈何。

"你知道这段时间以来，主任吩咐我们去做了不少事，基本都是针对乔绍廷的……"

薛冬拿起桌上的红酒啜了一口："拆迁公司那个姓曹的，还有仁宣所马律师。"

两人没想到薛冬如此了解内情，都很惊讶。

薛冬抬头看着刘浩天："你从马律师手里撬过来的那案子，我知道被性骚扰的女孩手里证据不足，案子你赢定了，就是有点儿缺德。"

刘浩天笑得尴尬："薛律，男女这种事，很难说清楚……"

薛冬盯着他："你的当事人做过什么，你心里一清二楚。不错，我也很喜欢风流，但我讨厌下流。我认为这事你们多少应该做出赔偿。"

说着，薛冬把手机放到桌上，从桌上的木盒里拿出支雪茄，剪着雪茄头："不过，你俩肯定不是找我参详案子的事。"

刘浩天明显很不忿薛冬的态度，勉强地笑笑，没再说话。

一旁，付超小心翼翼地开了口："薛律，除了你刚才说的，我们现在手上还有好几个需要主动出击的活儿，那头都是乔绍廷。虽说他跟主任之间的恩怨我们多少有所了解，可最近这段时间……有点儿太频繁了。"刘浩天适时地接过话："我们是奇怪，主任为什么近来如此集中地针对那个姓乔的。"

薛冬拿起点烟器,嘬着雪茄调侃道:"主任把心腹事都派给你俩了,你俩反而来问我有什么内情?"

对面两人互相递了个眼色。

"瞧你这话说的,樊总那个醉驾的儿子不是你弄出来的吗?"在薛冬面前,付超不敢接"心腹"这个称号。

薛冬喷了口烟,瞟着雪茄燃烧的那端:"你们到底想说什么?"

付超横下心,把话挑明:"主任是不是……有什么短儿在别人手里?"

薛冬笑了:"你们不是担心主任有什么短儿在乔绍廷手上,你们担心的是自己的短儿在主任手上吧。"

刘浩天更不高兴了:"薛律,我们有的,你可也都有。主任要真出了什么状况,咱们仨谁都好不了。"

薛冬放下雪茄,拿起酒杯:"不用担心这些,主任搞得定。再说了,一天到晚除了做牛做马,也学着点儿,主任把这些事交代给咱们,就是为了自己能撇清关系,可你们没必要非亲力亲为啊。你看,樊总的儿子怎么出来的,就跟我无关。"

薛冬一脸轻松,付超和刘浩天似有所悟,又一脸震惊。

"别瞎操心了,就算主任真有什么事,咱们能怎样,离开金馥吗?这些年来所有资源都掌控在主任手上,离了他,咱们什么都不是。"说着,薛冬一举酒杯。

付超和刘浩天拿起酒杯和薛冬碰杯,两人还是心事重重。

薛冬喝着酒抬头看天:"哎,你们来的路上,有没有注意到……今晚有月亮吗?"

薛冬忘不了月亮的事,直到次日清晨,西装革履的薛冬拎着公文包急匆匆地走进金馥所的地下停车场,见乔绍廷就站在他车旁，他还一边走向乔绍廷一边问："我上天文网站查了，昨天是这个月的农历初一，晚上很难看到月亮。而且我还查了气象局发布的预报，从昨天到今天，一直是多云——多云！都不是多云转晴！根本不可能看得到月亮。你问我能不能看到月亮，到底是什么意思？"

乔绍廷被薛冬劈头盖脸一通质问搞得瞠目结舌："我……就是随口一问，主要还是找你今天帮我一起查查……"

薛冬快步走到乔绍廷面前，伸手指着对方的鼻尖："不可能！住一个宿舍这么多年，我太了解你了，你绝不可能就随口一问。到底是什么意思？你告诉我，绍廷，你到底有什么用意？"

乔绍廷摊手："我真的没什么别的意思。就随口……我当时在我家的楼顶天台，没看见月亮，有点儿奇怪，所以就随口问问你。"

薛冬走向汽车驾驶室，还不忘用手指隔空戳着乔绍廷："不对。你别想蒙混过去，你是在暗示我，但你又不肯明说。"

薛冬刚坐上车，紧接着发现乔绍廷也拉开车门，坐进副驾。

薛冬一愣："欸，你没开车吗？"

乔绍廷面露尴尬："我的车也……一言难尽。"

薛冬盯着他看了会儿，面色严肃，摇了摇头："你这家伙现在什么都不肯跟我说了。"

说罢，他发动了车，驶离停车场。

此时的津港市中级人民法院档案室里，鲁南睡眼惺忪地醒来，就发现自己躺在办公椅上，身上盖着件制服外套，方嫒还在电脑前查阅资料。

鲁南站起身抻了抻胳膊，走到方媛身旁，刚要开口说什么，方媛扭头指着鲁南："昨晚的比萨是你掏钱买的。"

鲁南莫名其妙地点点头。

"再吃快餐我要疯掉了，今天我要吃顿好的，也是你请。"

鲁南转了转眼珠，茫然地缓缓点头："你是找到什么可以邀功的干货了？"

"你昨天说了，我们无权进入公安部内网查询信息。"

鲁南一挑眉毛："别告诉我你黑进去了。"

方媛白他一眼："还没作到那份儿上，但我可以进咱们法院的内网。"

"废话，我也能进。"

"我查了朱宏和他近亲有没有过涉诉的记录，结果查到两年多以前，朱宏的岳父严裴旭有过一起民事诉讼。"

说着，方媛点击鼠标，在电脑上打开了一张民事判决书。

鲁南低头扫了一眼："楼上邻居的厨房渗水？相邻关系的损害赔偿吗？"

"诉讼标的一共六百多块钱，估计主要是为了置气……你看看他的代理律师是谁。"

鲁南往下扫了两眼，瞳孔缩小："旷北平？！是那个……"

"金馥律师事务所主任。"

"旷北平不是个主攻刑法的专家吗？"鲁南简直不敢相信，盯着屏幕上的名字一看再看。

方媛笑了："对呀。什么关系能让旷教授心甘情愿为一个几百块诉讼标的的民事案件亲自出庭呢？"

鲁南有些紧张又兴奋地穿上外套："说吧，你想吃啥？"

"别着急。你再看看这个。"

说着,她点击鼠标:"我又查了一下旷北平这些年在津港的案件代理情况,发现他不止一次为津港银行的贷款案件出庭,或至少挂过名。"

鲁南低头看着屏幕,明白过来:"金馥所是津港银行的常年法律顾问……那个邹亮,不就是津港银行的吗……"

严家和旷北平的关联,邹亮和旷北平的关联,方媛用一晚的时间发掘了出来。终于,方媛和鲁南也将王博和雷小坤的案子,联系到了旷北平身上。

津港银行门口,乔绍廷靠着薛冬的车站着,见薛冬从银行里走了出来,手上还拿着一摞材料。

乔绍廷忙上前,想去接那摞材料。薛冬把拿着材料的手往身后一闪:"绍廷,我仔细想了,你昨天是不是假装问我看没看到月亮,其实是想提醒我那是个特别的日子?"

乔绍廷一脸惊讶,看薛冬表情阴沉,继续分析:"我记得六年前,你们造反成功,旷主任离开德志,带着我和付超成立了金馥,那就是五月份的事,但我不记得具体是哪一天了。其实就是昨天,对吧?"

乔绍廷一脸抓狂:"我也不记得那是哪一天!我甚至不记得那是哪一年!我真的真的真的只是随口一问,拜托你不要再追问了好吗!"

薛冬盯着乔绍廷看了好一会儿,叹了口气,明显不信这个说法。他把手里的材料递给乔绍廷:"具体的情况你自己看,大概就是,当时审查发现,作为信贷经理的邹亮可能存在协助借款人伪造担保材料，并收受回扣的情况。旷主任参与了讨论分析，并和邹亮进行谈话后，认为并没有构成违规或违法的情节。所以邹亮没受什么影响，连内部处分都没有。"

乔绍廷接过材料，一边翻阅一边说："旷北平和邹亮单独谈过话？"

薛冬耸耸肩。

乔绍廷翻到资料的其中一页："二月二十八号？"

他抬起头看着薛冬："那是邹亮死的前一天。"

"那又怎么样？绍廷，你总不会认为是旷主任杀了你这个同学吧？"

乔绍廷把资料收进文件袋里，对薛冬说："你知道我们当年为什么会在德志造反，把旷北平从主任的位置上挤下去，甚至逼他离开吗？"

薛冬满不在乎地笑了："这需要什么特别的理由吗？狮群里的幼狮长大了，自然会把头领赶走。更何况你和章政找来了韩松阁的儿子做靠山，不想再位居人下了。"

乔绍廷摇摇头："不，是跟着旷北平办案这么多年，我和章政都逐渐发现，他打着代理和辩护的名义，利用在行业内的资源和影响力做了太多见不得人的勾当。"

"违法吗？"

"违法，而且昧良心。"

薛冬翻了翻白眼："别跟我说良心。如果能用这种道德绑架的方式占领制高点，那你可以批判所有律师。你能说所有律师都没良心吗？别忘了我们是干什么的。我们是第三产业，是服务行业，我们提供的是法律技术支持。在行业标准当中，我们要看的是合法还是违法。不光是咱们这行，你去开庭的时候是对着合议庭谈道德吗？是对着公诉人谈良心吗？"

"我知道你很难接受这个。"

"对，我就是没良心的那一款。"

"不，你是真小人，但你有良心。某种意义上，你比我和章政都更有良心。"

薛冬不知道自己该为"真小人"生气，还是为"有良心"高兴。他抬起双手，仰望天空，咬牙切齿："感谢乔大律师对我的认可！"

"你的意思我懂，我也不想充什么伟光正。冬子，你读了旷北平的在职硕士，又跟他共事这么多年，就一点儿没发觉吗？"

薛冬来回走了几步，啼笑皆非，摊开双手："发觉什么？发觉他其实是个非常邪恶的人？"

乔绍廷摇头："不，是比邪恶更邪恶的邪恶。"

"那是什么？"

"伪善。"

第六章　四月十九日和二十日

1. 三年前

乔绍廷从来都不知道，自己跟萧臻的第一次相遇并不是在看守所门口，而是三年前在法律援助中心。

当时的法律援助中心刚搬到新址，正在扩建，招了不少实习生，萧臻就是其中之一。比起在律所待个一年半载、经手数个案子，萧臻认为能看到大量一线卷宗的援助中心是更好的选择。除此之外，大概也有些关于"律师究竟该做什么"之类矫情的思索吧，不过萧臻懒得跟自己承认。至于来这边办案的律师，萧臻倒是没期待能从他们身上学到什么。资深律师很少参与法律援助案件，这点她很早就知道。

如她所愿，这大半年的实习，除了接待来咨询的群众，当志愿者做普法宣传，大部分时间都在档案室里分类案件、整理卷宗。

乔绍廷出现在夏季的一个下午。当时萧臻拿了一摞刚复印的资料，正从办公区往档案室走，天气很热，空调嗡鸣，屋外蝉鸣声声，办公室里传来的争吵就格外引人注意。

"你不能把他留下！这是他自己在工作时间醉酒，误操作设备导致的伤残。"援助中心律师气势汹汹。

而后是一个平静的男声："没错，但现在用人单位不管他，你让他一个连字都不认识的人怎么打官司去？"

"这是标准，咱们这儿是法律援助中心，不是慈善机构。提供法律援助是有标准的,像他这种显然由于自身过错引发的民事诉讼,不归这儿管,何况他还无法提供涉案的相关证据。我这么说吧,他就不在法定的援助范围内。"

援助中心律师这套拿制度办事的说辞,萧臻这几个月听得耳朵起茧,她估计男律师也说不出什么有力的反驳,拢拢文件就打算去档案室。

可刚迈开步子,她就听见那个男律师轻声问:"可我们就这样不管他了吗?"

萧臻微微一愣,站在原地。顾名思义,法律援助中心就是该帮助需要援助的人,可来这里的大多数律师,要么是接了律所委派的任务,要么是新人要攒些经验,要么干脆是没案子接来碰碰运气。她在这儿见了各种各样的律师,唯独没人问过当事人是不是的确需要帮助。

她还想听下去,就看见一个穿着公安制服的高大身影气势汹汹地朝她走来,冲她摆了摆手,示意她跟自己走。

那是萧闯。

萧臻的脸色不大好看,透过虚掩的门,她没看清那个男律师的样子,只看见逆光的背影。不久之后她会知道,那就是乔绍廷。

至于之后跟萧闯的谈话,她也记得。萧闯是来兴师问罪的,为了他介绍给萧臻的"相亲对象"。

"我侦查系那个学弟,脑门儿缝了四针!"萧闯不想谈话被别人听见,压低了嗓音,却没压住怒气。

萧臻则一脸满不在乎:"只缝了四针?我看那口子好像挺大的。"

"你拿什么打的他?"

"我拿挎包抡的，可能是上面那个装饰用的挂锁砸的。"

萧闯气得来回踱步："那学弟人挺好的，家里条件也不错，就算你觉得我介绍得不合适，见一面回绝人家或者不联系就是了，为什么要动手打人？"

萧臻叹口气，她不喜欢那个人说话的方式——他不明白萧臻为什么要来法律援助中心实习，说一个女孩子不要碰司法类的工作，踏踏实实找个单位上班就好。这种话在萧闯看来可能没什么问题，可是萧臻不喜欢有人告诉她应该做什么、不该做什么。她也不喜欢他第一次见面就说那些他自以为很幽默的黄色笑话，或是他上学的时候打过什么架、在同学聚会上喝过多少瓶酒这种无聊的自吹自擂。

萧闯的火气越烧越旺："就算你清高……那挥挥手说拜拜总会吧？犯得上打人吗？这人家也就是看我的面子，真要还手，你是他对手吗？要去报案的话，你这已经构成故意伤害了。"

"我挥手说拜拜了。我走，他尾随我，我质问他为什么跟着我，他纠缠我，还抓着我的胳膊不放，我的手腕都被他握出印儿了。"萧臻尽量让语气轻松，她没告诉萧闯，被那个人高马大的"相亲对象"纠缠时，其实她很害怕。正是因为害怕，才会有近乎过激的反抗。

可萧闯不知道这些，他脱口而出道："握出印儿怎么了？你又不会感觉到……"

这下，萧臻也生气了，恶狠狠地盯着自己的哥哥："我不觉得疼，就不应该认为自己受到侵害了是吗？我就不应该反抗，应该乖乖地任由他抓着我，把我抓到任何他想带我去的地方？"

萧闯自知失言，垂下目光，叹了口气："我不是这个意思。我希望你能明白，我这也是……为了你好。爸妈跟我说，你性子偃,大学快毕业了,连对象都没谈,怕你……他们就是希望你能找个好人家,幸福平安地过一辈子。我不知道你刚才说的这些情况,那个学弟可能是有些不懂事,我也是欠斟酌——"

萧臻打断他:"哥,你和爸妈什么时候才能明白,幸福平安地过一辈子,和要不要找个好人家,并没有什么必然联系。"

办公室里据理力争的那个律师,也会被家人要求"幸福平安地过一辈子"吗?不知怎么,萧臻冒出这个念头。当时的她并不知道,三年之后,她会跟那个律师成为拍档,探讨案件,上同一条船。

2. 萧臻的困境

三年之后的现在,四月十九日,萧臻站在白板前,看着一左一右贴着的两张遗嘱。

乔绍廷坐在会议桌旁,翻阅薛冬之前给他的资料,暂时顾不上萧臻,还沉浸在新信息所带来的震惊中——邹亮和旷北平有交集,这是他之前没想到的。

"庞家子女提供的这份遗嘱,是一份代书遗嘱,两个见证人都是庞国生前在美院的同事,与继承人并无任何利害关系,形式上倒是没问题。两份遗嘱都有签名和手印。手印我看不太出来,但签名的字体很像,如果要提笔迹鉴定的话……我走访谭老太太,感觉她说的都是实话,庞家的子女应该也不至于伪造一份遗嘱出来吧。"只要在乔绍廷身边,萧臻的思路似乎就更灵活一些,不过她自己还没有发现。

乔绍廷"嗯"了一声,暗想,旷北平介入得比他想象的深。

萧臻继续说道:"但问题是,咱们手里的这份遗嘱,落款竟然没有写日期。而吴家子女提供的那份遗嘱，不但是自书遗嘱，落款也是有日期的。"

乔绍廷收回注意力，抬起头："那就比较麻烦了。理论上，没有写明日期的遗嘱，很可能会被对方主张无效。"

"对方出示的那份遗嘱订立时间是去年的六月二十六号。庞家的子女说，咱们这份遗嘱是老人过世前不到两周变更的，和谭昕确认这份遗嘱的订立时间吻合。不管怎么说，只要我们手上的这份遗嘱是真的，那显然就是庞国和吴秀芝两个人生前最终的真实意愿。"

乔绍廷翻阅着手中的资料："意愿真实不真实得看证据。在证据的形式要件存在重大瑕疵的情况下，光凭代书人或见证人以及被继承人的证言，无法让合议庭相信咱们这份遗嘱是有效的。"

"那怎么办？"

乔绍廷放下资料，走到白板前，来回看看两份遗嘱："这份遗嘱里也没有提到之前订立过其他遗嘱或要撤销其他遗嘱？"

"没有。"

"你有问过当事人或代书人为什么这份遗嘱当时没有写日期吗？"

"据那个谭老太太回忆，代书遗嘱的时候，写完了内容，让二老看了一下，他们觉得没有问题，就签了字摁了手印。她本打算拿回手里再把日期补上去，结果打翻了床头的茶杯，茶水把纸给泡了。于是，谭老太太重新照抄了一份，再给庞国和吴秀芝过目，他们看完后，重新签字按手印。因为原来那份上没写日期，她抄的时候也没抄上日期，这来回一折腾，最后反而把日期给忘了。"

乔绍廷想了想:"听起来是有这个可能,之前那份被茶水泡了的遗嘱是不是已经销毁了?"

萧臻点头:"撕了扔掉了。"

其实也无所谓,就算找回来,那份一样没有日期。

萧臻看向乔绍廷,他又低头看起手里的资料,似乎有些心不在焉。

聊完庞国的案子,萧臻和乔绍廷走出律所,到了停车场。

萧臻从包里拿出狗粮,又从停车场的树下拿出藏着的小碗,把狗粮倒在里面。听到狗粮倒进碗里的声音,那只流浪狗不知从什么地方跑了出来,绕着萧臻摇尾巴。

萧臻看着流浪狗吃东西,头也不回,问乔绍廷道:"我整理整理证据目录,这案子就算准备得差不多了吧?"

"另一名见证人马连,你还是去走访一下,办案子务必穷尽手段。"

萧臻回过头,有些诧异,她以为乔绍廷会跟她一起去。

乔绍廷虚指了一个方向:"我要去海港看守所找王博和雷小坤签委托书。"

萧臻愣了愣,站起身,直视乔绍廷:"你没本儿怎么去会见?"

"我……想想办法。"乔绍廷很明白萧臻的意思,但没有多说的打算。

萧臻有些不解,王博和雷小坤案的事务性工作也该由她出面,乔绍廷是不想让她碰这案子吗?

乔绍廷明白她的所想:"别误会,我只是有点儿不安。老实说,以我对旷北平的了解,咱俩一合作,对我的打击应该接踵而至,但到现在还什么都没发生……"

萧臻笑了："我没听错吧，是说出门就被人追着砍，反倒会让你更安心吗？"

乔绍廷也笑了："旷北平不是暴徒，也不是黑社会老大，他一向都是用某种看似合法的方式，或通过制度来打压对手，包括对待我。他除了利用制度暂停了我的执业资格，剩下的就是尽可能孤立我，直到让我在行业里……死亡。"

萧臻想了想，明白过来："就是说，你已经成了孤岛，而我目前是你最紧密的行业连接。你是担心旷北平会为了针对你，来破坏我们的合作。"

乔绍廷点点头。

萧臻笑了："好不容易搭上个有案源的老律师，还想把我从财神身边赶走，看来旷北平真是个坏人。"

"很难讲在你的评价体系里他算不算坏人，只是王博和雷小坤这个案子牵扯到朱宏的失踪和邹亮的死，显然这两件事都和他有关，不然他这段时间何必如此关照我。"

萧臻彻底懂了。乔绍廷担心的，不仅仅是旷北平针对他们的合作，还担心旷北平针对她本人。

成为乔绍廷的伙伴，就自然而然地成了旷北平的眼中钉，而王博与雷小坤的案子，又是旷北平的"重点关照对象"，乔绍廷担心萧臻再为这案子出面，会进一步引火烧身。

听乔绍廷这么说，萧臻反倒不怕了："乔律，你有没有想过，他这样针对你，是他在害怕。"

乔绍廷点头。他知道，他一定是做对了什么，而他"对"的那部分，很可能正是旷北平犯的"错"。他恐怕有一些他自己都不知道的"好牌"，才会被拽上牌桌，成为旷北平的对家。可即便如此，也不意味着他能让萧臻一再为自己冒险。

乔绍廷走开两步，又回头问道："萧律师，你一开始考量过风险成本吗？"

"你是说来德志的时候，还是我们开始合作的时候？"

乔绍廷笑笑："没什么区别吧。"

萧臻愣了。乔绍廷说没什么区别，也就是说他早就知道，萧臻来德志所的时候就打定了主意要与他合作。他大概知道，她的目的并不单纯……即便是这样，乔绍廷也只是担忧她的安危，却没怀疑过她的立场……

萧臻的神情复杂，目送着乔绍廷离开，却不知道哪怕乔绍廷处处小心，避免让她为王博与雷小坤的案子出头，她也已经成了靶子。

就在萧臻和乔绍廷商议着分头行动的时候，德志所大楼对面咖啡厅里，薛冬正坐在落地窗旁，啜着咖啡，心事重重。他来这里是为讨论萧臻的事。现在他预感不祥。

章政推门进来，一路东张西望，来到薛冬旁边。他警惕的神态让薛冬觉得可笑，光天化日的，两个大男人，还是同行，在单位旁边一起喝个下午茶，再正常不过，再说是章政主动叫他来的。

明明四下无人，角落的位置也不引人注目，章政还是惴惴不安。他坐到薛冬对面，又看着服务生走远，才免去了寒暄，斟酌着开口。

"昨天你跟我说的那事，有辙了。"章政压低声音，搓了把脸，声音镇定，略带疲惫。

薛冬张了张嘴，想说什么，但还是没打断他。

"萧律师前不久承办过一起交通事故的损赔案，我们的客户是被告千盛阁酒楼。刚开过一次庭，有一个叫李彩霞的私下找到原告律师孙志英，透露了一些千盛阁酒楼在安全和劳动保障上的纰漏。孙志英以此要挟千盛阁酒楼，和原告在庭外达成赔偿和解。这个李彩霞是个法学本科生，据说也在准备参加司考。她有个同租室友，叫萧臻。"

章政的声音从疲惫，到昂扬，再到后来干脆彻底散去了惶恐，甚至得意起来。他两手一拍，一扬眉毛："恶意串通对方，损害委托人权益。怎么样，这个可以吧？"

薛冬心一沉，他担心的事情成真了——章政一心自保，从未想过萧臻的死活。他勉强笑笑，忽略内心的不适："萧律师为什么要这么做？"

章政满不在乎地一摆手："没准儿收了对面的好处，或者只是单纯的同情心泛滥，谁知道。"

"那你又是怎么知道内情的？"

章政笑了："这个……更不重要吧。"

"有证据吗？"

"只要你告诉旷北平，他变也能变出证据来。剩下的问题交给《律师法》就行。"

《律师法》第四十九条："律师与对方当事人或者第三人恶意串通，侵害委托人权益，停止执业六个月以上一年以下……情节严重的，直接吊销其律师执业证书。"

薛冬低下头，看着桌面。木头桌上空无一物，只有一杯喝了一半的咖啡。

"那接下来就看你们主任的手黑不黑了。"章政说着，又扯起了嘴角，如释重负。可薛冬没接话，也没笑，头都不抬。章政盯着薛冬看了会儿，也收起笑容。

数十秒的沉默之后，薛冬还是低着头："萧律师才刚刚入行，你这样会断送她的前途。"

章政叹了口气，沉下脸："那还能怎么办？不给出把柄，旷北平那儿你交代不过去。萧律师的前途要是毁了，我也觉得很遗憾，但在保住她还是保住你之间，我肯定选自己兄弟。"

或者说是选保住自己。薛冬抬起头，几乎脱口而出。

废掉了萧臻，旷北平也不会放过德志，放过章政，可是至少能缓和些局面。章政忙不迭地将萧臻放上案板，为的无非就是这个。

章政端详着薛冬，他知道薛冬在想什么，他讨厌薛冬这种看似"善良"的犹豫。当初一起布局的是他们两人，现如今好像只有他一个坏人似的。

思考片刻之后，章政冷笑一声，懒得再给薛冬留情面："当然，恶意串通这种事，萧律师不是第一次干了。可我总不能让你跟旷北平说，是你俩合谋撬走了我们所的顾问单位吧。"

章政说罢，起身准备要走。薛冬见状，从身边拿起个鼓鼓囊囊的牛皮纸袋，一把怼进他怀里。

章政抱着牛皮纸袋，愣了。

"舒购的常年法律顾问，钱都在这里。"

章政愣了好一会儿，笑了，作势把牛皮纸袋往回塞："瞧瞧你！怎么，连玩笑都开不起了？都是……"

薛冬站起身，一拍章政的肩膀，把那句"都是兄弟"堵在半空，扣上西装，露出笑容："开得起，这不都把我逗乐了吗？难得你费心想这么周到，旷主任那边，我去说。"

说罢，薛冬走出咖啡厅，脚步轻快。

章政望着薛冬的背影，又看看手上的牛皮纸袋，若有所思。

此时，乔绍廷上了楼梯，刚要进德志所，碰到了洪图。

洪图正开门从所里出来，看见乔绍廷，惊讶的表情一掠而过，瞬间切换成微笑："乔律师，你不是刚和萧律师出去了吗？"

"萧律师去取证了。我还得去看守所。"乔绍廷笑笑，摆摆手，拉开德志所大门。

看守所就意味着探望王博和雷小坤……门正要关上，洪图突然一闪念，回过身，一把拉住门："有什么我能帮忙的吗？"

乔绍廷盯着洪图看了会儿："你什么都不做，就是帮我。"

看着乔绍廷走进德志所大厅的背影，洪图愣愣地站了一会儿。之前，她跟旷北平在医院"偶遇"，旷北平对她说的话，和如今的乔绍廷几乎一模一样。她长出口气，说不上是怅然若失，还是如释重负。

与此同时，章政回了德志所，路过会议室，走进自己办公室。乔绍廷拿了材料，夹着文件袋从会议室出来，同时低头看着手机通讯录。

乔绍廷点开"韩律师"的电话号码，盯着看了会儿，犹豫着要不要拨，但还是收起了手机。走出楼门，他就看见薛冬正走出楼对面的咖啡厅，走向自己的轿车。他怎么会在这儿？

薛冬站在车旁，似乎在想着什么，掏出手机，拨打电话。

这个电话是打给萧臻的。

3. 旷北平的威严

此时，萧臻正在津港政法大学门口，和李彩霞并肩坐在花坛旁的长椅上，李彩霞捧着一盒蔬菜沙拉，萧臻拿着塑料袋，里面是个火烧。

倘若真如乔绍廷所料，旷北平会对她出手，那她最大的破绽,恐怕就是千盛阁那个案子。看到薛冬来电,萧臻一手拿着塑料袋,另一手举着火烧,伸出小指,直接把电话挂断。

李彩霞眼巴巴地望着萧臻的火烧:"什么事找我,不能晚上回家说吗?"

"之前你和孙律师见面,没透露过我的身份信息吧?"萧臻啃了口火烧,语气轻松。

"当然没有。"李彩霞瞪大了眼,她又不傻。

"那她怎么会跟你说,让你谢谢我?"

"拜托,人家也不傻……怎么了?"

萧臻思忖着,继续啃火烧:"没事。"

孙律师不傻,那旷北平更不傻,他会猜到的。乔绍廷的担忧恐怕不是平白无故。

李彩霞斜眼看她:"哎,你这火烧是椒盐的还是麻酱的?"

萧臻把塑料袋朝她一让:"都有,你来一个?"

"呃……"

李彩霞还犹豫着要不要伸手,萧臻就整理好心情,把塑料袋里剩下的火烧包好放进包里,掸着身上的食物残渣,站起了身:"我得去走访证人了。这都几点了,你还不赶紧去司法考试补习班上课!"

李彩霞把沙拉放在一旁,坐在长椅上没动:"上什么课呀,我听课证丢了。签到的只认证不认人,死活不让我进。"

"太扯了吧。听课证丢了不能补办吗?"

"可以补办啊,拿身份证去培训中心就行,可我身份证寄回老家调档用了,明后天才寄回来。"

萧臻翻了翻白眼,站起身:"真够面的你!"

萧臻走向校门的方向,李彩霞在后面追着喊道:"哎,你干什么去啊？"

刚走出没两步，萧臻手机又响，她看都不看，便挂断了。

薛冬望着无法接通的电话叹出口气，萧臻连个通风报信的机会都不给他，这该如何是好？难道直接跟乔绍廷说？他正这样东想西想，乔绍廷的声音就从他身后传来："冬子，又见面了。"

乔绍廷一拍薛冬的肩膀，薛冬吓得魂飞天外，差点儿把手机扔出去："啊！你……绍廷……"

他匆匆把手机揣回兜里，脸上的表情多少有些不自然。乔绍廷却仿佛完全没注意到薛冬的异样，淡淡寒暄："这刚分开没俩小时，没想到你在我们所楼下。"

薛冬支吾着，说着恰巧路过之类的话，连自己都不太相信。乔绍廷却没追问，绕到车的副驾一侧："恰巧路过都能让我碰上，那太巧了，我也正有事得找你帮忙。"

说着，他拉了下车门，没拉开，抬眼去看薛冬。

薛冬愣了愣，心虚间没多问什么，直接掏出车钥匙解锁，随乔绍廷上车。

之后的一路，薛冬照着乔绍廷的指挥开，不到二十分钟，就发现自己到了海港看守所门口。

薛冬把轿车停在路旁，扭头刚要说话，乔绍廷就抢先把文件塞给他："你需要分别会见王博和雷小坤，让他们签字，可能得有一阵子，正好车借我用用，我去附近办点事。"

薛冬愣了愣。他一路都担心乔绍廷问他去德志所的原因，却没想到乔绍廷为会见的事情找他帮忙。他松了口气，看看手里的文件，却还是有些犹豫："萧律师怎么没陪你来？"

乔绍廷摊手："她去办其他案子了。怎么，你们主任是打算对她下手了吗？"

难怪乔绍廷什么都不问，原来是猜到了。薛冬想着，笑着敷衍："你说什么呢？这都什么奇怪的想法……"

乔绍廷也笑笑："可能是姓旷的这两天没怎么挑衅我，我有点儿不习惯。"

薛冬暗叹乔绍廷直觉的准确，嘴上却继续开着玩笑："怎么，你要是皮痒，这事我还真帮得上忙。"

乔绍廷推开车门，没再看薛冬："那行，让他有什么冲我来就好。"

薛冬不知道说什么好，见乔绍廷已经下车往驾驶席一侧走来，他便也下车朝看守所走去。

萧臻从来没上过司考补习班，看着黑压压的人群神色肃穆地走向阶梯教室，有的还面带焦虑，一路低声背诵法条，她颇觉震撼。

签到处的负责人不到三十岁，一身笔挺的西装仿佛随时都能去开庭，头发用发胶打得硬邦邦的，一丝不乱。萧臻看向他胸牌上的名字，他叫戴文。

戴文正在签到桌旁收拾东西，看到萧臻朝自己走来，又看到她身后的李彩霞，没等他俩开口，就有些不耐烦了："我跟你那姐们儿反复解释过了，规则就是规则。如果可以破例的话，是不是人人都可以不带听课证了？不是我针对谁，来这儿上课的，恐怕大多数未来会从事司法相关工作。律师到法院能说自己没带律师证吗？公安去抓人能说自己拘留证丢了吗？对这么重要的事儿不上心，我看她上不上这个课也不打紧。"

李彩霞脸一红，随即尴尬笑笑，冲萧臻摇了摇头，朝教学楼外走去。

萧臻没跟出去，她没想到这点儿小事能如此上纲上线，还能打出这样一套官腔，也有点儿不高兴了："你说的那些，都是很正式的场合。这就一个收费培训班，而且她也是不凑巧，都赶一块儿了。日常生活里咱们谁没落过东西啊。"

戴文停下手里收拾的东西，正色地看着萧臻："我就没有。从本科四年，到实习律师，再到正式执业四年多，我从没落过任何证照。"

萧臻掏出律师证："我从上学到工作，经常落东西，一样做律师。"

戴文看到萧臻拿着的律师证，有点儿惊讶，似乎没想到萧臻这么年轻就是正式执业律师，无奈地笑了："好好好，你厉害，咱们也不抬杠，我收回之前的话。但没带听课证，我没法放她进去。"

戴文耸耸肩，继续埋头收拾东西。

萧臻看他不像能被说动的样子，叹了口气，准备离开。刚走出没两步，萧臻突然想到了什么。倘若道理讲不通，那说不定某些别的东西会起效——比如某个名字。

想到这里，萧臻回过头去，换了语气："不好意思，我刚才的话也是冲了点儿……"

戴文很有风度，笑着冲萧臻摆摆手。

"您是律师，怎么在这里帮忙签到啊？你是政法毕业的？"

"对啊。这班儿就是原来同学搞的，我这不过来帮帮忙吗……"

"哦，原来是师兄啊，那真是更不好意思了。"

戴文一愣，重新打量萧臻："你也是政法毕业的？"

萧臻摇头:"不是,但是我正在读这里的在职硕士。"

"硕士?哪方面的?"

"旷教授的刑诉。"

戴文立刻睁大眼睛:"原来是旷教授的硕士,哎呀这事闹得……"

话到一半,他似乎又有所怀疑,试探着说:"他的硕士可不好上。师妹啊,跟那老爷子面前,可别再丢三落四了。"

"旷教授现在很少收硕士了,我也是托了一个朋友引荐才能有机会。哦对,你应该也认识。"

"谁啊?"

海港看守所会见室内,看守所的工作人员正把王博签好字的委托书交给薛冬。隔着一层玻璃,薛冬对面是穿着号坎儿、剃了头的王博。

薛冬看了眼委托书,手机响了,他拿起通话器让王博稍等,随后接通电话:"萧律师,你怎么总不接电话……师兄?谁是你师兄……我?给谁……哦,小戴啊,你怎么跟萧律师在一块儿?啊——是是是,这不是小师妹嘛,总得帮帮忙……"

薛冬站起身走开几步,继续讲着电话,嘴里咿咿呀呀敷衍着,笑着,脸上的表情却越来越难看。

此时的他还不知道,不远处的看守所办公室里,鲁南和方媛穿着制服,也来提讯王博和雷小坤了。他们听警员说王博正在和律师会见,便在办公室里等着。

鲁南双手插兜来回踱步,问道:"正在会见王博和雷小坤的是哪位律师?"

警员点了两下鼠标,看着屏幕:"叫薛冬,金馥律师事务所的。"

鲁南微微皱眉:"金馥所?"

方媛在一旁小声提醒道:"旷北平的所。"

两人对视片刻。方媛心想这乔绍廷的确有两下子,居然能支使金馥所的律师出面替他办事。鲁南则在想,乔绍廷身份尴尬,不能直接参与任何阶段的代理工作,找人出面恐怕也是不得已而为之。

不过,既然在名义上,乔绍廷和王博、雷小坤的案子不存在任何关联,那么,如果需要沟通的话,他们和乔绍廷之间也不存在任何需要回避的情形。

乔绍廷的处境,对他们来说没准反倒变成了好事。

不知道以后跟乔绍廷正面接触,会是什么样的光景。鲁南想到这个,不知怎么,有了些期待。

而此时的乔绍廷心思不在王博和雷小坤的事情上,他正在司法鉴定中心,向工作人员询问两份间隔半年左右的书证,有没有可能通过笔迹鉴定区分出时间。

"这很难讲,要看书写用的什么墨水,并且找到与这两份书证书写时间相同的检材做比对……那结果也不好说。不管是硫酸盐扩散法,还是热分析法,在时间检测上对样本和对比检材的要求都非常高。"工作人员的答案似乎不太乐观。

"这么说吧,如果我把这两份文件送到你这里进行鉴定,你有多大把握能给出结果?"

那人想了想,笑了:"不是我有多大把握的问题,这样的申请我们很可能不会接受。"

乔绍廷面露失落。萧臻盼着把每个案子都办好,穷尽一切手段，但事情并不总会如他们所愿。

在签到处，萧臻还不知道笔迹鉴定会遭遇挫败，正享受着她小小的"成功"。戴文正拿着萧臻的手机，笑着跟对面告别："得嘞，师哥，那回头代我问旷教授好。"

说罢，他把电话还给萧臻，变得十分热情："闹半天大水冲了龙王庙，你早说呀，都是自家人。快让你姐们儿来上课吧，这都过了十来分钟了。"

萧臻也笑着："那谢谢师兄，给你添麻烦了。"

戴文摆手："不叫事。"

萧臻正要走，戴文拿起签到处旁边单独销售的习题教材，一样拿了一本："师妹！"

萧臻回过头，戴文把那摞教材塞给萧臻："让她多做做题，争取一次考过。"

萧臻瞟了眼，发现这些是单独售卖的题库，边接到手里边询问价格。戴文还是一脸热情，连连摆手："不用不用。旷老师的高徒过来还得花钱，这不骂我们呢吗？"

萧臻看着戴文友好的微笑，只觉得讽刺。她走出教学楼，冲等在门口的李彩霞点点头，把厚厚一摞题库塞了过去。

李彩霞只以为这是萧臻说动了负责人，张大了嘴："这当了律师就是不一样啊，无照驾驶还有赠品！"

萧臻勉强地笑笑："快去上课吧，我还得取证呢。"

李彩霞临走不忘推萧臻一把："别绷着啦，心里得意就笑出来吧。"

萧臻笑笑，可朋友刚转身离开，她的笑容就维持不住了。

她低下头思索着,表情有些沉重。刚才她想帮李彩霞,也想搞个小小的恶作剧,却又一次证实了旷北平的影响力。

洪图打来电话,让她晚些时候去汇报乔绍廷的动向。挂上电话,萧臻叹了口气,扫了一辆共享单车离开。

德志所内,洪图刚挂上电话,就被章政叫住,顾盼正在门口的复印机旁弯腰装订资料。

章政靠在复印机上:"这小萧是不是又跟绍廷跑出去了?"

"他俩今天好像不在一块。怎么了?咱们德志的新星又惹什么事了?"洪图抱着胳膊站定,微微皱眉,一脸警惕,却没注意到章政飞速瞟了一眼顾盼,才继续说话。

"千盛阁那个案子,小萧应该是私下串通了对方律师,逼迫吴总他们庭外和解。这事可能要炸。"

洪图先是一愣,不明白章政怎么没头没脑说起这档子事。随即,她看到了不远处的顾盼,再看看章政嘬着牙花子,一脸夸张过度的忧心忡忡,她彻底明白了过来。

洪图冷笑一声:"我就猜没那么简单……乔律教她的?"

章政摇头,确保自己口齿清楚:"这事恐怕还真跟绍廷没什么关系。"

"那怎么办?"洪图饶有兴致,看着章政的表演。

"我想想办法……"

章政低下头,还想再说什么,洪图打断了他:"行,我还约了人吃饭,先走了。"

"哎,这事你别往外说啊。"章政不忘叮嘱。

洪图点头:"明白。"

顾盼直起身,抱着资料,看着章政和洪图分别离开。刚才的对话,她一字不漏地听清楚了,或许,这也正是章政所期盼的。

此时的海港看守所门口,薛冬不耐烦地等待着乔绍廷,不时看眼手表。乔绍廷驾车停在他身旁,下车,接过薛冬递给他的文件,绕到副驾席一侧。

薛冬坐上驾驶席,调整车辆座椅的位置:"办完了,还有什么吩咐?"

乔绍廷想了想:"开车,我带你去个地儿。"

4. 乔绍廷的反击

薛冬没有想到,乔绍廷带他去的是官亭湾水库案发地。

薛冬走到山崖旁,往下看了看,王博和雷小坤就是从这儿把笼子踢下去的。他回过头问乔绍廷:"带我来这儿干什么?"

乔绍廷举着手机拍照,冷冷地说:"我想把你踹下去,测试一下水流多长时间会把你卷到入海口附近。"

薛冬看着乔绍廷冷酷的表情,脸色逐渐僵硬,直到乔绍廷笑了,他才明白过来。

"别瞎开这种玩笑!我刚才真紧张了。"

乔绍廷笑着走到薛冬身旁,脚尖几乎探出悬崖外:"紧张什么?你要这么说,我就不会怕,所以你看,还是我信任你多一些。"

薛冬瞟了他一眼:"把你推下去于我没什么好处,真要有人给我一个亿……不行,怎么着得三个亿,我肯定把你推下去。"

乔绍廷低头看着水面:"虽然没钱拿,但你现在把我推下去,一定会有人感激你。那份感激,能让你在这个行业里受用很久。"

薛冬不去看乔绍廷,也低下头,后撤两步,声音闷闷的:"这话说得……"

"王博和雷小坤把囚禁朱宏的铁笼从这儿踢下去之后,笼子在入海口附近被打捞上来,朱宏不在里面。公安搜索了很久,没有找到尸体,也没有找到他的其他遗物。我怀疑朱宏没有死,所以我做了一些假设。"

"假设?"薛冬不解,看向乔绍廷。他不明白乔绍廷为什么忽然跟他说这些,却又忍不住好奇乔绍廷接下来要说什么。

"对,就是如果朱宏还活着,或他想诈死,他会联络谁。"

薛冬想了想:"家里人?"

乔绍廷点点头:"所以我找在津港银行工作的邹亮去查朱宏家人的财务状况,结果邹亮死了,他当时带在车上的那份材料还是伪造的,我也被抓进去了。"

薛冬隐隐明白了些什么,但他不愿意深想:"这……说明什么问题吗?"

"邹亮之前因为涉嫌渎职,被内部调查,最后银行开会的结果,是让这事小事化了。与会提供专家意见,或者说确定邹亮罪与非罪界限的专家,就是旷北平。邹亮在出事之前,单独给我家寄了一份材料,那里面是朱宏家属的真实财务状况,可以说部分印证了我的假设。朱宏的家属之一,也就是他的岳父严裴旭,是旷北平当年的兵团战友……"

"你是想说,旷主任通过渎职的事挟制邹亮,给你提供假信息,然后又把邹亮杀了?"薛冬想笑,这套推论太疯狂了。旷北平做事的确不择手段,但他没法想象旷北平动手杀人。

乔绍廷依然一脸平静:"这里面确实有我没想明白的事。也许邹亮的死只是个意外,或是另有什么原因……咱们不妨再做一个假设,如果邹亮没死,而我又相信了邹亮给我提供的材料……"

这次,薛冬迅速明白过来:"那你等于是在向司法机关提供伪造的证据,诬陷被害人家属。"

乔绍廷笑了:"对,这就是事情大概的来龙去脉,我觉得你最好了解一下。"

薛冬啼笑皆非:"这里面太多假设了,再说,我知道这些干什么?"

因为薛冬需要知道自己卷入了何种局面,又将萧臻拽进了何种局面。乔绍廷在心中默默回答。他看着远处的天边,深吸口气,沉声问道:"萧律师到底是谁安排的?你,还是章政,或者你俩都有?"

薛冬愣了一下,挤出个笑容,刚准备再说点儿场面话糊弄过去,乔绍廷扭头看他:"再想蒙我,咱俩就真得入海口见了。"

薛冬垂下目光,想了想,抬眼看着乔绍廷:"就算是我吧。"

乔绍廷点头:"你安排她到我们所,是想私下里帮我?"

薛冬笑了,摊开双手:"当然不是。我是为了派人和你一起扳倒那个人,我好做金馥的主任。"

乔绍廷笑了,摇摇头:"你应该不会是这么想的。"

薛冬反唇相讥:"你应该也不会真把我踹下去。"

乔绍廷收起笑容:"那你知不知道,这样做会把这个刚入行的年轻律师职业前途置于危险境地?"

薛冬避开乔绍廷的目光,装出无所谓的样子:"她自愿的。这里面有什么风险,她很清楚。"

乔绍廷走到薛冬身旁:"在我和旷北平的较量中,很多人都在观望。有的人发现自己没资格袖手旁观,因为如果旷北平干倒我,那下一个就将轮到他。你本可以观望的,但无论出于什么动机,你还是选择帮我,谢谢你。"

薛冬抬起头,动了动嘴巴,却没说出什么。

乔绍廷直视薛冬:"我只希望不要牺牲萧律师。她很优秀,而且潜力巨大。她这样的人是咱们这个行业的未来。"

或许是心虚,或许是愧疚,薛冬急了,抬高嗓音:"那你从一开始就不该和她搭档。现在人在你身边,我说了不算。而且乔绍廷,别说我或者萧律师,你比谁都更清楚和你搭档的人会有什么风险,这会儿装什么好人?"

薛冬整张脸都涨红了,好像声音再高一些,情绪再激动一些,就能把所有的错都推到乔绍廷身上。乔绍廷看着他,想了想,点点头:"你说得对,这事我确实后悔了……总之,你想办法不要让旷北平针对她。"

"我怎么可能……"薛冬一时语塞,乔绍廷明知道这不是他薛冬能控制的事情,这个要求也太可笑了。

乔绍廷回过头:"在津港银行帮我查资料的事,你没准儿能糊弄过去,可今天看守所有你会见王博和雷小坤的记录,只要旷北平想查,他一定查得到。你保护萧律师,我就不会出卖你。"

薛冬刚才的激动,此刻全化作了震惊:"绍廷,你……"

"你说得对,我不是什么好人。"

章政想把萧臻牺牲掉,乔绍廷想阻止其他人对萧臻下手,薛冬则是左右摇摆，举棋不定。对于这三个人的角力，萧臻作为当事人一无所知，却隐隐地感觉到有什么事情即将发生。拜访完证人之后，若隐若现的不安仍然挥之不去。

在这种心情之下，萧臻去了指纹咖啡。她也不明白，自己为什么会想到那个地方。

跟往常一样，韩彬穿深色衣服，站在吧台后面给客人调酒。萧臻放下包，去洗手间，而后就接到了薛冬的电话。

"你什么时候成了旷主任的在职硕士？"

"既然咱俩是互相利用，我就能用则用咯。"萧臻声音轻松，没让薛冬察觉自己的心情。

薛冬似乎被噎了一下："今天我在干本来该你干的活儿。"

萧臻一惊，随即失落感袭来——看来会见王博和雷小坤的事情，乔绍廷真不打算让她参与。可是对薛冬，她还是什么都没表现出来："原来乔律是找了你。你这是打电话来诉委屈的吗？"

薛冬叹了口气："顾问费那个钱，我已经提现了，怎么交接？"

萧臻没精打采地叹了口气："我今天很累，改天再说吧。"

说完，她正要挂电话，薛冬急切地说："等等，等等。"

"还有什么事啊？"

"你跟乔绍廷之间最近有没有什么……异常？"

"什么算异常？"

"呃……比如……比如说，哦对，最近你俩办的什么案子，是跟月亮或星象有关的？"

"你说什么？"

"就是，他有没有问过你……看到月亮之类的话？"

萧臻翻了翻白眼，深吸了口气："没有。如果你再不挂电话的话,我就会有很多跟太阳有关的话想对你说。"

"啊?"

萧臻直接挂断电话,走出洗手间。

萧臻来到吧台旁,韩彬把一盘意大利面端到萧臻面前,上面满满地盖着很多辣酱。萧臻抬头看了眼韩彬,笑了:"谢谢韩律师。"

"看你的样子,这一天过得很辛苦。"

萧臻正要说话,手机响了,是通知她开庭时间的法官。萧臻确认好了次日开庭的时间,挂上电话,更觉得疲惫,又叹出口气,强撑着笑脸对韩彬说:"看来明天也会很辛苦。"

韩彬盯着萧臻:"你似乎不光是辛苦,还有些烦恼。"

萧臻把辣酱在面条里拌开,头也不抬:"韩律师,您所了解的乔律师,是个什么样的人?"

问出口时,萧臻才知道,自己来这儿恐怕就是为了找个人聊聊乔绍廷,只要是和他有关的事情,最无关紧要的也行。她的直觉告诉她,韩彬或许比章政和薛冬都要危险,可她想不到其他的人。

服务员把客人新点的单子送到吧台,韩彬看了眼单子,点点头,开始操作咖啡机:"我对他谈不上了解,不过我听章主任给我讲过他们学生时代的一件事……"

萧臻饶有兴趣,边吃面边看韩彬。

"章政、薛冬和乔绍廷,那会儿在一个宿舍。据说有天晚上他们嘴馋了,想吃夜宵,恰好章政不知从哪儿弄了几盒羊肉片,于是他们从别的宿舍借了个加热棒,弄了锅开水,却没有调料。章政是讲究人,没有芝麻酱、韭菜花和酱豆腐的传统组合,宁可不吃,也不想破坏自己对铜锅涮肉仪式感的美好向往……"

说着，韩彬把做好的两杯咖啡放到一个托盘里，一拍案钟，让服务员拿走。

"薛冬则不然，他因地制宜，拿辣椒油瀣了两块红方，大概是吃到嘴里就是真理。"

萧臻好奇地问道："那乔律师呢？"

"章政告诉我，乔律让他们不要急着吃，等他去找调料。那会儿没有二十四小时便利店，也没有通宵营业的火锅店。他离开宿舍，骑车往返了将近二十公里，从家里拿来了芝麻酱和其他调料。等他们仨吃完，天都快亮了。"

萧臻想了想："我能感觉到他是个很执着的人，那照这么说，他是不是也很会为他人着想？"

韩彬盯着萧臻看了会儿："如果指的是他没把你的名字写在那两份委托书上这件事，应该是为你着想的意思。"

萧臻停下了咀嚼，拿起餐巾擦嘴，抬头看着韩彬："可我又真有点儿想办这个案子。"

韩彬和她对视片刻，笑了："让你烦恼的并不是你能不能办这个案子，而是乔律会不会答应你。"

萧臻被戳中心事，脸色变了。整点的钟声响起，两人都没说话。

片刻的沉默后，韩彬还是一脸放松："如果他来找我，我会拒绝他。乔律既不想伤害德志所的同僚，又找不到对旷北平无所谓的人，那他剩下的选择就很少了。"

萧臻又沉默片刻，没再追问，换了话题："韩律师，能不能请教您一个技术上的问题？"

"请教不敢当，你说。"

"两份书写时间相近的书证，能否通过笔迹鉴定区分出先后时间？"

韩彬想了想，掏出手机："这个……我帮你问一下司法鉴定中心的朋友。"

此时，乔绍廷正坐在公寓床边的地上，翻看着王博和雷小坤的案件资料，拿手机比照着自己今天在官亭湾水库拍的地形地势照片，同时在纸上写着什么。

似乎有人用钥匙开门，随后，传来"咚咚"的砸门声。

乔绍廷吓了一跳，打开门一看，是气势汹汹的唐初。

哪怕是千头万绪的现在，唐初忽然造访，对乔绍廷也是意外之喜，他不由笑了。

乔绍廷刚要说些什么，唐初劈头盖脸就问："你是不是教阿祖打架了？"

"打架？"

"今天阿祖打了他们班一个叫九九的男生，给人家鼻子都打出血了。我问他，他说是你教的。"

乔绍廷愣了愣，明白过来："你先进来。"

唐初站着不动，抱起胳膊，瞪着乔绍廷。

乔绍廷无奈："那他是怎么打的那孩子？是正面出击还是偷袭？"

"有区别吗？"

"有啊……没错，是我教他的。那个叫九九的孩子总欺负人，我是希望孩子懂得面对侵犯一定要反抗。"

"反抗有很多种方式，而且他也可以去跟老师说，或者回来跟我说，我去找那个九九的家长交涉……"

"小孩子之间出现这种霸凌……好吧，也许还没到霸凌的程度，但至少是欺负人的状况，肢体上的伤害是瞬时发生的，我觉得孩子应该做出合理的回应。这么小的孩子,该还手还是得还手,总不能让他去以德服人吧?"

"我不想听你诡辩,明天下午三点幼儿园见,咱们得跟九九的家长道歉,你正好顺便把离婚协议拿走。"

唐初转身欲走,又掉过头来:"你换锁了?"

"啊?咳,不是我,是房东!前段时间我不是进去了吗,然后……"

乔绍廷神态有些狼狈,语无伦次地解释着,内心某个小小角落,又似乎有些窃喜——唐初还会在意他换锁的事情。

可唐初不等他说完就准备离开,乔绍廷急得连连叫她的名字。他先是急匆匆返回屋里找钥匙,又跑去门口张望,生怕唐初走了,顾此失彼。

等乔绍廷找到钥匙,出了门,楼道里早就空无一人。乔绍廷站在门边,手机响了,他立刻关上门,翻找出手机,看都不看就接通电话。

"欸,你听我解释……"

电话那头是个男声:"别解释了,虽说你是受害人,可也是案件的证人,你说会来做笔录,这都过去多久了,你是被打到住院了吗?"

乔绍廷反应过来,是萧闻:"哦……咳,是你呀。不好意思,我这一忙,给忘了。而且我伤得也不重……"

"所以你就放了向阳刑侦支队的鸽子?乔律师,你是有多不愿意配合公安机关?"

乔绍廷一下坐直了身子:"我可没这意思!这样,明天!明天我肯定去!"

"我只是善意地提醒,随你。"

"对了萧闯，稍等一下。"

"怎么了？"

"王博和雷小坤那个案子，如果我总结出了一些案件疑点……我知道海港支队的很多人都是你小兄弟，你看能不能提醒他们一下……"

电话那头，萧闯笑了："乔律师啊乔律师，你知道规矩的。这案子都到最高院了，你让我私下去找侦办人员是几个意思？既然你还死咬着不放，我建议你把觉得有疑点的地方准备一份书面材料，按正规流程向你认为合适的司法机关呈报，肯定会有人接收的。"

乔绍廷想了想，似有所悟："你的意思是说，海港刑侦支队其实还在……"

"我什么意思都没有。记得明天来做笔录。"

萧闯挂断电话。

5. 他者的立场

官亭湾水库案发地，鲁南把车停在水库附近，和方媛下了车，用手电照着路，寻找王博和雷小坤的案发现场。

"南哥，咱说好了还可以顺便看看晚霞，这都几点了？你别把锅都甩给导航软件。"

"当然，还有一半锅可以甩给你吃米线的时间太长了。"

"既然没晚霞可看了，那咱们撤吧。"

"好歹是案发现场，走一圈总是应该的。"

鲁南说着，拿手电照了照地上的脚印，还很明显。是乔绍廷和薛冬的，不过他们并不知道。

方媛低头查看脚印，挑眉："这地儿还挺热闹。"

两人一前一后走到悬崖边。方媛举起手电，胡乱照射悬崖下的水面："可能是我笨，跑这儿来能对查案有什么启发？"

鲁南思索着："咱们换个视角，你要是律师的话，没有国家强制力的保障，也没有司法系统的资源，你的调查权限和一般老百姓没什么区别。像这种案子，能从哪个角度入手？"

方媛想了想，跟上了鲁南的思路，不再戏谑："我会假设，如果朱宏没死，或是他藏起来了，他需要找谁帮忙。"

鲁南点头："第一选择永远是家人。"

方媛似有所悟："所以乔绍廷会找人去查被害人家属的财务状况……"

"然后就出事了。有意思……"

"比起这个，我觉得他能支使对家律所的人替他会见，才更有意思。话说这委托书总得交到咱们这儿，那上面总不可能写的是金馥所的律师吧。"

"我感觉，在这个案子上，乔绍廷似乎在尽力撇清德志所其他人的关系。"

"本儿被扣了，他迟早得找个律师顶上来。"

"咱们查德志所资料的时候，你有没有注意到，他们还有一个合伙人？"

"谁？"方媛收了手电，看向鲁南。

指纹咖啡里，韩彬挂断电话，走到萧臻对面，收走她的意面盘子："我问了一下，司法鉴定中心说类似这样的鉴定，对物证本身和做比对用的检材要求非常高，通常情况下很难识别，中心也不太愿意接受这类申请。"

韩彬把餐盘送去厨房的窗口,回头见萧臻满脸失望的神色,便拿出酒和糖浆,调着鸡尾酒:"不过,今天还有一个男律师亲自跑到司法鉴定中心咨询了同样的事。"

萧臻抬起头:"乔律师?"

"我那个朋友也是听她同事说的,没问具体是谁,不过听着挺像一个骑车往返二十公里去拿芝麻酱的人会干得出来的事儿。"韩彬似笑非笑,看着萧臻眼睛发亮、疲惫和沮丧一扫而空的样子,把调好的鸡尾酒放到萧臻面前,"这么晚就不要喝咖啡了,这杯酒算点餐附赠。"

萧臻的兴奋只持续几秒,很快,她又回到了现实,苦笑着握住酒杯:"看来虽然我们都想到了这个突破口,但此路不通。刚才另一个案子的法官通知我,明早还要去听个录音证据,说是原告刚提交的。不知道是搞什么飞机……"

"证据突袭是吧。没关系,如果当庭拿不准质证意见的话,就说要回去和当事人核实。"

萧臻抓着头发:"不想那么逊啊,第一次突袭就被打得不能还手……"

"那你可以让乔律师一起去,他是反突袭老手了。质证的时候,还可以隐晦地向合议庭提议确认证据关门的时限。"

萧臻勉强地笑着点点头。乔绍廷现在一门心思都在王博和雷小坤那个案子上,还抽身跑到鉴定中心询问情况,她已经十分感激了,不想再给他添麻烦。再说,乔绍廷就算去了,也只能坐在旁听席上,真有什么需要临时应变的,他帮不上忙。

韩彬盯着萧臻看了会儿:"萧律师,你信任乔律吗?"

萧臻愣了愣,不知该如何作答。

"我觉得他应该也很想信任你。"

萧臻垂下目光,没接话。

"有时候,要尝试着去相信自己的伙伴。"

"韩律师觉得什么样的人称得上是伙伴?"

"每个人不一样。可能是让你觉得有安全感的人,这个你总能辨别出来。"

"是吗……"萧臻努力确认自己的感受。从小到大,从来没有什么人或者事物让她觉得安全。安全感是什么样的?跟乔绍廷在一起,她觉得自己似乎在受到保护,又似乎能自由地选择。千盛阁、舒购,还有刚才鉴定中心的人说乔绍廷刚刚去过……萧臻无法概括这些时刻的感受。

"就好像你刚吃完的意面,也许你不觉得辣,但你能吃出来是刚出锅的,是热的。暖食总会让人觉得更安心一点儿。"韩彬的解释听着也玄之又玄。

萧臻看着韩彬,低头看看自己戴着手套的手。她摘下手套,看来,无痛症的事情韩彬也早就注意到了。

韩彬解下围裙:"明天的质证,是上午还是下午?"

"上午十点。"

"你还来得及去当事人那儿多要一份委托书吗?"

萧臻没明白韩彬的意思,懵懂答道:"可以啊。"

"九点半拿着委托书去所里,盖张出庭函,我陪你去质证。"

萧臻呆住了。

韩彬笑着朝她耸耸肩:"怎么了?我也是律师啊,你真当我只是个知名富二代吗?"

萧臻笑了,把喝完的空酒杯向前推了推:"韩律师,我能不能再要一杯?"

韩彬想了想，转身打开木盒，从剩下的五瓶酒里又拿出一瓶"与魔鬼交易"，刮去蜡封，起开瓶盖，给萧臻倒了一杯："向你分享一下我的个人收藏。"

萧臻看着酒杯里棕黑色的酒体，闻了闻，味道很重，可闻起来甜甜的。

韩彬给自己也倒了一杯，冲萧臻举杯："十七度的酒，慢点儿喝。"

韩彬把酒杯举到嘴边，似笑非笑地看着萧臻喝下那杯"与魔鬼交易"。

已是深夜，萧臻走出咖啡厅，似乎放松了一些。她深吸了口气，掏出手机拨通电话。

"关于那笔顾问费，我跟你说一下怎么交接。"电话那头，薛冬还没来得及答话。萧臻抬头看着天空，见明月高悬，脱口而出："今晚的月色真美啊……"

电话那头，薛冬的声音急切起来："你说什么？！月色真美？你是说乔绍廷……"

萧臻自知失言，忙说道："这话不是对你说的！我跟你说明天怎么交接，你听好……"

"等等！你刚才是不是说今晚的月色很美？这话是乔绍廷说过的吗？他问我的那些话是不是就是这个意思？"

萧臻边走边对着电话说："我都说了，这话不是对你说的！跟乔律师也没有任何关系。那钱你到底给不给我……"

萧臻举着电话边说边走，没注意到在她身后停下一辆轿车。旷北平走出车门，瞟了眼萧臻的背影，便认出了她。他看看指纹咖啡的招牌，又看看走远的萧臻，思量片刻，走向咖啡厅。

指纹咖啡临近打烊，服务生在收拾桌椅，打扫地面，韩彬在收拾吧台。门开了，旷北平和韩彬对视一眼，便径直走向吧台。

韩彬朝他笑笑："伯父您好。"

旷北平也笑着点头，环视周遭："老韩身体还好吧。"

"挺好。"说着，韩彬把一个水杯放在旷北平面前，给他倒了柠檬水。

"有金馥所你不来，去和章政、乔绍廷那些人一起瞎搅和……怎么？是我有什么事开罪过老韩吗，还只是你小子对我有意见？"旷北平打趣着，接过水，颇有长辈的威严。

韩彬虚指了一下吧台周围，笑道："您看我一天到晚忙活这点事，去您那儿，还不够丢人的。在德志，章政也不管，我落个自在。"

旷北平盯着韩彬，还是面带笑意，语气平静，像是在唠家常："有些事，不是你藏在吧台后面就能躲得开的。"

韩彬苦笑，在旷北平看来，他跟德志，跟乔绍廷，恐怕都已经是水火不容。

旷北平收起笑容，盯着韩彬，像是想将他的立场看透："乔绍廷常来你这儿？"

韩彬笑了："前两天他还坐在这个位置，问了我一句很有意思的话。"

"他说什么？"

"他问我，到底是因为我们是这种人，才从事的这个行业，还是这个行业让我们变成了这种人。"

"哪种人？"

"囚徒。或者说，在囚徒困境里的人。自私，不安，就算存在最优解，互害也会是第一选择。"

旷北平愣了片刻，神情变得相当不悦。这几乎是直接说他反应过度，才总想下狠手先发制人。他直视韩彬，语气严厉："我跟德志所的过节，你不可能不知道。"

韩彬打开木盒，从剩下的四瓶"与魔鬼交易"中拿出一瓶，给自己倒酒："我知道，而且我猜，德志所面临困境不假，您老也遇到了问题。恕我直言，解决乔绍廷，不一定能解决您的问题。"

"谁告诉你我要解决乔绍廷？"旷北平微微后仰，眯眼看向韩彬。

韩彬放下瓶子，端起酒杯，微微皱眉："那要这么说，我更不知道怎么才能解决……"

旷北平打断他，更加咄咄逼人："你说我遇到问题，我有什么问题？"

韩彬喝了口酒，放下酒杯，望着旷北平："乔绍廷有个叫邹亮的同学死了，这是一条人命，伯父，在津港，这事不可能不了了之。"

整点钟声再次响起，十点。旷北平回头看着挂钟，面色阴沉，拿起水杯，却没有喝："我听说老韩和他那届的同学想成立个什么律师学院，正在和法学院谈合作。这事，得院长点头吧？"

韩彬一愣，马上明白过来。他拿过另一个酒杯，放在旷北平面前，给旷北平倒酒："我知道那事，是不是您老能帮忙说得上话？"

感觉到韩彬紧张了一些,旷北平终于满意,放松下来。他笑笑,指节敲击桌面:"你父亲用不着我帮忙。他们老哥儿几个的事我不掺和……乔绍廷和我的事,你也别掺和。"

韩彬想了想:"他好像没什么事会找到我,而且他现在有一个工作伙伴是……"

旷北平打断他:"放心,他很快就会来找你。"

韩彬低头思考,品味着旷北平语气中的笃定——看来旷北平很确定,萧臻很快会被他干掉。

"所里好几十人,他可以找任何一个律师继续合作。"韩彬继续低垂目光。

"那些人没这个胆。"

"您老的意思是……需要我帮忙做什么?"

旷北平端起酒杯:"不用你做什么,跟我一样,你别帮倒忙就行。"

韩彬听罢,举杯隔空向旷北平敬了一下。

两人对饮。

此时,萧臻已经到了洪图家中。洪图疲惫地陷进沙发,给自己倒了杯酒:"你今天没陪他去看守所?"

"没有。他说他找别人陪他去了。"

洪图笑了:"你不在身边,乔律还真是没抓手。今天在楼梯那儿碰上他,他还问过我。"

萧臻露出疑惑和探询的表情。韩彬说过,乔绍廷不想让德志所的人参与进来,她相信这个判断,可乔绍廷问了洪图?

洪图潇洒地摆摆手:"我当时有事,实在是没工夫陪他去。"

"那您如果有时间，会替乔律师去看守所会见吗？"萧臻没提自己的疑惑，看向洪图。

洪图身体紧绷片刻，随即又猛地放松下来："当然了。大家都是同事，举手之劳的事。"

萧臻没说话，盯着洪图的手，洪图的食指又在不自觉地抠拇指的指甲。

萧臻笑笑："那没什么事我先回去了。洪律师再见。"

洪图叫住她，斟酌着措辞："乔律办案总喜欢掺杂一些个人价值评判，你尽量不要被他带偏。否则真出了事，能救你的人不会救你，想救你的人救不了你。"

洪图身体微微前倾，盯着酒杯，说不上是警告萧臻，还是在关心她。

萧臻琢磨几秒，点头："您放心，无论是经手的案件，还是对于乔律师，我都会自己做出判断。"

直到萧臻离开，洪图才意识到自己的手指在刮擦指甲。她抹了抹指甲盖，喝掉杯中酒，放下酒杯，又拿起酒瓶。

6. 危机来袭

四月二十日清晨时，乔绍廷的心情还相当不错。根据萧闯的暗示，海港支队还在继续调查王博和雷小坤的案子，于是乔绍廷连夜汇总了手头的资料，约赵馨诚见面，说的是"有公事"。

七点多的海港支队门口还没什么人，赵馨诚穿着便装从办公楼里出来，跟乔绍廷打了个招呼，看起来有些疑惑。

乔绍廷和他握手之后，递过一个文件袋，赵馨诚从里面抽出张纸看了看，笑了："这就是你说的公事？"

乔绍廷有些不好意思："我只是想把案件有疑点的地方向咱们公安机关反映一下。这应该是合法的吧？"

赵馨诚拍拍乔绍廷的肩膀："瞧你说的，这也是我们分内的工作。"

"那咱们会根据我提的建议……"

"只要是分内的事，我们肯定该做什么就做什么。"见乔绍廷还欲言又止，赵馨诚补充道，"如果不是我分内的事，该谁管，我就把这东西转给谁。放心吧。"

刚说到这儿，两人的手机都响了。

赵馨诚接起电话，说了两句，似乎是队里有事找他。他朝乔绍廷比画了个告辞的手势，返回刑侦支队。乔绍廷的电话那头则是个陌生的声音："您好，您现在在哪儿？"

乔绍廷看了眼周围："我现在在……您是谁啊？"

"我是代驾。这辆富康是不是你的？"

乔绍廷愣了愣："是我的。"

"那你现在在哪儿啊？"

"我在海港区这边儿，海港刑侦支队门口。"

"我知道那儿，离得也不远。你别动啊，我一会儿就到。"

没等乔绍廷回答，对方已经把电话挂断了。

乔绍廷盯着被挂断的电话，一脸莫名其妙。

不到十分钟，那辆富康就被开到了海港刑侦支队门口，开车的是个穿制服的代驾司机。司机停好了车，就走到车后去拿他的电动车。乔绍廷跟到后备厢旁，追问道："这车你从哪儿开来的？"

"刘家堡东路的二条胡同，穿黄背心的大哥给我的车钥匙。"

"那谁下单找你把这个车开来的?"

"我不知道啊,公司派的单,我这儿看不见名儿和电话。"

"姓总有吧?"

代驾司机把折叠车支好,掏出手机摁了两下:"姓……姓萧。"

乔绍廷愣了愣,笑了。

萧臻正在德志所的停车场树下,喂那只流浪狗吃火烧:"我知道这个火烧隔夜之后不好吃,所以我还买了一根火腿肠补偿你。"

说着,她又剥开一根火腿肠。

韩彬从德志所楼门走出来,把签了字的函件递给萧臻,看着流浪狗面前的食物:"看来你是特意给它准备了食物,有没有考虑干脆带回家去养?"

"我有想过,可现在我跟一个朋友合住,房子很小,工作又没时没晌的……"萧臻像是要说服自己,一连串理由说得飞快。

"明白,任何选择都有代价。"韩彬说罢,走向自己的车。

萧臻看了看流浪狗,有些纠结。随后,她随韩彬上了车,驶离停车场。

一小时后,两人便并排坐在了西关法院第七法庭的被告席上。

原告律师打开笔记本电脑:"之前被告律师一直说他们卖的都是进口车,原告现在整理出来一份录音,是原告当事人和被告公司的经理交涉时录下来的。我们认为,这份录音证据可以证明被告相当于承认了他们销售的汽车是组装车。"

说完，他开始用笔记本播放录音，又补充道："原始载体是原告手机，为了便于播放，我们拷贝了一份在电脑上。"

随着录音播放，萧臻的脸色越来越难看。这是原告带着律师去找 4S 店高管谈话时的录音。

律师处处挖坑，先是问进口车的零配件问题，而后又问道做四轮定位用的生产线。那个姓周的高管大概以为这就是一次普通的协商谈话，大刺刺地承认了生产线当然不是来自原厂。随后那个律师就穷追不舍，说很多合资车也是这样组装生产。那个高管最后直接说道："你要非这么理解也行……可正是因为拆开进口，价格才能控制得住。你自己说是不是？同样的车型，那 4S 店价格能高出十几万去……"

听到这里，萧臻强装镇定地扭头去看韩彬，可韩彬低垂目光，什么反应都没有。

法官问："被告律师，刚才原告出示的录音证据，你们听清楚了吗？"

萧臻略一犹豫："听清楚了。"

"对证据的真实性认可吗？"

萧臻迟疑着，韩彬突然开口："不认可。"

萧臻一惊。就听韩彬坦然地继续说道："刚才的录音听起来不是很清晰，而且录音当中被称作周总的那人，声音也不像是被告公司高管……"

韩彬的话还没说完，对面原告当事人就愤怒地指向了被告席："这就是那姓周的经理！那人现在还天天在他们公司上班呢！"

法官提醒道："原告注意法庭纪律。被告发言结束后，你们可以继续发表意见。"

"今早我和萧律师去原告公司拿委托书的时候,还跟周总见过面。我对他的声音有印象,和录音中的声音不符。如果原告坚持的话,可以就这份录音证据申请语声鉴定。"韩彬不紧不慢地陈述完毕,别说原告和原告律师,连萧臻都措手不及,庭上一时间没人说话。

开庭一结束,萧臻和韩彬走出法院,萧臻就急切地问道:"今天早上是我去当事人公司取的委托书,您并没有去啊。"

韩彬一副无所谓的样子:"哦,就当我也去了呗。"

"可那确实是周总经理的声音。"

"你的听觉系统又不具备语声鉴定功能,怎么就确认是周总的声音呢?"

"可如果原告申请语声鉴定……"

"那他们需要有足够的检材才行,这个姓周的总经理又不是公众人物,在网上应该找不到什么他的音频或视频。"

说着,韩彬站定扭头:"语声鉴定是非常复杂的技术,不但要有检材,检材还必须相当充分。换句话说,就刚才那段几分钟的对话,鉴定机构恐怕要找这个周总录上一个小时的音。"

"所以呢?"萧臻感觉自己之前根本不认识韩彬。

"所以你可以通知被告公司,给这个周总放个长假,让他去环游地球吧。不管他是不是要在外面晃悠八十天,民事案件总是有审限的。"韩彬朝萧臻微笑。

萧臻微微皱眉:"我们这不是……"

"我们这是履行律师的正常工作职责。对方律师也一样,从他开始偷录这段对话,试图搜集录音证据时就该做好准备。他应该预见到我们可能对这份录音证据不予认可的回馈,也应该准备好其他相关佐证,用以证实这份录音证据的真实性。作为有举证责任的一方,如果没有做到这些,就要承担举证不能的后果。"

"您对合议庭说的不是真话。"萧臻也知道韩彬的做法很有效,她根本没法反驳,只能站定,盯着韩彬看。

韩彬笑了:"这就不是一个说真话的工作,萧律师。而且,这是你的案子,不是我对合议庭,而是我们对合议庭。"

萧臻没再说什么,但表情有些怅然。如果是乔绍廷,他会做一样的事吗?乔绍廷一定有别的办法……

韩彬看着萧臻:"这就是选择。客户权益和你自身的道德评判,有时你不能什么都想要。"

萧臻望着韩彬走向车的背影,还在回味刚才的事情。

他上了车,摇下车窗:"萧律师,你要回所里,还是去别的地方办事?"

萧臻想了想:"我想联系一下乔律师,看看他那边有没有什么工作安排……"

"是那个死刑复核的案子?"

萧臻苦笑:"那案子我连卷都还没看过,我觉得乔律师应该还在犹豫。"

韩彬低头笑了:"算我多嘴,乔律师犹豫的,可能是你该坚定的。"

萧臻若有所思,她也不知道自己还能帮乔绍廷些什么,从认识到现在,好像一直是乔绍廷在帮助她。

"记得环游地球。"韩彬又笑了笑,开车离开。

萧臻想着韩彬的话,掏出手机正要拨号,就有电话打了进来，是个陌生号码。萧臻面带疑惑，接通电话。

"萧律师，我姓孙，是葛平的代理人，咱们开庭时见过。"电话那头是个中年女人的声音。

"孙律师？你好。"萧臻更困惑了，葛平的代理人打电话给她做什么？

"方便的话……我需要尽快和你见个面。"孙律师停顿片刻，"律协很快就会收到针对你的投诉，而我必须出面作证。"

萧臻的脸色变了。倘若如韩彬所说，乔绍廷犹豫的就是她该坚持的，那么现在，她还有坚持的资格吗？

图书在版编目（CIP）数据

庭外．落水者．上 / 指纹著；施一凡改编．—— 北京：新星出版社，2022.8
ISBN 978-7-5133-4945-1

Ⅰ.①庭… Ⅱ.①指… ②施… Ⅲ.①长篇小说－中国－当代 Ⅳ.① I247.5

中国版本图书馆 CIP 数据核字（2022）第 080553 号

午夜文库
谢刚 主持

庭外·落水者（上）

指纹 著；施一凡 改编

责任编辑： 曹晓雅
特约编辑： 郭澄澄
责任校对： 刘　义
责任印制： 李珊珊
装帧设计： 冷暖儿

出版发行： 新星出版社
出 版 人： 马汝军
社　　址： 北京市西城区车公庄大街丙3号楼　　100044
网　　址： www.newstarpress.com
电　　话： 010-88310888
传　　真： 010-65270449
法律顾问： 北京市岳成律师事务所

读者服务： 010-88310811　　service@newstarpress.com
邮购地址： 北京市西城区车公庄大街丙3号楼　　100044

印	刷：	北京天恒嘉业印刷有限公司
开	本：	910mm×1230mm　　1/32
印	张：	22.125
字	数：	516千字
版	次：	2022年8月第一版　　2022年8月第一次印刷
书	号：	ISBN 978-7-5133-4945-1
定	价：	98.00元（全三册）

版权专有，侵权必究；如有质量问题，请与印刷厂联系调换。

阅读之前 没有真相

午夜文库

庭外·盲区

指纹 著
施一凡 改编

新 星 出 版 社　NEW STAR PRESS

第一章

1

鲁南是窄脸，眼角垂着，浓浓的眉毛有点儿耷拉，配上微微凸起的嘴巴，不笑的时候，有股十五六岁的少年要去打群架似的狠劲儿，抬抬眼，还能将对方排兵布阵都尽收眼底的那种。

可他门牙宽，加上长着一对招风耳，所以一笑起来，又是春风化雨的憨样，像会允许学生自由活动大半节课的体育老师。

此刻，他处在这两种状态之外。出租车后座上，鲁南穿着法官制服，眉骨的伤口在流血，他眼前一片黑。"喂？人呢？怎么不说话了？"后座上的手机屏幕裂了，可通话没断，傅东宏的声音粗犷，像被砂纸磨过。驾驶席中的司机趴在方向盘上，满脸是血，已经陷入昏迷。

右后侧的车门变形，打不开。左车门有童锁，一样打不开。鲁南从后座爬到副驾驶席，总算是从车里出来了。他绕到驾驶席一侧，拉开车门，解安全带，探司机的脉搏。他把司机从车里拖到路旁，拍拍司机的脸，司机呻吟着醒了。鲁南这时才看清事故的全貌。一辆出租车、两辆轿车、一辆越野车——四辆车横七竖八地停着，满地狼藉。

简单审视和评估了周围及自己的状况后，鲁南觉得还好——跟上次遭遇的惨重事故相比。那是十几年前在云南了，天没这么亮，路没这么平，通讯联系也没这么方便，他最后还不得不扣动扳机。

今天他只是刚从高铁下来，跟上司讨论着按照高德导航该走哪个出口，然后"轰隆"——这就是个倒霉的巧合。随着年纪增长，会遇到越来越多动静很大的事情，并不存在什么因果，只是巧合。而老到一定年龄之后，左脚绊右脚一下的巧合，也会动静很大的。

所以说还好，这次应该不需要杀人，鲁南宽慰自己，这就还好。

离鲁南最近的是辆轿车，他把车里的女司机搡出来，又去拉另一辆轿车的门。这辆车的男司机受伤要严重得多，浑身是血，一条腿以敬礼似的姿态立着，被别得朝外弯曲。他没系安全带。

鲁南把他从车里拉出来，又跑回出租车旁，伸手穿过破碎的后车窗，从后座上拿了手机，傅东宏还在时不时"喂"上一声。鲁南挂断自己领导的电话，拨打一二二，听到语音提示后，摁下"一"。

"南津环城公路东向西方向，滨海出口附近，四车事故，有很多人受伤，麻烦帮忙叫一下救护车……还有消防车。"眉骨处伤口的血流进眼睛，鲁南费力地眨着眼，语气像在麦当劳点餐。

他和救护车调度说话的时候，男司机醒了。

他用一只手撑着地，微微直起身来，眨巴着眼睛，像是有些困惑似的，看着自己被皮带勒成两截的肚子和受伤的腿。他仰起头,神色迷离,问鲁南:"早餐要吃什么呢?"

说完,他脑袋一垂,昏厥了。

救越野车上的一家三口时,安全座椅上的小孩哭个不停。车门附近在冒着烟,鲁南从驾驶席座位下面找出灭火器,喷了干粉。手机响了,庭长傅东宏在咆哮:"你小子怎么突然不说话了?还把我电话给挂了!"

鲁南掏出纸巾摁在眉骨上的伤口处,环视周遭:"不好意思领导,信号不太好。"

傅东宏似乎没听出异样:"你快点儿,吴队他们还在这儿等着呢。"

挂上电话,警车和救护车已经到了,鲁南走到出租车后面,踹开后备厢,拿了提包,往公路的出口走去。路上他接到交警的电话,答应晚些时候去做笔录。

在鲁南坐上另一辆出租车,继续奔赴南津刑侦总队的时候,傅东宏在刑侦总队的会议室里,面对两个抱着胳膊、互相瞪视的女人。

"他在路上,很快就到。"傅东宏这话更像是说给自己的。他盼着鲁南赶紧来,打破这个尴尬的微妙局面。

"这么大个事,我拜托你,你就支给个小审判员?"战火烧了过来。

说话的叫吴涵,南津刑侦总队副队长,短头发,声音嘶哑。队里很多人私下叫她海象,这个外号并不来自她高大的身材,而是由于她出外勤的时候,在抓捕过程中用犬齿咬过想翻墙逃跑的犯罪嫌疑人的脚踝。

此刻,她正挑着眉毛望向傅东宏。

傅东宏笃定地解释道:"鲁南不是一般的审判员,等你见着他你就明白了。"

吴涵没打算停火:"死刑复核又没有审限,复核多久都是你们说了算,为什么非今天叫他过来处理?"

傅东宏还没回答,靠在桌边站着的长发女人慢条斯理地开了口,带点儿南方口音:"我倒是觉得应该趁热打铁,时间拖得越久,证据灭失的可能性越大。"傅东宏怀疑,如果现在吴涵说硬币是圆的,这个女人也会用同样的语气告诉吴涵:"不对,在印度和东加勒比地区,有些硬币是方的。"

这是江州市刑侦总队的政委乔绍言。她的肩膀只有吴涵一半宽,如果按对女性的刻板印象来看,比起刑警,她更像护士或者幼儿园老师。

傅东宏继续打圆场:"该灭失的证据倒是早灭失了,毕竟案子过去九年了。可是,在没有特殊原因的情况下,总拖着一起复核案件不给出结果……"

傅东宏朝会议室的窗户一指,楼下,马路对面,家属们把横幅挂在两棵树的中间,正蹲在地上吃快餐。"严惩凶手,执行死刑"八个大字,隔着老远也很扎眼。

"九年前的案子,汇集三个地区的司法人员,还不特殊?"吴涵说着,望向乔绍言,"江州总队的政委同志都特意跑来南津了。"

乔绍言笑了:"我这不是公务派遣,只是出于个人对这起案件的关注——"

话没说完,吴涵不客气地打断她:"我也是出于对兄弟单位和咱们这个行业的尊重,才没把你请出会议室。"

一时间,三个人都没再说话。两个女人继续瞪着对方,傅东宏冲天花板上的顶灯直翻白眼。

* * *

南津刑侦总队的门口很热闹，远远就能看见七八个人扭打在一起，白底黑字的横幅被扔在地上，还多了几个脚印。这群人就是傅东宏在楼上看见的受害人家属，最外围是穿的确良衬衫和布鞋的老头儿老太太，往里是三四个愤怒的中年男女。一个短发女人脸涨得通红，哭个不停，旁边的中年男人太阳穴的青筋突突地跳。被围在最中间的男人三十多岁，个头不高，眼镜斜挂在鼻梁上面，正被那几个人推来搡去，不管是长相还是处境，都透着一股可怜兮兮的劲头。

"替那种人说话，你还是人吗？为了赚钱连良心都不要了……"

很显然，中间那个是被告律师。他的衣领被扯破了，一只脚只穿着袜子，鞋被那个老太太踩在脚下。

在做法官的十年间，这样的事情鲁南每个月都能在法院门口碰上个一两次。跟每次一样，他上前一步，隔在了被告人律师和被害人家属中间："有话好好说，别动手。"

不知道是法院徽章和制服的功效，还是制服上的血迹跟眉骨的伤口，那几个人看到鲁南，都愣了，中年男人挥舞在空中的手也放了下来。

总队门口站岗的武警走过来："你们拉横幅没关系，不要干扰到其他人！"那几个人看看武警，又看鲁南，总算去捡了横幅，坐回马路牙子。

"您是来会见的律师？"武警扶住律师的胳膊。

"是的是的。"

"受伤了吗？"

"没有没有。"回答武警问话的律师，就像个被老师询问情况的高中生,每次都是忙不迭地回应,态度还格外殷切。鲁南说不清楚,但总感觉这人跟什么小动物似的。

"那您走吧。如果还是担心,我们一会儿可以叫同志送你上车。"

"谢谢,谢谢,不用。"那律师说着就往停车场的方向走,但没走出去太远,又回头站定,听鲁南和武警说话。

武警先是盯着鲁南的法官装束,又打量他身上的血迹,有些犹疑:"您是……"

鲁南掏出证件给他看:"最高院刑五庭,你们吴队长和我们庭长叫我过来的。"

武警点头:"您随我来。"

会议室门口,傅东宏一见到鲁南眼睛就亮了。鲁南顿感不妙,他来南津,本来是想找傅东宏汇报另一桩死刑复核案的进展而已,是当天往返的普通公务出差,但如今,看到傅东宏的表情,好像还有别的事情在等他。

"南津刑侦总队的吴队长。江州刑侦总队的乔政委。"傅东宏给鲁南介绍的时候,一直看着他衬衫上的血迹微微皱眉,透着点儿关心,就好像不存在什么别的情况。

鲁南解释说那是中午吃麻辣烫不小心溅上的红油,语气诚恳,也好像一点儿都没注意到桌上放着一本厚厚的案卷。

吴涵斜眼瞟着鲁南,结束了寒暄:"那你这左眉骨上的伤口,肯定是被麻辣烫的签子扎破的呗。"

鲁南笑了:"出租车的防护栏太硬。"

"我是不是在哪儿见过你?"吴涵盯着他。

鲁南想了想："我没印象了。"

这是实话，不是客套。吴涵身高一米七多，声如洪钟，握手也那么有劲，如果见过，鲁南不会没有印象。

可吴涵一直盯着他看，鲁南猜测，她十有八九是把自己和什么人弄混了——大型掠食动物很少需要跟猎物打两次照面，也就不需要太好的记忆力。

傅东宏把桌上的案卷推过去，鲁南不祥的预感成真了。

他翻开案卷，看了没两页，脱口而出："九年前的案子？"

"虽然过去了九年，而且牵扯到江州和南津两个地方，但也说不上有多复杂。你看看卷吧，不懂的地方，这两位同志都能向你解释。"

不复杂的话，自己为什么会在这儿呢。这个问题，鲁南已经懒得问了。

会议室的门开了，一名刑警走进来，快步跑到吴涵身旁耳语了几句。吴涵看着另外三个人，深呼吸了几下，还冲他们点了点头，甚至挤出一丝微笑。随后，她就飞速站起身，和那名刑警急匆匆往外走去。鲁南看到她出门的时候，差点儿撞翻了椅子。

2

九年前，江州市邗江区接到一起失踪报案，失踪人叫刘凤君，没有案底，社会关系简单，家庭稳定，有个两岁的女儿。五月九日下午离开单位之后，刘凤君就失联了。报案人是他的妻子。

根据她提供的信息，刘凤君失踪当天，携带了人民币十万元现金,打算下班去吾悦广场换汇的集散地,私下换成美元。

据吾悦广场的报亭老板说,在当天下午五点多,的确见到刘凤君随一男一女离开广场。

案卷里,刘凤君的照片是张景点游客照,微胖的男人笑眯眯的,抱着个小小的婴儿,身后是苍翠的群山和石阶。再往后翻,就是吾悦广场的照片。四层楼的商业区,门口有些小摊贩,停车场的出入口旁边,是那个不大的报刊亭。

随时间流逝,陆续被发现的遗骸证实了刘凤君已遇害。案发后一周,邗江西区排水道清污时浮现出第一部分尸块。接下来的一个月时间内,警方又在三个地方发现了尸块,分别是邗江的一处公园、一处早点铺的垃圾桶,以及江都高速公路旁的垃圾处理站。

警方用家属提供的DNA参照比对,确认刘凤君已经遇害,并遭到肢解。初步推断,这应当是一起财产动机的故意杀人案,嫌疑人——报亭老板看到的那一男一女,可能是以换汇的名义,将刘凤君带离吾悦广场并实施了谋杀。

案卷照片里,四五名刑警和法医蹲在一座石桥下的排水管道旁,之后几页也是不同现场发现尸块的照片。看到这些照片,鲁南往后靠了靠。谋财,杀人分尸,这种案子最高院每年都能碰到几起,跟傅东宏说的一样,没什么复杂的。

"为什么拿了钱还把人给杀了?"鲁南记得刚做法官的时候,问过类似的问题。

"他给钱不痛快,也怕他出去找警察。"嫌疑人解释得还挺有耐心,语气里流露出语重心长的感叹。

那分尸的原因不用问,无非也是怕被发现,或搬起来麻烦,和不吃饭会饿一样,顺理成章。

鲁南从案卷里抽出一张物证照片，是一把沾满血迹的猎刀，刀柄处没有护手。杀人和分尸，用的都是它。

在确认刘凤君遇害前，先被发现的是这把凶器。五月十一日，也就是刘凤君的妻子报案两天以后，两伙年轻人在邗江金辉夜总会里一言不合就从包房打到室外。其中一名男青年打红了眼，从路旁的垃圾桶里捡了把刀，捅了对方一个人。治安和巡查把两边人都抓了，而他捡到的刀，就是用来杀刘凤君的这把。刀上提取到五个人的DNA，除了挨了一刀的那个，捅人的也划伤了自己的手。除这两个人之外，就是刘凤君的DNA，还有两名凶手的DNA。

"没有护手的刀，就是容易伤到自己。"鲁南想。又是巧合。如果不是这起斗殴，这把凶器说不定都不会被发现。

可是，在这之后，巧合就没那么好用了。那两名凶手都没有前科，所以也没有DNA存档。吾悦广场人员构成复杂，流动性大，这案子一沉就是九年。

直到今年年初，南津市经侦因为本地进出口贸易公司涉嫌行贿，对董事长田洋采取了强制措施。羁押后，按常规流程将田洋的指纹和DNA信息采样入库，这才发现，他就是九年前在江州杀害刘凤君并肢解抛尸的凶手之一。

案卷照片里，田洋是个微胖的中年男人，留着寸头，眼角耷拉，穿着红色号坎儿，面无表情。有DNA证据，他也就无从抵赖，很快被判了死刑，然而跟他一起作案的那个女人，到现在都未归案。据田洋交代，那个女人叫李梦琪，是他当时的女友，然而在分手后，他们已经七八年没有联系了。

八年前，李梦琪和田洋分手，结婚成家，一年之后，她就失踪了。田洋则坚持说，他们带着刘凤君回住处，本来只想劫财,是李梦琪临时起意,持刀杀人,而他只是协助李梦琪分尸和抛尸。

当然,这个说法根本站不住脚。有刀上的DNA为证,他俩不用分什么主犯从犯,田洋的故意杀人是板上钉钉。可李梦琪毕竟失踪了,孤证总会让办案人员心里悬着点儿什么。

鲁南把案卷翻到李梦琪那一页的时候,吴涵回来了。她看了眼案卷,从后面一拍鲁南的肩膀:"要说田洋一个大男人没有动手,只协助了分尸抛尸,那我是一点儿不信。但是,如果有李梦琪的口供来印证,自然更为万全。"

鲁南笑笑,很多狗急跳墙的落网凶手都会供出一个"李梦琪"。在他们的故事里,自己要么是从犯,要么是被胁迫的,或者干脆就是在边上站着看的,这些活不见人、死不见尸的"李梦琪"们才是罪大恶极的主犯。

可是,第一,吾悦广场的目击证人证实,刘凤君的确是随一男一女离开的。

第二,案卷里提到,审讯田洋的时候,他准确地说出了李梦琪的各种身份信息。

第三,李梦琪虽然失踪了,但江州刑侦总队前后进行过三次照片指认,田洋每次都准确无误地从几十张照片中明确指认出李梦琪。

第四,李梦琪结婚前,曾混迹于多处娱乐场所。江州公安也是够拼的,居然找到了两名那一时期和她相识的歌厅小姐。虽然时隔太久,她们无法明确地指认田洋,却透露出李梦琪当时租住的地方就是田洋杀人分尸的那个筒子楼。所以,李梦琪的确存在,也的确参与了谋杀,是同案案犯。

傅东宏朝鲁南摊手:"我都告诉你了,不太复杂。"

对，不复杂，为了一个凶手的死刑复核，去寻找另一名失踪八年的凶手而已。

3

刑侦总队楼下，鲁南一边往外走，一边问傅东宏："您和这个吴队，怎么认识的？"

"我们是发小，小时候在审计局大院筒子楼里是邻居，她的第一任老公是我大学同学，现在的老公是我法官进修学院的同期。"

鲁南点头："哦，您都是保媒拉线儿的。"

傅东宏不耐烦地摆摆手："甭瞎打听。总之，这案子在张弨手里复核了好几个月，该提讯的提讯了，该核实的也核实了，走访基本完成了。吴涵特意把我叫来南津，就是一再提醒我，要慎重慎重再慎重，别急着让这个田洋去死。"

鲁南问："那……犯罪现场还在吗？"

"早就推平盖写字楼了。"

"这不是张弨的案子吗……对呀，案卷在我手上，张弨呢？"

傅东宏走出院门口，伸手拦下一辆出租车："张弨和焦志都去江州调查核实李梦琪的相关情况了。南津这边就交给你了。"

说着，傅东宏凑近鲁南："你在津港那案子要组合议庭，算上方媛，你还得从他俩当中拉一个人吧。"

傅东宏往出租车里坐。鲁南一时间也找不出理由推托。

"可领导，我只有几个小时的时间……"鲁南几乎要掏出晚上九点多的高铁票给傅东宏看。

傅东宏在车里一拍大腿:"那你更得抓紧啊!我也想早点儿回北京呢!"

他关上车门,又摇下车窗对鲁南说:"你这是遇上车祸了吧?受伤了吗?我是说除了你脸上。"

"我没事。"

"那就去换件衣服。"

傅东宏乘出租车走了,留下鲁南在原地发愣,以至于他压根儿没注意到那个律师是什么时候出现的。之后想来,他应该是一直在旁边守着,等傅东宏一走,就凑到鲁南身边打招呼:"您好。"

鲁南抬头:"哦,你是刚才那位……"

律师又上前两步:"刚才帮我解围,还没来得及谢谢您。我姓冉,冉森,是田洋的律师。"

冉森眨巴着眼睛看鲁南,鲁南终于想起来了,是绵羊。

刚才看他被人围攻,鲁南就有种隐隐的感觉,如今他想清楚了。这种软塌塌的气质,说话的时候总有点儿不安的样子,都像没有攻击性的绵羊。由这样的律师辩护,怎么看田洋都没有脱罪的机会。

鲁南一摆手:"不客气,幸会。"

鲁南转身返回刑侦总队,冉森追上去,依然是学生式的无辜与殷切:"我知道您是最高院的,是不是跟我当事人的死刑复核有关?我不是想替当事人喊冤,但刘凤君确实不是他亲手杀的……"

鲁南边走边摆手:"这案子不是我承办,而且你是律师,应该知道规矩。"

冉森还是跟在后面:"我知道这案子是由张法官承办的,那我向您反映情况,也不违反法律规定啊。而且在这起案件的调查上,我认为本市的公安人为架设了很多障碍……"

鲁南懒得听他说了,再像绵羊的律师,也是律师。

几乎每个刑事辩护律师都会觉得自己的案子有公安人为架设障碍,而他的当事人最无辜最清白:"那你去找督察或者纪委。"

"李梦琪一天没有归案,就不能确认是田洋实施的谋杀。如果是执行死刑之后再抓住李梦琪,就只能听她的一面之词了,这对田洋很不公平。"

"这话你刚才怎么不对被害人家属说?"鲁南几乎要笑了。不公平?除非李梦琪忽然从天而降,告诉警方自己从头到尾都拿刀逼着田洋,否则根本谈不上什么不公平。想到这个,鲁南走得更快了一些。

眼看已经走进刑侦总队的大门,门口的武警上前拦下跟随的冉森。

冉森急了,忽然喊道:"吴涵知道李梦琪的下落!"

鲁南停下脚步,抬起头,发现院内办公楼的会议室窗后,吴涵正面无表情地望着他们。

聊着案情,忽然进来汇报的刑警,吴涵变化的脸色……

鲁南低头想了想,回身走向冉森。

4

鲁南坐在公交站的椅子上,冉森走过来,把一瓶矿泉水递给鲁南。鲁南愣了一下。

冉森笑道:"一块多钱,算不上行贿受贿。"

鲁南也笑笑,接过矿泉水。

紧接着，冉森又递给他一包创可贴："加上这个也不够。"

确实不够。鲁南道谢，接过创可贴，一边抽出一贴敷在左侧眉骨的伤口上，一边问道："你说吴队知道李梦琪的下落，是什么意思？"

"我有个猜测，田洋和李梦琪其实一直没有分开。李梦琪攀上小大款之后，还是追随田洋来了南津。"

"田洋在南津也结婚成家了，如果李梦琪都追着他跑来南津了，为什么这俩人没在一块儿？"

"因为李梦琪在南津见不得光。"

"什么意思？"

"案卷您大概也看过了，当初在江州，他们住在简易楼的出租屋，杀了人，还抢走十万块钱。如果田洋分走一半——好吧，就算这十万都在他手上——来了南津之后，成立斯塔瑞进出口贸易公司，短短几年成为南津排名前十的纳税大户。这种程度的摇身一变，您觉得……能单靠进出口生鲜吗？"此时的冉森语气笃定，不再是之前畏缩的样子。

"话别说一半，也别卖关子，你到底知道些什么？"

"从公司成立第二年，我就应聘成为那里的法务，老实说，斯塔瑞的发展速度让我很震惊。财务记录我不方便看，但我一直怀疑，除了正常的进出口贸易外，公司在暗地里协助境外走私。"

鲁南想了想："那好，就算田洋这个公司的确给走私团伙洗钱，这和李梦琪有什么关系？"

冉森抬起头："南津最大的走私团伙基本控制了东疆和北坞，这是南津最大的两个口岸。据说，这个团伙的头儿是个女的。那个李梦琪，不是结婚一年就失踪了吗？这和田洋来南津成立公司的时间，基本上是一致的。"

"这就是你怀疑的理由？李梦琪是女的没错，但总不能是个女的就是李梦琪吧。"鲁南笑着说。

"走私也好，洗钱也罢，总不可能比故意杀人更严重。田洋宁死也要保护的女人，您觉得最有可能是谁？他宁可接受死刑的判决结果……您可曾在案卷笔录中，见过他提起这个走私团伙一个字？"

冉森的语速越来越快，鲁南上次听到人这样说话，还是初中时代听两个学霸争论一道有八个角的算面积的几何奥数题。两人争得脸红脖子粗，都在自己设定的情境里完全走不出来，而如今的冉森也是一样。不过，鲁南不会告诉他的是，这番逻辑，似有道理。

鲁南岔开话题："等等，你刚才把我从门里拽出来的那句话，好像是说吴队知道李梦琪的下落。可听你现在告诉我的，这两个人谈不上有什么直接关联吧？"

"我好几次把这一点反映给南津刑侦总队，甚至当面和吴队长强调过，但是总队完全不理会，而吴队长给我的回复是——与本案无关。"

鲁南低着头，替冉森把话说得更明白一些："你是觉得，吴队之所以对这条线索选择性失明，是担心李梦琪落网，所以……你这是在向我暗示，南津刑侦总队的副队长，就是本地最大走私团伙的保护伞。"

明明这就是他想告诉鲁南的，可话撂到眼前，冉森反倒像被吓了一跳。他半张着嘴巴，纠结了好一会儿，鼓起勇气往下说："吴队到底是什么人，我不好断言，但您想想，李梦琪落网，如果只是因为走私，不涉枪、不涉毒，总不会是死罪吧？

可如果牵扯进刘凤君这个案子,有死刑罪名缠身,那我想,她应该不会顾忌再把谁招出来。"

鲁南想着吴涵的样子,掸了掸裤子,站起身:"你的这些逻辑不能说狗屁不通,但还是太牵强了,没有证据,全靠猜测。这事我可以打听一下,你别抱太大希望。而且我都告诉你了,我不是这案子的承办人。"

冉森掏出名片,递给鲁南:"我本来也没抱太大希望。不管您是不是这个案件的承办人,但我知道,至少,您不是本地人。"

鲁南把名片揣在身上,看着冉森。这话又是什么意思?说得好像整个城市都是走私的保护伞,只能靠外地人来打破局面一般。

冉森见鲁南要走,也站了起来:"我还没问怎么称呼您呢……"

"我姓鲁,鲁班的鲁。"说着,鲁南用手里的矿泉水瓶指了指贴在眉骨上的创可贴,"谢谢你。"

鲁南穿过马路,走进刑侦总队的大院。如果没记错,吴涵的办公室就在会议室的隔壁。他不完全相信冉森的推断,可吴涵为什么不愿调查走私案的线索?

简直就像是知道他的所想,院门边,一个女人的声音响了起来:"你去找她对峙,也不会有什么结果。"

鲁南扭头,见乔绍言正站在院门边,看来,刚才他和冉森的对话,还有第三个人听到。

鲁南停了下来,没说话。

乔绍言上前两步:"你不觉得这事很奇怪吗?"

鲁南想了想:"乔队,和我正在复核的案子相比,这案子就算还好。"

乔绍言却不让他绕开话题："不，我是说，刚才会议室的那个局面。"

"也没什么吧。吴队找到我们领导，希望能暂缓死刑复核，以便落定田洋同案的死活。领导指派我协助调查——"

乔绍言打断他："我说的就是，有必要非走到这一步吗？"

鲁南一愣。就像绵羊一样的冉森，乔绍言也有另一面。

"田洋这个案子，在很多环节上都有操作余地。公安这边可以延长侦查时限，检察院可以退卷要求补侦，南津高院在判决上也可以斟酌，判个死缓，再限制减刑，估计田洋这辈子都出不来。我是说，整个案件一路速审速判，到最后把压力转嫁给你们做死刑复核的，不奇怪吗？好像就是走个复核流程，但其实……根本不想找出那个李梦琪。"

"可找到我们的就是吴队本人，是她希望我们在复核上慎重，想有时间揪出那个下落不明的李梦琪。再说了，这案子是南津总队和江州总队协力侦办的，怎么，您是觉得南津公安这边案子办得有问题？"

乔绍言摇头："我不是这个意思。"

很显然，她就是这个意思。但鲁南不想卷进这种纠纷："李梦琪不是江州人吗？恕我直言，您作为江州刑侦总队的政委，有时间与其来这里督战，不如在江州加大寻访力度更有效吧。"

这话似乎戳到了乔绍言的痛点，她垂着头，不再说话。

鲁南正要走，乔绍言叫住他："南津的走私团伙头目叫陈曼，也许是个假名。"

鲁南笑了："您也听了田洋律师的那套说辞？"

乔绍言摇头："某种层面上，他知道的信息没我多。"

"所以您是自行推测,却得出了和那个律师类似的结论……怎么,公安部联网信息的查询有什么更详细的内容吗?"

"没有,查不到这个人的身份信息。我们只知道她是个三十岁出头的女性,身高一米六七左右,体形偏瘦。"

鲁南点头:"倒是和李梦琪的外形很接近。当然,按这个标准,在南津和李梦琪接近的女性至少得有个十万八万。"

"据见过她本人的知情者透露,这个陈曼的脸上有明显的整容痕迹,而且不止一处。"

听乔绍言这个说法加上语气,她简直就是笃定陈曼就是李梦琪。

"你是公安,这些信息对你可能有用,对我意义不大。"鲁南说。

"我是个在南津不便执法的公安。"

鲁南哭笑不得:"我是个在哪儿都没有执法权的审判员。"

"但吴队可是拜托的你们庭长。"

俩人都想证明对方是那个该去找陈曼的人。就在这时,吴涵急匆匆地从办公楼里出来,上了一辆警车,出了总队大院。

鲁南望着吴涵的车。

乔绍言望着鲁南:"卷里有我的电话。"

说完,乔绍言走出了刑侦总队。

鲁南站在原地,想了想,也走出了总队的院门。刚一出门,他就看到冉森站在一辆丰田轿车旁,正从后备厢里拿东西。

鲁南走过去,不等冉森开口,就问道:"东疆和北坞你都熟吗?"

既然怀疑陈曼就是李梦琪,吴涵又没让刑警去跟进,鲁南打算自己来。

5

冉森开着车,问坐在副驾席的鲁南:"是去东疆还是北坞?"

鲁南抬手示意稍等,拨通电话:"如果你想搞走私,会怎么着手?"

电话那头是乔绍廷。他愣了好一会儿:"呃……我不想。"

"我是说如果。"

"走私什么东西?"

"赃物,保护动物,医疗产品,人体器官,步枪导弹,豆包或者鲱鱼罐头……我不知道,什么都可以。"

"那我要采取什么运输方式走私?"

"海运。"

"那我得先找个合适的码头。"

"怎么讲?"

"杂货码头不方便走大件儿,专用码头监管非常严,我好歹得找个通用码头,譬如像西平港那样的。"

鲁南捂住话筒,扭头问冉森:"斯塔瑞的业务主要在哪个码头?"

"两个码头都有。"

"这两个码头是什么类型的?"

"东疆是通用码头,北坞是内贸专用码头。"

"去东疆港。"

冉森点头。

鲁南继续对着手机说:"然后呢?"

"然后?想办法逃避海关监察呗。"

"怎么逃避?"

电话那边，乔绍廷有些哭笑不得："拜托，我真没干过这个，你问我算问错人了……鲁法官，你说的这些，是和朱宏的下落有关吗？"

那才是乔绍廷和鲁南共同关心的案子，鲁南低头翻着手里的卷宗，而眼下这个不是："我现在不在津港，这事跟你们那个案子无关。"

乔绍廷笑了："好吧。不是我不想帮你，但我真没混过你说的这个江湖。"

"多谢。"

正要挂电话的时候，鲁南突然翻到案卷中情况说明的一页，上面写了乔绍言的电话。

鲁南愣了一下："等等，乔律，我记得你是叫乔绍廷没错吧？"

"没错，怎么了？"

"你在家里行几？"

乔绍廷那边沉默了片刻，警觉地反问道："问这个干吗？"

鲁南没再追问："没什么，多嘴了。再联系。"

他把电话挂断。余光瞥到冉森脸上抑制不住的喜悦和期待——很明显，通过鲁南打电话的内容，他已经知道要通过走私这条线找李梦琪了。

"鲁法官，太好了，之前我是叫天天不应，叫地地不灵，整个南津就没人去找那个……"冉森话还没说完，鲁南就让他靠边停车，去优衣库买了件换穿的便装。至于"咱们去东疆港要干什么？""下一步您尽管吩咐"这些碎碎念，鲁南一律都不回应。

回到车上，鲁南的第二个电话，打给津港市向阳刑侦支队的萧闯。

"你接触过走私案没有？懂不懂走私？"和上通电话一样，鲁南开门见山。

"啊？你不是刚跟我说没有下海的打算吗？"萧闯的语气痛心疾首，似乎还憋了股坏笑。

鲁南耐着性子解释："我现在在南津这边，有个急茬儿。我就问你，如果有走私团伙借一座通用码头走货，我怎么才能找上这伙儿人？"

萧闯乐了："这事好办。你去找这个码头最大的物流商，告诉他：'兄弟，我有批上亿的货要进口，又不想交税，麻烦你指点一下这猪头该往哪个庙里送。'"

鲁南把优衣库的购物袋扔在车座上，边脱下身上的法官制服和沾了血的衬衫塞进袋里，边换上新买的衣服，同时看了眼表："我现在只有四个来小时了，没心思跟你开玩笑，说正经的。"

"查走私？这事不归你管啊。"

"'归不归我管'这事，也不归你管。"

"瞧你，哪儿来这么大火气。这么说吧，既然是团伙走私，该打通的关节他们都打通了，该伪装的地方你也绝对看不出破绽来，别指望找对了码头就能发现线索。"

"那物流部分呢？"

"物流公司就管搬东西，并不负责货物检验。拜托，就算是杀人犯，也是通过正规平台叫外卖的。"鲁南换好衣服上了车，示意冉森继续开车："那如果是你，你会怎么办？"

那边，萧闯总算问了个在状况内的问题："你说的这个走私团伙，成规模吗？"

"规模不小。"

"那我会从仓储下手。"

停顿片刻，萧闯继续说道："成规模的团伙走私，仨瓜俩枣的生意是不做的，可大宗货物必须有地儿暂存。港口或者靠近港口的仓库，都不会是好选择，遭遇临检的风险太大，直接送到下家门口又不现实，所以港口和内陆之间的中转仓库就是首选。"

萧闯说到一半，鲁南就按了免提键，让冉森也听到萧闯的结论。冉森靠边停车，从后座拿出笔记本电脑，打开地图，开始标记码头及码头附近仓库的位置，随后扩大地图范围，把码头与内陆之间的中转仓库一一记录下来。

"你可以留意一下港口各批次货物的物流走向，哪些是在口岸不做停留，直接运往中转仓库的。当然这其中肯定有正规合法的进口贸易，但至少可以缩小筛查范围……

"至于剩下的，只能靠定点摸排了。这类已经形成产业的走私活动，不是很多人想象的那种三更半夜偷偷摸摸行动，团伙成员也大多衣冠楚楚，谈笑自如。你只能多从细节寻找纰漏——提货时的检验方式，物流交接是否使用现金，有没有'套号'的集装箱，或者发货老板的奔驰车是不是做了VIP风格的改装。忽略最后一条，这是我瞎编的……

"但总之，你能找到线索也好，找不到也罢，搞走私的团伙'可盐可甜'，既有见着缉私就尿裤子的，也有敢杀人碎尸的。我建议你遇见什么风吹草动，就赶紧通知当地公安。"

萧闯的最后一句叮嘱，临近鲁南挂电话的当口，所以，也不知道他听进去没有。

　　按照萧闯说的,鲁南和冉森该找的,就是到了东疆港又运到中转仓库的货物。跟着这些货物就有可能找到走私集团。找到走私集团就可能找到陈曼。而找到陈曼,说不定就能找到李梦琪了——这样盘算完一大通,鲁南有些恍惚,觉得每个步骤的成功概率都堪称渺茫,可是,当下又没有更好的选择。

　　唯一让鲁南欣慰的就是南津市足够小,也不怎么堵车,没开多久,他跟冉森已经到了东疆港,还逛了一大圈。冉森向运输工人打听了好几艘船的货物物流终点,鲁南则大概记下了一些集装箱的编号。

　　同样的时间,如果是在北京,鲁南很可能还堵在二环主路。

　　之后,他俩分头行动,去了不同的中转仓库。

　　出发之前,冉森问鲁南:"您觉得……咱们这样,从货运仓库开始……能找着陈曼?"

　　"没准儿吧。"鲁南给了个佛系的回答——总得相信巧合。

　　冉森那边尾随着一辆货运车抵达了一处小型中转仓库。他选这辆车跟的原因,是看到司机露出的胳膊上有文身——这个理由跟鲁南想找陈曼的思路,可谓是相得益彰。

　　鲁南则随便选了一辆大型货运车跟随,抵达另一处中转仓库后,他给仓库园区的保安买了烟,打听着情况。

　　在鲁南跟保安相谈甚欢时,冉森已经因为东张西望的可疑样子被仓库区的工作人员发现,赶了出来。

而鲁南在和保安说话时，突然发现有两个往仓库里走的人，其中一个人怀里抱着个纸袋，纸袋里隐隐露出了很多汽车牌照。

"你只能多从细节寻找纰漏……"回想着萧闯的话，鲁南跟了上去。

鲁南一眼发现仓库里有几个集装箱是打开的，里面都是各色高级跑车。

而抱纸袋的那俩人，把那袋牌照交给了仓库里的另一个人，那人穿着深色外套，显得很是干练，应该是他们的头目。鲁南掏出手机，给仓库里的情形和那几个人都拍了照，便退出仓库。

来到仓库外，鲁南翻看着手机里刚才拍的照片，先拨通了吴涵的电话，无人接听。他又拨通了乔绍言的电话，电话接通了："乔队，我是鲁南。我现在在临港工业新区的九号仓库，我发现这边……"

如果只到这时候，那萧闯的叮嘱应该还算是起了作用。可是，话还没有说完，鲁南就发现那个头目独自一人走出了仓库，左右看看，似乎是在确认周围无人跟随和盯梢，之后走向仓库后方。

鲁南对手机说："我等下再打给你。"

说完，他挂断电话，小心翼翼地跟了上去。

6

那人走了五六分钟，越走越偏，四周的集装箱、库房越来越少，鲁南很担心再往前走，自己和他之间会连一点儿遮蔽物都没有。好在到了水力发电站的大坝边上，他停了下来，四处观望一会儿后，就双手插兜站定，似乎是在等人。

万一是在等陈曼，那就择日不如撞日了……鲁南正琢磨着，就看见一个高大的身影由远及近，从水坝的另一头走到了那个头目的面前。他俩看起来很熟，一见面就凑近了低声交谈，那人甚至拍了拍头目的肩膀。

晚上五六点钟的夏天，南津的天一点儿没黑，他俩说着说着话，稍微转了个角度，鲁南这才看清，从水坝那头来的人正是身着便装的吴涵。

靠，不会吧，这么狗血的吗？

冉森和乔绍言的话在鲁南脑海里过了个遍，他听不清楚那两人交谈的内容，愣了片刻，拿出手机，拍下两人接头的照片。

拿着照片去对质的话，吴涵会怎么解释呢？或者应该直接把照片发给傅东宏……还没等他打定主意，腰后有个硬邦邦的东西抵住了他，是枪。

"啸哥！这小子一直在咱们仓库周围探头探脑，被园区的保安在监控里发现了，我们去监控室一看，原来他一直在跟踪你！"

拿枪顶着鲁南的是个矮个子的胖墩，他边说话边推推搡搡地把鲁南带到了"啸哥"的面前，鲁南几乎能感觉到他的口水喷在自己的胳膊上。

看到鲁南被押送到自己面前，吴涵整个人都僵住了。

鲁南不知道她的诧异是因为哪一部分——枪，还是他的出现。

和胖墩搭档的是个满脸阴霾的瘦高个儿，他阴恻恻地问鲁南："你是干什么的？"

也没指望鲁南回答，说话间，他就搜了鲁南的身，从兜里翻出了证件："法院的？你干什么来了？"

鲁南高举双手，努力把眉毛蹙在一起，让表情能显得紧张一些："哥儿几个……别紧张，我是打北京过来的，想在这边儿……买辆车。我媳妇儿总吵吵着想换辆坤车，北京那边儿已经是国六标准了，大排量的平行进口车搞不到，有朋友就建议我来咱们南津这边寻寻。"

生平第一次，鲁南体会到了被告在庭上扯谎的感觉——在场所有人都知道这是假的，而说这话的也知道所有人都不信。

瘦高个儿拿起鲁南的手机，摁了两下，抓住鲁南的手打开指纹解锁，调出了鲁南拍的那些照片。

撒完谎看到证据是什么心情？鲁南懒得猜，反正装不下去了。他干脆连紧张都不演了，舒展开眉头，冲吴涵笑笑。

吴涵咬牙切齿看着鲁南一脸放松的笑容，右手不自觉地往后腰上摸。

瘦高个儿也没说什么，走到了"啸哥"身旁，把手机递给他："啸哥你看，甭听他胡说八道，把丫埋了吧。"

萧闯说过，走私集团"可甜可盐"，那在场的大概不是甜党。

"啸哥"阴着脸，翻看着鲁南手机上的照片，不时瞟一眼吴涵："这个……不行先把他关集装箱里，等搞清楚怎么回事再处理……"

胖墩年纪不大，显然还处于努力求表现的奋进期，很想拿鲁南冲一冲业绩："啸哥，这边儿马上要交货了，留着这小子是个麻烦，要让曼姐知道也肯定不答应！"

他边说话边用枪指着鲁南的头，同时呵斥道："跪下！"

被枪指着还不表现得紧张点儿，未免太不给面子，于是鲁南一边跪下一边做惊恐状："干什么？我真的就是来买车的，咱价钱好商量啊！不至于吧……"

胖墩用拿枪的那只手反手给了鲁南一耳光:"你他妈闭嘴,给我跪下!"

如果犯罪团伙有绩效考核,这小子很接近达标。当然,这也是他最后一次接近达标。鲁南知道,到了这一步,决定性的变故马上就要出现了。

吴涵突然从后腰上拔出枪,指着胖墩:"把枪放下!"

胖墩愣了:"哎?啸哥,她不是跟你一块儿的吗……"

哦,是这样……那就还好。

鲁南猝然发难,回身一肘将胖墩打倒在地,同时夺下枪指着吴涵。仿M92的自制枪,熟悉的重量和握感,他凭经验推测,这类粗糙的工艺水平下,扳机的行程会略长。无所谓,握柄分量压手意味着枪里有子弹,可以击发,一样可以杀人。

与此同时,那个"啸哥"不等瘦高个儿拔出枪来,上前一拳打倒他,然后夺下他的枪,回身指着鲁南:"你把枪放下!"

鲁南举枪慢慢靠近吴涵和"啸哥":"吴队,你跟这帮人要真是一伙儿的,那今天大家就只能同归于尽了。"

"啸哥"的嗓门一下高出好几度:"你敢!"

吴涵举着枪,所以腾不出手来捏一捏自己的眉心,但从神情来看,她已经非常疲惫了:"江啸,别开枪,他真是最高院的。"

"甭管他哪儿的,别拿枪指着我们队长!"

有了刚刚的推测,这话的信息量就不显得很夸张了。吴涵还有这个江啸,和走私集团不是一伙儿的,但江啸和吴涵是一伙儿的。

换句话说,这个人是吴涵派来走私集团的卧底。

吴涵缓缓垂下枪口,冲江啸点了下头。江啸会意,把枪口向下垂了一半,仍旧死死瞪着鲁南。

鲁南来回看着他俩,问江啸:"你也是南津总队的?"

"关你屁事!"

鲁南想了想,摁下锁扣,卸下弹夹,把枪和弹夹都放在地上,向后退了一步。

吴涵把枪收回腰间,瞟了眼昏倒在地的胖墩和瘦高个儿,冷冷地问鲁南:"你跑这儿来干什么?"

鲁南大概明白,自己恐怕是搞砸了什么事情,语气异常讨好:"嗯……我要说是刚好路过,您……信吗?"

昏暗的灯光下,吴涵和江啸站在货柜里,鲁南坐在旁边的一个木箱上,一脸心虚的表情,一会儿看看集装箱箱顶,一会儿看看自己的手,比犯人还像犯人。

傅东宏进货柜的时候,看见的就是这样一个场景。

不等他话出口,江啸就冲他做了个"嘘"的手势,冲带傅东宏进来的那名刑警说:"给他们来点儿摇滚乐。"

刑警走到货柜前端,在被一排木箱遮挡的区域后面,胖胖的孟海和瘦高的卢玥戴着背铐,坐在地上,身旁还有个拿枪的刑警。

这名刑警上前掏出手机和耳机,对另一名刑警说:"整点儿噪的。"

另一名刑警会意,也掏出手机和耳机,两人打开播放软件,播放重金属音乐,插上耳机,把音量调高,将两部手机的耳机分别塞进卢玥和孟海的耳朵里。其中一名刑警继续留在那儿看守,另一名刑警回到货柜后端,对吴涵说:"搞定了。"

几乎是立刻，吴涵提高了音量，转向傅东宏："老傅，我是来找你帮忙的，不是让你的人来给我添乱的！江啸是我学弟，当初在青岗支队都快升副支了，我觍着脸把人家调过来做卧底，打入陈曼的走私集团，为的就是将这个团伙一锅端！"

江啸也瞪着傅东宏："两年多了，我终于坐到这个位置上。"

说着，他一指鲁南："你的人来到南津，没俩小时就把我们两年的行动差不多全搅黄了！"

傅东宏瞪着鲁南。

鲁南摊手，小声申辩："您让我查这案子，田洋的律师和江州的乔队都怀疑陈曼有可能就是李梦琪，所以我就顺着这条线摸，瞅见他了——"

说着，他伸手指了下江啸。

"我跟着他，见着吴队和他碰头。我不清楚这里面是什么状况，拿手机拍了几张照片，结果被这个团伙的人发现……也是……意外。"

傅东宏扭头去看江啸和吴涵，声音里透着理亏："那……行动还可以继续进行吧？"

江啸一脸不屑，冷笑一声："这小子突然冒出来，惊动了团伙的人，为了保障他的安全，我和吴队不得已把那俩人拿下。因为这个，我这卧底行动，也差不多到头儿了。"

傅东宏硬着头皮继续问："既然那两个人被控制住了，你的身份就没人知情啊，怎么能说行动被破坏了呢？"

吴涵一棍子打回来："控制住了？你当公安是盖世太保吗？这两个人要羁押、收监，必须有正当的罪名和手续。就算我们把他俩在看守所单独关押，也没有不透风的墙，任何一个环节都有可能走漏风声。这个团伙很快会知道他们的人被警方抓了，这些毛贼也知道去保安那儿看监控。这俩人在哪儿被抓的？因为什么被抓的？是不是跟在江啸后面走才出的事？不出三天，一定会有人怀疑到江啸身上。"

傅东宏还在想辙："这……那咱们能不能把保安那边的监控收走？或者让他们删掉……"

"没有公安的强制力，怎么落实这事？可一旦动用了公安的强制力，不一样会引起他们怀疑？"

傅东宏闭嘴了，这本就不是他擅长的领域，惹祸的那个倒是在行，可这会儿鲁南一声不吭。这小子一向很有办法的，难道说眼下这个局面真的无法挽回了？

"本来我们还有一线希望，能赶在江啸的身份暴露之前收网。根据我了解到的可靠信息，陈曼今晚八点前会返回南津。"

鲁南和傅东宏齐刷刷地抬起头，盯着吴涵。

"毕竟，田洋被捕后，陈曼立刻逃离南津避风头，整个组织上上下下的大小头目也都四散隐匿。我们推动田洋的案子速审速判，就是为了让陈曼误以为风头已经过去了。这趟她回来，本来是我们最好的机会。"

"本来？"

"她回南津的路上，会有一个小时的时间在津港转机，这期间，她的律师岳志超会去津港和她碰头，处理一批走私品的报关。岳志超是南津超岳律师事务所的主任合伙人，也是陈曼的狗头军师。这类报关清关明明可以在网上进行，岳志超却非要跑一趟津港，所以，我们推断他们应该也有一层确认南津是否安全的考量。只要她见到岳志超，没出状况，之后回南津，我们就有收网的希望。"

吴涵说到这里，眉头几乎皱出了"王"字纹。她冲旁边的刑警打了个响指，刑警从木箱上拿起笔记本电脑，打开一段视频，是环城公路的监控画面。

鲁南瞟了一眼，是一起车祸。又瞟了一眼，是他来时路上的那起。

画面里，正播到从轿车里救人的鲁南。

"这是你那个麻辣烫局吧？"

鲁南翻了个白眼。

傅东宏没好气儿地瞥了鲁南一眼。然后，他又细声细气问吴涵："这跟您的行动，有什么关系吗？"

如果不是时机不对，傅东宏对吴涵说"您"的场面，还是挺让鲁南觉得可乐的。

吴涵敲了下键盘，将画面暂停，接下来说的话就让两位法官都笑不出来了。

"我们去交通队核查过整个事故的监控，是出租车司机并线时没发现斜后方的车辆，在车速很快的情况下发生剐蹭，才导致了这起连环车祸。没错，从蝴蝶效应上讲，如果你没有来南津，可能就不会发生这起车祸，但这确实不能怪你。而你从车里救出来的这个人，在这起车祸中受了严重的颅内损伤，现在人在ICU。这个人，就是岳志超。"

第二章

1

西景线夏季多雨。那辆装着不锈钢栏杆的押运车倒在泥浆和山石中，好似迷路的醉酒者。驾驶员头朝下，以一个不合理的角度窝在车顶的钢板上，已经死了。后车门处跪着的，是穿着橘色囚服、长得几乎一模一样的兄弟二人。他们有着复制粘贴般的浅色头发和浅色眼珠，以及黝黑的皮肤，有着混血儿那样的高耸鼻梁和深眼窝，以及一口洁白整齐的牙齿。

兄弟俩温驯地低垂着头，这当然不是因为之前的审讯、刚才的撞击或被害人家属的眼泪，而是在几米开外正对着步话机说话的鲁南，以及他手里握着的枪。

"指挥中心，我是鲁南，二号押运车在S225省道中段遭遇山体滑坡，车子冲出路肩，掉进山谷。有人员伤亡，请求救援！"鲁南在一遍遍重复地吼，"请求救援！请求救援！"

暴雨中视野很差，这么近的距离，隔着雨幕，鲁南并不能把那两个人看得真切，而同事刘白的呼吸声，在他耳中倒是莫名清晰。"呼……哧，呼哧。"忽快忽慢，伴随着咳嗽。血沫从刘白的嘴里涌出来，浸透法警制服的领口，又很快被雨水冲去颜色。

指挥中心的回话断断续续："伤亡情况？"

"司机死亡，刘白受伤很重。"

"押运的嫌疑人呢？"

"他们都没事儿。"撞击发生的瞬间，鲁南看见刘白下意识护了嫌疑人一下，否则此刻靠着石头半躺着的、被撞击伤及肺部或者心脏的，也许本不该是他。

凭什么不是那两个嫌疑人呢？黑势力团伙，冰毒，海洛因，持枪杀人……鲁南很怀疑，从出生到现在，他们有没有干过什么好事，或是有过什么正面积极的人类情感。

"二号押运车！二号押运车！"步话机的声音断断续续。

"我在。"

"你所在区域路段发生多处山体滑坡和塌方，现在只能从后方雄古进行救援调度，预计六到八小时能赶到。在救援赶到前尽量不要离现场太远，妥善安顿受伤人员。"

"我去你的……"鲁南脱口而出，又把更难听的咽了回去。

"什么？"

"指挥中心，刘白撑不过六小时。我现在看不到什么明显的体外伤，但他一直在吐血。如果一两个小时内得不到救治，他会死的！"

那边是漫长的沉默，三百年或不到一分钟，步话机里传出滴答声，应该是指挥中心接进了外频线路，换了个声音低沉的男人开口："鲁南，我是王绛。"

"领导，想想办法，刘白他……"

"刘白还能走路吗？"

"不可能。"

"再往前不到二十公里就有救助站。救助站没有车辆，正徒步往你们这边来,你背上刘白,往他们赶来的方向靠拢。"

"那押送的人犯怎么办?"

"铐在车上。"

"不行!这边的山体结构很不稳定,而且雨越来越大,如果再次发生滑坡,他俩死定了。"鲁南望向山顶,从他们翻车到现在,那个小小的尖已经又往下塌了一些,泥浆随着雨水不停地倾泻而下,下一次滑坡只是时间问题。

"这属于紧急避险情形下的处置。"

"铐在车上,是让他俩等死!"虽然他们被押到地方审判也是死,可就是不能把他们丢在这里。

"那就把他俩放了!他俩要是懂事,就跑出去再自首。要是不回来了,咱们就再抓一次!"

鲁南以为自己听错了:"什么?"

"那能怎么办?!你不想刘白死,又要保障人犯的生命安全。命令是我下的,事后追责我来扛!"

王绛竟然是认真的。鲁南扭头,看向那两兄弟。

他走近两步,两人依旧低着头,一副人畜无害的样子,却偷偷地交换了眼神。鲁南仿佛能听见他们脑袋里的算盘在响,关于巨大的恐惧,或者更巨大的、某种邪恶的希望。

"鲁南?鲁南?"王绛的声音很大。

"对不起,领导,我做不到。为了抓他俩,萧闯他们队牺牲了一名卧底和两名特情,我不能放他们走。"

"现在不是意气用事的时候,你必须考虑清楚……"

鲁南摁下通话键:"二号押运车鲁南,携带伤员向前方救助站靠拢。"

他把步话机别回腰上,拎着枪走向那兄弟俩。

也许他俩想借机逃跑，也许路上还会遇到塌方，也许刘白下一分钟就会死……鲁南掐灭这些糟糕的想象，他的鞋子陷进泥里，笼罩在周围的雨似乎将一整片山脉都吃掉了。

2

十几年后，鲁南陪傅东宏站在工业新区的门口，陷进泥里的感觉又出现了。车祸、江啸、吴涵部署的收网行动，每件事都是他意料之外的，可"意外"和"搞砸"，在他的概念里还相距甚远。傅东宏显然不这么想，他眉头紧锁，满脸的沉重已经快掉在地上，正目送着吴涵那辆货车开出园区，里面押的是走私集团那两名优秀员工。

傅东宏低头叹气，鲁南第一次发现自己的直属领导有点儿驼背，颈部的皮肤变得松弛，单手叉腰站着的姿势也因为前送的胯骨而显出一些疲态——傅东宏老了。这个全新的发现来得很不是时候，让鲁南感觉自己被愧疚轻轻撞了一下腰："傅庭……"

"别解释了！你就是能耐催的，照你这个打法，津港那边的案子指不定你和方媛会有多出圈呢！"傅东宏骂起人来还是中气十足，退后的发际线随着他脑袋的晃动，颤抖如同海浪。

挨骂让鲁南安心了些："我能怎么补救？"

"三潭医院斜对面有家黄汤拉面，味儿挺不错的，炸豆腐也还行。别白来一趟，去尝尝吧。把你今晚从南津回津港的车票退了，直接回北京，通知方媛也回来，到时候跟我一块儿去院里述职。"

"可是津港那案子还没完事……"

"你还没明白我什么意思吗？津港的案子你们也先不要办了。"

一名便衣刑警开着辆民用牌照的轿车停在门口，傅东宏走向轿车。

鲁南想挣扎一下："可傅庭，这事是你让我来南津帮忙调查的。"

傅东宏回过头："没错，所以现在去南津总队和明天回院里背锅的都是我。闹不好，你小子大概要换领导了。"

傅东宏上了车，刑警驾车离去。鲁南愣在原地，刚才那点儿愧疚，变成了大份加量版本。在自己也叹出口气之前，他掏出手机，拨通电话："送我去趟三潭医院。"

黄汤拉面馆里的桌子不超过十张，坐得满满当当。老板娘的口音很难懂，鲁南至少问了三遍，才明白要自己去窗口端面。

端面的那一小会儿，他的座位被一个当地小孩占了。鲁南还不能训斥那个胖乎乎的孩子，因为孩子戴着一条鲜艳的红领巾，拿着一本新概念教材，在等餐的时候给自己的母亲朗读英语，而他母亲就像听到了巴赫平均律一样高兴。鲁南也没法训斥本该帮他守住座位的人，因为那人双手交叉，一脸无辜，看着他说："我就看了眼手机。"当然了，这人是冉森。

冉森什么都没点，直愣愣盯着鲁南。鲁南上次看到这样的神色，还是去宠物咖啡厅的时候，他儿子站在沙发上，用胡萝卜逗咖啡厅里四个月大的小山羊。

鲁南找到另一个单人座位坐下，开始狼吞虎咽。冉森继续双手交握，挪到鲁南的身旁："到底怎么样了？你什么都不跟我说算怎么回事？"

鲁南瞟着他："司法机关办案，怎么可能跟你说？确定不吃吗？真还不错。"

冉森的反抗相当孱弱："那你就当我是个司机吗？"

"你打算收费吗？"

冉森叹了口气，搬来一张椅子，坐到鲁南身旁。

"我是在求你帮忙，鲁法官，面对国家司法体系时，无论是我的当事人，还是作为辩护律师的我，都是很弱势的。我们的能力有限，我们的权力更有限，很多时候，我们只能寄希望于现行体制下的某个司法机构，或者更具象一点儿，某个办案人员……这个人哪怕愿意跟我分享一点儿……"

鲁南头都不抬，继续吃面："那你至少应该寄希望于对的人。"

"那你告诉我，到底是在其位的人就是那个对的人，还是会为真相全力以赴的人才是那个对的人？"

"再怎么说，刘凤君的死，田洋绝对脱不了干系。性质这么恶劣的案件，即便田洋是从犯，处罚结果也轻不到哪儿去。你到底是图什么？"

"总要有人替田洋争取一个公正的结果——这才是法律。对你们公检法的人而言，到底是把手上的被告人坐实落案重要，还是查明真相更重要？所以应该我问你，鲁法官，从北京跑来南津，从东疆港跑到工业新区，你到底是图什么？"

鲁南和冉森对视。小山羊会为了胡萝卜蹦上茶几，然而鲁南真的没有那根胡萝卜。他有什么能告诉冉森的呢？警方也怀疑陈曼就是李梦琪，找到陈曼或许——只是或许——会让田洋的案子多些证据，但是现在，抓捕的行动因为他鲁南而横生变故。

且不说保密原则之类的事情,鲁南很怀疑把这一番"进展"说出来,冉森是不是会当场哭给他看。他想了想,放下筷子。

"这李梦琪……你们——我是说不只你一个人——怎么就那么确定她还活着呢?她是七年前失踪的,至今杳无音信,下落不明,她的家属的确没去法院申请宣告失踪和宣告死亡,但以常理推断,这人怎么也不可能活着呀。"

"田洋被捕的那天,我也在公司。我是被临时叫过去的,要让田洋签刑事辩护的委托书。"

"嗯。"

"经侦的人拿田洋的身份证核对,就在钱包的夹层里发现了李梦琪的饰品。"

"她的饰品?"

"是的,经侦的人当场从田洋钱包里搜出来的。"

"可这玩意儿是定制款吗?不可能有同款吗?再说了,田洋有一百种可能得到李梦琪的东西,包括他杀了李梦琪。"

"后来公安搜查田洋的轿车,还在后备厢里发现了一个礼物盒,里面除了一瓶昂贵的 LA PRAIRIE 眼霜外,还有一张卡片,上面写着'从江州到南津,感谢你这些年来对我的不离不弃'。"

听到这个,鲁南心里也不得不承认,李梦琪很可能还活着,而且很可能就在田洋身边。

扫码结账也成了件麻烦的事。鲁南搞不明白,多请自己吃一碗面,能给田洋的委托律师带来怎样的心理慰藉,总之冉森就是要掏出手机，调出扫码功能。两人就像比赛瞄准一样，争相对准老板娘头顶的微信支付二维码。冉森为保持平衡，还拽了一把老板娘的围裙，得到一个白眼。

推着眼镜从面馆出来，冉森又一次强调："总之鲁法官，田洋的钱包里有李梦琪的耳环，李梦琪真的活着。"

鲁南大脑中某个地方响了一下："耳环？"

"对，哪怕是一点点的可能性，我们也……"

鲁南盯着冉森，有些出神。

"怎么了，鲁法官？"

"没什么，我听懂了。哪怕是一点点的可能性。"

3

进入刑侦总队会议室的时候，鲁南是用跑的，他身后跟了三名刑警，一名试着拽他的胳膊，一名冲着他喊"不行"，最高最壮的一名则一直试图从鲁南身旁超过去拦他，靠架设人墙阻碍他前进。

鲁南推开门，看见傅东宏和吴涵分别坐在会议长桌的两端，气氛肃穆得像世纪末告别，两人齐刷刷地扭头看他。

"吴队，我们跟他说了不要进来……"

吴涵摆摆手，示意刑警出去，望着傅东宏："老傅，自己的人都管不好，要我帮忙吗？"

傅东宏瞟了鲁南一眼："你给我出去！不是让你……"

"那家的面我吃了，确实物美价廉，不过炸豆腐味道一般。"

傅东宏的发际线开始颤抖，在他发火之前，鲁南继续说道："而且领导，我今晚从南津返回的票是商务舱，不能退，院里不给报销的,我不想白瞎了这笔钱。津港的案子,我还要继续办。"

傅东宏瞬间平静下来,倒不是因为鲁南说了什么,而是共事多年,他太了解这个得力干将了。事实上,这正是傅东宏一直期待他出现的状态。以鲁南过往的经历,一旦他不再佛系应付差事,是能做到佛挡杀佛的。

"吴队,这事是我冒失了,我道歉,如果有锅,也不能让傅庭替我背。秋后算账的事,怎么着都行,你看着办,但眼下这个局面,你总得想办法。要么在津港抓陈曼,要么想办法让她返回南津的计划不变。"

"你小子说点儿有用的……"

吴涵一抬手,阻止了傅东宏的呵斥,盯着鲁南:"在津港抓陈曼不难,可一旦抓了她,南津她手下这些大小头目就会有人接她的班,很快会有第二个陈曼、第三个陈曼……只有她返回南津,这些人才会露面给她接风。想把所有人一网打尽,让她回南津,几乎是唯一的机会。"

"就算在津港逮捕陈曼,也需要你们局领导和津港公安平级协商,或是向公安部提出申请,不出意外的话,你还得先挨顿骂,时间上根本来不及。我在津港公安那边有熟人。"

吴涵冷笑:"陈曼一在津港落地,我就立刻把她录入网上抓逃的名单,津港公安不需要协调也会抓她。你多虑了。"

鲁南愣了一下:"看来兜底的计划你已经有了,那我们来聊聊上策吧。"

鲁南看着吴涵微微皱起的眉头,知道这种自信的姿态已经赢得了部分信任:"如果有人能代替岳志超在津港和陈曼碰头,并使她安心,是不是就能让她回南津,那么原来的计划也能照常实施？"

吴涵的脸颊抖动了一下，瞟向傅东宏。而傅东宏以几乎看不见的幅度，朝她点了下头。

"岳志超跟了陈曼很多年，不是随便找个人顶替就能糊弄过去的。"吴涵说。

鲁南耸肩："如果不成功，大不了再抓她呗。"

"但要在这种情形下，将抓捕列为次级预案的话，就必须得到津港公安的支持。"

"我说了，我有熟人。"

吴涵死死盯着鲁南，没说话，考量他的提议。

"这种局面下，等上峰的雷劈下来，这屋子里的人谁都跑不了。我和傅庭是一定要背锅的，你们领导会怎么处分你我不知道，但你肯定没法跟江啸交代。大家现在俱荣俱损，也许我的建议不是你最好的选择，但你只有这个选择。"

"那好，来说说吧，你打算找谁代替岳志超？"吴涵做出了决定。

"是个……"鲁南想了想，"很聪明的律师，也很执着。"

"全国十佳律师"，大律所的高级合伙人，过去一年办了一百四十个案子，赢了一百三十九个，说他聪明，肯定没错。

为了追查真相而遭到牢狱之灾，一获自由之身立刻继续调查，说这叫执着也肯定没错。

不过，还有最重要的一点鲁南没提。他选中的这个人，有一点儿少见的天真。这点儿天真有可能让这个人愿意蹚不相干的浑水，甚至愿意因为和鲁南的一面之缘而甘心冒险。

* * *

乔绍廷快四十岁，看长相也就三十岁出头，窄窄的额头配上薄嘴唇，颇为清秀，甚至有些女相。初见面的客户会因此对他有疑虑，可熟悉他做事风格的人，会把这副面相看作"吉利服"。两人相识不过一个星期，他代理的一起故意杀人案由鲁南担任死刑复核法官。为了这起案子，乔绍廷得罪了不该得罪的人，被羁押调查了一个多月，被停了执业资格，甚至欠了债，如今他还是没放弃继续为那个案子奔走。基于这些，鲁南觉得，乔绍廷或许能行。

接到鲁南的电话时，乔绍廷正在一家粉色的餐厅里单手托腮，看自己的工作伙伴和一个女网红"沟通感情"。这里的桌椅和墙壁是粉色，服务生的工作服是粉色，连洗手间的纸巾也是粉色。他的工作伙伴正从粉色的草莓蛋糕上挖出心形的一块，喂给穿粉色衣服的女孩。虽然那女孩可能是位关键人物，虽然这次沟通是工作需要，但乔绍廷还是觉得，同事在这项"工作"中获得的私人乐趣过多，营造的氛围也过于愉悦。乔绍廷下意识往后倾斜，生怕被几米开外的欢乐空气飞溅一身。

所以，他接电话速度之快，如同在抓救命稻草："喂，鲁法官，你的走私副业进展如何？"

"我现在有急事需要你帮忙，存在一定的风险，你赶紧决定要不要帮我。"

"帮你做什么？"乔绍廷眯起眼睛，眼前的两人进入了互相说"你才讨厌"的环节。

"首先你必须马上出发，在一小时内赶到津港机场，剩下的我在路上跟你说。"

乔绍廷眼睛一亮："没问题！"

鲁南那边明显是愣了："啊？"

乔绍廷立刻站起身:"我现在就出发。"

"你还没问我具体要干什么事呢。"

"跟我现在的处境相比,你让我干什么都行。"

会议室里,鲁南挂上电话,轻快地呼出一大口气。不管乔绍廷的处境是什么,为了摆脱那个处境而立刻答应帮忙,一句都不多问,确是率性天真。

会议桌对面,傅东宏却不太放松:"所以,现在的情况是,我们找到了一名律师,把希望寄托于他,但根据保密界限,还不能让他知道行动的整个内容。"

"他不需要知道。这个律师很聪明,知道什么不该听,什么不该问,什么不该多想。"

傅东宏还想说些什么的时候,会议室的门被推开,乔绍言进了会议室。傅东宏和鲁南不约而同闭上了嘴,刚才没开口的吴涵却故意不回过身,用圆珠笔挠了挠头发,边低头看着资料边对鲁南说:"你找的这个叫乔绍廷的律师……"

话说一半,她抬头看鲁南,又用余光扫到了乔绍言,接着笑笑,好像刚发现乔绍言在场似的:"保密行动,请乔队理解。"

吴涵说完,保持微笑,望着乔绍言,又望向会议室的大门。

听到乔绍廷的名字,乔绍言显得惊讶、担忧,还有些撞破秘密的突兀,毕竟吴涵的行动,她不应该知道。这些情绪最终定格为一个略显尴尬的笑容:"刚才好像是你的人把我叫过来的。"

"就是文书上的事情,晚点儿说说也行。"吴涵看着乔绍言,坦坦荡荡,乔绍言只能点头,走出会议室。她的脚步在门口停顿片刻。

傅东宏看着吴涵："你还能成心得更明显一点儿吗？"

"你们找的那个津港律师叫乔绍廷，我立刻查了一下，乔队是他的亲姐姐，你们不知道吗？"

鲁南之前的猜想被证实了："我想只是凑巧，而且他们的关系似乎不怎么亲密。"

"圈子不大，凑巧很正常。我只是有点儿担心，你是不是真的了解这个姓乔的律师。"

担心到要趁机用他来刺探他的姐姐——这句话，鲁南咽了回去："对我们要用到他的那部分，我很确定。这就够了。"

说着，鲁南看看表："他现在在去津港机场的路上，还有四十五分钟陈曼就要落地了。我们必须给出足够的情报支持他，才能让陈曼确信。"

傅东宏问："确信什么？"

"确信他是岳志超那个律所的隐名合伙人。"

颤巍巍的安全感。

从认识到现在，鲁南对乔绍廷都有这样的感觉。把事情交给他，就像要一个热情的四岁孩子帮忙去厨房接一杯水，过程让人提心吊胆，或许会撞到柜子或踩到猫，但最终那杯水总会出现在卧室的床头柜上。

"这个岳志超是哪年毕业的？资料上说比我小一届。他都办过什么案子？如果有南津以外的案子更好……"在去机场高速的路上，乔绍廷一直和鲁南通着电话问个不停。鲁南坐在一台笔记本电脑前，登录了法院的案件查询系统，几次想提醒乔绍廷事情还挺危险，却又都把话咽了回去。鲁南输入岳志超作为代理人查询案件后,页面上跳出数百起案件。

"这家伙代理过的案子真不少。主要是南津的,其他省市的倒是也有,你想知道哪一类的?"

乔绍廷说:"所有的。光了解他事务所的情况还不够,我还需要他的家庭情况以及更多的生活细节。他喜欢吃什么,抽不抽烟,喝不喝酒,孩子上幼儿园还是上学了,是不是喜欢奢侈品,有没有养小三,如果有他电脑硬盘里那些动作片的番号就更好了,总之就是越个人、越私密的信息越有用。"

鲁南几乎被乔绍廷逗笑了:"要不要我把番号对应的种子也传给你?"

"是你在找我帮忙,我可没跟你开玩笑。"

"但眼下的时间和资源……我只能说尽力而为。换句话说,有些情况,你得随机应变。而且拜托,你现在手上还有这么多案子要看,虽然我不觉得陈曼会在这上面抽查你,但有备无患吧。"

"放心吧,我是律师,看案卷一目千行。"

鲁南知道,四岁的小朋友已经端着水杯出发了。

几乎是在同时,咖啡厅的卡座里,受鲁南指派的冉森问岳志超的助理:"经营、编制、薪酬、人际关系,包括办公地点、室内格局等,越细节的越好。"

"为什么想知道这些?"岳志超的助理问。

冉森掏出一个装着钱的厚信封,从桌上推过去:"这不代表我对你有任何评判,只是事态紧急,我们进入正题吧。"

总队这边,鲁南盼咐刑警将打印的资料全部扫描发给乔绍廷，同时给津港市海港刑侦支队的赵馨诚打了电话："你可得快点儿，我不能让他在没有保护的情况下和陈曼会面。"

说起来，鲁南认识赵馨诚还没几天。一个粗中有细的武夫，有着莫名其妙的正义感，除去这点儿少到可怜的了解，就是赵馨诚似乎和指纹咖啡的老板——一个姓韩的律师关系相当不一般。那家伙是乔绍廷事务所的合伙人之一，是个让鲁南见了一面就感到不舒服的人。能和这种人做哥们儿，鲁南相信赵馨诚必有过人之处。

他没让乔绍廷知道还有津港公安的人在周围策应，因为他想让乔绍廷有背水一战的心态。一旦需要赵馨诚出手，就意味着"上策"失败了。

挂了电话，鲁南一抬头，看见乔绍言正站在楼道里盯着他看。

"吴涵不欢迎我，你也什么都不跟我说……"比起"乔政委"，此时把她看作"乔绍廷的姐姐"显然要合适得多。

鲁南没法回答她的质问，只好抛出另一个问题。

"你能不能去趟南津医院的ICU病房？"

"为什么？"

"因为虽然在南津不便执法，但你依然有公安身份，有些事情会方便一点儿。"

"我是说，为什么我要听你的指派？"

"不是指派，是找你帮忙。"

"你们现在在做什么都不告诉我，我凭什么帮你？"

"不是帮我，是帮你弟。"

乔绍言没再多问，掏出手机，开始查南津医院的地址。不到二十分钟，她已经站在ICU病房门口，拍下了岳志超妻儿的照片。

到那时，鲁南不得不承认，吴涵让乔绍言知晓乔绍廷的介入，或许是招好棋。

4

在乔绍廷去往机场，鲁南和吴涵忙着部署陈曼的抓捕时，江啸正在工业新区仓库的货架后面，拍下文件照片。

"啸哥，啸哥？"脚步由远及近。

江啸瞄着屏幕上"发送成功"的提示，删掉照片和发送记录，收起手机，走出货架区。

叫他的是个三十岁出头的男人，瘦高个子，驼背，高耸的鼻骨上有个明显的骨节，从中间开始歪向一边，一看就是断过不止一次。他过长的双臂垂落身侧，肩胛骨在旧旧的广告衫里支出两个小小的鼓包，鞋子的边缘发黄。当天早些时候，被鲁南打晕的那个瘦高个儿，有着和这人一样的大骨架和身形，但没有这人这般迟缓如丧尸的动作节奏。

"这儿呢卢星。"江啸并不确定卢星有没有看见自己操作手机。从当卧底到现在，江啸还没看卢星的眼珠子转过，每个需要调转视线的时刻，卢星都是连身体带脑袋整个一起转过去的。这样一个迟钝的人，却是集团里为数不多能直接联系陈曼的人之一。

"今晚要交的这批车，是孟海那条线的下家，挺谨慎的，说交接的时候孟海必须在场。可这小子不知跑哪儿去了，还有我弟，你看见他俩了吗？"卢星语速缓慢，鼻音很重，还有点儿拖字。说话的时候，他直勾勾盯着江啸的脸，江啸也强迫自己直视卢星的脸。

运货卡车开进了仓库，发动机的轰鸣有回音。

"下午他们不是还在这儿呢吗？我刚才好像还有印象在九号仓那头儿见着他俩。给他们打电话呀。"江啸确定，自己的语气足够轻松。

"打过了，没人接。"

卢星在观察我，江啸想。

货车司机扯起嗓子招呼其他人去卸货，叉车也动起来了。真吵。

"你弟就不带小海学好，去周围的澡堂子里找找吧。上回公安扫黄，我带人去芳华池后门接他俩，你弟带着小海是光着眼子跑出来的。"在卢星的注视之下，江啸感觉自己的声音发干，空荡荡的。

"今晚有单，他不是不知道啊。我弟虽然有点儿不靠谱，可也没耽误过正事。"卢星说。

江啸冲他摊手："那是你弟，我管不了。"

说着，江啸看了看左右，对另一名手下一扬下巴："告诉那头儿，今晚我去交货。他不至于连我这张脸都不认。"

说罢，江啸就急匆匆地出了仓库。他不指望卢星毫无觉察，只要能拖过今晚就好。

江啸走后，卢星瞟着江啸的背影，想了想，把整个身体转向一旁的人，语速依然缓慢："你今儿在九号仓那儿，见着我弟和孟海了吗？"

"见着了好像，我见着他们和园区保安说什么来着……"

江啸走得慢，把这番对话听在耳朵里。他出了仓库就站在一辆废卡车的后面，看仓库里的动静。过了会儿，卢星也拖着步子走了出来，两条长长的手臂垂在身侧不动，蓬乱的头发遮住了卢星的眼睛，江啸看不清他的表情。卢星从两排库房的中间穿过，直接走向了保安岗亭。

"卢哥。"

"刚才是我弟和孟海来过吗？"

"是。之前是我们看九号仓那边有园区外的人探头探脑，后来，他俩就说要看看监控。"

"监控？"

江啸站在库房的拐角处，远远看着保安接过卢星给的烟，和卢星一起走向了监控室。

江啸心一横，既是债多不愁，再多一个也无所谓了。

江啸进屋的时候，卢星正盯着监控画面，看着一个多小时之前江啸走向仓库后方，而鲁南又跟了过去。他用鼠标拖动进度条，很快就发现了他弟和孟海的身影，他俩循着江啸和鲁南的踪迹出了园区。

卢星没回头，一动不动，早就知道身后是江啸似的，语速缓慢，没有起伏："操，你这孙子还真能装。"

"我要是你，就把右手抓的家伙松开。"江啸看着入定似的卢星，似乎也透视出他右手抓着腰间的手枪。

有那么几秒钟，两人都沉默着，卢星整个人转过身，看着江啸："我弟和孟海到底在哪儿？"

"这俩小子干私活儿，配了一箱重号的货，想自己走单。人被我扣下了，怎么处置，等今晚曼姐回来定。"

卢星嘴巴半张着，这是个他没想到的答复："他俩是一直这么干，还是第一次？"

"我没多问。你放心，回头曼姐到了，他俩有开口的机会。"

卢星一脸忧虑的表情，抬起头："那行，到时候你也帮我弟讲讲情……"

不等话说完，卢星突然拔出手枪，动作飞快。江啸早有准备，上前一步，拨开卢星拿枪的那只手，同时把食指卡进手枪扳机护弓的下侧，让卢星无法扣动扳机。

卢星左手握拳，打向江啸的脸。江啸几乎能听见拳头的风声，在拳头到眼前的刹那，江啸一个侧闪，拽住卢星的胳膊，把他拉了个趔趄，然后他又用手肘猛击卢星的后颈，夺下了卢星的枪。

江啸把手枪在手上一翻，调了个个儿，用手枪握柄敲向卢星的头部，直到将他打晕。

江啸喘着气，才发现自己的鼻子在流血，肋骨也正闷闷地发疼。

他望向窗外，保安什么都不知道，正背着手百无聊赖地踱步，看着仓库门口的货车进出。天色还很亮。

卧底两年多，其实不算很长。之前警校的同学里，一毕业就被提走档案，当卧底七八年的都大有人在。可之前在警校的时候，教官就说江啸："体能、意识、反应速度，样样都好，唯一缺的就是耐心。"所以，花两年多的时间，小心翼翼地蛰伏，如同布排一副形状复杂的多米诺骨牌，这对江啸而言并不简单。他不希望在终于可以把骨牌推倒的时候，因为一点儿细枝末节的状况而放弃。

可是此刻,"细枝末节"正躺在地上,这看似符合江啸的预想,却不符合整个行动的方向。

5

虽然只有一面之缘,但鲁南对江啸有个判断——江啸身上最重要的特质,就是他把目标看得比自己还重要。这种特质,恐怕也是吴涵当初选他去当卧底的首要原因。然而一种解题思路一旦在脑内占比过大,势必会压缩其他思维空间。以上所有简略来说,就是江啸这人有点儿一根筋。

比如说此刻,在刑侦总队的会议室,鲁南推门进来的时候就看见吴涵一脸紧张,拿着手机,不由自主地站了起来:"放倒了?什么意思?"

"就是打晕了。"电话那边是江啸的声音,他比吴涵镇定多了。屋里另外两名刑警以及傅东宏都坐立不安,听着吴涵和江啸说话。

"你先控制住他,我马上派人过去羁押他。"

"不行,动静太大了。就算弟兄们穿便衣,园区里到处是人,这一大活人也没法弄出去。"

"那你什么意思?"

"吴队,我可以毙了他。"

吴涵的声音一下大了:"你疯了!卢星已经被你制服,你现在开枪毙了他就是故意杀人。再说了,你开枪得多大动静?杀了他不是一样要处理尸体?——我这说什么呢,都快被你带沟里去了,绝对不行!"

江啸沉默了一会儿,再开口时,语气里带了些循循善诱的意思，就好像吴涵不是他的领导，而是不懂事的小朋友："吴队，我想过了，园区的保安知道我们在这儿是什么势力，也认我。我可以不用枪。只要把他勒死，然后叫保安打一二〇，就说他突然犯了什么病，把人往医院送。只要能拖过今晚，再有三个小时，就都无所谓了。"

"不行，绝对不行！这是命令！你搞清楚咱们是干什么的。"

"我知道，但我不能让这次行动失败。坐牢也好，死刑也罢，有什么后果我认了。"

吴涵看着手机，微张着嘴巴，半晌说不出话。

她很快回过神，向身旁的刑警下令："通知队里备勤的全部集合，目标工业新区！鲁南，让津港那个律师停下来，行动取消！海港支队可以在机场直接抓人！"

随后，她对着电话说："江啸，行动结束！队里的增援马上就到，我命令你现在就撤出工业新区！"

"吴队，不能取消行动，就差这一哆嗦了！"

"我不是在跟你商量！现在就撤出来！江啸，你给我执行命令！"

然而，电话那头的江啸沉默着，始终没有说出吴涵想要的那句回复。吴涵也不挂电话，而是把手机拿到了眼前，好像这样就能通过信号传送目光，威慑江啸就范。

鲁南站在一旁，听懂了工业新区发生的事，也听懂了江啸和吴涵的争执。他看了看傅东宏，上前对吴涵伸出手，示意让他跟江啸通话。

吴涵犹豫片刻，把手机递给他。

鲁南默默在心里给自己对江啸的判断打了个对勾："江啸，我是那个你恨不得活剐了的最高院法官……"

电话那头的江啸被引爆了，鲁南自动略过了几秒钟骂街，语气平缓而坚定："行动不用取消，你不需要撤出来，但前提是你也别杀人，想办法争取点儿时间，我们这边会帮你解围。"

说完，鲁南把手机递还给吴涵，对刚才要出门的那名刑警说："脱了制服，开车带我去工业新区，别开警车。"

刑警看向吴涵。

吴涵想了想，点点头。

鲁南对吴涵说："稳住江啸。告诉他，我会想办法把那个卢星带出来。"

说完，鲁南边往外走边对刑警说："路上见着小卖部，停一下。"

傅东宏在后面试图叫住他："鲁南，你别……"

鲁南回头对傅东宏说道："对了傅庭，记得让吴队给咱们批个联合行动授权，再就是庭里能不能给我报销一下烟酒。"

傅东宏还没明白过来，鲁南和刑警已经离开了会议室。

在去工业新区的一路上，鲁南接了乔绍言的电话，说她已经核查了事故的信息，要来了资料和现场照片。而后冉森来了电话，又一次就"自己做的事情到底和田洋的案子有什么关系，鲁南为什么不能和他共享信息"的问题，向鲁南发起了挑战，而鲁南又一次以"保密范围边界必须严守，不然自己都得从调查里出局"的理由，要来了冉森查到的资料。之后，他让冉森去南津医院找岳志超的爱人谈话，避免让乔绍言以公安身份出面，又把资料悉数转发给乔绍廷。最后，他去烟酒超市买了一条香烟和两瓶白酒，赶到了工业新区的门口。

此时的鲁南并不知道，跟自己通完电话还没多久，冉森就接到了田洋妻子徐慧文的电话。她说找到了些东西，可能对田洋的案子有用，想让冉森过去。犹豫片刻之后，冉森还是选择先去看看徐慧文发现了什么。

鲁南拎着个塑料袋，溜溜达达进了园区，到了监控室门口。站在门口的保安看他眼熟，正想开口询问，鲁南主动说道："兄弟，烟抽完了吗？"

说着，鲁南从塑料袋里掏出瓶白酒，递给他："等换了班，整一口。"

保安随即反应过来，这是早些时候和自己抽烟聊天的人，于是冲鲁南一笑，接过了酒。

江啸打开监控室的门，从屋里探出半个身子，满脸掩饰不住的不安，冲鲁南招手，又对保安说："你跟这儿再盯会儿。"

鲁南乐呵呵冲保安摆摆手，和江啸走进监控室。昏迷不醒的卢星被电线捆住手脚，嘴还被宽胶带粘上了。看到这一幕，鲁南笑容不减："嚯，你这捆绑趣味……不至于的吧。"

江啸无暇理会这番打趣，面色焦急："到底怎么弄？你赶紧的，弟兄们已经打了好几个电话催我去交货了。哦对，我刚才想了想，还有个办法，就是咱们再给他几下，把他打成脑震荡，但又不至于打死那种，然后叫救护车来，是不是就顺理成章了……"

鲁南冲他一撇嘴："你怎么净是这种……我可是来协助你和平解决这事的。深呼吸，兄弟，Inner peace。"

"Inner 个屁！"

鲁南觉得自己和江啸就像心理学与生活课的课堂教学片,他自己的头顶是蓝色标识,江啸的头顶是红色标识。产生了这个想法,鲁南朝江啸笑笑。

江啸更着急了:"这都什么时候了!我得马上出去……"

鲁南打断他,往窗外一扬下巴:"那车真不错。"

江啸一愣:"什么?"

鲁南盯着旁边仓库门口的一辆黑色双门轿跑,吹声口哨。车前的眼镜蛇标,流畅的车身线条,都让鲁南眼馋:"是野马谢尔比GT500吧。"

"那是陈曼送给田洋的礼物,"说到车子,江啸放松了一些,"百公里加速不到四秒,但根本不适合在南津上路。"

看鲁南还是一脸向往,江啸继续说道:"田洋爱死那车了。他虽然不开出去,但每个月都会过来看看,把车擦一遍,在园区里开半圈保护一下电瓶,给车胎补补气什么的。"

鲁南恍然大悟般点头,一拍江啸:"那这品位可以……对了,你可以走了。"

话题忽然转换,江啸懵了:"走?"

"这儿交给我。你忙去吧。"

江啸眉毛挑得老高,刚才因为汽车话题而一度褪色的心理学健康标识,又重新出现在他脑门,这次变成了黄色——震惊,以及怀疑。

鲁南在卢星对面蹲下身,冲江啸挥挥手:"顺便把门口那保安支走一会儿。"

江啸将信将疑地往外走,又转身返回,从腰上拔出手枪递给鲁南:"拿着这个,以防万一。"

鲁南看了眼枪,皱起眉头:"我没持枪证。"

江啸气得嘴都快歪了:"这枪像是有户口本的吗!"

"总之我不用这玩意儿。行了你,一进门儿就跟火上房似的,让你走,你倒磨叽上了。"

说着,鲁南把手里拎的塑料袋放在地上,发出了玻璃瓶碰撞的声音。

他伸手扯下卢星嘴上的胶条,用手轻轻拍着卢星的脸:"醒醒哥们儿,醒醒了。"

江啸又急又气,还想再说点儿什么,可手机又响了,他只好往外走。

江啸刚一转身,鲁南叫住他:"对了,你跟这小子吃过饭吗?他酒量咋样?"

几分钟后,监控室里已经酒香弥漫。鲁南踹开监控室的门,架着烂醉如泥的卢星走出保安室。

确认四下无人后,鲁南看了眼园区门口的方向。从监控室过去,大概还有个几百米的距离,中间隔着一排排的仓库、停车场、装卸区。

与此同时,冉森到了田洋家楼下,从他妻子徐慧文那儿拿到了半瓶 Edel+White 便携装的漱口水。田洋有两件外套一直放在小区门口的干洗店没取,徐慧文今早拿回了外套,就在口袋里发现了那个。田洋是不用漱口水的,徐慧文自己用的也不是这个牌子。徐慧文想到李梦琪的事情,就觉得漱口水或许和她有关,于是叫来了冉森。

而在另一个城市,乔绍廷已经抵达津港机场的航站楼。他看了航班时刻表,又看了手机上的时间,然后解锁手机,拨给鲁南。

鲁南正架着卢星艰难地往园区外走,手机响了。

他吃力地掏出手机,接通电话。

那边是乔绍廷:"航班已经落地了,陈曼随时可能出来,怎么他的家庭信息还没给到我——除了那么两张模模糊糊的照片,我连他老婆正脸长什么样都不知道。"

"别着急,我已经安排人去和他的家属接触了。"

正说着,有电话打进来。鲁南看了眼来电显示,是冉森,他立刻对乔绍廷说:"消息过来了,我很快回给你。"

鲁南挂断乔绍廷的电话,接通冉森的电话:"他家属那边都什么情况?"

冉森那边顿了片刻:"鲁法官,我刚从田洋的爱人徐慧文那里拿到个东西,可能是个挺关键的物证,你看我是直接交给公安,还是由你转给吴队?"

鲁南有点儿急了:"不是让你去医院协助乔队吗?你跑哪儿去了?"

"我现在正往那边赶。你听我说,鲁法官……"

鲁南骂了一句,挂断电话,回拨给乔绍廷:"那头掉链子了。我现在腾不出手处理,你随机应变。南津总队会监控行动,并为你提供支援。"

"知道了,我想办法。"

"记住,安全是第一位的。如果情况不对劲,就立刻撤出来。"

"放心吧,就一个女的,情况再不对劲,她能把我怎么样?"

乔绍廷挂了电话,就看见一个瘦高的女人从出站口走了出来。她一身浅蓝的牛仔服,盘着丸子头,没有一点儿碎发,乔绍廷迄今还没在芭蕾舞演出视频之外的任何场所看到过这样光滑的盘发。他调出手机里存的监控视频截图,和眼前的人做了比对，确认那就是陈曼。

乔绍廷正准备上前，就看见陈曼的一米开外还跟着一名高个子、戴墨镜的健硕男人。那人警惕地左右张望，不让出站的人潮离陈曼太近。

跟所有人想的都不一样。陈曼并不是一个人，她还带了个身形健硕的保镖。

"你们这情报也太稀碎了……"乔绍廷有点儿傻眼。

便利店门口的杂志架旁边，赵馨诚拿着一份周刊，正斜眼观察着乔绍廷和周遭的状况。他是娃娃脸，短下巴和大眼睛颇显热情和冲动，寸头竖得直愣愣。为了布控行动，他试图把自己打扮成赶飞机的社畜，但把衬衫撑得满满当当的一身肌肉，还不如伪装成健身教练。

他注意到乔绍廷的微妙表情，也注意到陈曼的保镖。这是意料外的变故，赵馨诚立刻致电吴涵。南津刑侦这边，面部侦查系统很快就筛查出这名保镖叫周硕——虽说这并不能让乔绍廷的处境变得安全。

少了些情报，多了名保镖，乔绍廷深吸口气，迎上前去："陈总您好，我是德志所的乔绍廷，也是超岳所的隐名合伙人。岳律师出了点儿意外，由我代替他接待您。"

6

打招呼的当儿，乔绍廷打量着陈曼。陈曼是个普遍意义上的美人，但她的气质让人不会往美丑的方面去想。即便在这么近的距离，乔绍廷也看不出陈曼的年纪，看不到陈曼脸上的毛孔或者任何瑕疵。她的五官过于标致，因而产生了一种奇怪的精确感，就像是用什么绘图软件做出来的模型，让人所有的特质和观感只剩下精确。

听了乔绍廷的自我介绍，陈曼一愣，警惕而迅速地打量着眼前的人。数秒之后，她面色平静地和乔绍廷握手："有劳。志超出什么事了？"

乔绍廷看看周围熙熙攘攘的人流："咱们换个地方聊吧，正好我顺便处理您交代的事。"

陈曼点头："还有差不多一个小时转机，这周围有没有什么能吃饭的地方？航餐实在有点儿倒胃口。"

"两位随我来。"乔绍廷无法把"陈曼"和"饥饿"两个概念联系在一起，但还是在前面引路，带两个人往机场的停车场走。

报刊架旁，赵馨诚眼见乔绍廷领着陈曼和周硕走出到达大厅，边跟上去边对着步话机低声说："小金，把警车扔那儿，找辆民用车。"

乔绍廷领着陈曼和周硕到了停车场，走向薛冬的奥迪轿车。

"交通事故？"陈曼原地停住，看着乔绍廷。

"就在岳律师赶赴机场的路上，环城公路滨海那段路，刚下高架。"

"志超伤得怎么样？"

乔绍廷拉开车门："多处骨折，还有严重的颅内损伤。命是救回来了，但现在在ICU。"

陈曼轻轻叹了口气，乔绍廷没感受到她有任何遗憾的情绪。

"周硕。"陈曼一指自己的保镖，向乔绍廷介绍道。她坐上了副驾驶，那个叫周硕的则坐在乔绍廷的后方。

乔绍廷发动了车子："商业中心离这儿很近，中餐还是西餐？"

"抓紧时间吧，快餐就好。"

乔绍廷点头,发动了车子。他从后视镜里瞟瞟陈曼,打开了音乐。陈曼侧头看向乔绍廷,一言不发。

乔绍廷把音乐关了。

赵馨诚和另一名便衣刑警走出停车场的入口,一辆出租车开来,停在他们身旁,开车的是同事金勇刚。刑警上了车,跟上了乔绍廷的车。

赵馨诚又向前走了一段,驾驶警车驶离停车场。

"没必要大惊小怪,布控行动嘛,总会有各种计划外的情况出现,乔绍廷是个老练的律师,他能应对。就算暴露了,我也想不出陈曼有什么理由当场加害他。"卢星跪在一栋仓库的墙边狂吐不止,鲁南接着吴涵的电话。在他看来,陈曼突然冒出来的保镖不过是很平常的"意外",何况紧张和焦虑只会干扰判断,毫无助益。

从旁边走过几个装卸工人,鲁南闭上嘴巴,朝那几个人扬起眉毛,又用下巴指了指卢星。那几人看着卢星,打趣:"我靠,几个菜啊?喝成这样。"

鲁南笑眯眯地冲他们摆了摆手,低头看了眼卢星,嘴里念叨着:"哥们儿,你这量不行啊……"

装卸工人走远后,鲁南抓着卢星的后脖颈处,把他拽起来,边走边对手机说:"我这边还好,就是费点儿劲。现在重心在津港,你们盯住了那头儿吧。"

在他和卢星的后方,走私团伙的两个人正要进仓库,其中一个一侧头,看见卢星的背影,便叫住另外一人:"哎?那个是不是卢哥啊?"

另一人也朝这边看了一眼,点头:"还真是。"

说着,他俩就跟了上来,同时喊道:"哎,卢哥!"

鲁南微微侧头,用余光向后瞟了一眼,立刻架着卢星拐过仓库,一弓身,把卢星扛在肩上,小跑着扎进一堆集装箱群落中。

园区里非常寂静,没有声音,红色、蓝色、黄色,硕大的集装箱像睡着的巨兽。绕过两个集装箱后,鲁南听到那两名手下的脚步,显然他们跟了过来。他看到旁边有个开着柜门的集装箱,就把卢星放进集装箱里,关上门。他掏出手机,边拨打电话边往那两人的方向走了几步,故意让他们看到自己的背影,吸引他们跟着自己。

鲁南隐蔽在堆放着集装箱的十字路口,其中一侧的拐角。那两名手下来到路口附近四处张望,似乎犹豫着该往哪个方向追。

鲁南藏在集装箱后,把手机揣进兜里,那两名手下越来越靠近他隐蔽的位置。鲁南满不在乎,做着上肢热身,大不了就是动手。

突然,仓库那边有人喊话,是江啸的声音:"你和小伟在哪儿呢?这儿装车的人手不够,你俩还偷懒!"

刚才跟踪鲁南的那人也扯起了嗓子,朝仓库那边说:"啸哥,我们刚才好像看见卢哥了。"

"赶紧回来干活儿!"

"好好好!"

那两个人匆匆离去。远处,江啸似乎朝鲁南的方向瞟了一眼,鲁南也不确定他跟江啸到底有没有交换上眼神。

鲁南从集装箱里拽出卢星,架着他走出集装箱区。园区出口处，江啸正和刚才被他叫走的手下指挥一辆辆货车驶出园区。刚才短暂的寂静过去了，园区里又变得人来人往。鲁南知道，直接出去是不可能的了，他想了想，改变方向，走向装卸区。

在装卸区，正好有一辆成品车运输拖挂车在装货，货运司机依次将一辆辆小轿车开上拖挂的笼箱。鲁南架着卢星来到附近，先蹲下隐蔽，等货运司机将一辆小轿车开上笼箱的时候，他便扛起卢星往停放小轿车的方向跑。他跑到下一辆轿车的后方，打开后备厢，把卢星放进去，关上后备厢，迅速离开。

过了一会儿，货运司机走回来，开着这辆小轿车驶进了笼箱上层。

鲁南从车头走过，用手机拍下这辆货车的车牌照片，发送出去，随后拨通电话："吴队，车辆牌照号我发过去了，是一辆双层笼车，运的轿车应该都是合法进口的，第二层第三辆车的后备厢里是卢星。你们尽快在园区外的环线路口把车拦下来，以防他被自己的呕吐物呛死。让一二〇备点儿纳洛酮什么的，他是真喝大了……"

南津医院的楼道里，冉森拿着手机，却拨不通鲁南的电话，一脸沮丧地靠在墙边。

乔绍言拿着两个一次性纸杯走过来，把其中一杯水递给冉森："怎么样？那些信息他们用得上吗？"

冉森苦笑："鲁法官压根儿不接电话，我的信息好像是失去时效了。我知道你们司法机关办案或要开展什么行动，是绝不能向我们这些体制外的人透露的。可有时候既不知道目标，也不了解进展，更无从猜测结果，就这样被牵着鼻子来回转，真挺沮丧的。"

乔绍言安慰道："就目前他们做的事来说，我知道的不比你更多，但不管是南津总队还是最高院，至少他们在努力争取真相。尽量试着相信吧。"

冉森喝了口水，无奈地点点头。

乔绍言掏出一瓶克拉霉素，倒出两片，看到冉森疑惑的目光，笑着解释道："之前留下点儿病根儿。"

她看着手里的药片，纠结了几秒钟，似乎在鼓足勇气，然后把药片放进嘴里，就着大半杯水咽下药片，依旧差点儿对着杯子呕吐出来。

乔绍言手抚胸口，把纸杯放在窗台上："我对苦味的耐受力实在是太差了。"

说着，她看了眼楼道里洗手间方向的指示牌，刚走出一步，又回头问道："你有漱口水吗？"

冉森愣了一下："没有。"

乔绍言没再说什么，急匆匆地走向了洗手间。冉森看着她的背影，想到徐慧文之前给自己的也是一瓶漱口水，只不过那半瓶不能给她用。

机场高速上，赵馨诚驾驶着警车，隐隐能看见前方乔绍廷开的奥迪。他用步话机叮嘱同事："别跟太近，可也别跟丢了。"

金勇刚回话："赵哥你往后坠一坠，我现在在后视镜里能看见你。"

赵馨诚立刻放缓车速，又从一旁拿起手机："吴队，他们现在应该是要去航站楼旁边的商业中心，我们一直都跟着。"

"航站楼旁边的……是嘉华商业中心吗？"

"对。"

"从地图上看，机场到那儿有段四公里的高速连接线，你们要格外留心，这种路段上最容易暴露。"

听了吴涵的话，赵馨诚又将车速放慢了一些。

前方车里，乔绍廷边开车边回想着鲁南给自己的资料，跟陈曼聊着天："他老婆打头儿就对我不怎么感冒，我也瞧不上她那一脑袋黄了吧唧的泡面头。话说回来，不是一家人，不进一家门，那贪小便宜的劲儿真一模一样。岳律戴的那块百达翡丽其实就是个入门款。我找到沈阳那边的总代，能给到他八折，他就是不肯买正品。一共差了不到两万块，真行。哦对，他一天到晚别在身上那根凌美 dialog 还是从我这儿切的呢，你说他差那千把块钱吗……"

陈曼边听边手抚胸口，似乎有些不舒服，她冲乔绍廷摆摆手："靠边停一下，我有点儿晕车。"

乔绍廷见状，忙打开双闪，将车停在高速路边的紧急停车带上。

陈曼打开副驾的车门，扭头望着外面，脸色沉了下来。

乔绍廷隐隐感觉到不对劲，但还是故作关切地问道："你怎么样，陈总？"

陈曼侧过头，冷冷地看着乔绍廷："乔律师，志超是在去机场的路上突发车祸的，送去医院到现在都没醒，他怎么可能有机会把事情托付给你呢？"

乔绍廷一愣，正要开口说话，坐在他身后的周硕猛扑过来，几乎是一瞬间，就用眼镜链勒住了乔绍廷的脖颈。乔绍廷瞬间脸憋得通红，眼珠向外凸，两手胡乱抓挠着，一个字都说不出来了。

陈曼没再理会他，把乔绍廷的包拿过来，翻看着里面的东西。

片刻后，周硕低声询问："曼姐？"

陈曼看都没看乔绍廷，面无表情地下令道："杀了他。"

第三章

1

雨比一小时前下得更猛,天也黑了,山丘和天空的边界愈发模糊,连成一片晦暗的影子。半个小时之前,他们听到了另一次塌方,巨石滚落,砸出闷响,泥沙淌过他们脚下。

鲁南左肩扛着刘白,右手举枪。他的手指开始发僵,后背也失去知觉,这是失温的表现。不过,比起自己,他更担心刘白能不能撑住。他感觉不到刘白的体温,行走中撞到刘白垂落的手臂,就像冰块触碰到铁。

那对姓沈的双胞胎兄弟走在三五米开外,背铐换到了身前,打着手电筒。他们没摘脚铐,步伐很慢,按这样的速度,二十多公里恐怕要走三四个小时或者更久。鲁南看着他们因寒冷而弓起的蝴蝶骨。

"兄弟,咱们这么走可没个头儿。你扛的那哥们儿,够呛能撑过去。"说话的是沈庆,双胞胎里的哥哥,他甫一开口,缓缓向前挪动的手电光晕就稍一停顿。

鲁南没有回话。光晕继续往前,缓缓地。

"你们这些基层公务员真挺不容易的,每月也就挣个几千块。我不是瞧不起你们挣得少,只是觉得这么拼,这点儿报酬对你们不公平。"沈庆提高嗓门，故作轻快，仿若此刻他们正与鲁南推杯换盏，已酒过三巡。

刘白发出模糊的呻吟，断断续续。鲁南依然沉默着。

沈庆看向弟弟沈浩，交换了一个眼神，沈浩冲他点头。鲁南一言不发，没有反驳，让他们看到了希望。于是沈庆继续说下去："你这哥们儿要是救不回来，国家能补偿多少钱？五万？十万？二十万？不可能更多了。"

沈庆和沈浩同时放慢脚步。他们努力感受身后鲁南的步调，感受他的呼吸，感受他的意图。手电筒的光把雨水照成丝线，一道低矮的条状黑影窜过路面，快得几乎看不清楚，可能是一只狐狸。

"五百万。你和你那哥们儿，一人五百万。我看得出来你是仗义人，要说给你五百万，让你把这哥们儿扔下不管，你肯定不干。但你想没想过，他要真没挺过去，能给家里人留下什么？"

兄弟俩停下来，怀着憧憬，近乎虔诚："放我俩走吧，或者就当我俩跑了你没追着。三天之内，钱一定送到。你应该知道我们哥儿俩在道上是出了名的说到做到，而且这事没你什么责任。哪怕就看眼下，没我们俩这么一步步地蹭，你还能走快点儿，你哥们儿得救的希望也更大。你说呢？"

仍然是一片寂静。鲁南也停了下来，脚步声消失了。

三人都沉默着，沈庆和沈浩不敢转身，也不知道还能再说什么。片刻过去，他们身后响起手枪拨开击锤的"咔啦"声。

"继续往前走。如果你们敢突然关掉手电，或是转身拿手电晃我，我就认定你俩要逃跑。既然你们都夸我仗义了，那就提前跟你们哥儿俩知会一声，就目前这个处境，我会跳过鸣枪示警的流程。"

鞋子拍击地面的声音重新响起，踩着雨水。

2

乔绍廷被周硕勒着脖子，憋得满脸通红，眼球外凸，如同濒死的鱼类。他的双手在空中胡乱挥舞，碰落前置物台的香薰摆件，柑橘味弥漫。

腿脚，胯部，肩膀，乔绍廷拼命扭动身体的各个部位，却都无济于事。他看着两辆轿车、四辆SUV和一辆大卡车从主干道驶过，却没有任何一辆车里的人注意到紧急停车带上的动静。

陈曼坐在副驾驶席，呼吸均匀，神色悠然，连一点儿余光都没留给乔绍廷。

当缺氧持续半分钟以上，乔绍廷眼前出现了彩色的雪花，还有一些长了三条或者五条腿的动物，耳边响起嗡嗡的声音，真皮座椅变得忽软忽硬。

陈曼从乔绍廷的包里找出盒烟，拿了一根叼在嘴上，拍拍口袋，才发现自己没带打火机。

"哦对，在机场被没收了。"她自言自语，朝周硕摆摆手，周硕把勒住乔绍廷脖子的链子松开了点儿。

"有火儿吗？"陈曼问。

乔绍廷揉着喉咙，剧烈地咳嗽，雪花的颜色终于变淡了，他上气不接下气："没……我不抽烟，你听我说……"

乔绍廷的急切和狼狈让陈曼不耐烦，她撇撇嘴，又朝周硕一摆手。

乔绍廷脖子上的链子立刻又收紧了。

远远看着乔绍廷那辆奥迪打着双闪靠边，金勇刚有种不好的预感。赵馨诚出任务之前打听过陈曼，照理说陈曼在南津活动，跟津港没什么交集，可按线人的说法，陈曼算得上是"业内知名"，津港的走私团伙都知道她。他们忌惮她，一般不和她有生意往来，因为她做事太不择手段，下手太狠。

乔绍廷要骗这种人，金勇刚替他捏了一把汗。

离那辆奥迪还有两三百米，金勇刚放慢了车速，确保自己不会引人注目，又能看清车里的状况。

隔着玻璃，金勇刚看到乔绍廷被勒住脖子，死死贴在驾驶座的靠背上，陈曼满不在乎地看向窗外，嘴里还叼了根烟。

"坏了！"在他反应过来之前，出租车已经驶过乔绍廷的奥迪，继续沿高速开了下去。

陈曼摁下中控台上的点烟器，等点烟器预热，又翻出乔绍廷的钱包，打开，里面除了银行卡和票据，只有一张一家三口的合影。

"陈曼要勒死乔绍廷？"吴涵听着通讯耳麦，变了脸色。陈曼太不按常理出牌了。

"头车的弟兄亲眼看到的，我现在离他们还有一公里，必须得出手干预！"赵馨诚驾驶着警车，踩下油门。

游乐园的冰激凌摊前，乔绍廷抱着四五岁的男孩，和一个女人并肩站着，笑得眼睛弯弯。这张照片跟乔绍廷此刻的挣扎一样，黏糊糊的，令陈曼嫌弃。她把身体朝车门那侧靠了靠，离乔绍廷更远了些，说："喊。"

"吴队？吴队？！"赵馨诚喊。

陈曼把钱包合上，扔向后座。

"开过去，不要管。"吴涵对赵馨诚说。

"什么？！"

乔绍廷的喘息在变弱。他有点儿困，周遭的世界在褪色，变白。

"听吴队的，你别管。"鲁南接起赵馨诚打来的电话，走向刑侦总队的会议室。

"怎么你也……他乔绍廷好歹是韩彬的合伙人！"

五百米。

陈曼抽着烟，抬手调整倒车镜。乔绍廷的眼前，方向盘和仪表盘都慢慢地消失了。他看到一些不该在此地出现的人——中学时代的玩伴，他的妻子和孩子。他们有的隔着车窗冲他微笑，有的根本没察觉到他的存在，正在左右张望，说着几十年前的口头禅。刚刚一片雪白的世界，渐渐变成紫色。

赵馨诚驾驶的警车正从后方开来，由远及近。

"就算陈曼怀疑他，也没必要非在津港杀个人。她是犯罪团伙的头目，不是什么亡命徒，不会干这种既没有意义又主动暴露行踪的蠢事。"

"你……你确定吗？"

"甭管确不确定，陈曼真想下手的话，等你赶到，姓乔的早就死了。"

陈曼死死盯着倒车镜里的警车。

赵馨诚一咬牙，踩下油门。

陈曼看着赵馨诚驾车呼啸而过，久久没挪开目光。

乔绍廷的眼前完全黑了，在很远的地方有一枚小小的光点，他犹豫着要不要走过去看看。

终于，陈曼目送警车的尾灯消失在视线，冲周硕点点头。

周硕会意，松开了链子。

鲁南的判断是对的。就算赵馨诚真停了车，他也来不及救人,反倒会把乔绍廷害死。警车路过却没有盘问查看,让陈曼对乔绍廷少了些怀疑。

乔绍廷眼前的光点消失了。

他瘫在驾驶席上,急促地呼吸,血液、氧气和关于岳志超的记忆,都慢慢回到了它们该在的地方。陈曼把烟头扔出车外,掸了掸身上的烟灰:"给你一分钟时间解释。"

乔绍廷有点儿想吐,但现在不是时候。周硕没有靠在椅背,而是维持着上半身前倾的姿态,瞟着陈曼。乔绍廷知道,只要自己一句话不对劲,周硕随时能扑上来将氧气再度夺走,这次恐怕还会更彻底些。

真不敢相信,就因为不想看同事在收集证据的时候和别人打情骂俏,自己会差点儿送命。乔绍廷吸了口气,深感人世间因果之玄妙,同时暗暗问候了鲁南的全家。他看向指尖,它们在恢复知觉。接下来不是武力的较量了,而是头脑——掌控感回到乔绍廷的身体。

"芜山那案子,你以为那俩人怎么判的缓刑?"

陈曼想了想:"我怎么记得,那事是志超亲自去办的?"

"没错,庭是他开的,可取保候审是我运作的。没取保,哪儿来的缓刑?这个你总该懂吧?"

陈曼眨眼:"我没听他提过。"

"你又不是我老板,自然功劳都是他揽,我只要实惠。这类事多了,远的不提,就说上个月在江州被扣的那批货。九号出的事,过了一礼拜岳律才去处理,早上到,中午就回南津了,你以为这效率哪儿来的?之前一周我都在江州海关运作,才把那批保护动物的边角料冒充成工艺品。"

芜山,江州,陈曼回想着,是很重要的两单,乔绍廷对岳志超了解不浅。她回头看了周硕一眼，点了点头。

周硕终于把他的眼镜链收了起来。

"你还是没回答我，志超怎么把事托付给你的？"

乔绍廷苦笑着摇摇头，摁了几下手机屏幕，调出电子邮件，把手机递给陈曼："邮件里有日期也有内容。哦对，落款那个'猴头'是我私底下叫他的外号，但你可以看邮箱地址。"

乔绍廷确定，自己的神情能让陈曼觉得继续怀疑下去很傻，何况邮件内容精心伪造过，时间能对上，信息也都对。

"下午我跟他联系，正好是他出车祸的时候，一二〇的人接了电话，还问我是不是家属，我就知道他出事了。既然有托付在前，我肯定得先帮他把事办了，等回头去南津看他的时候，也好有个交代。"

乔绍廷说着，伸手想拿回手机，陈曼一缩手："你们一直这样……互相托付？"

乔绍廷叹了口气，满怀理解，点点头，把稍受委屈但坚强大度的"影子律师"形象扮演到了极致："你点邮箱里那个放大镜的图标，对，就是搜索，然后输入岳律的邮箱，看看我们之间有过多少类似的往来。"

陈曼将信将疑地输入岳志超的邮箱地址，一整页的邮件记录呈现在她面前。她点开其中几封逐一查看，内容确实都是双方的"互相托付"。有的案子是她的，还有至少一半的案子是她不知道的。

陈曼的神色慢慢放松下来，乔绍廷揉着脖子，不满地嘟囔："你们搞进出口的现在都这么暴力吗？信不过我，让我滚蛋就是了，干吗勒脖子呀……"

陈曼看向周硕。周硕点点头，似乎也对乔绍廷的说辞深信不疑。

3

"姓乔的还活着吗？"鲁南走进总队的会议室。傅东宏跟吴涵之间的气氛不大对劲，两人都不看对方，傅东宏耷拉着眉毛，忧心忡忡。

吴涵盯着眼前的通讯装置："在等海港支队的现场汇报。那卢星怎么喝成这样？"

鲁南挠头："嗐，这但凡有个菜，他也不至于……"

"你们这什么计划？！那个乔律师太冒险了！这陈曼真要害他怎么办？！"傅东宏听不下去吴涵和鲁南的打趣，干脆站起来了。

鲁南笑了："行动又不是咱们法院主导的。他乔绍廷于公算大义凛然，于私算两肋插刀，您可着什么急啊？"

"那你就能让他送死？！"

"您放心，我没有——就算真有送死的风险，我也是坐头排的。"

傅东宏的脸色更难看了，重复着鲁南的话，还冷笑了几声："坐头排，哼，你坐头排。"

的确，鲁南再怎么"坐头排"，现在也是乔绍廷在冒险。他们做的这些事本就远远超出死刑复核的工作范畴，还让一个事件之外的人因为他们的行动而生死未卜，简直是在傅东宏的底线上跳舞。鲁南赔着笑脸，凑到傅东宏面前，傅东宏又哼了一声，转头去看窗外。

吴涵对通话装置交代了几句，对傅东宏和鲁南说："应该只是恐吓式的试探。陈曼他们到嘉华商业中心了。"

傅东宏呆愣了好一会儿，才松了口气："还好没事！"

"老傅，这次的计划虽然仓促，但并不代表我们毫无准备。远程有监控，现场有策应，我们搜集了岳志超的所有个人和工作信息，模拟了陈曼各类询问的应答方式，甚至伪造了乔律师和岳志超完整的网络通信记录和电话通讯记录。跟你们一样，刑侦也是技术活儿，破案不是靠人命堆出来的，更用不着他乔绍廷大义凛然。"

傅东宏看看鲁南，尴尬地笑了，危机解除之后，他也意识到自己有些反应过度。

鲁南观察着眼前的两人。吴涵正拿着对讲机，跟布控的刑警部署任务；傅东宏长出一口气，揉了揉斜方肌，打电话向他的领导汇报最新的进展。吴涵在乎行动的成败，在乎她手下上百人好几年的付出；傅东宏在乎无辜者的生命，在乎乔绍廷不能因为这次行动而死，所以鲁南总能看到他们因为焦虑而来回踱步，大声说话，或者不停地深呼吸。执念让人对最微小的细节也无比在意，对最不起眼的变故也横生紧张。鲁南钦佩他们的执着，此刻他忽然意识到，自己好像很久没有这样的时刻了。

嘉华中心开业时间还不长，播放着节奏轻快的音乐，好些工作人员穿着卡通人偶服走来走去，蹦蹦跳跳地发着传单。乔绍廷一路拒绝了轻松熊、喜羊羊，还有一只唐老鸭。陈曼就没有这样的烦恼，所有人都绕着她走。功夫熊猫可能是被头套遮蔽了视线，没看清陈曼的样子，上前给陈曼递了张"美甲开业大酬宾"。陈曼也不说话，只是抬眼瞟了瞟那只熊猫，熊猫立刻垂下爪子，退避三舍。

到了二层的餐饮区，周硕率先走进了麦当劳。乔绍廷注意到，那是二层唯一的半开放饭店，离两部电梯都很近，顾客也不多。进店之后，周硕左右张望，挑了一张靠门的桌子，一指，示意乔绍廷坐下。

点餐台就在几步开外，陈曼和周硕一人要了一份套餐。陈曼回过头，问乔绍廷："你吃什么？"

乔绍廷从包里拿出笔记本电脑："我不吃了，方便的话，帮我叫杯咖啡。普通的黑咖啡就行，不加糖。"

陈曼看着菜单，笑了："志超也喜欢喝这个，是不是你们做律师的都喜欢喝咖啡？"

乔绍廷打开电脑："不可能，那家伙咖啡因过敏，好像茶碱也过敏，我记得他不是喝水就是喝酒。"

陈曼没看乔绍廷，瞬间收起了笑容，甚至看起来还有点儿扫兴："是吗……"

"是，如果还有什么想盘问的，您干脆一次问个痛快，省得左一句右一句地试探。陈总，我现在得给您干活儿，到底能不能信得过我，您心里最好有个准数。"

陈曼不回答乔绍廷，盯着"新品推荐"看得投入。乔绍廷觉得，如果"骗取犯罪分子信任"这件事能跟软件下载一样有个进度条，那自己应该是往前跑了一截。

离快餐店不远的电梯口有家开放式书店，透过书架间的缝隙，赵馨诚监视着那三人的动向。

"他们现在进了一家快餐店。我觉得不用太紧张，陈曼他们总不至于在这样一个公共场所对乔绍廷下杀手。"赵馨诚对耳麦说话的当儿，注意到斜对面的川菜馆门口摆着一排货架，卖原产地食材。有个长发及肩的小伙子一直站在货架前不动，既没看向赵馨诚，也没有看陈曼，但更没在挑选眼前货架上的特产。

"他的安全保障是你的事，我主要还是担心他露出破绽，惊走陈曼。当然，也拜托你们哥儿几个，千万把握好策应的尺度，不到万不得已，绝不要暴露身份。"

"吴队您放心，我是当过'牧羊犬'的。别的不敢说，就布控和策应这类活儿，我还从没暴露过……"赵馨诚眯起眼睛，看着那个小伙子，话没说完，有人从身后一拍赵馨诚的肩膀："哎？你怎么在这儿？"

刑侦总队院门口，拉横幅的家属总算收工回家了，鲁南从冉森手上接过透明塑料袋，里面装的是那半瓶漱口水。冉森有一堆问题要问——为什么需要去医院核实岳志超的信息？鲁南这几个小时在做什么？他们是不是在找陈曼？但他知道鲁南肯定什么都不会透露，所以干脆不开口了。

"徐慧文给你的？"

"是，我当时就觉得没准儿能从上面提取到什么证据，指纹或是 DNA 之类的……"

鲁南拎起塑料袋，观察着："你自己没用手直接碰过吧？"

冉森摇头："毕竟也是做法律工作的，这种常识我有。"

鲁南小心翼翼地把塑料袋揣进兜里："那我也跟你唠唠另外一个常识，就是证据来源。"

"我跟您说了，徐慧文是田洋的妻子……"

鲁南打断他："她跟你说的，你就信？你有没有走访过那家干洗店？有没有找那里的工作人员做询证调查？有没有核实田洋出差的时间和把衣服送洗的时间?"

冉森愣了:"可……这些应该是我的工作吗?"

"现在已经变成公安或我的工作了。你有没有想过,自田洋被捕,从侦查阶段到公诉阶段,甚至到审判阶段,这东西都没出现,偏偏等到死刑复核才由被告人家属提供给你。即便徐慧文说的是真话,但怎么那么巧,这半瓶漱口水的来源恰好是公安取证范围之外的一家干洗店呢?"鲁南发现自己的语速比平时要快一些,好像被会议室里的吴涵和傅东宏传染了似的。

冉森想了想:"您刚才说的那些,我都可以去核实,而且我相信徐慧文没理由撒谎。如果她和李梦琪有关联的话,田洋的案子顺利通过死刑复核,才是最好的结果。她没必要在最后的节骨眼上,给出这么个干扰项。"

"有道理,只是你并不知道徐慧文到底是哪头儿的。"

职业病。冉森心想。法官比律师的职业病还厉害,热衷怀疑,热衷探究,凡事都要多想几步。

萧闯和赵馨诚站在书店的货架间,低声交流来机场的缘由。赵馨诚从被萧闯拍了那一下肩膀,眼皮就一直突突地跳。萧闯说他来这里是为了配合缉私局的抓捕,赵馨诚打了个小小的哈欠,这种各支队轮流摊派的支援工作,估计过几个星期就该轮到自己了。

"缉私不是有自己的公安吗?还需要咱们配合抓捕?"为了不显得突兀,赵馨诚拿起本书,却看见书名是《死在这里也不错》,觉得很不吉利,便把书放了回去。

"还不是网撒得太大了,人手不够吗?广西端了个证照伪造窝点……"萧闯说着,赵馨诚漫不经心地听着,"一批伪造的报关文件……放长线钓大鱼……文书号都输入了电子系统……"

赵馨诚越听越不对劲。如果他没记错,陈曼跟乔绍廷接头也是为了电子报关。如果他没猜错,干走私的陈曼,也不太可能有合法的发票和报关文书。

"一旦有人使用其中的伪造文件,缉私那头的警报就会响……IP定位……现场抓捕……"萧闯没察觉赵馨诚的异样,继续说自己的。赵馨诚断断续续地捕捉着关键词,预感越发不祥:"广西……是哪个窝点?"

"窝点?广西贺州,是个团伙,主犯叫王霖……之前在行动简报里不都跟你说了吗……"吴涵很纳闷,赵馨诚怎么会在布控的紧要关头来确认这种八竿子打不着的事。而鲁南一进会议室,拎着装漱口水的塑料袋还没来得及说话,就看见吴涵焦急地站了起来。

"那就是说,一旦乔绍廷把那张伪造发票的票号输入电子报关系统,就会触发缉私的警报?!"

听到吴涵的话,鲁南也微微一愣。

他很快反应过来:"如果那张伪造的发票会在电子报关系统内触发警报,别说乔绍廷,就算岳志超本人去了,不一样得触发吗?陈曼他们也很清楚这张发票是假的,如果报关过不去,没道理怀疑乔绍廷吧?"

"也许会怀疑,也许不会。但只要触发警报,不管陈曼是被抓还是逃走,这边的行动可就失败了。"

"就算是跟缉私局联系,解除陈曼手里那张发票的警报,也需要时间。"深呼吸后,鲁南下了判断,"眼下最要紧的,是把这个情况通知乔律师。"

快餐店里,乔绍廷对新变故浑然不觉,正在敲击键盘。周硕从文件袋里拿出几张单据,递给乔绍廷。

鲁南把塑料袋塞给吴涵,交代了物证的来由,急匆匆走出了会议室。他掏出手机,拨通乔绍廷的电话。虽然不知道和乔绍廷的默契能到哪步,但他相信,作为法官,总会有办法和律师搭上话的。

4

快餐店内,乔绍廷的电脑屏幕上是电子报关的页面,他正在输入信息。周硕刚才给他的是张发票,他看了眼上面的号码,刚要继续敲击键盘,手机响了,屏幕显示是"鲁法官"。

乔绍廷想了几秒,望向陈曼和周硕。

陈曼自顾自低头吃着东西,而周硕有些警觉,眯眼盯着乔绍廷看。

"我可以接个电话吗?"

陈曼继续咀嚼,像没听见一般,周硕见陈曼没说什么,也就继续啃他的汉堡。

乔绍廷按下接听键,陈曼还是低着头:"麻烦乔律师开着免提吧。"

乔绍廷一脸大度,笑笑,打开免提,把手机放在桌上:"喂?鲁法官您好。"

"乔律师是吧,我是最高院刑五庭的鲁南,之前跟你联系过,有印象吗?"

"当然当然,我还存了您电话。您找我有什么事吗?"

"依据我们掌握的情况,《(2004)中刑初字第 0105 号刑事判决书》,也就是王博和雷小坤故意杀人案的死刑复核,是不是你们所,或者干脆说就是你已经拿到了两名被告人的代理委托?"

鲁南报的判决书号码并不属于王博和雷小坤的案子,乔绍廷立刻意识到事情有变,鲁南在通过这个方式传递信息。

乔绍廷默默记下"0105"这串数字,不动声色,简洁地回答:"是的。"

"由于案件已经进入死刑复核阶段,所以我有义务通知你,你们最好尽快确认具体的委托律师是谁,以免耽误这个阶段的代理工作。"

"我明白,您放心……"

"算我多嘴问一句,这个阶段的代理律师是谁?总不可能是你吧?"

乔绍廷控制着自己不去看陈曼或者周硕:"这个指派还是由所里最终决定……为什么不能是我呢?"

"因为你好像因投诉被停止执业了。刑事辩护必须由正常执业的律师来担任代理工作。你被吊扣执业证,还敢代理死刑复核案件,恐怕会触犯《律师和律师事务所违法行为处罚办法》。鉴于你的执业经历一直不怎么清白,我还是特别提醒你一下。如果你对相关规定不了解,可以随时来问我,但我不想看到你的名字出现在委托书上。"

听到鲁南在电话里对乔绍廷的"评价",陈曼和周硕对视一眼。而乔绍廷也捕捉到了鲁南真正想说的话,就是那两个字,"停止"。

乔绍廷想了想,故意装出了语气不悦的样子:"鲁法官,虽然我被停止执业,但这是有时限的,我的执业证很可能在死刑复核期间就恢复了。而且，恕我不敬，您作为法官，用这种态度和措辞说话，不合适吧？"

"像你这样的情况，停止执业至少三个月起，你想争取时间是很难的。至于我的态度和措辞，有意见你可以投诉我。"

不等乔绍廷回答，鲁南就挂断了电话。

争取时间。

乔绍廷默默记了下来。

他朝陈曼挤出个苦笑，撇了撇嘴："我们这行真心不好混，到哪儿都是三孙子。"

与此同时，他左手悄悄地操作电脑，用 Win+R 命令调出面板，输入一串代码，敲下回车键。

赵馨诚拿着手机："我看到了，他是把手机放到桌子上接听的，应该是陈曼他们要求开免提……你确定他能明白你想暗示什么吗……那他会去哪儿……不好说，我觉得那两个人恐怕不会给他这种机会……需要我做什么……明白了，我想办法。"

赵馨诚对耳麦说："小金，你过来一下。"

之前站在特产货架前的小伙子到了商场服务台的前面，正在和客服说话。赵馨诚看着他的背影，心想，这人是第二次在附近出现。

吴涵打了一大圈电话，风风火火回到会议室，就见傅东宏两手叉腰，瞪着鲁南："就这办法？"

鲁南耸肩："只要乔绍廷稍微机灵点儿，这办法就行得通。"

吴涵没吭声,站在一旁。

"你这里面有太多不确定的因素了。乔律师能不能正确领会你的暗示?即便领会了,他能不能像你想的那样临场应变?海港公安现场的配合能不能到位?乔律师和海港公安提供的现场配合能不能形成默契……这些环节是你无法控制的。鲁南,制定和实施一个计划……"傅东宏越说语速越快,倒是很像鲁南刚才在总队门口抛出一连串问题给冉森的样子。

"总会有意外的。"鲁南笑笑,"解决意外的唯一办法就是随机应变。可控的部分靠自己,不可控的部分……靠信任吧。"

傅东宏看着鲁南,不知道想起了什么,忽然就失去了吵架的气势。他盯着鲁南看了会儿,叹了口气:"你啊……"

两人都沉默了。吴涵开了口:"那就是说,你信得过乔绍廷?"

鲁南也不知道自己对乔绍廷有没有上升到"信任"这个等级。他语气轻松,绕开了话题:"那家伙至少求生欲挺强的。你向领导汇报过了?"

"和缉私那边协商需要时间。"

"大概需要多久?乔绍廷不可能一直拖下去。"

吴涵走到会议桌旁,苦笑:"别说一直拖下去了,我甚至想不出来他能怎么拖过现在这一刻。"

如乔绍廷所愿,电脑出现了蓝屏,可这之后要做什么,乔绍廷一无所知。他得知道鲁南的计划,得把陈曼报关的信息告诉鲁南。鲁南没告诉他陈曼的身份,也没透露行动目标,但看过案卷又见到陈曼本人,乔绍廷大致能猜到,陈曼是个走私团伙头目,而他自己参与了抓捕行动中的一环。既然是抓捕行动,那附近就该有布控的公安,要想办法和他们说上话才行。乔绍廷思索着,故意一脸烦躁:"我靠,怎么死机了……"

陈曼瞟了眼屏幕,没说话。

"我重启一下,很快的。"乔绍廷按下电源键,站起身,拿起手机,"正好趁这会儿去一下洗手间。"

乔绍廷认为自己表现得很自然,可陈曼瞟了眼周硕,周硕就立刻也站起身:"正好我也要去,一起吧。"

乔绍廷一愣。

周硕上前一步,拿过乔绍廷的手机放到桌上,直视他的眼睛,吐字缓慢:"上厕所的时候玩手机不好。"

乔绍廷笑笑,放下手机,和周硕并肩走向洗手间,六神无主。就算附近真有公安,周硕这样贴身跟随,传递信息的希望也十分渺茫。这下要是露馅儿了,也不知道自己能不能在陈曼他们下手之前获救……鲁南没有告诉他现场有人配合,十有八九是为了刺激他的肾上腺素,让他超水平发挥,但万一周围压根儿没有支援呢?毕竟刚才在高速停车带上,自己差点儿被勒死也没人出手……他跟鲁南只有一面之缘,刚才那个电话已经算配合得相当默契了,难道接下来他只能靠祈祷渡过难关了?

乔绍廷的每一步都走得无比沉重。

洗手间门口,周硕上前一步推开门。哪怕里面真有鲁南的人,乔绍廷也不可能有机会和那人说一句话。乔绍廷在心里长叹口气,默认这趟洗手间是白来了。

就在此时,金勇刚趁着周硕进门巡视的当儿,从旁边的杂物间里闪了出来,迅速从乔绍廷身后经过,目不斜视,却把一部手机塞进乔绍廷的衣兜。

乔绍廷感觉到自己的口袋一坠,刚才还悬在半空的心脏,也伴随这个微小的重量回到原位。他微微一愣,悄悄一摸兜,看都没看金勇刚的背影,就随周硕进了洗手间。

进去之后,周硕直接走向小便池,乔绍廷则进了隔间。哪怕只有三分钟也足够了。乔绍廷无声地呼出长长的一口气,从兜里掏出了手机,手机壳上画着两根绿色的香蕉,旁边还写着"不要蕉绿"。乔绍廷哭笑不得。

伴随厕所隔间里的冲水声,乔绍廷开门走了出来,周硕就在卫生间洗手池旁等着。乔绍廷继续扮演着无奈的被监视者,边洗手边苦笑:"早知道刚才就邀请你一块儿了,还能有人陪我聊个天儿。"

周硕没理会他,走到他刚才出来的隔间门口,往里扫视一圈,没发现有什么异常,就随乔绍廷离开了。

两人刚走,金勇刚和赵馨诚就进了洗手间。他们挨个隔间检查,在乔绍廷待过的那个隔间,赵馨诚先是检查了卫生纸的卷筒,又掀起水箱盖,最后端起地上的纸篓。

纸篓下面藏着金勇刚塞给乔绍廷的那部手机。断开的线被重新接上,停滞在原地的时钟,又滴滴答答地走了起来。

"鲁法官,有信息进来了。"刑警敲击着键盘,对鲁南道。

鲁南拿起手机:"小赵他们还是挺给力的,乔绍廷留下的手机既有通讯记录,也是个留言板。"

说着,他把那条信息给刑警看:"照这上面编排的去做,假网页伪造好了吗?"

"差不多了。可我们怎么才能让那个乔律师点进这个链接里呢？"

"他之前是用什么方法登录的电子报关网页？"

"电子邮箱。"

"是咱们掌握的那个邮箱吗？"

刑警点点头。

"那就把链接挂到邮件里发给他，冒充海关的自动回复邮件。"

"那……他能看出来是咱们发给他的吗？"

"没问题，给邮件加个数字编号就行。"

部署完邮件的事，鲁南拨通电话："是我……现在有急事，傅庭让我转达一项工作，需要你还有巡回法庭的弟兄们一起帮忙……"

乔绍廷回到快餐店，笔记本电脑已经重启完了，他输入开机密码，右下角跳出个信息框："新邮件，发件方：中国海关"。乔绍廷点开邮件，邮件标题是"自动回复0105"。

乔绍廷想起刚才鲁南来电话时故意报的那一串判决书编号，松了口气，心里有了谱。

"系统检测您在报关过程中意外退出，请您重新登录网站，并进入报关页面填写信息，或点击下方链接，直接进入报关页面。"坐在旁边的陈曼瞟了眼邮件内容，也没怀疑。

乔绍廷点击链接，网页上跳出由公安伪造的报关页面。他重新开始输入信息。

周硕在一旁看了眼时间，跟陈曼低声耳语了两句。

陈曼问乔绍廷："大概还需要多长时间？"

"十到十五分钟，应该很快。"

恰好此时，陈曼的手机响了。陈曼看了眼来电显示，接通电话，离开座位。

5

田洋家的客厅没有开灯，徐慧文坐在沙发上，用黑莓手机接着电话："田洋他……也是没办法的事。我还没跟孩子说，等回头一切都安定下来的吧……"

正说着，传来敲门声。她打开门，一个素未谋面的女人站在门口，穿着警察制服。徐慧文想了想，对手机说："妈，我这边有点儿事，回头再跟您说。"

门口的人是乔绍言。或许是因为乔绍廷卷入其中，她想再多努把力，又或许是对徐慧文有了新的怀疑，她从案卷里寻到了田洋家的地址，便找了过来。

徐慧文挂断电话，有些疑惑，打量着眼前的人："您是……"

"您是田洋的爱人吧？"乔绍言说着，观察眼前的女人。徐慧文四十岁出头，不高不矮，穿着朴素，没有化妆而稍显憔悴，是在人群中存在感不会很强的类型。

两人坐在客厅，徐慧文开了灯，给乔绍言倒了杯水。乔绍言端着水杯，默默观察客厅的陈设。

徐慧文在沙发远端坐下，神情有点儿不安："您找我有什么事吗？"

"您听过李梦琪这个名字吗？"

徐慧文点头："从冉律师那儿听到过。"

"您和田洋结婚六年多，如果他生活中真的有这么一个交往频繁的女性，您多少总会有所觉察吧？"

"也不好说。当时孩子还念初中，我既得上班，又得照顾他的功课……不过老田这个人，反正这些年给我的感觉还算本分。有点儿懒，有点儿虚荣，有点儿大男子主义，都是些很常见的毛病，但要说在外面包个二奶、养个小三什么的……我不知道，至少我觉得没有。"

"也许他隐藏得比较好。"

徐慧文苦笑："老田他……不是什么能藏事的人……吧？"

乔绍言转移了话题："他公司主要是做什么业务的，你了解吗？"

徐慧文想了想："进出口食品啊，好像是给超市供货什么的，他有时候还会把一些新进的零食带回来给孩子吃。"

"听口音，你好像也不是本地人。老家哪里的？"

"云南的。云南晋宁，小地方。"

"你平时都用什么护肤品？"乔绍言忽然换了个话题。

徐慧文愣了一下："啊？"

"我看你保养得挺好的。"

徐慧文笑了："什么牌子都有吧，就那些乱七八糟的……"

"能带我参观一下吗？"

乔绍言和徐慧文站在洗手间里，乔绍言的目光扫过徐慧文的护肤品，辨认着品牌，其中一种就是 LA PRAIRIE。乔绍言想起物证里的"从江州到南津，感谢你的不离不弃"，那个眼霜也是这个牌子。

徐慧文在一旁解释道："我给冉律师那个漱口水的时候，他还问是不是老田或者我自己用的牌子。老田根本不用漱口水，你看我，我都是用比那氏的。"

乔绍言听完，没说什么，不动声色地随徐慧文走出卫生间。

徐慧文指指房间:"还有管护手霜,我放床头了。"

乔绍言跟在徐慧文身后到了一个小房间的门口,她站在屋门口往里看,发现这间屋里只有张单人床,墙上贴着篮球运动员的海报,而床头柜和床上则搁着睡衣、T恤,还有几片蒸汽眼罩以及那管护手霜。

乔绍言看向隔壁房间,那个房间面积更大,墙上还挂着田洋和徐慧文的结婚照,显然是主卧。

徐慧文觉察到乔绍言的疑惑,解释道:"孩子出国念书之后,有时候我嫌老田打呼噜太吵,就会在这屋睡。"

乔绍言点点头。

徐慧文把她送到门口,乔绍言说:"咱们互相留个电话吧,有什么情况我也方便和您随时联系。"

徐慧文掏出手机:"好的,您跟我说号码,我回拨给您。"

乔绍言注意到,徐慧文此时手里拿的是部三星手机。

6

报关页面上"审核未通过"的提示框蹦出来的时候,乔绍廷其实一点儿都不意外,却做出一脸意外的样子,凑近了看屏幕。

通过那部"不要蕉绿",陈曼报关用的各项文件和编号都已经给到鲁南,鲁南那边的最新情况也全都同步完毕,接下来的步骤,他跟鲁南都在洗手间商量好了。"临时黄金搭档",乔绍廷心情不错,默默给鲁南跟自己盖上个戳。

陈曼则眼角低垂,心情明显地多云转阴。

乔绍廷把电脑显示屏转向陈曼那一侧,不解地问道:"你们的外包装木箱没有 IPPC 标识？"

陈曼愣了一下，看了看电脑显示的弹窗，嘴里念叨着："不应该吧……"

"木箱包装必须符合国际检疫标准这事，我就不用解释了吧，你们也应该知道。如果没有标识，提前通知我啊。"

周硕忙起身走到一旁，拨打电话核实。陈曼念叨着"是不是搞错了"，罕见地说了没用的话。乔绍廷可以想见，如果事情败露，陈曼会生气成什么样。他和鲁南的计划，就像拿着一根羽毛试探一只饥饿的老虎，风险不小。

乔绍廷摆出一副专业解决问题的样子，问："这批货的卸货港在哪儿？"

"西平港。"

乔绍廷拿起手机拨号："我赶紧找人现场核对一下。"

陈曼笑了，随口说道："你不会是找宗飞的人吧？"

乔绍廷微微一怔："宗飞？"

他没有想到会在这里听到宗飞的名字，那正是他此刻在找的人，让他焦头烂额、自顾不暇的案子，最需要找的证人就是宗飞。

陈曼有点儿疑惑，看着他："西平港那边不是宗飞做主吗，你不知道？"

不知为什么，捕捉到乔绍廷的异样，陈曼好像忘记了自己报关的困难，又精神了起来。她眯着眼睛打量乔绍廷，好像闻到肉味的狼。乔绍廷飞速地权衡了片刻，从陈曼这里套到宗飞更多信息，还是稳妥地把眼前的事情继续下去。几乎是半秒钟的时间，他就做出了决定。

"我不是不知道，我不理解的是，由我或岳律师经手的所有工作，都是为了将您的业务变得合法，或哪怕只是看起来合法，而不是跟那些社会边缘人扯上关系。"

陈曼想了想，摆摆手，有些失望的样子。她看向周硕的背影，周硕正一边打电话一边来回踱步。

乔绍廷拨了个电话，打开免提，放在桌上。

那边是个粗犷的声音："乔律，什么事？"

乔绍廷问："金义，你现在在西平港吗？"

"嘿，我这刚从西平港出来。没事，我能往回返。怎么了？"

"你赶紧回去帮我确认一批到港货物，可能其中有部分木质包装箱没有 IPPC 标识。"

"晚点儿行吗？我先去取个东西……"

"恐怕不行，这事非常着急。你要不方便，我就找别人。"

"没事没事，那我现在立刻回去。你把货号发给我吧。"

"好的，那你费心。"

乔绍廷挂断电话，给金义发去了货号。

"你找的这人，可靠吗？"

"陈总，咱们这是合法生意，可不可靠，都不存在风险。"

光头、胡子、墨镜，乔绍廷回想起金义的标志性三件套，心里暗暗发笑。鲁南一说要有人在西平港打个配合，拖延时间，乔绍廷就立刻想到了金义。就像他自己不需要知道事情的全貌也愿意帮鲁南；金义也一样，不需要知道事情的全貌，就能帮他。他跟金义，鲁南跟他，好像都对对方有种奇怪的信任。这种信任不由认识时间的长短决定，更像是嗅到了某种气息。

想到这个,乔绍廷更安心了一些。

"金义又是谁?现在牵扯的人越来越多了,你别忘了整个行动是要保密的。"

"没人知道这次行动的内容和目的,包括乔绍廷,他们每个人只知道自己要完成的任务。"鲁南回答着吴涵的问话,所想和乔绍廷一模一样。刚才吴涵的提问,他也有答案了——他信任乔绍廷。有的人朝夕相处,却永远不会熟悉;有的人一面之缘,却可以托付彼此。

鲁南的手机响了,他看了眼来电显示,接通电话:"我现在正忙,有什么事等会儿再说……"

冉森坐在车里,急匆匆地:"等一下,鲁法官,您听我说。我正在田洋他们家旁边的洗衣店附近,本想着听您的来核实一下徐慧文发现物证的那番陈述,没想到……您猜我在这儿看见谁了?"

说着,冉森透过车窗,望向马路对面的洗衣店。

洗衣店里,竟然是乔绍言在询问店员。

鲁南一愣:"她怎么在那儿?你别离开,我现在过去。"

周硕低声向陈曼汇报,说木箱应该都做好了标识,但保不齐他们底下的工人马虎。陈曼不耐烦地摆摆手,扭头问乔绍廷:"不管发货那边到底有没有失误,这事现在怎么处理?"

乔绍廷正把手机上金义发来的几张照片给陈曼看:"你看,

不是木箱，是木箱下面的防潮架。"

陈曼扫了眼照片："我是问你，该怎么办？"

"如果只是有个别缺标的，我可以让他们偷偷换，但现在看来太多了，恐怕得找检疫人员来现场检疫后，给这些防潮架打上 IPPC 标识，才能顺利过关。"

不等陈曼再说什么，乔绍廷把笔记本电脑转过来，指了指上面的地图导航页面："离西平港最近的检疫机构只有几分钟车程，我可以安排人立刻就去。"

陈曼看了眼时间："就算你找到检疫人员，带他们去港口完成检疫，打上标识，我这边可能也赶不及……这么说吧，是不是需要我改签机票？"

乔绍廷问："您是必须亲自确认这批货物过关吗？"

陈曼点了下头。

乔绍廷拨通了金义的电话："那我让他们抓紧。"

西平港码头，金义边从货船上往下走边对手机说："好的乔律，那我现在就过去。最快也得一两个小时才能完成检疫吧……哦哦哦，那我明白了。放心，出入境检验检疫局我有熟人，待会儿我看看到底是哪个检疫员……明白了。"

金义挂断电话，随手冲旁边的货船船主打了个招呼："多谢啊，老胡，没事了没事了。"

跟在他身旁的一名手下问他："义哥，咱们现在去哪儿？"

"去离这儿最近的那个西平检疫站。"

"然后呢？"

"请检疫员过来检疫防潮架啊。"

"那批货的防潮架都有标识啊,咱这不是在老胡的船上拍了几张假照片吗……检疫员过来,检疫什么呀?"

"我哪儿知道检疫什么。之前乔律给我发信息,把安排都说清楚了。他怎么说,我就怎么做,其余的都用不着咱们操心。乔律是我见过的最聪明的人,他计划好的事,照着办就是了。"

说着,金义和手下上了一辆轿车,驶离码头。

冉森正隔着车窗的玻璃盯着对面的洗衣店,副驾驶门被拉开,鲁南上了车,吓了冉森一跳。

不等冉森开口,鲁南抢先问道:"乔队怎么会跑到这家洗衣店?你在医院的时候,对她讲过那瓶漱口水的来龙去脉?"

冉森摇头:"没有,我一个字也没提过。"

鲁南探身,望着马路对面的洗衣店。乔绍言走了出来,打着电话,拦了辆出租车。

鲁南系上副驾驶席的安全带,对冉森说:"跟着她。"

冉森驱车掉了个头,跟上了乔绍言乘坐的那辆出租车。

他边开车边问鲁南:"鲁法官,您不能直接去问她吗?"

鲁南若有所思:"想问什么时候都能问,这事不急。"

冉森一脸莫名其妙:"那咱们为什么要跟着她?"

"我也不知道。看看她后面会去哪儿,也许就有答案了。"

说着,鲁南不经意间瞟了眼后视镜,发现后面有一辆红色的宝马轿车似乎在跟着他们。

乔绍廷的手机响了,是金义打来的视频电话。

乔绍廷看了眼陈曼，陈曼点头，他接通电话，开着免提。

画面里，金义站在检疫站旁，他调转画面，给出检疫站门上贴着法院封条的画面："乔律，不知道为什么，检疫站这边贴着法院封条呢，没开门。"

这是鲁南拜托了巡回庭的法官帮忙。

乔绍廷故作惊讶："法院封检疫站干吗？"

"我也不知道啊，这事也没地儿问去。"

乔绍廷显出非常不耐烦的神态："你先别挂，等一下。"

他拿起笔记本电脑，搜索地址，随后把电脑屏幕转向陈曼："陈总，除了这儿之外，还有两个离港口比较近的检疫点，路程也差不多。您看，让他们去哪儿？"

陈曼深吸了口气，平静地说道："都可以，抓紧时间吧。"

乔绍廷点点头，吩咐金义："那就别在这儿耽误工夫了，我查了还有另外两个离这儿比较近的检疫站……"

陈曼冷眼看着乔绍廷，冲周硕使了个眼色。电脑死机蓝屏、报关不通过、检疫站被法院查封，都是和乔绍廷无关的变故，可是今天的变故未免也太多了些。

周硕掏出手机，开始在网上搜索关于乔绍廷的个人信息。

乔绍言边讲电话，边走进了电信大楼。

"金义他们走了吗……行，那就把封条撤了吧。感谢一下检疫站的同志们配合工作，也帮我谢谢巡回法庭的弟兄，剩下的我回头再跟你解释。辛苦了。"鲁南坐着冉森的车一路跟了过来，边挂断电话，边瞟了眼后视镜，后面跟着他们的宝马车也停在了路旁。

冉森问："那现在怎么办？等着她？"

"你在车里等我。我进去看看。"

说完，鲁南推门下车，走向电信大楼。

"等于说，你们伪造了假的报关网页，乔绍廷又通过津港公安的手机安排了假的木箱包装照片，鲁南还让方媛和巡回法庭的人假装查封了离港口最近的检疫站。你们这一连串做局的套路可没一个是真的，陈曼但凡拆穿任何一处漏洞……"会议室里，傅东宏听着吴涵和鲁南的行动计划，眉头紧皱。

吴涵接过话头："津港的公安就会现场实施抓捕。最坏的情况我已经想过了，底线是无论如何不能让陈曼再逃走。"

正在这时，会议室的门开了，一名刑警跑进来，对吴涵说道："吴队，领导那边已经完成交涉了，海关在几分钟内就会给陈曼那张假发票的发票号开绿灯。"

吴涵情不自禁地拍了下手。

傅东宏在一旁说道："这倒是个好消息，可怎么通知那个乔律师呢？"

说话间，吴涵已经拿起手机拨号："这个简单。"

周硕把手机递给陈曼，陈曼浏览着屏幕。德志律师事务所合伙人；"十佳律师"；因为王博和雷小坤的案子及被牵扯进邹亮的死，被警方羁押审查……都是乔绍廷的信息。他俩虽然都没有看向乔绍廷，但坐在一旁的乔绍廷似乎感受到了陈曼和周硕对自己的猜疑，有些不安。

这时，金勇刚走进快餐店，一路接听着电话，到收银台点餐。

乔绍廷一眼就注意到金勇刚用的也是画着绿色香蕉的手机壳，还写着"不要蕉绿"。乔绍廷意识到，这是在现场配合自己的人之一。

金勇刚点完东西，付了款，拿着打包的快餐边往外走边继续讲电话，经过乔绍廷等人身旁时，他对手机说："都搞定了，放心放心，肯定过得去。"

乔绍廷会意。

就在这时，他自己的手机也响了。

金义说："乔律，我已经到了，现在就拉着检疫员回港。"

"来不及的，这么折腾，再怎么着也得个把小时。你不是在出入境检验检疫局有人吗？不要让他们去现场检疫了，就在这儿搞定。"

说着，乔绍廷看了眼陈曼。陈曼似乎很认可，点了下头。

"就在这儿搞定？乔律，这玩笑就开大了。连过场都不走，人家怎么给你出手续啊？这可不是花钱的事——"

乔绍廷打断他："这就是花钱的事。几个破箱子，看花多少钱罢了。"

金义愣了愣："可是……"

乔绍廷说："给你五分钟打通关节。"

乔绍廷挂断电话，冲陈曼苦笑了一下："改签机票挺贵的，我可不想破坏您的行程。"

电信公司经理将警官证递还给乔绍言："您说的情况我都

明白,但要做进一步查询,我们需要您提供客户有可能涉案的相关材料,以及您所在单位开具的介绍信或调查函。您应该也明白,这些年越来越重视对通讯隐私的保护,我们是有规定的……"

乔绍言接过警官证,点了点头,起身和经理握手道别。

走出办公室,她看到营业大厅的等候座椅上坐着鲁南。

乔绍言有些惊讶:"你……"

鲁南抢先发问:"我先说——你怎么会在这儿?"

乔绍廷的手机响起提示,是金义发来的短信,他看了一眼,对陈曼说:"搞定了。"

随后,他打开电子报关页面,边对照着手机信息里显示的内容填写信息边说:"赶紧报关通过,别耽误了您的飞机,对岳律师那边,我也算不负所托。"

陈曼不冷不热地说道:"没想到这次报关这么麻烦。不过从你的应变来看,我能理解志超为什么会跟你合作了。"

乔绍廷装作不好意思,笑着摆摆手。他已经填完报关信息,正点击提交电子报关。

陈曼在一旁继续说道:"我记得在来的路上,你说,上个月在江州被扣的那批货,是通过你运作才顺利通关的……"

说着,陈曼把周硕的手机显示页面给乔绍廷看,上面正是乔绍廷因为邹亮的死被羁押审查的新闻。

陈曼冷冷地盯着他。

乔绍廷看到手机页面,脸上的笑容逐渐消失。

与此同时,报关页面突然跳出弹窗,显示审核仍然未通过。

陈曼瞟了眼电脑上的信息弹窗，周硕站起身，走到乔绍廷身后。

"你在看守所被关了一个多月，刚出来不到一个礼拜。那上个月，你是怎么去的江州呢？"

第四章

1

那辆金杯出现在一片漆黑之中，当时鲁南已经对寒冷和暴雨麻木。没有路灯的省道路段还有四公里，距离救助站要八公里往上。平日里鲁南计算过，他走一公里大概要迈一千四百步，如今背着刘白，步距缩短至少三分之一。上次和沈氏兄弟说话之后，他们走了九千来步。刘白在六千多步时清醒了不到半分钟，对鲁南说："太他妈的冷了。"鲁南回答："可说的呢。"四肢跟躯干断开，像冬天的树枝。半个小时之前，步话机发出一阵"刺啦刺啦"，然后彻底没了声响，鲁南已经失去和外界唯一的联系渠道。

"原地蹲下！"鲁南冲沈庆和沈浩发出命令，小心翼翼地把刘白放到地上。他站到省道中间，冲来车拼命挥手。鲁南都快忘了，世上还有雨水和手电筒之外的事物，还有伤员和重刑犯之外的人类。

那辆车停了下来，远光灯晃得鲁南睁不开眼。随着车门打开的声音，有两个人下了车，其中一个冲着鲁南喊道："是鲁警官吗？"

鲁南一手放在额头遮挡着灯光，另一手举起枪："把远光关了!"

"鲁警官,我们是乡镇救助站的!走到半道正好碰上镇委会的车……"

"先把远光关了!"

鲁南抬高嗓门。山体被强光瓦解为微小的粒子。人影成了粗细不匀的线。

远光灯关闭。周遭褪色为暗淡的灰黑,只剩手电筒和车头灯小小的光晕,车两旁走来的男子都穿黑色的雨披,看不清面孔。半道碰上镇委会的车?鲁南低头看着他们没有泥水痕迹的皮鞋,但没立刻提醒他们已经露出破绽。

"救助站的?"鲁南上前两步,站到沈庆和沈浩的身后。

"对,我姓马,是救助站的卫生员。"来人要跟鲁南握手。鲁南没动,站在原地看他。

姓马的偏头,看躺在地上的刘白:"那位就是受伤的同志吧?小曹,快把他抬上车!"

随着他的指示,另一名黑雨披绕过鲁南,直奔躺着的刘白。鲁南面前,姓马的仍然伸着手。鲁南枪交左手,右手与他交握。

"不好意思,我们来晚了,路实在是不好走。"

"你们卫生员要抬伤员,不该用折叠担架吗?"

"哦,我们出来的时候没车,带担架不方便……"姓马的愣了一下,说话间没松开鲁南。

鲁南低头看握住自己的手,那只手力气很大,像钳子,隐隐发力。鲁南抬头,姓马的努力迎上他的眼神,甚至挤出个笑容。从他发抖的眉毛里,嘴角难看的弧度中,鲁南看到心虚和残暴同时浮现。沈氏兄弟的呼吸在变重、变慢,他们的肩膀不自觉地起伏。

"都没问我他受的什么伤,就过去抬人,太业余了吧。"鲁南的声音很轻,像小小的石头抛在空中。

这么漏洞百出的谎言。

几人僵在原地,呼吸声也停住。鲁南一脚将姓马的踹翻在地,回身举枪。小曹把手伸进雨衣,摸索着什么东西,被鲁南一枪击倒。随着他倒地,一支手枪从雨衣里掉了出来。

沈庆听到枪声,双腿蓄力,想趁乱起身缠斗。鲁南回过头,用手枪握柄重重地砸上他的脑袋,把他打倒在地。

"都别动!"鲁南用枪指着三人,慢慢地后退到小曹身旁。他把枪捡起来,收在身上,又伸手探向小曹的颈动脉,确认他已被击毙。为了保险起见,鲁南还伸手进雨衣摸了一圈,没有其他凶器。沈庆双手撑地,哆哆嗦嗦地恢复了跪姿。他的兄弟抱着脑袋,一动都不敢动。

最后,鲁南举枪来到姓马的面前,把他翻了个个儿,用膝盖顶在他的后腰,掏出手铐。鲁南边铐他边对沈氏兄弟说:"你们俩,去把我的同事抬到车上。"

那具尸体仰躺在地上,雨衣散开,像折断翅膀的巨鸟。

2

嘉华中心播放着"营业时间还有半小时结束"的提示,麦当劳则依旧播放着欢快的促销广告,人声的交错之中,乔绍廷和陈曼沉默着对视。周硕离开座位,站在乔绍廷的身后。又搞胁迫威压那套?乔绍廷想。此时鲁南部署的招数已经悉数完成,报关也快要通过,在乔绍廷看来,陈曼额头简直就贴着"气数已尽""大势已去""苟延残喘"。

但戏还是要陪着演下去的。乔绍廷侧头瞟向周硕，无奈地叹了口气，对陈曼道："有些事情，最好您别问，也省得我瞎说。您总不会让他就在这儿勒我脖子吧？"

"乔律师误会了，他是在考虑要不要赶紧走。"陈曼还不知道自己的处境，抱着胳膊，一脸玩味地盯着乔绍廷，像只察觉不到猎枪瞄准镜的老虎。

"走？去哪儿？"

"去晨曦花园，或者和光医院，奥佳幼儿园也行。"

这三个地方，分别是乔绍廷父亲的住处、妻子的工作单位和儿子的幼儿园。

果然，胁迫威压。无法在公共场所取人性命，就要祸及家人。乔绍廷几乎要为陈曼匮乏的创意而叹息。何况在洗手间看到鲁南的留言时，乔绍廷就粗略地估算过，周遭布控的警察至少有四个，陈曼的威胁根本不可能成真。孩童在五六岁时，互相起难听的绰号，叫个不停，为的是看哪个软蛋先哭出来，陈曼还以为自己有资格玩这样的游戏。

虽然十分清楚眼下的局势，乔绍廷还是配合地表现出适度的愤怒，冷笑一声，面露愠色："陈总，你这就……"

"别急着翻脸嘛，回答我的问题。"陈曼对乔绍廷的反应很是满意，安抚式地拍了拍乔绍廷的手。

"既然二位刚才已经查过我了，没查到我有一个亲姐姐吗？"乔绍廷深吸一口气，似乎十分不情愿透露这个信息。

陈曼愣了愣。

"不错，上个月我是在看守所，但我姐乔绍言是江州刑侦总队的副队长兼政委。还需要继续解释吗？"乔绍廷说着，把脸转向一旁，还叹了口气。

陈曼抬眼看向周硕。周硕立刻搜索了乔绍言的个人情况介绍，把手机递给陈曼。陈曼一行行地扫过去，将信将疑道："这上面可没说她有你这么个弟弟。"

乔绍廷拿起自己的手机，打开拨号通讯录，找到了标注为"姐姐"的电话，直接拨通，打开免提。彩铃过后，一个男声传了过来："喂？"

陈曼无从知道，那个号码的拥有者并不是真正的乔绍言，而是鲁南。检疫标识出问题那会儿，陈曼起疑，让周硕上网搜索乔绍廷的个人信息，乔绍廷就从两人的眼神交换中感受到了气氛不对。出于直觉，他把通讯录里的"鲁法官"改成了"姐姐"。

而乔绍廷也无从知道，此刻鲁南真的跟乔绍言在一块儿。当时他们在电信大厦，鲁南正质问乔绍言怎么会来这里，乔绍言则不客气地反问："你是在跟踪我吗？"鲁南正要回答，乔绍廷的电话就进来了。

人总该相信巧合。

乔绍廷的电话打断了鲁南和乔绍言的对峙，鲁南盯着手机屏幕，疑惑地嘟囔："他怎么打过来了？"乔绍言看到来电显示上的名字，也是一脸惊讶，望向鲁南。

鲁南犹豫几秒，冲乔绍言比了个"嘘"的手势，接通电话，含含糊糊地说："喂？"

"哎？姐夫，怎么是你接的，我姐呢？"电话那头，乔绍廷似乎感到困惑。

"姐夫"二字一出，鲁南立刻意识到这电话是打给陈曼听的，而陈曼听过"鲁法官"的声音。思及此，鲁南粗着嗓子，瞬间换上一口东北腔："你姐牵狗呢，我这不搁蜂巢给她取快递呢吗！你真会挑时候，我这儿正要扫码……"

鲁南迅速进入角色，甚至把"取快递"说成了"糗快递"。说罢他一捂电话听筒，压低声音，语速飞快地对乔绍言说："我是你老公，咱俩下楼买菜，乔绍廷现在被挟制，不管他说什么，想办法帮他圆过去。"

不等乔绍言做出任何反应，鲁南就松开听筒，继续表演："哎，绍廷电话，你先接一下。"

说着，他把手机递给乔绍言，冲她摆手，示意她赶紧开口。乔绍言毕竟是经验丰富的公安，呆愣片刻便做出语态自然的样子："绍廷啊，怎么了？"

"你先把它给我，我带它遛一圈。哎对，你问问他那葡萄咱爹收着没有啊……"鲁南的声音在电话那头渐行渐远，效果十分逼真。

乔绍廷傻了。他很有信心，"姐夫"肯定能找到合理的说法解释姐姐不能接听电话，但他万万没想到，姐姐会真的和"姐夫"身处一地。乔绍廷心中暗惊，一瞬间有不少猜测，却怎么都想不明白原委。他控制自己表情如常，确保陈曼不会看出破绽："哎？咱们乔大队长没在班儿上啊？"

"一三五，我带夜班你忘了？"

"哦哦，日子过糊涂了。那葡萄咱爸收着了，好吃是真好吃，就是有点儿太甜了。我看那上面写的原产地还是智利什么的，挺贵的吧？跟姐夫说，下次别买那么多了，我现在也控制爸吃甜的。"

"哦，说起来，爸最近身体怎么样？"

乔绍言的语气依旧自然，而乔绍廷的神情变得微妙。他一时间拿不准这是为了演出效果，还是乔绍言真心想要知道。

乔绍廷笑笑："就还那样。人不安分，牢骚也多，总嫌我照顾得这儿不好那儿不对的。我有时候故意跟他杠，这闺女不回来，有儿子尽孝，他该知足才对。"

听到乔绍廷夹带私货的讥讽，鲁南就感觉自己的存在非常多余。乔绍言先是一脸愧疚，几乎要叹出口气，随后就抬眼瞪他，好像在指责他窥探隐私。鲁南冲她摊手耸肩，一脸无辜，努力表示听到这种家庭内部关系细节绝对非他所愿。这些肢体动作的澄清收效甚微，乔绍言还是立刻伸手往鲁南身后的方向一指，斥责道："你怎么这么快就回来了？再带它遛一圈儿去！"

鲁南翻了个白眼，往旁边走了几步。

"是我不好……"乔绍言压低了声音，语气十分伤感。

"嗐，嗐，你这不也是总队的工作忙，脱不开身……"电话那头，乔绍廷估计也没想到氛围会瞬间陷入沉重，连忙找补。

乔绍言苦笑："有些事，无论拿什么都不能当借口。我对不起爸，也对不起你。"

乔绍廷愣住了，他开始后悔，就算的确不满，也不该在这时候出言嘲讽。从小就是这样，他喜欢恶作剧，而姐姐容易当真。七八岁的时候，他告诉乔绍言树上的毛毛虫最喜欢红色，乔绍言就一个夏天都没穿最喜欢的红色裙子。

乔绍廷有些不好意思，瞟了眼陈曼。陈曼听了乔绍言的真情告白，也是略带尴尬，转开眼神。

"你瞧我这会聊天儿的劲儿！不说这些了，姐，我是想跟你问一下，上个月我托人找你帮忙去海关运作的那批货，你还有印象吗？"

"那批货？什么货？"

乔绍廷微微一惊。陈曼立即警惕起来，冷冷盯着乔绍廷。

空气凝固几秒。乔绍言自然地接话道:"你上个月不就是托那个姓岳的律师过来报关吗?"

听到这儿,陈曼的表情缓和下来,乔绍廷也暗自松了口气。

电信大厦里,乔绍言边打电话,边默读鲁南写在纸上的内容:岳志超律师,走私国家保护动物,通过你弟运作,冒充工艺品报关。

"那事情不都办妥了吗?我记得最后是按工艺品报的。"她把这些词组转化成了自然而然的日常聊天,鲁南冲她连连点头。

"啊是是是,它要没你帮忙,不就报不过去了吗?是这样,岳律师最近还要去趟江州,说让我帮着问一下海关那边儿你是找的谁,他想连你带海关那边的朋友一并表达表达感谢。"

"什么海关?你别瞎说,我嘱咐过你多少次,别在电话里胡说八道。"

"哦哦哦,我明白。可岳律师他……"

"他要来了江州,你让他直接跟我联系就成,有什么事见面再说。"

乔绍言的表现可谓是超水平发挥,增加可信度,还避开进一步信息核实。陈曼轻轻合了下眼皮,示意乔绍廷"考验通过"。乔绍廷立刻进入了收尾环节:"那成,姐,我让他到了之后直接给你打电话。"

"好。"

"那先这么着……"

眼看着那边快挂断电话,乔绍言忙不迭地对手机说:"哎,绍廷!"

"啊?"

"你……你多保重。"

鲁南看看乔绍言,又识相地走开几步。

"哦,放心吧。"

"帮我给弟妹和孩子带好。"

"好的好的。那先这么着……"

"你跟爸说,我一有时间就和你姐夫回去看他。"

电话那头沉默了几秒,随即,乔绍廷不冷不热地说:"不用,你那边儿忙,不用总惦记这边儿。拜拜啊,姐。"

不等乔绍言再说什么,那边就挂断了电话。乔绍言盯着手机愣神数秒,又去寻找鲁南的身影。这次,鲁南站得远远的,看向空无一物的走廊尽头,给她留足空间。

快餐店里,乔绍廷放下手机,努力驱散那通结束语带来的复杂感受,理直气壮地抬头看着陈曼。周硕已经回到座位,还一脸友好地拍了拍乔绍廷的肩膀,仿佛数分钟前要去走亲访友的另有其人。

陈曼讪笑,指了指电脑屏幕上的"报关未通过"弹窗:"看来你姐办事要比你靠谱。"

"这有时候是系统问题,你见过哪个官网好使的?"乔绍廷说着,又点击了一次提交,系统显示申报成功。很快,周硕的手机也收到提示,"报关通过"。他冲陈曼点头,陈曼冲乔绍廷点头。商场开始播放"明天再见"的闭店广播。

一旁的开放式书店内,赵馨诚看着乔绍廷收起笔记本电脑,和陈曼、周硕一并走下电梯,也长舒了口气。他对耳麦汇报道:"吴队,乔律师那边应该搞定了。他们正去停车场,估计是送陈曼赶飞机。"他的余光注意到乔绍廷的身后,半长头发的年轻人依然不远不近地跟着。

不管他是什么来头,到现在这会儿也扑腾不出什么水花了——大不了就是动手。赵馨诚轻轻吹声口哨,跟上那一行人。

总之,顺利过关。

3

电信大厦内,鲁南盯着公告栏的"本月标兵"和"服务规范",看得津津有味,直到乔绍言走过来把手机递给他:"你是不是把我弟卷进什么危险的情况里了?"

"我找他帮忙,他是自愿的。你是他姐,应该很了解他。"鲁南实话实说。当初乔绍廷连缘由都没问就答应帮忙,除去对鲁南本人的信任,当然跟他不安分的性格脱不了干系。

见乔绍言低头不语,鲁南猜是那句"应该很了解"戳痛了她。或许恰恰相反,乔绍言对现在的乔绍廷毫无了解。

理性清晰,外柔内刚,这是鲁南在短短几小时的相处中,对乔绍言形成的印象。如今她却垂着肩膀,两眼放空,久久地不说话。

乔绍言的样子实在沮丧,鲁南猜,她说出来或许会好受些,所以他罕见地越过日常边界,多问了一句:"家庭关系不睦这部分,锅不能我背。他是不满你总不回津港看你父亲吗?"

"他不满的是我母亲从病危到过世我都没回去。而且对我不满的不只是他一个人。"

"原因我就不问了,但不管是不是理亏,你总可以主动回去看看吧。"

"几年前我回去过，从头到尾，绍廷一句话都没跟我说。"

"那你父亲呢？"

乔绍言更显怅然，叹了口气："他甚至都没正眼看过我——真是亲父子。"

鲁南苦笑。人们总是自以为坚强，可以应对危险的工作和迷宫般的人际关系，可以穿越风暴，击退猛兽。可实际上他们脆弱无比，在所爱之人失望疏离的眼神中，一击即溃，无法自处。

"你跟他们解释过吗？"

"我没法解释。"

"是没的可解释，还是不能解释？"

鲁南又逼近一步。这回乔绍言不接招了，她迅速整理好心情，冲鲁南笑笑："别再问了，该你回答我的问题了。"

"没错，我是跟踪你到这儿的，但你来这儿干什么？看，你还得继续回答问题。"

乔绍廷来电之前的局面继续。

乔绍言一言不发，盯着鲁南。一旦离开讨论家人的感性范畴，她就变回了之前总队会议室里的那个人，能跟强悍的吴涵针锋相对，肩背挺直，丝毫不输。

吴涵的电话适时地进来，打破了沉默。鲁南看着眼前再度穿上铠甲的乔绍言，求生欲发作，将乔绍言的临场发挥大大夸奖一通。不仅如此，他还在吴涵和乔绍言之间打了圆场。挂上电话，他又向乔绍言解释吴涵的敌意并不是敌意，只不过是对保密范围十分敏感。

"你不需要在吴涵那儿帮我说好话。"片刻之后，乔绍言的语气缓和了一些。在那之前，鲁南简直担心自己会因为刺探乔家秘密而遭到灭口。

清了清嗓子，乔绍言开始讲述她在徐慧文家的发现。

"我的猜测未必准确，可我现在怀疑，徐慧文知道李梦琪的下落。"乔绍言一开口，就是个重磅炸弹。

乔绍言找到的疑点一共有三个。

首先，徐慧文用的护肤品里有 LA PRAIRIE 的面霜。田洋轿车后备厢那个礼盒里，是同一个品牌的眼霜。

其次，田洋和徐慧文是分房住的。他们儿子的房间里，床头柜和床上都搁了不少女性衣物和用品。能让一对夫妻分房睡觉却不离婚也不分居的，除了多年的恩情、怕麻烦、不想改变生活习惯这些惯常理由，还有共同的利益和秘密。

再次，也是最重要的，乔绍言进门时徐慧文在打电话，用的是一部黑莓手机，临走互留电话时，她却掏出了一部三星。

"你不是说她孩子去国外念书了吗？没准儿那部手机是……"

"年轻人用黑莓手机，总归不常见吧。"

说话间，两人走出电信大厦。鲁南回身望向大楼招牌，明白过来："你是想来查她的通讯记录。"

"没错，而且这部分超出了我的权限。所以说，不管你问不问，我都需要找你和吴队帮忙。"

乔绍言说罢，定定地看着鲁南，等待他的判断。

诚如乔绍言所说，徐慧文有不少可疑之处。强光和漆黑一样会干扰视线，太过合理的身份，似乎让徐慧文成了调查中的盲区。鲁南甚至怀疑，倘若李梦琪改头换面成为田洋的妻子，是否也能瞒天过海。

想到这里，鲁南加快了脚步，冲乔绍言摆摆手，示意她一起上冉森的车。他边拨打电话，边急匆匆对冉森说道："赶紧回总队。"

马路对面那辆跟踪他们而来的红色宝马已经开走，不见踪影。

津港机场的出发口人来人往，赵馨诚斜靠着栏杆，监视着乔绍廷和陈曼、周硕握手告别，站好最后一班岗。他看那两人通过了安检门，走向登机口，将眼前的进展通过耳麦汇报给吴涵。吴涵的声音透着前所未有的喜悦，赵馨诚也觉得肩膀轻盈不少。

通讯结束之后，赵馨诚忽然注意到，那个半长头发的年轻人也在安检处排队。他嗑着牙花子想了想，冲不远处的金勇刚递了个眼神。金勇刚立刻会意，朝那个年轻人的方向靠近。

就在金勇刚越来越接近他的时候，那个年轻人突然扭头望向赵馨诚，用手指敲了敲自己的耳朵，露出藏在发间的通讯耳麦，又朝赵馨诚做了个拱手致谢的动作。

赵馨诚明白过来，这是吴涵派来的南津总队公安。他没想到，布控支援行动的背后，居然还有一层支援行动。赵馨诚笑了，对通讯耳麦说："没事了，小金，收队。"

至此，赵馨诚和乔绍廷部分的行动全部结束。

4

冉森的车在南津刑侦总队门口停下，鲁南下车，绕到驾驶席车窗一侧："你稍等一下，我们进去跟吴队说，让总队的人把你带进去。"

冉森有些意外,有些惊喜,甚至有些感动:"我终于不是工具人了?"

"既然牵扯到徐慧文和她让你转交的物证,好歹你得做个笔录。"

看冉森笑容凝固后露出哭笑不得的表情,鲁南在心中默念"习惯就好",和乔绍言一并走向刑侦总队大院。刚走出没几步,鲁南就接到了乔绍廷打来的电话。这次乔绍言没看到来电提示,冲鲁南打了个手势,先行一步。

鲁南放慢脚步走进院门,接起电话刚要开口,乔绍廷就抢先说道:"鲁法官,帮你一次忙,我得少活十年。"

鲁南笑眯眯地面对乔绍廷的抢白:"我一开始就告诉过你,存在一定的风险……"

"那咱俩对'一定'或是'风险'的理解差异还挺大的。"乔绍廷的语气就复杂得多,有劫后余生的庆幸,大难不死的愉快,还有一丝若有若无的狡猾。

虽然钦佩乔绍廷的应变,也感激他的仗义,但鲁南以多年和律师交手的经验判断,乔绍廷这时候立刻打来电话,目的恐怕有些可疑。他飞速盘算了一下乔绍廷可能提的要求,又思考在不越界的情况下自己能为他做到哪一步,然后痛快地答道:"不好意思,这次算我欠你人情。"

"不用。那两个人,你们会逮捕的,对吧?"

鲁南本以为乔绍廷的要求大体不会离开那个死刑复核案的范畴,此话一出,鲁南反而搞不明白乔绍廷的意图了。斟酌片刻之后,他小心翼翼地说:"我们法院并没有权力逮捕任何人。"

"得了吧,你显然是掺和到公安的布控行动里了。我不知道你在这里面扮演什么角色,但在嘉华中心给我递手机的,还有老在附近晃悠的一个半长头发的小伙子显然都是公安。我就问你,是不是会把这俩人抓起来?"机场高速上,乔绍廷开着车,对打开免提的手机说。

"不出意外,再有一个多小时,他们就归案了。"

"那就行。把他俩绳之以法,咱们就两不相欠。"

"为什么?"

"因为他们一言不合就要把我勒死。"

"呃……听上去倒也合理,可就有那么点儿公报私仇的味道。"

"也不完全是,一言不合就下毒手,怎么看都不会是好人吧。"

"总之非常感谢,也很抱歉让你冒了这么大险。"这么看来乔绍廷是真的别无所图,仅仅出于良好市民的正义感来电——鲁南为之前的想法愧疚了几秒,准备挂断电话。

就在此时,乔绍廷又开口道:"哦对,还有个事。"

"你说。"真不愧是律师。鲁南按"结束通话"的手指停在半空,差点儿没憋住笑。可乔绍廷接下来说的,超出鲁南的预判。

"刚才电话里确实是我姐,行动是她们队主控的吗?"

"不是。"

"那你别再把她牵扯进来。"

鲁南原本正走向办公楼,听到乔绍廷的话,停下脚步,笑了出来:"你是怕她有危险?我还以为你俩关系并不好呢。这个你放心吧。再说了,她是公安,本就是专门——"

乔绍廷打断他:"没错,我俩关系是不好,那你也别把她牵扯进来。"

没等鲁南再说什么,电话被挂断了。

这回还真是以小人之心度君子之腹，鲁南坦荡地想着，在心里对乔绍廷认了个错。他饶有兴致地看着手机。这个乔绍廷，跟乔绍言本人直接说话的时候冷嘲热讽，现在又打电话过来叮嘱，他对姐姐的在意，恐怕比他自己能觉察到的还要再多些。

此时乔绍言恰好从办公楼里出来，鲁南刚想跟她说些什么，就看见她身后还跟着吴涵和傅东宏。几人在鲁南身旁停下。吴涵冲身旁的刑警指了指门口："去把冉律师带进去做笔录。"

她又对鲁南道："乔队都告诉我了，替我感谢津港的乔律师。"

最后，她转向傅东宏："你的人应变非常不错，但我还是认为，他应该待在队里，直到津港那边行动结束。"

"要是留在队里，刚才乔律师电话打过来，我就只能冒充你老公了。"鲁南瞟了眼傅东宏，用眼神传达自己的疑问——谢完乔绍廷，不该轮到他鲁南吗？

傅东宏无奈地朝他撇嘴，用眼神回答——不要妄想。

吴涵转身，盯着鲁南："我以前是不是真的见过你？挺久以前了，好像是司法警察的立功表彰会，有个法警在押运过程中猝遇突发事件……不过我记得上台的那个人比你黑，也比你瘦，而且没戴眼镜。"

听到这话，傅东宏意味深长地去看鲁南的反应。乔绍言虽不清楚内情，但也觉出吴涵意有所指，看向鲁南。

"我也希望当年你看到立功受奖的那个人是我。"三人的目光下，鲁南嘿嘿一乐，没承认也没否认，打得一手好太极。

答谢寒暄环节到此结束，吴涵立刻说回案情："陈曼那边算告一段落了，据津港公安和我的人近距离观察，陈曼应该不是李梦琪。从你们的调查来看，似乎是觉得徐慧文有问题，她的通讯记录我已经派人去查了。不过我可以很确定地告诉你,徐慧文也不会是李梦琪。"

"确定?"鲁南问。

"案件调查伊始,为加快效率,所有涉案人的DNA,包括凶器上那个身份不明的DNA,我们都和田洋周围的所有人进行过交叉比对。南津总队筛查了斯塔瑞公司的全部员工,我们队负责筛查田洋的亲友,这里面自然有徐慧文。不管她现在有什么嫌疑,她肯定不是李梦琪。"乔绍言接过吴涵的话,看来鲁南刚才的圆场也并不是毫无用处。

"那……徐慧文或是田洋家有没有一辆红色的宝马车?"鲁南不死心地追问。

"没有。田洋的车都被查封了,徐慧文之前开的那辆MINI也是田洋名下的。"

"刚才有辆红色宝马一直跟踪我们到电信大厦。不过无所谓了,既然她不是李梦琪,我也就再查不出什么。我可以跟你们说个大概的嫌疑方向,你们继续往下追。"

鲁南说着,转向傅东宏:"领导,我晚上九点多点儿的车,能不能……"

傅东宏宛如吴涵附体,把帮忙当本分:"你不许走,留在这儿配合吴队工作。"

鲁南非常泄气,自己又没线索继续追查,还有什么工作能配合的?

吴涵可能和鲁南想的一样,略一思考:"等冉律师的笔录做完,要是没什么意外情况,你和老傅该走就走吧。"

说着,她看了眼傅东宏:"你们差点儿搅了我们的行动,但也是你们弥补了抓捕计划的漏洞,而且还发现了徐慧文身上的疑点，谢谢你们帮忙。"

这答谢不但来得晚，还要提鲁南闯的祸。吴涵可能认为，当面直接说出"谢"字，小行星会撞向地球。正在鲁南腹诽时，吴涵朝他伸出了手："我个人也很感谢你。"

他和老傅不是仅仅"弥补计划漏洞"吗？鲁南懒得深想，礼节性地和吴涵握了握手。

"傅庭，我能不能去交通队做个笔录……"

"你先别走。"傅东宏正跟吴涵往办公楼走，一回身，否决了这个提议。鲁南翻了翻白眼，冲乔绍言苦笑。

乔绍言一指鲁南左眉骨伤口的创可贴："你该换补丁了。"

刑侦总队水房中，鲁南在水池前扯掉创可贴，弯腰清洗伤口。

乔绍言在一旁看着："看来，你之于吴队和冉律师之于你差不多。"

"啥？工具人？"鲁南直截了当。他还以为乔绍言是良心发现才关心他的伤势，没想到是探讨人生意义来的。

乔绍言笑了，因为鲁南的不掩饰。

"被人当工具使，也没什么不好，至少我没什么意见。"

乔绍言掏出新的创可贴递给鲁南，有些惊讶："你没意见？"

鲁南谢过乔绍言，撕开创可贴，笨拙地往眉骨上贴："我不知道对于你们来讲办案抓人算什么，反正我是当工作。"

乔绍言洗着手："只是工作？当然我不是说什么天天要想着匡扶正义之类的，那就太矫情了，可咱们至少是在维护法律吧？"

鲁南半天没贴准地方，干脆放下创可贴，用手指在眉毛上摩挲，确认伤口位置："是，没错，维护法律也是种工作嘛。做好一份工作，有信仰加持自然更好，但如果没给信仰充值的话，尽责就足够了。"

乔绍言洗完手用纸巾擦干，又掏出护手霜抹了抹，一系列的动作完成后，她一扭头看到鲁南还没贴上创可贴，就上前拿过创可贴说："我帮你吧。"

她凑近鲁南的左侧眉骨，帮他贴上："你说得也对，只要有足够的责任心，一样能立功受奖。"

鲁南没接话茬儿。立功受奖他不在乎，当工具人他也不在乎，就是一份工作罢了。抓捕陈曼，揪出徐慧文，他觉得自己这趟工作也差不多该到头了。倒是这次，吴涵、傅东宏、江啸，乃至乔绍言，他们立场各异，却都有在乎的东西，而且都异常执着，这点给他留下的印象比较深刻。

鲁南如此想着，神经放松下来，闻到乔绍言手上护手霜的味道："你抹的啥？挺香啊。"

乔绍言笑了："就是雪花膏的味儿，我还挺喜欢这种……怎么讲，'古早味'的。"

"乔队，好歹我是给你弟当过几分钟姐夫的人，有两句话不知当不当说。"

乔绍言白了他一眼："你最好别说。"

鲁南愣了愣："那好吧，我只说一句——他挺挂念你的。"

乔绍言呆愣片刻，神情变得复杂，可她刚要说话，鲁南的手机就响了。

鲁南接通电话："吴队？"

吴涵正和几名刑警急匆匆地走出办公大楼，刑警各自跑开去召集警员,准备警车。

"查到徐慧文的通讯记录了,那部黑莓手机用的是她儿子名下的号码,她刚才打给陈曼了!"

徐慧文和陈曼有联系。结合乔绍言之前给的信息,此刻的鲁南,竟然并不十分惊讶。

他朝乔绍言挥了挥手,拿着手机,匆匆走出水房。

5

刑侦总队院门口停了十几辆警车,灯光在夜色中闪烁,四五十名整装待发的刑警站在车边,似乎就等吴涵一声令下。这热闹的一幕看得鲁南恍惚,这一整天总队都静悄悄的,他都不知道吴涵从哪里一下召集了这么多人。

鲁南一过来,吴涵立刻向他确认红色宝马的型号和车牌。鲁南点头:"是一辆325,后面没有L,估计是老款。"

吴涵对一众刑警说道:"你们都听到了,除了A组和B组之外,其他人去找这辆车。我们已经联合交管部门从监控里排查,有任何消息更新,都会第一时间通知你们。行动吧。"

刑警们驾车驶出了刑侦总队。光点迅速变少,不到五分钟的时间,院内又重回安静。鲁南则跟着吴涵往办公楼的方向走:"这徐慧文是不是……"

不等鲁南说完,吴涵猛地回过头,抢先问道:"这情况乔队知道吗?"

鲁南一愣。刚才在办公楼下,她俩还一唱一和,怎么现在又提防上了?他瞟了眼楼门口,乔绍言刚从水房出来,正边往院门口走边四处张望,还不时看向鲁南和吴涵这边,应该是完全不明白行动的缘由。

"我什么都没透露,只说你要找我。不过你什么都不告诉她,是有什么芥蒂吗?"

"我跟乔队之间完全是公对公。她在南津没有执法权,帮不上忙,而万一有任何行动内容被泄露了,如果她也是知情人之一的话,反倒会增加很多麻烦。"

鲁南注意到,吴涵说得非常宽泛,显然没有把情况和盘托出。鲁南不知道吴涵是翻了旧账,还是又和乔绍言有新的冲突,他也懒得再掺和,笑着点头:"有道理。这样一来,如果行动内容被泄露的话,你只需要怀疑我和傅庭就行。"

"真要到那时候,我会好好调查一下老傅。"

这人开不得玩笑的吗?鲁南惊讶地望向她,吴涵却换了个话题:"徐慧文跟陈曼通话的时间,应该就是乔队去家里找她的时候。"

那也就是乔绍言敲开门时,听见的徐慧文那句"妈,我这边有点儿事"。鲁南回想着乔绍言的讲述,默默对上了时间线。

"可徐慧文和陈曼之间怎么会有联系?"

吴涵瞟了鲁南一眼:"别跟我这儿装小学生,显然作为给陈曼走私集团洗钱的公司,徐慧文才是实际控制人。不管作为老公还是董事长,田洋只是个幌子。"

"不是我装傻,而是我不明白之前你们怎么没调查出来。"

"因为徐慧文的身份在他们集团有保密范围。我已经核查过了,连江啸和卢星都不知情。"

鲁南愣了愣。如果他没记错,江啸已经做到了陈曼身边的二把手,连他都不知情,那徐慧文的确不是一般的核心人物:"徐慧文已经发现自己暴露了?"

"应该是。如果那辆红色宝马里坐的是她,跟踪你和乔队到电信大厦,足以让她意识到危险。而且她现在人没在家,两部手机都关机,显然要出逃。"

"手机号你们定位了?"

"定位了,那两部手机不在一块儿。两部手机的信号都在移动中,而且都是往出城方向。"

"她很可能——"

"可能把这两部手机扔到两辆出租车上,给司机塞几百块钱,让他们分别朝不同方向往城外开,用来干扰侦查。所以A组和B组都只配置了四个人,剩下的全面撒网,重点找她开的那辆车。牌照我会让人查,不过估计那是辆走私车,要么是假牌,要么是套牌。"

吴涵语速很快,对抓捕方案也十分笃定。鲁南感觉此刻的她前所未有地斗志昂扬,宛如睡醒的猛兽。想来也是,卧底、布控,她都不能亲自下场,只能隔山打牛,如今终于直接抓人,兴奋也在所难免。

鲁南对接下来的行动更放心了些,与此同时,他也开始惦记自己晚上九点多的车票。恰逢吴涵话音未落,傅东宏从办公楼里走出来,看了看吴涵和鲁南:"乔队呢?"

鲁南一指院门口的方向:"刚看她出去,怎么了?"

"张弢和焦志已经从江州回来了,正从机场往这边赶,我还说让他俩跟乔队碰一下。"

傅东宏的事在抓捕面前算不上重要,鲁南却敏锐地捕捉到自由的气息:"呦,这正差回来了,我是不是可以撤了?"

傅东宏刚要说什么,鲁南就对吴涵说:"吴队,刚才你说过的,只要冉律师做完笔录,我和傅庭该走就可以走了。"

"吴队还说过，要是没什么意外情况。"傅东宏冷冷地说。

鲁南摊手："就算有意外情况咱们也干不了啥呀。眼看案情有进展，吴队他们该怎么查会怎么查，正好张弢和焦志过来了解情况，更容易确定死刑复核的方向。"

傅东宏看向吴涵。吴涵有些纠结，问鲁南："你觉得徐慧文有可能警告陈曼吗？"

"陈曼已经上飞机了，她的电话打不通，留在南津这儿的大管家是江啸，又是你们的人。对徐慧文而言，她要想对陈曼尽忠，最好的办法是确保自己别被捕。"

"傅庭，您跟这儿再留一会儿，我真得去交通队做个笔录，完事儿咱们一块儿撤？"见傅东宏没立刻否定，鲁南马上大步朝院门外走去。

总队院外，鲁南正一身轻松地在路边等出租车。冉森从车里下来，小跑到鲁南身旁："鲁法官！"

鲁南打量着他。显然，冉森笔录结束恰好看见吴涵召集人马，为打听状况一直等到现在。

"你怎么还跟这儿蹲坑呢？这都几点了，回家吃饭去吧。"鲁南的声音里满是收工的愉悦。

"你和公安的人跑进跑出的，可什么进展都不跟我说。我陪着你忙活了半天，没功劳也有苦劳啊！你总不能……"冉森却一脸焦急。

"好好好。这样，我的两个同事很快就来，一个是张弢，另一个是焦志，他们是田洋案死刑复核的承办人。有些情况虽然我不能和你讲，但我一定会如实、详尽地告诉他俩。至于剩下的，你该提辩护意见提辩护意见，他俩该怎么复核怎么复核，我只能给你交代到这儿了。"鲁南急匆匆说着，就看一辆空车从自己面前驶过，刚要拦车，冉森就挡在了面前。

"那……你是现在就要走了吗？"

"我得先去交通队做个笔录。"

"我送你吧。"

让他送这一路也少不了打听，鲁南忙摆手："不用。这法院的老跟律师搅和在一块儿，既不好说也不好听。"

鲁南终于拦下一辆空车，就见冉森一脸沮丧，神情落寞。他想了想，往回走两步，拍拍冉森的肩膀："别泄气，你今天帮了大忙，不光帮到了我，也帮到了你当事人。我向你保证，我的那两位同事是非常尽责的法官，他们一定会审慎地对待田洋的案子。"

冉森深吸口气，强打精神，伸出手和鲁南握手道别："谢谢你，鲁法官，我相信你。"

鲁南笑笑，带着学生躲过老师拖堂般的心情转身上车。可他并不知道，马路对面有个人一直站着，观察他和冉森的互动。那人一见他离开，立刻小跑着过了马路，叫住冉森。

"冉律师！"

"乔队？"冉森有些意外，看着乔绍言朝自己走来。

"冉律师在斯塔瑞做法务多久了？"乔绍言免去了寒暄，开门见山。

"五年多了，当时公司刚成立没多久，田总聘了两个律师做法务，除了我，还有一个比较资深的大姐，但是她干了不到一年就离开了。"冉森回答着乔绍言的问题,却搞不明白她询问的缘由,一头雾水地望着她。

"那个女律师叫什么名字?之前是哪个事务所的?"乔绍言继续问。

冉森不知道这和眼下的抓捕有何关系,或者是指向什么新发现的线索。可他想了想,还是如实答道:"印象不深了,只记得她姓刘。不过我应该还有她的名片,我可以回去找一下。"

说到这儿,冉森顿了顿:"您不会是怀疑她……"

乔绍言笑笑,跟鲁南一样什么都不泄露:"我只是想多了解些情况。冉律师,你一直在田洋的公司做事,在他周围有没有见到过某个二十五到三十岁的女性?"

冉森笑了:"您给的条件也太宽泛了,这让我怎么说。"

乔绍言想了想,从兜里掏出个笔记本,抽出夹着的照片递给冉森:"你在田洋身边见过这个人吗?"

照片看起来有些年头,边缘泛黄,上面是个二十岁出头的年轻女性,鹅蛋脸,瘦高个儿,一身休闲装,没戴任何首饰。她正对镜头,笑得十分开朗。

冉森刚接过照片,乔绍言的手机响了,她看了眼来电显示,转身走开几步,接通电话。

"喂……是我……你怎么……你说什么……什么时候?在哪儿……你为什么……喂?喂!"

看来是那头挂断了电话,冉森听着乔绍言断续的语句,更为困惑,却不知道从何问起。如果说和鲁南的短暂相处教给了他什么,那就是不要指望公职人员共享信息。冉森想着,在心里叹了口气,把照片递还给乔绍言:"没印象,我应该没见过。这是……"

"这是八年多以前的李梦琪。"说着,乔绍言急匆匆地收起照片,"再联系。"

冉森看着乔绍言离开的背影,一脸莫名其妙。

交通支队比刑侦总队热闹多了,大晚上的,鲁南竟然要排队等询问室的空位。做完笔录,他也就终于明白了下午那起事故的缘由。

鲁南乘坐的那辆出租车,司机在高速行驶的情况下没看清旁边车道的情况就变道,引发了这起连环事故。出租车司机的伤势还不太方便做笔录,但交警从事发路段的监控推测,旁边那辆车很可能正好位于出租车的后视镜盲区里。

盲区,就是在两车平行距离一米到一米五的情况下,鲁南所乘坐的那辆车两侧车后门的位置,也就是后视镜和倒车镜都看不到的那个夹角。司机在变道前肯定通过倒车镜和后视镜观察过,而他变道后发生碰撞的那辆车,正好在这个视觉盲区里。

明明距离很近的后车,却会因为盲区的存在遭到忽视。这番技术性十足的解说,不知为何让鲁南联想起李梦琪的案子。会不会也有什么近在咫尺的事物,一直被所有人忽视?明明刚跟乔绍言说过那不过是一份工作,此时的鲁南也是好不容易才从傅东宏那儿脱身,可他还是忍不住联想。

"那些受伤的人怎么样了?"鲁南问交警。

"伤得有轻有重,不过都没生命危险。这里面也有你及时报警和现场积极施救的功劳。"

鲁南摆手:"谈不上。给你们添麻烦了。"

和交警握手道别后，鲁南穿过支队大厅向外走，恰好碰上两名交警对一名女司机检查行驶证。

那名女司机在大大的买菜包里翻找半天，最后干脆一股脑把包里的东西倒在桌上。这动静吸引了大厅不少人的目光，那包里的东西简直一应俱全，除了化妆品、护肤品、保温杯，还有两本厚书和一瓶胡椒粉。一旁五六岁的小孩拿起胡椒粉，冲自己的家长嘿嘿笑。

鲁南从一旁经过，也注意到了这名女司机。不仅如此，他还发现那个女司机倒出来的东西里，有个印着"LA PRAIRIE"的蓝色圆形罐子。

想了想，鲁南走到她身旁，客气地指着那瓶护肤品问："不好意思，这个……我能看一眼吗？"

奇怪的要求有时候让人想不起拒绝，女司机一愣："哦……"

鲁南拿起那个蓝色罐子，一边端详一边对女司机解释："我媳妇让我帮她买这个牌子的东西，我看挺老贵，它……好用吗？"

"还行吧，能用，也没那么贵。"

鲁南笑着和女司机闲聊，拧开瓶盖。

"这个味儿……"鲁南微微一惊。

"它家的东西都这味儿，跟雪花膏差不多。"女司机说着，收拾桌上的东西。

鲁南愣在原地。从下午到达南津到现在，鲁南第一次感到震惊，还产生了些不祥的预感。半小时前，跟那瓶LA PRAIRIE同样的味道，他在总队的水房里也闻到过。当时乔绍言怎么说的来着？她说她挺喜欢这种雪花膏的"古早味"。

6

鲁南匆匆走出交通支队，在路边拦出租车。手机响了，他接通电话："怎么了，吴队？抓到徐慧文了？"

"你在哪儿？"

"交通支队门口，刚做完笔录。"

"你在那儿等我一下，我很快到。"

"啊？你来交通队干什么……"

不等他说完，吴涵那边已经挂断。鲁南站在路边，看着夜晚的车流发愣。有些直觉，他不愿意相信；有些前因后果，他也不希望联想。

过了好一会儿，鲁南拨通了一个电话。

最高人民法院巡回法庭，办公室里空荡荡的，短发的高个儿女人拿着手机站在窗边："你莫名其妙让我和巡回法庭的弟兄去贴封条，闹半天你现在人还在南津。不是说好你今晚会从北京出发过来的吗？"

她叫方媛，是鲁南平日里作为法官的下属和搭档。傅东宏说她"脑袋里都是肌肉"，她对此的回应是"怎么可能，还有美食"。总之，这是个四肢发达，头脑简单的家伙。

"没辙呀，领导指哪儿我打哪儿。"鲁南声音如常。

"那你到底还能不能及时回来啊？"

"看情况吧。本来都准备颠了，突然又找我，不知道什么事……对了，我这回前脚回北京，后脚就来了南津，都没回家看老婆孩子。我琢磨着，等回头津港那边完事了，我好歹给家里那小子买个玩具啥的。你帮我查查津港有什么卖玩具的地儿。"

"你这土老帽，都什么时代了，直接网上下单不就完了。你儿子还小，买点儿安全的、益智的，比如GINCHO的彩泥……"

接下来的七八分钟里，方媛都在给鲁南科普当代橡皮泥的功用、材质，以及演变历史。鲁南质疑这东西是不是更适合女孩玩过家家，方媛立刻给他来了一通男女平等课题教育。电话那头，鲁南一边觉得这样的对话实在不着调，一边却莫名地慢慢平静下来。

说完橡皮泥和男女平等问题，方媛抬头看向窗外的夜空："南哥，你那边能看到月亮吗？"

"能啊，又快到十五了，月亮挺圆的。怎么了？"

"你不觉得今晚的月亮看上去有点儿红吗？感觉像血月。"

"啥意思？月亮熟了？"

"据说血月的晚上会出事，你小心点儿吧。"

鲁南笑出声来，他最后一点儿复杂的情绪，也在方媛的封建迷信中烟消云散："你看是这色儿，我看是这色儿，全国人民看都是这色儿，总不能哪儿都出事吧？别胡说八道，说好的唯物主义立场呢……好了好了，我这边车来了，随时联系。"

鲁南看着吴涵的警车由远及近，挂断电话。这次通话，帮助他将乔绍言和雪花膏的事驱散出了脑海，他一边朝吴涵挥手，一边走向马路中央。他笃定刚才交通支队的事情是自己过度敏感，草木皆兵，可当时的他并不知道，方媛会一语成谶。

坐上警车之后，鲁南回头一看，发现后座没人，车上只有他和吴涵。鲁南有些不解:"吴队,咱们这是要去哪儿?"

"去个地方,找个人。最好有人陪我一起去。"

"怎么,总队的人手这么紧张?"

"搞清原委之前,这件事的知情范围不宜扩大。"

鲁南笑了:"神神秘秘地搞什么?让我陪你去,我不就知情了?"

"我信得过你。"吴涵沉默半晌,才从牙缝里挤出这句话。

鲁南发现所有直接的夸赞、示好、答谢,好像都会让吴涵感到不适,他讪笑道:"我何德何能,比你自己队里的兄弟还值得信任?"

吴涵目视前方,边开车边说:"立功表彰会。"

鲁南皱眉:"什么?"

"立功表彰会,上台受奖的那个法警,不但圆满完成了押运任务,而且击毙一名劫车匪徒,逮捕另一名劫车匪徒。最重要的是,他将受重伤的同事及时送去治疗,救下了一条命。他那个同事叫刘白。伤愈之后,刘白通过司法考试,去法官进修学院学习。大概是看我离婚有年头了,老傅就把他介绍给我。"

吴涵这番话说得语调平缓,宛如背书,给出的信息却足够让鲁南震惊。他没想到吴涵的丈夫竟然是刘白。吴涵这是在感谢他救自己丈夫一命?

吴涵还是一脸别扭,扭头看着鲁南:"所以我才跟你说,我个人也很感谢你。"

竟然真是感谢,鲁南有些不好意思地笑了:"老傅啊老傅,可太会牵线搭桥了……"

很长一段时间,两人都没再说话。做好工作,尽职尽责,这是鲁南现在的人生信条。就像在水房跟乔绍言说的,鲁南不在乎当"工具人",不在乎立功受奖,事实上他甚至不太在乎任务最终是否能够成功,只要求自己尽力就好。自己之外,不可控制的部分太多,何况在意就会产生执念,执念就是欲望,而欲望带来弱点,所以鲁南没有执念。

可他也并非一直如此,变成这样,是因为他有过太多的失望和绝望了。每次的失望,都会杀死一小点执念,同时也杀死一小点期待。

令人后怕的,还有那些死死拽住执念不放时,不得不做出的揪心选择。

那具尸体仰躺在地上,雨衣散开,像折断翅膀的巨鸟。

然而此刻,吴涵的话带来安慰。昔日的执念像一根小小的回旋镖,扎了回来,带着让人欣慰的美好未来。那瞬间,鲁南没想起开枪时候手腕发虚的感觉,忘记了那些伤心的时刻,甚至忽略掉十几分钟之前对乔绍言的怀疑。

非常值得,他想。

虽然不知道刘白娶了不会说好话的海象是什么感受,但鲁南觉得非常值得。

"好吧,咱俩这到底要去找谁?"警车拐上了高架,鲁南率先开口。

"你给我的那瓶漱口水,瓶口采到了 DNA 样本。"

鲁南一愣:"DNA 样本?不会这么快就出现比对结果了吧?"

"比对信息库是非常庞大的,运气好的话一小时就能出结果,运气不好的话,一天也是它,一礼拜也是它——前提是信息库里真有和这个 DNA 相同的样本。"

"那到底出没出结果啊？"

"信息库里没出结果，但内网弹出一个吻合的比对结果。"

"内网？"

"公安人员的生物信息样本在内网上都有备案。"

吴涵没再继续往下说，鲁南想了想，脸色变了。他又一次想到水房的"古早味雪花膏"，还有刚刚在交通支队闻到的味道。他不愿意相信的，不愿意联想的，此刻都变为确凿的证据，砸到他的面前。

吴涵扭头，看着鲁南震惊的样子："是的，漱口水瓶口采到的 DNA，是乔绍言的。"

第五章

1

最高人民法院庭长办公室其实跟云南的乡镇救助站没什么区别，都是一张大桌、两排铁柜、数盆绿萝外加长长的日光灯。非要说的话，庭长办公室的绿萝还比云南那几盆要蔫一些。

傅东宏坐在办公桌后，头发尚显茂密，翻动着人事档案，抬眼瞟向桌对面的鲁南："复员转业当法警，干了不少年啊。市检二分院当助检，平调到一中院刑庭做审判员……经历挺丰富的，怎么想来最高院刑庭了？"

"人往高处走嘛，而且听说咱们这儿分房子快一点儿。"鲁南坐着，一身便装，旧旧的金属边眼镜磨去几处镀铜，黑色尼龙双肩包挂在椅背。

调任动机这种问题，傅东宏对每个新来的法官都会问上一嘴，答案大差不差，都是司法公正、三观信仰那套。初次见面就大剌剌说要分房的，眼前这人是头一个。傅东宏盯着他看："法官是法治社会的精英群体，如果你仅仅把它当作谋生的手段，就亵渎了它的神圣！"

鲁南没被他的严厉吓住，眨眼，语气比刚才多些调侃："恕我直言，领导，不遵循程序好好干活儿，才是亵渎这行。何况先不谈法官算不算精英群体，老抱着这种想法会不会助长官本位的意识啊？"

傅东宏笑了，为鲁南的有来有往："你真是这么想的？我是说，关于分房那部分。"

"有房分肯定好啊，不然都不敢要孩子，不过没房分也会好好干活儿，这个您放心。"鲁南还是一脸坦荡。那句话怎么说的来着，"有些人的起点，是另一些人的终点"，一直从事文职的人肯定不会知道，他得花上很多时间，才不用每天紧绷着后背生活。救了刘白之后产生的根本不是成就感，而是无穷尽的后怕。如果那两个人逃跑了，如果他们冒险夺枪，如果那两个帮手脑子稍好一些，如果他们的鞋子沾上泥水……

傅东宏低着头，继续看人事档案。数秒的沉默后，鲁南也试探道："您真是这么想的？我是说亵渎神圣那段。"

打机锋的流程已经结束，傅东宏懒得再说套话，连眼皮都不抬："甭管你是爱喊口号还是光惦记分房，来这儿都得踏实干活儿。干得好就干，干不了滚蛋。"

敲门声传来。不等傅东宏回应，穿着法官制服的中年男人就走进办公室。他叫马秉前，身材高大，鼻直口阔，头发一丝不乱，法官制服平整得能看出裤线。鲁南打量他，心想这人可真像个法官。

傅东宏一指鲁南："老马，这是新调来咱们庭的，叫鲁南。"

鲁南起身，跟马秉前握手。

"以后这小兄弟就跟着你，别给他带歪了。"

马秉前点头，坐在鲁南身侧："领导您放心。"

他扭头对鲁南说："兄弟，咱们这行儿可不仅仅是个工作。公正审判，不光是咱们的核心职能，更是一种法治信仰。你要只拿这行儿当谋生手段,那可就看低它了……"马秉前看起来都快被自己感动了,目视窗外,还摸摸头发,声音带上点儿舞台腔。鲁南边频频点头,边偷眼去瞄傅东宏,却发现傅东宏也在偷看他,两人视线对了正着,又同时收起笑意。当时的他们都不知道,几年之后,傅东宏还是庭长,鲁南还是法官,马秉前却做起反担保生意,在商场上把套话说得一样流利。

傅东宏干咳一声,打断马秉前的滔滔不绝,问鲁南道:"这些年工作期间,你有受过什么特别的表彰或处分吗?"

鲁南作势想想:"没有。"

傅东宏低头看着人事档案,上面分明写着"荣立个人一等功""集体三等功"。

"真的没有吗?你再想想。"

2

鲁南坐着,一脸平静,对问话的刑警说:"没错,我确定。"

这是六年之后,在南津刑侦总队谈话室。

废弃商业大楼一层的天井,鲁南用手电照着地面,徐慧文面朝下趴在地上,血顺着地面的纹路缓缓扩散,渗进瓷砖缝隙。

这是一小时前。

"一个小时之前?干吗非让鲁南跟你一块儿去?手下这么多人你怎么不带?"南津刑侦总队会议室内,发量可疑版的傅东宏整张脸泛白,来回踱步,朝吴涵连连发问。

吴涵低垂眼睛,神色如常,身体却紧绷着:"漱口水瓶口的DNA是乔队的,这事很古怪,可并没有指向什么明显的犯罪行为。消息传出去容易引发凭空揣测和风言风语,我想先私下找她聊聊。"

"聊可以,你打电话叫她来不就是了?"

"我打了,她没接。"

"那你怎么知道她在那栋废弃大楼?"

"查手机定位。"吴涵直视傅东宏,那眼神在说,值得被质问的另有其人。

当时的手机定位显示,乔绍言人在静保区一带。附近有几个待拆迁小区,还有一栋废弃的商业大楼。

"那您又为什么要去静保区那栋废弃大楼?"会议室楼下的谈话室里,吴涵手下的刑警做着笔录,问乔绍言。

"因为徐慧文给我打电话,约在那里见面。"漱口水的DNA,徐慧文的尸体,还有鲁南没跟任何人说过的护手霜味道——乔绍言身上可谓是疑点重重。可她的语气平静,目光也平和,只有低垂的肩膀显出些疲惫。

她打开最近通话,点开来自网络拨号的通话记录,将手机递给刑警。她还记得徐慧文语气绝望,带了哭腔,也记得冉森面露困惑,因为她接起电话后的断续言语。当时是在刑侦总队门口,她给冉森看李梦琪的照片,鲁南刚乘出租车离开。

两名刑警对视,点头,九开头的网络拨号,这和他们掌握的情形符合——徐慧文的两部手机,一部扔在出租车上,往郊区去,另一部封在闪送包裹里。电话不可能来自那两个号码。

"徐慧文给您打电话,您为什么不先通知我们呢?"刑警继续发问。

"因为并没有人告诉我,你们正在搜捕她。"

吴涵不向她通报信息,这是一直以来的实情。刑警被乔绍言的回答噎住,数秒后才继续开口:"那她在电话里怎么跟您说的?"

"她说,自己可能快走投无路了,有重要的事情要透露给我,但只能跟我一个人说。"

"她还说什么?"

乔绍言放缓声调,咽下叹息:"她还说,如果想找李梦琪,就一个人去见她。"

也就是说,乔绍言被徐慧文单独约见,等鲁南进了那栋大楼,看到的却是徐慧文的尸体。乔绍言隔壁的谈话室里,刑警继续朝鲁南问话,试图拼出完整的情景。

"既然是吴队要你陪她去,你为什么没跟她一起进去?"

"这得问你们吴队。她一开始说自己先进去看看,让我留在车里等她。"

"那你过了几分钟,为什么又进去了呢?"

鲁南摊摊手,那当然是因为,大楼里不光有乔绍言一人。

那栋废弃的商业大楼坐落在老城区,旁边是条喧闹的小吃街。鲁南坐在车里,望着吴涵的背影消失在大楼北门门口。他向周遭张望,打开手提箱,翻出个手电,下了车。

大楼的方向是一片死寂的漆黑,几十米开外却宛如另一个世界,灯光暖黄,人来人往。

绕大楼巡视半圈,鲁南就到了南门。那侧的街上没有人烟,低矮的旧楼墙上写着"拆"字,住户也都已经搬走。夜色之中的南门门口有个暗色的影子,似乎是停了辆车。鲁南打着手电走近,发现是那辆红色宝马。他绕到车后确认牌照,果然,是徐慧文的车。车里没人,鲁南又绕到车头,伸手摸前机器盖,还温热着。

就是因为这个发现,他从南门走进楼去。

"那您到大楼之后,联系上徐慧文了吗?"同一时间,隔壁谈话室,刑警问乔绍言。

"你看通话记录,我一到就给她打了电话,但是已经打不通了。"乔绍言说着,又把手机递给刑警。

楼内漆黑一片。废弃的货柜横在走道中央,大理石地面上堆着建筑垃圾,电梯门口拉着封条。

乔绍言步伐很轻,手机听筒传来无人接听的提示。她挂掉电话,打开手机背面的微型手电,边走边叫徐慧文的名字,音调不高不低,语速不快不慢。

乔绍言的声音和脚步形成嗡嗡的回响,她确定一楼空无一人,于是一路摸索着找到楼梯,上了二楼。"旺铺出租"的打印纸落满灰尘,旧玻璃门映出乔绍言的身影和手电的反光。

她巡视一圈,发现徐慧文也不在这层,就往三楼走去。

沿着楼梯走到一半,一楼门口的方向有脚步声传来,还有撞到什么东西的动静。乔绍言以为是徐慧文来了,急匆匆就往楼下去。

可进楼的并不是徐慧文。

"进楼?既然没直接联系上乔队,你凭一个定位就摸黑跑进去,不是以身犯险吗?那你还何必让鲁南跟你一块儿呢?"傅东宏看吴涵的眼神,除了困惑不解,还有恨铁不成钢。

"我也是怕事态发展有什么我说不清的地方,鲁南过去,好歹是个见证。至于进楼的时候,我没想太多,只是觉得在一对一的情况下,乔队能更放松,可能也会更坦诚些。"

吴涵打着手电走进大楼一层,她并不知道楼门口停着那辆宝马,也不知道徐慧文会来,所以,和乔绍言的谨慎与鲁南的警觉都不一样,她昂首阔步,大摇大摆,用手电左照右照,还险些撞上陈列花车。每个动静造成的声音在空旷的大楼都被放大数倍,传出很远。

没走出几步,她就听到楼上传来窸窸窣窣的声音。楼里果然有人。她站定听了几秒,便立刻找到楼梯口,向楼上跑去。

"吴队和乔队都在一楼看过,都没发现徐慧文的尸体,怎么偏偏你发现了?"

"你们吴队是从大楼北门进去的,可能乔队也是从那个门进去的。而我看到徐慧文的车之后,是就近从南门进的大楼。她的尸体离南门很近。"

"你看到她的尸体之后呢?"

"之后,我就看到了乔队……"

从南门进楼,就是有玻璃屋顶的天井。整片区域空无一物,餐椅和餐桌都堆在角落,鲁南几乎是一进大门就看见天井的正中央趴着个人。他小心翼翼地挪过去,看到血迹蔓延。尽管那人面部朝下,鲁南还是第一时间就从穿着跟发型意识到,这很可能是徐慧文。

他蹲下身,用手电照着,伸手探她的颈动脉。

徐慧文已经死了。

这时，鲁南听到前面不远处有脚步声，忙一抬手电，就看到一脸震惊的乔绍言。

乔绍言望向鲁南，又望向地上徐慧文的尸体："你……你怎么会……她……这是徐慧文吗？"

不等鲁南回答，楼上又传来动静。鲁南和乔绍言同时把手电往上照，楼上的手电光也照向楼下。鲁南被手电光一晃，眯起眼睛，仔细辨认，发现站在楼上的人是吴涵。

"——还有你们吴队。"鲁南对坐在对面的刑警说道。

来龙去脉拼凑清楚，却带来更多疑问。徐慧文是坠楼还是他杀？楼里当时还有没有其他人？她打给乔绍言，本来是想说什么？为什么她会知道李梦琪的下落？

刑警和鲁南面面相觑。同样的沉默，也在乔绍言所在的谈话室，以及吴涵和傅东宏之间蔓延开来。

3

如果深究自己的内里，吴涵会发现，她的脑中有一座小小的车站，站内只发两班车。

第一班车叫"自己人"，是一辆半新的中巴，购票上车需要通过层层核验。除了家人和并肩作战的总队弟兄，就是傅东宏这样相识多年的老友。保护这些乘客不受伤害，顺顺利利，占吴涵生命意义的一半。她和他们互相信任。

另一班车次则迎来送往，取票简单，是辆警用依维柯，车次名叫"非我族类"。这趟车乘客多，位子却少，绝大多数乘客会被迅速送往检察院、法院、监狱以及看守所，无须在吴涵生活中常驻。把这些人送往他们该去的地方，就是吴涵的另一半生命意义所在。

在最近七十二小时中，鲁南溜上了"自己人"中巴，乔绍言则刚在"非我族类"那班车给自己争取到 VIP 席。

乔绍言不可信任，这对吴涵而言无须验证。非公派地介入调查，漱口水瓶口的 DNA，还有江州反馈来的种种信息，都不过是论据而已，论点早在她俩第一次见面时就已经形成——这人可疑。吴涵直觉认为，有些关键的东西还隐藏于黑暗中。徐慧文的死让乔绍言的"可疑"直接变成了"嫌疑"，只差找到证据抓人。现在吴涵越来越倾向于相信，案件中藏起来的那部分，就是乔绍言本身。

"我不是让你在车里等我吗，为什么擅自进去？"正是基于此，鲁南一进会议室，就遭遇吴涵劈头盖脸的质问。如果不是鲁南，说不定她能直接抓个现行。

"因为我看见那辆红色宝马停在商业大楼的另一侧，换句话说，楼里很可能不仅有乔队，还有其他人。"鲁南的回答和刚才在谈话室一样。他担心吴涵的安全。

"那你可以电话通知我，不该贸然进来。再说，就一个徐慧文，我又不是对付不了。"

"我只看见车，但不知道之前车里到底坐的是谁，更不确定有几个人。再怎么说，我进去也是为了协助你。"

"我怎么觉得你一声不吭就进来，是因为你并不相信我呢？"吴涵憋着一腔郁闷，干脆不讲道理。

"我挺相信你的。"鲁南哭笑不得，这种情绪化大概也可以理解成某种信任和安全感吧。

跟鲁南对视着，吴涵慢慢平静下来。

"那……你也相信乔队吗？"

"相信。"鲁南想都没想就回答——真够笨的，吴涵想。

"除了她是乔绍廷的姐姐，你对她还有什么了解？"

鲁南笑了："除了刘白是你老公，我对你的了解也不多，但这不妨碍我相信你吧。"

吴涵抱起胳膊，简直不知道该怎么跟鲁南沟通。乔绍言身上无法解释的事情一件接着一件，怎么可能和她一样？

傅东宏摆摆手："行了行了，这徐慧文到底是自杀还是他杀？"

"不好说。现场勘验很可能明天才能完成。"吴涵硬邦邦说着，又瞪了鲁南一眼。这话倒不是赌气，那栋大楼的电力早已被掐断，楼里太黑，很难完成现场勘验，只能先封锁现场。就算派人出去借照明器材，折腾一宿，东西借来了天也该亮了。

傅东宏又问："那验尸呢？尸检能不能帮助判断是自杀还是他杀？"

"也得明天出结果。"吴涵不再看鲁南，补充道，"除非有明显的防卫性伤口或打斗痕迹，不然对侦破也没什么帮助。如果徐慧文只是从高空坠落的话，验尸最多能证明她是摔死的。"

傅东宏不耐烦地来回踱步。因为新变故而感到焦虑的，并不只有吴涵一人。想到鲁南被自己喊来帮忙，如今却牵扯太深，愧疚与疲惫就同时朝傅东宏袭来。

他深吸口气，看向窗外夜色，问吴涵道："你就直接跟我说，要是他杀，这里面会有鲁南什么嫌疑吗？"

吴涵一愣，没答话。傅东宏这是什么意思？最有嫌疑的当然只有乔绍言。

鲁南笑了:"傅庭,这个您放心,徐慧文要真是遇害的,跟其他人比起来,我嫌疑最小。"

傅东宏看看鲁南,又盯着吴涵:"是他说的这样吗?"

吴涵有些不情愿,点了点头。

"那好,该帮的不该帮的,我们都帮了。上天入地无所谓,出生入死也认了,可别弄到最后,自己都择不清楚。鲁南,走,咱们回北京。"傅东宏说着,走到会议室门口,回头冲鲁南一招手。

吴涵站起身:"老傅……"

"就到这儿。有什么案件复核上的托付,张癸和焦志会跟你们沟通。鲁南是过来帮忙的,我不能最后把他搁这儿。再说这案子他不是承办人,我也无权命令他继续留下来……"

傅东宏说的句句在理,吴涵愣愣地站着,无法反驳,看向鲁南。

鲁南的目光在两人间逡巡片刻:"傅庭,咱们再留一会儿吧。"

傅东宏一愣。

鲁南看眼手表:"咱们两小时内出发,我就能赶得上高铁。"

傅东宏哭笑不得,报着嘴,几小时前明明是鲁南急切地想要离开:"怎么,你这是管闲事管上瘾了?"

"如果目前这个状况很可能影响到田洋死刑复核的结果,也不完全算闲事。我想等张癸和焦志到了,跟他们核实一些情况,给出个完整的建议。"

表态之后,鲁南转向吴涵:"吴队,虽说要以最终勘验结果为准,但你是不是也倾向于徐慧文是他杀?"

吴涵朝傅东宏笑笑,心情顿时转好:"我只知道无论是自杀或他杀,徐慧文的死都很可疑。"

"如果是自杀,无非是'畏罪',可走私这罪名……不当死。要说是他杀,动机又是什么?"鲁南问。

傅东宏走回会议室:"灭口?"

"谁想灭口?陈曼的团伙,还是……"

"应该不是陈曼的人干的。我问过江啸,他们甚至都不知道徐慧文和陈曼的关系。难道是李梦琪?"事实上吴涵很想说乔绍言跟李梦琪肯定脱不开干系,甚至说不定乔绍言就是李梦琪,但考虑到鲁南他们的想象力有限,还是作罢。

"有道理,不过我觉得应该也不是李梦琪。"鲁南说道。

"你是觉得李梦琪跟徐慧文之间并没有什么关联?"

"不,经过这一系列事情,我觉得,李梦琪很可能并不是个活人。"鲁南给出的答案,远远超出吴涵所想。

4

乔绍言独自坐在谈话室,看着对面的两张空椅子发呆。隔着门玻璃,鲁南都能感觉到她的恍惚和无助。她站过询问室的单向玻璃外,坐过那两张属于问话者的椅子,但恐怕是第一次坐到现在这个位置,成为被问话者,甚至是某些人眼中的嫌疑人。

他推门走进去,冲她打个招呼,晃着手里的白色磁卡:"乔队,要不要吃饭去?我要了张饭卡。"

乔绍言有些迷惑,看着鲁南:"我……可以离开这儿吗?"

"你没戴手铐,门也没锁,外面又没人看着你。乔队,你不是嫌疑人啊。"

＊　＊　＊

　　总队食堂外的走廊上没什么人，鲁南捧个一次性饭盒，边走边往嘴里扒拉着饺子。乔绍言走在他身旁，只拿着瓶矿泉水。

　　"徐慧文那话，你觉得是什么意思？她知道李梦琪的下落？还是说她知道谁是李梦琪？"鲁南以不涉及乔绍言本人的问题入手，嘴里塞着两个饺子，话语伴随咀嚼声。

　　"她只说我要想找李梦琪，就一个人去见她。"

　　"事情发展到这一步，我有种感觉，就是李梦琪可能已经死了。"

　　乔绍言打不起精神，明显排斥这个猜测："要说我的感觉，徐慧文话里话外更像是她会把李梦琪交给我。"

　　鲁南停下脚步，把空饭盒和一次性筷子扔进楼道的垃圾桶："你好像很确定……或者说，你很希望李梦琪还活着。"

　　乔绍言回头望了他一眼，不置可否。

　　鲁南把她的沉默理解为默认："我能问问原因吗？"

　　问题从案情转移到乔绍言本身。

　　她百感交集的样子，让鲁南知道自己问对了问题。有什么近在咫尺的事物，一直被所有人忽视，这个直觉朝鲁南袭来，比之前更为强烈。乔绍言朝鲁南走近，鲁南等待着。

　　可她刚要开口，就朝走廊尽头一瞥，垂下眼睛。鲁南回头一看，吴涵正朝他俩走来。

　　"乔队，你跟田洋或者徐慧文到底是什么关系？你是不是有什么隐瞒？！"吴涵来到他们身前，略去寒暄。她的问题和鲁南的问题，答案可能大同小异，可在她审视的目光中，乔绍言立刻变得戒备而警觉，惜字如金。

"案件嫌疑人或嫌疑人家属。除此之外我并不认识他俩。"

"那为什么徐慧文从田洋衣兜里找出的那半瓶漱口水瓶口会有你的 DNA？"吴涵抱起胳膊。

"我不知道，而且我不怎么用漱口水。"乔绍言低着头，看都不看吴涵。

吴涵冷笑一声，绕着乔绍言踱步半圈，打量她。刑警想激怒嫌疑人时，就会是这样的眼神和姿态——鲁南做法警时见得不少。

鲁南确定乔绍言没撒谎，可他更确定，吴涵这样不可能问出任何有效信息。于是他插话道："那乔队，你用眼霜吗？"

乔绍言瞟了鲁南一眼："想起来的时候会用。怎么了？"

"那你会用 LA PRAIRIE 吗？"

"我什么牌子都用。再说了，吴队一样会用眼霜吧？"说话间，乔绍言抬起头，也盯着吴涵，抱起胳膊。

气氛更为糟糕，吴涵身后的刑警悄悄后退一步。

另一名刑警从楼道小跑过来，给吴涵送来张薄薄的纸，吴涵扫了一眼便递给鲁南，这是徐慧文案的物证清单。

废弃大楼三层有徐慧文的挎包，她坠楼时的随身物品也都登记在册。鲁南一行行捋过清单内容，余光瞥见吴涵挥手示意陪同的刑警离开。

"我们局领导已经和你们领导联系过了。你们领导的意思很明确，第一，你这次来南津并不是公派；第二，明天现场勘验结束后，如果能完全排除你的嫌疑，我们会派人送你回江州，你们领导要求你直接回总队向他述职；第三，从现在开始到完成排查，你不要离开这个院子，我们会给你安排今晚休息的宿舍，希望你配合。"吴涵压低嗓音，语气比刚才缓和，看来这番话才是她真正的来意。剥夺乔绍言的调查权和人身自由，向上级通报情况。相比之下，刚刚声色俱厉的质问都是开胃菜。

乔绍言点头，并不诧异："这算是给我上强制措施？"

"不算，但如果你拒不配合，你们领导说了，就按一般涉案公民对待你。"

乔绍言低头苦笑："吴队，我也有个疑问。你说从漱口水瓶口上验出了我的DNA，我怎么能知道，那瓶漱口水作为物证，没有被污染过呢？"

"你什么意思？"吴涵没想到会被反将一军，盯着乔绍言看。

"我的意思是，这是你的地盘，你想怎么调查我都可以，但谁来监督你？"

吴涵笑了："乔队，你身上值得调查的，又岂止是漱口水瓶口的DNA？"

鲁南从清单上抬起眼睛。

"你在江州从警十几年，但九年前离职过。离职两年后，你重新被江州总队录用，还获得了提拔。要说离职后能复职的公安，不是没有，但复职后还能升官的，就真不常见了。"

乔绍言脸色变了："你查我的人事档案？"

"不用我查，你们领导直接发给我了。你离职那两年，谁都不知道你干什么去了。"

"我爱人那两年出国工作，我跟他去国外了。"

吴涵冷笑着点头："真是令人信服的说辞……那两年还正好是被田洋杀害的刘凤君失踪到李梦琪失踪的时间……"

眼看两人谈得越来越僵，鲁南怀疑对话再进行下去，人身攻击会彻底取代有效信息——乔绍言离职跟田洋的事扯在一起，展现出的就不完全是逻辑，还包括想象。鲁南能理解人在焦虑中胡乱挥舞双手，试图抓住些什么的行为，然而这种慌张，会让真正重要的东西从指缝溜走。恰好此时，鲁南又一低头，发现物证清单上缺了点儿什么。

他想了想，指着清单问吴涵道："车钥匙呢？"

吴涵和乔绍言都是一愣。

吴涵："什么车钥匙？"

鲁南把物证清单还给吴涵："不出意外，大楼南侧那辆红色宝马是徐慧文开来的，她身上或她的挎包里为什么没有车钥匙？"

吴涵扫了眼物证清单："也可能那不是她开的车，或者车钥匙掉在现场什么地方了……"

乔绍言瞟向吴涵："也可能在杀害徐慧文的凶手身上。"

吴涵盯着乔绍言看。这种有来有回的夹枪带棒，让鲁南蓦地想起鹬蚌相争的古老故事，然而得利的渔翁是谁，他还无从知晓。

陈曼的航班快要落地，刑警那边叫吴涵布置抓捕预案，鲁南也接到短信，焦志和张弢从江州回来了。

"我同事到了，我去跟他们碰一下。"吴涵跟随刑警匆匆离开，鲁南跟乔绍言交代几句，也打算下楼。他刚走出两步，又回过身："乔队……"

"我想洗一下手，能不能借你的……算了，我也不兜圈子了，你那个雪花膏味儿的什么护肤品，能不能给我看一下？"鲁南犹豫片刻，直视乔绍言。

乔绍言不屑地笑笑，从兜里掏出个小盒，拿在手上，真的就是一盒雪花膏。

鲁南打开盖子闻闻,又放回乔绍言的手上,笑着冲她摆摆手,转身边走边嘟囔着:"便宜的贵的,原来都一个味儿啊……"

漱口水瓶口的DNA,徐慧文的电话,在鲁南看来,从来都算不上证据。乔绍言最后一点嫌疑,鲁南也从心中彻底排除了。

鲁南走出楼门,就看见刑侦总队院里人来车往,一副大战前秣马厉兵的景象。吴涵正对着步话机讲些什么,她身旁的刑警都穿着防弹衣,拿上防爆盾牌,戴起头盔。

傅东宏和两个文质彬彬的中年男人站在院门口交谈,戴眼镜的那个是张羖,稍矮些的是焦志。鲁南看到他们,快步上前:"三爷!老焦!辛苦辛苦!"

傅东宏见鲁南过来,说道:"我跟他俩都嘱咐差不多了,你到底还急不急着回去?吴队他们马上要去抓人,后面没咱们事了,你留在这儿还能干啥?"

鲁南朝张羖和焦志眨眼:"隔壁是预审和看守所,听说田洋就羁押在那儿。"

傅东宏一愣:"对啊,怎么了?"

鲁南又朝张羖和焦志笑笑:"你们要不要提讯一下田洋?"

"我们之前已经提讯过他了……"焦志不解。

张羖会意,伸手一拦焦志:"如果有需要,我们随时可以再提讯他。"

鲁南一扬眉毛:"那你们肯定缺个记笔录的书记员。"

* * *

5

审讯室内,田洋戴着手铐和脚镣坐在椅子上,和案卷照片相比没胖没瘦,不憔悴也不亢奋,连神态都没有变化,眼神睥睨,高低肩,一边嘴角不屑地抿着。被判死刑,被控杀人,好像对他没有丝毫意义。鲁南观察着田洋的神态,回想来时张弢和焦志告诉他的信息。乔绍言的可疑,更像是蝴蝶效应所造成的障眼法,而眼前这人,才是切切实实地隐瞒着什么,还自认瞒得相当不错。鲁南见过很多麻木的死刑犯,但田洋不麻木。他觉得自己会赢。

田洋对面是张弢和焦志,鲁南坐在他俩身旁,煞有其事地摊开一沓笔录纸。丝线一样的直觉,鲁南努力想要抓住。盲区藏于暗处,鲁南想看清楚。

"田洋,我和焦法官去江州走访了解到,九年前你和李梦琪都住在邗江区红星大院的出租屋。"张弢开口道。

田洋大剌剌地往后一靠:"是啊,之前都问过我好多遍了。"

"不,你听清楚,我们走访发现你和李梦琪'都住在那儿',但你之前跟我们以及公、检机关陈述的是你和李梦琪'在那儿同居'。"焦志观察着田洋的表情。

"这不一个意思吗?"田洋无动于衷。

"李梦琪在那儿租了房子,你也租了房子,你俩既然同居,为什么要租两间房?"

田洋笑了,满不在乎:"还能为什么?她往回带人方便呗。"

张弢和焦志对视,似乎也找不出什么破绽。鲁南不明就里,望着他俩。

焦志低声对鲁南说:"李梦琪在婚前经历比较……做过陪酒

女，出台的那种，还被戒毒所强制收容过。"

鲁南会意，点点头，问田洋："那你俩平时到底住不住一块儿？"

"有时候住一块儿，有时候她跟别人睡。"

"那你结婚之后和徐慧文是住一块儿吗？我是指，你俩是在一屋睡觉吗？"

田洋一愣，抬高嗓音："是啊。"

鲁南笑笑，看着田洋："徐慧文好像不跟你睡一屋啊。"

田洋的眼神飘忽起来："有时候她嫌我打呼噜，就去跟孩子睡呗。"

"等孩子出国了，你俩就彻底分房睡。田洋，你还真是不喜欢跟人同住。"

田洋有些语塞，盯着鲁南看："你……也是法官？"

鲁南摆摆手："你也可以当我是个高规格的书记员。田洋，我们知道徐慧文的真实身份了。"

惊恐的神情瞬间出现在田洋脸上，从被提讯到现在，他的轻松自在第一次有了裂缝："你们……她也被抓了？"

鲁南放慢语速："很不幸，你老婆死了。"

田洋愣了几秒，反倒放松下来，垂下头："哦。"

田洋的反应令张弢和焦志都有些疑惑。鲁南冲田洋打个响指："你不关心一下自己爱人是怎么死的吗？"

"我……不是……只是觉得太突然了。"慌乱而拙劣的解释。

鲁南干脆放下手里的笔："田洋，就算是演戏，你好歹也装出点儿悲痛的样子吧，否则不管是作为斯塔瑞公司的法人，还是徐慧文的老公，都有点儿过于摆设了。"

田洋低下头，不再答话。信息量巨大的质问，他这算是全默认了？张弢和焦志交换眼神，又一齐看向鲁南。

"我现在直接问你，李梦琪到底在哪儿？"鲁南单刀直入。

田洋低垂目光："我不说了吗，我俩分开之后就没联系了，我不知道她在哪儿。"

鲁南懒得纠缠："那好，我换个问法。李梦琪还活着吗？"

田洋还是低着头："我说过多少次了，分开之后，我跟她就没联系过了。应该活着呢吧。"

"你俩好歹九年前也算是亡命鸳鸯，虽说分开了，总不至于一点儿旧情都不念吧。何况你直到被捕，身上还带着她的信物。那玩意儿物证鉴定过，是真货，正经不便宜呢。"

田洋冷笑："女的嘛，不都喜欢钻戒什么的，当时她想要就给她买了。分手了我当然得要回来，挺贵的东西，凭什么让她带走？"

"你的意思是说，你是觉得那东西值钱才要回来的，跟你惦不惦记李梦琪没关系，是吗？"

"反正我不惦记她。"田洋还是不看鲁南的眼睛。

鲁南从焦志面前拽过一本案卷，翻开几页："那就有意思了，我们和公安在江州都核实到了相同的信息，你揣的那枚钻戒是李梦琪爱人在求婚时送给她的，不是你给她买的。你显然在撒谎。何况李梦琪八年前结婚，七年前失踪，她在失踪之前都戴着这枚钻戒，你怎么可能跟她没联系呢？"

田洋低头不语，似乎不打算再回应鲁南的任何质询。

飘在半空的直觉缓缓落地。鲁南掏出手机，给乔绍言打电话，让她去跟吴涵会和。

* * *

看守所的管教将田洋带离审讯室。张弢和焦志起身抻胳膊抖腿放松，只有鲁南继续翻看案卷。有页笔录纸微微发皱，质地却比前后几页都新。鲁南抬头问张弢道："这是……"

张弢侧过头瞟了眼："哦，这是我们俩在李梦琪丈夫那儿取到的笔录。"

鲁南略一思忖："另一本卷呢？"

"另一本卷？"

"这是副卷吧，正卷呢？"

张弢一脸不解："副卷的东西是最全的。你看的就是内部卷，还看啥正卷？"

鲁南轻轻敲了敲桌子，伸出手："正卷拿来。"

焦志也一头雾水，但还是从背包里拿出正卷，递给鲁南。鲁南急匆匆地翻开卷皮，查看卷宗目录。

"找啥呢？正卷里有的这里都有，正卷里没有的这里也有。"

鲁南头都不抬："你说对了，我就是想知道哪些是正卷里没有的。"

6

鲁南在审讯室翻看案卷的时候，乔绍言正在总队大院的集结现场，看吴涵向各队刑警发布行动指示。陈曼和周硕的飞机落地时间、走私集团成员的汇集路线、抓捕行动的布局……真是个尽职的领导，疾恶如仇的好刑警。不过人未必只有一面。就像她自己，无论在工作上得到何种成绩，也永远不是乔绍廷和父亲眼中的好姐姐、好女儿。

乔绍言整理着思绪，就看鲁南拿着两本案卷急匆匆地走向吴涵。吴涵正和刑警说话,鲁南便站在一旁,等她讲完。

乔绍言想着漱口水瓶口的DNA——那无疑是栽赃,问题不过是经谁之手。还有徐慧文坠楼时,吴涵从楼梯上探出的半个身子。如果徐慧文打电话,就是想告诉她吴涵的身份呢?那杀人灭口就说得通了。江啸不知道徐慧文,说不定陈曼也不知道吴涵。

乔绍言看着鲁南四下张望打量,瞟着警车车窗,又绕到车前去查车牌。他似乎对其中一辆车格外有兴趣,拉开没上锁的车门,站在驾驶席的侧面,从车座上拿起什么翻看。

鲁南的余光扫到驾驶座位侧方的缝隙,他躬身伸手,掏出个什么东西。从乔绍言的角度看不清楚,那似乎是把汽车钥匙,鲁南拿着它发愣。乔绍言又上前一步,看到了钥匙上的宝马车标。

杀人灭口,就是说得通。

她和鲁南揪出徐慧文,成为计划外的环节。徐慧文担心被灭口,才急匆匆打电话给她,可徐慧文还是死了,因为有人担心泄露秘密……这些猜测中有缺乏证据的环节,也许她应该公正一些,客观一些,可这其中并没有不符合逻辑的部分,何况现在证据也出现在眼前。

吴涵注意到鲁南这边的动静,走到他身后,冷冷地盯着他:"你干什么呢?"

鲁南晃晃手上的车钥匙,同时回身指着那辆警车:"这是你带我去商业大楼的时候开的那辆车吧?"

吴涵看清鲁南手上车钥匙的宝马标志,反问道:"这是徐慧文那辆红色宝马车的钥匙吗?"

"不知道啊,我在这辆车的座位下面找到的。"

"我也不知道,我只看到你手里拿着它。"

漱口水栽赃的伎俩,要再来一次?乔绍言想着,走上前去:"我看到了,他就是在这辆车的座位下面找到的。"

吴涵回身瞟了乔绍言一眼,又回过头看看鲁南,依旧语气冰冷地说:"整个行动马上就要收网了,我劝你们俩别自讨没趣。"

"怎么,在南津,你以为就没人管得了你?"有一只手在操纵着什么。乔绍言一直如此感觉。现在,她越发倾向于相信,那只手属于吴涵。

"我根本就没见过这个车钥匙。就算你有什么想质询我的,也等到……"

等到什么?等到她再伪造些证据出来?乔绍言想笑。

渔翁得利。

看着乔绍言和吴涵,这句话在鲁南的脑海中再次冒出头来。他上前两步,打圆场:"二位二位,先别急着撕。"

他对吴涵说:"乔队是我叫来的,车钥匙也确实是在驾驶席座位下面找到的。"

随即,他又对乔绍言说:"吴队说的也没错,她应该没见过这把车钥匙,是有人把它放进车里的。"

乔绍言和吴涵都一脸困惑,对视。

"那是谁放的?"吴涵问。

鲁南没直接回答她,转向乔绍言说:"乔队,我有个很遗憾的消息得先告诉你。李梦琪应该早已遇害了。"

乔绍言一惊。

鲁南继续说道:"没错,田洋有个同案,但不是李梦琪。九年前吾悦广场书报亭摊主看到和他在一起的那个女的,应该也只是在换汇地点牵线搭桥的捎客。"

乔绍言不解地看着鲁南:"可九年前,李梦琪和田洋在红星大院一起租房住啊。"

"对,但他们不是同居,而是邻居。"

伴随讲述,鲁南眼前的迷雾慢慢散去,碎片被串联为完整的线,越发清晰。他看见田洋和他面目不清的伙伴,看见他们把装着刘凤君尸块的编织袋放进一辆轿车的后备厢,看见打扮得花枝招展的李梦琪从拐角处出现,和田洋打过招呼后走进楼门。他甚至看见李梦琪的婚礼现场,田洋的伙伴站在不起眼的角落,若有所思。

"李梦琪混迹风月场所几年后,钓到金龟婿,算是从良了。我推测也正是因为她嫁入豪门,所以被眼红的昔日邻居所害。"

那双手从李梦琪尸体上摘下她的首饰和手表。那个身影拖着李梦琪的尸体往山路旁挪动。那辆抛尸用的轿车开过来停下,田洋急匆匆地下车,和那个人一起把李梦琪的尸体搬进后备厢。

乔绍言神色黯然,因为鲁南的笃定:"是田洋杀了她?"

鲁南没直接回答乔绍言的问题,从案卷里抽出李梦琪钻戒的物证照片:"两位,这是什么?"

吴涵瞟了一眼:"我一开始以为是个戒指。"

乔绍言点头:"在询问李梦琪爱人之前,我也以为这是个戒指。"

"没错,它确实是个戒指,是李梦琪爱人求婚时送给她的钻戒。婚礼上,李梦琪收到了一颗更大的,将近五克拉。她戴上婚戒后,也舍不得冷落这枚钻戒,就把戒圈打磨细了,当钻石耳环戴。包括我的同事刚去江州核实完的信息,所有这些都只在副卷里才有。换句话说,除了咱们这些公检法人员之外,只能调阅到正卷的外部人员不可能通过笔录得知，对于李梦琪而言，这东西是个'耳环'。"

乔绍言和吴涵听完，都不自觉地微微点头。

"可就在几小时前，有个人第一次对我提起这样东西的时候，就说它是只'耳环'。"

吴涵和乔绍言愣了愣，同时明白过来。

吴涵说："你的意思是，这个人只能看到正卷……"

乔绍言接话道："那他之所以会认为这是只耳环，唯一的可能就是，他杀了李梦琪，并且把这枚钻戒从李梦琪的耳朵上摘下来。"

五个小时之前，有个人对鲁南道："总之鲁法官，田洋的钱包里有李梦琪的耳环，李梦琪真的活着。"那是在黄汤拉面馆门口。

出租屋楼下，田洋的伙伴关上后备厢盖，转过脸来。那人戴着眼镜，即便搬运装尸体的编织袋也带着无辜的神态。婚礼现场的灯光照亮他的脸，筹划谋财害命的时候，他的笑容一样怯生生的。他从李梦琪的尸体上拽下被打磨成耳环的钻石戒指。

鲁南看着乔绍言和吴涵，说出他最终的结论："从江州，到南津……一直对田洋不离不弃的那个人，是冉森。"

绵羊的另外一面，他们都没看到过。

譬如说宣判的时候，田洋站在被告人席，与辩护席的冉森对视。冉森是目光更坚决和无畏的那个。在他的视线中，田洋才慢慢平静下来。

譬如说外贸公司的办公室里，耳环在钱包里被发现的时候，田洋心虚地垂下目光，是因为几米开外冉森的逼视。之前看到楼下的警车时，冉森轻轻拍着田洋的背，向他讲述应对的方法。

再譬如说此时，路边的河沟旁，冉森面无表情，手里拿着正在播放的微型 MP3，里面是徐慧文的声音："冉森，别以为我不知道你跟田洋怎么回事。而且你俩来往的那些东西，田洋都舍不得扔，在外面偷偷找了个地儿存着呢……"

冉森关上 MP3，望着远处想了想，把 MP3 丢进河沟，转身离开。

第六章

1

和刘白的那次告别,鲁南一直以为自己忘了。

当时是傍晚,下着雨,中级人民法院门口的地砖洇成深色,湿漉漉映着路灯的黄光,拐角巷子里的蓝色灯牌,倒影同水洼里的波纹一起蔓延。

鲁南身穿便装,半旧的眼镜片沾了些水滴,手里抱个不大不小的纸箱,从办公楼往外走。他的箱子里除了书、键盘、水杯,只有一盆茂盛的绿萝。刘白穿着法官制服,跟在他身后,手里拿了两盆小小的仙人掌。

"别送了,又不是生离死别,今后不还在一个系统里吗?"鲁南走到门口,回身望向刘白。

刘白一点儿没变,寸头,单眼皮,脸圆圆的像只仓鼠,连脖颈处钝钝的弧度,都和六年前一模一样。他口袋里常年放着一支哮喘喷剂,以防偶尔的呼吸困难。这是云南给他留下的唯一痕迹。

刘白矮,跟在鲁南身后几乎要小跑。他深吸口气,回答鲁南:"从法警队到刑庭,搭伙这些年,你这家伙怎么说走就走了?"

说着，他叹了口气："我还欠你条命呢。"

鲁南笑了："对啊，换制服这么多年，文职工作风平浪静，用不着我再保你。"

刘白也笑开，抬手捶鲁南的肩膀。

"常联系。"鲁南朝他一扬下巴就要走。

"哎，鲁南。"刘白忽然出声叫他，路过的摩托车打转向灯，照亮刘白的眉眼，"那天晚上……如果不能两头兼顾，你会怎么办？"

鲁南想都没想，就笑着说："能怎么办？肯定扛着你去看医生。"

"那嫌疑人呢？"

鲁南耸肩："随便，听领导指示。"

刘白笑着垂下目光，摇摇头。

"怎么，你不相信我？"

"不，我知道你绝对不会丢下我不管。"

"算你有良心……"鲁南忽略刘白莫名的伤感，挤挤眼睛，不想气氛变得沉重。

刘白把仙人掌放在纸箱最上面，为维持植物间的平衡，拨弄着绿萝叶子，动作有些滑稽。他直视鲁南的眼睛："但我也不认为你会放过那两个犯人。"

鲁南原本正腾出手打车，动作微微一顿。他没再说什么，掂掂抱着的箱子，冲刘白笑笑。

这是去傅东宏那儿报到之前。鲁南真以为自己忘了。

2

冉森把 MP3 扔进河沟，走回车边，满心烦躁。

刘凤君和李梦琪死了那么多年,他们查这些陈芝麻烂谷子干什么呢?要不是缺钱,他当年能带着田洋辛辛苦苦杀人分尸吗?东躲西藏、伪造证据可不容易,现在好日子没过几天,又闹出这么大动静。徐慧文也是蠢货一个,居然想给警察通风报信,害得他只能再次冒险。总有人来添麻烦……他甚至觉得有些委屈,把野草想象成拦路者的脑袋,用鞋尖碾着。手机响起,是个陌生号码。

冉森犹豫片刻,接通电话,乔绍言的声音传来:"冉律师?"

她来电话,是不是徐慧文说了什么?冉森更为焦躁,拿出根烟,却不点燃,食指和拇指用力捏着过滤嘴,装出轻松的语调:"乔队,您有什么事?"

"哦,就是之前我拜托您帮忙核实一下斯塔瑞的那个女法务……"

"我回去查了,那个律师叫刘芬,现在应该是广同律师事务所的合伙人,我还找到了她当年的名片。"冉森稍微松了口气,掏出打火机,看来没事。

"那太好了,能不能麻烦您把名片送来总队这边?也顺便把您提供的信息留个笔录。"

"现在吗?"徐慧文都死了,乔绍言还要查女法务,怪怪的。

"要是您方便的话。"

"好的,我马上过去。"

挂上电话,冉森按下打火机,才发现香烟早就被自己捏断。他发动车子,想着借笔录的机会探探虚实也好。

"他说马上过来,应该是没起疑。"刑侦总队门口,乔绍言挂断电话，看向吴涵和鲁南。吴涵点头，跟乔绍言对视又挪开眼神。冉淼暴露，之前的互相怀疑就成为幼稚的赌气，她有点儿不好意思。

"收网行动分散在好几个地点，我得马上去现场，留下四个人协助拘传他，应该够。"吴涵摸摸鼻子，走向警车。

乔绍言向吴涵确认："拘传冉淼？"

吴涵点头："我们还没拿到实证，开拘留证有些勉强，先用拘传的方式把人控制住。"

"那最多十二小时。十二小时里，咱们能搜集到什么证据？"

"警车和车钥匙上都没扫出他的指纹，应该是戴了手套。不过他在南津医院偷走你用过的水杯，用来栽赃你，这部分楼道的监控应该拍下了。"

"就算他用漱口水栽赃了我，又试图拿车钥匙陷害你，这能证明他杀人吗？"

吴涵被问住，叹了口气。乔绍言的问题正中要害。推断出冉淼的凶手身份是一回事，将他归案、定罪则是另一回事，这二者间的距离还颇为遥远。

察觉到吴涵的疲惫，乔绍言竟上前一步，把手搭上吴涵的肩膀，还轻拍两下。吴涵一僵，呼吸凝滞，然后又猛地放松下来。

她们像闹完离婚又重归于好的夫妻。鲁南觉得有趣。

"那把凶器上的DNA……"鲁南开口，打断破镜重圆的戏码。

"什么？"乔绍言一愣。

"杀害并肢解刘凤君的那把凶器上，不是有一个不明身份者的DNA吗？"

"不可能。"吴涵和乔绍言同时反驳。

"南津总队对斯塔瑞所有员工的DNA进行了排查,江州总队对田洋所有的亲友进行了DNA排查。二位,冉森应该属于哪个部分?"

乔绍言和吴涵都不说话了。

冉森是斯塔瑞的法务,公司员工的DNA筛查归吴涵管。可根据《律师法》,律师不得在企业任职,所以员工名册和纳税证明里都不会有他的名字。

田洋的亲友是乔绍言他们筛的,可冉森同样不属于亲友行列。

这个结果在鲁南的意料之内:"这不怪你们任何一方,冉森利用的正是这个盲区。而且从田洋被捕开始,他就一再强调自己斯塔瑞公司法务的身份,我认为他是故意的。"

夜色中沉默蔓延,鲁南放慢语速:"那好,你们觉得他为什么要故意规避DNA排查呢?"

乔绍言恍然大悟,看向吴涵,吴涵却略过鲁南的问题,跨上警车:"真要像你推测的那样,用不着两个小时,我们就能拿到实证。"

待她说罢,四名刑警稍作商量,潜伏进警卫亭、停车场和办公楼内。四人和鲁南、乔绍言一起,等待冉森到来。

此时的冉森开着丰田轿车,离总队不过两三个街区,反方向的车道上四五辆警车飞驰。冉森暗暗吃惊,他不知道车里是吴涵,甚至不确定这是否和田洋有关,但危险迫近的直觉,在他耳后三厘米处轻轻一颤。

冉森掏出根烟，放缓车速，把电话拨给鲁南。

"冉律师？"

"鲁法官您好，您已经回到北京了吗？"

鲁南沉默了两秒："还没有，我们领导这边有些事给绊住了，我得等他一块走。怎么了？有什么事？"

"哦，我就是想问一下，您帮我交给总队的那半瓶漱口水，从上面找没找到对案件有帮助的线索呢？"很自然的提问，任何提交线索的良好公民都会忍不住想知道后续。

鲁南无奈的笑声传来："冉律师，我都跟你说过了，正在调查的案件信息，我不可能向你透露。而且就你提的这个问题，我也确实不知道总队的调查进展。如果公安真有什么发现是涉及田洋这个案子的，我相信他们会通知你。"

鲁南的话听到一半，冉森就开始放慢车速，等鲁南说完，他干脆靠边停下了车。

冉森已经懒得表演温和无害。他面无表情地沉默数秒，声音失去温度，干巴巴的："那您看，我可以告诉田洋的爱人说，那半瓶漱口水总队已经作为物证收走了吗？"

鲁南愣了片刻，答道："还是先不要跟她说了，等公安的通知吧。"

"那谢谢你，鲁法官。"

冉森嘴角挂起冷笑，挂断电话，直接将手机扔出车窗外。他从扶手箱里拿出另一个手机，边拨号边驾车掉头，朝总队的反方向开去。

刑侦总队传达室旁，乔绍言还望着来车的方向。鲁南看着通话终止的提示，先是苦笑着耸了耸肩，而后干脆吹了声口哨："不用等了，他发现自己暴露了，赶紧通知吴队，准备追捕他。"

乔绍言困惑，望向鲁南："怎么他就识破了呢？"

"因为这家伙是个非常会提问的律师。按我俩最后一次见面的情况，我现在应该在回北京的路上，甚至已经到北京了。"

"你回答的理由很充分。"

"然后，他又问我是不是可以把收物证的事告知徐慧文。"

"那又怎么了？"

"这就很为难，一方面我知道徐慧文死了，另一方面我似乎不该向他透露未公布的任何案情。"

"我看你也敷衍过去了。"

"但是我回答他之前，迟疑了一下。"

"冉森会仅凭你回答晚了半秒就起疑吗？"

"他早就起疑了，不然你以为他这个时候打给我是为了什么？他是在证实自己的怀疑。"

乔绍言不甘："我马上跟吴队说。不过咱们也可以再等等，万一……"

"没有万一，你还没明白，徐慧文为什么会在这时候死。"

乔绍言看着鲁南。的确，她还没搞清楚，如果是灭口，怎么偏偏是刚才？

鲁南深吸口气，慢慢完成最后的拼图。

"徐慧文担心你起疑心，一路尾随到电信大厦，又看到我们和冉森在一起……"

鲁南回想着大厦门口匆匆离开的红色宝马。那时候，车里的徐慧文一定非常惊恐。

"她意识到自己的身份迟早会暴露，恐怕还怀疑冉森会出卖她,所以她给你打电话,想把杀害李梦琪的凶手交出来。那个人就是冉森。"

鲁南仿佛看见废弃大楼三层激烈的争吵,徐慧文和冉森都气急败坏,而后冉森会发现徐慧文手上一直攥着宝马车钥匙。他上前一把抢过钥匙,就会发现钥匙链的另一端,是个正在录音的微型 MP3。

冉森会反应过来,徐慧文为了自保要出卖他,而徐慧文想抢回 MP3,扭打中被冉森从楼上推了下去。

冉森会扒在围栏旁,看着黑漆漆的天井。这时乔绍言到达,冉森会一边拆下钥匙链上的 MP3,一边慌忙离开。

"之后,他看到我了……"鲁南继续说。

冉森戴着手套,从北门跑出去——只能是北门,因为那时的南门有鲁南在。那么冉森会看到停在门口的警车,会吓一跳,但很快他会发现车里没人。而楼的另一侧,鲁南背对他,观察着南门门口那辆红色宝马。

冉森会蹲下身,想跑。当然,很快他发现警车门没上锁,就会改变主意,把宝马车钥匙扔进警车再离开。

"其实我一直不太明白,冉森为什么要试图构陷我和吴队呢?"

"为了保住田洋的命。冉森除了千方百计强化'存在李梦琪这么个同案'的观念外,其他的多余动作都是为了尽可能把水搅浑。他知道局面越混乱,我们做复核工作的顾虑就越多。"

鲁南说着,看乔绍言已经拨通电话,便补充道:"哦对,你可以跟吴队说,现在冉森不但有毁灭证据的可能,也有出逃的可能,符合《刑事诉讼法》的相关规定,可以开拘留证了。"

乔绍言点头,对手机说:"吴队,情况有变……"

飞驰的警车里，吴涵接听乔绍言的电话，神色如常："不可能，这次的行动规模已经透支了我们所有抽调能力。让那四个弟兄继续留在总队设伏，如果冉森到了，就扣下来。他要真跑了也没办法，等今天抓捕行动结束，我们再追。"

"跑了再追"，鲁南不是第一次听。当年在云南，他收到了一模一样的指示。

吴涵挂断乔绍言的电话，接起另一通来电："江啸？你回工业新区了？"

江啸开着那辆野马谢尔比GT500，这辆通体黑色的双门轿跑，让江啸觉得自己正处于《GTA》或者《极品飞车》的游戏世界，热血沸腾："我正从东疆港往那边儿去，大概还有十几分钟就到。几个地点都布置好了。"

"其实你不用在场，别太赶。"

江啸乐了。他踩下油门，享受猛然加速所带来的推背感："那不行，憋屈这么久，就为了今天一锅端，我怎么都得参与一把。您跟现场布控的弟兄们知会一声，别待会儿把我当贼一块儿抓了就行。"

"你这家伙……"吴涵挂断电话，哭笑不得。

江啸刚放下手机，铃声又响了。

"喂？哪位……冉律师？"

江啸接起电话的同一时间，南津刑侦总队院门口，鲁南和傅东宏已经坐上出租，跟乔绍言告别。

"如果方便的话，等到了津港，替我跟绍廷说，我还是想去看看他和爸。"

"没问题,放心吧,我保证他这回的态度会不一样。"

此时的他们都以为,交通监控很快会筛到冉森的车,他会很快落网,再掀不起什么风浪。

3

出租车上,傅东宏靠在座椅上,如释重负:"这田洋和冉森也真行,一个打死不招,另一个拼了命地去保。"

鲁南也该感到轻松,可不知是被吴涵还是江啸传染,他翻看着案卷的复印件,满心止不住的焦虑。面对傅东宏的提问,他眼都没抬,有一搭没一搭地解释:"这一定是田洋即将被捕时,冉森就帮他设计好的。如果被筛查出是刘凤君案的嫌疑人,就把同案往李梦琪身上栽,甚至坚称李梦琪才是主谋。只要李梦琪的尸体还没被发现,田洋就很可能不会被判死刑。就算判了,咱们最高院也有很大概率不予核准。"

傅东宏望着车窗外,漫不经心地点头。案子好不容易成为完成时,马上还要变成过去时,比起认认真真分析案情,他更愿意把现在的对话当作放松的闲谈。

鲁南继续说下去:"但没想到总队为了诱使陈曼早日返回南津,联合检法机关速审速判,在这个罪犯和执法人员角力的过程中,冉森慌了。他也许是在努力帮田洋保命,但我猜他也拿不准田洋会不会突然坦白,在临刑前一刻换条活路,所以冉森更是在保护自己。"

"至少田洋到现在还没撂,他俩也算真感情了。"傅东宏打了个小小的哈欠。

鲁南抬起头:"傅庭,田洋身上为什么会有李梦琪的那个戒指？"

傅东宏不以为然："很多凶手都有拿被害人遗物当纪念品的习惯，咱们复核过的案子里，不是没有过这类变态。"

"不，我的意思是说，他留下被害人的遗物不奇怪，但被害人不止李梦琪一个人，至少还有刘凤君。我翻遍了物证清单，从田洋的家里、工作地点、车上，都没发现刘凤君的遗物。"

傅东宏摊手，坐直了一些，鲁南认真的语气让他感觉事情还没结束："这……九年了，没准儿他弄丢了？"

"而且，从江州到南津，这么长时间，公安在整个搜查过程中都没有发现有关田洋和冉森关系的任何物证。田洋买瓶眼霜送冉森还要附卡片，冉森要是回送田洋礼物……总该有什么东西。"

傅东宏跟不上鲁南的思路："可能男人之间……不太讲究这些？"

鲁南自言自语，继续嘀咕："不对，田洋一定保留了一些东西，刘凤君的遗物，以及他跟冉森之间的……只是不知道藏哪儿了……"

根据马斯洛需求层次，私密性和安全性是存放"战利品"的首要考虑。在这两点满足之后，犯罪分子还会追求一定的自我实现、心理满足……鲁南想着案卷，想着田洋的样子，最后，他想起工业新区的保安监控室，江啸和他一起望向窗外，那儿停着一辆黑色双门轿跑。

"那车是陈曼送田洋的生日礼物。"

"他大概跟你一样爱死那车了，虽然不开出去，但每个月都会过来看看……"

谢尔比GT500……鲁南恍然大悟，一拍出租车的防护栏：

"师傅，靠边停车！"

"哎？怎么了？"傅东宏完全搞不清状况。

鲁南掏出手机，一只脚跨出车门："我们都遗漏了线索，我得赶紧通知吴队。傅庭，咱们车站见。"

说罢，鲁南关上车门，拦下另一辆出租。

"各队注意，十分钟后开始行动。"工业新区附近的指挥车里，吴涵拿着步话机，周遭都是穿梭忙碌的刑警。

她接通响铃的手机，鲁南劈头就问："江啸在哪儿？"

"他在从东疆港来工业新区的路上，应该很快就到。问这个干吗？"

"江啸开的那辆谢尔比是陈曼送给田洋的，田洋虽然从没开过那辆车，但很可能拿它当移动保险箱。车上应该有关键物证，和刘凤君、李梦琪的死，以及他和冉森的关系有关的物证。"

"明白了，回头我们会好好搜查一下那辆车。我这边正忙，先不说了……"吴涵说着就要挂断电话，她身边有三名刑警在等她做行动指示，这三人还分属不同的行动小组。

"等等，吴队！如果那车上藏着的东西能给冉森定罪或实锤他和田洋的关系，冉森在出逃之前很可能会去找那辆车。江啸和冉森认识吗？"

"陈曼团伙的人大多不认识他，但江啸和卢星这个级别的知道他是谁，毕竟他是斯塔瑞的法务。"

"那江啸知道咱们现在要抓冉森吗？"

"不知道，这本就不是他的案子，现在这个节骨眼儿，我也没腾出工夫跟他说……"

吴涵一开始语速飞快，只想早些答完鲁南，可说着说着，她脸色变了。

与此同时，旁边的一名刑警冲吴涵做了个飞机降落的手势。

吴涵冲刑警点头，对鲁南说："我立刻通知江啸。你赶紧打电话，让乔队想办法提供增援。"

出租车里，鲁南挂上电话，边继续拨号边问司机："从东疆港去工业新区走哪条路？"

"新东高架。"

"咱们去新东高架。"

乔绍言急匆匆跑出总队办公楼，气喘吁吁，接起电话："如果那车里真的有什么，冉森不会早去取走吗？非要在这会儿冒险？"

"因为他之前并不知道。我担心徐慧文在遇害前把这部分信息透露给冉森了。"

正说着，警车停在乔绍言身旁，她坐上副驾驶席："知道了，新东高架。"

警车驶出总队。

4

新东高架公路缓冲区，那辆谢尔比停在路旁，丰田轿车在它侧后。江啸双手插兜，看着谢尔比的双排气管和LED灯，暗暗感慨工业设计的神奇。冉森也双手插兜，看着江啸的影子在路灯下拖长，暗暗握紧牛仔裤口袋里的折叠军刀——他希望这人识趣一点儿,别又得他动手,很麻烦。

江啸冲他打个招呼:"什么事这么急啊,冉律师?"

"不好意思江总,田总之前对几所学校有过捐赠,相关的文件他落在这车里了,我看能不能找出来提交给法院……虽说我也不知道能不能对他有帮助吧。"

江啸无奈笑笑,一指车门:"那你快点儿,我赶时间。"

到目前还算顺利,冉森想。可江啸手机响了,他瞟了眼屏幕,走开几步,到丰田车旁才接通电话,还压低了声音。冉森边在车里翻找,边注意着江啸的动静。

"吴队?我这儿稍微耽误一下,马上就……"

"你开的那辆车上可能有重要物证。"

"重要物证?什么物证?"

"现在没时间解释,而且冉森有可能找上你。"

江啸一愣,看向车座旁弓身的人影:"冉森?他正跟我在一块儿呢。他说要来车里找什么捐款的证明……"

冉森从驾驶席的座位下面拽出个铁盒,偷瞄江啸。通话内容听不清楚,但江啸不太对劲,他看到冉森往这边瞟,没走近,还安抚地笑笑,背过了身。

"别听他胡说!冉森是田洋的同案,立刻拿下他!"

江啸脸色变了:"明白。"

江啸挂上电话,一手去摸腰里的枪,打算突袭。可没等他转身,一把刀就扎上他的脖子。不知何时,冉森已经到了他的身后。江啸闷哼一声,一手摁住颈窝,不让冉森拔刀,另一手摁住腰间,不让冉森抢枪。最后,他蓄起全身的力气,一脚踹向冉森的小腹。

就是在这时,鲁南乘坐的出租从高架路上驶过。

他看到缓冲区停着江啸和冉森的车,也看到江啸受伤、踹向冉森,立刻大喊:"师傅停车!快停车!"

司机愣住:"啥?这高架上不许停车!"

说话间,出租车开过缓冲区。鲁南掏出证件,使劲敲车上的驾驶员防护栏:"法院办案!停车!"

出租车打着双闪,停在紧急停车带上。

鲁南下车就往回跑。迎面,冉森开着那辆谢尔比拐出缓冲带,冲上高架。隔着车玻璃,冉森和鲁南对视一眼,但两人都顾不上对方。

江啸倒在地上,刀还插在颈窝处,血流不止。江啸似乎想努力把刀拔出来,鲁南制止他,脱下外套,裹在伤口处止血。江啸的手机就掉在一旁,上面还沾着血,鲁南捡起来收进兜里。

乔绍言乘坐的警车到了,她冲下车。鲁南一指新东高架的方向,给她报了车牌车型,乔绍言立刻回头对开车的刑警重复一遍,从车里拿了部手台,关上车门跑向鲁南。刑警开着警车追了出去。

江啸的脑袋歪向一边,像当年在云南时的刘白。就是从这瞬间起,多年来头一次,鲁南感觉全身的肌肉猛地紧绷起来,执念重新回到体内。

机舱内,安全带的指示灯亮起,陈曼合上平板电脑,轻轻一拍睡着的周硕。斜后方的座位上,南津总队的便衣刑警,也就是那个半长头发的小伙子,严密监视着他俩的举动。

南津机场停机坪的摆渡车内，全副武装的十几名刑警待命，其中一名队长看着客机正沿跑道滑行向摆渡车的位置，对步话机说："目标已降落，正滑行至停靠位置。"

工业新区附近刑侦总队指挥车内，吴涵放下步话机，对刑警说："三分钟。"

刑警拿起步话机："各队注意，倒数三分钟。"

说完，刑警问吴涵："各队回报，陈曼手下的大小头目都已经聚齐了，其实咱们现在就可以抓捕。"

吴涵略一思考："在陈曼和周硕被控制之前，先别动手。民航客机上有很多乘客，我不想发生任何意外。"

另一名刑警摘下耳机递给吴涵："吴队，备勤的频段，是乔队。"

吴涵一惊，忙接过耳机。

鲁南开着那辆丰田。乔绍言让受伤的江啸平躺在后座，正拼命用外套摁着江啸脖子上的伤口，同时对步话机喊话。

"卧底警员被冉森袭击了，伤得很重。冉森开着那辆谢尔比正沿新东高架出逃，你们的刑警开车跟上去了。"

"什么是'伤得很重'？！到底怎么样了？快叫一二〇！"

"刀刺进颈窝，有可能伤到动脉，还不清楚动脉破损程度，但人是清醒的。来不及叫一二〇，鲁南正开车带我们去最近的医院。"

鲁南一手把着方向盘，另一手用手机查询最近的医院。搜到路线后，他立刻从出口驶离新东高架。

*　*　*

指挥车内,吴涵听着手台里的刑警汇报:"吴队,我跟上冉森了。"

"在有民用车辆的路段,不要强行贴靠,盯住就好,等待增援。"

她身旁的刑警在通信频道里对各抓捕小队通报:"两分钟。"

5

新东高架车流不算密,冉森从后视镜里瞟向跟随的警车,又从后视镜里看看其他车辆,最后抬头一瞥远处路牌的提示——"前方两百米,津蓟国道出口"。

冉森冷笑,突然加速,又猛地减速,一打方向盘,直接从最内侧的快行道冲向外侧的津蓟国道出口。

外侧车道上有四五辆民用车,它们根本来不及避让,原本竖列行进的车流顿时七零八落。离冉森最近的轿车猛地刹车,被后车追尾,另几辆车剐蹭在一起,一辆大卡车冲出路肩。一连串刺耳的撞击声后,警车顾及其他民用车辆的安全,不敢强行变道,只能开过出口再靠边停车。

"吴队,目标车辆强行并道,从津蓟出口离开了新东高架,并引发连续追尾事故。我这边跟丢了。"刑警汇报道。

手台里沉默片刻,吴涵下令:"通知交通队,你留下救助受伤人员,如果有需要通知消防和急救,等待增援。"

乔绍言听着手台,瞟了眼鲁南。鲁南毫无反应,继续开车,不时看眼导航。

江啸努力起身，将腰间的手枪递向鲁南，哑着嗓子："这枪……没户口。"

乔绍言大惊："你别乱动！"

鲁南格外平静，从倒车镜里看了他一眼，接过枪，放在副驾。

江啸吐字艰难："别让他跑了……"

乔绍言急了："你别再说话，闭嘴！"

鲁南从兜里掏出江啸的手机，在衣服上蹭了蹭上面沾的血，打开通话记录，选定号码，把手机屏幕往后举："这是冉森打给你的？"

江啸喘着气："对……"

乔绍言大吼："鲁南！你别再让他……"

鲁南确认导航信息，右手向后伸，打断乔绍言："手台给我。"

犹豫片刻，乔绍言安静下来，把手台塞给鲁南。

鲁南摁下通话键："吴队，我是鲁南。我们离最近的医院还有几分钟车程，中间正好要走一段津蓟国道，如果需要的话，我可以跟上去。"

"你们不需要跟任何人！快送江啸去医院抢救！"吴涵又急又气。

"我就是在转达江啸的意愿给你。"鲁南声音平稳，像没有涟漪的水。

"吴队，目标下飞机了，各队都已经就位。"手台那头，刑警向吴涵汇报。

鲁南能想象吴涵此刻的纠结："吴队，你的人，你的案子，你的行动，你选。"

吴涵摁下通话键，坚定地说道："我不用选，送江啸去医院！"

和当年一样。

鲁南行驶在通往津蓟国道的匝道,往下一瞟,冉森那辆谢尔比正从空荡荡的国道上驶过。鲁南又瞟了眼导航,沿国道行驶一段后,从立垡出口出去就到医院,八点三公里的路程,估算行驶时间四分四十秒。

鲁南摁下通话键:"吴队,你是个好领导……"

停一秒后,他继续说:"不过没错,你不用选。"

"什么?"

"小孩子才做选择。"

说罢,鲁南放下步话机,关闭车灯,拿起副驾座椅上的手枪,驾车顺着匝道直冲而下。

刘白当时怎么说的来着?鲁南想起来了。

"你不会放过那两个人犯。"

国道上只有他一辆车,望不到头,冉森缓了口气,打开副驾放着的铁盒。

除了刘凤君的手串,里面大多数东西都是他和田洋的。往日的合影、礼物——手表、钢笔、袖扣,还有附带的祝福卡。冉森拿起一张合影,那是在树林还是海边呢?背景根本看不清楚,黑漆漆的,冉森举着相机自拍,照片的三分之一都是他的胳膊,田洋叉腰,站在几米开外。

此刻最好的结果是什么?自己单独逃脱?田洋脱罪看来是不可能了,不过他很确定那帮警察追不上来,还有那个该死的法官……只要在下个出口下高架……冉森有些出神。正在这时,手机响了。

冉森吓了一跳，看着屏幕踌躇。他又看向后视镜和倒车镜，再次确认自己没被跟踪，便接通电话。是鲁南。

"冉森，给你一分钟时间停车归案，我会尝试跟总队说你是自首的。"

"鲁法官，就一分钟，不够你做思想工作的吧？"冉森笑了。

"你把我们的人伤得很重，必须赶紧抢救，不是我给你一分钟，是你只给自己留了一分钟。"

冉森笑得更狂妄了："算我自首？然后呢，能饶我不死？还是说只要我把刘凤君和李梦琪两条人命都认下来，你们就放过田洋？"

"别徒劳了，你跑不掉的。"

"你们这些衙门口儿的太瞧不起律师了。别忘了，我也懂公安的工作流程、布控方法、侦查技巧……"冉森越发猖狂。去掉战战兢兢的伪装，肾上腺素在飙升，他甚至懒得谈判。

鲁南打断他："你做不到。真正有这方面能力的律师我大概认识一个，你还差得远。"

即便在如此危急的情形下，说出这句话时，那个擦拭酒杯的身影仍旧在鲁南脑海中一闪而过。

"省省吧，我跟你说，鲁法官……"出口不到两百米。

"时间到了。"

冉森一愣。

"可惜了……"

冉森琢磨着鲁南的话，不再那么笃定："怎么，威胁不成，又打算来语重心长那套……"

鲁南声音平稳："我可惜的不是你，是这辆车，我还真喜欢车屁股上的这个眼镜蛇标。"

冉森脸色变了，他再次抬头看倒车镜，又去看后视镜，却没看到有任何车跟着。

那辆丰田关闭车灯，车头紧贴在冉森那辆车右后车门的位置，在后视镜和倒车镜的视觉盲区内，如影子般跟随它，斜向并排行驶。

糟糕的、危险的直觉，再次轻轻一颤，有什么东西断开的细微声音，在冉森脑中回响。他明白过来，向右后方扭头，惊恐地看到那辆丰田车紧紧跟随在斜后方。鲁南降下驾驶席的车窗，冷冷地望着他。在冉森的注视下，鲁南左手举枪伸出车窗。

乔绍言看了眼鲁南持枪的方向，又看了眼仪表盘上的手机导航。

一百五十米，从立垡出口驶离津蓟国道。

冉森转回头，一脚把油门踩到底，转速表立刻跳上七千。

鲁南放低枪口，对谢尔比的右后轮连开数枪，自己也踩下刹车，右打方向盘。在冉森那辆车爆胎别上隔离栅栏的时候，丰田轿车亮起车灯，从立垡出口驶离国道。

在这一切发生的同时，吴涵拿着枪，率领一众刑警离开指挥车，冲进工业新区。

东疆港、北坞，刑警冲进码头的货仓。

机场，陈曼和周硕刚走下扶梯，一众刑警便冲出摆渡车围捕陈曼。周硕想有所动作，他身后那名便衣立刻将他扑倒。

丰田车内，乔绍言从后车窗看着冉森的车翻滚撞毁，再回头看向鲁南。

鲁南把枪放回副驾驶席，拿起手台，摁下通话键，一脸平静："吴队，我是鲁南。冉森的车在津蓟国道西向东立垡出口处翻倾，尽快派增援到场吧。如果可能，封一下路，避免有民用车辆经过时发生事故。"

片刻之后，吴涵的回话传来："需要叫救护车吗？"

"叫不叫的，不打紧了。"

"江啸呢？"

鲁南瞟了眼倒车镜，乔绍言冲他点头。

"他能撑住，我们到医院了。"

丰田车冲进医院的救护车通道。执念的感觉，也没那么差。

6

手术室门外楼道，乔绍言走出卫生间，甩着手上的水，走到鲁南身旁。鲁南坐在楼道的长椅上，面无表情。手术室的门开着，几名刑警站在门口，其中一个刚给鲁南做完笔录，鲁南正在笔录上签字。

签完字，他拍了拍乔绍言："已经脱离危险了，幸亏有你在。医生说，虽然只是动脉上破了个小口，但足以让他在几分钟内挂掉，是你一直摁在正确的位置上。"

乔绍言长出口气，没说话。

鲁南站起身："帮我跟吴队打个招呼，先走了，傅庭还在等我，再晚我到北京就赶不上车了。"

乔绍言点头，没再说什么。周遭的事物好像都隔着一层玻璃，她还没缓过神来。

鲁南起身走出几步，又回过头问："对了，乔队，你为什么……我是说，你这次来南津，确实不是公派。你对这案子好像格外有执念。"

乔绍言没想到鲁南还惦念着这个,愣了愣。自己为什么来南津来着?

"那孩子是服刑人员子女……"刚开始说话的时候,她感觉自己的声音好像来自很远的地方。

她想起好多年前,在江州派出所的审讯室外。那时候她还是派出所的民警,少女时代的李梦琪和收容机构的工作人员一起,就在楼道里坐着。那是张稚气未脱的脸,却化了不合适的浓妆,打着唇钉和鼻环。那个乔绍言叹了口气,走向李梦琪。

"他们成长的道路,往往比同龄人更坎坷……"

是在被公安突袭检查的歌厅里,十几个陪酒女蹲在走廊的墙边。乔绍言从旁边走过,看到李梦琪就在其中。她蹲下身,李梦琪抬起头看到她后,又垂下目光。

"我盼着她能找到自己的归宿……"

几年之后,她开着警车,把李梦琪送到戒毒所。那时候的李梦琪太瘦了,下车的时候好像风一吹就能倒。乔绍言把行李递过去,李梦琪红着眼圈,抱了她一下。她还能想起李梦琪肩胛骨的触觉。

"没错,我希望她还活着……"

婚礼现场,穿着婚纱的李梦琪要化妆,要拍合影,要藏起鞋子,还不忘把婚礼现场的自拍发给乔绍言看。

乔绍言收到照片的时候,身在国外的家。她记得自己欣慰地笑了。

"我只想她能好好活下去。"

江州市刑侦总队,空无一人的会议室里,桌上的案卷资料堆积如山。乔绍言独自坐在会议桌旁,看着田洋案的资料。"失踪人员李梦琪。"案卷里这么写道。她拿出李梦琪的照片,夹在笔记本里——正是给冉森看的那张。

鲁南静静地看着乔绍言,看着她眼眶盈满泪水。他没再说话,却想好了一会儿要把电话拨给谁。

北京火车站的出站口难得没什么人,鲁南拎着公文包,拨通电话。

"鲁法官,又怎么了?"那边的声音带点儿笑意,还有点儿警惕,鲁南也说不清哪个成分更多。

"首先,我告诉你一声,那两个人已经归案了。再就是,看在我今天当过几分钟你姐夫的分儿上,有两件事不知当不当说。"他在医院走廊就想好了,这个电话,是要打给乔绍廷的。

电话那头的声音变得不冷不热:"那你还是别说了。"

"你们这姐弟俩……好吧,我只说一件。你对你姐夫有什么了解?"

"我记得他好像是什么新闻出版署的翻译。怎么了?"

"呃,我看过你姐和她所有亲属的人事档案,你姐夫是国关学院毕业的。"

"哦?"

"九年前,你姐夫被派到海外工作了两年,由于某些特殊情况,你姐需要陪同他一起生活,而且最好不是以在编公安的身份。你是聪明人,应该能想明白这是怎么回事。"

"你是想说,我姐是为了顾全大局,才从这个家里消失的吗?"

"顾全大局是一方面,另一方面,我相信她也是为了保护家人,而且她不能说原因。好了,我说完了。"

通话时间两分三十五秒,鲁南感觉一身轻松。他正要挂断电话,乔绍廷突然叫住他。

"等等,鲁法官!"

"怎么了?"

"你不是说有两件事吗?第二件是什么?"

鲁南微微一笑:"她很挂念你。"

津港火车站出站口,方媛靠在车旁站着,看鲁南出站,朝自己走来。

"都说了你不用特意来接我。"鲁南笑着。

"我只想确认下你真的没用任意门……高铁是不是比飞机舒服多了?"

鲁南拉开后车门,把手提包扔进去,又关上车门:"商务舱还是很不错的。"

方媛瞪大眼睛:"院里还给你报销商务舱?"

"做梦吧你,当然是自费,最近的班次只剩商务舱了。我开车吧。"

"一天就打个来回,庭长那边你过关了?"

鲁南绕过车头,走向驾驶席一侧:"我在回去的路上写了一份二十多页的书面报告,不但交给了庭领导,院里也拿到了。"

"这么看来,他们都愿意挺你?"

"我可不敢自作多情,他们挺的是这个案子。"

"对了,昨天下午你在南津折腾半天,到底是什么事?"

鲁南挂挡开车,驶离路旁:"张弨和焦志那边的案子出了点儿岔子，傅庭让我过去帮帮忙。"

"出岔子了？严重吗？"

"没什么，小事一桩。"

图书在版编目（CIP）数据

庭外. 盲区 / 指纹著；施一凡改编. —— 北京：新星出版社，2022.8
ISBN 978-7-5133-4945-1

Ⅰ.①庭… Ⅱ.①指… ②施… Ⅲ.①长篇小说－中国－当代 Ⅳ.① I247.5

中国版本图书馆 CIP 数据核字 (2022) 第 139418 号

午夜文库
谢刚 主持

庭外·盲区

指纹 著；施一凡 改编

责任编辑：曹晓雅
特约编辑：郭澄澄
责任校对：刘 义
责任印制：李珊珊
装帧设计：冷暖儿

出版发行：新星出版社
出 版 人：马汝军
社　　址：北京市西城区车公庄大街丙3号楼　　100044
网　　址：www.newstarpress.com
电　　话：010-88310888
传　　真：010-65270449
法律顾问：北京市岳成律师事务所

读者服务：010-88310811　　service@newstarpress.com
邮购地址：北京市西城区车公庄大街丙3号楼　　100044

印　　刷：北京天恒嘉业印刷有限公司
开　　本：910mm×1230mm　　1/32
印　　张：22.125
字　　数：516千字
版　　次：2022年8月第一版　　2022年8月第一次印刷
书　　号：ISBN 978-7-5133-4945-1
定　　价：98.00元（全三册）

版权专有，侵权必究。如有质量问题，请与印刷厂联系调换。

―――― 阅读之前 没有真相

午 夜 文 库

庭外·落水者(下)

指纹 著
施一凡 改编

新星出版社 NEW STAR PRESS

目 录

1	第七章　四月二十一日
43	第八章　四月二十二日
87	第九章　四月二十三日
125	第十章　四月二十四日
155	第十一章　四月二十五日和二十六日
197	第十二章　一切结束之后

第七章　四月二十一日

1. 落水

商业广场的水池附近十分空旷，连鸽子都不见几只。萧臻蹲在水池边的石台上，手提包放在腿上，四周空无一人。她的右手拿着手套，左臂直直地伸出，悬在水面上方。她手腕上的伤口虽然不长，却很深，正在流血，血滴在水面上，立刻洇开。

萧臻收回胳膊，若无其事地翻转手腕，观察伤口，轻叹一声。能使正常人感到痛苦的生理创伤，她没有感觉；那些不见血的打击，却能真正伤害到她，譬如当下的"律协投诉"。

她几乎可以确定旷北平在此事中居功至伟，也确定一旦投诉成立，自己的律师证被吊销，乔绍廷会更受掣肘。可她无能为力。

她随手把手套掖进包里，翻找创可贴。律师证从包里掉出来，落进水池。萧臻微微一惊，一手夹紧包口，另一只手去够律师证。律师证在水里一坠，又漂向远处，够不着了。

萧臻眼看着律师证一点点漂向水池中心，索性把包放在石台上，连鞋都没有脱，直接走进水池，蹚了几步水，捞起律师证。她右手拿着律师证甩了两下，打开，看着上面自己的照片，有些出神。

身后传来孙律师的声音："萧律师？"

萧臻在水池中站定回身，望着站在岸边的孙律师，这个开庭时一板一眼的对手，此刻面露担忧。萧臻扯动嘴角，算是笑了一下。孙律师看着她的样子,欲言又止。

两人到露天咖啡厅坐下,萧臻拧着裤腿上的水:"鞋可以晾,裤子可以洗,这吃饭的家伙要是泡了,可就麻烦了。"

说着,她想起眼下的处境,直起身,端起咖啡杯,冲孙律师笑笑:"至少现在还能用。"

因为端起了杯子,萧臻露出手腕流血的伤口。孙律师倒抽一口气:"萧律师,你的手腕……"

萧臻看了眼手腕,放下咖啡杯,波澜不惊:"来的路上也不知道在哪儿剐的。"

伤口或许是来自拐角处老旧的铁栏杆,或许是过马路时那辆速度过快的摩托,萧臻真的记不起来。她边说边从包里翻出酒精液体创可贴,挽起袖口,像涂指甲油一样若无其事地往伤口上涂抹。一般来说,酒精接触伤口所带来的疼痛应该非常难以忍耐才对,萧臻却面无表情。

孙律师看得触目惊心,过了好一会儿才想起原本的来意——她是想告诉萧臻,千盛阁变卦了。

千盛阁和葛平家属达成庭外和解之后,本来应该在明天给赔偿金。可就在刚才,千盛阁那边打来电话,说之前他们被迫和解,都是因为萧臻的暗箱操作。他们不知从哪里听说萧臻向对方律师泄露了不利于千盛阁的信息,所以他们要投诉她。

不仅如此,他们还威胁说,倘若孙律师不协助他们出具证言,他们就不会继续履行和解协议,让葛平打官司要钱,同时,他们也会投诉孙律师。

萧臻涂完创可贴,把东西收回包里:"谢谢你提前告诉我。"

"我知道,跟我见面的那个女孩子背后是你,但我没向任何人透露。"

萧臻笑了："我相信你,孙律师。愿意为葛平做代理,你绝不是那种人。我也不怨千盛阁。没错,这后面就是我,现在事情败露了,有什么不敢承认的?"

手机响了。萧臻看了眼来电显示,对孙律师低声道歉,便接通电话。

"我知道是你干的。"乔绍廷的声音从那头传来。

萧臻先是一愣,随即反应过来:"由奢入俭难,我只是不想再继续忍受有司机没车的日子了。"

"本来我打电话是想跟你说谢谢,听你这么一说……"

萧臻笑笑:"乔律师可以改请我吃饭。"

"你在哪儿?我去接你。"

"商业广场这边,我正好也想找你。咱们去一下庞国家,我知道该如何证明那份遗嘱的时间了。"

"呃……你恐怕得先陪我去趟幼儿园。不过没问题,我现在过去接你,离得很近,十分钟就到。"

"那就广场东门,一会儿见。"

萧臻挂上电话,孙律师探询地问道:"乔律师?乔绍廷?"

萧臻笑着撇撇嘴:"我司机。"

孙律师苦笑着摇摇头。眼前这个女孩跟乔绍廷果然关系匪浅,也难怪有人要对她赶尽杀绝。

"我想过了,不会给千盛阁出证。"孙律师正色道。

这就是她打算告诉萧臻的第二件事。

萧臻想都没想就摇头拒绝:"千盛阁无论如何都会投诉我,而等到听证的时候,律协会传你,那时候你怎么办?不配合律协工作?还是在听证会上对律协撒谎?"

"我不需要撒谎,你我确实不曾有过直接联系。"

"想让这起投诉成立的人，一定会找出证据，你不配合也没用。更何况千盛阁不付钱了，葛平的后续治疗怎么办？"

"我和葛平的家属商量过了，他们接受和千盛阁继续诉讼。"

萧臻沉默着。代价太大了，这起诉讼很可能旷日持久，千盛阁会再找个律师，提管辖异议，再要答辩期，加上一审、二审、强制执行……

孙律师像是看透了萧臻的所想："最起码，我不能对有勇气这么做的人落井下石。"

萧臻拿手机看了眼时间，简单收拾了包："那就别让我白忙一场，去给千盛阁出证，让赔偿落实，让葛平拿到全部赔偿。我确实坏了这个行业的规矩，只是没想到报应来得这么快。"

说着，萧臻站起身："谢谢你请我喝咖啡。"

走向广场东门的一路，萧臻都在想着一会儿要以什么样的状态面对乔绍廷，伤感的告别庸俗又黏腻，可是装出兴高采烈的样子又不免虚伪。直到上了乔绍廷的车，系上安全带，看着乔绍廷松手刹、挂挡、打方向盘，她才找到恰当的态度："有赎这破车的钱，随便买辆什么二手车都比它强。"

乔绍廷被嫌弃得哭笑不得："你看你，人情和嘲讽还总得搭着来。"

"没有，我只是以为专职律师是可以调侃助理的。"即将告别的时候，唇枪舌剑反倒自在多了。

"当然当然。你有本儿，你说了算。"

"对啊，趁着你还没拿回执业证，我得抓紧机会……去幼儿园干什么？新接了那儿的案子？"

"是我儿子打了别的小朋友,但由于未到刑事责任年龄,情节显著轻微,社会危害性不大,姑且不认为是犯罪。"

"哦,是不是唐姐提到过的那个阿祖?"

乔绍廷瞟了她一眼:"唐姐?才见过一面,有必要叫这么近乎吗?"

"对呀,说到唐姐,你俩离婚离得怎么样了?"

"你……你今天这是怎么了?吃错药了吧!"乔绍廷终于忍无可忍。

萧臻怕自己被看穿,做了个鬼脸,望向车窗外:"偶尔放飞一下,不也挺好……"

话音未落,她就听见乔绍廷好巧不巧地打开播放器,播起了"今天我要离开,熟悉的地方和你"。

萧臻回过头:"你这放的什么破歌啊,能不能换个不太像哀乐的?"

"行,给你来个躁的。"乔绍廷感觉到今天的萧臻有哪里不对劲,可萧臻不说,他索性不想,直接伸手去操作中控台,Little Richard *Long Tall Sally* 的歌声立刻在车内响起。

就在他们开车时,一辆挎斗摩托车也正驶向幼儿园的方向,摩托车驾驶员身着皮衣,白发苍苍,一台老式录音机放在车斗位置,伴随着发动机的噪音,播放着同一首歌。

乔绍廷进了幼儿园,萧臻靠在车旁,等在门口。她翻看着自己的律师证,把手提包放在车的前机器盖上拍照留念。手机相册往前一划,就是她和乔绍廷第一次见面时,她在看守所门口拍的照片。

快乐的时光太短暂了。

幼儿园的方向传出人声,萧臻忙收起手机,整理情绪,回过身去。乔绍廷一家三口和另外一家人正往外走,萧臻迎着他们走了过去。

唐初压低声音,语气严厉地问乔绍廷:"阿祖这就和九九成好朋友了?!你怎么给九九家长洗的脑啊?是让他俩以后联手欺负别的孩子吗?"

乔绍廷小声说:"我的洗脑尝试很失败,所以我最后跟他们说,准备起诉这家幼儿园未尽到教育和管理责任。"

转移重点,跳出框架,这的确是乔绍廷的风格。萧臻有点儿想笑,唐初却双目圆瞪,眼看着就要翻脸。九九的家长和幼儿园园长过来告别,唐初又赶忙换上笑脸,同他们寒暄,把他们送走。

随后,唐初牵着阿祖的手,沉下脸来:"告幼儿园?你是盼着阿祖换幼儿园吗?!"

乔绍廷忙不迭地解释:"不是真的啦!找出一个共同的敌人,我们两家自然就结盟了,就是种策略……"

唐初懒得再理会乔绍廷,直接打开挎包,拿出离婚协议书。

乔绍廷的表情和身体明显僵住:"阿祖还在这儿。"

"爷们儿点儿,别拿孩子当挡箭牌。"

两人僵持着,站在他俩中间的阿祖朝人招手:"大姐姐。"

像是要跟心爱的美剧告别——本以为是试播集,没想到竟然是最终季,萧臻藏起心事,笑着冲阿祖招了招手。

当视线转向乔绍廷和唐初,萧臻笑得就有些尴尬:"要么……我先去周围转转……"

正在这时,随着喧嚣的摇滚乐,那辆疾驰而来的挎斗摩托停在幼儿园门口,驾驶摩托的"白发骑士"正是乔绍廷的父亲乔镛。

乔镛停下车,摘下墨镜,冲他们一行人挥手喊道:"阿祖!"

唐初收回手,把离婚协议放回包里。阿祖喊了声"爷爷",兴冲冲地跑了过去。乔镛下车一把抱起阿祖,走向乔绍廷和唐初。乔绍廷愣愣地看着乔镛和那辆摩托车,扭头再去看唐初时,发现她警觉地眯起了眼睛,盯着那辆摩托,似乎比刚才更生气了:"你不是跟我说……"

"我怎么知道他又给弄好了……"乔绍廷压低嗓音,眼见乔镛抱着阿祖越走越近,只好挤出个笑脸,迎上前去。

"爸,你怎么来了?我都跟你说多少次了,别再骑这个破铜烂铁,多危险啊。"

乔镛把阿祖放下来:"我这修了好几个月,终于发现原来是离合器弹簧没了,我说怎么总挂不上挡。"

乔绍廷偷偷瞟了眼唐初:"这件儿您都能再淘换到,也挺不容易的……"

"昨天我给小唐打电话,她说幼儿园有孩子欺负阿祖,我今天过来看看哪个小子敢欺负我们乔三代!"

萧臻在一旁看着乔镛和乔绍廷等人的互动,彻底惊呆了。最终季的最后一集,竟然还有个番外篇的高潮。

"我们已经都解决了,爸,你不要来搞事情好不好?"乔绍廷哭笑不得,只希望自己的表态能让唐初满意。

乔镛摆摆手:"你们这当爹妈的太尿。阿祖,以后谁敢欺负你,就告诉我,看爷爷怎么收拾他!"

阿祖摇头:"爷爷你别打架,打架不好。妈妈说,人家也有爸爸妈妈……"

"有爸爸妈妈怎么了!他敢碰我们家三代,我就铲平他们家三代!"

乔镛的激昂架势和那身皮衣相得益彰，乔绍廷差点儿没笑出声。他瞟了一眼唐初，连忙摆出严肃的样子："您老打住吧！别跟孩子说这些成吗……"

唐初白了乔绍廷一眼："爸，我今天下午还得去单位，先带阿祖回去了。"

"哎等会儿。阿祖，想不想坐爷爷的碰碰车啊？"

阿祖看向那辆摩托，顿时欢呼雀跃。乔镛领着阿祖就往摩托边走，唐初一惊，看向乔绍廷。

乔绍廷忙上前拦："不行不行！爸，这太危险了！"

"这有啥危险的？我带着阿祖呢！又不是他自己开。"

唐初也忙上前劝："爸，阿祖还小，不安分，在挎子里面乱动的话，您弄不了。"

乔镛想了想，点头："也是……那这样，小唐你抱着阿祖坐挎子里，我送你俩。"

乔绍廷仰天长叹，一脸绝望。唐初叹了口气，勉强地朝乔镛笑了笑，抱起阿祖朝摩托车走过去，边走边回头狠狠地瞪了乔绍廷一眼。

乔镛骑上摩托，带走了唐初和阿祖。乔绍廷看向留在原地的萧臻，摊手耸肩，一脸无奈。

"这位是……乔律师您的父亲？"萧臻小心地问道。

乔绍廷沮丧地点点头。

萧臻的笑容也有些勉强："老爷子……超酷的。我一看他，就想起了……"

"铁血战士？"

萧臻眨眨眼："呃……《疯狂的麦克斯》里的某个反派……"

乔绍廷摆摆手："走走走，干活儿去！"

*　*　*

此时,鲁南和方媛正开车去找赵馨诚。方媛边打方向盘边不解地问道:"你是打算利用乔绍廷?拜托,就算他现在还没有恢复执业资格,可也算为被告人辩护那一头的吧。"

"我不是要利用谁,只是那家伙对案件真相很执着,会是个助力。"

"执着?当然,他乍一看比那些光为了赚钱的律师强,可他的最终目的无非是替被告人减刑或脱罪。"方媛冷笑一声。直来直去的她,看大多数律师都不顺眼。

"为了赚钱有什么不好?又没有机关给他们开工资,不赚钱你让律师用爱发电?"鲁南哭笑不得。

"好了好了……但你确定这个乔绍廷可信吗?"

鲁南明显愣了一下,又似乎是受了启发,他望着窗外想了想:"靠边停车。"

车停在路旁,鲁南下车,脱下法官的制服外套,又从后座拿了另一件外套:"赵馨诚那边你去就行了,我去办点儿别的事。等你从海港支队出来,告诉我一声。"

"你干什么去?"

"摸摸这个乔绍廷的底。"

2. 被传递的消息

富康车内,乔绍廷还不知道自己要迎来"摸底",正继续和萧臻聊着那辆让他头疼的挎斗摩托。萧臻一脸震惊:"你把离合器弹簧给拆了!"

"为这事我正经研究了好一阵机械常识,得是让他打头儿就开不了这车,不能是开起来半路出毛病了;还得不容易被发现,别像打火装置那种第一时间会想到的;最后,这件儿还得不好找。像这种老挎子的离合器弹簧,想再配一个,恨不得去古董市场那种……"

"不是不是!我的意思是说,如果觉得伯父开车太危险,不能通过正当的劝阻……"

乔绍廷苦笑一声,扭头看着萧臻:"劝阻?你看他那样儿,像是听劝的吗?现在看来,只能盼着他赶紧到七十岁,驾驶权人道毁灭了。"

萧臻看着乔绍廷的一脸愁容,一时间也不知道说什么来安慰他。

"哎?你说知道如何证明那份遗嘱的时间了?"乔绍廷忽然转移了话题。

"哦,我今天听韩律师说,要进行语声鉴定,对检材的要求非常高,而这类书证的书写时间鉴定对检材要求同样很高。乔律师,你不也去咨询过了?鉴定机构虽然比较抵触这类申请,但抵触的原因往往是因为得不到足够的检材……"

乔绍廷嘴里还在默默地念叨着:"不行,今儿晚上我还得去拆个什么零件下来……"

"喂喂!乔律师!专注点儿好吗?"

"放心,我一直在听你说。你怎么知道我也咨询过?"

"韩律师帮我找鉴定机构的朋友咨询时,人家说有个男律师问过同样的问题。应该就是你吧。"

乔绍廷叹了口气:"我现在更确定有多不喜欢那个姓韩的了。"

两人一路说着，停车，上楼，进了庞国家的卧室。萧臻把一大摞笔记本搬到茶几上，递了一本给乔绍廷。

充分的检材要包括同样的书写颜料、相近或相同的书写时间，甚至最好是书写了相同的字。庞国习惯随手书写绘画，留下了这些笔记，这就是萧臻想到的突破口。

乔绍廷随手翻着笔记："这净是画也不成啊，鉴定机构需要用文字来比对。"

萧臻翻到其中一页，展示给乔绍廷："老人家生前还经常喜欢抄写名人诗词。你看，这首是《满江红》。"

乔绍廷低头翻了翻，一挑眉毛，竟然还有"刬袜步香阶，手提金缕鞋"呢。

指纹咖啡白天的客人很少，韩彬把一盘炸鱼薯条和一盘海鲜比萨放到鲁南面前，不动声色打量着来人。

鲁南抻了抻胳膊，挽起衬衫的袖子："有辣酱吗？"

韩彬递给他一瓶"疯狗357"："这个辣酱稍微有些……"

鲁南满不在乎地一摆手，把薯条和炸鱼上都倒满了辣酱："无所谓，我要放纵一下。"

韩彬没再说什么，只是倒了大半杯柠檬水放在鲁南面前，又拿起冰锥，开始在旁边的冰盒里凿冰。

手机铃声响起，鲁南瞟了眼吧台上的手机，发现没有来电提醒，又从身上掏出另一部手机，起身走开几步，接通电话。是领导来问复核的进展，鲁南汇报了状况便挂断电话，默默盘算着下一步的行动。

回到吧台旁，鲁南又往薯条上倒了些辣酱："这地儿不错啊，听说老板是个律师。"

韩彬笑了："律师开咖啡厅的好处就在于，偶尔能吸引到两高的大员来就餐。"

鲁南停下了手里的动作，抬头，望着他。

"你是哪头儿的？"韩彬直接问道。

"东交民巷那头儿的。"

"我记得南门斜对面好像有家云南馆子，那里的春卷很好吃。"

鲁南笑了："消费水准对我而言略高了点儿，而且我们早就搬去北花市大街办公了。"

"第二办公区？那你是审判庭的。"韩彬点点头，肯定自己的判断。

鲁南看看自己的便服外套、裤子、鞋，好像没有什么特征能和最高法院挂钩。

"你刚掏出来的那个老三星，是以前最高院统一配发的工作手机，还没换新的吗？"

"现在已经改成每月几十块钱的通讯补贴了。"鲁南明白过来。

"那你怎么知道我是律师？"韩彬问道。

鲁南想了想："我本想说点评网站上写了，现在看来，不如直接告诉你我是冲你来的，更方便些。"

韩彬友善地笑了："好吧，我也得实话告诉你，那晚赵馨诚跟我说了你是谁。"

鲁南继续往另外一盘海鲜比萨上倒辣酱："那就开宗明义吧……"

"你是想聊聊乔绍廷吗？"韩彬自然地接话道。

鲁南先是一愣，随即觉得这样直截了当地聊天很有眼前这人的风格。他微微一点头，手拿餐叉，聚精会神，准备听韩彬讲述。

"我第一次办刑事案子，就是乔律师陪我去会见的。是个故意伤害致死的，被告人跟我同月出生，就比我小整一岁。我还记得当时我们在会见室里等，突然听到楼道里有铁门打开的声音，然后是哗啦哗啦的锁链声，一直到门口。"

鲁南点头，重刑犯脚上的确得戴戒具。

"当时我就傻了……就是那种第一次直面国家公权力的冲击。"

鲁南再次点头，第一次跟师父去看守所提讯的时候，他也是这种感觉。

"当时乔律师问我什么感觉，我说觉得心情有些沉重。他说沉重就对了，因为这个委托人未来的命运有一部分可能就把握在我手上。"

"所以你务必要全力以赴。"

"总之，那会儿我就感觉到乔律师是个执念很重的人。"

鲁南低头用叉子把辣酱在炸鱼和薯条上抹匀："他虽然被暂停执业，可还在继续跟我手里这个案子，你们所对这事怎么看？"

"恐怕这得去问我们主任。"

"章政，他和乔绍廷原来都是旷北平的手下。"

韩彬一怔，笑了："你连这个都知道。"

"就因为我之前一直不知道，现在才会好奇这里面有旷北平什么事。"

韩彬做了个不置可否的表情，似乎没明白鲁南为什么有此一问。

鲁南盯着他:"乔绍廷自从接了这个案子就开始走霉运,而我后来碰巧查到了旷北平这个名字。换句话说,如果乔绍廷目前的处境不是玄学问题的话,有能力把他打压到如此地步的,绝不是什么泛泛之辈。"

韩彬还是没表态,他打开吧台里的那一箱"与魔鬼同行",朝鲁南笑笑:"要不要喝一杯?我请客。"

鲁南摆手:"出差从不喝酒。"

韩彬见他态度坚决,笑了笑便关上木盒:"因为那个案子,他俩的关系异常敌对,似乎都觉得只要解决了对方,就解决了问题。"

"那看来我猜得八九不离十……"

"乔律师的方向也大差不差。"

"那旷北平呢?"

韩彬微微摇头:"他恐怕错了。他的问题,不是铲除一个乔绍廷就能解决的,那只是他自欺欺人。"

鲁南叉起一根薯条:"那他可太绝望了。"

韩彬瞅着薯条上厚厚的那层辣酱,皱起眉头,笑着嘀咕:"你也快了。"

此时,旷北平正在金馥所的办公室里,听取付超的汇报。

"听吴总说,葛平的律师似乎并不愿意配合。"

"涉及这种违规违纪行为,是她说不配合就能不配合的吗?那个律师叫什么?"

付超似乎早就料到旷北平会有此一问,把一张纸递到旷北平面前:"孙志英律师。这是她的资料。"

薛冬出现在门口,见门也没关,作势想敲门。旷北平冲他点了下头，薛冬便直接进了办公室，站在付超身后。付超低头放资料，没注意到后面有人，薛冬顺势听他继续汇报。

"主任，瞅那个孙律师的态度，显然是真的和萧臻有串通，而且不排除她已经把千盛阁酒楼要投诉的事情通知萧臻了。"

旷北平淡淡地一点头："我知道了。"

付超颔首致意，准备离开，一转身就被薛冬吓了一跳。

薛冬上前两步："主任，您找我？"

"高副行长跟我说，昨天你去津港银行了？"

薛冬冷静答道："是。关于南玻那笔政策性贷款展期的事，咱们之前出了法律意见书。银行法务部发现展期复利的计算方式和国家目前的金融政策有冲突，找我过去帮他们参详一下。"

旷北平将孙律师的资料递给薛冬："千盛阁酒楼那案子的事，你打听到了吗？"

薛冬瞟了眼那张纸，面色如常："我知道。只是跟这个孙律师直接联系的并不是萧臻本人，没有能坐实的证据，就没继续跟进。"

"这个孙志英是蔚星所的一个老专职，没什么出息。他们主任是谁你知道吗？"

"杨国晨。我认识，他是黄伟教授的博士。"

旷北平点点头，轻描淡写："打电话给黄伟，让他带着这个学生来见我。"

"是。"

薛冬刚转身要走，旷北平又叫住了他："对了，千盛阁那个案子，萧臻有可能和对方律师串通，你是从哪儿知道的？"

薛冬身体一僵，随口答道："乔绍廷告诉我的。"

旷北平抬眼盯着他："乔绍廷？"

"为了打听萧臻的事,我瞎编了个借口,跟他出去转了一圈,路上聊天他不小心说漏嘴了。"

旷北平缓缓点了下头,薛冬出了办公室。刚一出门,他的冷汗就渗了出来。

薛冬先将电话打给了黄伟,传达了一番旷北平"很不高兴"之类的事宜。如他所料,电话那头诚惶诚恐,忙不迭要前来觐见。挂上电话,薛冬心事重重地划拉着手机屏幕。旷北平已经动手了,比他预料的速度更快,也比他预料的程度更彻底。他调出萧臻的电话号码,打开发送信息栏,输入几个字,又删掉了。随后,他又调出乔绍廷的号码,犹豫了好一阵儿,连高唯走到他身旁都没察觉。

高唯轻声问道:"薛律师,你怎么了?"

薛冬回过神,想了想:"有个事……能不能帮我跑一趟?"

3. 偶遇

挎斗摩托停在划定的车位,正对一楼的窗户,乔绍廷和萧臻蹑手蹑脚地走到一旁,都蹲下身。

萧臻压低声音:"这李煜跟他小姨子偷情得'刬袜步香阶,手提金缕鞋',乔律师回父母家也这么心虚的吗?"

乔绍廷指指旁边的窗台:"老头儿最宝贝的就是这车,但凡有个风吹草动,出现得比闪电侠还快。"

正说着,他听到萧臻那边传来"咔嚓"一声,扭头一看,见萧臻拿着手机给他俩自拍了张合影。

"干什么呢?"乔绍廷一拽萧臻的袖口,生怕她动静太大,所以他也没注意到,就在他回头的时候,乔镛出现在窗口,打开了窗户。

萧臻笑得开心:"和乔律师一起做贼的曼妙时刻,多有纪念意义。"

"谁做贼了?"乔绍廷连连摆手。

"你不是打算偷偷把老爷子好不容易换上的离合器弹簧再拆走吗?"

"故技重施是没用的。我想好了,这次三管齐下——拧死他的火花塞,再剪断熔断器熔丝,最后放空蓄电池的电解液。这样一来,检查、找件儿、修理,怎么也能让他消停三五个月。"

萧臻皱着眉头:"呃……乔律师,先前你拆根弹簧,老爷子可能还没多想,这次搞这么大规模破坏,一看就知道是人为的呀。"

乔绍廷摆摆手:"没事,你放心吧,我们家老头儿头脑简单得很……"

话没说完,趴在窗台上的乔镛俯视着他俩:"也是,我头脑简单,真想不通怎么生出你这么个满肚子坏水的小畜生来!"

数分钟后,乔绍廷一开家门,疾风骤雨就朝他袭来:"你以为之前我不知道?那离合器弹簧能自己没了?不跟你小子计较就是了。我这儿宽宏大量,你还蹬鼻子上脸!"

乔镛说着顺手拿起旁边架子上的唱片掷向乔绍廷:"故技重施啊!三管齐下啊!头脑简单啊!"

乔绍廷护着脑袋:"别扔了爸!我同事还在呢!"

在他身后,萧臻笑着把唱片都接在手里,放到进门的桌上。

乔镛这才看到萧臻,愣了愣,努力找回长辈威严:"丫头坐,别见怪。今天在幼儿园门口,这臭小子也没跟我介绍你。"

萧臻欠身:"我叫萧臻,是乔律师的同事。"

乔镛点点头，看看萧臻，又看看乔绍廷："你和小唐要离婚是因为她？"

萧臻和乔绍廷争先恐后地摆手。

乔镛一脸失望："不是为了这丫头，那你俩离什么婚？"

乔绍廷以手掩面："爸，不会聊天就别愣来了。"

"我不会聊天？哼！你不想聊天，吃饭总会吧？上礼拜回家，一共待了没二十分钟你小子就跑了。今天和你同事一块儿跟家把饭吃了！我让你妈去超市买海鲜回来，做你最爱吃的麻辣花蟹。"

他正说着，保姆杨妈从过道走向门口，说要去买菜。萧臻以为这就是乔绍廷的母亲，忙上前说："阿姨，我陪您一块儿去。"

等到萧臻和杨妈离开，乔镛和乔绍廷唠起家常来。

"我听小唐说你的执业证被暂扣了，怎么回事？"

"之前办的一个案子出了差错，我的一个同学死了。"

乔镛的脸沉了下来："是你害死的？"

"不是，但跟我有关。"

"那就是这案子现在还跟你有关。"

"是。"

这时，乔绍廷的手机响了。他拿起来看了眼号码，不认识，就关掉了声音。

乔镛指了指他的脸："你挨打也是因为这事？"

"呃……勉强也算吧。"乔绍廷回想起娱乐城那帮打手，不由苦笑。

乔镛不屑地哼了一声："教阿祖还手，自己不知道还手。打小儿我就觉得你这孩子太尿，你妈还总跟我说这样挺好，不惹事儿，保平安……"

"我还手了，这不是没打赢吗……"

乔镛摇头叹气："哎，你这把式不行啊……回头别跟你妈说挨打了啊，她又该念叨了。"

乔绍廷轻轻叹了口气，点点头，拿起桌上刚才被乔镛丢出去的唱片，重新码放回书架。书架上方是个小小的龛位，乔绍廷的母亲在照片里对爷儿俩笑得慈祥。

"爸，拆零件是我不对，但您这一把岁数，还骑辆岁数不见得比您小的挎子上街，咱就说您老当益壮，是不是也该顾及一下其他行人的安全？"看着照片，乔绍廷忍不住又说教起来。他看看父亲，又看看母亲的照片。

果然，面对照片，乔镛心虚地避开了眼神："行了行了，你怎么跟你妈一样，一天到晚就叨叨这点儿事！我又不是天天骑，而且这挎子它本身跑不快，能有什么危险？我昨儿还跟你妈说——"

乔绍廷坐到乔镛身旁，轻声打断他："爸，妈已经过世很久了，您不会刚好忘了吧？"

乔镛愣了一会儿，随即神色黯淡下来："我记得呢，就是偶尔想起她，跟你念叨念叨。"

乔绍廷伸手扶在乔镛的肩膀上："我明白……爸，我也想她。"

乔镛垂下了头。乔绍廷的手机又响，他掏出手机，阅读信息，一皱眉头，情不自禁地望向窗外。

果蔬超市里，萧臻帮杨妈推着购物车。来的这一路，她知道了乔绍廷的母亲已经去世,也知道了杨妈是照顾乔镛多年的保姆。杨妈挑拣蔬菜往筐里放,和萧臻唠着家常:"别看他俩来回折腾,绍廷和小唐分不了。这年轻人就是观念开放,过不来就离,分不开就复合啦。"

"我看乔老爷子对他们要离婚这事好像也挺无所谓的。"

"那老头儿更想得开。儿子和儿媳妇分分合合,他不管;大女儿嫁到江州就没信儿了,也不问。"杨妈说着,拿起几个西红柿,端详一番又放回原位。

萧臻一愣,她从不知道,乔绍廷还有个姐姐。

"但这个大女儿,我也没见过,听说连老太太过世都没露面。"

杨妈说着,把萧臻推着的购物车往蔬菜货架旁挪了挪:"生鲜区那边太挤,你帮我看着车,我去拿点儿肉馅。"

萧臻看着蔬菜货架上的商品,拿起了一个南瓜,用手指在上面比画了几下,好像是想切个南瓜灯的样子。就在这时,另一辆购物车停到一旁,旷北平出现在萧臻身侧。

旷北平一身休闲装,头发比照片资料里花白,所以萧臻花了几秒才认出他来。萧臻微微一惊,除了在金馥所面试那次匆匆的擦肩,这是他俩的第一次见面。

旷北平没看萧臻,挑选着眼前的绿叶菜,声音和蔼:"不用紧张,乔绍廷父亲的保姆总在这儿买菜,偶尔会碰上。"

萧臻看着旷北平,笑了:"您老这辈子阅人无数,您正眼看看我,我像是紧张的样子吗?"

旷北平扭头盯着萧臻。的确,萧臻面带笑意,身体放松,周身上下都看不出半点儿紧张。一贯令人噤若寒蝉的威严气度此时竟然失去效用,旷北平顿时有些不悦:"你不要以为孙志英不配合千盛阁,你就能没事……"

"拜托您帮我个忙,甭管是威逼还是利诱,明天千盛阁投诉前,您务必想办法让孙律师配合。我虽然反复叮嘱过她,但总不如您这样德高望重的老前辈说句话好使。"

旷北平原本是想提醒萧臻,她的命运就掌握在自己手中,可听她的语气,竟像是在盼着千盛阁的投诉赶紧成立。旷北平愣了片刻,随即不屑地笑了:"真是初生牛犊……你这样的胆识和个性,挺适合这个行业。只是有时候,选择比努力更重要。"

"听您这么说,我真幸运。我还有选择,而您只剩下努力了。"萧臻直视旷北平,和他对视,依旧是一脸平静。

萧臻说完就推着购物车离开了。旷北平望着她的背影,竟然觉得有些捉摸不透。

在萧臻与旷北平偶遇时,乔绍廷也迎来了两名意想不到的来访者。他站在乔镛家的小区门口,拿着手机,等着刚才发来短信的人。

马路对面一辆黑色轿车摁了两声喇叭,从车里出来的是鲁南和方媛。他们做了自我介绍,乔绍廷看着他们,始终觉得有些眼熟。

"我们在向阳看守所见过,后来方媛和你搭档在中院也见过一面。"

乔绍廷略一回忆,就想起萧臻那句"漂亮的女孩子",不由笑了。

"两位是哪个庭的?"

"刑五的。"

这是死刑复核庭,乔绍廷立刻反应过来,他们两个应该是在对王博和雷小坤的案子进行复核。

"那咱们这个时候见面,合适吗?"乔绍廷问。

"有什么不合适的?"方媛大剌剌地直视着他。

"等等,我们所是拿到了王博和雷小坤死刑复核的代理权,可委托书还没有往咱们最高院送,甚至具体承办的律师也没做出指派……您二位是怎么知道……"

"我们知道这案子一审就是德志所代理的,原来的代理律师是你,后来因为牵扯刑事案件调查,换了洪图律师。现在你们所又拿到了王博和雷小坤在死刑复核阶段的代理权,而且昨天是薛冬律师去看守所找两名被告人签的字。"

鲁南对答如流,乔绍廷不由苦笑,他们什么都知道。

"反正,你不是这个案子的代理律师,我们见面完全没有任何问题。"鲁南做了个总结陈词,就看方媛指着街道的另一边:"南哥,那儿有个'开封菜'。"

鲁南看着肯德基的招牌,朝乔绍廷一摆手:"乔律,咱们走两步?"

三人走出餐厅,鲁南和方媛都拿着汉堡,乔绍廷则两手空空。

鲁南朝乔绍廷让了一下:"你真的不吃吗?"

"不了,我一会儿回去和家人一起吃。"

"这案子的证据链没什么问题,也符合先证后供,只是被害人的尸体一直没找到。"鲁南啃了一口汉堡,说回正题。

乔绍廷琢磨着:"我还是希望这部分能够有个清晰明确的结果,而且……"

方媛掏出一张纸,朝乔绍廷晃了晃:"这是你交给海港刑侦支队的吧？上面都写得挺清楚的。"

乔绍廷似有所悟，点点头，看来他所在意的那些疑点，这两人也心知肚明。

"那我就没什么别的可说了。您二位来找我见面，是不是咱们院觉得这个案子有可商榷之处？"

鲁南继续啃着汉堡："从侦查到公诉到审判，这案子没毛病。不是我想替任何一个阶段遮羞，而是实实在在的，程序和实体都很亮堂。只不过死刑复核是另外一个阶段的程序，而我们做出考量的原则立场有所不同。"

"据我所知，自二〇〇七年最高院收回所有的死刑复核权后，慎杀应该是一贯原则。"乔绍廷说。

鲁南笑了："瞧你这话说的，二〇〇七年以前对死刑复核也一样很谨慎。我们自己私下里经常说，做死刑复核最怕两种情况——"

"真凶出现，或是亡者归来。"方媛接过话。

乔绍廷明白了，他们所担心的，也恰恰是自己所怀疑的。

"朱宏的尸体一直没有找到，我不确定侦查机关是不是还在继续调查这个证据链当中有些模糊的环节。"

"我看过你写的材料，你还认为雷小坤并没有力量将那个铁笼踹下山崖，而更有可能是由于案发当天下雨，地面湿滑，雷小坤一脚踹在铁笼上，在悬崖边制造出一个相当于局部山体滑坡的效果。同时，鉴于王博和雷小坤一贯是用这种方式来恐吓债务人，所以推断他们在主观上并非故意，而是过失。"

乔绍廷点头："我知道这种推测很难对抗本案中雷小坤一脚踹在铁笼上导致朱宏落水并推断死亡的直接因果关系，只是作为辩护律师的立场，该说的总要争取一下。"

鲁南也点点头:"主观动机这种事,有时候很模糊。被告人的供述不可尽信,而你提出的那些推测和参照,确实不如检控机关给出的强证据链有力,因为我们谁都无从得知实施侵害那一刻雷小坤到底是怎么想的。既然这种推测没有足够的证据支持,检控和审判机关必然倾向于依托更为确凿的证明事实。"

乔绍廷低头,默默想着,果然,对他们而言,模糊的环节只有朱宏的尸体。

鲁南他们走到车旁,停下脚步。鲁南把自己和方媛手里的汉堡包装纸扔进路旁的垃圾桶:"再怎么说,人命关天,被害人的命是命,被告人的命也是命。"

说着,鲁南拉开车门:"虽然之前对你有所耳闻,不过还是亲眼见后更确定。"

"确定什么?"

"你好像是个不怎么靠谱的家伙。"鲁南笑笑,上了车。

乔绍廷听得云里雾里:"等等!那咱们院到底是什么意思啊?"

方媛拉开副驾一侧的车门,拍了拍车顶:"你与其追着我们问,不如去仔细读一下'两个规定',一个是死刑案件证据审查的,一个是排除非法证据的。"

乔绍廷皱着眉头想了想:"都是咱们最高院发的?"

鲁南摇下车窗:"两高三部联发的。拜托,你是干这行的,抓抓业务学习。"

鲁南说完,冲乔绍廷摆摆手告别,驾车离开。乔绍廷若有所思,看着他们离去的方向。还没等他回过神来,另一辆车贴在乔绍廷身边停下,车窗摇下:"乔律师。"

乔绍廷低头一看,车内竟是薛冬的助理高唯。

高唯把一张叠了好几折的便条递给乔绍廷："这两天有些敏感。"

乔绍廷打开便条，瞟了一眼，抬头去看高唯，还想问些什么，高唯已经迅速驾车离开。

"萧臻将被投诉，可能吊销执照。"乔绍廷读着便条上的内容，脸色越发沉重。

随即，他回想起萧臻今天的种种反常，所有事情都串联在了一起。看来，萧臻自己已经知道了。

乔绍廷掏出手机，拨通洪图的电话："萧律师有可能被千盛阁投诉，这事你知道吗？"

"昨晚下班那会儿，我在门口碰到主任，他提了一句。真会出事啊？他也告诉你了？真成，还让我别往外说……"

洪图后面的话，乔绍廷已经听不太清楚。他抬起头，就看到马路斜对面，萧臻正拎着菜和杨妈往回走。萧臻也看到了乔绍廷，远远就笑着朝他欢快地招手。

乔绍廷把便条恶狠狠地攥成一团，他感觉到心跳加快，手指尖微微颤抖。被暂停执业资格、挨揍乃至被拘留，他也都没有此刻这般生气。

他很确定，出卖萧臻的那个人，就是他的"好兄弟"章政。

4. 见血

乔绍廷杀上门的时候，章政正在豪华餐厅的包间，与一干客户推杯换盏。突然，包房的门被踹开，乔绍廷黑着脸冲了进来。屋里所有人都愣了，章政更是有些不明就里。

乔绍廷三两步就跨到了章政身旁，撞翻了靠门的椅子，席上众人迅速起身躲闪。章政的助理忙起身去拦，乔绍廷一把将他推了个趔趄。

章政从席间站起身，刚要问些什么，乔绍廷上前就是一拳，正中章政的面门，把章政连人带椅子打翻在地。在众人的惊呼声中，乔绍廷抓住章政的一侧脚踝，像拖死狗一样拖着他就往外走。

包房内上前试图劝阻和拦挡的人，都遭到乔绍廷连打带踹地逼退，餐厅经理吓得拿出手机就要拨打一一〇报警，章政的助理又赶忙去拦："实在抱歉！我们都一个单位的，有点儿小误会。一会儿您清点一下，弄坏的东西我们赔偿……"

包房门口的走道上，章政终于挣脱了乔绍廷，满身狼狈，半直起身，嘴里还质问着乔绍廷是不是疯了。乔绍廷懒得理他，又是一拳上来，被章政抬手挡下。

"你要再胡闹我就还手了！"

乔绍廷继续挥拳而上，章政连挨数拳后，终于一脚把乔绍廷踹开。乔绍廷随手抱起走廊茶几上的一盆绿植，就要往章政脑袋上砸。章政拦腰抱住绿植，摔在地上，顿时也失去了理智，和乔绍廷厮打起来。

章政胡乱地拳打脚踢，乔绍廷则双眼通红，一拳接着一拳，抢向章政的脸、胸口和下巴。四五名服务员一拥而上，把两人拉开。章政还冲乔绍廷喊着："就你他妈一肚子苦水，就你委屈……"

章政被打得满脸是血，衬衫都染红了。乔绍廷衬衣上同样染着血，脸上也挂彩了，正靠墙喘着气，余怒未消。

章政跌跌撞撞地站起身，没理会乔绍廷，朝洗手间走去，想收拾自己的一身狼狈。乔绍廷沉默着跟了过去。

洗手间里，章政刚俯身到洗手池前打开水龙头，乔绍廷就走进洗手间，一把拽住他的后脖领子，把他向后一甩，关上水龙头："不用急，洗了也白洗。"

章政跄跄几步，勉强扶住墙才没摔倒，忍无可忍："你闹够了没有！"

"你为什么把萧律师出卖给旷北平？"乔绍廷逼近一步，质问道。

"你说什么呢？！"

"别他妈跟我装傻！千盛阁的案子，他们要投诉萧律师串通对方代理人！你别装了，我给洪图打过电话，而且你有办法把消息透露给旷北平，那个办法，只有你和我知道。"

章政先是愣了几秒，随即冷笑一声，面色阴沉，逼视着乔绍廷："那要这么说，萧律师真的串通了对方代理人？"

乔绍廷愣住了。

章政走回洗手池前，打开水龙头，清洗着血迹，步履比刚才从容许多，语调间是扭转局面后胜券在握的从容："如果她真的串通过对方律师，被投诉很冤吗？不错，萧律师会被投诉，可你别忘了，她被投诉，就是德志所被投诉，你以为我能放任不管吗？旷北平怎么都会找到把柄，而我相信萧律师跟着你，绝不仅干过这一件出格的事。"

"不管我们跟旷北平最后打成什么样，你不能牺牲萧律师，她跟这些恩怨没关系。"乔绍廷的气势弱了下来，怒火慢慢退潮。章政是对的，不管是谁出卖了萧臻，让旷北平有缝隙能够下手，真正的罪魁祸首都不是别人，而是他自己。如果萧臻不是他的搭档，没人会找她麻烦。

章政回过头，毫不留情地冷笑道："没关系？"

"我知道，她是薛冬找来帮我的——"

章政厉声打断："你去问问薛冬那个王八蛋，是谁让他这么干的！"

乔绍廷又愣了。

章政上前两步，来到乔绍廷近前："是我！是我让冬子去找一个能给你出庭的人，这个人要有能力，而且不能是德志所的老人儿，因为他要敢去面对旷北平。是我！是你兄弟我！我为你做了这么多，我为你扛了这么多雷——"

章政指着自己的脸："这就是你给我的回报！"

此刻的章政青筋爆出，血迹未干，面容可怖。乔绍廷闭上眼睛，不去看那张因愤怒而扭曲的脸："对。她要有能力，她要有胆量，而且对你和薛冬而言，她还得是随时可以被舍弃掉的。"

章政惨笑着后退几步："我为保我兄弟找了个弃子，我兄弟现在却来跟我逞英雄……"

章政从墙上的抽纸盒里抽出纸巾，一边擦脸一边说："对，她确实是炮灰，但弃车保帅这个道理你要明白。况且我不会平白无故就把她抛出去，一定是在她和我兄弟之间让我选择的时候，我才不得不这么做！难道你觉得我应该出卖你？还是说在你看来，跟萧臻比，冬子才是可以牺牲的？"

乔绍廷低头想了想，也说不出话来。

"没错，你比我有同情心，你比我有人味儿，但你不在我的位置上。你换到我的位置上试试？上面有个旷北平随时想要灭了你，底下有几十号人指着你吃饭，身边还有个说揍你就揍你的兄弟！对，我他妈说的就是你！乔绍廷！你真是好兄弟！"

乔绍廷猛地抬头，上前两步："扯兄弟这段是吧。那好，章政，还记得当年你对兄弟的承诺吗？"

章政没说话。漫长的沉默后，乔绍廷一字一句，缓缓说道："你向我保证过，你不会成为另一个旷北平。"

章政和乔绍廷对视片刻，笑了："你凭什么控制别人成为你想要的人？你是什么？国际刑警？还是上帝？我要成为一个什么样的人我心里有数，用不着你来教我。"

"你最好说到做到。"乔绍廷伸手一戳章政的胸口，转身就往外走。

章政抬起头："不然呢？"

"不然的话，别怪我说到做到。"

5. 隐情

华灯初上，津港银行会议室里，分行行长将一份资料递给鲁南："邹亮当时以津港银行的名义，向一些客户推销不属于我们行的社会理财产品，这里面有可能关系到一些非法集资，甚至诈骗……我们也不太懂，但是法务部门和专家研讨之后，一致认为邹亮的行为不构成犯罪。事前和事后，我们行的特聘专家都和邹亮面谈过。我的理解，大概就是一种类似于审讯式的当面对质。这是当时的会议纪要。"

鲁南听着行长的介绍，将纪要递给方媛。方媛看了看，抬头问道："这个主持会议的旷北平，就是你们行特聘的法律专家吗？"

"是。旷教授水平非常高，我们行和他合作很多年了。"

"你们的法务和专家就这件事情开的研讨会……"

"会议纪要上都有。"

"那有没有视频或录音资料?"

"有。"行长立刻答道,"吴经理,把谈话录像调出来给法院的同志看一下。"

可那个吴经理没有立刻答话,笑得有点儿尴尬,沉默了几秒,低声说:"行长,这个是内部保密资料吧。"

见行长向他使眼色,那名经理点头:"您二位稍等。"

他说着便离开了会议室。

此时,旷北平正在西平港的海鲜大排档,坐着一张塑料凳,面前放着一次性纸杯。他身旁的人,正是朱宏的岳父,严秋的父亲严裴旭。旷北平身后不远处,是个剃寸头的精干青年,这是他的司机孟鸥。

整个露天排档被一截裸露的节能灯管照亮,周遭都闹哄哄的,旁边有人喝酒划拳。见旷北平坐定,严裴旭拿起酒瓶,给他也倒了杯酒。

旷北平端起酒杯抿了一点儿,又放下。

严裴旭笑着瞥了他一眼:"喝不惯?"

"在兵团那会儿,咱们喝的是什么来着?我记得就叫粮食白酒?"旷北平说着,拿起酒瓶端详。

严裴旭把杯中酒一饮而尽,干笑两声,又给自己倒了一杯:"六十度的兵团白。那会儿都是纯粮食酒,不像现在这些勾兑的破玩意儿,你喝不到半斤,人就滚到炕下面去了。"

旷北平笑着点点头:"喝完这杯,送你回去吧,孩子都在担心你。而且,我之前不是叮嘱过,你别总在这片儿待着……"

严裴旭把这杯酒也一饮而尽,再一次拿起酒瓶。旷北平伸手想拦，严裴旭一扒拉他，继续倒酒："北平啊，当初在云山的时候，我跟你们这些人的心态不一样。你们有爹有妈，有家可回。我没爹没妈，贱命一条，没想到最后还能回到津港，娶了媳妇，生了孩子，最后都有外孙子了。"

旷北平叹了口气，的确，很多战友都留在了那里。

严裴旭抬头，盯着旷北平："我特别知足。我从没想到这辈子能完完整整过下来。"

严裴旭说着，又要举杯痛饮。旷北平一摁他拿酒杯的那只手，又低头看了看他手背上的伤疤，不由叹气："我懂。我都懂。"

"我这都是为了孩子……"严裴旭说着，缓缓闭上眼睛，再睁开时，他眼底已经有了泪光。

旷北平轻轻拍着严裴旭的肩膀："要不是你，我也留在那儿了。老哥，你相信我，当初你替我挡过，今天，我什么都替你挡。"

这时，坐在一旁的孟鸥接了个电话，走到旷北平身旁，伏身耳语几句。旷北平瞟他一眼，接过手机。

津港银行的会议室里，方媛和鲁南正看着研讨会的视频。鲁南还在问分行行长，能不能调出旷北平和邹亮单独谈话的那两次视频记录。可是数分钟后，分行行长就接到了来自总行的电话，然后随秘书走出会议室。

吴经理有意无意地往鲁南他们的方向看了一眼，却没说什么。鲁南看着分行行长离开，若有所思。

另一边，乔绍廷刚进乔镛家的门，就看见萧臻从过道走来，手里还拿着庞国的笔记本。

乔绍廷看到萧臻，低头说了句"不好意思"，脱下外套，往门口的架子上挂。

萧臻一眼就看到乔绍廷的衬衫上有血迹，但乔绍廷没解释，她也没多问，只是说："电话也不接，幸亏伯父说不用等你，不然真到这会儿，饿都饿死了。你回来得也太晚了。"

乔绍廷挂好衣服，苦笑一声，刚要开口，萧臻比画了一个"嘘"的手势，又一指卧室方向，示意他乔镛已经睡了。

乔绍廷点点头，走向厨房："你们吃了就好，我随便整口剩的对付一下……"

话到一半，他站在厨房门口愣住了，只见萧闯大马金刀坐在小餐桌旁，正就着几盘剩菜吃饭。他这才明白萧臻说他"回来太晚"的真正意思。

还没等他开口询问，萧闯一抬头，便看到了他："可把你等回来了。"

乔绍廷收起错愕，缓步走进厨房，没好气儿地问："你怎么会在这儿？"

"你昨儿答应我什么来着？"

乔绍廷疲惫地抹了把脸："哦对，做笔录。"

萧闯端详着他脸上的伤痕："你这么大谱，就是不配合我，行，那我配合你呗。来，坐坐坐，我马上就吃完。别说，这麻辣花蟹烧得真不错。"

萧闯说着，夹起盘子里最后一个花蟹钳子。

萧闯吃完之后，乔绍廷将餐桌收拾干净，在水池旁洗碗。萧臻靠着橱柜，翻看庞国的笔记本。

萧闯摊开笔录纸，还拿了个iPod touch放在一旁，点开了语音备忘录，准备录音："你能不能先别洗碗了，你这样我录不清楚。"

乔绍廷头也不回："那你拿笔记清楚点儿。"

萧闯翻了翻白眼，边写笔录的抬头边说："你衬衫上蹭的是血吗？"

"关你什么事。"

"你把律师这行干成极限运动都不关我事，可现在我妹跟你搭档办案，我不想她有什么危险……"

萧臻在一旁继续翻着笔记本，头也不抬："萧闯，你是当我不存在吗？"

"我这是怕你出意外，再说哪儿有像他这么办案的……"

"关你什么事？"

萧闯看看乔绍廷，又看看萧臻，无奈地摇摇头："好，乔律，说一下那天在不夜娱乐城的事发经过吧。"

乔绍廷把刷好的盘子放在沥水架上，甩了甩手上的水，转身刚要说话，萧臻忽然惊呼道："找到了！"

乔绍廷一愣，拽了条毛巾，边擦手边走到萧臻身旁。

萧臻把手里的笔记本最后几页展示给乔绍廷："你看这是什么？"

最后几页上密密麻麻写满了字，乔绍廷左翻右翻，嘴里念叨着："九月十七号，九月二十一号，二十二号，二十六号……"

萧臻拿起橱柜上的另外几本笔记，依次从后往前翻："这本也有，每本都有。"

乔绍廷抬起头："是日记。从前往后是庞国用来速写和摘抄的，从后往前是他写的日记。"

"那份遗嘱是哪天立的来着？"

乔绍廷想了想："去年十一月十九号。"

两人对视一眼，各自拿着笔记本从后往前翻。

萧闯坐在餐桌旁，又忍不住翻起白眼："哎，我说二位……"

萧臻冲他摇了摇手指，示意他先别说话。萧闯张了张嘴，但还真没再开口。眼前这个萧臻，和他印象里那个需要保护的小女孩好像真的判若两人。萧闯沉默着，看萧臻一脸专注地翻阅着笔记，不时和乔绍廷交换个眼神。

"找到了！没有十九号的日记，但是有二十一号的，这里面提到了。"

"提到立遗嘱的事了？"乔绍廷忙凑过来看。

"不只提到了遗嘱。"

6. 转机

孟鸥架着不胜酒力的严裴旭，把他送进大排档门脸旁的车里。旷北平跟在一旁，叮嘱着务必把严裴旭送到家门口。说罢，他转身就要返回大排档坐下，孟鸥提醒道："主任，薛律师说那个黄伟和杨国晨还在等您的时间。"

"告诉薛冬，让那两人直接来这儿见我。"

旷北平回到大排档，坐了下来，拿起严裴旭喝剩的小半瓶酒，将自己的酒杯倒满，喝了一口。的确是酒精勾兑的，很难下咽。他盯着酒杯看了看，咬着牙把剩下的酒一饮而尽。

此时，分行行长和吴经理正把鲁南和方媛送出银行。

"真是抱歉，让你们忙到这么晚。"

"应该的应该的，我这也是不好意思，总行那边特别提醒我，等您二位把法院的手续拿过来，我们一定继续配合。"

他们告了别，鲁南和方媛走向停车场。

"这戛然而止,旷北平真不白给。"鲁南回想着那个突然的电话,以及突然无法查看的视频。

"现在怎么办?院里能给咱们出手续吗?"

"你看咱们的涉案当事人,有哪个是叫邹亮或旷北平的吗?"

方媛想了想:"咱们一来查,这么快就遇到阻力,里面肯定有事。"

鲁南打了个响指:"大差不差,看来乔绍廷的方向是对的。"

乔绍廷把萧臻送到楼门口,回头看了眼不远不近跟在后面的萧闯:"你非跟过来干什么?"

萧闯还没说话,萧臻就笑道:"他肯定是担心你又没影了。赶紧把笔录做完吧,我看他都快落下心病了。"

"那我做完笔录去找你。"

"不用,证据都找到了,代理意见和鉴定申请我自己都能搞定。"萧臻笑着冲乔绍廷挥挥手,转身要走。

乔绍廷叫住她:"萧律师。"

萧臻回过头,看着他。

乔绍廷有些欲言又止:"都这个时候了,你还要回所里弄案子的事吗?"

萧臻一挑眉,低头看了眼手机屏幕上的时钟,还没明白乔绍廷要说什么:"受人之托,忠人之事。这是咱们的工作啊。"

"你哥的担心不是没道理,有时候这份工作不但艰辛,而且……"乔绍廷不知道要如何再说下去,他几乎要叹出口气。这回,萧臻明白了他的意思。

"放心,我一开始就考量过。"

"考量什么？"

"你问过我的，风险成本。我一开始就知道，从第一次见到你那天，我就想好了。"

萧臻冲乔绍廷笑笑，转身离开。

萧闯把萧臻的笑容看在眼里，和乔绍廷往回走。

"我记得你爱人姓唐，是医院的，对吧？"走出没几步，萧闯没头没脑地问道。

乔绍廷愣了几秒，随后领会了他的意思，哭笑不得："神经病。"

"你明白就行。刚才录到哪儿了……"

"听萧律师说，你们并不是亲兄妹。"

萧闯瞪着乔绍廷："她就是我妹。怎么了？"

"没什么，就是觉得你真的很爱护她。"

萧闯垂下目光："少来……反正你别打我妹的主意。"

乔绍廷笑了："她为什么想做律师？"

"小说，电影，电视剧……肯定是被什么玩意儿忽悠了呗，以为律师都特帅。"萧闯说着，抬头想了想，"不过那家伙是个财迷……也没准儿是觉得当律师能赚大钱。"

乔绍廷有些懒得理他了："咱们还是赶紧把笔录做完吧。"

萧闯沉默了片刻，说道："大概是三年前，她说她想做律师。我见过太多律师了，尤其是那些混得不好的。我劝她来着，当然，一如既往地失败了。"

乔绍廷微笑："萧律师不是能被轻易说服的人。"

萧闯点点头："她当时跟我说，做律师会让她成为自己想成为的那种人。"

萧闯说着，低头去看笔录，准备继续提问。他并没有注意到，听完他刚才的话，乔绍廷的脸色变了，似乎笃定地下了什么决心。

乔绍廷将iPod touch调转方向，拿到自己面前："你都记这么细了，这玩意儿用不上了吧。"

地下通道里空无一人，墙边有个小小的卦摊。算命先生靠墙坐在地上，手边放了半瓶喝剩的酒，已经快睡着了。一双脚在他摊前停住。算命的很快意识到面前站了人，睁眼一看，职业性地招呼道："先生要卜一卦吗？感情，姻缘，事业，健康，十卦九灵，不灵不收钱……"

吆喝的话还没说完，他注意到来人一脸阴沉，两手的指节上都有新伤，衣服上还沾着血迹。

算命的仰头望着他，呆住了。

乔绍廷缓缓蹲下身，拿起算命的身边那半瓶酒，掏出纸巾，沾了点儿酒，仔细地擦拭掉衬衫上的血迹，又擦了擦手表。最后，他把剩下的酒分别倒在左右手指节的伤口上。酒精带来的剧痛让他的身体不由自主地抽搐了几下，但他一声没吭。他把几乎倒空的酒瓶放回算命先生脚边，站起身，甩了甩两只手，刚准备走开，又从兜里掏出十块钱放在算命的面前。

眼看乔绍廷走开，算命先生揣起钱，慌慌张张敛起卦摊，走出通道。

乔绍廷继续向前走，对面，孙律师走来。

她上前正要伸手去和乔绍廷握手，随即注意到乔绍廷手上的伤，又把手缩了回去："您好。"

"您好。我叫乔绍廷，是萧律师的同事。"

萧臻手腕那个伤口的样子，在孙律师脑海中一闪而过。不知为什么，这两个人给她的感觉有些像。

"我知道您是谁，在津港，您太有名了。而且，我好像应该庆幸，千盛阁的案子坐在对面的不是您。"孙律师说。

乔绍廷盯着孙律师："你更应该庆幸坐在你对面的是萧律师。"

"是的。萧律师是个好人……"

"也是个好律师。"

乔绍廷说着，从兜里掏出了iPod touch，打开语音备忘录，播放录音。

"千盛阁酒楼本应在湿滑的地面设置警示牌，酒楼的消防通道被货箱都堵死了，门口的停车规划严重违法，再加上你的当事人是被千盛阁酒楼强制要求在法定节假日超时工作，未按规定支付加班费和百分之三百的工资……总之，你去千盛阁走访一圈，能取到他们很多违规违法的证据。给他们看这些证据，让他们跟你的当事人和解，把钱赔了，否则你可以向公安、交管、城管部门和劳动局举报……当然，在你们拿到和解赔偿后，我要提百分之二十……"

这段话的前半部分，正是萧臻托人带给孙律师的信息，可什么百分之二十的提成，压根是没影的事情。更让孙律师不明就里的是，这段录音中，说话的人并不是萧臻，而是乔绍廷。

乔绍廷关掉录音，把iPod touch递了过去："我作为千盛阁的原代理人私下和你联络，提供了大量对千盛阁不利的信息，迫使他们不得不与你的当事人庭外和解。这是录音证据。"

孙律师明白过来，目瞪口呆，她看了看iPod touch，又看了看乔绍廷："你是让我把这个交给千盛阁……"

"既然我是和你串通,千盛阁有可能连你一并投诉。不用给他们,你拿这个直接去向律协投诉。"

孙律师一脸震惊,不知道该说什么好。她犹豫着,似乎不知道该不该接过那个 iPod touch。

"千盛阁那边要是还想投诉萧律师的话,无论他们找到什么证据,都不可能覆盖这段录音的证据效力。"乔绍廷说着,把东西往孙律师手里一塞,转身就要走开。

孙律师上前两步:"乔律师,我知道您目前正遭遇困难,我不清楚那起事件到底是怎么回事,但如果我拿着这段录音去投诉你的话……乔律师,在职业生涯里,你和自杀没区别。"

乔绍廷回过头:"那就拜托孙律师,务必让我死。"

此时,严裴旭刚刚到家,一脸醉意,扶着门口的鞋柜,蹑手蹑脚地换鞋。卧室门开了,严秋走了出来。

严裴旭一愣,小声说:"是不是吵到你和佳佳了?"

严秋摇摇头:"爸,您去哪儿了?这么晚才回来。"

她上前帮严裴旭脱下外套,闻到了酒气:"您还喝酒了?"

"就喝了一杯,就一杯。"严裴旭说着,还摇摇晃晃伸出一根指头。

严秋苦笑,挂起严裴旭的外套:"是旷叔叔送您回来的吧?"

严裴旭应了一声,似乎不想多谈。严秋上前两步:"能不能让旷叔叔不要再为难乔绍廷了?"

听到这个名字,严裴旭酒醒了一些,有些愠怒:"你怎么还替他说话?"

"我知道在旷叔叔面前,乔绍廷跟只蚂蚁没分别,但他不是坏人。"

"那照你这么说,我和你旷叔叔才是坏人了?"

严秋低头不语。严裴旭愤愤不平地摆摆手,回屋关门。

昏暗的客厅中,严秋的背影立在严裴旭的门前。她长呼口气,双手环抱在胸前,思索着什么。

第八章　四月二十二日

1. 逢生

凌晨一点时，德志所开放办公区所有的灯都亮了起来。萧臻抱着庞国的笔记本，走进空无一人的律所，深吸一口气，挽起袖子，在工位上坐了好一会儿。

这恐怕是她在德志所的最后一夜，明早投诉就该来了——可那又怎么样呢？她把笔记本放在桌上，长出一口气，挽起袖子，去茶水间给自己泡了一大壶咖啡，开始干活儿。

今天的代理意见写起来格外顺手，复印机也比往日好用，就连茶水间冰箱里的点心，似乎都比之前来得香甜。在给自己续了两杯咖啡之后，她伸了个懒腰，打开音乐播放器，开始播放 *Long Tall Sally* 的整张精选辑。她现在很确信，如果穿越进末世电影，自己一定是会上街狂欢的那种人。

这样特殊的日子，工位的那张小转椅就太不应景了些，于是萧臻进了章政的办公室，坐在那张宽大的老板椅上，把自己一路滑进茶水间。她用牛奶打了奶沫，又小心翼翼地拉了个花，端起咖啡，一蹬茶水间的柜子，滑向办公区。

工位上，萧臻贴着椅背，一手捧着咖啡杯，一手举着打印好的代理意见，边喝边看，频频点头。

看到末页，她把代理意见放在桌上，在"委托代理律师"后面大笔一挥，签下自己的名字，又把笔往旁边一扔，心满意足。

墙边复印机传来复印结束的提示音，萧臻放下咖啡杯，直接蹿上办公桌，本着"两点之间直线最近"的原则，一路踩着桌子跨向复印机，拿起材料又原路返回。

可没走出两步，她就看到办公区的走廊口多了个人——洪图不知什么时候来了，正抱着胳膊，抿紧嘴唇，冷冷盯着她。

萧臻愣了，一脸尴尬地站在桌上。她感觉自己继续走也不是，下去也不是，只好先微微点头，礼貌地打招呼："洪律师……晚上好。"

洪图懒得回应这样荒唐的问好，走到萧臻的办公桌前，放下包，往老板椅上一靠，关掉音乐播放器，滚动鼠标转轮，开始看萧臻电脑上的代理词文档。萧臻忙趁机跳下桌子，走到洪图身边。

"你请假说今晚不能去找我汇报，就为了这案子？"

"是，明天要开庭。"

洪图微微侧身，望着萧臻："你确定明天还能去开庭吗？看这末日狂欢的架势，你恐怕知道明天会发生什么。"

萧臻苦笑："就算被投诉，也不会立刻停止执业。我查了一下相关规定，还是有机会通过听证向惩戒委员会申辩的。乔律师那种，属于特殊情况……"

"在惩戒委员会做出决定前，所里会先停止你执业，这是规章制度。更何况今年章政要在律协参选，对这种事更要做出立场鲜明的表态。"

萧臻看看手里的复印材料和代理意见："那我要是……停止执业，手上的案子怎么办？"

"放心，乔律会找到另一个你。"洪图笑笑，她不吝于把话说得直白，在她看来，这是在帮萧臻。

"那希望乔律师能尽快找到合适的人和我交接，别耽误当事人的案子。"萧臻低垂脑袋。

洪图不确定她是否听懂了自己的弦外之音,也没想到萧臻此刻在意的会是这个,垂下目光叹了口气:"我早就提醒过你……是否立刻停止执业的事,作为合伙人,我可以尝试去找主任说情,但在事情结束前,你暂时先不要和乔律合作。"

"会被投诉是我自己的原因,并不是乔律师导致的。"

"他身上的是非太多。再说,你们一个被停止执业的律师,和一个正被投诉的律师合作办案,让外面怎么看?如果你担心失去锻炼机会的话,我手里有很多案子都可以交给你去办。"洪图自认算得上语重心长、仁至义尽,她面无表情地站起身,"只有我和乔律会保护你。现在,他自身难保,我是在帮你。"

"那今后,我也不用每天晚上给您汇报乔律师的行踪了?"萧臻忽然抬眼,看向洪图。

此刻忽然的心虚代表着什么,洪图懒得去想,她瞪了萧臻一眼,拎起包就往外走,快到门口时又回过头:"你好像并不知道今晚都发生了什么。"

萧臻的确不知道,愣愣地看着她。

果然,章政挨打,萧臻一无所知。毕竟还是小孩。洪图不屑地一笑,走出办公室。

洪图刚出楼门,就迎面碰上了乔绍廷。看着乔绍廷行色匆匆想要上楼,洪图面露不悦。先前急吼吼挂了她的电话,如今却这么晚跑来找萧臻。她刚才那句"很快找到另一个你",好像顿时有些可笑。

"乔律,你今天怎么话说一半就把我电话挂了?而且晚上我听客户说……"

话到一半,她看到乔绍廷伸手整理衬衫领口,指关节上有伤,便没再往下说。

"电话的事,我很抱歉,而且你听说得没错,我挂你电话,就是急着去办你听说的那件事。"

洪图略一思索就明白过来,不管乔绍廷用了什么手段,萧臻恐怕不会被投诉了——以乔绍廷现在的处境,那个手段的代价一定不小。

"萧律师值得你做到这个地步吗?"

"你也值得。"

洪图冷笑。这种安慰奖似的回答,太过冠冕堂皇。

"为了我身边任何一个去追求和实现公平的人,都值得,而且,不仅到这个地步。"

像是认定了洪图不会明白,也不会相信,乔绍廷没再停留,快步走向德志所。

萧臻收拾好东西正往外走,就看见乔绍廷迎面走来,不禁一愣:"乔律师,怎么这么晚你还来了?"

"我说了,完事就过来。更何况……你哥吃了我的晚饭,虽然我已经用某种方式找回点儿补偿,可肚子还是空的。"

"问题是,我并不太饿啊……"

十分钟后,"不太饿"的萧臻在大排档里,摘了手套,挽起袖子,狼吞虎咽地吃着小海鲜。

对面,乔绍廷挑着半筷子沙茶面瞠目结舌。

"庞国二十一号身体状况恢复后,在日记中记下了十九号订立遗嘱的全过程,甚至把遗嘱内容都写在里面了。这篇日记既可以作为笔迹鉴定最有针对性的检材,同时也是对十九号那份遗嘱的有力佐证。不过我在写完代理词后,也想到对方律师很有可能会提出……"

乔绍廷吃着面接话道:"为什么二十一号可以自书日记,十九号却要代书遗嘱？逻辑存疑。"

萧臻点头:"十九号的代书遗嘱缺乏一个有效要件——日期。遗嘱本身无效的情况下,可以主张无视其他间接证据。"

"就算日记里记录了遗嘱内容,但那只是庞国自己写的,涉及处置吴秀芝那部分财产的,对方还是可以不认。更别提他们大概率会先行质疑日记的真实性。"

"所以,我想在形成证据均势的情况下,引导双方进行调解或庭外和解。"

"好主意。虽然我认为双方很难接受和解。"

"房产具有不可分割的属性,我们是站在庞家子女的立场上没错,但考虑到被告一方……这案子总要有个能让双方都勉强接受的……嗯,怎么说呢……"萧臻努力想找出恰当的词汇,停止了咀嚼。

乔绍廷笑了:"也许你还没意识到,从刚开始办案,你就在追求这种目标——相对公平。"

"相对公平？"

"对。在我们接触到的绝大多数案件里,民事案件往往既有经济利益,又掺杂了道德或情感。商事案件中,双方互负违约责任屡见不鲜。甚至连刑事案件,都会有很多酌定或法定的从轻、减轻、从重、加重情节,会有起刑点到最高刑期的自由裁量空间。这是因为在现实生活中往往没有绝对的好坏或对错,那么公平的实现,往往也是相对的。"

萧臻久久不语。从做律师的那一天起,她就明确知道自己不要什么;而想要的那个东西,她一直模模糊糊地感受着,却无法概括清楚。她要的不是发家致富,尽管许多律师的确赚得盆满钵满,而她也的确是个财迷;不是"社会能量",尽管不少律师的确能够呼风唤雨,她也向往;她要的甚至不仅仅是维护当事人的利益,尽管这是律师最为基础的职责,她也一直竭力做到。可她始终知道,最为核心的不是那些。而乔绍廷说的"相对公平",让那个原本晦暗不明的指向忽然变得清晰可见。

"乔律师一直信奉这种相对的公平吗?"

"六年前我和章政将旷北平从德志赶走,就是因为在我看来,他破坏了这种哪怕仅仅是相对的公平——是的,你说得没错,我信奉这种相对的公平。"

乔绍廷从座位下拿出王博和雷小坤的案卷,放在萧臻面前:"萧律师,如果对待每一个案件都这样竭尽全力的话,对你而言,律师将是个很辛苦的职业。值得吗?"

萧臻低头看着王博和雷小坤的案卷,莫名地激动。"他终于把你当作同类了。"她听到自己心里有个小小的声音说。为了来到乔绍廷身边,她在付出代价,可是此刻她明白了,这些代价从来都微不足道。

她再抬头去看乔绍廷,平静而笃定:"值得。"

乔绍廷点头:"我也觉得值得。"

萧臻抽出两张纸巾擦了擦手,拿起案卷就翻,情不自禁地念叨着:"没想到,到了最后,我终于还是看到……"

乔绍廷盯着她:"没到最后。"

萧臻抬头看乔绍廷。

"不管你当初来到德志所的目的是什么,也不管派你来这里的人想如何利用你,但现在对我而言,你是我共进退的伙伴……"乔绍廷说着,递去一支笔,"所以相信我,这绝不是最后。"

萧臻思索着这番话，接过笔，注意到乔绍廷指关节上的伤。她从案卷中拿出委托书，再去看乔绍廷，他已经从座位上站起来了。

萧臻在委托书上签下自己的名字。

"今晚的月色真美。"乔绍廷在夜色中仰面朝天，伸着胳膊。

萧臻一愣，便发现乔绍廷并没有望向自己，显然，他这话也不是冲自己说的。

"乔律师是很喜欢日本近代文学吗？还是只单纯欣赏夏目老师这句话？"

乔绍廷一脸茫然："什么？"

"你刚才不会是随口瞎念叨的吧？"

"不是啊，前两天唐初去找我，走的时候她抬头望天说了这么一句，结果我跑楼顶上找了半宿的月亮。"

萧臻哭笑不得："乔律师，打开手机上网搜一下……没文化不可怕，别跟时代太脱节。"

乔绍廷听完愣了愣，掏出手机搜索，随即，夜空中响起他"杠铃"般的笑声。

"主任，律协的投诉受理通知书打印出来了！"清晨时分，萧臻刚走进事务所，就听顾盼拿着一份刚打印出来的文件冲办公区喊道。

章政风风火火地跑出来看通知书，萧臻长叹一口气，一脸释然，准备好了承担一切。

章政边看通知书边念叨："这……怎么绍廷又被投诉了？！千盛阁的案子？"

萧臻的大义只凛然到一半，顿时戛然而止，刚刚放空的视线立刻对焦，震惊地看向章政。

章政一抬眼，也正好看到萧臻："小萧，这案子不是你办的吗？怎么乔律师被投诉了？"

萧臻比章政还要茫然，上前两步，先注意到章政脸上的伤："主任，您的脸……"

"不小心摔的……这案子，乔律师插手了吗？怎么受理通知还说有什么录音证据啊？"章政故意不去看她。萧臻从他手上拿过通知书，仔细查看。

洪图也走进了事务所。她看到章政一脸的伤，心照不宣地和章政对视片刻，便来到萧臻身旁，和她一起看通知。

洪图看了几行，便明白过来，别开目光，冷笑一声："喊，还真是债多不愁还。"

萧臻看完通知，也慢慢回过神来。原来，乔绍廷昨天说的"没到最后"，是这个含义。

她把通知书还给章政，说不上来自己此刻是什么情绪。劫后余生的庆幸？对乔绍廷的感激？为乔绍廷担忧？好像都没有。该波动的情绪，好像昨晚都波动完了，虽然昨晚她似乎只是吃了一顿丰盛的夜宵。

"主任，那我拿所函先去开庭了。"

章政没看她，点点头，问顾盼道："乔律师呢？通知他没有？"

"电话没人接。"

萧臻走向办公区，从桌上拿了空白出庭函，又拿了盖章登记表，敲开洪图的办公室，把登记表递过去："洪律师，庞国家析产的那个案子，我得去开庭，麻烦您批一下出庭函盖章。"

洪图接过登记表，低头签字："看来，他还是有能力保护你……"

签完字，她把登记表递还给萧臻："或者，这事本来他也有份。"

萧臻接过登记表，想了想："相对公平。"

洪图一脸疑惑。萧臻没再说什么，笑了笑，离开办公室。

2. 反击

薛冬快步走到旷北平办公室门前，就见付超和刘浩天都站在门外，噤若寒蝉。办公室内传出旷北平的咆哮。

很快，咆哮声结束了，旷北平隔着门沉声喝令："进来！"

另外二人都不自觉地后退半步，把薛冬往前推了推，薛冬只好硬着头皮敲门。

"我说'进来'！"

三人只好开门，都进了办公室。

旷北平显然余怒未消，嘴里还在念叨："黄伟这个废物……"

薛冬左右看看，付超和刘浩天都在朝他递眼色，示意他上前说话。

"主任，往好处想的话，乔绍廷可以说是自绝后路。在这一行里，他算是废了。"薛冬观察着旷北平的脸色。

"那不好那头儿呢？"

"他身边恐怕有了个死心塌地的同伴。"薛冬努力说得轻描淡写，虽然在他看来，这并不是一件小事。

不曾想旷北平一脸不屑，冷笑一声："无名小辈罢了……问题在于，这事乔绍廷是怎么提前知道的。"

薛冬哭笑不得。果然，旷北平的脑回路别人是怎么都猜不透的："既然孙律师有可能私下和萧臻联系过，乔绍廷知道也就不奇怪了。"

旷北平突然又怒不可遏："什么时候联系的？怎么联系的？他跟那个姓孙的见过面没有？"

旷北平说着，干脆站起身，数落着面前的三个人："昨天晚上到底发生了什么，你们没一个人能告诉我！"

三人都低头不语。

旷北平在窗前来回踱步，平息怒火。

他背着身说道："从现在开始，这个乔绍廷和他搭档的一举一动，我随时都要知道。"

"主任，您的意思是让我们……"付超小心翼翼地开口道。

"我不管你们做什么，也不管你们怎么做。"旷北平猛地回过身，瞪着眼前的三人。薛冬忙领着另外两个人点头答应，忙不迭地离开。

一进自己的办公室，薛冬诚惶诚恐的神态就挥发得干干净净，甚至差点儿笑出了声。乔绍廷那近乎耍赖的手段，任谁提前知道，恐怕都只会说句"胡闹"，再补上一句"何苦"。可是现在，一无所有的乔绍廷往深渊再走一步，反倒把那个翻手为云覆手为雨的旷北平逼疯了。这个世界上，就是有人宁愿骑二十公里的自行车，也非要拿到那几罐调料。

薛冬还是没能忍住。他坐在办公桌前，把脑袋埋进胳膊，痛痛快快地笑了好一会儿。

他边笑边盘算着自己应该给谁打个电话，就在此时，章政要求见面的短信发了过来。两人约在德志所的楼后见面。

半小时后,章政一脸警惕地来到薛冬身旁。薛冬靠着栅栏,远远地就看见章政脸上的五彩斑斓。他表情有些夸张,明知故问道:"呦!怎么了这是?"

"绍廷昨儿晚上发神经,非把旷北平操纵千盛阁投诉萧臻的事迁怒于我。"章政没好气地说。

薛冬实在难掩压抑在心中的狂喜:"哦?怎么打成这样啊……那你还手没有?这看着可不是打了一两拳……你这鼻子不是被脚踹的吧?在哪儿打的你啊?旁边还有人看见吗?嘿!这就没人上来拦拦?你那司机呢?哎呀,绍廷也是,下手也太重了!差不多就得了……"

章政深呼吸,摆摆手:"你有完没完!旷北平那边什么反应?"

"你什么时候见过他站起来骂人?"

章政倒吸一口凉气,愣了半晌,说不出话来。

"所以我当初就跟你说,要治他,就得绍廷这样的。"章政点了点头。

"绍廷固然是回击得漂亮,可他也把老爷子惹急了。"

"以我对他的了解……靠,我好像不太了解他。"

"我本想象不出来绍廷会怎么反击,不过你今天这张脸,好像也给了我新启发。"薛冬还是憋不住笑。

章政瞪着他:"别光顾着幸灾乐祸。出了这档子事,旷北平会认为自己的控制力和影响力受到直接挑战。他一定会使出更多的手段,而且也会愈发不相信身边的任何人,尤其是你。"

"那我是得小心……哎,打完你之后,绍廷有没有跟你和解?带你去医院了吗?"

"你给我滚！"

薛冬笑着拉开车门，章政又说道："无论绍廷现在想做什么，你最好能主动帮帮他，不然大家都危险。"

薛冬一脸玩味地看着章政。两天前催他出卖萧臻的人，现在又来催他帮乔绍廷："主动帮他？我怎么主动帮他？"

章政冷冷地看着他，毫不觉得自己的转变有任何突兀之处："你最好赶紧想出来。"

断定乔绍廷需要帮助的人，还不止章政一个。鲁南被领导要求去南津述职，汇报王博和雷小坤案的死刑复核进展。在机场的出发口，他也对方媛说，让她想办法帮一帮所有想要找到朱宏的人。

需要帮助的乔绍廷刚把银色富康停在一家餐馆门口，金义和几个手下正围坐在露天的桌旁吃喝。

金义走到车旁，乔绍廷摇下副驾的纯手摇车窗："你这……刚几点就开始喝了？"

金义有些不好意思，挠挠头："我也没耽误事。"

金义带些歉意，扭捏地说起自己尚未找到宗飞的下落，毕竟他和他的兄弟不过是些混社会的，而宗飞他们属于犯罪团伙，真那么好找早就该蹲大牢了。乔绍廷瞟了他一眼，按金义的性格，不可能光为了说这一通解释，主动把他叫来。

"你之前给过我朱宏的照片，还有一个姓严的老头儿的……"果然，漫长的铺垫之后，金义切入正题。

"严裴旭？那是朱宏的岳父。"乔绍廷一惊。

金义掏出手机，翻出一张照片，把屏幕转向乔绍廷。昨晚，他有几个兄弟在西平港喝酒，正好看见个老头儿，觉得有点儿眼熟，就拍了照片。照片里的老人颇显疲态，双眼放空，端着个一次性纸杯。虽然比印象中苍老不少，乔绍廷还是一眼就认出来，这的确是严裴旭。

"西平港？离他们家得有二三十公里呢吧，怎么跑那儿喝酒去了？"

金义一划屏幕："后来还有个老头来找他……"

这次，看到照片的乔绍廷忘记了言语。有一根细细的线，把所有的东西都穿成了一串。伪造的财务报告、邹亮的死、这十几天来密不透风的围追堵截，好像都有了更合理的解释。

照片上的那人是旷北平。

乔绍廷想了想，把手机还给金义："这个人很可能是我目前最大的对头。干得好，我现在方向更明确了。"

乔绍廷的下一个目的地是向阳区人民法院的门口，按照约定，他来这里跟萧臻汇合。

萧臻开完庞国案的庭，见他过来，首先叹了口气："你没猜错，他们既不同意调解，也不愿意庭外和解。"

"是对面不同意？"

"所有人都不同意。大家宁愿接受诉讼带来的高昂时间成本，也不愿意各退半步……说起来，乔律，你又被投诉了。"

乔绍廷正分心想着金义给他的照片，意外的表情很没诚意："我说怎么所里一直给我打电话。"

萧臻白了他一眼："而且主任那脸是怎么回事？"

"他脸怎么了？"乔绍廷继续伪装懵懂。

"伤痕累累，据他说是不小心摔的，我猜他摔倒的时候，脸下面可能硌了个拳头。说起来，乔律师，我昨晚忘了问你，你的手怎么受伤了？"

乔绍廷看了看自己指关节上的伤："我也不小心摔了。"

萧臻品味着乔绍廷毫不遮掩的敷衍："你的诚恳真让我感动。"

"邹亮出事之前，私下寄给我这些，更让我感动。"乔绍廷换上正色，把一个文件袋塞给萧臻。

萧臻接过来，拿出里面的文件看了看，微微皱眉："房屋抵押贷款？"

"就在朱宏失踪的第三天，严裴旭把他、他女儿严秋以及他外孙朱佳共同居住的那套房子抵押出去了，申请到两百万的商业贷款。而且就在之后的一两天……"

"严裴旭几乎从银行各个账户取走了所有存款。"萧臻抬起头，开玩笑道，"没准儿是老头儿讲究，替女婿还债去了？"

乔绍廷笑笑："那我们就一起证实一下他是不是真的很讲究……"

他正要把照片的事情告诉萧臻，手机响了，电话那头是薛冬："绍廷，我现在在巴博斯，就那个网红餐厅。"

"关我什么事。"乔绍廷朝萧臻递了个眼色，打开免提。

"上回，你找我去津港银行查邹亮的事，今天我正好又去那边办事，听说昨晚有法院的人要查邹亮和主任谈话的相关资料。"

"法院的人？"

他和萧臻互换了个眼神，都猜可能是鲁南和方媛。

"然后呢？"

"因为他们缺手续,银行没把这部分资料给到他们。在这方面,那些守规矩的司法部门反倒没什么优势可言。"

乔绍廷想了想,说:"就是说,你拿到了?"

"来求我吧。"电话那头,薛冬的声音十分欠打。

乔绍廷看看被挂断的电话,又看看自己手上的伤:"我是不是应该带根棍子什么的过去?"

萧臻笑了:"灭口之前,先看看他拿到什么有用的资料了。我这边尝试追查一下严裴旭这笔贷款的流向。"

"这部分的客户信息银行是保密的,律师证派不上用场。"

"明白,我想想办法。"

乔绍廷刚驾车离开,方媛的车就停在萧臻身旁。

方媛摇下副驾的车窗,朝萧臻招了招手。

萧臻愣了一下,上前躬身对方媛说:"该不会我在哪个法院开庭都能遇到你吧?"

"不,我是专门来找你的。那个析产的案子顺利吗?"

萧臻翻着白眼叹了口气:"哦对,你能在系统里查到所有我代理的案子……可这通知开庭的时间也能查到吗?"

方媛眨眨眼:"不用什么内部系统,你们这案子是公开审理,我看今天的开庭公告就行了。上车吧。"

奶茶店里,萧臻把手里的两杯奶茶递给方媛一杯。萧臻手里的那杯是原味奶茶,而方媛那杯里,珍珠、蒟蒻、龟苓膏、果切堆成一座小山。

方媛接过奶茶,草草翻了翻王博和雷小坤的案卷,递还给萧臻。案卷内容和鲁南背给她的几乎一字不差,看来,鲁南的记忆力真的很厉害。

"方法官特意把我从法院门口截下来,是有什么事吗?"

"你和那个乔律师一直都没放弃查这个案子?"

"不仅我和乔律师,他还有个叫金义的好基友,他现在开的车也是向金义借的。"

"有进展吗?"

萧臻犹豫片刻便打开笔记本电脑:"被害人朱宏的岳父严裴旭,在案发后第三天跟银行申请了一笔抵押贷款,用途是商业经营中的债务清偿。"

"这很可疑吗?"

"不好说,但我和乔律师打算追踪一下这笔贷款的资金流向。"

方媛笑了,且不问他们如何得知的这个信息,单就下一步来讲,他们需要追查的信息都在银行,银行昨天甚至让她和鲁南都吃了闭门羹。

"我想通过天眼系统查询。"萧臻喝了一口奶茶。

方媛明白过来,既然严裴旭申请了经营贷,那么有经营债务需要清偿的那家公司,一定得是严裴旭任职或有股份的关联企业,银行才能放款。

"很合理,然后呢?"

"然后再想办法呗,车到山前必有路。"说完,萧臻开始用笔记本电脑上网查询。

方媛把桌上邹亮提供的资料拿过来扫了一眼,叹了口气。她还以为萧臻和乔绍廷有什么惊人进展,现在看,也是费事耗力,未必有结果的调查方向。

"谢谢你的奶茶。"方媛站起身,举了下手里的杯子,离开了。

萧臻打开天眼查询系统,输入严裴旭的名字,很快就搜索出数家与严裴旭有关联的企业。她在纸上一一记录下每家企业的名称和基本信息情况,随后查询这些与严裴旭有关的企业是否存在经营风险。通过这个方式,萧臻筛掉一部分企业,并在纸上把那些企业打了叉。

剩下的企业中,萧臻挨个儿查询是否有"法律诉讼"和"开庭公告",查到其中三家有相关信息。她又打开津港市人民法院的信息查询网站,查询这几起诉讼,并没有任何一起诉讼涉及企业负债。

萧臻咬着笔,盯着电脑屏幕,又去看自己记录下那些公司的纸,琢磨了好一阵子,随后扔下笔,拿起手机,挨家公司拨打电话。

"喂您好,我是津港银行信贷部,咱们公司的股东严裴旭先生在我们这里申请了一笔抵押贷款,请问这笔贷款已经到咱们公司账户了吗?……什么?严先生没有为咱们公司申请经营贷款?……哦,那可能是他填错了……

"喂,您好,津港银行信贷部……哦,好的,那您能帮我转一下财务吗?"萧臻在那家公司的名字后面画了个叉,又换了一家公司。

"财务出差了?您方便把财务的手机号码给我吗?

"哦……严裴旭先生已经退股了?

"没有申请这笔贷款?那严先生最近在公司有没有增资?"

萧臻把手机扔回桌上,愁眉不展地看着那张纸,所有公司后面全打了叉。

这时,方媛又出现了。

她坐在萧臻对面，看了看萧臻的表情，又瞟了眼萧臻面前的那张纸："看来，我离开这会儿，你不像是有什么突破的样子。"

"方法官去而复返，就为了嘲笑我？"

"不，我是觉得这家的奶茶味道很不错。"说着，她把一张纸隔着桌子丢给萧臻。

萧臻接过一看："锦林园艺有限公司？"

严裴旭的确是这家公司的股东之一，可公司并没有涉嫌诉讼的风险信息。这是萧臻第一批排除掉的公司之一。

"没有诉讼，但是他们欠下一笔一百七十九万的物流费用。对方没有起诉，而严裴旭正是向银行提供了双方的物流合同，才申请到这笔贷款。"方媛说着把另一张纸递给萧臻，"这是那家物流公司。"

萧臻有些惊讶，看着纸上的信息："你不是说昨天还吃了闭门羹吗？"

"对啊，所以我刚才去找了巡回法庭的同事。津港银行是大行，在我们那儿总会有案子。我让同事一个电话过去，询问某一时间段的经营贷款信息，只要里面包含严裴旭的这笔申请，就都搞定了。"

萧臻盯着她，愣了片刻："你还要跟上杯一样的？"

不过是数十分钟后，方媛调查的事情就传到了旷北平那儿。办公室里的付超放下电话，急匆匆地追出来："主任，主任！"

他上前在旷北平耳旁小声说道："津港银行的吴经理刚才给我打电话，说最高院巡回法庭因为他们行的一个案子，打电话询问了某几天申请抵押贷款的申请人和相关事由。他也不好说有什么奇怪的地方,只是时间上……正好是那个案子发生之后的一周内。"

旷北平微微一惊,略一思忖,转身返回办公室,同时对付超说:"把孟鸥叫来,再就是马上帮我向银行预约大宗提现。"

旷北平一路往办公室走,掏出手机,拨通电话:"老哥,是我。说话方便吗……"

付超跟上两步,旷北平用手掩住通话器,回头看着付超。

"大宗是?"付超请示道。

"两百万。"旷北平说完,把听筒放回耳边,返回办公室。

3. 追查

巴博斯餐厅所有的陈设都是粉色,桌椅、墙壁、服务生的工作制服,乃至洗手间的纸巾。薛冬面前精致的茶具和茶点,不用说也是粉色。乔绍廷坐在薛冬对面,环顾一圈,显然,这是个网红打卡地,甚至还有个漂亮的网红脸女孩在用手机直播。他和薛冬出现在这种地方,怎么看怎么突兀。

乔绍廷合上菜单递给服务员:"给我杯水就好。"

薛冬笑了:"不至于吧,兄弟。我请客。"

乔绍廷看着薛冬前所未有的灿烂笑容,想着章政挨揍估计也让薛冬暗爽:"甭废话,你到底有什么发现?"

薛冬抿了口红茶,卖起关子:"我好像还没听到有人求我呢。"

乔绍廷向后一推凳子,起身就要走。薛冬又忙拦下他,怪他没幽默感。

"我看你也皮痒。"乔绍廷坐回薛冬对面。

"听我慢慢说。你之前让我查邹亮和旷主任谈话的相关信息，我今天去走了点儿人情，调到了他俩谈话那天银行门口的监控。"薛冬说着，拿出手机摁了几下，给乔绍廷看他拍下的监控片段。

果然，旷北平和邹亮私下有接触。乔绍廷点了点头，并不意外。比起这个，猝不及防地看到邹亮走动、与人交谈的画面，对他反倒冲击更大。

九点多的监控画面里，旷北平走进津港银行的正门。十点多将近十一点，他从银行出来，之后，有个人追了出来，就是邹亮。

监控中看不清邹亮的脸，可他微微驼背、迈着大步的样子，和乔绍廷记忆中一模一样。邹亮叫住旷北平，两人一起走到银行门外的吸烟区。邹亮抽着烟，和旷北平聊了好一阵子。

乔绍廷抬起头："他们聊了多久？"

"将近半个小时。"

乔绍廷又低头看着屏摄的监控画面："通过这个能看出来，在谈话之后，旷北平和邹亮还有私下接触，但也没什么用。你是觉得可以找唇语专家来辨别他俩都说了什么？"

薛冬拿叉子挑着茶点吃："你再往后看，还有第三段。"

乔绍廷点开第三段视频。那是中午十二点左右，邹亮走出银行，上了一辆停在门口的粉色奥迪TT。

乔绍廷一惊，抬头去看薛冬。

薛冬面露得意："这车看着不是你同学他老婆的吧？"

乔绍廷想了想，邹亮的恋情，他的确毫无察觉，可他又不是要找邹亮婚内出轨的黑料，何况这不过是辆粉色跑车，车里坐的是男是女都不一定。

"这个监控画面的清晰度想读唇语没戏,但车牌还是能看清楚的。我循着车牌,发现车主是个二十一岁的KOL。"薛冬眯起眼睛,说出他的"重大发现"。

"KOL?"

"关键意见领袖,俗称网红。"薛冬一脸嫌弃地给乔绍廷科普当代名词。看他的嘚瑟样,乔绍廷很怀疑他也是现学现卖。

"你这位老同学啃的嫩草叫陶晴,网名叫黄油果冻。"说到这里,薛冬总算双手一摊,表示来到了关键部分。

乔绍廷更不解了:"我不问你怎么通过一个车牌查到的车主,我也不想知道,就说你发现的这个甜品小姐,对我要查的事有什么帮助?"

"那不好说。不过你也是成了家的人,应该知道有些不会跟自己老婆说的事,是需要其他倾诉对象的。"薛冬一脸严肃,缓缓点头,似乎对这种事颇有发言权的样子。

乔绍廷白了他一眼:"去哪儿找这个果冻?"

"你走路目不斜视吗?你进来一共也就十几分钟,不会一点儿印象都没有了吧?"薛冬又拿出故弄玄虚的那套。乔绍廷眨眨眼,突然想起什么,扭头望向窗外,果然,路旁正停着一辆粉红色的奥迪TT。他把头扭向另一侧,很快就注意到了那名在餐厅里直播的网红。

乔绍廷看向薛冬。薛冬笃定地点点头,评头论足:"好像开过眼角,不过别的都像是原装,至少八分。你这同学眼光还行。"

乔绍廷发现,自己确实欠了薛冬一个人情,而薛冬也确实是欠一顿揍。

* * *

萧臻和方媛走出奶茶店,萧臻正举着手机和乔绍廷通话。

"太好了,正好我这边很可能也有新的进展。等完事我跟你联系,咱们一起往下跟进。"两人同步了进度,挂断电话。萧臻扭头对方媛说:"乔律师那边好像也有突破,晚些时候,我们会再碰。"

"那正好,我也有个方向,你要不要投桃报李?"

"最高院法官办不了的事,我能办?"

"我和南哥仔细看过笔录,王博和雷小坤这对讨债组合一直都是由王博来接活儿,提讯的时候,他所说的也跟笔录一致。他常年和一些服务器架设在境外的赌博集团合作,津港的那些网络赌棍只要欠了债,都由他们负责催收,报酬是催收回款的三成。海港支队大致确认了他们的说法,也发现朱宏生前——"

萧臻打断她:"朱宏也许还没死呢。"

方媛不耐烦地摆摆手:"先按生效判决上的说法来,朱宏生前曾经在一个服务器架设在菲律宾的赌博网站上输了四百多万。笔录里没有更多的信息了,公安那边要么是在另案侦办,要么就是报给市局,通过外交途径寻求合作调查。"

萧臻似乎明白了方媛在意的部分:"一个朱宏就四百多万,按照王博和雷小坤的说法,类似的活儿他们接过十几件,就按三成来算,也该赚了不少钱才对。可那个雷小坤家里连租金都交不上,而拿了大头的王博也是存折比脸都干净。这是不是说不通?"

"我也奇怪这事,所以当我得知在你们乔律师的协助下,王博的老婆被抓进去之后,就一直想去找她聊聊。"

"王博的老婆？你不能提讯吗？"

"先不说她那个案子我们是否有权提讯，就算有，我也不能一个人去，法院办案是要严格遵守程序的。"

"沈蓉羁押在向阳看守所，我去会见也需要两个律师。"

方媛一脸颓笑："闹半天，南哥不在，我一个人办不了的事，你这边的乔绍廷也不给力啊。"

"你不能找巡回法庭的同事吗？"

方媛臭着脸："你是说让民庭的法官去看守所提讯？"

萧臻掏出手机拨号："那还是我投桃报李吧。"

巴博斯餐厅内，薛冬笑容可掬，看着对面的乔绍廷。乔绍廷正微微皱眉，盯着手机，认真钻研。

"你看，我查了啊，她如果是狗牙平台的探店主播，想结识她的话，需要先关注，再加入粉丝团，然后在直播中尽可能给她高额打赏。我看这儿有棒棒糖、辣条……嚯，日用百货、奢侈品、交通工具，连不动产都有。'真爱永远'又是什么鬼……"

薛冬笑笑："那可能是个打赏的直播特效。行了，你别查了。"

乔绍廷继续盯着手机，缜密地推理着："你看，打赏是有排行榜的，如果能够进入当月排行榜的前十名，咱们就有机会在月底的粉丝见面会结束后跟她一起吃饭，这样才能当面沟通，并且……"

正在这时，薛冬的手机响了，他一看是萧臻来电，微微一惊，忙起身离席，走开一段距离才接通电话，压低声音："喂，萧律师，不管是作为金馥所的合伙人，还是你的合作伙伴，我每天也是很忙的，总会有不方便的时候，拜托你能不能……啊？你怎么知道我跟他在一起？他知道了？你别吓我啊，他现在连章政都敢揍……"

薛冬打电话的当儿，乔绍廷也接到了鲁南的电话，问什么走私港口、逃避海关监察，甚至问他是不是有个姐姐。这些都与朱宏的下落无关，所以这个电话乔绍廷没往心里去。

薛冬那头，萧臻要他陪着会见被羁押的嫌疑人。薛冬回想起上次陪乔绍廷会见，又被乔绍廷威胁，顿时头大。

"我现在脱不开身，会见的话，律师或实习律师都可以，我通知高唯陪你去……行，你把时间地点发给我，我马上安排。"挂了电话，薛冬一边念叨着"我这是造了什么孽"，一边跟助理高唯交代好。再回到座位时，薛冬整理好了心情，换回之前扬扬得意的模样。

"不好意思，刚才说到哪儿了？哦对，这小女孩儿虽然不是什么头部主播，但想进月榜前十，你打赏得起吗？"

这话明显说到了乔绍廷的痛处，他抬起头，愣住了："那……你能不能先借我点儿……"

薛冬更开心了："兄弟这么多年，我也不会让你真求我。说个'请'字总会吧。"

乔绍廷运了运气："薛律师，请你……"

薛冬没想到乔绍廷真的开口，赶紧伸手拦住他的话："好了好了好了，我就那么一说，你这人真不识逗。再说咱们哥们儿之间什么借不借的，你要用钱跟我说，更何况这次你也用不着借钱。"

"这事是我在查，有什么花销就该我自己掏。"

薛冬拿起餐巾擦手，笑了："什么粉丝团、粉丝会、棒棒糖的，太麻烦了，也难怪，这不是你擅长的领域。"

说着，他把餐巾往桌上一扔，系起西装扣子，站起身："你在这坐会儿，我来搞定。"

乔绍廷瞠目结舌地看着薛冬走向陶晴，熟练地搭讪起来，几句话之后薛冬坐了下来，甚至跟陶晴一起并肩对着摄像头直播。到最后，陶晴干脆关掉了直播器材，专心和薛冬说话。

乔绍廷完全看傻了。

奶茶店门口，方媛发动着车，扭头问道："你打给薛冬了？"

"他现在和乔律师正在接洽另一条线索，他会给我安排个实习律师。"

"这个薛冬不是第一次帮乔绍廷了，而他居然是旷北平事务所的合伙人，真逗。"

"你们也注意到旷北平了？"萧臻眼睛一亮。

方媛掉转车头，微微一笑："何止是我们。"

一小时后，向阳看守所办公室里，萧闯和方媛盯着显示器。监控画面中，萧臻和高唯已经结束了和沈蓉的谈话，正收拾东西，准备离开。

萧闯将目光转向方媛："虽然那天在现场听乔绍廷提过一句，但我猜，她应该不是来给沈蓉做辩护人的。你俩醉翁之意不在酒。"

"在九在十都无所谓，也没准她顺便把沈蓉的案子接了。"

萧闯撇撇嘴："哼，如果说你俩跑来会见是九，她会给沈蓉做辩护是十，那她的真实目的一定是十一——"

萧闯说着，扭过头去看方媛："或者应该说，是你俩的目的。你们是为了王博和雷小坤的案子而来。"

方媛笑了："这个沈蓉……我只听说她的手下揍了乔绍廷一顿，她都犯什么事了？"

"这姐们儿罪名可多了，非法拘禁、组织卖淫、故意伤害、寻衅滋事、非法经营……这还不包括有可能涉黑的部分，以及治安管理处罚法上的那些轻罪。预审在汇总她和她那帮手下的口供，回头看看哪些能吸收，哪些得并罚。"萧闯说着一指门口的方向，和方媛一并往外走。

路上，萧闯接到了鲁南的电话，问他关于走私的事。这个问题和朱宏的案子全然无关，更接近朋友之间互相出主意的范畴。萧闯有些哭笑不得，这起案子似乎让他和鲁南的关系回到了十几年之前。他并不知道，乔绍廷在不久之前也接到了相同的电话，他们这些为了同一件事而努力的人，正在产生他们自己都不知道的联结。

向阳看守所门口，方媛坐在驾驶席上，和萧臻交换信息："你哥说沈蓉那个营业执照的经营范围里根本不能卖烟酒，但是从查账的情况来看，虽说这夜总会是另有卖点，可烟酒的收入真不低啊，每个月都有各种土豪在她那儿一晚上消费几十万。"

"几十万？！"

"听说一晚上三万多的路易十三能开个七八瓶，轩尼诗百乐廷能开个十几瓶，二十一响的皇家礼炮和一九四六年的雪莉酒都按打喝。就这收入水平，我都怀疑王博去干催收没准儿纯粹是业余爱好。"

萧臻吐了吐舌头："好吧，贫穷限制了我的想象……你能喝酒吗？"

"南哥有规矩，出差期间不许喝酒。"

"我是问你的酒量。"

"一般吧。上大学那会儿在女生里面不知道我算不算能喝的，反正我们班男生没一个喝得过我。"

方媛的"一般"听起来也不太一般，萧臻哭笑不得："给个起步的量呗。"

"四十度左右的，一瓶？"

看着方媛难得一脸谦逊，萧臻满脸黑线："好吧，我明白了。那么问题来了，什么土豪一晚上能找十个八个你这种酒量的人陪他喝酒？"

方媛发动了车，点头："这个沈蓉嘴很严，可还是露出了马脚。她的客人也太能喝了……话说回来，你们会见的时候，我一直在看监控。她在撒谎。"

"你怎么知道？"

"你以为我一个刑庭的，跑来巡回法庭干什么？"

萧臻明白过来："那你可是我见过胃口最好的抓谎专家。"

4．一些真话

夜幕降临，萧臻已经别过方媛，站在洪图家门外。电梯门打开，洪图急匆匆地进屋，放下手里的包，脱掉高跟鞋，也没和萧臻打招呼。

她从包里掏出几份文件放在茶几上，随后掏出手机拨打电话，跟所里的律师聊了半天其他案件。挂断电话，她似乎才发现萧臻站在门口："说吧。"

"今天您给我签了手续后，我就去开那个继承案子的庭。开完庭之后，见到乔律师，没说两句话，他就有事先走了。"

这时，洪图的手机又响了。她冲萧臻摆摆手，示意她停下，接通电话，又说几句，扭头朝萧臻一扬下巴，示意她继续说。

"没了，就这些。"

洪图想了想："他这样舍己为人，英雄救美，你俩没激动拥抱一下？"

萧臻忽略了洪图酸溜溜的调侃，一脸平静："没有。而且他似乎并不知道自己又被投诉了，我跟他说了之后，他倒也不太在意。"

洪图冷笑："看来你俩现在是彻底穿一条裤子了。萧律师，不要以为躲过初一，就天下太平了，十五之前都算年。你大概知道背后是谁操纵的这次投诉吧，他不会善罢甘休的。"

萧臻有些同情地叹了口气，经过这几天，她确定了洪图在意的究竟是什么，也决定挑明。

"洪律师，你有没有觉得你一直很酸？"萧臻的语气依然平静。

洪图脸色变了："你说什么？"

"要我猜，一直让你不爽的，是乔律师为什么在继续追查案件的过程中，没有拉上他本该最信任的你，却找上我。一开始，他应该是出于对你的关心和爱护，不想让你冒险；可到了现在，为什么他没有选择你，你应该问问自己。"

洪图站起身，正要开口反驳，萧臻继续说道："你总在暗示我，对于乔律师而言，我是随时可以被替换的工具人，但你心里清楚，这不可能。既然乔律师一开始想保护你，他今后就不可能会出卖我。"

洪图绷紧了肩膀:"你到底想说什么?"

"如果我和乔律师最后彻底被旷北平打压下去了,咱们德志所也悬了。乔律师是好律师,你也是,大家现在面临共同的敌人,不该再内耗了。"

洪图愣住了。

萧臻说完自己想说的,便转身往外走。

"萧律师,咱们这个行业,本就是到处都充满恶意的。"洪图似乎想为自己辩解。

萧臻点头:"就算是这样,也不妨碍某些人释放善意……洪律师再见。"

乔绍廷刚回到那家网红餐厅就接到了萧臻的电话。在过去几小时里,他帮鲁南做了件事。他疲惫地舒展了一下腿脚,看薛冬正拉着陶晴的手给她看手相,他猜,自己错过了他俩共进晚餐的画面。

萧臻对乔绍廷这边的动向并不知情:"从上次咱俩通话到现在,灭霸的手套都满钻了,你俩还没谈完?"

乔绍廷苦笑:"要照你这么说,在刚度过的有趣的几个小时里,我差点儿以为他要打响指。"

"你说什么?"

"一言难尽。我现在还不好说要到几点。一小时内,我再不跟你联系的话,咱俩就明天再碰。"

乔绍廷又看向薛冬那桌,现在,他俩在一起喝饮料。

电话那头,萧臻似乎也愣住了:"你俩的约会,是要过夜吗？"

"约会是不假，但那是薛冬在和一个女孩约会。"

"那你在干什么？"

"我在旁边看着。"

那头，萧臻沉默片刻，直接把电话挂了。

此时，萧臻已经到了指纹咖啡和李彩霞见面。而萧臻挂上电话，回到吧台时，李彩霞正两眼放光，看着韩彬的背影："传说中的韩律师啊，韩松阁的儿子，在给我上菜。"

萧臻白了她一眼："这就是人家的店好吗？"

李彩霞一只手瞎比画着："你们所还招不招人？"

"吃你的面吧！"

韩彬把辣酱拿来给萧臻。萧臻往盘子里倒了些："韩律师，上次您陪我去质证，我都忘了说谢谢。"

"应该是我感谢你能信任我一同出庭。听说乔律师又被投诉了，涉及的案子是你办的？"

萧臻点头。

"那我是不是可以推测，你逃过一劫？"

萧臻笑笑："真要在劫，就难逃。"

韩彬点头："做好心理准备。今后所有针对乔律师的，也会针对你。"

"那个旷北平越针对我们，越说明我们走对了方向，而且离目标越来越近了。"经历了昨天和今天的事情，萧臻比以往更为自信、笃定。

韩彬看着她坚定的样子，想了想，点头："不过未来你们需要担心的不只是旷北平。"

"为什么？"

没等韩彬回答，萧臻身后响起唐初的声音："因为旷北平只是最招摇的那个，是行业容不下乔绍廷。"

萧臻扭头，就见唐初将外套搭在椅背，倚在吧台旁，冲韩彬晃了晃手里的空酒杯："这次不要加冰。"

萧臻忙从吧凳上站起来，跟唐初打招呼，又把李彩霞介绍给唐初。李彩霞上前跟唐初握着手："哇，乔大嫂！久仰久仰。"

她还扭头对萧臻挤了挤眼："乔律师爱人这么漂亮，你肯定没戏了。"

萧臻愣了一下，手足无措："你别瞎说！"

唐初笑着摆摆手："慌什么，我虽然今天下班有点儿晚，也喝了杯酒，但还分得出来什么是玩笑。"

李彩霞回到吧台，一脸热情，看向正在调酒的韩彬："韩律师，咱们互相留个电话吧？以后有什么不懂的，我多向您请教。"

韩彬敷衍道："我平时不怎么用手机，你要找我还不如直接打这里的电话更方便……"

在吧台的另一端，唐初抿了口杯中酒，扭头对萧臻说："我跟你赌五块钱，她绝要不到韩律师的电话。"

"韩律师为人挺和善的。"

"他跟绍廷都知道如何有教养地和人保持距离。"

萧臻念头一动，她忽然很想知道，认识乔绍廷十几年的人会如何看待如今发生的一切。

萧臻喝了口酒，自然地把话题过渡到乔绍廷的身上："这个行业容不下乔律师，总不会是因为他社恐吧？"

唐初笑了："很多行业就像一个江湖，讲资历，讲出身，讲门派，所以章政会拉来韩松阁的儿子做合伙人，薛冬也知道去读旷北平的在职硕士。绍廷和他们不一样，横空出世的一个毛头小子，既不是什么学院派的，也没投靠什么业内大咖，关键在于，他还被评上过'全国十佳律师'。分走了人家的蛋糕不说，甚至抢了人家的风头，这还了得？"

萧臻想了想："他和章主任、薛律师不是同学吗？"

"他们仨是同宿舍的室友，至于同学，就有点儿水分了。章政和薛冬虽然不是一届的，但都是正经的法本，有学位。绍廷就是个法学大专生，在学院派体系看来根本不入流。"

"可乔律师专业能力很好，办案又负责，虽然有时会越过规则，但并不会颠覆公平。"

唐初喝掉杯中酒，从旁边拿起酒瓶往杯里倒："那又怎样？他越是有本事，越应该把这些出风头的机会让给成名的大侠们，否则他就是旁门左道、奇技淫巧，是靠偷师和暗算成名的宵小之辈。大家会想尽办法往他身上泼脏水，把他拉下马。"

唐初说着，放下杯子："这不又被投诉了吗？其实我觉得他要是最后被吊销执业资格也挺好。何苦呢？就算撼动一个旷北平，他也撼动不了这个江湖的利益格局。"

"唐姐，我才刚入行，给点儿信心好不好……"唐初说得字字在理，萧臻心知肚明，只能苦笑一声。

唐初略带醉意："亲爱的，我们都是女人，对这个性别不友好的不仅仅是某个江湖。"

"那唐姐，你当初会选择乔律师，是不是因为他很尊重女性？"

唐初白了她一眼："拜托，别拿底线当优点好吗？"

唐初轻轻摇着杯子，盯着里面的冰块："可能是从我认识他那天到现在，他好像都没长大，不是那种巨婴，是个大男孩。"

* * *

乔绍廷开着薛冬的车,载着醉醺醺的薛冬,边开车边问:"兴华路口是不是向北?是不是向北!"

"向西……一路向西……"薛冬几乎要唱起来。

"我问你住的别墅,是不是兴华路向北!"

"嗯……要不是为了你,我就和陶陶去她家一块儿看片儿了……够仗义吧?"

乔绍廷翻了个白眼,实在懒得告诉他,在他跟那小网红缠绵的时候,自己被鲁南叫出去一趟,从津港机场跟着陈曼一直到嘉华中心,差点儿把命都搭上,所以他现在心情不怎么好。

薛冬突然间挺起身子:"你慢点儿,绍廷,我要吐……能不能找个袋子……"

乔绍廷瞟了他一眼:"没事,就往脚底下吐吧。"

说着,他打开了驾驶席一侧的车窗,嘴里念叨着:"反正这不是我的车。"

半小时后,薛冬终于到了家,瘫倒在沙发上,对乔绍廷说:"陶陶跟你那同学……她不是小三儿。"

乔绍廷无动于衷:"哦,那就是单纯的炮友。"

薛冬手在空中胡乱比画着:"他俩是有真感情的!"

"再说不出人话,我走了啊。"

薛冬朝他伸手:"你拉我起来,我洗把脸。"

乔绍廷转身走去卫生间,拿个盆接了点儿水,把毛巾放进去打湿,然后回到客厅,把毛巾拧干,递给薛冬。

薛冬把湿毛巾往脸上一捂,没动静了。

乔绍廷盯着他看了看,端起水盆走到冰箱旁,从冷冻室铲了两勺冰块倒进水盆里，走到沙发边，连冰带水浇在薛冬脑袋上。

薛冬一下蹿了起来："哎哟！你……"

乔绍廷把掉在一旁的那条毛巾捡起来递给薛冬，命令道："擦擦。"

薛冬深吸了口气，擦干头上的水，揉着脑袋："喝多了喝多了……真喝多了……"

乔绍廷盯着他看了会儿："你先歇了吧，等明天酒醒了我再问你。"

乔绍廷说着就转身往外走。

"陶晴说，邹亮那天中午告诉她，旷北平让他伪造一份银行单据。"

乔绍廷震惊地站住了，回过身："伪造银行单据？"

薛冬抬眼望着他，似乎酒醒了不少："是的，就是你让邹亮去查的朱宏及其亲属的银行资金往来记录，是旷北平让他伪造的。"

"韩律师，像路易十三这种酒，多少人才能一晚上喝掉七八瓶？"吧台前，萧臻又想起白天的事情。

韩彬调着酒，想了想："至少得十几个人吧？还得是酒量好的。"

"那要是十几瓶轩尼诗呢？"

"恐怕得人数翻倍……哎，白兰地不是这么个喝法啊。"

萧臻笑了："好吧，那我就不问一打二十一响皇家礼炮和一九四六年的雪莉酒了……"

"皇家礼炮和那些酒的度数都差不多。雪莉一九四六是红酒,度数低,一人一瓶还是有可能的,酒量好的没准儿一人能喝两瓶,不过这种可能性就更离谱了。雪莉一九四六也叫二战酒,是西班牙一个酒庄的陈酿,我记得一共就发售了八百多瓶,谁有本事一晚上就找来十瓶喝?"

萧臻若有所思,愣了会儿神。她突然意识到毛毛没坐在吧台,回头在店里寻找,看到李彩霞和两个刚认识的年轻小伙子围坐在一张桌旁,推杯换盏,相谈甚欢。

萧臻皱着眉头,唐初在一旁笑道:"别那么紧张。怎么,担心她被捡尸?"

萧臻尴尬地笑笑,没说什么。

唐初给萧臻倒上酒:"放心吧,那孩子聪明得很,心里有数。"

萧臻耸耸肩:"那家伙才真的是个孩子呢……对了,你和乔律师还要离婚吗?"

"该离离呗。咋了?"

"可你们的孩子……你不会担心对孩子有什么不好的影响吗?"

唐初想了想:"如果让阿祖长大以后觉得我是在拿交配权和生育权去向一个男性效忠,对他的影响才是真的不好。"

萧臻点头:"很前卫的想法。"

"这只是选择。我没有犯罪,没有去伤害他人。我尊重别人的选择,我也不想别人对我指手画脚——当然,指手画脚无所谓,我不在乎。绍廷知道一个男人的自信应该从何而来,我知道一个女人的独立从何而来。而且,别跟我提'三观'这种词,或者什么'为了孩子''大是大非'……我不喜欢戴帽子,别人扣给我的,更讨厌。"

萧臻摆摆手:"你们两口子真有意思。"

唐初抬头看了看天花板,眨眨眼:"上次也是,就算离了婚,我还是觉得他很迷人。"

"因为才华?"

唐初晃了晃酒杯里的酒:"这年头儿,有些东西比才华更稀缺。"

萧臻眨眨眼:"努力?执着?"

唐初喝了口酒,挽着萧臻的胳膊:"不是,那东西你身上也有,每个人身上都有。有时你需要拿它去交换一些别的,换着换着,就所剩无几了。"

薛冬家门口,乔绍廷和薛冬两人并肩站着。薛冬似乎酒醒得差不多了,正在点烟。

"有录音?"乔绍廷问道。

薛冬吐出嘴里的烟:"她说,邹亮不知道是为了保险起见,还是想日后讹旷北平,所以把两人的谈话偷偷录了音。那天中午,他把那支录音笔交给陶晴保管。"

乔绍廷愣了愣,不由提高音量:"你是说,旷北平要挟邹亮,让他伪造银行单据,而邹亮把他俩这段交谈录了下来,录音笔在陶晴手上?"

薛冬点点头。

"那你还回来干什么?跟她看片儿去啊!"

薛冬叹了口气:"这不是看片儿能解决的问题。这姐们儿特轴,她说邹亮当初答应离婚,两人一块儿建立了一个幸福生活基金。简单来说就是他俩每人每年都会买五根一百克的金条，这些金条都存在邹亮那儿，估计是等他们结婚旅行度蜜月使，三年一共十五根金条。陶晴说了，让我把那十五根金条找回来，她就把录音给我。"

乔绍廷惊呆了："这哪儿找去！"

薛冬摆摆手："大哥，这就不是我的事了，邹亮是你同学……"

"对，我现在要去找邹亮的爱人，跟她说：'看，你老公死了，我被怀疑有关联。现在我被放出来了，公安觉得应该不是我杀的他。你现在能不能帮我找一找邹亮生前留下的金条，其中十五根我要拿走还给他的婚外恋对象。'"

薛冬抽了口烟："换我肯定不会这么直白，但大概就是这个意思。"

乔绍廷翻了翻白眼，来回踱了几步："那这样，十五根金条，一千五百克，市值多少？三四十万？给她钱行不行？"

薛冬摇摇头。

"那拿三四十万去买十五根金条给她总行了吧？"

薛冬狠狠地嘬了口烟："要么我跟你说这姐们轴嘛。她手里有那十五根金条的证书，每张都有编号，她就要那十五根——按她的话来讲，这见证了生命中一段美好的回忆。"

乔绍廷仰天长叹："去死吧！"

随着他抬头望天，薛冬也抬头看了看天空。见明月高悬，他似乎想起了什么，冷冷地盯着乔绍廷："今晚的月色真美。"

乔绍廷呆住了。

薛冬笑了："其实，那晚，你想暗示我的是这个吧？这句话到底什么意思？是不是当初你们从德志把旷北平挤走的那天晚上，曾经……"

乔绍廷伸手一指薛冬："闭嘴！你再多说一个字，我现在就宰了你！"

薛冬愣在原地，乔绍廷扭头就走，走了没两步，又转过身来："不知道什么意思，就打开搜索引擎查一下！几秒钟的事情，什么都不懂就瞎说八道！"

薛冬孤零零地站在门口，愣了好一会儿，从兜里掏出手机，打开搜索引擎。突然，乔绍廷又出现在他面前，指着他骂道："没文化！"

这回，乔绍廷真的走了。

薛冬被骂得直愣神，见乔绍廷已经走远，顾不上去看手机上的搜索结果，大声朝乔绍廷喊道："你才没文化呢！我法学本科的！双学位！经济法硕士！你就是一大专生！连个野鸡大学的本科都没续上……"

薛冬声嘶力竭的骂声回荡在夜空里。

5. 故事的另一半

官亭湾水库如果不是案发现场，会是个很好的观景点。乔绍廷衣着散乱，一脸疲惫地站在山崖旁遥望朝阳，显然是一宿没睡。他矗立半晌，深深地叹了口气。

他的身后突然传来萧臻的声音："乔律师，看招！"

乔绍廷一惊，转身就看到萧臻助跑着朝他冲来，作势像是要飞腿踹他。

"哎哎哎！"

跑到近前，萧臻的步伐缓了下来，笑了："真是什么人什么本能。"

"什么？"

"你随便往左右迈一步就能躲开，可你又怕我冲太猛，所以愣站在这儿不动。"

乔绍廷摸摸脑袋："你想多了，我只是一宿没睡，脑子不转了。你怎么跑这儿来了？"

"我在看王博和雷小坤的卷，就想一早来现场瞅瞅，别光在脑子里勾勒案发现场。"

乔绍廷看了一圈周围，点头："据说只要对一个现场看的次数足够多，就有可能发现以前忽略的某个细节。"

萧臻翻了翻白眼。她倒没抱那么大期待："时间越长，现场被破坏得越严重，再发现什么细节都没用了。"

乔绍廷叹了口气："也对。我就算在这儿站成望夫石，朱宏的尸体或活人也不会突然从水里冒出来。"

两人并肩而站，看着朝阳升起，天色一点点变亮，水面反射阳光。

"乔律师，昨天那个姓方的女法官主动帮忙，我们基本确认了那笔贷款的流向。"

"我比你更深入那么一点儿，我应该是摸到旷北平了。"乔绍廷张开食指和拇指，比出"一点点"的手势。

"太好了！这次一定要抡圆了打回去。"

"是说他倒下的时候，脸和地面间也硌个拳头那种？"

两人都笑了。

萧臻看着水天的交接处，忽然问道："乔律师，你为什么要做律师呢？"

乔绍廷想了想："从一九五四年开始，就说恢复律师职业，但实际上直到八十年代初,才刚开始有系统性的制度出台。最早的律师还是申请、推荐、考核的,直到一九八六年有了律考,二〇〇二年首次司考,律师的从业人员才逐渐多了起来。可即便到了今天,你知道老百姓打官司的成本有多高吗——我指的不光是钱。"

萧臻点点头:"我能感觉到……"

"时间、精力、财物、人际关系、对心理状态的负面影响……这些高昂且繁多的成本,让很多人不得不把法律途径作为最后的选择。所以当一个案子送到我们手上,那都是这个事情已经糟得不能再糟、难得不能再难的状态。那些当事人,就像掉进水里一样拼命挣扎,在绝望的时候伸手乱抓。而往往他们会发现,最后他们还能试图抓到的,是法律。"

"法律是……救命稻草?"

"当然不是。我们的工作就是为了确保每一个落水的人最后一刻抓到手里的,不是稻草。"

萧臻沉默片刻:"乔律师,律师也许还会是我的工作,但你不一定还有机会重新执业了。"

乔绍廷微笑:"嗯,相对公平。"

"有个律师曾经托人带话,向我致谢。"

"怎么说?"

萧臻直视着乔绍廷:"没人知道你做过什么,但是我知道。我会记得。"

乔绍廷有些感动地回望着萧臻,末了,双手指天打岔道:"旷北平也会记得!"

两人转身往回走。

乔绍廷问道:"对了,那你为什么要做律师?"

"嗯……生计。"

"哈！你的诚恳真让我感动……"

三年前，法律援助中心的故事，其实还有另外一半。

当时，萧臻在门口目送萧闯上车，一脸不痛快。她回到援助中心，跑去角落处的复印机旁，开始复印材料。

一个男人拄着拐从办公室里出来，手腿都有残疾，还做着包扎。他步速很慢，一瘸一拐，紧紧握着装材料的文件袋。

"许先生，稍等一下！"一名律师从办公室追了出来，"你把材料留下吧，我看看能有什么办法。"

"刚才那领导不是说，这不归咱们管……"那个男人嗫嚅着，看起来还有些犹豫。

"我可以单独给你做代理，跟法援中心没关系。你待会儿给我签份委托书就好。"

"我……我出不起请律师的钱……"

"我知道。别担心，这案子我帮你。"

萧臻转过头去，就看见那个律师笑着拍拍男人的肩膀，两人一起缓步走向门外。

那是萧臻决定做一名律师的开始，也是萧臻和乔绍廷的第一次见面。在她看来，乔绍廷一定不记得了，可她没注意到，乔绍廷在出门的瞬间，也回头望了她一眼。

第九章　四月二十三日

1. 退选

那天清晨,旷北平醒得很早。天刚蒙蒙亮时,他就坐在小区楼下的花园,看着树上品种不明的鸟。春夏交接之际的树木弥漫湿漉漉的香气,他想起当年和严裴旭在建设兵团,周遭都是松树和白蜡。后来去了深圳,深圳有木锦花和芭蕉,都是热带品种。当年刚到津港时,是什么树最多?他已经忘了。几十年来,他好像总有更重要的事情需要关注,有更棘手的情况需要处理。回望过去的念头如此冗余,以至显得软弱、苍老。于是他站起来,将这些念头驱散。他战胜过更难应付的敌人,所以这次也不会输吧。可意料之外的状况未免太多了些。待到走进金馥所时,他已经恢复强硬的态度,并且忽略了嘴里微微发苦的感觉。

办公室内,旷北平背对其他人,坐在老板椅上。刘浩天、薛冬、付超三名合伙人一字排开,站在办公桌前。三人在为旷北平的律协选举出谋划策,高唯在一旁用笔记本电脑记录。有那么一个瞬间,旷北平很想把这些人都赶出办公室,可他什么也没说,只是静静地听着。

"主任最大的优势,就是经验和资源,一定要着重突出这两点。换句话说,凭借主任在业内的影响力,有可能争取到体制最大程度的扶持。而且主任从业几十年,光这个资历就不白给。"付超跟往常一样,出主意为辅,拍马屁为主。

"管律师这种事，说白了就是管一群人精，我觉得要在勤政和廉政上表个姿态。比如做一个全职会长，并且让咱们所接受所有律师的监督，以避免出现律协被咱们所控制或为咱们所办事这类非议。"接着开口的是刘浩天，凡事步步为营、小心翼翼，都是些说了跟没说一样的建议。

没开口的只剩薛冬。旷北平回过头，就看薛冬低头微笑着，抚平西装的褶皱："人精也好，廉政也罢，说穿了大家都是自私鬼。最好是你当官，不捞钱，还能为他们谋福利。所以说资历啊，资源啊，主任的背景有多大，谁不知道？廉政啊，勤政啊，换作是你们，很在乎吗？"

旷北平提起了一些兴致，把椅子转回来，等着薛冬往下说。付超和刘浩天却都是一愣。薛冬指了下高唯："你很在乎现任会长是不是勤政，是不是廉政吗？"

高唯表情茫然，摇了摇头。

薛冬又向付超和刘浩天摊手："老刘老付，你们有闲工夫一天到晚去律协监督会长吗？"

刘浩天和付超对视，似乎觉得薛冬的话有些道理。

"主任的简历可以晒，但不能过分，否则反而有可能招致妒恨；姿态可以摆，但我不认为有多少律师会因为这个投票。我们需要给出实惠。"

付超乐了："实惠？是说去撒钱拉票吗？"

刘浩天也笑了，调侃道："这主意听着倒像是冬子你能想出来的。"

薛冬大度地笑笑："实惠是什么？实惠是能减免专职律师的会费，是能提高法援案件的补助标准，这样会取得金字塔底层的支持。争取到政府对税负的减免，就能得到金字塔中层的支持。扶植本土尤其是本市的律所，将律师维护权益的形象打造成城市名片，塔尖也会挺咱们。"

付超和刘浩天都没想到这一层，刘浩天讪笑道："别的我不懂，降低会费肯定是受欢迎的。"

付超半开玩笑道："我支持减税。好吧，为了这个我投咱们主任一票。"

薛冬这一通发言若在平时恐怕会得到旷北平的赞赏，可是现在，他担心的其实并不是竞选策略。旷北平在心中暗叹口气，努力找回些状态，站起身，威严十足："咱们都是津港人，是看着这个城市一天天发展起来的。到了今天，这里是海运中心、电商基地、绿色津港……作为从事了一辈子法律工作的人，我希望能把法治之城的标签加进去。法治，是需要协作才能实现的。在公、检、法、司之外，律师也应该成为法治的强力依托。"

他回过身，看着三人："如果能实现这一点，受益的不只是你们这一代律师，也不仅仅是这个行业。一个有法治保障的城市，是每个津港人的福祉。"

薛冬等三人同时凝神。

"主任这次当选是众望所归，我们也一定会全力以赴！"付超再次表忠心道。

旷北平摆摆手，让其他人都离开，唯独留下了薛冬。等到门关上，旷北平盯着薛冬："你说，我要不要考虑退选？"

薛冬有些吃惊，琢磨片刻，谨慎地说："最近那几件事是有些烦扰，但我不觉得德志所那伙儿人会对您构成任何威胁……"

旷北平坐了下来："是不是到了这个程度，我也身不由己了？"

薛冬忙摇头："没有没有。参选退选，都听您一句话。"

"倒也没什么具体的理由,只是越来越觉得这似乎不是个好时机。"旷北平又一次看向窗外,压根没期待薛冬的反应。

薛冬依然低着头,没接话,却瞥见旷北平罕见地露出疲态,宛如忽然察觉自己已然年迈的狮子。

"樊总的儿子好像昨晚又惹出点事来,倒不是他有什么事,说是跟他一块儿的小哥们儿惹了麻烦。你去了解一下,看看樊总有什么需要帮忙的。"再开口时,旷北平又恢复了往日的样子。

"是。"薛冬转身往外走。

旷北平声音不大:"冬子,你有过身不由己的时候吗?"

薛冬自嘲地笑了:"我们那些身不由己,基本都是瞎矫情。"

旷北平盯着他看了会儿:"有石头,就找铁锹翻了它;有树,就拿斧子砍了它。只要路平坦了,就不会再觉得为难。"

这番话,不知道是给薛冬的,还是在给他自己打气。薛冬垂下目光,不知该如何回应。

同一时间的德志所,洪图走进章政的办公室,就看见章政四仰八叉瘫在沙发上,领带也松开了,两眼直直地看着天花板。

洪图疑惑片刻,关上门,放下包,打量着他:"你这是被乔律打残了,还是单纯的贤者时间?"

章政继续直视着天花板:"你说,我是不是应该考虑退选?"

洪图一挑眉毛:"看来不是贤者时间……跟你表个态,我不同意。"

章政稍微坐直身体,看向洪图:"你这么坚定地支持我?"

"废话。等你当上律协会长,这所儿才能我说了算。"

章政气馁地塌下肩膀:"倒是敞亮。可就算我坚持参选,机会也不大了。"

"为什么?你怕旷北平了?还是因为咱们所接连被投诉?总

不会是你跟乔律真撕破脸了吧?"

洪图一连串的质问很有她的个人风格,章政不由苦笑:"旷北平算历史遗留问题,绍廷是我的现世报……可这儿还有飞来横祸呢。"

章政说着,把手边一张纸递给洪图,洪图看了两眼,一脸震惊:"韩律师?!"

"现在参不参选都不重要了,都是小事,如何保住咱们德志所才是我最头疼的。"

章政又躺回沙发上。洪图还是回不过神来。乔绍廷和萧臻总在她和章政的意料之外,这几乎已经约定俗成,成了一种意料之内。如今,韩彬却也出了状况,她几乎觉得自己也需要一张沙发。

比起章政和旷北平的紧张,此时的萧臻和乔绍廷称得上舒适惬意。萧臻正在一个旧小区的楼下溜达,等着金义,同时享受着晨曦。没几分钟,金义从楼里走出来,秃头上裹着条白毛巾,背心和裤子上全是斑驳的油漆痕迹,连墨镜上都沾了油漆。

金义摘下墨镜,热情地冲萧臻打了个招呼。

萧臻见他一身臭汗,皱起眉头:"找个施工队刷房子也花不了多少钱,你这……"

"施工队?我就是施工队啊。"金义一扬下巴,颇为自豪。

"你到底干哪行的?"

"讨生活嘛,哪行赚钱干哪行,由不得挑三拣四。乔律呢?"金义还是乐呵呵的样子。

"他停车呢。"

金义摆摆手:"那破车随便停,都不用锁,没人偷。"

正说着,乔绍廷走了过来,冲金义挥挥手:"没给你带酒,下次补上。长话短说，上次你给我看的那照片，就是严裴旭和旷北平见面的那个地方，我再跟你确认一下，是西平港？"

"对啊。那边好多海鲜排档，具体是哪家，我可以立刻问。"

"不用，让你的那些弟兄们别再到处找了，集中盯着西平港。"

"盯着谁？这老头儿？还是那个旷北平？"

"如果他们出现也告诉我。关键是盯着宗飞，他一定在那儿。"

金义一愣："我这就把消息散出去。"

乔绍廷拍拍金义的肩膀，和萧臻一并离开。

萧臻问道："宗飞？是路上你跟我说给邹亮提供毒品的那个人吗？"

乔绍廷点头。

"你怎么确定他就在西平港？"

乔绍廷琢磨了一下措辞："昨天我从特殊渠道得到的可靠情报。"

"哦，就灭霸满钻那会儿功夫？你一直闪烁其词，到底干什么去了？谁告诉你的？你怎么就确定可靠呢？"

"呃……我昨天因为看着薛冬撩妹很不爽，所以就去见了个女人……"

"乔绍廷，你这心理补偿的方法太缺德了吧，唐姐跟你可没离婚呢！"

"不是，不是就我们俩！旁边还有一个男的盯着。"

"你在旁边看别人撩妹不爽，于是你就去撩妹然后找了一个人看着你。你这不只是缺德，你这是变态。"

"你没明白，那男的不是我找的，那男的是跟那女的一块儿的。"

"那你更恶心了！看薛冬撩小三，心里痒痒，就自己跑去当小三，被人捉奸了吧！"

"你误会了！事情不是这样的！"

"你不说清楚，反怪我听不明白。"

"我那个事，它没法说清楚……"

两人一路拌着嘴，上了车，驾车到了锦林园艺有限公司门外。按照昨天萧臻和方媛的调查，严裴旭那笔贷款就是用这家公司的名义申请的。两人下了车，往写字楼走。

乔绍廷回头看着停车的地方，嘴里嘀咕："这儿能停吗……"

"你那破车没人偷。真不放心，你回车里等我，反正这戏就我一个人演。"

"材料准备好了吗？"

"不需要太多道具，有保全申请就行。"

"那盖章呢？"

"个人债务纠纷，不用盖章。"

乔绍廷忍不住笑了："瞧给你机灵的……"

2. 穷寇

严裴旭在客厅的角落站着，压低声音，表情焦虑，接听着电话。电话那头，正是乔绍廷苦苦寻找的宗飞。

"好在那小子现在开不了口，警察也没辙，但要是他们继续追查，难保不会有麻烦。你赶紧想想办法。"宗飞的声音透着凶狠，宛如催命。

严裴旭欲哭无泪："我能有什么办法？"

"你不是认识什么法律行的大佬吗？托关系找人。老严，你的事我兜着，我的事你就不管了？"

严裴旭几乎是在哀鸣："我都给过你钱了，我给了你那么多钱……"

"你可想清楚，警察真要继续刨，等我出了事，可就只能拿你那点事去检举立功了。"宗飞丢下威胁，直接挂断电话。

严裴旭看着手机，六神无主。严秋从卧室出来，一脸担忧地看着严裴旭。严裴旭挤出个笑容："没事，有家公司那边的物流出了点儿问题，能解决。"

严秋将信将疑地点点头，出门上班。家门刚一关上，严裴旭立刻拨通了旷北平的电话，约他见面。

然而此刻，除了宗飞的威胁，萧臻和乔绍廷也正在朝严裴旭逼近。他们正要进锦林园艺公司，调查那笔贷款的去向。就在这时，萧臻手机响了，是李彩霞。

萧臻走开几步，接通电话："你不会又忘带听课证了吧？"

李彩霞站在向阳刑侦支队门口，忐忑不安："我现在在公安局，他们叫我来做个询问，有什么我要注意的？"

萧臻皱眉："公安局？你惹什么事了？"

"我没有惹事，说好像是昨晚咱们回去以后，韩律师那儿出了什么事……"

没等萧臻细问，一旁，乔绍廷的手机也响了。电话那头是章政，与以往不同的是，章政的语气带上了讨好："绍廷，忙着呢？"

章政的态度让乔绍廷意外，他诧异了片刻："我在外面。什么事？"

"你可能还不知道，韩律师昨晚被向阳支队给拘留了。"

乔绍廷更诧异了，几乎以为章政在开玩笑："韩律师？出什么事了？"

"昨晚韩律师在离咖啡店不远的地方跟一个客人起了冲突，把人家给打了，伤得还挺重，据说到现在都昏迷不醒。"

"把人给打了？"乔绍廷忍不住抬高音量，这不像他认识的韩彬。

一旁的萧臻也一样惊讶："毒品？你是说，有人在他的咖啡馆里卖毒品？"

"我看着是像，也不是很确定。我还跟韩律师说来着。"电话那头，李彩霞的语速越来越快，"警察在旁边等我呢，我先进去了，回头再跟你细讲。你快告诉我需要注意什么。"

"不用注意什么，实话实说就行。有什么情况随时给我打电话。"

萧臻挂上电话，就听乔绍廷念叨道："向阳支队？"

德志所办公室内，章政领带依然松垮，头发有些支棱，形容颓然："我大概打听了一下，说是昨晚有人在他店里兜售毒品。后来他出去和那个人理论，并且要报警。双方发生了冲突……大概是这个意思。"

"那是正当防卫吗？"乔绍廷皱着眉头。

章政一手拿着手机，一手下意识地摆弄着打火机："不好说，反正人到现在还没出来。"

"需要我做什么？"

"没什么，就是告诉你一声，毕竟是所里的事。"

章政跟乔绍廷寒暄几句，挂上电话，把手机往旁边一扔，往后一倒，赖在沙发上，一脸倦意让他看上去老了好几岁。

乔绍廷刚挂断电话，转身回头，萧臻便上前对他说："李彩霞被叫去我哥他们支队做询问。"乔绍廷点头，看来跟章政说的是同一件事。萧臻想了想，昨晚她和李彩霞、唐初都在指纹咖啡喝酒，她和唐初先走，没过多久李彩霞也回住处了，应该是那之后出了事。

乔绍廷则在想，听章政的意思，韩彬可能是正当防卫，以韩彬的性格，怎么都不会平白无故就跟人动手。

"主任想让你做什么？或是说，你是不是需要……"萧臻问乔绍廷道。

乔绍廷耸肩："韩律师那家境，就算需要做什么，也轮不到我。再说了，不管因为什么，他把人打了，关我屁事。你那边呢？"

"她明确告诉我是询问，不是讯问，应该没什么事。"

"那咱们继续？"

"都临门一脚了，走！"

两人走进写字楼。萧臻独自进入锦林园艺有限公司财务办公室，和财务寒暄后，面对面坐下。

萧臻用职业的口吻说道："您好，我是德志所律师，姓萧。"

她把律师证递给财务，随后又掏出了一张财产保全申请书。

"给您添麻烦了。是这样，我的当事人和贵司的股东之一严裴旭先生存在一笔个人债务纠纷。我的当事人已经向法院提起诉讼，为了确保诉讼标的的最终给付，向法院申请了诉讼保全，要求查封严裴旭先生名下的房产。但在查封过程中，我们从建委得知，这套房产上已经设置了他项权利，严先生用这套房作抵押申请了商业贷款。由于不知道会不会涉及轮候问题，法院要求我们对每一个环节进行核实。我们去过津港银行，确认了这笔抵押贷款的存在，而用途则是贵司的一笔经营债务。"

财务看过律师证，又看了看财产保全申请书："我们……也不知道严老先生和你们之间……"

"当然，严先生和我当事人的债务纠纷与贵司没有任何关系，也和严先生以股东身份为贵司申请的这笔贷款毫无关联。我们就是来单纯地核实一下是不是有这么一件事。"

萧臻说着，轻松地一摊手："说白了，我也不想跑这一趟，但这不是要求我们必须走个过场嘛。"

财务还有些犹豫："真的不会牵扯我们？"

萧臻笑了："真要会牵扯到贵司，就不是打发我一个律师过来了，人家法院会直接发传票的。放心，法院不会传唤您，也不会把咱们公司纳入任何诉讼，更不会查封咱们的账户。就像我刚才说的，我们的案子和您这边一点儿关系都没有。"

"哦，那就行……其实查封账户也没用，那笔钱严老先生第二天就提走了。"

萧臻暗自一惊，这个信息很有用。她神态自如地点头道："转账还款还是现金还款无所谓，反正对方总会给你们开发票的。"

财务听到"发票"二字，皱皱眉头，欲言又止。萧臻敏锐地捕捉到这个变化，站起身："核实就行，谢谢您配合。"

萧臻和财务握手，道别离开后，到了一楼大厅。她一出电梯，乔绍廷就迎上前问："贷款是真实存在的？"

"没错，严裴旭肯定是以这家公司股东的身份申请的经营贷。贷款到账后，立刻就被他以现金方式提走了。"

乔绍廷皱起眉头："这是怎么做到的？"

"估计是财务上耍了手段。不过当我问起是否收到对方开具的发票时，那个财务闪烁其词。"

按萧臻的推测，现在很多经济来往都是先票后款，可是，如果还款前就收到了发票，那个财务就没什么不能跟她说的，因此园艺公司应该是压根没有收到过发票。

"或是说，根本就没还款。"乔绍廷补充道，两人往外走，"要想彻底弄清这部分，咱们只能去债主那边继续演戏。"

"严裴旭是这里股东的情况下，我还能凭着律师身份忽悠人家，债主那头光靠演戏，估计悬。"

乔绍廷一愣："那怎么办？"

"我觉得冒充银行的信贷监管，可能靠谱。"

"这不一样是演戏吗？"

"你不懂，这叫角色扮演。"

乔绍廷哭笑不得正要开口，电话响了。

"绍廷，向阳刑侦支队要我去配合他们询问，说是昨天晚上韩律师的咖啡厅出事了。有没有什么要叮嘱我的？"

听到唐初的声音，乔绍廷一愣："你已经到了吗？"

"在路上。"

"你到了等等我。我马上过去。"

乔绍廷挂上电话，对萧臻说："唐初也被你哥那边叫去询问了，我得先去趟向阳支队。"

萧臻看着手机上刚发来的信息，头也不抬："同去吧，萧闯刚给我发信息，作为唐姐昨晚的酒友，我也要配合调查。"

此时，方媛正在津港火车站的出站口靠在车旁站着，等着鲁南。

鲁南过了马路，朝她走来："都说了你不用特意来接我。"

"我只想确认下你真的没用任意门……高铁是不是比飞机舒

服多了？"

鲁南拉开后车门，把手提包扔了进去："商务舱还是很不错的。"

"院里还给你报销商务舱？"

"做梦吧你，当然是自费，最近的班次只剩商务舱了。我开车吧。"

"一天就打个来回，庭长那边你过关了？"

鲁南绕过车头走向驾驶席一侧："我在回去的路上写了一份二十多页的书面报告，不但交给了庭领导，院里也拿到了。"

"这么看来，他们都愿意挺你？"

"我可不敢自作多情，他们挺的是这个案子。"

方媛坐到副驾驶的位置上："对了，昨天下午你在南津折腾半天，到底是什么事？"

鲁南坐进驾驶席，挂挡开车，驶离路旁："张弢和焦志那边的案子出了点儿岔，傅庭让我过去帮帮忙。"

"出岔子了？严重吗？"

"小事一桩。"

鲁南如此轻描淡写，所以方媛也并不知道鲁南度过了如何惊心动魄的二十四小时。她说起自己在过去的一天内和萧臻调查到的信息，鲁南边开车边说："和涉案代理律师搞邻里互助的事，以后不要再干了。"

方媛争辩道："那个萧臻还没交委托书，不算正式代理律师。关于这案子，咱俩的调查方向，你书面报告里有写吗？"

"写了。"

"领导没说咱们的调查方向早就超纲了？"

鲁南瞥了她一眼："为了把案子做扎实，有些事情领导可以睁一只眼闭一只眼,咱们也不要让上面太难做。"

方媛摊手:"咱们也就做到这儿。你把情况通知赵馨诚了吗?"

"连人名都没有,我跟赵馨诚说什么?"

"看,这就是我们为什么需要萧臻。想继续往下查,就得提讯沈蓉。沈蓉不是咱们复核案件的涉案人员,我们没这个权力。哦对,我忘了,你可以找萧闯是吧?"

"对,而且咱们现在就去找他。"

方媛一愣,明明刚才鲁南还在提醒自己"别让上面难做",现在,他也想提讯沈蓉?

鲁南摇头,他想提讯的人不是沈蓉,而是王博。

金馥所楼下,薛冬把车停在路旁,下车后发现旷北平的车也停在那儿,司机孟鸥站在车旁,还跟薛冬打了个招呼。

薛冬朝他点点头,注意到那辆车的后车窗摇了下来,一只手伸出车窗,在往外弹烟灰。那只手的手背上有烫伤的痕迹。

薛冬看见旷北平急匆匆地走出楼门,便迎了上去:"我陪樊总的儿子接受了公安的询问调查,没有他什么事,您放心。不过听说,好像是韩律师出了点事——"

"情况我大概知道。"旷北平一挥手,打断他,就忙着往车的方向走。走出没两步,他又想起什么,回头叫住薛冬叮嘱道:"你这几天让樊总他们有任何情况都第一时间通知你。再就是盯紧那小子,除了让他最近不要惹事以外,别让他对外透露昨晚的情况。千万记住。"

旷北平说完就赶到路旁,上车离开。

薛冬从没见过旷北平这样焦虑而忙碌。他目送着旷北平的车驶离,感到怀疑而又困惑。

3. 插曲

李彩霞和唐初站在向阳刑侦支队门口的马路对面,正在交谈。银色富康车在他们面前停下,乔绍廷朝唐初一路小跑:"怎么样,没事吧?"

唐初直翻白眼:"我还没进去呢,能有什么事?拜托你想句不那么俗套的开场白好不好?"

乔绍廷有些尴尬,噎住了。

萧臻溜溜达达走过来,冲唐初和李彩霞打了招呼,又问起李彩霞笔录的情况。

"按你说的那样,实话实说呗,反正也没我什么事……不对,多少跟我有点儿关系。总之你们得帮帮韩律师。"李彩霞看起来状态不错,之前的忐忑一扫而空,只剩下对韩彬的担忧。

"路上萧律师大概跟我讲述了昨晚的情况。你俩约在指纹咖啡,恰好遇到唐初,一起喝酒聊天,大概从八点多待到了十点半。她俩先走,而你还留在那儿,跟两个刚认识的男的继续喝酒,直到十一点多才回去。我们想知道在那段时间里发生的事情。"

"昨晚一起喝酒的那俩人一个姓樊,我也不知道叫什么名字,反正另一个人一直叫他樊哥,可能是个什么二代。他不太会聊天,甚至有点儿招人烦。另一个叫阿鸣,应该是个外号,他还挺有意思的。"

按照李彩霞的说法,他们也没聊什么具体的内容,就是扯闲篇儿，走的时候甚至没有互留联系方式，不过是遇到两个纯粹的日抛型酒友。十一点左右，她觉得比较晚了，喝得又有点儿多，就打算回家。在那之前，她去了洗手间，却看见门虚掩着，那个"阿鸣"站在洗手池前，不知道正鼓捣什么东西。看到有人进来，他先是被吓了一跳，把洗手台上的东西往身上藏，回头一看是李彩霞，就笑了。

李彩霞注意到阿鸣手上拿着个小口袋，里面是些五颜六色的药片。他还招呼李彩霞来"尝点儿好玩的"，说"特别来劲"，李彩霞就大致明白了怎么回事，直接跑出了洗手间。

"彩色的药片？"萧臻重复道。

唐初和乔绍廷对视一眼，听起来很像摇头丸。

"那你当时没报警？"萧臻追问。

"好歹一块儿喝了半天酒，哪儿好意思就报警，再说我又不确定那是什么。"

萧臻看着李彩霞一副搞不清状况的样子，恨铁不成钢："看来没试吃成，还挺遗憾。"

"但我跟韩律师说了。"李彩霞辩解道。另外三人都望向她，乔绍廷更是心里一惊。

"再然后呢？"萧臻的语气急切起来。

"那个阿鸣从洗手间出来，看见我跟韩律师都朝他看，就又回了洗手间。之后，韩律师说没事，让我别担心，赶紧回家，我就拿包走了。"

"昨晚我和唐姐走了之后，韩律师有什么异常吗？"

"没有吧……他可能喝了两杯酒，手有点儿不稳，中间给我们撤沙拉盘的时候，还不小心碰掉了我的酒杯，弄了一地的碎玻璃。"

乔绍廷等三人互相看了看。

"大概能明白是怎么回事了，不过咱们还是不知道韩律师到底打了谁。那个姓樊的，还是这个阿鸣？"

这时，萧臻的手机响了，她把来电显示拿给乔绍廷看，上面显示是"薛律师"。

萧臻接通电话。

"终于一打就有人接，我太感动了！我这边有些情况，电话里不方便说，咱俩见个面。你是不是在向阳刑侦支队？"

萧臻皱起眉头："你怎么知道？"

她再一抬头，就看到薛冬的车在十几米开外停着。萧臻干脆举着电话，来到车旁，敲了敲驾驶席的车窗。

薛冬下了车，挂上电话。原来，那个和李彩霞一起喝酒的"樊哥"，就是旷北平叮嘱薛冬陪同照顾的客户家公子，而被韩彬打的是那个阿鸣。

萧臻点了点头："那这个阿鸣真名叫什么？"

"李梁。"

"他跟这个姓樊的富二代什么关系？"

"夜店认识的，不算很熟，喝过两次酒。"

"是买过几次摇头丸吧。"

薛冬一愣，随即笑了："喝酒，只是喝过酒。他俩昨晚也是临时约的，走都不是一块儿走的，所以小樊同志并不知道发生了什么。"

"他不知道的那部分，你知道吗？"

"连听带猜地知道个大概。昨晚十一点半樊以沫就走了，李梁离开的时候已经接近十二点。结果你们韩律师追出来，在咖啡厅往西不到两百米的地方截住李梁，问他是不是在店里试图兜售毒品。估计李梁否认了，韩律师要报警。李梁上前攻击他，拉扯间，绊了个跟头，后脑撞到路旁商铺的石头台阶，当时就昏迷了。韩律师立刻打了一二〇，又报了警。然后李梁被送去医院，韩律师留在了向阳支队。"薛冬说话间吊儿郎当，不时穿插几个手势，一副事不关己的样子，让萧臻忍不住皱眉。

"伤得重吗？"萧臻追问道。

"枕骨碎裂，做了开颅手术。命是保住了，但人一直昏迷，而且有可能醒不过来了。"

"韩律师是遇到毒贩袭击才还的手，不管他摔倒是韩律师推的还是自己绊的，总归韩律师的举动都是正当防卫行为。"

"人家不一定是毒贩。"

"毛毛看到他带了一包类似摇头丸的东西。"

"公安在他身上并没有搜到，你那个室友在哪儿看见的？"

"卫生间。"

"那儿估计没监控吧。"

萧臻想了想："那他俩动手的地方……"

"真不凑巧，也没有监控。"

萧臻听罢，没吭声。来龙去脉已经大致清楚，可是事发地点和卫生间都没有监控……萧臻盘算着下一步的计划，就看薛冬上前一步，神色正经，压低嗓音："但这些都不是我找你要说的重点。"

十分钟后，萧臻将刚才薛冬告诉她的信息转述给乔绍廷，乔绍廷忍不住皱眉问道："这里面有旷北平什么事？"

"他说，旷北平似乎格外关注这件事。而且他今天回所里的时候，见到旷北平的车里坐着一个六十多岁的老人，左手手背有大面积烫伤的疤痕。"

乔绍廷一下反应过来:"严裴旭?薛冬是不是搞岔了?让他俩坐不住的,恐怕是咱们去调查资金流向的事吧。"

"也有可能……不过乔律师,津港有很多毒贩吗?"

乔绍廷想了想,点点头。他明白萧臻的意思,他们在找的宗飞,同样是个毒贩。

"也许只是我对毒品或毒品的关联词太敏感了。"萧臻见乔绍廷不语,补充道。

"等你和唐初都做完笔录,要是没什么特别的情况,咱们还是把资金流向的事查清楚。韩律师是不是正当防卫,就算没监控,公安也会有办法查明事实,咱们帮不上什么忙。"

萧臻点头,却感觉有些不对劲。乔绍廷的话道理上当然没错,查清资金流向也的确更为紧迫,可他的态度与其说是"放心韩彬不会出事",不如说是"有所保留,不愿涉入太深"。但这个直觉也未必靠得住,也许乔绍廷的确是觉得没什么能做的……不等萧臻想清楚,不远处的李彩霞看着手机,突然发出一声惊呼:"现在网上到处都传开了!"

萧臻接过手机,划着屏幕念出标题:"'知名律所合伙人无故将人打至昏迷,疑是毒瘾发作?''知情人爆料,韩彬律师为何有恃无恐?原来背后是法学世家撑腰……''小伙儿携女友深夜买醉,竟被酒吧老板施暴。''这届网友不干了,甭管你韩律师背后是谁,都大不过法律……''细数律师韩某的七宗罪,坑你钱,要你命……'这都什么呀?!"

李彩霞小声嘀咕:"我不是那人的女朋友……"

乔绍廷看看唐初,又看萧臻:"你俩都还没接受询问呢,怎么流言蜚语已经铺天盖地了?"

"虽然队形不太整齐,可开炮的方向高度一致,有点儿奇怪。"萧臻补充道。

李彩霞在一旁问："那要是等公安调查清楚了，发一个官方案情通告，是不是就可以打这些造谣者的脸？"

唐初冷笑："案情通告里，韩律师要是有问题，那就骂对了；如果认定他正当防卫，就是法律世家果然不一般，真能只手遮天。"

萧臻接过手机查看评论，不由叹气。不知是水军的引领还是民意的激愤，每条新闻底下都在排着队骂人。说来也奇怪，新闻事件反转之后，从来不会有人排着队道歉。

"但没道理，韩律师威胁不到旷北平，他没必要趁这个机会故意黑韩律师。"乔绍廷说。

那难道是为了黑德志所？萧臻想着，拿手机同时搜索"韩彬"和"乔绍廷"，却发现搜索内容中竟然没有昨晚的新闻事件。

萧臻把手机给乔绍廷看："有意思。这明明是一个连你带咱们所一并拉下水的事，居然没提你。"

乔绍廷笑了："看来，这些媒体，精神领会得不够透彻。"

"或者是……"

"是什么？"

萧臻概括不出，却总觉得事情好像没那么简单。

就在萧臻和乔绍廷为新闻的导向困惑不解时，章政和洪图也讨论着同一件事。

"这才半天时间，显然是有人在带节奏，助推舆论，而且是冲咱们来的！"洪图正一脸愤怒地站在章政身旁，看着网页上的热门新闻。

章政向后靠在老板椅上，反倒比洪图沉着："我看了半天，提到咱们所名字的很少，关键是没有任何一篇文章提到了绍廷。以他目前的光辉形象，稍加渲染，咱们所就成了个贼窝。"

洪图愣了："为什么没提？"

"你也觉得不合理吧？明明举着个燃烧瓶，油库就在眼前你不点，非往身后的水泥地上扔。"

"是有人在试图保护咱们所和乔律？"

章政摇头："我不知道推动这件事的人为什么如此针对韩律师，但他肯定不想引起绍廷的注意。"

4. 奇袭

在接下来的一小时里，萧臻和唐初分别进了谈话室，接受公安的询问。鲁南开车到了向阳看守所，向萧闯提出想要提讯王博。萧闯觉得此事难办，却又没彻底拒绝他。乔绍廷和李彩霞一起待在车上，等着萧臻出来。他在网上搜索了"李梁"的名字，以及"吸毒"等关键词，确定了李梁曾经因为引诱、教唆、诱骗他人贩毒，被判过一年半的刑。

德志所内，洪图则将两名媒体平台的高管迎进事务所，和章政开始计划他们的"危机公关"。薛冬不情不愿，但还是接了陶晴一个电话。而旷北平则在一条偏僻的路上，看着严裴旭一个接一个地打电话，给宗飞、给公司、给银行……

在这期间，鲁南和乔绍廷还打了个照面。当时萧臻刚接受完询问出来，而鲁南殷勤的态度则让方媛和萧臻都一头雾水。最后，萧臻从文件夹里掏出一张纸给方媛看，解释她和乔绍廷接下来的行动。那张纸上依次写着"严裴旭→津港银行信贷→锦林园艺有限公司→维安车辆租赁有限公司"。

萧臻拿笔在最后这个公司名称上，画了个圈。

富康车的副驾上，萧臻在手机导航软件里输入"维安车辆租赁有限公司"，把导航路线给正在开车的乔绍廷看："真不等唐姐了？"

乔绍廷理直气壮："事情处理完了就各干各的去呗。怎么，难道要在向阳支队门口吻别啊？"

萧臻叹息，摇头，她终于有点儿明白唐初为什么要跟这人离婚了。办完事连个招呼都不打就跑了，实在太不像夫妻。

"那韩律师这事咱们也不管了？"

乔绍廷有些反感："为什么加个'也'字？公安能做到的事，轮不着咱们管。我听说现在事情的关键在于，李梁到底是不是从事贩毒的犯罪分子。如果他是，韩律师往不好说也是正当防卫，往好了说，甚至是见义勇为。"

乔绍廷说得理直气壮，可他和萧臻都很清楚，说贩毒得讲证据。李梁早就刑满释放，也不能光靠翻旧账就认定他还在贩毒，毕竟他被发现的时候身上并没有毒品。之前李彩霞说，李梁从卫生间出来，看见她和韩彬说话，就又退了回去。那时候他恐怕就察觉到情形不妙，把那包摇头丸扔进马桶冲走了。就算对李梁进行毒检，检测到他吸毒的证据，那和贩毒也是两回事，不过是治安拘留的范围。就算他给樊以沫提供过毒品，樊以沫也不会承认。

"那看来我是没辙了。韩律师啊，不是我想对不起你送我的辣酱，我还是挺上心的，不像乔律师张嘴就关他屁事那种……"思前想后一大通，萧臻往椅背上一靠，有些气馁。

乔绍廷白她一眼："那个樊以沫，薛冬是不是能帮着牵个线？咱们可以和他谈。"

萧臻顿时坐直身体："他敢吗？那是金馥所重要客户老总的儿子。不管你还是我去跟他谈，旷北平知道了怎么办？"

"那薛冬就死定了。"

萧臻眨眨眼："那这个代价还可以承受。"

"除非咱们做通薛冬的工作，但谈话不由咱俩出面。"

萧臻一愣，他们俩都不出面，那谁去谈？

乔绍廷往后方递了个眼色，萧臻一回头，就看到了后座上的李彩霞。李彩霞正一脸困惑，看着前排的两人。

薛冬的车和乔绍廷的车一前一后停在一个高档小区的门口，萧臻在乔绍廷的车旁，叮嘱李彩霞各类注意事项。

薛冬在自己的车旁，瞟着那两个人，一脸焦虑："樊以沫现在被禁足了，一旦我把这女孩带进去跟他谈，很有可能被樊总看到。你确定主任不知道这个女孩是谁吗？"

"不确定。事实上，如果就是旷北平操纵了千盛阁那个案子的投诉，他很可能知道李彩霞的身份。"

薛冬苦着脸，乔绍廷一点儿都不避讳地告诉他，这件事有可能会搞死他。

"之前把萧律师卖给旷北平这事，你也有份儿？"眼看着薛冬还在犹豫，乔绍廷开启了另一个话题。

薛冬愣了，支支吾吾，尴尬地看向萧臻。

"章政承认了，但我猜那事与你无关。"乔绍廷又送上一剂猛药，薛冬顿时垂头不语。

"章政是想拿我当枪打击旷北平,但又不想牵扯到自己和德志所。他既有利益目标,也算是存在生存困境。但你不一样,你本可以不管的,为什么要掺和进来?"

薛冬沉默片刻,讪讪地说:"我也有利益,毕竟要是你们赢了……"

"金馥所能落到你手上?大客户都认你吗?旷北平的社会关系你能接手吗?另外两个合伙人你搞得定吗?相比之下,老老实实做他手下的头号人物,明明要踏实得多。你为什么帮我?"

薛冬左看右看,就是不看乔绍廷:"我也看不惯主任那做派,再说了,有他在上面压着,我在金馥怎么出头啊——"

乔绍廷打断他:"除了这个。"

薛冬两手插着裤兜,看了看脚底下,又环顾周围,总之还是不看乔绍廷:"除了这个……就没什么了。"

乔绍廷笑笑:"我猜你大概是很感激我当初拿回了涮肉调料。"

薛冬愣了愣,眼神飘忽:"啊?你说住宿舍那会儿啊?真正感激你拿调料的应该不是我吧!我是吃什么都可以的。不过,当时你拿回来的调料还真挺全的……"

如果真不记得调料,哪会说得这么具体?乔绍廷暗叹一声,拍着薛冬的肩膀:"你呀你呀……徒有其表。想做坏人不容易,我知道这事有多冒险,相信我,你的冒险是值得的。"

"你好像更认我这个兄弟。章政其实也不容易,参选律协会长没什么不对,就好像我想当金馥的主任一样。只不过在你这儿,我算落着好了,他却挨了顿打……别忘了,六年前跟你一起把旷北平扳倒的人是他,如今给你找帮手的人也是他。"说话间薛冬笑了,整个人放松下来,对李彩霞的事情,好像也做出了决定。

"对,扳倒旷北平,他就是德志的主任,也许还会成为律协会长,而其他人对章政来讲,都可以成为代价。"

对于这些尖锐的真相,薛冬选择直接忽略。他朝乔绍廷挤挤眼睛,走到车旁,跟李彩霞打了个招呼。

乔绍廷招呼萧臻,两人开车离开。

十分钟后,樊以沫穿着一件帽衫,整个人蔫巴巴的,跟着薛冬走出电梯。他一脸慌张,一路走还一路解释:"我没摸她手!从头到尾我连一句暧昧的话都没说过!"

薛冬心中暗笑,面儿上却十分严肃,还带了几分同情:"我也相信你没有,但是现在人家非说你喝酒的时候有过肢体骚扰,总得想办法澄清一下。要是你觉得为难,我可以跟樊总商量……"

"别别别!千万别让我爹知道。因为李梁的事,他已经骂了我半天。这女孩到底想怎么样?是想要钱吗?"樊以沫吓了一跳,停住脚步。

"不像是。"薛冬更诚恳了,"这么说吧,以我的经验,经历昨晚的事和今天的公安询问,这个女孩子有些处于被惊吓到的状态。你好歹是当事人之一,跟她好好聊聊,安抚一下她的情绪,应该就没事了。"

"真的吗?"

"既然你确实没做什么,她也不是真的想讹你,那这就纯粹是个情绪问题。解决了情绪,就解决了问题。"

两人说着来到薛冬车旁,薛冬拉开车门,李彩霞显然已经入戏,气哼哼地坐在后排。樊以沫有些心虚,看了薛冬一眼。

薛冬压低声音,叮嘱道:"安抚情绪。"

樊以沫尴尬地笑着，冲李彩霞打了个招呼，进了车。

5. 聚焦

海港看守所会见室里，王博一脸的不耐烦："杀人不过头点地。判死刑我认了，还没完没了地过堂。你们真有这工夫，看能不能把小雷保下来。"

他的对面坐着鲁南和方媛。鲁南似笑非笑，打量着这个"杀人犯"："先聊聊你。"

"我？我都交代了。这玩意儿能有什么假？反正是个死，真要还杀过十个人，有什么不敢认的？"

"给你发活儿的那个人……"

"我不都说过了嘛，一个姓张的，具体叫什么我也不清楚，每次都是见面谈，走现金。"王博似乎更不耐烦了，一副死猪不怕开水烫的样子，对于接头人的住址、联系方式、身份信息，也是一问三不知。

"二位，我是真的不知道。这老张我没什么可护着他的，他发活儿，我要账，要过来大家分钱，各顾各的，不是一挂上的。但凡我知道他的事，肯定如实交代，没准儿还多个垫背的呢。"说到最后，王博甚至得意地捋了捋头发，似乎对自己的"义气"感到满意。

"你老婆可不是这么说的。"方媛慢悠悠地说道，盯着王博。

王博愣了几秒，随即装作没听明白，可明显有些焦虑。

"你通过你老婆开的夜总会交接讨债的酬金，而且顺便能把钱洗干净，一举两得。"方媛边说边端详着王博的神情，这些都不是来自沈蓉的交代，只是她的猜测，可从王博的表情看，她猜对了。

"她……那娘儿们净胡说,你们别听她……"王博磕磕巴巴地申辩道。

"她可什么都说了,而且我们根据她说的情况查到了相应的证据。不说别的,光账本我们就对好几天了。每个月你们交接的时间、方式和数额,我们都掌握了。"

王博蒙了,垂下目光,没吭声。

鲁南向前一靠,凑近王博:"协助公安机关找到你的上家,没准儿算立功表现。当然,比这更重要的是,找到上家,你们整个犯罪行为的分工就能完整连接在一起。否则的话,根据你爱人沈蓉的供述,她的行为非常接近于你的共犯。"

这下,王博的脸色变了。鲁南和方媛偷偷互相递了个眼色:"这么跟你说吧,你上家是谁,我们已经知道了,现在只是想给你个机会。"

王博思量片刻,恨恨骂道:"操!我他妈白叮嘱那娘儿们了。二位,我不是故意瞒报什么,真是怕给我媳妇儿招事。这一人做事一人当……"

鲁南打断他:"干非法催收的,规矩都是半儿劈,你这倒好,三成。虽说比放高利贷赚得多,可也不太符合行规吧。"

"嗐,他这些账都是从国外那些庄家手里买的。他说甭管是三折两折,他是花了钱的,刨了本,剩下的跟我对半分,也就有三成了。谁知道丫说的是不是实话。"王博大概是想通了,说话又流利起来。

方媛假装在纸上写写画画:"他的联系方式你有吗?"

"这个我真没有,都是他底下的人来找我,然后带我去见他,有时候就是他们去场子里跟妈咪什么的留个话儿。"

"那他住哪儿?"

"这我也确实不知道,但他应该不是混城区的,不然我肯定能从别的渠道听到风声。"

鲁南冲方媛摆摆手:"你别这么记,把前面按顺序和格式补上。"

方媛会意,边写边说:"王博,最高人民法院刑事审判庭指派鲁南法官和我——方媛法官,就你和雷小坤涉嫌故意杀人一案的死刑复核,对你依法进行讯问,你对我们的身份有异议吗?"

"没有。"

"是否申请回避?"

"不申请。"

"你是否自愿向司法机关提供为你介绍非法清收业务的人的身份信息?"

王博挠了挠头:"愿意。"

"他的姓名?"

"宗飞。"

萧臻和乔绍廷一路走进维安公司的停车场。对于乔绍廷的计划,萧臻依然没有看透全貌:"我们让李彩霞和那个姓樊的小子聊,到底是为了打听什么?"

"咱们不妨把昨晚的情况分为三个阶段:李梁来到咖啡厅之前,他们三个在咖啡厅喝酒,以及李彩霞离开之后。李彩霞只能向我们讲述第二个阶段,第三个阶段恐怕只有韩律师知道,而我们还有可能去间接了解到的,只剩下第一个阶段了。"

"也就是说李彩霞有可能从樊以沫那里打听出来，他跟李梁来咖啡馆之前发生过什么，而其中最好能有指向或证实李梁有贩毒行径的线索。这个概率也太低了。"

"嗯，希望渺茫。"乔绍廷点头。

"我是不是可以理解为，你本不愿管这事，去找薛律师更多是为了照顾我的感受？"萧臻回想起乔绍廷几次都想置身事外，忽然念头一动。

"咱俩既然是一条船上的，你的事就是我的事。"乔绍廷不以为意地摆摆手，整了整西装，正了正领带，还把津港银行的胸牌别在了胸口，问萧臻道，"我看上去怎么样？"

萧臻把乔绍廷从头到脚打量一番，点了点头："你的演技我不太指望，但角色扮演应该能行。"

乔绍廷顿时被激发了胜负欲："让你见识一下什么是津港马龙·白兰度！"

乔绍廷昂首阔步，走进维安车辆租赁公司的办公室，向坐在前台的秘书打招呼："您好，津港银行信贷监管，请问你们的财务在吗？"

数分钟后，"津港马龙·白兰度"就已经问出了他想要的，不过跟他之前预料的不太一样。

"钱已经还了？锦林园艺的公账上并没有转账记录，而且据我们核查，这笔资金被提现了。"

财务不疑有他，继续证实道："没错，他们就是拿现金还的。"

"足额？"

"一百七十九万，还有十几万的迟延付款违约金，都结清了。"

"那你们开具发票了吗？"

"开了,昨天正好票使完了,上午一买了票就开出来叫快递送去了。"

乔绍廷一愣:"昨天?"

"对啊,昨天他们来还的款。"

乔绍廷大脑飞速运转:"昨天他们拎着小两百万现金来还的钱?严先生岁数不小了,这么多钱他哪儿拎得动?"

财务摇头:"严先生没来,他派了个小伙子送来的,还开着辆凯迪拉克车。"

听到这儿,乔绍廷明白了。

晚上,萧臻和乔绍廷坐在之前吃海鲜的那家大排档。萧臻吃着烤串,一只耳朵戴着耳机,听李彩霞和樊以沫的谈话录音,另一只耳朵听乔绍廷讲在维安公司的经历。"按他们财务的说法,很可能是旷北平让他的司机带了笔现金过来平账。当然,这事无从查证,只是个合理推测,我更奇怪的是,他怎么这么快就知道咱们在跟进这笔资金的流向?"

"他既然有办法让银行不配合最高院法官,那么法官找同事去查信贷记录,恐怕一样瞒不过他。不过他急着把这个窟窿堵上,很说明问题。"

"严裴旭提走那笔钱,必然有什么不能见光的用处……她和那姓樊的聊了多久?还没听完?"

萧臻拿起耳机的另一头:"你要不要听?"

乔绍廷摆手,他没萧臻那左右互搏的功夫。

这时,萧臻的动作忽然停顿,她操作手机,把录音内容往回倒了一段,重新再听。乔绍廷也注意到她的动作,等着她说些什么。萧臻拔掉耳机,直接把那段录音放了出来。

樊以沫的声音传来:"他说他在北极猴吃饭,我就去那儿找的他,到的时候他都吃完出来了,在停车场我俩商量去哪儿喝一杯。他说找个慢摇吧之类的,我说成啊,他就说等他拿包烟就走。然后我俩就开车走了……"

萧臻关上录音,看着乔绍廷。

"北极猴傻贵傻贵,而且挺难吃的。"

萧臻作势要拿烤串签子丢过去,乔绍廷作势要躲。两人都明白,那段录音的重点在于,李梁说他要"拿包烟"。

"李梁会不会把自己的车留在北极猴的停车场了?"萧臻问道。

"要是真的有,公安会没发现吗?而且李梁身上应该有车钥匙。"

"万一那辆车不是登记在李梁名下的呢?光凭一把车钥匙,公安去哪儿找?"

"公安也询问过樊以沫。"乔绍廷继续唱着反调。

"你听刚才的对话,樊以沫很可能压根没意识到李梁之前是开了车的。"

乔绍廷点头:"如果那辆车真的存在,而且没被公安找到,车上又真的有猫腻,那李梁的同伙和老大肯定也在找这辆车,没准儿都已经找到然后开走了。"

"那乔律师还要不要受累陪我去证实一下?"

乔绍廷胡乱把剩下的几串撸完:"开路!"

6. 危机或转机

晚上十点多的"北极猴"餐厅停车场车辆云集，乔绍廷和萧臻走走停停，四下寻觅。

"薛冬当初答应你什么好处？"乔绍廷问。

萧臻左右张望，寻找李梁的车："隐名合伙人之类的吧，我也没太仔细听。"

"真成，待遇都没落实，你就叛变革命。"

"我就是觉得有趣，否则像我这样的小律师，有什么机会能介入各位大佬的神仙局？"

乔绍廷忍不住想笑："除了现在把你也纳入眼中钉的旷北平，这局里的其他大佬基本都是泥菩萨。不管怎么说，你挺异质的。我是说，你有异乎常人的胆识与自主性。"

"算是夸我吗？怎么突然想起聊这个？"

"没什么，你让我想起几年前在法援中心，好像有个实习的小女孩……不知道她现在怎么样了。"

萧臻一愣，随即白他一眼："人家怎么样不劳你费心。这茫茫车海，怎么找啊？"

"用餐高峰期，实在不行咱们可以等一等，等晚些时候车少了，就能缩小范围……"

"你先继续找，我想想别的办法。"萧臻说完，走向停车场入口。

轿车停在旷北平家楼下，孟鸥从倒车镜里瞟瞟后座，发现旷北平没动，正望着窗外发呆。他推开车门，打算过去给旷北平开门。

旷北平立刻回过神来:"不用,我在车里待一会儿。"

孟鸥点头:"那我在外面。"

"我记得你抽烟,身上带着吗?"

孟鸥从身上掏出烟和打火机,递过去:"我这烟稍微有点儿次。"

旷北平接过烟,点了一根。孟鸥把后车窗打开条缝:"您实在是太累了。不光是今天,这么多年,我都没见过您像这一周来这么忙。"

旷北平冲窗外吐着烟:"当舆论都指向一边的时候,公众对案情的预设立场就会明显倾斜。公安不会受这种影响,但舆情不容忽视。剩下的只能是盼着调查重心在韩彬身上的情况下,对另一边能有缓解效果。"

孟鸥似懂非懂地点头:"我不太明白这些,不过主任的办法一定是高的。"

旷北平苦笑:"高不高不一定,得罪人是一定的。"

孟鸥低头想了想:"主任,我就是个开车的,有句不当说的,您对那严老爷子真是仁至义尽……当然我知道,您是全津港最罩的那个,我就是有点儿担心……"

旷北平点点头:"你小子别看书读得少,可能人越单纯,直觉越准。被抓进去的那个韩彬,确实算半个法律世家子弟。"

"我听说了。他们家那老头儿比您可差远了。"

旷北平摇摇头:"他曾经跟我说,我遇到问题了,而这个问题很可能无法解决……囚徒,对,身不由己。"

孟鸥也不知道该如何回应,没说话。

旷北平在车载烟缸里捻熄了烟:"我这辈子有过不少后悔

事,因为贪心,因为自负,或者干脆就是缺德。老严对我有恩,该报要报。更重要的是,就在现在,在我发现自己回不了头的时候,我竟然不觉得后悔。"

"主任,您关照过太多人了,天底下就是强者说了算,绝没有您拔不掉的刺。"

旷北平沉吟不语。

"您要是还不想回去,要不要我开车,您看找个茶楼,或是什么地方……"

旷北平笑了:"不必,去买包好点儿的烟吧。"

孟鸥领命下车,旷北平叫住他:"记住,你什么都不知道。"

半个多小时之后,停车场的车比刚才略少,乔绍廷注意到一辆黑色的大众速腾。这辆车有点儿脏,还停得歪歪斜斜。他上前伸手抹了把机器盖子,有一层浮土,又围着车走了一圈,最后注意到车辆牌照框架的螺丝。乔绍廷蹲下身,用手机的手电照着螺丝。

"哇!你找到啦!厉害!"萧臻从停车场的岗亭走来。

"这牌照架的防拆螺丝上为什么没有港字标?是假车牌吗?"乔绍廷小心翼翼地围着车查看,注意不触碰到车身。

萧臻却不管那么多,仗着自己戴了手套,上前大刺刺地就去拉车门:"乔律师,撬车你在不在行?"

乔绍廷差点儿蹦起来:"你干什么啊?还不确定是不是……"

"就是这辆车。我刚才去岗亭和保安小哥聊了聊,他帮我查了监控和入场时间,就这辆车从昨晚停到现在。"

乔绍廷直翻白眼:"你直接说不好吗?"

"某些人非喜欢夹杂什么'北极猴傻贵'之类的废话，还有脸说我？"

乔绍廷投降求饶："真要能确定是这辆车，就直接报警吧。且不说咱们打不开车，就算能打开，咱们也不能干扰公安取证。"

萧臻想了想，掏出手机："那我告诉萧闯。"

萧臻边拨打电话，边围着这辆车溜达，绕到了车尾方向，乔绍廷则站在车头旁等待。就在此时，车子的示宽灯突然亮了。乔绍廷愣住。

车尾处的萧臻正向萧闯通报位置，听到车门"咔啦"的解锁声，也愣了，望向车头旁一脸蒙的乔绍廷。

萧臻指着他："我以为你撬车不在行呢！"

乔绍廷忙摆手，示意根本不是他。

两人心领神会，都四下张望，很快，他们注意到一个三十岁上下的男子一路东张西望地走来。那人戴着链子，手臂还有文身，一副社会人打扮，但也不算特别惹眼。他双手揣兜，正不停按动兜里的车钥匙。

此时萧臻和乔绍廷还不知道，这个名叫刘乡的男人的确是宗飞的手下——正如他们所猜测的那样。

萧臻走到车头处，和乔绍廷直愣愣地看着他。刘乡发现速腾车解了锁，但又发现车头站着一男一女正盯着他，他心里没底，装作继续左顾右盼，走了过去。

乔绍廷和萧臻看他绕了大半圈，走出停车场。

"乔律师你看着车，我去跟踪他。"

乔绍廷吓了一跳："啥？你跟踪他干什么？"

"这人明显有问题啊，车就是他解锁的，他肯定跟李梁是一伙的。"

"先不说咱们并没亲眼看到，就算看到了，也不说明这和违法犯罪行为有关，更不是你可以去跟踪人家的理由……还是等你哥他们到了……"

不等乔绍廷说完，萧臻已经跑了出去。

萧臻一路跟踪着刘乡走到一条夜市街。她既没有保持很远的距离，也没有刻意隐蔽行踪，所以，刘乡很快就发现自己被跟踪了。他走着走着，闪进街边的一条小巷。萧臻怀疑有诈，拨通乔绍廷的电话，把手机放在兜里，跟进小巷。她刚一拐进来，刘乡就从暗处冲出来，一把将萧臻顶在墙边，用刀抵上了她的脖子。

第十章　四月二十四日

1. 反制

小巷里,萧臻被掐着脖子顶在墙边,一把刀抵在她脖颈处。刘乡恶狠狠地问道:"你是什么人?为什么跟着我?!"

街道上,乔绍廷焦急地奔跑,听着手机里的声音。

刀刃抵住萧臻脖子时,萧臻心里竟闪过一丝恐惧,可她很快镇定下来,看着面前的男人:"公共道路,许你走就许我走,凭什么说我跟着你?再说了,我一个女的,你一个大老爷们儿,就算我跟着你,你怕什么?"

刘乡对萧臻的冷静感到意外:"看清楚,刀尖都顶脖子上了,你他妈还那么多废话!"

萧臻笑了:"你搞清楚是谁在威胁谁,我往前探一厘米,你就是三到十年的大狱。"

刘乡愣了:"你说什么?"

"两厘米,那就是十年起刑。再扎深点儿,你就只能自求多福了。不出意外的话,我会在那头等你。"

刀尖和皮肤的距离,微妙地拉开些许,可刘乡嘴上还是没有服输:"你、你到底是什么人!"

萧臻有些失望,叹了口气:"别慌啊兄弟……"

"你不是警察?"

"对,你显然也不是什么大哥。"

刘乡没了主意,目光游弋,萧臻更不耐烦了:"想好没有?

别光亮刀子耍狠,到底捅不捅?"

刘乡张着嘴,完全不知道该说什么。正在这时,乔绍廷终于跑到了巷口,他一眼看到萧臻,忙高喊着"住手",冲了过来。

刘乡大惊失色,匆匆警告萧臻别继续跟着他,随后就落荒而逃。萧臻看着他的背影消失,又看见乔绍廷一路飞奔,来到自己面前,一脸关切:"你怎么样?"

"刚才,我好像害怕了。"看到乔绍廷,萧臻慢慢回过神来,摸着脖颈处刚才被掐住的地方,她感觉这一切都不太真实。

"正常,谁被刀顶着脖子都会害怕。"乔绍廷说着,把萧臻拉到路灯下,查看她有没有受伤。

萧臻异常配合,仰着脖子:"我很少害怕。"

"我现在比你还害怕。"乔绍廷瞪了萧臻一眼,又放缓语气,"没事就好。"

"我从没觉得刀那么凉。"萧臻轻声说。

不到半小时,萧闯就带着刑侦支队的公安到了"北极猴"停车场,围着李梁的那辆迈腾调查取证。乔绍廷站在不远处观望着,心有余悸。

萧闯走了过来,语气不善:"我妹呢?"

"她说还有事,做完笔录就先走了。"

萧闯颇感不爽,上下打量他:"那你怎么还在这儿?"

乔绍廷有些尴尬,试图转移话题:"那辆车上有没有发现能证明李梁是——"

萧闯伸手一指,打断了他:"非礼勿言,乔律,别总让我提醒你。"

乔绍廷叹了口气:"在巷子里持刀威胁萧律师的那个人大概不到三十岁,中等身材……"

萧闯举起手机屏幕在他面前一晃,上面是萧臻偷拍的照片:"别描述了,我妹比你靠谱。"

乔绍廷看到照片,不吭声了。萧闯似乎觉得自己太过强硬,反应过度,有点儿不好意思:"但总之还是谢谢你,这辆车是很关键的物证,我们也一直在找。"

乔绍廷点点头,没再说什么,转身要走,又被萧闯叫住。

"乔律,她那人我知道……这次,也怪不得你。她不怎么怕疼,也就不知道什么是害怕。所以拜托,再出现类似情况,千万不要让她一个人冒险。"

乔绍廷愣了好一会儿,回想起萧臻说的"刚才好像害怕了",逐渐明白过来:"她是不是有无痛症?"

萧闯点头:"她有某种遗传性感觉自律神经障碍,感觉不到痛。"

乔绍廷点头:"不会再有下次了。"

"这事你别跟她说,她一定又觉得我在干涉……乔律,虽然她没怎么叫过我'哥',但我就这么一个妹妹。"

从停车场出来,萧臻已经到了洪图家门口。她本以为上次自己说得那么明白,洪图不会再要求她汇报,没想到新的一天依旧如故。

"我就是不太明白,为什么每天晚上我都要穿城来这里,向您当面汇报乔律师的行踪。让一个律师每天和领导汇报另一个律师的行踪,不是这个职业的合理工作要求。而且我逐渐发现,这并不是一个能让你靠得更近的好方法。"萧臻比上次更为直接。

洪图面带愠怒："你什么意思？"

"没意思。洪律师，其实在这个行业的专业领域里，我真的非常敬佩和尊重您。您是那种把自己逼到极限的人，为了能迅速成长，一刻都不懈怠，没有时间运动，没有时间散心，没有时间恋爱，甚至没有时间给自己做一顿像样的饭，每天披星戴月，回到家只能叫个外卖果腹。您能做到的，我做不到，所以您能得到的，我也不眼红。"

洪图慢慢平静下来，若有所思："你做不到……但乔律师反倒更信任你。"

"我们都和乔律师共事过，也都从他身上学到了一些东西。乔律师从没希望任何人成为他，哪怕我们向他问询方向的时候，他都一再提醒，要我们自己做选择。"

"你想说什么？"

"我想说，您既不需要成为乔律师，也不需要乔律师的认可来证明自己。"

萧臻说完，转身关门离开。洪图看着关上的门，出神片刻，走进饭厅，从酒柜里拿出酒瓶给自己倒了杯酒。在她身后的餐桌上，放着一个外卖的塑料袋。

鲁南和方媛在酒店大堂的咖啡厅门口下车，鲁南独自走进酒店，让方媛稍等片刻。随即，他看见马秉前面前的桌子上放了壶茶，正在自斟自饮。马秉前五十来岁，腰带和手表一看就价格不菲，完全是一副儒商打扮。当年鲁南刚入行的时候，马秉前是刑庭的法官,也是鲁南的师傅。再后来马秉前下海做担保生意,还几次邀请鲁南辞职,鲁南都含混过去。那之后两人都能感觉到对方不是同类,联系渐少。在这个节点,马秉前却又来主动联系他,鲁南感觉有些微妙。更让鲁南感觉奇怪的是,他接到电话之后推托数次,说自己不在北京,马秉前竟然找了个由头,说自己恰好要来津港办事。

"师父,您这不是特意跑津港来找我喝酒的吧?"鲁南一坐下就单刀直入。

"说来也巧,昨天咱俩刚联系完,我这边就有个单子出了点儿状况,担保公司是津港的。这是该着咱爷儿俩得聚。"马秉前说着,给鲁南也倒上茶。

鲁南似笑非笑,还真是"巧":"津港哪个担保公司?需要我帮忙吗?"

果然,马秉前摆摆手:"小事小事,犯不上。你这边儿提讯弄得怎么样了?我听说津港有个挺大的案子,是两个小混混为了讨债把一个人关笼子里蹚水库了,是不是这事?"

鲁南立刻明白,这才是正题,他不好意思地笑了:"这个……师父,您要知道……"

"明白明白。我这已经不在院里了,你啥都不能说。你小子呀,还真谨慎,我要是中直管理局,现在就给你分房。行了,不说这些,你今儿还有别的事吗?咱俩喝会儿茶,找地儿吃饭去。"

"别说,我今儿还真有事。而且,师父您知道的,我出差期间从不喝酒。咱俩还是回北京再聚。"

马秉前做出有些不高兴的样子:"至于这么拼吗?你这是急着立功还是提干?连我说话都不好使了?"

鲁南点点头："真要有立功和升职，也不错。不过就算没有，咱们办案子不就应该全力以赴吗？"

说着，鲁南拿起茶杯，冲马秉前敬了一下，喝了一口："我记得这还是您教我的。"

鲁南说完，放下茶杯，站起身。马秉前向后靠了靠，脸上挂着讥讽的冷笑："真是人走茶凉。从什么时候开始，你小子学会这么跟我说话了？"

鲁南绕过桌子，微微躬身，把脸贴近马秉前，脸上的笑容也消失了："从我知道津港的担保公司从不接受私企反担保开始。"

鲁南转身要往外走。马秉前叹了口气，又摆出语重心长的长辈模样："鲁南，我紧赶慢赶地大老远跑一趟，也是为了你好。人家说，你们这办案手伸得太长了。在法律圈里，你不知道哪块云彩会下雨，真惊扰到不该惊扰的人，是会有后果的。"

鲁南回过头："谁找的你，你让他自己来找我。"

马秉前正要开口再说什么。鲁南继续说："而且我堵你嘴，才是为了你好。师父，真要等你把话都说出来，我就只能办你了。"

听到这话，马秉前的脸色变了，抬头看着鲁南。他知道鲁南从来不是任他拿捏的毛头小子，可是如今眼前的人几乎让他恐惧。

"踏踏实实赚你的钱，想买车买车，想买房买房，不好吗？"鲁南笑笑，走出了咖啡厅。

方媛正靠在车旁，拿手机看新闻，见鲁南出来不由笑了："你这也太快了点儿。老马肯定很不开心。"

"能全身而退，他偷着乐去吧。"

方媛把手机屏幕给鲁南看:"说向阳支队找到那个李梁的车了,而且从车上起获了三百多粒摇头丸和大量现金。"

"那看来韩松阁的儿子解套了。"鲁南丝毫不感到意外。

"韩松阁的儿子?那不是他司机吗?"方媛反倒意外了。

鲁南白了她一眼,懒得解释,发动了车:"马秉前好办,但这事不一定算完。"

方媛看看酒店咖啡厅,大概猜到马秉前是替人做了说客,也猜到鲁南没有就范,那么那个拜托了马秉前的人肯定还会再使出手段。如果那人真盯上鲁南,那他算是踢到了铁板。而鲁南的想法则非常简单,接下来的输赢不好说,但就算这把牌他跑不掉,好歹先把炸弹扔了。

舞蹈教室里,薛冬看陶晴对着镜子练舞,不时配合地啧啧称赞,心里却在默默骂着乔绍廷。为了一个录音,他放着一堆事情不管,跑到这儿来看一个网红跳舞,太荒诞了。

正当他这么想,乔绍廷风风火火地冲了进来。他看了眼薛冬和陶晴,直接把音乐公放的电源拔了。随着音乐声停止,陶晴的动作也戛然而止,她一脸疑惑,望向薛冬。

薛冬尴尬地笑了几声,想打个圆场,向陶晴解释,乔绍廷一摆手:"不用。"

他直接走到陶晴面前:"听薛冬说,你手上有个录音,而这个录音可能涉及邹亮和一个身居高位之人的违法往来。"

陶晴被问得愣在当场。薛冬忙上前拉乔绍廷,说这事要慢慢谈。乔绍廷直接乐了:"你真拿她当无知少女?大家都是跑江湖的,直来直去吧,录音在哪儿?"

陶晴低头想了想,笑了:"金条呢?"

"金条我没法替你找。你说你有证书,你还应该提供相应的票据,以及证明你把这些财产确实交付给了邹亮。在确定权属关系的情况下,再谈去哪儿找的问题。而我跟你要的东西,和金条不金条的不存在任何关联。"乔绍廷实在懒得陪那俩人演戏,直接戳穿了其中的逻辑漏洞。

陶晴上前两步:"闹半天,你就是空着手来愣跟我要东西的。邹亮的东西是东西,我的东西就不是东西了吗?"

"需要支付对价的话,我可以想办法按照那些金条的市值付你钱。"

陶晴翻了翻白眼:"我不要钱,我说了……"

乔绍廷打断她:"见证了生命中一段美好回忆?邹亮死了那么久,你既没去他们家闹过,也没向任何司法机关提出过民事诉求,偏偏在薛冬出现的时候,想起见证这事了?"

陶晴和薛冬互相不去看对方,都没说话。

"她发现你的搭讪另有所图,就编了这么个借口刁难你。"乔绍廷伸手在两人中间一比画,"你知道的,而她也知道你知道。也许这种成年人的社交默契对你俩而言是一种体面,但如果今天她不交出录音笔,我就保证她再也体面不下去。"

陶晴有些恼怒:"欺负人是吧?好啊,那我就不给了,怎么着?"

"告诉你,我拿到这个录音,一旦发现里面的谈话内容涉及违法犯罪,就会交给公安机关。如果你不给我,我会把你有这个录音并且拒绝交出的情况告诉公安机关,他们会依法传唤你调取物证。到那会儿,你恐怕就必须解释你和邹亮的关系了。探店网红和已婚男性,等着掉粉吧。"

陶晴的脸色变了："可如果我给了你，你不一样要交给警察？"

"但我可以不说这东西是从哪儿来的，或者说我是在邹亮家找到的，是邹亮生前交给我的，随便什么理由，只要录音内容真实，这并不影响证据效力。"

陶晴低下头，表情纠结。

薛冬叹了口气，开始帮着劝说陶晴："把东西给他吧，那个录音的内容有可能和邹亮的死有关。至于金条，我继续帮你想办法。就算实在找不回来，我买了补给你。"

陶晴看着薛冬和乔绍廷："有那个录音真就能查出亮哥是怎么死的吗？"

薛冬看向乔绍廷，乔绍廷想了想，点点头："应该能。"

陶晴笑了："那你们好好找，我没有这个东西。"

气氛凝固了好一阵子。薛冬手扶额头，乔绍廷面无表情地盯着陶晴看了一会儿，转身就走。可没等他走出几步，陶晴就在后面补充道："但确实有这个录音！"

乔绍廷回头看着她。

"亮哥亲口跟我说的，也给我看了那支录音笔。他没交给我，但那个录音真的存在。"

"无所谓了，看来就算有，你也没听过里面的内容。"

"如果我听过，甚至觉得那个录音和亮哥的死有关，我早就去找警察了。"陶晴微微扬起下巴，"大律师，我没那么在乎掉粉不掉粉。"

乔绍廷冲她点点头，走了出去。

2. 短兵相接

赵馨诚站在海港刑侦支队门口,看着鲁南和方媛,一脸不耐烦:"宗飞?什么人啊?是海港辖区的吗?"

方媛答不上来,她只知道宗飞和邹亮有关,而邹亮的案子归海港支队管。可很显然,赵馨诚在意的不是这个,而是两名法官突然朝他们的案子伸手。

"公安和法院一样,都是在职权和管辖范围内尽责。"赵馨诚煞有介事地说着,还指了下身后支队门口的牌子,"所以这上面写的是海港刑侦支队,而不是世界公共安全联盟。"

方媛有一肚子的话要争辩,鲁南却不动声色,一脸平静:"需要我们出司法建议书吗?"

赵馨诚一愣,方媛也是暗自吃惊。

"你该知道的,当我们审理案件的时候,发现了有可能影响案件复核但又不属于法院管辖的问题时,可以依司法建议权向相关机构出具司法建议书。"

赵馨诚翻着白眼:"拜托,非要搞出这么大动静吗?你得往上层层报批不说,司法建议书本身又不具备强制力,真要是分局不回复你们,大家都很尴尬……好了好了,我一个小刑警惹不起二位……"

方媛忍不住反唇相讥:"我们也是普通审判员,职级上跟你没什么差别,少阴阳怪气。"

赵馨诚作势求饶:"行行行,就当是我惹不起你们俩。宗飞是吧?我去跟领导反映,保证!"

赵馨诚说罢便冲他俩挥挥手,转身返回支队,溜之大吉。方媛越想越不对劲,跟上两步喊道:"哎!你都没听我们说……"

见赵馨诚已经没影了,方媛回过身,愤愤不平地对鲁南抱怨:"这敷衍得有点儿过了吧,他甚至都没问咱们掌握了宗飞什么情况!"

鲁南一笑,要他说,赵馨诚还真不是敷衍。可方媛还是不放心,上了车还一直念念叨叨,甚至问鲁南,要不要把情况告诉萧闯。

鲁南瞥了她一眼:"萧闯?这案子里的任何人和事都不归向阳管啊。"

"谁说的?王博他老婆不就羁押在向阳吗?"

"你咋不说他儿子还在柬埔寨留学?"

"啊?他儿子在柬埔寨?"

鲁南翻白眼:"韩律师这司机是当定了……这就是打个比方,好吗?这些人都不是我们复核案件的涉案当事人,就算他们被羁押了,也不是因为我们复核案件的案由。"

方媛更不忿了:"大家都是刑事司法体系的一分子,这会儿分这么清楚,这些事件之间摆明了有很强的关联。"

鲁南缓缓靠边停车:"反正我干了这么多年,规矩都懂,'上有老,下有小,对面坐着大领导',我是不敢胡来。"

方媛瞟着他,似乎听到一些弦外之音。按流程,他们能做的事已经非常有限,而有些话,鲁南也不好明说。

"这事里面,宗飞肯定是关键人物。"方媛试探道。

"对,但这事不归你管。"

"严裴旭贷款的资金流向也很可疑。"方媛再试探。

"不好说,而且这事是真不归你管。"

"乔绍廷和他搭档的调查方向都是对的,而且他们手上很可能掌握了重要线索。"方媛几乎确定了鲁南的想法。

"也许吧,你别跟那俩人瞎掺和。"

看着鲁南公事公办的样子,方媛默契地挤挤眼睛:"是别跟他俩掺和,还是真别跟他俩掺和?"

鲁南看着窗外:"别跟他俩掺和。"

方媛彻底明白了,直接推开车门:"南哥,那我去觅食了。"

"保持联系,注意安全。"

鲁南驾车离去。方媛看着鲁南的车离开,掏出手机,从相册里调出一张照片。如果她没记错,那是他们第一次去向阳看守所找萧闯时,偶遇乔绍廷,鲁南拍下来的。照片中,有乔绍廷,还有乔绍廷那辆银色的富康车。方媛把照片放大,辨认出牌照号码。

此时,韩彬正走出向阳刑侦支队大门,和送到门口的公安干警握手道别。萧闯跟了出来,韩彬向他致谢,滴水不漏:"不好意思,给你们添麻烦了,我那会儿是一时慌张,没想到……重伤昏迷的那位现在在哪个医院?我回头去探访探访他。"

萧闯也没多想,拍拍韩彬的肩膀:"那小子活该,你这是见义勇为。但要我说啊,韩律师,你以后也讲些策略,再遇上这种事,直接报警。虽说都是大老爷们儿,但你没受过专业训练,万一有个闪失,不值当。"

韩彬点头:"是。我这也是头一次遇上,真慌了。"

两人寒暄告别后,韩彬走出门外,看见章政把车停在路旁,热情地迎了上来:"哎哟兄弟,等了你大半天,你可算出来了!给我担心坏了,受委屈受委屈,来来来,快上车……"

韩彬看着章政,微笑着走上前去。

章政开车带着韩彬回了德志所,一路上嘘寒问暖,殷勤备至,而事务所的其他律师似乎更惊讶于韩彬怎么会出现在所里,也纷纷起身打招呼。经过萧臻身旁时,韩彬停了下来:"萧律师,我都听说了。谢谢你。"

"别这么说,其实主要是乔律师……"

韩彬笑了:"我知道乔律师也有参与,但他恐怕是看在你的面子上。总之这人情我实受了,萧律师再来店里,不许花钱。"

萧臻有点儿不好意思:"虽说公安把事实查清了,可网上还是很多人在骂,韩律师你别往心里去……"

"没什么,勒庞的书我也有看,少上网就是了。"

说完,韩彬随章政走进办公室。萧臻则敲了敲门,走进洪图的办公室。

"洪律师您找我?"

洪图递给她一个文件夹:"这是乔律师这次被投诉的听证材料,包括我写的一些申辩意见,你看看还有什么需要补充的。如果有可能,作为千盛阁案的代理律师,你也出一下自己的意见,弄完之后送去律协吧。"

萧臻接过听证材料,翻了翻:"洪律师,这里面怎么会有你的监管问题?"

"乔律师当时被拘留调查,案子本就是我派给你的。要真是他出来之后还私下串通对方代理人,我肯定有监管不力的责任。"

"那我的材料怎么写?"

"按你正常代理行为做陈述就好。你是无名小卒,怎么写不重要。"

萧臻笑了:"一个领导和一个案外同事承担责任,我这个代理律师反倒没事。"

"责任这东西，你下次再争取吧。"

萧臻看向洪图。洪图的脸上毫无笑意，依然是严厉而紧绷的一张脸。萧臻猜，洪图大概很不愿意承认，她已经开始同意前一天晚上萧臻说的那些话了。

章政办公室内，顾盼把咖啡放到韩彬面前："韩律，我上次见你的时候，恐龙好像还没灭绝呢。"

韩彬笑了："我算是硕果仅存的那一头。有时间来店里玩。"

顾盼笑着和韩彬击掌，离开办公室。

章政摆摆手："这小丫头……"

"这丫头可不简单，主任真是高瞻远瞩。"

章政愣了一下，继续笑着，敷衍过去："哪儿的话……兄弟，虽说你不常来所里，但不管是当初定好的，还是这些年咱们之间的往来，没怠慢你吧？"

"万分感激。而且我知道这次因为自己的冒失，给所里添了挺大麻烦。里里外外，主任做了很多工作，我很承情。需要我做什么，主任吩咐就是了。"

"什么主任啊，这么见外……"

"是不是眼下这个局面，主任对继续参选有所顾虑？"

章政被说中了心事，微微一愣，之前准备好的开场白全作了废："你这刚出来，咱们扯这些干什么？对了，我这儿还有酒呢，一起喝一杯……你是不是抽烟？随便抽随便抽……"

"应该是我请主任喝一杯才对。要不要去我那儿坐坐？"

半小时后，章政和韩彬到了指纹咖啡。韩彬打开了第四瓶"与魔鬼交易"，给自己和坐在吧台旁的章政各倒了一杯。章政笑着举起酒杯："兄弟，你真是一语点醒梦中人，来……"

两人碰杯后，韩彬没喝，似笑非笑，看着章政将杯中的酒一饮而尽。突然，门开了，乔绍廷走进来。

章政扭头一看，笑得更是开怀："绍廷？太好了太好了，刚还聊到你……"

乔绍廷走到吧台前，看了看那瓶酒："这也太迫不及待了，八百年不来一次，这韩律师刚出来，你就过来要回报。"

"回报？什么回报？我就是过来给韩律师接风……"章政假装听不明白，一脸坦然。

"算了吧，你是想让他父亲出面，支持你这次参选。"乔绍廷觉得章政的伪装非常幼稚。

章政十分无辜，连连摆手："绍廷，这你可真看错我了。告诉你吧，今天我就打算去律协说一声，我退选了。"

乔绍廷愣住了，随即明白过来。他盯着章政看了片刻，又去看韩彬。韩彬垂下目光。

章政走后，韩彬随乔绍廷走出咖啡厅，两人一路向西，沿街道边走边聊。

"章政退选？你教他的？"

"我没资格教主任怎么做。多事之秋，大概是主任有他的考量。"韩彬的回答依然无懈可击，乔绍廷干脆放弃了追问。

"你们的破事我不管，韩律师，这次你能平安无事，主要是靠公安找到的关键物证。萧律师出了很大力，甚至遭遇到一些危险。"

"我知道。我真的很感激。"

"我是来找你要回报的。"乔绍廷停下脚步，一脸认真。韩彬略感诧异，勉强笑了一笑，等着乔绍廷说下去。

"我跟萧律师是搭档,所以她的人情我过来找你讨。"

"没问题,只要是我能做到的。"

"邹亮遇害那晚,在我抵达现场一小时前,他停车的江州银行门口周围两千米内,交通、安防、民防,所有的监控录像,我都要。"乔绍廷一脸笃定地望向韩彬,显然是酝酿已久。

韩彬先是震惊,然后干脆笑了出来:"你在说什么呢?乔律师,你说的这些……我既没有权力去调取,相关机构也不可能泄露,根本就搞不到啊。"

乔绍廷停下脚步:"这就是那晚出事的地方吧。"

韩彬看看周围,平静地摇摇头:"那会儿挺黑的,我印象也不深了……"

"自你的店门口向西到丁字路口,将近四百米的路,只有不到五十米是监控盲区,咱们现在待的地方,就在其间。"

韩彬想了想,皱起眉头:"乔律师,你这话是什么意思?"

"你那晚保护了李彩霞。"

"算是吧,她告诉我说那个小伙子可能想引诱她吸毒,我就让她赶紧先走了……"

乔绍廷打断他:"不是那会儿,是更早的时候。"

乔绍廷不去看韩彬:"你看到李梁把摇头丸扔在李彩霞的酒杯里,所以故意打翻了酒杯。虽然在李彩霞看来,那会儿的韩律师不过是多喝了两杯酒,手有点儿不稳,中间给他们撤沙拉盘的时候不小心把杯子碰碎了。我不知道为什么你最终还是不肯放过李梁,也许你就是讨厌毒品,或只是无法忍受有人在你的店里搞事。正当防卫?有可能,反正监控没拍到,没人知道是不是发生过防卫挑衅。"

韩彬静静地听着乔绍廷的推理,不置可否,无奈地叹了口气:"我想不通乔律师为什么这么看我,但事情不是你想的那样……不管怎么说,你和萧律师的人情,我是肯定认的。只是,你确定要这么做吗?"

"尽快找来。"乔绍廷说罢,转身离开。

走出没几步,乔绍廷的手机响了。金义的声音听起来充满困惑:"你是不是接到挪车电话了?"

"挪车?没有啊。"

"哦也对,我才是车主。没事,万一有挪车电话你不用管,有人套了我车牌,好像是个白色捷达。我非收拾那孙子不可!"

不等乔绍廷叮嘱他别冲动,金义就挂断了电话。

萧臻刚交完听证材料,走出律协楼门,就看到旷北平正沿着台阶往上走。两人对视,都站住了。一个多月前,旷北平站在金馥所的台阶上俯视过乔绍廷,而如今,位置对调。萧臻走下来,来到旷北平面前:"怎么?旷教授,还在努力?"

旷北平也略去寒暄,盯着萧臻:"这就是你想成为的人吗?你觉得你可以帮某个人,救某个人,挽回某件事,探寻到什么真相。为了任何能自洽的正义目标,你不惜跨越规则,就为了实现自我感动。"

萧臻快被旷北平这套大词逗笑了:"践踏规则这种事,在您老面前,任何人都是班门弄斧。"

"你看错我了,我没有践踏规则。恰恰相反,我在建立秩序。只有在秩序之下,才能振兴这个行业。它将会帮到很多人,救下很多人,成千上万。"

"那我真没搞明白,这丰功伟业还不够您忙活的吗,您怎么天天有闲工夫琢磨怎么构陷乔律师?"

"是他一直在针对我。"旷北平和蔼而平静,好像在给不懂事的孩子讲道理。

"是吗?那现在不止他一个了。"萧臻笑了,从他身旁走过。

"你有个哥哥,在向阳刑侦支队,没错吧?"

萧臻愣住了,回头看着他。

"从王博的爱人到韩彬那件事,里里外外都是他在办。我记得你和乔绍廷、韩彬都在同一个所吧。"

萧臻惊疑不定地思索着,没说话。

旷北平转过身:"程序法上好像有什么相关规定,我记不太清楚了,但他这么粗心大意,就算外面没人说,内部也得有人管。"

"你想怎么样?"萧臻自己没意识到,但在旷北平看来,此刻她的神态就像一只受惊的动物。

"你自己说过的,你还有选择。"说完,旷北平走进了律协大楼。

3. 南墙

金义匆匆下了出租车跑到路旁,就见方媛冲他点了点头。金义上前问道:"妹妹,是你给我打的电话?那孙子车呢?就套我车牌那个。白色捷达。"

方媛有些好奇,仰头看着高大的金义,暗叹乔绍廷交游广阔:"是我打的。"

"那……车呢?"

方媛一脸坦然:"没有车,也没有套牌,我是为了把你诓过来。"

金义被方媛的理直气壮惊呆了,盯着方媛看了看,立刻警觉地环视周围。

方媛摆摆手:"别看了,没人埋伏你。瞧你这心虚样儿,干过多少亏心事?"

金义看着方媛,既不太好意思发作,又不知道该说什么。

方媛掏出证件。金义更困惑了:"你是……法院的?"

方媛点头:"是不是可以协助一下我们的工作?"

"我?协助法院?怎么协助?"

"你怎么帮你那个好朋友的,照方抓药呗。"

指纹咖啡店内,韩彬坐在吧台旁,若有所思地盯着手机。末了,他拿起手机正要拨打电话,萧臻推门而入。

"今天我这儿比所里都热闹。"韩彬放下手机,笑着说道。

"要不是因为免单,以及我辣酱吃完了。"

"保证供应。"韩彬绕进吧台,先给萧臻倒了水,又叮嘱厨房去做意面,回来开始做咖啡。

萧臻余怒未消,双拳轻轻捶着桌子:"我第一次感觉到被人威胁有多恶心。"

"旷北平?"

"你怎么知道?"

"虽然我也想不出什么其他人能威胁到你,但就算有,你十有八九会去找乔律师。来我这儿生闷气,多半是因为你怕说给乔律师他会替你担心。"

萧臻摆摆手,对韩彬的神机妙算习以为常:"总之我非常非常生气!"

"说来也巧,我今天刚被威胁过,而且对方还是借你的人情。"

萧臻想了想,反应过来:"乔律师?他为什么要威胁你?"

乔绍廷正在德志所的男厕洗手池洗手,萧臻来到男厕门口,大声呵斥道:"乔绍廷!你出来!"

乔绍廷愣住了,看了眼萧臻,又扭头去看洗手间里的男客户。如果他没记错,之前他刚从看守所出来,洪图来洗手间找他"谈判",碰上的也是同一个倒霉蛋。那个男客户一脸"习惯了无所谓了"的表情,转了转角度,让自己方便得更隐蔽一些。乔绍廷拽了张纸巾,边擦手边走出男厕。

"你为什么要这样做?"萧臻上前一步,差点儿把乔绍廷逼退回去。

乔绍廷立刻明白过来,萧臻应该是从韩彬那儿知道了什么。韩彬自己无法拒绝,就让萧臻出面,这一招太"韩彬"了。

"还能怎么办?去把邹亮家翻个底掉找金条吗?如果真的有这个录音,那将是扳倒旷北平的决定性证据。"

"你搞清楚,你到底是要扳倒旷北平,还是要查清邹亮的死因,还是要找出朱宏的下落。"

乔绍廷耸肩:"这其实是一件事。"

"不是。朱宏的下落首当其冲,这是我们的工作。你说严裴旭那笔贷款的流向可能和朱宏有关,这我认,但旷北平和邹亮间到底有什么,不一定和朱宏有直接关联。如果这个方向查不下去了,就继续跟进别的线索。你越界了。"

"要照你这么说,咱俩都不是第一次越界。"

"没错,但就像你说过的——相对公平。"萧臻停顿片刻,平复情绪,"我们都不是第一次越界,但我们都是为了追求这个相对公平,而不是像你现在这样,连底线都放弃。"

"萧律师,我是为了……"

"不管你是为了什么,如果一遇到阻碍就去寻求非法手段,你何必去找韩律师?去找旷北平不是更好?要风得风,要雨得雨,只要是你认定的事,黑的可以洗白,不可能的也会实现,你当法律不存在吗?"

乔绍廷听罢沉默不语。

萧臻缓和语气:"我真的崇拜过你。"

乔绍廷苦笑:"那看来到此为止了。"

"我以为你不会变的。"

乔绍廷呆住了。每个人都以为他不会变,不然他也不会受到旷北平的针对,不会收到邹亮那份文件,不会让唐初那么担心。"撞了南墙也不回头那德行,从小到大,你都没变过。"乔绍廷记得邹亮的那张纸条。

萧臻的手机响了。她接通电话。

"美女,大姐,江湖救急!"

"金义?"

4. 西平港

西平港街道两旁是各色制造业工厂和一些往来的工人。萧臻和乔绍廷走在这里,身上的职业装显得有些突兀。

路旁传来金义的招呼声:"妹妹,这边这边。"

金义和方媛坐在路边的石台上，旁边搁着几个啤酒罐，还有炒蛏子和皮皮虾。

萧臻和乔绍廷蒙了，这个组合太奇怪了，更何况他们还出现在西平港。

"你俩怎么在这儿？"萧臻问道。

"我是被她……"金义刚要解释，方媛啃着皮皮虾瞟了他一眼，金义立刻蔫了，一指方媛，"以她说的为准。"

方媛大刺刺一抹嘴："路边偶遇。他说请我吃海鲜喝啤酒，好像港口这边又新鲜又便宜。"

她说着，一指身边的石台："来，坐。"

乔绍廷没坐，萧臻满不在乎地坐在金义身旁，摘下手套，拿起皮皮虾就吃："除了物美价廉，这户外景观大卡座还有啥别的妙处？"

金义点了根烟，一口烟，一口酒，指着码头方向一间厂房："上回你俩找完我之后，我让弟兄在这边蹲了一阵子，发现宗飞的主业就是低价收购那些境外赌博公司的债权——当然，仅限欠债的在津港——他再派人向这些人收账，最后大家分钱。跟那个什么什么处置……"

方媛白了金义一眼："不良资产处置。"

"哦对，不良资产处置，差不多。"

乔绍廷发现，萧臻已经融入了那两个人，还接过了方媛递来的第二只皮皮虾，不由叹气："那你俩现在蹲谁呢？"

"是这样，最近外城码头几乎所有人都知道，搞海运的老梁在网上赌百家乐欠了大几百万，四艘船和库房都抵出去了。不出意外，这大单肯定会被宗飞买断。可就因为这数儿大，你想啊，五十块钱分你二十，我还可以走走量，五百万分你两百万，那就肉疼了。"

"我换个问法，这位方法官为什么会和你在这儿？"

"这大姐……法官问我在哪一片替你找宗飞，我说西平港。她又问我觉得宗飞最可能出现在什么地方，我就说船厂。她说去买啤酒和菜，那我就说好呗。"

萧臻又啃完一只皮皮虾："你认定宗飞最有可能来这儿？"

"呃……就是我觉得这笔账，数太大，卤稠，再加上外城码头本就是他的地盘，他应该会亲自来收。"

金义这一通推测，意味着盯住老梁的厂房，就能蹲来讨债的人马，也就能找到宗飞。萧臻乐了，逻辑如此缜密，果然是聪明绝顶。方媛听着他们说话，不动声色地掏出手机，发送信息。

鲁南走在最高人民法院津港巡回法庭的楼道，收到方媛发来的信息，立刻拨通赵馨诚的电话，对面传来赵馨诚的声音："正除暴安良，下了副本就回电，不回就是捐躯了。"

鲁南翻翻白眼，挂断电话，快步走向楼门。

而方媛发完信息，一抬头，就看到乔绍廷、萧臻还有金义三人直勾勾看向同一个方向。

乌压压的一大群人正在往老梁的厂房里走，足足有二十多个。这帮人有的穿花衬衫，有的大热天穿皮夹克，有的还满臂文身，提着不锈钢棍子，全都看起来面色不善。

另外三人都一脸兴奋，似乎抓捕宗飞近在眼前，唯有乔绍廷指着那群人，问出关键问题："有个问题，咱们有谁知道宗飞长什么样吗？"

众人大眼瞪小眼，都摇摇头。

"那就算宗飞过来给咱们上菜，认不出来也没用啊。"

方媛和金义一时间都愣住了，唯有萧臻眼睛一亮，那伙人中有一个她竟然认识。

萧臻掏出手机，用之前拍的照片比照片刻，确认了正是之前持刀威胁她的刘乡。她把照片冲乔绍廷晃了晃，指了下那群人。

金义和方媛有些疑惑。乔绍廷解释道："那个戴链子的，跟贩毒的有勾连，还曾经持刀威胁过萧律师。"

金义拍拍屁股站起身："有熟人那就好办了。"

他眯起眼睛，看向萧臻指认的那人："一个码头船厂可能有三五伙人，渔行没准归六家主理，但这摇头丸托拉斯只可能是一帮人，否则天天能打出狗脑子。要是这家伙跟贩毒的有关，和宗飞应该是一挂的。"

萧臻看见金义起身，不由愣了："这么多人，你……一个人能搞定？"

金义哭笑不得："光头的不一定都是超人好吗？"

萧臻白了他一眼。

方媛站起身，对萧臻说："我能对付几个，你俩怎么样？"

萧臻撇了下嘴："能怎么样，乔律师，报警吧？"

金义伸手一拦："报警，说什么？他又没打没杀的。"

"非法催收。"萧臻信心十足，"带这么多人，肯定是要使用暴力手段或以暴力相威胁。"

"那你觉得老梁会向公安承认自己欠了赌债？"金义连连摇头。

萧臻刚要反驳，扭头看乔绍廷，发现他也没拨电话，而是在思考什么。

"乔律师？乔律？打电话啊。说好的底线呢？"

"我倒没别的意思,只是担心在发现宗飞之前就报警,会不会打草惊蛇。"

众人正犹豫,一个穿着睡衣的中年女人来到库房门口,跟刘乡说了几句,刘乡冲身后的人摆摆手,只带了一个人和中年女人走了。

方媛和金义不约而同站起身要跟过去。萧臻一拦金义:"我跟过去看看,你和乔律师在这儿盯着点儿那群马仔。要是这伙人有动静,你们就给我打电话。万一暴露,我可不想被前后包夹。"

"我跟你一起。"乔绍廷说。

"拜托,我是跟踪两个人,这边还剩下二十个人,你好歹假仗义一下嘛。"

"我不可能让你一个人去,这事没得商量。"乔绍廷的语气不容置疑,或许是想起了萧闯的嘱托。

乔绍廷和萧臻跟了过去。方媛跃跃欲试地看着金义,显然是在想说辞。

金义识破了她的所想,叹了口气:"你就当我一个人搞得定吧。"

金义话音刚落,方媛也小跑着跟了过去。

萧臻、方媛和乔绍廷眼看着那三人来到一栋三层小楼的门口。这里远离街市,是个与周遭隔绝的独门独院。中年女人指了下房门,另外两人就进了屋。

萧臻低声问:"现在要不要报警?"

"报警?什么理由?因为看到一个我们觉得可疑的人,进了一间可疑的屋子?"乔绍廷盯着房门的动静。

"那咱们干什么来了?"方媛忍不住问道。

"我想过去谈谈。"乔绍廷说。

"秀才遇见兵,有什么好谈的?"

"不管他们把我怎样,如果我能钓出宗飞来,你就报警;如果他们对我动武,你一样可以报警。总之光天化日,他们应该不会乱来。"

方媛摇了摇头:"可真要有什么岔子,我觉得你够呛。要谈什么告诉我,我去吧。"

乔绍廷也不同意方媛过去:"你这个法院身份,更不好办。不亮身份吧,违反纪律;亮了身份,人家肯定不配合。"

说完,他向前走了两步,对跟上来的萧臻和方媛伸手一拦:"你们别跟过来,给我打接应,再说金义那边儿万一有状况,不也得联系你们吗?"

萧臻和方媛对视片刻,冲乔绍廷一点头:"小心点儿。"两人蹑手蹑脚地绕向楼后,乔绍廷则理了理衣服,大步走到了屋门前,一指房门的方向:"我找宗飞。"

刚才叫来刘乡的中年妇女犹豫片刻就进了屋,又过了会儿,屋里走出个混混打扮的青年男子,上下打量着乔绍廷:"你谁啊?"

"我是谁无所谓,叫宗飞出来!"

"嚯,飞哥的名字随便叫,口儿这么正,找抽呢吧?"

乔绍廷泰然自若:"他卖的货有问题,把我一个朋友抽死了,这事怎么都得给个交代。"

乔绍廷说完就要推门往屋里进。

混混一拦他,把他向后推了一把:"哪儿去你?"

* * *

　　萧臻和方媛绕到后窗，发现窗户虚掩。方媛伸手轻轻一推，朝萧臻递了个眼色。萧臻小心翼翼地把窗帘拉开条缝，隐约看到屋内光线昏暗，刘乡正走向屋门口。萧臻调整角度，发现地板上好像有注射用的针管。

　　刘乡从屋里出来，看了眼乔绍廷，没说话。手下和他耳语几句，转述乔绍廷的话。

　　刘乡听完，不冷不热："货？什么货？"

　　"汉口二厂的汽水……废话，你说什么货？你们卖的是什么货自己心里还不清楚吗？"乔绍廷愤怒起来，但并不是表演。他想到邹亮的死与眼前这些人有着千丝万缕的联系，便语气不善起来，脸色也变得难看。

　　刘乡不屑地笑了："操……我听不懂你说什么。你的朋友叫什么？"

　　"邹亮。"

　　刘乡和手下都是一愣，不自觉地对视一眼，他们再回过头看乔绍廷时，表情变得阴沉多疑。

　　"欸？我是不是在哪儿见过你？"刘乡反应过来，上下打量着乔绍廷。

　　简易楼房间内，萧臻冲方媛比画了一个手势，示意她在窗外把风，随后翻窗而入。

　　她先小心地四下看一圈，发现屋内光线太暗了，就把窗帘多拉开了一点儿。很快，她看到针头旁边还有胶皮管、金属勺、打火机、酒精灯之类的吸毒用具。

萧臻往里走了几步,看到墙角下面有个床垫,床垫上蒙着床被子,被子边缘伸出一只手,显然被子下面盖着个人。

萧臻蹑手蹑脚走上前,蹲下身,盯着那只手看了好一阵子,然后轻轻将手指搭在那只手的手腕处。很快,她意识到这个人已经死了。萧臻脸色突变,深吸口气,掀开被子,露出尸体的面部。

这是一张并不陌生的脸,之前,萧臻看过王博和雷小坤的案卷,里面有被害人的照片。

这个死者,是朱宏。

萧臻愣了两秒,立刻掏出手机报警。她扭头去看窗外的方媛,发现方媛也正望向自己。萧臻冲方媛指了指朱宏的尸体,随即发现方媛的神色有异。一把刀正架在方媛的脖子上。

突然,身后罩来一个袋子,套住了萧臻的脑袋。

第十一章　四月二十五日和二十六日

1. 宗飞

三月一日，江州银行门口车内，满脸大汗的邹亮给左臂绑好胶皮管，右手拿起一支针管，往左臂注射毒品。随着液体推进血管，邹亮的表情也舒展开来。操作完毕，他把针管扔在一个盛装吸毒工具的手包里，又从手包里拎起一个小塑料袋，看着里面散碎的白色晶状物傻笑片刻。最后，他的目光落在副驾驶座的一个档案袋上，露出些许愧疚的表情。

毒品开始生效，邹亮浑身无力地靠在座椅靠背上，目光逐渐涣散。

此刻，西平港三层简易楼房间内，躺在床垫上的朱宏的尸体仰面朝天。

一直追寻的真相就近在眼前，乔绍廷有种不真实感。他盯着朱宏的脸。那是一张体面全失的脸，表情扭曲，皮肤青灰，嘴角还沾着秽物。乔绍廷曾经设想过跟朱宏见面，设想过要说些什么。他也设想过自己错了，朱宏真的死在官亭湾水库。可他没有想过，自己找到的会是一具新鲜的尸体。

刘乡重重抽了乔绍廷一个耳光，恶狠狠地问道："你跟这死鬼是不是一伙的？"

乔绍廷毫无反应，又看了看身旁的萧臻和方媛。她俩双手被反绑，并肩坐在墙根，萧臻的脑袋上还套着个黑布套。乔绍廷扫视周遭，除了刘乡，还有三四个面相凶恶的男子围着他们。

"我说了，我要找宗飞。有什么话，我只跟他说。"

刘乡顿时愤怒了，作势又要打乔绍廷，一个中年男人进了屋，制止道："别打了。"

屋里的人纷纷向他打招呼："飞哥。"

原来这就是他们苦苦寻觅的宗飞。乔绍廷打量着他。宗飞看起来五十岁出头，留着板寸，穿着一身休闲装，看起来像码头的库管远多过像个毒贩。

宗飞一指萧臻，手下立刻上前，摘掉萧臻头上的黑布套。萧臻闭眼适应了一下光线环境，然后扫视一圈屋内，又扭头看向自己身旁被捆起来的乔绍廷，旁若无人地冲乔绍廷笑笑："哇，这么热闹！"

刘乡凑到宗飞耳旁："这女的就是那晚在停车场跟踪我的。这男的跟她一伙。"

宗飞点点头，从旁边拽了把椅子，坐在三人面前。刘乡把萧臻的手提包递给他，宗飞翻出萧臻的身份证和律师证，有些困惑："律师？"

他把证件和身份证撂在桌上，刘乡又递过乔绍廷的钱包，宗飞翻出身份证，对着照片看了眼乔绍廷："你又是干什么的？"

"律师。我们俩一个单位。"

这时，刘乡把方媛的证件递了过来，有些惶恐："飞哥，你看……"

看到方媛的证件，宗飞皱起眉头，彻底困惑了："法院的……你们仨不在法庭打官司，跑这儿来干什么？"

＊　＊　＊

　　西平港路旁,身着制服的鲁南急匆匆地沿着街道左顾右盼,看到了之前金义和方媛坐过的地方留下的空啤酒罐和吃剩的食物,可是周遭没人。

　　鲁南蹲下身,拿起一个啤酒罐闻了闻,又保持蹲姿转身,试图模拟如果坐在这里,监视的是哪个方向。他立刻发现了老梁的库房,以及库房门口站着的两名混混。

　　鲁南走上前去,上下打量着那两人。两人立刻质问道:"你干什么的?看他妈什么看?!"

　　鲁南赔着笑脸,支支吾吾地说:"我、我……就看看……"

　　正在这时,宗飞的另外两名手下从街道另一侧跑了过来,招呼仓库门口的俩人说:"飞哥说了,留俩人看着那姓梁的,其他人都过去……这孙子是谁啊?穿西服打领带的,房屋中介?嚯?还别个徽章。"

　　鲁南环视了一圈把自己围在正当中的四个人,笑着问道:"飞哥……宗飞?"

　　宗飞瞟了眼朱宏的尸体,问乔绍廷:"你不是说因为邹亮的事吗?那这人是不是和你们都没关系?"

　　乔绍廷和萧臻默契地对视一眼,同时点头。

　　"这一看就是嗑药嗑过去了。"乔绍廷补充道。

　　宗飞又去看方媛。

　　方媛冷冷地瞪着宗飞:"跟我有关系。虽然事先没想到,不过我要找的就是他。"

乔绍廷和萧臻的谎话顿时被拆穿了,宗飞冷笑一声,继续问道:"你要找他干什么?"

"我办的案子里有这人,说是死了,现在看来是真的死了,就是死法跟我知道的不太一样。"

宗飞看向朱宏的尸体,有那么一瞬间,他似乎松了口气,毕竟这三个人不是冲自己来的:"这人叫什么名字?干什么的?"

乔绍廷看出宗飞是真的困惑,也有些蒙,没想到宗飞竟然不认识朱宏。事实上,大部分来买东西的人,宗飞都不认识。

宗飞扭头问身后的中年女人:"你知道他的名字吗?"

那个女人也摇头:"连交钱那老头儿我都不知道叫啥名,更别提他了。"

乔绍廷立刻追问道:"交钱的老头儿?长什么样?"

"就长那样呗,老头儿还能什么样?他手上有块……"中年女人话说一半,就被宗飞喝止。

"闭嘴!"宗飞冲她喊,又回过头指着三个人,"你们是……"

"闭嘴!"方媛也吼道。

宗飞愣了。

"我没心思听你瞎胡扯,赶紧把我们放了!"

宗飞乐了:"放了?然后呢?"

"然后我报警,叫公安把你们抓了呗。"

宗飞和手下都乐了。宗飞饶有兴致,打量着方媛:"这穿官衣的就是横啊……那我问问,要是我不放呢?"

方媛依然理直气壮:"那我会先揍你一顿,再让公安把你们都抓了。"

宗飞没想到方媛是这样的态度,反倒有些含糊。他避开方媛的眼神,放缓语气:"这放不放的再说。我先问问你们,你们怎么知道要来这儿找，或者说，要来找我呢？"

乔绍廷和方媛同时开口。

乔绍廷说："因为，我找了一些朋友去打听……"

方媛说的则是："法院怎么办案用不着跟你们这群白痴……"

两人的话都没说完，就被萧臻打断："因为你傻！"

乔绍廷、方媛、宗飞的手下和宗飞本人，顿时都愣住了。

"因为你傻，你蠢，你贪。你为了赚钱，什么都干。而且你连事情的前因后果都不搞清楚，就敢伸手。这回你摊上大事了……"

说话的同时，萧臻调整靠墙的姿势，把捆在背后的双手的左手大拇指顶在墙上，用身体向后一挤。随着一声轻响，她左手的大拇指脱臼了。萧臻随即把手从绳套里挣脱了出来。

"我告诉你，今天走出这间屋子，如果你发现自己前后左右全是公安，千万别显得惊讶。就你们这群不入流的瘪三，迟早会被一锅端的。"

宗飞还在琢磨萧臻的恐吓，一旁的刘乡反倒被这番话激怒了："飞哥，跟他们废什么话，直接剁碎了喂鱼！"

宗飞白了他一眼，没有说话。外面又走进来几名手下，拎着一大卷塑料布和各式各样的工具。他们把塑料布铺在地上，把工具放在旁边，有菜刀、斧子、手锯。紧接着又进来一个人，拎着几把刀往塑料布旁边一扔："那菜刀肯定不好使，我跟市场那边儿借的这几把刀是专门剁骨头、切肉的。"

乔绍廷看着那堆工具，有些紧张。宗飞站起身，手下立刻把凳子挪开，腾出地方。

刘乡试探地问道："飞哥，这仨人到底……我是说，咱得赶快，那哥们儿都开始招苍蝇了。要么把他们换个地儿再接着问?"

宗飞微微皱眉:"这大白天的,很麻烦。"

思索几秒之后,宗飞上前两步:"我就不卖关子了。我宗飞是做买卖的,交钱拿货,给钱办事。遇到上门找碴儿的就把人给宰了,犯不上。可要是把你们放了,好像也说不过去。"

乔绍廷扭头看向朱宏的尸体:"那你这是什么意思?"

宗飞有点儿郁闷,叹了口气:"这人是一个顾客介绍住进来的,房东也是给我面子。现在翘了,我得帮人收拾收拾。"

一名手下从朱宏的尸体旁边捡起一个金属勺,勺子里还有没融化的白色晶体毒品。他拿给宗飞看,低声说:"飞哥,你看这是不是……"

宗飞捡起一粒碾了碾,低声骂道:"操,那老丫挺的,跟他说了这玩意儿不能注射。"

他摆摆手,示意手下先把吸毒的工具收走,又对乔绍廷说:"你们仨是不是以为只要保证出去什么都不说,我就能放你们走?"

乔绍廷摇头,他没那么天真:"可你不会相信我们。"

"是我傻还是你傻?谁会这么以为?"萧臻也说。

宗飞再去看方媛。

方媛更是直接:"以为个屁,我的条件都说了,你自己挑。"

宗飞咬牙切齿地点点头,从桌上拿起乔绍廷的身份证:"没关系,咱再多下点儿功夫。去查查这家伙的爹妈,有没有老婆孩子什么的,家住哪儿,孩子在哪儿上学。"

乔绍廷一愣,有些焦急:"关我家里人什么事!"

宗飞摆摆手:"你嘴严,忘性大,你家里人就不会有事。"

他说着又拿起萧臻的身份证:"哦对,还有她的。"

萧臻冷冷地说:"不用查了,我没成家,我有爸妈,我还有个哥哥,叫萧闯,是向阳刑侦支队的。"

宗飞和他的手下都愣住了。

"反正我和他关系不怎么好,要是我把今天看到的说出去,欢迎你们去向阳支队砍了他。"

宗飞愣了愣,又去看方媛。

方媛直翻白眼:"别看我了,放了我坐牢,不放我挨揍加坐牢。"

宗飞冷笑:"嚯,这又是法院又是公安家属的,今儿还真碰上硬碴儿了。吓死我了。"

他朝后招招手:"给这俩姐们儿来管 high 的。"

很快,手下递过来一根针管。

宗飞走到方媛面前,蹲下身,举起针管:"这玩意儿卖得可不便宜,今儿我免费让你爽一把。法官沾上毒,别说你还能干多久,我也算尝尝鲜,还没见过穿官衣的给我磕头呢……"

他话没说完,萧臻就把手从身后抽了出来,照着宗飞拿针管的手和手旁边的脸就是一个耳光,把针管打得插进宗飞的腮帮子。宗飞痛叫一声。方媛趁机用额头猛撞宗飞的鼻梁,他向后摔了个跟头。

萧臻不等其他人做出反应,从旁边的地上捡起一把剔肉刀,先割断了方媛的绳索。方媛挣脱绳索,就开始暴揍宗飞和那几名手下。她一边和宗飞的手下打,一边抽空用鞋底踹宗飞的脸。萧臻又割断了乔绍廷的绳索,三人夺门而出,刚跑进院子,就愣住了。

只见鲁南站在一进院门的位置,旁边是好几名被打倒的混混。

鲁南微微有点儿喘,问方媛:"你咋不接电话?"

方媛先是一愣,立马答道:"我这不被抓了吗?"

宗飞气急败坏地带着手下从屋里追了出来,从脸上拔下针管,用袖子擦着脸上的鞋印:"他妈的!居然敢害老子沾上毒品!"

萧臻愣了一下:"你、你不就是贩毒的吗?"

鲁南还在质问方媛:"我不是让你原地待命吗?"

方媛盯着宗飞等人,抽空扭头回答鲁南:"他俩非跟过来,我是为了保护他们。"

宗飞此时也注意到了鲁南和门口倒下的手下,指着鲁南,气不打一处来:"这他妈又是谁啊?"

手下纷纷摇头。

宗飞气呼呼地把针管往地上一扔,指挥手下:"全都给我剁了!"

方媛和乔绍廷、萧臻在宗飞一伙人的持刀逼迫下,缓缓后退,方媛还是不紧不慢:"南哥,你叫增援没有?"

乔绍廷终于抓狂了:"你俩能不能待会儿再聊!现在这……"

鲁南瞪了乔绍廷一眼:"你就总能作出点儿事来。"

他站到乔绍廷和萧臻身前,解着领带问方媛道:"脸上有鞋印儿那个是宗飞?"

"是。"

"你亮过身份吗?"

"亮过。"

"知道是法院的还这么嚣张,那是欠收拾。"鲁南说着就往上迎,方媛看了他一眼,也要跟着上。宗飞的脸色变了,竟然露出胆怯的神情,而他身旁的手下也彼此张望,一副心虚的样子，有的甚至主动放下了手里的凶器。

萧臻和乔绍廷有些诧异，回头一看，才发现赵馨诚带着一众公安干警不知什么时候已经涌进了院子。他们也没大呼小叫，只是无声地用枪指着宗飞和手下，摆动枪口示意他们放下凶器，跪在地上。

赵馨诚冲鲁南喊："南哥南哥，暂停！再由着你搅和，我这行动报告就不好写了。"

乔绍廷有些愣神："小赵，这……"

赵馨诚压低声音："这要不是还有法院的同志在场，我就等宗飞先把你剁成馅儿再收网。"

赵馨诚边指挥着支队的刑警搜查、扣押宗飞和手下，边掏出手机，给萧闯拨打电话。

此时，萧闯刚从领导办公室出来，才被领导提醒了要回避和萧臻有关的案件，就听到了手机来电。

"喂，馨诚，是我……为什么骂我？你妹的！……啊？萧臻？哦，我妹怎么了？"

"对！是你妹你妹你妹她没事！好了，我报完平安了，回见。"赵馨诚收起手机。

不远处，乔绍廷、萧臻、鲁南、方媛和金义站在警车旁。金义眼看着萧臻面不改色地把自己脱白的左手大拇指复位，惊得下巴都快掉地上了："姐们儿，今儿我可算是见着狠人了！"

萧臻活动着手指，白了他一眼："跟你这个废物比，谁都算得上'狼灭'。"

金义辩白道："不是……我看那帮小子刚出窝，正要给你打电话，就被……就被他给撮了……"

金义说话间偷偷指了指赵馨诚，随着赵馨诚越走越近，他说话的声音也越来越小。

赵馨诚看了眼金义，对乔绍廷说："乔律，不是我故意截你增援。我们盯了一个多月，局面一直在掌控中，金义这家伙好不容易走正道，我怕他一着急去给你帮忙，再干点儿什么出格的事。"

萧臻指指鲁南："你就不怕他出格吗？"

赵馨诚实在没空普及鲁南的光辉事迹："呃……他……你是不知道他在南津……总之他不是津港的。"

乔绍廷还没回过神来："你们是一直对这事……"

赵馨诚一脸关爱智障的表情："你去找邹亮查被害人家庭的财务情况，邹亮就死了，这事摆明了很蹊跷啊。你当公安傻吗？"

"那朱宏是不是也死于吸毒过量？"

"这我哪儿知道？不过看上去至少不太像是淹死的。看法医那边今晚能不能加班出验尸结论吧。"

乔绍廷继续追问："我的同学邹亮据说是死于毒品中毒，我刚才看他们从朱宏尸体旁捡起白色晶体状的东西，还说那个东西只能吸食不能注射，是不是同一种毒品？"

"那玩意儿叫灰碱，也叫冰糖，可能还有很多别的乱七八糟的名字，属于冰毒里的特调。它药性极强，只能拿来嗑，拿来注射的话，冰毒正常剂量一半不到就能致死。"

"那就算是同样的这种特调毒品，每批药的成分配比是不是会有误差？我是说，能通过毒物检测辨识出来邹亮注射的毒品和朱宏注射的是不是同一批灰碱吗？"

赵馨诚耸耸肩："应该可以，这玩意儿又不是麦当劳，总不可能标准化生产。"

"如果他俩体内的毒品成分相同的话,那很可能害死他们的也是同一个人。我现在就可以告诉你那个人是谁。"乔绍廷说着,想起刚才宗飞的叱骂,以及中年女人的回答。

"那老丫挺的,跟他说了这玩意儿不能注射……"

"就长那样呗,老头儿还能什么样?他手上有块……"

方媛正眉飞色舞地向鲁南描述着自己的勇猛,萧臻在打电话,看她一脸无奈的样子,电话那头应该是萧闯。赵馨诚要指挥手下逮人和检查屋子,更是忙得不可开交。乔绍廷环视周遭,悄无声息地出了院门,一路小跑,奔向他的富康。

2. 严裴旭

严裴旭和严秋带着孩子刚走到单元楼下,就看见楼门对面的花园里,乔绍廷从石凳上站起了身。严裴旭顿时一脸愤怒,走向乔绍廷:"你要不要脸!怎么还敢……"

话刚说一半,严裴旭发现乔绍廷的表情毫无愧疚,更多的是冷漠和沉重。严裴旭似乎明白过来,对严秋说:"你带着佳佳先上去。"

严秋还是很担心,在两人之间看了半天,叹了口气,还是带着孩子上了楼。严裴旭走进小花园,来到乔绍廷面前。

乔绍廷一脸平静,望向严裴旭:"我找到朱宏了。"

严裴旭解读出乔绍廷表情和语气中的含义,颓然地坐了下来。

乔绍廷坐在他对面:"他死了。我想你应该不觉得意外。"

严裴旭目光低垂。

"死人不会说话,但朱宏身边还有不少能说话的活人,有他落脚那个地方的女房东,还有给他提供毒品的宗飞。这两个人都见过你。"

严裴旭沉默片刻,抬头看着乔绍廷:"为什么?"

乔绍廷没说话。

"为什么你就非死咬着不放?那家伙打我的女儿,打孩子,赌博,吸毒……这个家被他毁得七零八落。不管有没有推他一把,他迟早都是死。为什么这种人的一条烂命可以让你不惜毁掉我们一家祖孙三代?"

"朱宏不是我的当事人,他这条命的价值我也不想评判。也许在你看来,他死掉是对你女儿和外孙最好的结果,可你这样做,很可能搭进去两个不该死的人。"

"你说那两个讨债的?他们一样不是什么好人。"

"法律上没有不是好人就得去死的规定。还有邹亮,他注射的毒品和朱宏注射的很可能是同一种,公安迟早会通过毒物检测完成比对的。"

严裴旭明显愣了一下,想了想,说:"我没想到他会死。那个……叫什么碱……"

"灰碱。"

严裴旭点点头:"宗飞只是说那东西劲儿大。"

"他还说那东西只能吸食,注射就会死人。"

严裴旭错开眼神,不去看乔绍廷。

"你怎么搭上邹亮的?虽说他是我和严秋的同学。"

严裴旭有些警觉,瞟了乔绍廷一眼:"那孩子我早就认识。上学开家长会那会儿,回回都能见到。"

乔绍廷摇头:"不,你不认识他,是你当年在兵团的老战友旷北平买通了他。"

严裴旭摇摇头:"就是我自己认识的,北平跟这事没关系,我和他不常联系。"

"还真是好战友。那我换个问题,你怎么会认识宗飞这种人?"

严裴旭目光闪烁:"我……早些年在西平港那边钓鱼认识的。我们攀谈起来,他们家也是从北边迁过来的,我在兵团那会儿他爹和他三叔就在后山的林场。"

"那你就敢这么信任他?"

"因为我没得选。"

严裴旭回想起那天的场景,索性放松下来,从兜里掏出烟点上:"你说,他要是没死里逃生,不是正好解决了所有人的问题?我只是没想到,他居然有脸来找我。"

"朱宏找你,想做什么?"

"让我帮他。"

"帮他干什么?"

"诈死。"

当时是在离官亭湾水库不远的郊区树林里,朱宏身上的衣服还没干透,狼狈不堪,对严裴旭苦苦哀求。严裴旭冷着脸:"那两个人要是真想杀你,你可以直接报警啊。警察抓了他们,你还怕什么。"

"不是啊爸!他们只是催账的,不是债主。警察抓走他们,债主还可以找别人来催收,弄不好比这俩人更狠。我这次真的是命大,那笼门正好被撞开了。"

"你把你债主也报给公安,一块儿抓了不就完了!"

"可……可我不知道债主是谁啊……"

"你连自己欠谁钱都不知道?"

"这些放高利贷的,一层层的,我接触的只是底下放钱收账的,最上面的老大是谁我不知道啊!举报两个马仔有什么用……"

严裴旭不耐烦地一甩手:"总之,你吃喝嫖赌欠下的烂账自己想办法,别再给我女儿和佳佳找麻烦了!"

"我想过了,正好他们这次还不知道我死里逃生,干脆就假装我死在官亭湾得了。您帮我找个地儿藏一藏,等这风头过去,我再想办法。"

"藏?你一个大活人,往哪儿藏?"严裴旭说完,转身就要走。

朱宏一把拽住严裴旭,跪在地上哀求道:"爸,您帮帮我!您帮我就是帮严秋和孩子!债主以为我死了,闹出事,应该就不敢去骚扰他们!求求您了!"

乔绍廷听着严裴旭的叙述,他一直以来苦苦寻觅的真相,似乎终于得到了最重要的一块拼图。可他还有不解:"宗飞甚至不知道朱宏的身份,他凭什么帮你?"

"因为钱。"

难怪有那二百万的贷款记录。乔绍廷若有所思地点点头:"那笔抵押贷款……所以你们才会担心我找邹亮,查你们的银行财务记录。"

严裴旭叹了口气。

"你知道我会追查那笔贷款的资金流向,而你既然给了宗飞,就不可能再去还账。"

严裴旭点点头:"不光是那笔贷款。为了安置那小子,我赎回理财,还提前兑付了国债。"

"就为这个,你要杀邹亮。"

"他讹我。"

乔绍廷冷笑："旷北平已经收买他制造了假的财务单据,他讹你做什么?"

"他不知道从哪儿打听到是宗飞安置的朱宏。他常年在宗飞那儿买毒品,花了很多钱,让我给他报销,或者单独给他从宗飞那儿买。"

"他平时从宗飞那儿买来注射的都是冰毒,不是这种经过调制的烈性毒品。你不会不知道,宗飞应该也告诉你了。你给他买来这个,就是希望他能通过注射的方式把自己毒死。"

严裴旭冷冷地说:"你这个同学,既坑了你,又来讹诈我,自己还吸毒,这三点他但凡不沾一样,都不会死。"

乔绍廷叹了口气:"你错了,他没坑我,不然你以为我怎么查到这一步的?你让宗飞安置了朱宏这么长时间,应该是没想让他死,为什么突然把灰碱给了他?"

"因为我实在养不起他了。"

严裴旭想起朱宏最后的样子。

他红着眼圈,披头散发,目光癫狂,显然是毒瘾发作,对严裴旭喊道:"飞哥说你不给他钱了!你这是想害死我吗?"

"之前为了安置你,我已经把全部积蓄都搭进去了,这两个多月你吸毒我又搭进去七万多,这不是长久之计!"在他对面,严裴旭心力交瘁,老态尽显。

"你别死抱着那点儿棺材本儿!每天就闷在这么一个小屋子里,跟坐牢有什么区别?还不让我痛快痛快!抠门儿是吧,行,我找我老婆要钱去。她老公死而复生,是不是很惊喜啊!"

回想着这一幕,严裴旭的神情变得坚定:"我不能让他再去祸害我女儿和佳佳。"

听到这儿，乔绍廷站起身："可惜你每一步都走错了。"

严裴旭苦笑："为什么要来找我说这些？如果你认定这些都是我干的，而公安也找到朱宏的尸体了，你就不怕我逃跑吗？"

"公安采取措施，要讲证据，要有手续，不过你跑是跑不了的。"

听到这儿，严裴旭望向周围，注意到在楼下不远处停着一辆车，车里有两个人一直盯着这边，是海港刑警。

"我想听你亲口告诉我，邹亮到底是怎么死的。再就是，这半天如果能把家里的事安排好，我建议你去自首，这是个法定量刑情节。如果能让严秋送你去的话，这种陪首、送首的效果会更好。"

说完，乔绍廷转身就要离开。

严裴旭在后面叫住他："你说我每一步都走错了，那换作你，你能怎么办？"

乔绍廷站在原地，似乎也不知道答案。

严裴旭也站了起来："遇到这种事，怎么做才是对的？"

乔绍廷回过头："不知道，但我应该会向严秋和孩子说出真相。"

严裴旭嘲讽地苦笑着："真相？如果把这些都告诉他们……"

"他们不见得没有勇气去面对真相，只是你没有勇气把真相给他们。"乔绍廷顿了顿，继续说道，"更何况，就算不去面对真相，也得面对现实。掩盖了真相的现实，迟早会压垮你。"

乔绍廷说完，走出了花园。

3. 旷北平

薛冬刚走进金馥所,就见孟鸥在前,面色阴沉的旷北平在后,两人匆匆走出事务所。薛冬向旷北平打招呼,旷北平根本没理会,看都没看他就朝外走。薛冬有些惊疑不定,走进所里。

付超上前解释道:"薛律师,听说王博和雷小坤那个案子,被害人的尸体找到了,不是他们直接杀害的。"

薛冬一惊,嘴上敷衍着:"哦?但还是遇害了?怎么死的?"

没等付超回答,刘浩天急匆匆地从办公室跑出来:"老付……"

他一看薛冬,忙打招呼:"我刚得到消息,说德志所的章政退选了。"

付超一拍手:"那妥了,这回没人能和主任竞争……"

薛冬抬眼望着天花板想了想:"别美了,要变天了。按说只要主任参选,章政哪怕是陪跑,这个姿态也要硬撑到底。现在他突然退选,如果不是打算遁入空门的话,那就是主任这边要有事了。"

刘浩天和付超顿时都变了脸色:"主任这边要有事?"

"章政退选,是为了主动避嫌,也省得被戳脊梁说是乘人之危。而且最受关注的两个参选人如果其中一个出了什么事,大家都会举着放大镜去检查另一个。以退为进,几年之后,这个位子还是他章政的。更何况要是主任倒了,金馥还能跟德志争衡吗?"

付超和刘浩天对视:"那……咱们怎么办?"

薛冬笑了:"我怎么知道。少说多听,剩下的各安天命。"

薛冬说完,扔下目瞪口呆的二人,径直走进办公室。

* * *

德志所停车场里,萧臻远远看到乔绍廷走来,和他打了个招呼:"哎?你急匆匆从西平港去哪儿了?"

"我去见了严裴旭。"

萧臻脸色微微一变:"你去见他干什么?赵馨诚不是说会派人去监控他吗?"

"他们已经派了。我去是想跟他当面对质,看能不能套出旷北平在这事里都做了什么。"

"诓出话来了吗?"

"没有。他嘴严得很,自己都扛下来了。"

"你应该能想到这一点才对,乔律,说实话,这有点儿多此一举。"

乔绍廷叹了口气:"总归得试试。再说,公安有充足的证据能定他,就当我好心给他提个醒,让他能有时间安排一下家里的事,没准儿还能自首。"

萧臻冷笑:"你这好心,是冲他还是冲他女儿?"

乔绍廷瞪着萧臻:"你这话什么意思?"

萧臻冲他做了个鬼脸:"你的那点儿情史,唐姐早都告诉我了。"

乔绍廷把鲁南和方媛送到津港机场进站口。

鲁南跟乔绍廷握手告别:"虽说你不会是这案子的代理律师,但我还是很期待能在北京见到你。"

乔绍廷盯着鲁南,话里有话:"老实说,你是我见过的最拼的法官。"

方媛插话道:"替我跟萧律师道别。等她来了北京,我给她介绍当地真正好吃的馆子。"

乔绍廷一脸诚恳:"谢谢你们,我替这案子的被告人和他们的家属,还有邹亮谢谢你们。"

方媛翻了个白眼:"沈蓉还是算了吧……"

鲁南瞪了她一眼:"虽然帮不上什么忙,但希望你能顺利通过听证。"

乔绍廷垂下目光:"无所谓了……"

鲁南看他还是一脸发愁的样子,挑了挑眉毛。

乔绍廷解释道:"不是因为投诉和听证。这么说吧,现在有个很关键的物证能揪出幕后的操纵者,邹亮曾经把那东西给他的外遇对象展示过,但现在在哪儿没人知道。我一直在想,看看能找什么借口去他家里……"

"不一定在他家里吧。"

乔绍廷一愣:"怎么讲?"

"就南津那事,也有些东西属于并不方便藏在家里也不好找他人寄存的,结果你猜怎么着?那哥们儿愣找了一辆不在自己名下的车,拿那车当移动保险柜了。说起来那车还真挺可惜的,五百多马力的大 V8……"

听着鲁南的话,乔绍廷似有所悟。

回到公寓之后,乔绍廷看着床上摊开的王博和雷小坤一案的案卷,把每张纸和每张照片都拿起来仔细看了又看,逐一收回案卷。

有人敲门，他过去打开门一看，是薛冬。乔绍廷也没招呼他，回到屋里继续整理案卷。薛冬有些嫌弃地穿过杂乱的房间，看着乔绍廷收拾："拜你和萧律师找到了朱宏所赐，甭管王博和雷小坤最后是不是被认定为故意杀人，这结果都是个未遂，死刑复核大有希望。而且听说朱宏的老丈人好像也被卷进去了，指不定最后会把谁供出来呢。你这算双喜临门吧。"

乔绍廷看都没看他："双喜临门可还行……这大半夜的，你是来给我拜年吗？"

"旷北平处境不妙，可他还在呢。你和章政后面有什么打算？"

乔绍廷头都不抬："我是我，他是他，我俩想的肯定不一样。"

薛冬找不到坐的地方，索性抱起胳膊站着："章政退选，就是笃定你能干掉旷北平。"

乔绍廷依旧一副提不起兴趣的样子："旷北平要是没了，这盘点心就是你和章政分。少占还是多吃的事，你该去问他。"

薛冬盯着乔绍廷："等这一切尘埃落定，要不要考虑来我这儿？"

乔绍廷愣了，抬头看着薛冬。

看来薛冬也猜到了，经过这一次的事情，章政今后也未必容得下乔绍廷。

乔绍廷笑了："你那儿是哪儿啊？"

薛冬也借机笑着打岔："是哪儿得看你。"

乔绍廷明白过来，干掉旷北平，金馥所就是薛冬的；干不掉的话，薛冬当然也不能留在那儿。

这时，乔绍廷的手机响了，他看了眼来电显示，皱着眉头接通电话:"哎,小赵,怎么……"

电话那头传来赵馨诚的吼声:"你今天跟严裴旭说什么了!"

"我跟他……出什么事了?"

"你现在在哪儿!是你现在自己来支队,还是要我们过去拘传你?"

乔绍廷愣住了。

海港刑侦支队门口,坐在驾驶席上的薛冬从打盹中猝然醒来,正好看到乔绍廷走出支队门口。薛冬下车伸展着胳膊腿,问道:"怎么样了?你没事吧?"

乔绍廷疲惫又茫然:"昨天晚上严裴旭独自外出,出车祸死了。"

薛冬愣了:"就朱宏那老丈人?是意外还是……"

"海港支队的人一直在监视他,昨晚也跟在后面,看他走到环线路入口,没明白他想干什么,结果他突然横穿环线路主路,被高速开过来的一辆货运卡车卷进去了。"

"畏罪自杀?"薛冬小心翼翼地问道。

"应该是。虽然没留遗书,但在家里留了张意外身故的保险单,受益人是他的外孙。"

薛冬不知说什么好,他看着乔绍廷状态不佳,不由有些担心:"你这一宿没睡,赶紧上车吧,我送你回家休息。"

乔绍廷没再说什么,懵懵懂懂地拉开副驾车门,上了车,身子向后一靠,就闭上了眼睛。

薛冬发动车子,系着安全带:"这应该也算是交代后事。写遗书,会显得很像是自杀,保险公司可能拒赔。现在弄得更像意外，没准儿还能给自己的外孙留笔钱。保险单都留好了，看来是担心保险公司在事发后不会主动寻找受益人。"

听到这儿，乔绍廷的眼睛突然睁开了："你说什么？你刚才说保险公司怎么着？"

薛冬愣了愣："我说要是没把保单给到受益人手上，受益人压根儿不知道有这个事，保险公司才不可能主动好心去找受益人赔付呢。"

乔绍廷琢磨着薛冬的话："那照你这么说……邹亮不也一样？任何在他生前跟他有往来的机构，不管是委托关系，还是雇佣关系，一来无从得知邹亮的死讯，二来就算知道了也可以装傻，是不会主动找邹亮的家属进行结算的，对吧？"

薛冬似懂非懂地点点头："应该……是吧。你这话什么意思？"

"你一个津港银行的，约到江州银行门口干什么？是打算跳槽了吗……"

乔绍廷回想起那天晚上，和邹亮见面时的开场白，精神振奋起来，一拍薛冬，示意他开车。

4. 萧臻

德志所内，萧臻急匆匆地迎向门口走进来的乔绍廷："你怎么找到的录音笔？"

乔绍廷拎着沉甸甸的纸袋子，没回答，朝会议室方向使了个眼色。萧臻拿起笔记本电脑，跟了进去。乔绍廷把纸袋里的东西倒在会议桌上，萧臻发现这里有十五根金条、一块手表、几封私人信件、一张保险单和一支录音笔。萧臻注意到每样东西的外面都被套上了相同的透明塑料袋，显然是乔绍廷为保护物证有意为之。

乔绍廷戴上了餐饮用的一次性塑料手套，还递给萧臻一副："你那个手套太厚了，换这个薄的，尽量别污染物证。"

萧臻拎起塑料手套看了眼，很是嫌弃："你是刚去吃小龙虾了？"

"将就一下吧。"乔绍廷说着，把桌上的东西按种类排列，"如果邹亮生前曾在津港银行以外的金融机构设立了账户，他的死讯其他银行无从知晓，就算知道了，也不一定有义务去找他的家属结算、清户。我和薛冬今天去江州银行发现了邹亮开设的保管箱。"

"发现了你们也没权利打开呀。"

"我们不行，但手续齐全的情况下，邹亮的爱人可以。"

萧臻换上手套，数了数金条的数量："你那同学债台高筑，也没卖掉那十五根金条。"

"嗯……回头看能不能还给陶晴。"

萧臻又拿起那块手表，是一块上海牌的老手表："这是什么？古董吗？"

"上学那会儿我曾经见他戴过，好像是他爷爷留给他的，应该有纪念意义吧。"乔绍廷小心翼翼地打开那个封装着录音笔的塑料袋，递给萧臻，"这个怎么弄？是直接听吗？"

顾盼走进会议室给花浇水，看到桌上的金条："你们别告诉我说，这是锡纸包装的巧克力。"

萧臻朝她笑了笑，顾盼上前拿起一根金条掂了几下："哇！十足真金。你们是刚抢了银行吗？"

萧臻把录音笔冲顾盼举了一下："这种录音笔是不是用储存

卡的？"

顾盼指了下录音笔上的一个插口："这不是装着闪存卡呢吗？可以用读卡器。"

说完，顾盼给花浇完了水，走出会议室。萧臻去外面拿了个读卡器回来。乔绍廷从录音笔里拔出闪存卡递给萧臻。

萧臻接过闪存卡，在手上捻了捻，发现沾有黏稠的液体，问乔绍廷："你手是湿的？"

乔绍廷摇头，看了眼自己戴着的塑料手套，发现上面也有液体："这是什么？"

萧臻放下闪存卡，拿起录音笔，拆开电池仓，稍作检查就发现是电池漏液。她皱起眉头，忙用纸巾擦拭闪存卡："你这同学可真行，长期搁置这类电器，怎么能不把电池卸了呢。"

乔绍廷有些不明所以："这会损害录音内容吗？"

"不好说，电池漏液的主要成分是氢氧化钾，有腐蚀性。"萧臻说着，把擦干净的闪存卡插进读卡器，打开了存储在里面的音频文件。

两人神情紧张地等待着，直到传出邹亮和旷北平的对话，他们才松了口气。

"小邹，你找我要说什么事？"先说话的是旷北平。

"旷教授，我知道您这次是来协助我们行做内部审计的。这个……"邹亮的声音有些犹疑。

"别紧张。你是不是最近遇到什么困难了？我能理解你们这拨年轻人，承前启后，压力很大，又正是上有老下有小的年纪，家庭负担重。遇到困难可以说，就算偶有犯禁，不是非得一棍子打死。"

"其实我说不说的，可能您也大概都知道了。这回的审计，我知道在我的部门遇到些问题,可能牵扯到一些……"

刚听到这儿,录音就断了。二人愣愣地盯着电脑屏幕,直到播放软件上跳出了一个弹窗,显示"音频文件无法播放"。

乔绍廷脸色彻底变了:"这……怎么回事……"

萧臻操作了一番电脑:"糟糕,可能闪存卡真的被损坏了。"

乔绍廷有些焦躁,在会议室来回踱步:"这……怎么办?能修复吗?"

"我不知道。咱们可以把东西交给公安,看他们有没有技术能……不过要是硬件损坏了的话……"

乔绍廷急了:"那这还有什么用?给公安听他们俩聊天的开场白吗?"

萧臻垂下目光:"既然没听到后面的内容,咱们也不确定这里面到底有没有旷北平违法的证据。"

"没有违法?邹亮会平白无故做一套假的银行单据来给我?"

萧臻抬头:"我知道你的推断有道理,但咱们不是需要证据吗?"

乔绍廷焦虑地走来走去,嘴里不停地念叨:"证据证据证据证据……这本可能是最有力的证据。要是没有这个证据,还拿什么去扳倒旷北平?"

"虽然这么说不合适,但乔律师,如果严裴旭没死,公安总还是有机会能从他嘴里问出点儿什么。他们既有执法权,也掌握专业审讯技巧。"

乔绍廷抬头看着萧臻:"还有个办法。"

顾盼正在前台打字,会议室的门猛地被推开了。乔绍廷拎着纸袋，沉着脸往外走。

萧臻追了出来："乔律师，这不可能。"

乔绍廷站定回身："怎么不可能？"

"先不说我哥在这件事里是不是应该回避，案件是海港的，咱们去找向阳支队帮忙算怎么回事？"

"这东西只要给了海港，我就再不可能知道后续的进展——对，除非那赵馨诚又把我拘传过去做笔录。"

"你冷静一点儿，我们可以再想想其他的角度或切入点。"

"我已经给出办法了，只要你哥肯利用向阳支队的资源……"

"这不现实！"

"萧律师！我们都走到这一步了，就差……"

萧臻脸色沉了下来："我在律协见过旷北平。"

乔绍廷愣住了。

"他暗示萧闯在案件承办上没遵循回避原则，支队那边，已经有领导找他谈话了。"

乔绍廷支支吾吾，不那么坚定了："你、你怎么没告诉我？"

"我告诉你又能怎样？你帮得了萧闯吗？你会不会开始猜疑我？"

乔绍廷低下头，叹了口气："对不起。我没想到……还是连累到你家人了。"

"即便没有萧闯的事，我也不可能答应你。有些事是底线。乔律师，你不是那种人，而一旦越过这条线，你就变了。"

乔绍廷看着手中的闪存卡，颠了又颠，抛给萧臻："人总是会变的，对吧？"

两人沉默地对视片刻后，乔绍廷离开。

* * *

萧臻来到德志所的停车场,流浪狗仿佛认得萧臻的脚步声,欢快地迎了上来。萧臻拿出准备好的食物喂它,边抚摸它边说:"最近这段日子净做减法了,偶尔顾不上来给你送饭。你看这样好不好,我做个奢侈的加法,你要不要和我回去,今后咱们一起生活?我有个室友,叫毛毛,虽然经常犯二,但她肯定很喜欢你,也会对你好的……"

这时,手机响了。

萧臻看了眼来电显示,微微皱眉,接通电话,是旷北平:"萧律师,听说你在西平港遇险,还好吧?"

"我没事,谢谢旷教授关心。"

"你们这些年轻律师啊,还是要谨慎一点儿,乔绍廷有时候不管不顾,他的那些行为既危险,又不一定合法。"

"不一定合法?"

"私自调取有可能作为证据使用的被害人遗物,这类事,你尽量少掺杂其中。"

萧臻脸色一变:"您的消息真灵通。那个物证似乎对您不怎么有利呢。"

"是吗?那乔绍廷把它交给公安机关就好了。"

"您打电话给我,恐怕不是为了让我督促他吧?"

旷北平干笑了一声,没说话。

双方都沉默片刻后,萧臻主动开口:"我有我的条件。"

"你说。"

5. 落水之后

萧臻只身来到商业广场水池旁，旷北平已经在那里等她，地上放着一个黑色的手提袋。由于是工作日的上班时间，广场上人迹罕至。

旷北平一脸狐疑，盯着萧臻："为什么挑这里？"

"人多的地方我怕你不放心，没人的地方，我不放心。"

旷北平走到萧臻面前，拿出个防窃听探测器，在萧臻周身上下扫描检测。扫到她左侧衣兜的时候，扫描器发出响声，萧臻从兜里掏出手机冲旷北平晃了晃。旷北平继续扫描，一直扫到萧臻的右手上，又发出响声，萧臻向旷北平亮了下右手攥着的录音笔。旷北平点点头，伸手示意萧臻交出手机。

萧臻略一迟疑，把手机递给旷北平："这么谨慎，旷教授？"

"总得吃一堑长一智。"旷北平笑笑，随手把萧臻的手机扔进旁边的水池里。

萧臻一惊，上次律师证也是掉进这个水池，看来她跟这个地方命里犯冲。

旷北平往回走了几步，轻轻踢了下地上的黑色手提袋："够你买很多新手机的。"

萧臻还是略有不甘，看着水池里的手机："我那三个条件……"

旷北平打断她："让我听一下录音。"

萧臻摁下录音笔，里面传出了旷北平和邹亮的对话录音。刚播放了两三句，萧臻就关上了录音笔："剩下的你回去慢慢听吧。"

旷北平想了想："我怎么知道你有没有备份？"

萧臻没有回答，伸手指了下黑色的包："该我验货了吧。"

旷北平后退几步，把黑色手提包留在了俩人中间。萧臻上前，蹲下身，拉开手提包，翻了翻里面的现金，甚至从里面抽了几张检查水印，脸上露出无法抑制的喜悦。她从包里拿出个文件袋，抽出几张协议，仔细翻阅。

"一百万现金，还有让你成为金馥所隐名合伙人的协议书，里面附了事务所的合伙人决议。"

萧臻翻着手里的协议站起身："钱我还没数，但这协议我怎么知道上面的签名是不是真的？而且我好像没看到薛律师的签字。"

"薛冬跟乔绍廷是故交，这个事暂时不要让他知道为好。再说，有我、付超和刘浩天已经是合伙人的绝对多数。决议是有效的。"

"知道为什么我只向你要一百万吗？"

旷北平盯着萧臻："我还真有点儿奇怪。倒不是我炫富，只是你确实可以多要些。"

"因为这个数额，应该还不至于让你记恨我，而且我拎得动。"萧臻把协议书塞回包里，"姑且相信这份协议是真的，那最后一个条件怎么兑现？"

"你是说萧闯？他真有什么枉法行为吗？"

"当然没有。"

旷北平笑了："查实他是干净的，领导自然不会为难他。这事与我不相干。"

萧臻低头冷笑着念叨："不相干……"

她把录音笔抛向旷北平，旷北平忙伸手接住。

"你猜得没错——我做了备份，事实上你现在拿到的就是备份。原始载体我留下了，万一有一天我不得不把它交给司法机关，总有个形式要件的效力问题。"

旷北平脸色变了。

"跟您老人家合作，我得万分小心。据我所知，能和您共事的，不是心甘情愿的死忠，就是有把柄在您手上。而我，不想是任何一种。"

"现在好像是我有把柄在你手上。"

"您宽心，也不是多大的事。邹亮不是您杀的，朱宏也不是您害的。您让邹亮伪造银行单据，又替邹亮把他渎职的行为掩盖过去，依我看，就算惊了官，加一块儿也判不了三五年。"

"你以为我是怕坐牢吗？"

"如果不怕，为什么一定要毁了乔绍廷呢？"

旷北平盯着萧臻看了一会儿，笑了："我没打算毁了他。绍廷这孩子本就是我带起来的，他不念恩情也就罢了，这些年来处处针对我，我只想借机会提醒他一下……"

萧臻打断他："说人话。"

旷北平一愣："什么？"

"你都快给我跪下了，到这会儿还端着？你就是怕乔绍廷。你知道他会锲而不舍，总有一天会揭穿你。不错，你担心你的声誉、你的地位，还有你这辈子在行业内苦心经营的关系网络毁于一旦，但你更害怕坐牢。从法学泰斗到阶下囚，这个落差让你感到耻辱和恐惧，而乔绍廷是有可能将这一切变为现实的人。"

旷北平面露愠色，但还是很警觉："你跟我说这些是什么意思？"

"我很担心，乔绍廷可还逍遥自在着，万一三两年里他真把你拉下马,我是不是就受你连累了?"

旷北平目露凶光:"他撑不到那个时候。这次只是他运气好……谁想到老严多此一举,把那姓邹的小子给药死了。"

"你就不该把邹亮的事情告诉严裴旭。"

"你说错了,是老严找的我。"

萧臻想了想,明白过来:"严裴旭并不知道自己有什么纰漏,是你发现了他的失误,而恰好遇上邹亮有渎职行为,被你抓住把柄。"

旷北平轻蔑地笑了:"邹亮……是凑巧,但就算没有这小子,只要我想,乔绍廷就绝不可能拿到真实的银行单据。"

"不管怎么说,严裴旭女婿诈死,给了你一个可以坑乔绍廷的机会。"

旷北平摇摇头:"乔绍廷……我本打算参选结束后再收拾他,只是老严这件事我不得不出手。"

"我知道你们是兵团战友。"

"但你不知道他救过我的命。"

萧臻一愣。

"厂房倒塌的时候,滚烫的锅炉朝我砸下来,老严拿半边儿身子替我扛的。深二度烧伤。"

萧臻听得有些动容。

"在你看来我虚伪,我阴险,我让邹亮制造伪证,我变相协助朱宏诈死,我一直想把乔绍廷驱逐出这个行业……但我不是冷血动物,我有我要保护的人和东西。"

萧臻眨眨眼,想了想:"你和乔绍廷以前有什么恩怨,你又做了多少亏心事,我不了解,这次我还真有点儿被你打动了——如果不是你们害死了邹亮的话。"

旷北平冷笑:"邹亮、朱宏,还有那个什么王博和雷小坤,这都什么玩意儿?吸毒的、赌棍、涉黑的流氓无赖,这些人死不足惜。"

萧臻盯着旷北平看了会儿,后退两步:"就算是坏人,哪怕是你,也有权得到公平。"

旷北平从萧臻的动作和语气中似乎感到了什么异样,他忙回头张望,只见赵馨诚和海港支队的几名刑警已经将他包围。旷北平想都不想,把录音笔扔进水池里。

赵馨诚上前向他亮了下证件:"跟我们回支队聊聊吧。"

"我有什么涉嫌违法犯罪的行为吗?"

赵馨诚朝旁边一名刑警递了个眼色,刑警立刻给旷北平放了段录音。

"我让邹亮制造伪证,我变相协助朱宏诈死,我一直想把乔绍廷驱逐出这个行业……"

旷北平一惊,不解地看向萧臻。

萧臻朝他摇头:"别看我,你都检查过了,我身上没带窃听器。"

赵馨诚朝萧臻一伸手:"还回来吧。"

萧臻从兜里掏出一个微型窃听装置抛给赵馨诚。

旷北平愣住了。

"这钱是你从津港银行取的吧?大笔的提现需要预约。"萧臻朝旷北平笑笑。

一小时前,津港银行柜台上,旷北平在窗口前等着客户经理准备现金。而柜员来到后台时,薛冬正站在后台的墙边,把窃听装置塞进一捆钱里。他掏出手机,拍下了那摞钱第一张的编号,朝银行柜员一点头,柜员把现金搬走,薛冬则用手机把照片发给了萧臻。

半小时前，商业广场水池旁，萧臻走向旷北平，打开手机看了眼那张照片上人民币的编号。她默默记下编号，删掉照片。

十分钟前，萧臻打开包，看似是在检查里面的钱，实则翻到了薛冬照片上拍的那捆钱后，找出了窃听器，把它攥在手里。

旷北平点点头："这就是你们想要的公平。"

萧臻正趴在水池旁，伸手试图去够被旷北平扔进去的手机。乔绍廷从她身旁走过，直接迈进水池里，捡起手机，转身递给萧臻。

乔绍廷看着旷北平："没错，相对公平。"

赵馨诚等人押着旷北平走向警车，萧臻和乔绍廷并肩往回走，她边甩着手机上的水边对乔绍廷说："真被你猜中了，他拿那个什么玩意儿在我身上扫了一圈，还好你和赵馨诚说动了薛冬。"

乔绍廷想了想，突然上前几步，问正要被押进车里的旷北平："等一下。你怎么知道我拿到了邹亮和你的录音？"

乔绍廷基本是明知故问，他明明知道，顾盼一听到他和萧臻争吵，就躲进了卫生间的隔间，给旷北平发消息。他也知道发完信息后，顾盼刚一推开隔间的门，就发现洪图站在门口似笑非笑地看着她。他也知道章政后来问顾盼说："你真觉得替他做眼线，他就有一天会光明正大地认下你这个女儿吗？"顾盼却不知道，从她来所里应聘的那天开始，章政和乔绍廷就知道她的身份。

这就是乔绍廷告诉萧臻的"还有个办法"。

乔绍廷盯着旷北平，等待他说出那个自己早就知道的答案。可旷北平犹豫片刻，说："是邹亮之前跟我提过，他大概是想拿这个要挟我。"

乔绍廷有些惊讶，扭头去看萧臻。

萧臻耸肩："没准儿他确实不是冷血动物。"

乔绍廷会意，没再说什么，目送着公安押送旷北平上车离开。

"在你想好那三个条件之前，你就知道旷北平会答应，对吧？"

"我的要求是有点儿贪心，但应该不算过分。"

"这条件……你动过心吗？"

萧臻瞥了他一眼："这还用问？傻子才不动心。我说的时候可爽了。"

"那你为什么选择帮我？"

"动心归动心，总觉得实操起来风险太大。"

"你虽然跟我一起把旷北平送进去了，可在外面得罪的人就多了去了。"

"我权衡过，得罪你，好像也相当于得罪了一票狠人，还是扳倒旷北平更划算，看上去也更正义。"萧臻说罢转过身，走向乔绍廷的车。

乔绍廷笑着跟了过去："我还以为是念及伙伴情谊。"

"这么想也行。我真的曾经挺崇拜你……"

6. 破局

北京最高人民法院楼道里，萧臻把委托书和死刑复核的辩护意见一并交给鲁南和方媛。

鲁南翻着委托书和辩护意见，嘴里念叨着："亡者归来，不知道这案子是不是得重审。在公安出正式结果前,我还是以你的辩护意见为参考吧。"

萧臻点头:"这个案子牵扯出很多事情,我们就是盼望法院能够秉承一个公正客观的立场。"

楼道远端,乔绍廷看着萧臻和鲁南、方嫒。手机响了,他接通电话。

电话那头是个肆意的声音:"乔律师,我,五万!记得吗?借你钱那个。"

乔绍廷顿时龇牙咧嘴,声音却友好热情:"哦,记得记得,您好。我跟您借的钱不是还没到还款时间……"

"没事没事,你现在在哪儿呢?"

"我……我在北京。有什么事?"

"啥时候回来?"

"今天下午两点的飞机,应该一小时就能到。"

"成嘞,那机场见!"

电话被挂断了。乔绍廷一脸诧异地看着手机。

楼道另一边,鲁南翻阅着辩护词。方嫒在一旁低声问萧臻:"中午你们去哪儿吃?"

萧臻也压低声音:"我现在已经是代理律师了,咱们不能一起吃东西。"

"没说跟你一起吃饭,只是不想让你白来趟北京,我可是这儿的美食活地图。"

"北京有什么特色的饭馆?全聚德?东来顺?"

方嫒白了她一眼:"你这一看就外行。"

"那你给我推荐一下?"

方嫒想了想:"你爱不爱吃面?"

* * *

萧臻和乔绍廷吃完了面，走出餐厅，来到食宝街下沉广场上。

乔绍廷拍着肚子："这面太好吃了，牛肉炖得也绝了。"

萧臻皱着眉头："但它的辣椒油为什么要单收费？我还是考虑给它打四星。"

两人盯着广场上玩滑板的年轻人，沉默了片刻。萧臻没头没脑地说："有点儿冷。"

乔绍廷抬头看了看太阳，有些不解："还好吧，可能你不适应北方的气候。"

萧臻扭头盯着乔绍廷看了一会儿，看得乔绍廷有些忐忑。萧臻挽起袖子，露出手臂上纵横交错的疤痕。乔绍廷看得一惊。

"从小就有身边的朋友问我，你不会害怕吗？从那么高的地方跳下去，伸手就抓长满刺的仙人球，伤口流着血还嘻嘻哈哈……我的身体不会告诉我什么是危险，所以，我不会觉得害怕，连死都不怕。后来我试过很多次用刀划自己，一刀下去没感觉，就再划一刀；伤口的血凝固了，就再划一刀。血越流越多，我开始觉得手指尖在发冷。我似乎明白了，对我而言，可能冷才是危险的信号，冷了，我就会害怕。"

乔绍廷似懂非懂，问道："那你是在害怕吗？"

萧臻把衣袖拉回去："一开始确实是薛冬找到我，开出条件，让我来德志帮你。我并不知道这后面还有章主任。"

"这算不上多恶毒的阴谋，就算掺杂了一些个人利益在里面，但发心总是好的。再说，这事过去了。"

"我到最后都站在你这边，是我自己选的。"

"我知道。"

"但我不知道,自己是不是选对了。"

乔绍廷一愣:"为什么这么想?"

"铲除了旷北平,作为津港最有影响力的两家事务所,这个行业从此就是德志和金馥的天下了,或者也可以说,是你那两个校友的天下了。"

乔绍廷看着萧臻,没接话。

"这个局面,有我一开始就知道的,也有我没看透的。乔律师,你是从一开始就什么都不知道,还是你全知道?"

"我当时并没想那么多。但你说得没错,现在是这个局面。"

"站在行业塔尖上的究竟是旷北平还是章政,真的区别很大吗?"

"我想会好一些。说句自负的话,有我在,他多少会收敛些。"

"和章政不一样,你是个温暖的人。乔律师,如果你想靠自己牵制他的话,总有一天,他会容不下你。"

乔绍廷若有所思地看着萧臻,没说话。几十年前,旷北平和他的伙伴一同来到津港,想必也是要在法律行业施展一番拳脚。而后他们也一定战胜了一些人,搞垮了一些人,才得以站上金字塔顶。如今看来,他们似乎不过是把这一切重演了一遍。

乔绍廷记得自己出狱是四月七日。二十天的时间,他和他身边的人一起,将占据了津港市法律行业塔尖二十年的人拉下神坛。可是,这或许不过是无意义的新一轮重复。

"他要是敢,我就和你一起搞掉他。"萧臻的表态将乔绍廷的思绪拉回现实。他看着萧臻坚定的眼神,忽然觉得,或许事情并不会重演。

乔绍廷感激地回望着萧臻,突然笑着打岔道:"实在不行,咱俩还可以去投奔薛冬。"

萧臻也笑了："他……他真的不太行。"

乔绍廷抬起手腕，冲萧臻晃了晃手表，提醒她该赶航班了。两人向广场外走去。

萧臻边走边问道："咱俩为什么出个差赶这么急？好歹逛一天啊。"

"有个亲人要来津港，我和我爹都很想见她……"

津港机场到达口，乔绍廷背着包，拉着拉杆箱走出到达站口，看到"五万"还是之前那副装束，站在他那辆凯迪拉克旁。

"五万"走过来，把车钥匙塞给乔绍廷："行了，乔律，咱们两清了。"

乔绍廷莫名其妙："两清了？可我不是跟你借了……"

"五万"一挥手："你哥们儿替你还了，连本带息。"

乔绍廷更不解了："我哥们儿？叫什么名字？"

"五万"愣了愣，名字他还真没问。

"那他长什么样？"乔绍廷又追问道。

"五万"挠着后脑勺："就……长那么个德行，还戴个眼镜。"

乔绍廷似乎明白过来："他除了替我还钱，还说什么了吗？"

"他说……他跟你一样，不喜欢欠人情……还有，你真的误会他了。"

乔绍廷听完，低头无奈地笑了。

津港机场地库里，萧臻背了个小包站在银色富康车旁，等得都有些不耐烦了。乔绍廷拉着拉杆箱，背着包，急匆匆地朝她走来。萧臻一脸不满："等行李要这么久的吗？"

乔绍廷摆摆手："我有一个好消息和一个坏消息，你想先听哪个？"

萧臻眨眨眼："先发糖吧。"

"幸亏你让我悬崖勒马，韩律师又讲究，我的车被赎回来了。"

"哇哦！那坏消息呢？"

乔绍廷一指银色富康："咱俩得有一个人把这辆车开回去。"

萧臻笑了："我只有一个好消息，乔律师。"

乔绍廷一愣。

"我是C2的本。"

第十二章 一切结束之后

小饭馆里，伴随着喧闹声，几个啤酒瓶子碰在一起。几名寸头、文身、戴着大金链子、面相凶悍的壮汉围着桌子边喝边吹牛。

壮汉大拇指对准自己："不是我吹牛，三哥，你打听打听去，就我门口那条街上，自从竖了栅栏，谁还敢停车？我天天就把车往门口一怼，没有协管敢滋屁的！"

另一个壮汉也不甘示弱："协管没事，他们也得见人下菜碟，我从来逮哪儿停哪儿。要是碰上有贴单子的，我过去扯了单子就摔他脸上！"

"别说协管了，交警又怎么样？谁牛就抽丫的！"几人群情激奋。说着说着，一名壮汉扭头朝地上啐了口痰，随后一抬头，发现方媛身着便装走进饭馆。方媛从容地扫视了一圈，走到这群人对面的一张桌子旁坐了下来。

服务员拿着塑封的简易菜单递给方媛，方媛接过菜单："人没来齐，我先看看。"

这群壮汉见方媛独自一人，开始边喝酒边吹着口哨撩她。

"妹妹一个人啊？"

"过来一块儿坐呗？"

"我敬你一杯……"

方媛被吵得有些烦了，把菜单一撂，沉着脸站起身。正在这时，萧闯进了饭馆，方媛的表情立刻缓和下来，冲萧闯招手。

萧闯走到方媛身旁，和她一起坐下："鲁南呢？"

"去旁边超市给孩子买酸奶了,应该很快。"

萧闯翻看着那两张简易菜单,笑着说:"你们俩这一声不吭就颠儿了,要不是正好我来北京培训,酒还喝不上了。"

方媛努嘴:"留在津港也没用,南哥有原则,出差从不喝酒的。"

壮汉一伙儿的喧嚣吵闹声也让萧闯感到有些厌烦,他扭头盯着这伙儿人看。

壮汉当中有人抄了酒瓶,想站起身,被同伴拦下了。几个人互相找台阶,说着"行了行了,都这岁数了,别惹事"。

"对对对,那就是个傻逼玩意儿,别理他,喝酒喝酒……"

萧闯见这几个人一副想充流氓又没胆的架势,乐了,回过头看方媛。

"你要晚进来半分钟,就可以直接参战。"

鲁南拎着便利店的购物袋走进饭馆。壮汉一伙儿看到鲁南,好像忽然都失去了刚才的气势,呆愣片刻,开始窃窃私语。

"哎,这不就是那个……"

"别看别看,别招事……"

"听说当初钱粮胡同那哥儿俩都是折在……"

"别说了别说了,喝酒喝酒……"

一伙儿壮汉明显声音都低了下去,闷头吃饭喝酒。

鲁南先是朝方媛和萧闯挥了挥手,走到两桌人中间,把购物袋放到桌上,回身走了两步,来到壮汉一伙儿桌前,低头看着这伙儿人。

他们没一个敢抬头的,连话都不说了。

鲁南微微躬身,和气地说道:"不好意思哥儿几个,公共场所,室内禁烟。"

几名壮汉面面相觑，其中一人意识到自己手上正拿着半支点燃的烟，忙把烟掐灭。

鲁南笑着冲他们一抬手："多谢。"

说完，鲁南回到桌边坐下。方媛挥着简易菜单："服务员，点餐！"

上午的指纹咖啡没什么顾客。韩彬擦拭着吧台，乔绍廷和萧臻并排坐在吧台前。

"听证的结果不乐观？可不是已经证实邹亮伪造银行单据是受旷北平指使的吗？"萧臻问道。

乔绍廷低着头："但我在没有获得任何司法机关授权的情况下，私自要求在银行工作的同学调取严家的银行财务记录。"

"这属于违规行为吧？给个训诫或者警告，大不了通报批评。"

"如果被归为以其他不正当方式影响依法办理案件的话，可就算违法行为了。"

萧臻一时间也说不出话："那也就是个警告或者罚款吧？"

"这里面自由裁量空间很大的……再加上千盛阁那案子……唐初说得对，实在不行就不干了。"

萧臻侧头去看乔绍廷："唐姐说这个行业容不下你，你也这么想？"

乔绍廷笑了："我不知道这个行业能不能容得下我，但我知道有很多人一直在努力保护我，我早点儿退出，也少给他们添点儿麻烦。"

萧臻听完，沉默片刻，故作欢快地说："那也好，你要真当不成律师，我就有全职司机了。"

说完，萧臻探身对韩彬说："老板……"

韩彬一指她："你忘啦？终身免单。"

萧臻很开心的样子，圈了一下面前的空杯空盘："真的？"

"只是你。"韩彬一指乔绍廷，"其他人还是要结账的。"

萧臻拎起挎包："那谢谢韩律师。"

乔绍廷看了眼表："你那个仲裁的案子不是下午才开庭吗？"

萧臻解释着自己跟人约了会面，正要离开，似乎又想起什么，问乔绍廷："我第一次去商事仲裁庭，有没有什么小绝招传授一下——说起来，搭档这么长时间，好歹是我前辈，你从没正经教过我什么。"

乔绍廷想了想："首席仲裁员是男的还是女的？"

"女的，工商学院的教授。"

乔绍廷指了下萧臻的领口："把衬衫扣子多解开一颗。"

萧臻愣了。

"然后走进仲裁庭的时候，一边往里走一边再把那颗扣子系上。"

"是为了让大家留意一下我这件七十块钱的衬衫吗？"

"松开一颗扣子，是为了让仲裁庭不要以为你是那种会把衬衫系到头的呆板菜鸟。一边往里走一边把扣子系上，是为了向他们表示你对仲裁庭以及仲裁程序的尊重。"

萧臻想了想："那如果首席仲裁员是男的呢？"

"还是这招。"

萧臻一脸抓狂："那你为什么要问是男的还是女的？"

"因为这么问显得更像绝招一些。"

萧臻哑然失笑，朝乔绍廷摆了摆手，推门离开。

韩彬给乔绍廷续了杯咖啡："你还得开车，我就不请你喝酒了，请你喝杯咖啡吧。"

乔绍廷看着韩彬："我的车回来了，好像应该我请你才对。"

"一码归一码。"韩彬举起自己手里的咖啡杯，"祝贺你挽回了王博和雷小坤的命案，还扳倒了旷北平。"

乔绍廷笑了："如果这次我没成功，没准章政会把你树立成旷北平的新对手，从这个角度讲，这杯咖啡你可以请我。"

韩彬若有所思地点点头："居然有这种事，人真是世界上最危险的动物。"

"黄道十二宫杀手的名言……说起危险这回事，你真认为我误会你了？"

"是的。"韩彬平静而坦然。

"那你明知道那个李梁可能是贩毒的，深更半夜，孤身一人，赤手空拳，你追上他图啥？"

"我是担心错怪他，才想去和他当面对质。"

"韩律师，你有个很不好的习惯，就是在说谎的时候，左眼的眼角会抖。"

韩彬平静地看着他："我没有这个习惯，而且我没说谎。"

"务必在我杀更多人之前逮住我，我无法自控。"

韩彬略一思考："威廉·乔治·海伦斯，口红杀手。"

"我原来以为你只是对那些连环杀手很感兴趣，可能是我猜错了。"

"我只是对犯罪研究的案例感兴趣而已。"

"那就待在你自己的小店里，去研究你感兴趣的东西，别再瞎往外跑了。"

"欢迎你随时来，乔律。我很欣赏你，有什么需要我帮忙的，我很愿意尽力。"

"我不觉得有什么事还会需要你帮忙。"

"世事难料，不妨先收下我的好意。"

"你的好意一定是有代价的。"乔绍廷掏出钱来，"结账吧。"

薛冬在高档会所的包间里举着红酒杯，在他对面，是一脸乖巧顺从的付超和刘浩天。

"正在进行的案子妥善安排好，大客户我基本都提前稳住了。所里还有四十多个常年法律顾问单位是挂在老爷子名下的，你俩看着分了吧，有谈不拢的就跟我说，我会去打招呼。"

另外二人连连称诺。

"所里那边要没什么特别的事，你俩最近勤着点儿去，让底下人看到合伙人正常进出，自然心就慢慢稳下来了。"

那两人继续点头。

"对了，老爷子那边咱也别不管，侦查阶段律师做不了什么，等到审判阶段挑个精明点儿的人去做辩护。他家里那边也找人去看看，安抚一下。"

付超之前对旷北平表忠心的那套，已经原样移植到了薛冬身上："是，还是薛律师想得周到。"

薛冬刚把酒杯递到嘴边，突然停住，冷冷地盯着付超。刘浩天反应过来，忙拽着付超站起身："那我们这就去安排了，主任。"

听到这个称呼，薛冬点点头。二人离开。高唯立刻过来，和薛冬碰了个杯。

正在这时，萧臻走了进来。薛冬热情地站起来招呼她，高唯还拿过来一个新的红酒杯。

薛冬拿起醒酒器倒酒："来来来，这回萧律师劳苦功高。"

萧臻坐下来，拿起酒杯轻轻摇了摇："没有冰块吗？"

薛冬愣了一下。

高唯忙解释道："这款玛歌酒庄的干红不适合加入冰块，冰块融化会冲淡……"

萧臻看着高唯："金属冰块，谢谢。"

高唯愣了一下，去看薛冬。薛冬朝她递了个眼色，高唯走开了。

萧臻把面前的红酒杯往旁边一推："你和章政之前一直拿我当过河小卒，现在你俩平分天下，该兑现承诺了吧。"

薛冬笑了："这事务所还没顾得上正式改选呢，你再稍微等等。该给你的，肯定短不了。"

"我无所谓，这事你欠乔律师多少，自己心里清楚。"

薛冬脸色微微一沉："怎么？你是来替乔绍廷讨封的吗？"

"乔律师不稀罕这些，但你在所里留好位置，专家也好顾问也罢，薪酬别低于你自己。总之乔律师要是今后不能执业了，你伺候好他。"

薛冬冷冷地看着她："我为什么要听你的？"

"因为你吃里爬外，一旦我想做污点证人，你在这行可就臭了，旷北平那些徒子徒孙一定会把你也加入黑名单的。"

薛冬盯着她看了一会儿，笑了："那你还要不要隐名合伙人了？"

"那个另说，眼下我和乔律师都是德志所的人。"

薛冬盯着萧臻，这下，他彻底不懂了："既然你打算跟绍廷在德志继续发展，那我承诺你的还有什么兑现的意义？"

"这杯酒喝不喝是我的选择，但你必须得给我倒上。再就是……"

这时，高唯拿着一盒金属冰块回来了，夹了三颗放进萧臻的酒杯。

萧臻拿起酒杯轻轻摇了摇，朝薛冬敬了一下："我记得舒购公司应该是我们所的顾问单位，怎么操作我不管，把客户还回来。"

薛冬看着萧臻，面露忌惮。

乔绍廷回到自己租的公寓，立马发现了异样。屋子被整理得窗明几净，东西和卷宗摆放得井然有序，一套熨烫过的黑色西服摆放在床上。

洗手间传来冲水声。唐初擦着手上的水走了出来，朝西服一努嘴："喏，衣服拿过来了。"

"麻烦你了。"乔绍廷走到桌旁，看到桌上放着离婚协议，展开看了看，叠了起来，放进抽屉里。

乔绍廷回过头，见唐初打开冰箱，从里面拿了瓶矿泉水喝了一口："是你想要的吧？"

"只要是你想要的就好。"

"你这个回答就是我想要的。"

"你是觉得我不会变吗？"

"不重要，关键在于我也不想让你变。"

乔绍廷走过去，唐初很自然地把水递过来，乔绍廷接过瓶子也喝了两口，脱下外套，拿起床上的黑色西服，换着衣服。

唐初在一旁看着他："你要是变了，咱俩就彻底不用见了。"

不过话说，你从来没想过要我改变吗？"

"要你改变？从我稀罕的样子变成我不稀罕的样子，我图啥？"

"没准儿变了之后，你觉得更好更稀罕了呢？"

"那不可能。你身上所有的好，我都喜欢。当然除了我，这世上的大多数男人也都会喜欢。而你身上会让我困扰的部分，只不过是那些'好'的反面，是来自同一种性格特质的。我很荣幸能成为接纳这些的人，至少这让我在和其他那几亿男人的竞争中，取得了先机。"

唐初从桌上拿起乔绍廷放下的那半瓶水，喝了一口："嗐，说来说去，其实我们谁都不会变。"

"那现在这样……"

"咱俩早就说好了，关系和感情。如果咱俩的关系架构可能对感情有危害了，优先保护感情。"

乔绍廷从她手上接过水："没错，可我比原来贪心了。关系我也想保住，怎么办？"

"这个我不担心，你总会想出办法的。"

乔绍廷低头想了想，点点头。

唐初冲他挥挥手，转身刚要往外走，乔绍廷抬起头说："今晚的月色真美。"

唐初愣了一下，笑了。

火葬场大厅的告别仪式还没开始，空荡荡的大厅里，只有几名工作人员以及严秋在布置会场。

乔绍廷系着一条暗色条纹领带，上衣兜别着一朵新鲜的白色菊花，上前对严秋说："你父亲的事，节哀。"

严秋忙活着手里的事，没正眼看乔绍廷："我们家好像不只死了一口人。"

乔绍廷低头不语。

严秋语含悲愤："我要和父亲的那些同事、战友去解释老人家为什么半夜外出，突遇意外。我还要向保险公司解释，父亲可能有轻生的念头，所以我们不需要任何理赔，也不存在任何骗保的意图。我甚至还要一遍又一遍地向公安解释，为什么我父亲安排了这一切，而我毫无察觉，并且求求他们不要去询问我的孩子。"

说着，严秋站定，望着乔绍廷："谢谢你的安慰，不过你多虑了，我现在根本没有精力去悲痛。"

乔绍廷面带愧色，深吸口气："其实，我也一直想问……从朱宏打电话给你父亲，到你父亲在三两天内大幅调配银行的财产，来回往返西平港安置朱宏，以及给他买……各种东西。再加上他和邹亮的那些会面，你对这些一点儿都不知道吗？我是说，你之前没察觉到他有什么行为异常之处吗？"

严秋瞪大眼睛看着他："你什么意思！你是觉得我跟我爸合谋了这些吗？乔绍廷，我的孩子失去了父亲，我也失去了父亲，而你现在大摇大摆地走进来，就在他老人家遗体旁边问我这个。你是不是希望公安把我也抓走？是不是佳佳成为孤儿，你才会彻底满意？"

严秋越说越激动，声音也越来越大，引得周围的工作人员都望向这边。严秋强忍着泪水，努力控制和调节情绪。

乔绍廷觉得自己或许是太过分了，愧疚地连忙道歉："对不起，我不是这个意思……"

"好了，你别说了。绍廷，这次我回答你，我也希望这是我们这辈子最后一次对话——我不知道。我要照顾老人，我要照顾孩子，我要工作养家，我可能疏忽了，我可能很迟钝……对不起，我做得不够好，我没有察觉，但我确实不知道！"

乔绍廷忙不迭地继续道歉："对不起……我真的不是想……"

"没事，我只是把需要一遍又一遍对公安说过的话，再对你说一遍罢了。"

开始陆续有人走进告别大厅，大厅内也响起了哀乐。严秋后撤两步，对乔绍廷鞠了个躬，用冰冷而客套的语气对他说："感谢您参加家父的告别仪式。我还需要招呼其他人，失陪了。"

乔绍廷臊眉耷眼地把手中的花束放到棺椁旁，盯着严裴旭的遗体看了一会儿，走出了告别大厅。站在门外，乔绍廷回过头，看到严秋正和前来吊唁的人逐一握手，乔绍廷的脸色变了。

从严秋的神态中，乔绍廷明白过来。

《教父》结尾处，凯从迈克尔的站姿里看透了真相。"他那个样子，使她想起了古罗马皇帝的雕像。那些皇帝凭着君权神授的理论，掌握着他们同胞的生死大权：一只手放在臀部，面部的侧影显示着一种冷酷的自豪的力量。他的身子采取的是漫不经心的、盛气凌人的"稍息"姿势，重心是放在稍稍错后的一条腿上的。兵团司令们采取立正姿势站在他的面前。这时，凯明白了，康妮指责迈克尔所犯的罪行，一桩桩，一件件，全是真的。"

而此刻，严秋的站姿，和迈克尔一模一样。

一名工作人员缓缓关上了告别大厅的门。

＊　＊　＊

　　傍晚，户外餐厅门口，随着摩托车的发动机轰鸣声和嘈杂的摇滚乐 *Long Tall Sally*，顾盼骑着乔镛的摩托车从户外餐厅前面的马路上飞驰而过，挎斗里的李彩霞发出了惊恐的尖叫声。

　　餐桌旁，洪图皱着眉头看着摩托车上的二人。

　　章政吃着点心："你是担心小顾有没有驾照，还是担心她俩安全出问题？"

　　"不，我是在后悔今天为什么穿的是裙子。"

　　坐在餐桌首席，正和金义下象棋的乔镛乐呵呵地对洪图说："你穿裙子好看，美女。我这个岁数，多看看你这种美女，对心血管好。"

　　金义在一旁指着洪图，点头称是："老爷子说得对！正好我最近心脏也老觉得不舒服……"

　　说话间，金义偷偷换掉了乔镛的棋子。乔镛回过头看棋盘，发现棋局形势变了，有些诧异。

　　这时，唐初带着阿祖和萧臻有说有笑地走进户外餐厅。

　　乔镛一胡噜棋盘："好了，先不下了。"

　　乔镛喜笑颜开地迎上阿祖。在阿祖和唐初身后，乔绍廷的姐姐乔绍言现身。乔镛愣愣地看着多年未见的女儿，自然地和她打招呼，仿佛她从来没离开过。

　　蛋糕店里，乔绍廷有些出神，接过服务员递来的蛋糕。他心事重重地走出店门，一抬头，就看到了马路斜对面的指纹咖啡。

＊　＊　＊

　　乔镛的生日宴已是酒过三巡，金义背着阿祖到处跑，萧臻收养的那只小狗在围着他们转，阿祖不停地指着小狗喊道："小破烂儿！小破烂儿！"

　　章政在帮着服务员收拾桌子，唐初、乔绍言、洪图、毛毛和顾盼在招呼着乔镛点蜡烛、切蛋糕。萧臻和乔绍廷并肩坐在一旁，看着这一切。

　　"这段日子对我来讲，就像某种奇遇。"萧臻低声说。

　　"奇遇？"

　　"对啊。就像我要去学车，考驾照，拿到驾照之后找陪练上路，然后突然被一艘宇宙飞船带到火星去转了一圈。从千盛阁的案子开始——"

　　"他们庭外和解了。"

　　萧臻笑笑："舒购公司这个顾问单位，我拿回来了。"

　　"王明二审好像改判了十一年。"

　　"可惜庞国家的子女还是不愿意和解……不过无所谓，做案子嘛，总不可能一帆风顺。"

　　萧臻说着，从旁边拿出个装钱的厚信封递给乔绍廷："当初说好的，五五分账。"

　　乔绍廷一挑眉毛，接过信封在手里掂了掂："还真不少。"

　　萧臻喝着饮料，斜眼看他："我扣掉了一部手机钱。"

　　乔绍廷一愣："什么牌子的手机？"

　　萧臻眨眨眼："你知道有些事情就好像氯胺酮被归类为毒品的时间，和《一拳超人》连载的时间差异一样。"

　　"什么意思？"

萧臻摆了摆手："意思就是不要在意这些无关紧要的细节。"

然后她站起身："韩律师跟我说，人都是被欲望驱使的动物。欲望有很多别称：钱、事业、理想、自我价值，有时候单一的欲望会让一个人变得很无趣。我喜欢这种奇遇，虽然各种欲望纵横交错，但既不枯燥，又能让我遇到惊喜。"

乔绍廷想了想，有些刻薄地说："那韩律师有没有告诉你，他是被哪种欲望驱使的动物？"

"他说他和那些在屏幕前看剧的观众一样，就喜欢看剧中人为了各自的欲望奔命。"

萧臻跑去和唐初一起逗阿祖玩，乔绍廷看着周围欢腾的亲友，若有所思。

伴随着迎客铃的响声，乔绍廷推开了指纹咖啡的门。

店内空无一人，灯光昏暗，只有韩彬在吧台后擦拭着杯子。

他抬头看到乔绍廷，乔绍廷穿着参加严裴旭葬礼时同样的衣服，但系了一条深色的圆点领带，上衣兜处别着一朵枯萎的白色菊花。韩彬从木箱剩下的两瓶安克雷奇限定款啤酒"与魔鬼交易"中拿出一瓶，打开瓶盖，正要往杯中倒酒。乔绍廷坐到吧台旁，伸手一拦，把整瓶酒拿到自己面前："你喝你的，我喝我的。"

韩彬笑了，打开木箱里的最后一瓶酒。两人各拿一瓶，遥敬对饮。

图书在版编目（CIP）数据

庭外 . 落水者 . 下 / 指纹著；施一凡改编 . —— 北京：新星出版社，2022.8
ISBN 978-7-5133-4945-1

Ⅰ . ①庭… Ⅱ . ①指… ②施… Ⅲ . ①长篇小说－中国－当代 Ⅳ . ① I247.5
中国版本图书馆 CIP 数据核字 (2022) 第 139419 号

午夜文库
谢刚 主持

庭外·落水者（下）

指纹 著；施一凡 改编

责任编辑：曹晓雅
特约编辑：郭澄澄
责任校对：刘 义
责任印制：李珊珊
装帧设计：冷暖儿

出版发行：新星出版社
出 版 人：马汝军
社　　址：北京市西城区车公庄大街丙3号楼　　100044
网　　址：www.newstarpress.com
电　　话：010-88310888
传　　真：010-65270449
法律顾问：北京市岳成律师事务所

读者服务：010-88310811　　service@newstarpress.com
邮购地址：北京市西城区车公庄大街丙3号楼　　100044

印　　刷：北京天恒嘉业印刷有限公司
开　　本：910mm×1230mm　　1/32
印　　张：22.125
字　　数：516千字
版　　次：2022年8月第一版　　2022年8月第一次印刷
书　　号：ISBN 978-7-5133-4945-1
定　　价：98.00元（全三册）

版权专有，侵权必究；如有质量问题，请与印刷厂联系调换。